KNAUR

LUKE ARNOLD

TOTEN GRABEN

Roman

Aus dem Englischen von
Christoph Hardebusch

Die amerikanische Originalausgabe erschien 2020 unter dem Titel
»Dead Man in a Ditch« bei Orbit, New York.

Besuche uns im Internet:
www.knaur.de
Facebook: https://www.facebook.com/KnaurFantasy/
Instagram: @KnaurFantasy

Aus Verantwortung für die Umwelt hat sich die Verlagsgruppe
Droemer Knaur zu einer nachhaltigen Buchproduktion verpflichtet.
Der bewusste Umgang mit unseren Ressourcen, der Schutz unseres Klimas
und der Natur gehören zu unseren obersten Unternehmenszielen.
Gemeinsam mit unseren Partnern und Lieferanten setzen wir uns
für eine klimaneutrale Buchproduktion ein, die den Erwerb von
Klimazertifikaten zur Kompensation des CO_2-Ausstoßes einschließt.
Weitere Informationen finden Sie unter: www.klimaneutralerverlag.de

Deutsche Erstausgabe Januar 2022
Knaur Taschenbuch
© 2020 by Luke Arnold
© 2022 der deutschsprachigen Ausgabe Knaur Verlag
Ein Imprint der Verlagsgruppe
Droemer Knaur GmbH & Co. KG, München
Alle Rechte vorbehalten. Das Werk darf – auch teilweise – nur
mit Genehmigung des Verlags wiedergegeben werden.
Redaktion: Isa Theobald
Covergestaltung: Guter Punkt, München / Markus Weber nach dem
Entwurf von Emily Courdelle und Steve Panton, LBBG
Satz: Adobe InDesign im Verlag
Druck und Bindung: CPI books GmbH, Leck
ISBN 978-3-426-52617-0

2 4 5 3 1

Prolog

Man sagt, solange man sich an die Wärme erinnern kann, wird die Kälte einen nicht umbringen.
Aber wann zum Teufel war es denn warm? Bevor wir die Welt zerbrochen haben: als die Straßenlaternen noch voller Feuer waren und man nicht lange suchen musste, um das Funkeln in den Augen anderer zu sehen. Jetzt herrschen dort nur noch Dunkelheit und der Tod und …
Nein. Erinnere dich.
Dicht gedrängt in einer Straßenbahn in Sunder City, zwischen pelzige Kreaturen und vom Tagwerk erschöpfte Arbeiter gezwängt. Musik und Glühwein in Kellerclubs, bevor alles verrottete und verstummte und …
Nein.
Ich bin nach Ladenschluss im *Graben* allein mit meinem Mopp. Es ist wärmer, als man annehmen würde. Der Pfeifenrauch längst gegangener Gäste hängt schwer in der Luft. Die Fenster sind beschlagen, und die Küche ist voll mit den Aromen von Zwiebeln, Lamm und Salbei.
Ich wische die Tische ab, die noch warm von Tellern und schweren Ellbogen sind; putze Erdnussschalen, Tabakkrümel, Knorpel und Spucke weg. Dabei arbeite ich mich vor, erst putzen, dann mit dem Mopp wischen. Ich verdünne die üble Mischung aus Essensresten, geschmolzenem Schnee und verschüttetem Bier.
Die größeren Stücke schmeiße ich in den Herd: eine gusseiserne Skulptur in der Mitte des Raums, komplett mit dickem Kamin. Ich sehe zu, wie die Flammen alles verzehren und Ruß an d͏ Glastür lecken. Für einen Moment ist dieser Herd der wär͏ Gegenstand im ganzen Gebäude. Dann öffnet sich di͏ gangstür, und Eliah Hendricks tritt ein.
»Fetch, mein Junge! Das musst du probieren!«

* * *

Der Hochkanzler stolperte in den Graben, in seinen Händen eine tropfende Papiertüte. Braunes Öl troff über seine beringten Finger und auf meinen frisch gewischten Boden. Sein kupferfarbenes Haar voller Schneeflocken war in den Kragen seines Mantels gestopft. Ich fühlte mich geehrt: Der Anführer des Opus war tagelang nach Sunder City gereist, nur um mich als Ersten aufzusuchen.
Nun, als Zweiten. Er hatte sich vorher Snacks besorgt.
Ich wischte mir die Hände an der Schürze ab und streckte sie nach der Tüte aus. Hendricks zog sie vor mir weg, als wäre sie ein Säugling und ich ein hungriger Löwe.
»Denk nicht mal daran, diese schmutzigen Tentakel da reinzustecken. Mund auf.«
Er griff in die Tüte, zog ein süß duftendes, knuspriges Stückchen heraus und schob es mir in den geöffneten Mund.
»Sie heißen Schweinis. Gebratene Pflaumen, umhüllt von saftigem Speck.« Ich kaute langsam, während mir die Mischung aus fruchtigem Saft und würzigem Fett auf der Zunge zerging. »Sind sie nicht wunderbar? DAS ist das Wunder von Sunder City. Die meisten Bewohner des Kontinents können es nicht sehen. Sie stecken so tief in ihrem Denken fest, dass sie nicht verstehen, was das Besondere an unserer Stadt ist. Das«, und er wies mit dem Finger auf meine dicken Backen, »ist ein modernes Wunder. Die alte Magie hätte so etwas niemals herbeizaubern können. Nicht in einhundert Jahren. Und ich sollte das wissen: Ich war dabei.«
Wieder holte er eine rote Köstlichkeit aus der Tüte, hielt sie sich unter die Nase und sog gierig den Duft ein. Dann schüttelte er ungläubig das Haupt.
»Mizaki Winterpflaumen, die perfekte Süße durch die Kälte des Nordens, eingehüllt in Schweinespeck von mit Kakaobohnen gefütterten Ebern des Südlichen Skiros. Eine Erfindung der Küchen von Sunder City, verkauft an einer Straßenecke um Mitternacht für den schockierenden Preis einer Silbermünze.« Er schob sie in den Mund und redete weiter. »Das ist Fortschritt, Fetch! Das ist etwas, wofür es sich zu kämpfen lohnt.«
Während er die Tüte auf einen gerade gewichsten Tisch legte, zog ich einige Hocker heran. Hendricks begab sich hinter den Tresen

und begann seine übliche Vorstellung, wie immer, wenn wir zusammen waren.

Zuerst legte er zwei Bronzegeldscheine in die Kasse. Mehr als genug für den Alkohol, den wir trinken würden, und zudem eine Entschädigung für Mr Tatterman, dem es so morgen leichter fallen würde, meinen Kater zu ignorieren.

Jeder Versuch zu arbeiten war, wenn Hendricks da war, sinnlos, also zog ich den Eimer nach hinten raus, legte die Schürze ab, wusch mir die Hände und holte einige Reste aus der Küche, die niemand vermissen würde: ein Stück Käse, einen Löffel Honig und etwas Brot, das noch nicht allzu trocken war. Als ich mit dem Teller in den Händen zurückkam, hatte Hendricks die Zutaten wie eine Kompanie Soldaten aufgestellt.

Burnt Milkwood war, wie so viele Cocktails, einst als Medizin erfunden worden. Der Saft des Tarixbaumes wurde über einer offenen Flamme geköchelt, bis er zu einem bitteren, karamellfarbenen Sirup eingedickt war: gut gegen Halsweh und Triefnasen, aber von ziemlich scheußlichem Geschmack. Mütter mischten ihren kranken Kindern Rübenzucker hinein, um ihn zu versüßen. Mit der Zeit waren mehr und mehr Zutaten dazugekommen, bis das Rezept derart umfangreich war, dass man, wenn man denn wollte, eine Menge Alkohol darin verstecken konnte.

Die meisten Kneipen hatten fertigen Tarixsaft in Flaschen auf Vorrat, aber Eliah zog es vor, seinen eigenen herzustellen.

»Mein Junge! Wie laufen die Abenteuer des großartigsten Kerls in Sunder City?«, erkundigte er sich, während er ein kleines Fläschchen des rohen Saftes in eine Pfanne schüttete. »Raubst du noch immer Banken aus? Und Herzen? Übertriffst alle Erwartungen?«

So redete er immer mit mir. Trotz all unserer Zuneigung füreinander war mir nie ganz klar, ob er mich wegen meiner Schwierigkeiten neckte oder wirklich glaubte, ich würde überall in der Stadt einen guten Eindruck hinterlassen.

»Ich habe eine neue Unterkunft«, berichtete ich. »Ich teile mir ein Zimmer mit einem Oger, der schnarcht wie ein Gewitter. Ich muss tagsüber schlafen, während er in den Stahlwerken arbeitet, aber ich denke, es geht aufwärts mit mir.«

»Man muss nicht unbedingt nach oben, Meister Fetch, Hauptsache, man kommt herum.« *Auf dem Weg zum Kamin ließ er den Saft in der Pfanne kreisen.* »Diese Stadt ist ein wunderbarer Ort zum Spielen, aber die meisten missverstehen das Spiel. Die Schönheit von Sunder liegt darin begründet, dass es kein uraltes Königreich ist, auf dem Blutlinien und Kronen lasten und in dem die Anführer die ganze Zeit versuchen, sich gegenseitig einen Kopf kürzer zu machen. Es ist ein Marktplatz. Eine Tanzhalle. Ein Labor instabiler Chemikalien, die auf unerwartete und exzellente Weise miteinander reagieren. Schau nicht hoch. Schau hinunter! Zieh deine Schuhe aus und lass den Schlamm der Stadt zwischen deinen Zehen hervorquellen. Wälze dich in ihr. Riech sie, schmeck sie, bis du alles aufgesogen hast, was sie zu bieten hat.«

Hendricks setzte sich an den Kamin, wickelte seinen Mantel um die Hand und packte den eisernen Griff der Glastür. Als er sie öffnete, wehte ihm heiße Luft entgegen. Er schob die Pfanne hinein und drehte sie langsam im Kreis, bis die Flammen den Saft erreichten. Ich setzte mich an den Tisch und tauchte eine Scheibe Brot in den Honig.

»Viel Zeit zum Wälzen bleibt mir nicht. Ich habe drei Jobs.«

Er zog die Pfanne heraus, blies die kleinen Flämmchen aus, die den Saft verbrennen wollten, und schob sie wieder hinein.

»Ich nehme an, das hängt davon ab, für wen man arbeitet«, *erwiderte er.*

»Jede Woche für jemand anderen. Zuletzt recht viel für Amari.«

»Ah ja. Meine Feenfreundin, die den kleinen Fetch um den Finger gewickelt hat. Was zahlt sie dir? Keusche Blicke und hingehauchte Küsse?«

Röte stieg mir ins Gesicht, aber ich ignorierte die Frage.

»Meistens bin ich hier. Manchmal mache ich Erledigungen für die Apotheke oder ihre Kunden.«

Der Saft karamellisierte schnell, also zog Hendricks die Pfanne heraus und brachte sie hinter den Tresen.

»Aber für wen arbeitest du wirklich? Für den verschlafenen Hansel, dem der Laden hier gehört?«

Dies war der Beginn einer seiner Reden. Ich hatte gelernt, dass es nichts brachte, ihn zu unterbrechen.

»Ich denke schon.«
»Oder arbeitest du eigentlich für das Geld? Falls ja, würde ich mal behaupten, dass du eigentlich für die Bank von Sunder City arbeitest. Vielleicht tun wir das alle! Aber dient die Stadt der Bank oder die Bank der Stadt?« Das war eine rhetorische Frage, also zog ich statt einer Antwort die Schultern hoch. »Vielleicht unterschätze ich dich auch. Vielleicht geht es dir gar nicht ums Geld. Sind es tief in deinem Herzen eher die Gäste hier? Wenn du den Tresen abwischst und die Gläser perfekt spülst«, er hob das Cocktailglas an und wischte grinsend einen Fleck weg, »denkst du dann an die Trinker hier? Siehst du dich in ihren Diensten?«
Er rührte langsam die anderen Zutaten in den Cocktail. Seine Aufmerksamkeit war perfekt zwischen unserem Gespräch und seinem Tun aufgeteilt.
»Na ja, umsonst würde ich es nicht machen.«
»Nein? Nehmen wir an, du hättest keine Geldsorgen und dieser Laden würde ohne dich vor die Hunde gehen, würdest du aushelfen, wenn man dich bittet?«
»Ich schätze schon.«
»Also ist das Geld doch nicht unbedingt das Einzige, was zählt. Vielleicht arbeitet es, genau wie du, zum Wohle der Stadt. Ihr erfüllt beide euren Teil. Zwei der vielen Rädchen, die diese Stadt benötigt, um weiterhin zu funktionieren, so wie die Schornsteine und die Pflastersteine und die Zeitungen und das Feuer.«
Mit diesen Worten brachte er zwei Drinks an unseren Tisch und wies mit einem Nicken auf den Kamin hinter mir.
»Für wen arbeitet das Feuer? Uns alle? Für sich? Ist es ihm egal? Es brennt hell, ganz egal, welchen Zweck wir ihm zuweisen.«
Wir stießen an, und ich trank einen Schluck. Der Cocktail war süß, aber anders als bei vielen anderen (oder diesem, wenn weniger geschickte Hände ihn mischten) erstickte diese Süße nicht die anderen Noten darunter.
»Fetch, du weißt, was Drachen sind, nicht wahr?«
»Ich habe im Museum Bilder gesehen. Große, schuppige Monster, richtig?«
»Sie können sich in allerlei Kreaturen entwickeln, aber der gewöhn-

liche Drache sieht genau so aus: Schuppen, Krallen, Flügel. Unfassbare Wesen, jeder einzelne. Wir bemühen uns heutzutage, sie zu beschützen, aber vor zweihundert Jahren war Drachenjäger ein angesehener Beruf.
Anders als die meisten Krieger waren Drachentöter keinem einzelnen Reich loyal verbunden. Diese Freiheit erlaubte es ihnen, überall und für jede Spezies zu arbeiten und dabei so reich wie Prinzen zu werden, wenn sie denn gut genug waren. Städte heuerten sie zum Schutz an. Oder aus Rache, falls es schon einen Angriff gegeben hatte. Dazu kommt, dass Drachenschuppen und -knochen wertvoll sind und die Drachentöter zu ihrem Sold zusätzlich Geld verdienen konnten. Aber noch viel wertvoller war der Ruhm.
Heute kann man sich das nur noch schwer vorstellen. Drachenjagd ist, wie die meiste Arbeit für Söldner, altmodisch. Dafür übernehme ich einen Teil der Verantwortung: Opus hat bewusst daran gearbeitet, diese Art der Beschäftigung zu reduzieren, damit weniger Schwerter für Geld geschwungen werden. Es gibt nur noch so wenige Drachen, dass es ein Verbrechen ist, einen zu töten, aber damals gab es nichts, was heroischer, aufregender oder profitabler war.«
Anders als Hendricks, der dreihundert Jahre lang jede Ecke von Archetellos erkundet hatte, kannte ich nur zwei Städte. Weatherly, wo ich von hohen Mauern umgeben aufgewachsen war und nichts von der Welt mitbekommen hatte, und Sunder, das dagegen offen war und wuchs und wuchs, aber eben auch nur eine Stadt war. Nach drei Jahren an einem Ort ließen mir Geschichten über die weite Welt die Füße jucken.
»Du weißt, wie Kinder über Sportler reden oder wie junge Damen von den Troubadouren im Theater schwärmen. Nun, Drachentöter waren all das gleichzeitig hoch zehn. Wir kannten ihre Namen, wir haben Geschichten ihrer Heldentaten erzählt und Lieder über sie gesungen. Straßen wurden nach ihnen benannt, und man konnte Repliken ihrer Schwerter kaufen. Nie mussten sie selbst ihr Essen oder das Dach über ihrem Kopf bezahlen, und selten gingen sie allein zu Bett. So etwas gab es nicht noch einmal in der Welt. Jede Spezies und jede Stadt hatten ihre Helden, aber Drachentöter gehörten uns allen.

Natürlich brachte das unfassbaren Wettbewerb mit sich. Als die Zahl der Drachen sank, löste jedes Gerücht über eines der Monster ein Rennen ohne Regeln aus. Wagen wurden sabotiert, Mahlzeiten vergiftet, und nachts stachen sie sich gegenseitig ab. Vielen ging es mehr darum, ihre Konkurrenz zu besiegen, als die Drachen zu jagen, wie sie es gelernt hatten.
Eines Abends kam eine Gruppe Händler nach Lopari. Sie behaupteten, in den Sunderianischen Sümpfen eine Flamme beobachtet zu haben, die den Himmel erleuchtete und die Erde beben ließ. Kaum hatten sie das ausgesprochen, da ritt schon ein junger Drachentöter namens Fintack Ro aus der Stadt. Es war ihm egal, dass niemand ihn angeheuert hatte: Seine Beute würden Schuppen und Knochen sein, aber vor allem das Prestige. Obwohl es Hunderte von Möchtegerns gab, hatte nur eine Handvoll unter ihnen bewiesen, dass sie auch das Zeug für die Jagd auf Drachen hatten. Fintack war jung und hatte erst begonnen, als die Drachen schon aus der Welt verschwanden.
Ältere Jäger konnten sich aus dem Geschäft zurückziehen: ein Buch schreiben, Adlige für lächerliche Summen unterrichten oder eine Taverne eröffnen, in der ihre Geschichten jede Menge Kunden anlockten. Fintack war noch auf dem Weg dorthin und suchte die eine, die große Jagd. Er brauchte die Art Geschichte, die selbst Flügel entwickelt und von den Zungen der Reisenden in alle Länder fliegen kann.
Fintack rüstete sich aus, schärfte seine Waffen und war der Erste, der Sunderia erreichte. Eine ganze Woche durchsuchte er mit nassen Socken und zerstochenen Armen die Sümpfe. Tagsüber reiste er langsam und vorsichtig durch das gefährliche Gelände, und abends blieb er so lange wie möglich wach und hielt nach Flammen Ausschau.
Zu seinem großen Ärger waren die ersten Anzeichen für andere Lebewesen die Spuren seiner Rivalen: andere hochgerühmte Drachentöter, die ebenso erfolglos wie er durch den Sumpf stapften. Eines Morgens endlich erwachte Fintack, weil der Boden um ihn herum bebte. Als er die Augen öffnete, sah er eine grelle Flamme aus den Mangroven in den Himmel schießen. Sofort packte er sein Schwert und stürmte los.

Während der Suche hatte er den Sumpf kennengelernt und wusste, welchen Wasserlöchern er vertrauen konnte, welcher Schlamm ihn tragen würde und welcher seine Stiefel verschlingen konnte. Seine Finger glitten über Holz, das schwarz vom Ruß war, und er spürte, dass seine Beute nicht weit entfernt lauerte.
Als er sich durch die Schlingpflanzen arbeitete, stieg vor ihm eine weitere Flamme auf, aber noch immer konnte er die Bestie nicht sehen. Er sah sich suchend um und kroch weiter, aber als er andere Drachentöter durch das Unterholz brechen hörte, blieb ihm keine Wahl, als auf die Lichtung zu treten, und dort war …«
Hendricks nahm einen langen Schluck, um die Spannung zu erhöhen.
»*… nichts. Keine Bewegung, keine Drachenspuren, überhaupt kein Hinweis. Fintack suchte alle Himmelsrichtungen ab, und zwei weitere Drachentöter schlossen sich ihm an: ein Zauberer namens Prim und ein Zwerg namens Riley. Alle drei suchten zunehmend verwirrt und frustriert. Bis inmitten ihres Dreiecks eine Flammensäule in den Himmel stob.*
Es gab keinen Drachen. Das Land selbst hatte sie geködert, indem es Feuer spie. Die Drachentöter waren wütend und erschöpft. Sie machten einen Burgfrieden aus und schlugen ihr Lager auf. Fintack jagte einen Wasservogel und wollte ihn auf der nächsten Flamme rösten, aber Prim warnte ihn: Als Zauberer spürte er die Macht unter ihren Füßen. Das war nicht nur ein wenig Sumpfgas, sondern etwas viel Mächtigeres.
In dieser Nacht erzählten sie sich keine Geschichten von Heldentaten oder tauschten sich über verschiedene Arten von Drachen aus. Stattdessen überlegten sie, wie man dieses Feuer beherrschen und als Brennstoff nutzen könnte. Die drei hatten ihr Leben auf Reisen durch den ganzen Kontinent verbracht. Sie hatten ganze Familien in harten Wintern erfrieren sehen. Sie hatten gesehen, wie die Satyrsklaven Kohle sammelten, um den Zentaurenpalast in den Hainen zu wärmen. Sie kannten die Schmieden der Zwerge, die mit Lava betrieben wurden und nur an den gefährlichsten Orten tief in den Bergen möglich waren.
Bis zu jener Nacht hatten die drei Krieger nur sich selbst gedient.

Nirgends sonst hätte man stolzere, ambitioniertere Halsabschneider finden können. Aber als sie genau hier standen«, Hendricks stampfte mit den Füßen auf den Steinboden, *»sahen sie eine Möglichkeit, die Welt zu einem besseren Ort zu machen. Diese drei Drachenjäger nutzten ihren Einfluss, um eine Stadt zu gründen, wie niemand zuvor sie sich hätte vorstellen können. Sie gaben dafür alles auf, was sie vorher ausgemacht hatte. Setzten alles ein, was sie gewonnen hatten, und veränderten dadurch den Lauf der Geschichte.«*
Das grüne Licht funkelte in Hendricks' Augen, als er mich ansah und dabei sein leeres Glas hob.
»Bereit für den nächsten. Geschichtenerzählen macht mich immer so durstig.«
Als ich mein halb volles Glas nehmen wollte, blieb ich mit dem Ärmel an der Tischkante hängen und stieß es um. Beim Versuch, es zu fangen, bevor es auf dem Boden zersprang, kam ich mit der anderen Hand an das Eisen des Kamins. So schnell ich reagieren konnte, zog ich sie zurück, aber ein Stück meiner Haut blieb daran kleben. Es zischte und brutzelte wie Speck in der Pfanne.
Hendricks sprang auf und füllte eine Schüssel mit Wasser, packte etwas Schnee von draußen hinein und hielt sie mir hin. Ich badete meine schmerzende Hand so lange darin, wie ich es aushalten konnte. Dann trocknete er sie vorsichtig ab, nahm den Honig vom Teller und schmierte eine dünne Schicht auf die Brandwunde, wobei er mir erklärte, dass es für heilende Haut nichts Besseres als eine Schicht Honig gebe.
»Tut es noch sehr weh?«, fragte er.
»Wird besser. Zieht noch. Ich bin so dämlich.«
Er lachte, wie er immer lachte, in einer undeutbaren Mischung aus Zuneigung und herablassendem Amüsement.
»Wir alle verbrennen uns, Fetch. So lernt man am besten aus Fehlern. Nur wenn ein Teil von dir erfriert, kannst du deinen inneren Arsch loswerden.«
Er gackerte und mixte uns eine weitere Runde Cocktails. Dann noch eine.
Schon bald war ich so betrunken, dass ich weder meine Finger noch die Kälte oder überhaupt irgendetwas Schlimmes fühlen konnte.

1

Es war kalt wie eine Leiche im Schnee. So kalt wie der Händedruck eines Schuldeneintreibers. So kalt wie ein Messer, das so scharf ist, dass man das Drehen in der Wunde nicht spürt. Kalt wie die Zeit. Kalt wie ein leeres Bett an einem Sonntagabend. Kälter als eine Tasse Tee, die du vor vier Stunden gemacht und dann vergessen hast. Kälter als die Erinnerung, die du zu lange am Leben gehalten hast.

Mir war so kalt, dass ich mir sogar wünschte, jemand würde die Laterne anwerfen, in der ich saß, und mich wie eine Marone rösten. Natürlich war das nicht möglich. In diesen Laternen hatte seit sechs Jahren kein Feuer gebrannt. Die Lampe war oben offen, und einst war sie eines der hellsten Lichter von Sunder City gewesen, direkt über dem Stadion, installiert für nächtliche Spiele. Jetzt war sie nur noch ein hässlicher Mast mit einer Schale darauf.

Das Feld befand sich über der allerersten Feuergrube. Während der Bauarbeiten war es ein offenes Loch in die Hölle darunter gewesen. Als sie die Rohre und Leitungen verlegt hatten, die das Feuer in die Stadt trugen, war ihnen aufgefallen, dass ein tiefes Loch direkt am Eingang der Stadt zu gefährlich war. Also hatten sie es geschlossen und jegliches Bauen darauf verboten.

Stattdessen hatten Kinder es als Spielplatz benutzt. Zuerst einfach so, dann waren nach und nach Tribünen und Mauern hochgezogen worden, bis daraus das Stadion von Sunder City geworden war.

Als die Coda die Magie getötet hatte, waren auch die Flammen unter der Stadt erloschen. Deshalb gab es keine Heizungen mehr, keine Lichter auf der Main Street und keine Chance auf ein Feuer zwischen meinen Beinen. Ich hockte oben in der Schüssel, die Arme um den Leib geschlungen und so gut aus dem Wind geduckt, wie es eben ging.

An den Wind hatte ich nicht gedacht, als ich den Job angenommen hatte. Das war dumm gewesen, denn der Wind ruinierte alles. Er drückte mir die Kälte unter den Kragen und meine Ärmel hoch. Er ließ den Mast hin und her schwingen, sodass ich befürchtete, dass er irgendwann brechen und mich im hohen Bogen auf den Boden schleudern würde. Aber vor allem machte er die Armbrust in meinem Schoß vollkommen nutzlos.

Meine Aufgabe war, auf meinen Klienten aufzupassen und mich bereitzuhalten, damit ich einen Warnschuss abgeben konnte, sollte er mir das Zeichen geben, dass der Deal nicht sauber war. Aber in diesen Böen würde der Bolzen entweder direkt in den Schnee oder hoch in den Himmel rasen.

Mein Auftraggeber war ein Gnom namens Warren. Er befand sich unter mir, und sein Markenzeichen, ein weißer Anzug, ließ ihn mit dem Schnee verschmelzen. Die einzige Lichtquelle war eine Laterne, die er an den Mast gehängt hatte.

Seit einer halben Stunde warteten wir, ich oben in meiner Metallschüssel, er unten zwischen den Tribünen. Ich versuchte, mich daran zu erinnern, ob ich mir das so vorgestellt hatte, als ich der *Mann für Alles* geworden war. Eigentlich hatte ich denjenigen helfen wollen, deren Leben ich zerstört hatte. Etwas für sie tun, was sie selbst nicht mehr konnten. Mir kamen aber Zweifel, dass einem Gnom während eines illegalen Treffens Rückendeckung zu geben diese hehren Ziele erfüllte.

Inzwischen hatte ich mich durch ein halbes Päckchen Clayfields gekaut, obwohl ich wusste, dass das keine gute Idee war. Es war ein Schmerzmittel, das betäubte, aber die Kälte hatte meine Finger und Zehen bereits gefühllos werden lassen, weswegen ich nicht noch mehr davon brauchen konnte.

Endlich näherte sich eine Gestalt von der anderen Seite des Spielfeldes. Sie war deutlich vernünftiger eingepackt als ich: dicker Mantel, Schal, Mütze, Stiefel und Handschuhe. Ein Metallkasten an ihrer Seite war etwa so groß wie ein Toaster.

Warren trat aus dem Schatten der Tribünen und hielt seinen Hut fest, damit er nicht weggeweht wurde.

Sie traten zueinander, und es wäre selbst ohne das Heulen des Windes unmöglich gewesen, auch nur ein Wort zu verstehen. Ich legte die Armbrust auf die Kante der Laterne und tat so, als wäre meine Anwesenheit keine kolossale Zeitverschwendung.

Als es noch Magie gab, hätte ich allerlei wunderbare Erfindungen dabeihaben können: Goblin-Granaten, verzauberte Seile und explodierende Tränke. Heute waren die einzigen Dinge, die auf Entfernung gefährlich werden konnten, ein Bolzen, ein Pfeil oder ein gut geworfener Stein.

Warren griff in sein Jackett und zog einen Umschlag hervor. Keine Ahnung, wie viele bronzene Scheine sich darin befanden. Ebenso wenig wusste ich, was in dem Metallkasten war. Eigentlich wusste ich mal wieder gar nichts.

Die Frau gab Warren den Kasten. Er überreichte den Umschlag. Dann standen sie da, während Warren den Kasten öffnete und sie das Geld zählte.

Als die Frau sich umdrehte und wegging, zog ich mich in die Laterne zurück und pustete mir in die tauben Finger.

Warren schrie.

Als ich über die Kante spähte, wedelte er mit dem Hut durch die Luft. Das war das verabredete Zeichen, aber die Frau war schon halb über das Spielfeld gegangen.

»Das ist Scheiße«, kreischte der Gnom. »Leg sie um!«

Ich muss zwei Sachen klar sagen: Erstens hatte ich niemals zugestimmt, irgendwen umzulegen; zweitens bin ich nicht der Typ, der auf Frauen schießt. Aber sollte ich nicht wenigstens den Eindruck erwecken, dass ich sie aufhalten wollte, würde sich meine Bezahlung in Wohlgefallen auflösen, und der ganze eiskalte Abend wäre umsonst gewesen. Also hob ich die Armbrust, zielte hinter die Frau und drückte ab.

Ich hatte vor, zu kurz zu schießen, sodass es wirkte, als habe ich die Entfernung falsch eingeschätzt. Zu meinem – und ihrem – Unglück drehte der Wind genau in diesem Augenblick.

Aus der Dunkelheit gab es einen Schmerzensschrei und dann das Geräusch eines fallenden Körpers.

Scheiße.

»Ja! Du hast sie erwischt, Fetch! Sehr gut!«

Warren schnappte sich seine Laterne, lief davon und ließ mich im

Dunkeln zurück. Ich hörte, wie er sie verfluchte, wie sie ihn verfluchte, und fluchte selbst auch.

Bis ich die Leiter herabgestiegen war und Warren erreicht hatte, hatte er ihr schon den Umschlag aus den Fingern gerissen und trat nach ihr. Ich zog ihn zurück, und er fiel auf seinen Hintern. Da er kaum einen Meter groß war, würde er sich nicht allzu wehtun.

»Genug. Du hast dein Geld, oder nicht?«

Mein Bolzen steckte in ihrer rechten Wade, nicht allzu tief, aber es lief einiges Blut in den Schnee. Als sie versuchte, sich umzudrehen, zuckten die Muskeln um die Wunde. Ich legte ihr die Hand auf die Schulter, um sie zu beruhigen.

»Miss, Sie wollen nicht ...«

»Nein!« Sie warf sich herum und fuhr mir über das Gesicht. Schmerz schoss durch meine Haut. Ihre Klauen waren ausgefahren, hatten Löcher in die Handschuhe gebohrt und funkelten im Laternenlicht. Eine Werkatze. Als ich mein Gesicht berührte, spürte ich warmes Blut.

»Verdammt noch mal, Lady, ich will Ihnen nur helfen.«

»Du hast auf mich geschossen!«

»Das war vor zwei ganzen Minuten. Seien Sie nicht so nachtragend.«

Ich kroch näher heran, und dieses Mal schlug sie nicht nach mir. Bis auf die Klauen und die glühenden Katzenaugen sah sie menschlich aus. Kein Pelz oder sonstige Tiermerkmale. Ihr Haar war dunkel, lang und zu dünnen Dreadlocks verflochten, die zu einem Zopf gebunden waren.

»Halten Sie einen Moment still«, bat ich und zog mein Messer. Sie ließ zu, dass ich ihre Hose bis zum Bolzen aufschnitt. Der Wind und der dicke Stoff hatten verhindert, dass er allzu tief eindringen konnte. Ich zog ein sauberes Taschentuch und meine Packung Clayfields raus.

»Hat jemand Alkohol dabei?«

Warren holte einen silbernen Flachmann aus seinem Jackett. Ich nahm einen Schluck, der meine Innereien erwärmte.

»Was ist das?«

»Brandy. Meine Frau brennt ihn.«
Ich schüttete etwas auf das blutende Bein und wischte es mit dem Taschentuch trocken. Die Werkatze bleckte die Zähne, griff mich aber zum Glück nicht noch einmal an.
Dann zog ich eine Clayfield aus der Packung und hielt sie ihr hin.
»Auf das Ende beißen und daran saugen. Ihre Zunge wird taub werden. Das bedeutet, dass es wirkt.«
Ihre Augen waren gelbgrün und voller Verachtung.
»Ich hätte nichts dagegen, meinen Hintern aus dem Schnee zu hieven«, stellte sie fest.
»Eine Sache noch.«
Ich zerquetschte den Rest der Packung in meiner Faust. Es waren noch gut ein Dutzend Zweiglein darin, die ich mit der Pappe zu einer Paste zerrieb. Ihr Saft troff unten heraus auf die Wunde, und ich verrieb ihn mit der Packung um den Bolzen herum, sorgsam darauf bedacht, nichts auf die Finger zu bekommen.
»Hilft das?«
Sie nickte.
Mit einem Arm unter ihrer Schulter half ich ihr hoch auf ihr unverletztes Bein, und wir humpelten zu den überdachten Tribünen. Dort legte sie sich auf den Bauch. Ich setzte mich eine Reihe darunter hin und versuchte, den Bolzen zu entfernen.
»Warren, was hat sie dir überhaupt verkauft?«
Der Gnom saß etwas abseits und schmollte, aber er öffnete den Kasten. Darin lag etwas, das wie eine Kristallblume aussah, deren zahlreiche dünne Blütenblätter zu einer Spitze wuchsen. Sie lag auf einem Samtkissen, und ich hatte keine Ahnung, um was es sich handeln mochte.
»Eine Art Juwel?«
»Noch nicht mal«, erwiderte Warren. »Glas.«
»Warum willst du es?«
»Ich will doch nicht das da. Ich will das Original.«
»Original?«
Frustriert klappte er den Kasten zu.
»Das Horn eines Einhorns.«

Ich hielt inne. Der Gnom und die Katze senkten beschämt ihren Blick. Zu Recht.
Den alten Geschichten nach hatte es einst einen Baum gegeben, dessen Wurzeln sich so tief in den Planeten gegraben hatten, dass sie den großen Fluss erreichten. In einem Frühjahr trugen seine Äste seltene Äpfel, die mit heiliger Macht erfüllt waren. Als eine Herde wilder Pferde von diesen Äpfeln fraß, ließ die Magie Spiralen purpurnen Nebels aus ihren Stirnen wachsen.
Nur selten hatte man sie zu Gesicht bekommen, und alle hatten sie beschützt. Die Idee, eines zu jagen, um ihm das Horn abzuschneiden, war barbarisch. Ich sah die Katzenlady an.
»Sie sind nach Sunder City gekommen, um so einen Dreck zu verkaufen?«
Da sie nicht antwortete, stupste ich gegen ihr verletztes Bein.
»Echh!« Sie bäumte sich auf und fauchte mich an. Ihre Krallen erschienen wieder, aber diesmal war es nur eine Drohgebärde.
»Woher bekommen Sie Einhorn-Horn?«, hakte ich nach. »Und legen Sie sich hin, sonst bekomme ich den Bolzen nie raus.«
Sie legte ihren Kopf auf die Hände.
»Gar nicht. Wie der Gnom schon sagte, es ist aus Glas. Eine Fälschung.«
Wenigstens war sie nicht durch die Wildnis gezogen und hatte legendäre Kreaturen für ein wenig Bronze getötet. Aber das war nur ein Teil des Problems.
»Warren, was wolltest du damit?«
Der kleine Kerl hatte sich zusammengekauert und grummelte in seiner Muttersprache vor sich hin.
»Warren?«
Er sah nicht auf, spie mir aber eine Antwort entgegen: »Ich sterbe.«
Der Wind ebbte ab.
»Wir sterben alle, Warren.«
»Aber ich sterbe bald, und es wird nicht schön sein.« Er hob seine Hände und öffnete und schloss die Finger, als würde er etwas zerquetschen. »Ich kann meine Knochen spüren. Meine Gelenke. Sie … rosten. Zerbrechen. Der Arzt sagt, man kann nichts ma-

chen. Wir Gnome hatten Magie in unseren Körpern. Ohne sie weiß ein Teil von uns nicht mehr so richtig, wie er funktionieren soll.« Er legte eine Hand auf den Metallkasten mit dem gefälschten Horn. »Ich habe einen neuen Doktor gefunden, der mir gesagt hat, dass es in manchen Sachen noch Magie gibt. Er meint, so ein Horn sei pure Magie, und falls ich ihm eins bringen kann, könnte er mir vielleicht etwas davon verabreichen.«

Es kostete mich Überwindung, nicht das Offensichtliche auszusprechen: dass er ein vertrauensseliger Tölpel war, der alles nur noch schlimmer machen würde. Das Letzte, was er in seinem Zustand brauchte, war, in einer solchen Nacht draußen auf der Suche nach etwas Unmöglichem zu sein.

Lange gelang es mir nicht.

»Warren, du weißt schon, dass das Unsinn ist, oder?«

Er antwortete nicht. Auch sie schwieg. Ich entfernte den Bolzen und verband die Wunde gut genug, sodass sie das Bein etwas belasten konnte. So gingen wir zurück in die Stadt. Die Werkatze und der Gnom schwiegen, und ich lernte endlich, es ihnen gleichzutun.

* * *

Wir kamen etwa um Mitternacht in den Eingeweiden von Sunder City an. Warren zahlte mich aus und stapfte nach Hause. Dann waren die Katze und ich allein.

»Wie geht es dem Bein?«

»Zu deinem Glück ist es übel.«

»Wieso zu meinem Glück?«

»Weil ich dir wirklich gern ins Gesicht treten möchte.«

Als wir die Main Street erreichten, sagte sie, dass sie ab jetzt allein klarkommen würde. Vermutlich wollte sie einfach nicht, dass ich wusste, wo sie wohnte. Das war für mich okay. Mir war kalt, ich hatte keine Schmerzmittel mehr, und ich wollte nur noch schlafen, bis der Effekt der letzten Clayfield abklang.

»Sorgen Sie dafür, dass ein richtiger Arzt sich das ansieht«, empfahl ich ihr.

»Ach echt? Ich könnte vermutlich Wundbrand allein von deinem Anblick bekommen.«

Das sollte wohl ein Scherz sein, aber es war leider nicht ganz falsch. Mein Zuhause hatte seit dem Verlöschen der Feuer kein heißes Wasser mehr. Im Winter hätte es einen härteren Mann als mich gebraucht, um sich jeden Tag zu waschen.

»Aber danke«, fügte sie hinzu. »Wenn ich schon angeschossen werden muss, dann wenigstens von einem, der mich nachher wieder zusammenflickt. Wie ist Ihr Name?«

»Fetch Phillips. Mann für Alles.«

Sie schüttelte meine Hand. Die Spitzen ihrer Krallen kratzten über meine Haut.

»Linda Rosemary.«

Alles in allem war der Abend gut gelaufen. Sie hatte versucht, Warren zu betrügen, war erwischt worden und hatte sich einen Bolzen als Bezahlung für unsere verschwendete Zeit eingefangen, aber am Ende gingen wir alle nach Hause in unser eigenes Bett. Irgendwie war das fair. Fairer, als wir es für gewöhnlich erwarten konnten.

Mit einer Hand stützte sie sich an den Wänden ab, als sie die Main Street hochhumpelte. Ich würde ihr den Ärger nicht nachtragen, solange ich mich nie wieder mit ihr herumschlagen musste.

Aber einige Sachen wird es in Sunder City immer geben: Hunger im Winter, Betrunkene in der Nacht und Ärger das ganze Jahr über.

2

Die Pisse in meinem Nachttopf war gefroren. Eigentlich hatte ich nicht richtig geschlafen, sondern war nur angezogen in meinem Bett zusammengebrochen und hatte getan, als wäre ich tot, bis die Sonne wieder aufging.

Ich glitt aus dem Bett und zwang meine zweifach besockten Füße in die Stiefel. Als ich in meine Wohnung/das Büro/den Kühlschrank eingezogen war, gefiel mir die Idee, im fünften Stock zu leben. Die Aussicht gab mir das Gefühl, die ganze Stadt überblicken zu können, und der Sturz aus der Engelstür wäre tief genug für einen sicheren Tod, sofern ich Kopf voraus sprang. Es sind die kleinen Dinge, die aus einem Haus ein Heim machen.

Sunder war eine große Stadt, aber nicht sonderlich hoch gebaut. Leider hieß das, dass dieses Gebäude einen beeindruckenden Ausblick bot, aber auch den ganzen Wind abbekam. Und er fand jeden Riss im Mauerwerk, jede Lücke um die Fenster. Er wehte sogar in die Räume unter mir und stieg kalt durch die Dielen empor. Irgendwann würde ich die ganzen Löcher flicken. Genauso, wie ich auch irgendwann zum Barbier gehen, mit dem Trinken aufhören und meine Hosen nähen würde, bevor sie mir von den Beinen fielen.

Die Schnitte in meinem Gesicht waren übler, als ich gedacht hatte. Am Morgen nach unserem kleinen Ausflug ins Stadion hatte ich Georgio, den Betreiber des Cafés unten, gebeten, mich zu nähen, aber seine zitternden Hände ließen das Blut nur noch üppiger fließen, also brach ich den Versuch ab. Seitdem waren vier Tage vergangen. Jetzt waren mir vier rotbraune Linien auf der rechten Seite geblieben, von denen ich nur hoffen konnte, dass sie keine Narben zurückließen.

Ich hatte kein eigenes Badezimmer. Deshalb auch der Nachttopf. Ich nahm ihn, öffnete die Tür zum Vorzimmer und hätte beinahe die Frau umgerempelt, die dort mit großen Augen stand, als hätte ich sie bei irgendwas erwischt.

Es war Linda Rosemary.
Sie war in dieselben vernünftigen Klamotten gehüllt, die sie neulich getragen hatte: roter Mantel, Hahnentritt-Schal und eine keck zur Seite geneigte schwarze Mütze. Als ich sie nachts gesehen hatte, war mir nicht aufgefallen, wie abgenutzt und geflickt alles aussah. Ihre Hände steckten in dicken, schwarzen Handschuhen, die mehr auf Wärme als auf Fingerfertigkeit ausgelegt waren. Auf ihren Wangen zeigte sich eine Röte, die gut zu den Wölkchen aus ihrem Mund passte. Ihr Blick senkte sich auf den kalten Eisblock im Topf, den ich zwischen uns hielt.
»Machen Sie Kaffee?«
Im Bemühen, zu verbergen, um was es sich handelte, hob ich ihn hoch.
»Von gestern. Nicht mehr gut.«
Sie rümpfte die Nase. »Riecht nach Pisse.«
Mein beschämtes Grinsen bestätigte ihre Vermutung. Einen Moment lang standen wir eingefroren in peinlicher Stille dort.
»Wollen Sie ... hereinkommen?«
Sie zog schmerzhaft lang die Luft ein. Ihr Blick wanderte von meinem Gesicht zum Nachttopf bis zum Büro hinter mir. Mein Bett war noch heruntergeklappt und zerwühlt. Auf dem Schreibtisch standen schmutzige Gläser, und eine Ameisenstraße trug Krümel quer durch den Raum. Keine Ahnung, was sie gefunden hatten, denn ich hatte hier seit Wochen nichts gegessen.
Linda war steif vor Unentschlossenheit, wie ein wildes Tier, das erst einmal alle Fluchtinstinkte unterdrücken muss, bevor es sich füttern lässt. Schließlich trat sie mit einem »Was zum Teufel ...« ein. Sie humpelte noch immer leicht und wischte mit einem Taschentuch über den Stuhl, den ich für meine Klienten bereitgestellt hatte. Ich lief um sie herum und stopfte schmutzige Unterwäsche und anderen Kram in meine Taschen.
»Nach neulich nachts habe ich mich umgehört ...«, hob sie an.
»Einen Augenblick.«
Hinter dem Schreibtisch war die Engelstür, ein Relikt jener Zeiten, als die Welt noch voller Magie gewesen war und einige glückliche Seelen fliegen konnten. Ich zog sie auf, und der Wind schlug

mir wie der Knochenbrecher eines Kredithais ins Gesicht. Ich stellte den Nachttopf auf die Veranda, rieb meine Finger am Mantel ab und schloss die Tür wieder. Als ich mich umdrehte, sah ich Bedauern auf ihrer Miene.

»Entschuldigen Sie. Ich habe selten Gäste so früh am Morgen.«

Sie zog eine Taschenuhr aus dem Mantel.

»Aber es ist ...«

»Ganz sicher ist es. Wie geht es Ihrem Bein?«

»So voller Nähte wie ein Segel. Und Ihr Gesicht?«

»Ich schätze, ein Teil davon steckt noch unter Ihren Fingernägeln. Ist es nicht gerade Trend, sie kurz zu feilen?«

Elegant wickelte sie sich aus dem Schal.

»Ich verabscheue das. Werkatzen schneiden ihre Krallen nur, wenn sie zusammen mit anderen Spezies leben. Meine Vorfahren lebten in den eisigen Hügeln von Weir. Wir hatten unser eigenes Königreich. Unsere eigenen Gesetze. Aber die Coda hat das alles zerstört und mich gezwungen, hierherzukommen.«

Ich konnte den Blick nicht abwenden. Ihre Haut war glatt, und jede noch so kleine Bewegung war grazil. Obwohl sie ihre Zähne kaum zeigte, schienen sie alle da zu sein.

»Nehmen Sie mir nicht übel, wenn ich das sage, aber Sie scheinen die Coda ganz gut überstanden zu haben.«

Es war nicht wirklich ein Kompliment, und ihrem Blick zufolge nahm sie es auch nicht so auf.

»Meine Schwester starb mitten in der Verwandlung, als ihr Gehirn versuchte, zwei verschiedene Wesen auf einmal zu sein. Das Gesicht meines Vaters war wie umgestülpt. Er hat noch eine Woche gelebt, stumm und durch einen Strohhalm ernährt, bis irgendetwas in ihm zerbrochen ist. In unserem Haus lebten zwanzig von uns. Und ich habe mich um sie alle so lange gekümmert, wie ich konnte, bis ich als Einzige übrig war. Ich ging und fand mich schließlich hier wieder. Mir ist bewusst, dass ich zu den wenigen Glücklichen gehöre, Mr Phillips, aber ich hoffe, Sie verstehen, dass ich dennoch keine Freudensprünge mache.«

In der darauffolgenden langen Pause sank ihre Geschichte durch meinen dicken Schädel. Draußen heulte der Wind noch lauter.

Der Nachttopf kratzte über den Boden und fiel von der Veranda. Es schepperte laut, dann rief jemand Verwünschungen hoch. Ihre Miene blieb unverändert. Als der Lärm draußen erstarb, fuhr sie fort: »Ich habe mich nach Ihnen erkundigt und dabei einige interessante Anekdoten gehört.«
»Wirklich? Bislang hat mich noch niemand beschuldigt, interessant zu sein.«
Das stimmte nicht ganz. Die Geschichte des Menschen, der den Mauern von Weatherly entkommen war, um den Reihen des Opus beizutreten, hatte schon einige spannende Aspekte. Nicht so wilde wie die Fortsetzung, als derselbe Junge die gehüteten Geheimnisse der Magie an die Armee der Menschen verraten hatte, oder das große Finale, als die Menschen diese Geheimnisse nutzten, um der Welt alle Magie zu rauben, aber es gab sie.
»Was ich nicht ganz verstehe, ist, was Sie eigentlich tun«, stellte sie fest. »Sie sind kein Detektiv. Kein Leibwächter. Dann sagte jemand, Sie würden Gerüchten von zurückkehrender Magie nachgehen.«
Ich zuckte zusammen.
»Ich weiß nicht, wer Ihnen das gesagt hat, aber das stimmt nicht.« Dieses Gerücht war nicht nur falsch, sondern auch gefährlich. Alle wussten, dass die Magie verschwunden war und dass wir sie nicht zurückholen konnten. Mein Job war sicherlich seltsam, aber ich lief nicht herum und verkaufte sterbenden Wesen hohle Träume, so wie sie das mit dem gefälschten Einhorn-Horn versucht hatte.
»Offenbar haben Sie vor einigen Monaten einen Vampir gefunden«, fuhr sie fort. »Einen Professor, der seine Kraft zurückgewonnen hatte.«
Diesmal wollte ich lügen, aber der Schock auf meinen Zügen hatte mich ohnehin verraten. Niemand sollte über Professor Rye Bescheid wissen, über den Vampir, der sich selbst in ein Monster verwandelt hatte, und erst recht sollte niemand bei mir nach Antworten suchen.
»Nicht ganz.«
»Ich habe gehört, dass dieser Vampir einen Weg gefunden hat,

die Uhr zurückzudrehen. Er hat seine alte Macht zurückgewonnen, und Sie waren derjenige, der ihn aufgespürt hat und weiß, wie er es gemacht hat. Sie sind im Besitz eines Geheimnisses, für das der Rest der Welt töten würde.« Sie legte ihre Hände auf den Schreibtisch und tippte mit den Krallen gegen das Holz. »Und ich will wissen, was es ist.«

Mein ganzer Leib spannte sich an. Mit dieser Entschlossenheit auf ihrem Antlitz jagte sie mir Angst ein, wie ich gestehen musste.

»Es tut mir sehr leid, aber das kann ich nicht sagen.«

Wir starrten uns gegenseitig an, und ich konnte nur hoffen, dass ich nicht gegen sie kämpfen musste. Dann verstand ich, dass da keine Feindseligkeit in ihrem Blick lag. Nicht ganz. Eher Verzweiflung.

»Ich will Ihnen keine Probleme bereiten, Mr Phillips. Ich bin hier, um Sie anzuheuern. Was immer Sie auch wissen, was immer Sie herausgefunden haben. Ich will diese Informationen nutzen, um wieder stark zu sein.«

Ich war froh, keine rachsüchtige Katze an der Kehle zu haben, und lehnte ich mich zurück. Aber ich wusste nicht, wie ich das erklären konnte.

»Miss Rosemary, das ist nicht, was ich tue.«

»Warum denn nicht, zum Teufel? Worauf verwenden Sie all Ihre Energie? Alten Elfendamen über die Straße zu helfen? Ich will wieder ganz sein, und ich weiß nicht, an wen ich mich sonst wenden sollte.«

Kopfschüttelnd knurrte ich.

»Es war keine Magie, die in den Vampir zurückkehrte. Es war etwas anderes. Er gab jener Versuchung nach, die Sie gerade empfinden, und es hat ihn vernichtet. Sie haben es besser überstanden als die meisten. Seien Sie dankbar dafür.«

Sie bog die Finger zu Klauen und kratzte acht dünne Linien in das Holz, bevor sie eine Hand vor ihr Gesicht hob.

»*Das* bin nicht ich. Ihre Spezies hat mich vernichtet. Alles, was mich ausmachte, alles, was ich hatte. Ich bin nicht diese Person. An diesem Ort.« Sie sah sich voller Verachtung für ihre Umgebung um. »Was für ein Ort soll das überhaupt sein?« Eine Träne

rann ihre Wange herab, und ihre Spur gefror zu Eis. »Sie verstehen gar nichts, Mr Phillips, absolut gar nichts.«
Ich wollte meine Zunge im Zaum halten, aber Jahre der Übung hatten ihr ein Eigenleben beschert.
»Ich weiß, dass die Magie nicht wiederkehrt. Ich weiß, dass Leute sterben, wenn sie nach einem Ersatz suchen. Lassen Sie los, Miss Rosemary. Suchen Sie etwas anderes, an dem Sie sich festhalten können.«
Ihre Miene verriet, dass sie mir mit Freuden die Kehle herausgerissen hätte. In den alten Zeiten hätte sie das vielleicht. Mein weiches, menschliches Fleisch hätte gegen eine Lycum wie sie keine Chance gehabt. Aber diese Stärke war in jenem Moment verschwunden, als der heilige Fluss zu Glas geworden war. Stattdessen nahm sie ihren Schal, stand auf und ging zur Tür.
Ihr Blick fiel auf die Schriftzeichen auf dem Fenster in der Tür. *Mann für Alles.* Sie las sie leise vor, ließ die Worte wie Steine in ihren geröteten Wangen rollen.
»*Mann*«, stellte sie fest. »Verstehe. Sie sind ein Mensch. Sie sind männlich. Ich bin sicher, es ergab Sinn für Sie. Aber sehen Sie sich nur an, wie Sie hausen. Hören Sie, wie Sie reden.« Sie machte sich nicht die Mühe, sich zu mir umzudrehen, sondern starrte auf das Glas, als wollte sie es mit ihren Blicken zerspringen lassen. »Sie sind ein Junge, Mr Phillips. Ein dummer Junge, der mit Sachen spielt, die ihm nicht gehören. Legen Sie sie weg, bevor Sie sich noch verletzen.«
Dann war sie weg.
Ich suchte nach einer Flasche, um ihre Worte aus meinem Hirn zu spülen. Was wusste sie schon? Sie wollte nur ihre Stärke zurück, und sie hasste mich dafür, dass ich ihr im Weg stand. Was sollte ich denn tun? Sie anlügen? So tun, als könnte ich mich auf eine Queste begeben und mit der Magie zurückkehren, die sie wieder ganz machen würde? Das war unmöglich. Die Magie war weg, und je eher wir alle das akzeptierten, desto besser.
Ring.
Ich hob ab, und die müde Stimme von Sergeant Richie Kites erklang. Hinter ihm war Tumult, aber er flüsterte.

»Fetch, kannst du zur Bluebird Lounge oben an der Canvas Street kommen? Simms hätte gern deine Meinung zu einem Vorfall.«
Das wäre das erste Mal. Normalerweise warfen mich die Cops raus, wenn ich mich am Ort eines Verbrechens umsehen wollte, und riefen mich nicht an, um ihn mir anzusehen.
»Klar. Warum die Einladung?«
Richie sprach immer noch leise: »Wir haben hier einen Toten mit einem Loch im Kopf. Sieht nicht nach irgendeiner Art Waffe aus, die wir kennen. Ich weiß nicht, was ich sagen soll, Fetch. Für mich sieht es nach Magie aus.«

3

Es war kein Tag wie jeder andere. Schöne Frauen klopften nicht vor dem Mittag an meine Tür, Cops riefen mich nicht an, um meine Meinung zu hören, und niemand wurde mit Magie umgelegt. Nicht mehr.
Die Bluebird Lounge war ein exklusiver Club für Menschen an der Canvas Street im Westen; ein zweistöckiges Gebäude aus Granit ohne ein Schild daran.
Die gesamte Polizei von Sunder City drängte sich um den Eingang. Normal wären eine Handvoll Cops. In unserer neuen, düsteren Welt war selbst Mord alltäglich. Deshalb war es seltsam, diese Polizisten so wach und aufgeregt zu sehen statt wie üblich traurig und im Halbschlaf. Wieder und wieder bewies dieser Tag, dass er anders war.
Sergeant Richie Kites stand abseits an eine Mauer gelehnt. Sein schwerer Halboger-Körper wirkte so, als könnte er das ganze Gebäude locker einreißen.
»Was ist los, Rich? Seid ihr Cops so einsam, dass ihr nur noch als Herde unterwegs seid?«
Offensichtlich genervt von der Menge schüttelte er den Kopf.
»Als sich die Neuigkeit verbreitet hat, ist jedem Arschloch ein Grund eingefallen, um sich das anzusehen. Komm rein. Dann siehst du selbst, warum.«
Richie führte mich hinein und wies einen Polizisten zurück, der protestierte.
»Er darf. Kommt direkt von Simms.«
Ich empfand die gleiche Verwirrung wie der Cop, zeigte sie aber nicht. Ein Teil von mir vermutete, dass ich in eine Falle tappte, man mir gleich die Mordwaffe in die Hand drücken und mich dann verhaften würde. Das erschien mir wahrscheinlicher, als dass sie mich um Hilfe baten.
Innen waren die Wände mit Holz und weißem Marmor getäfelt. Der Club war ein Labyrinth enger Korridore, die zu kleinen Pri-

vaträumen für zwei bis sechs Leute führten. Überall wurde geflüstert. Die Angestellten, die Polizisten und sonstige »Experten« standen in den Nischen und arbeiteten an den Gerüchten, die schon bald die Straßen überfluten würden. Am Ende des Flurs stand eine größere Traube, und ich folgte Richie durch sie hindurch in den Raum, auf den sich alles konzentrierte.

Er war klein, kaum groß genug für zwei samtene Sessel und einen quadratischen Tisch aus schwarzem Marmor, auf dem ein leeres Glas stand. Ein weiteres, halb volles Glas wurde von einem Mann gehalten, der auf der anderen Seite saß. Er war elegant gekleidet, mit einem Dreiteiler aus Wolle, blauer Krawatte und passendem Einstecktuch. Er trug überall goldenen Schmuck, an den Fingern, den Handgelenken und um den Hals. Sein Haar war mit Pomade nach hinten gekämmt, und seine Augenbrauen waren getrimmt. Er war wohl recht gut aussehend gewesen, bevor das mit seinem Gesicht passiert war.

Eine seiner Wangen war zerfetzt, sodass man die untere Zahnreihe bis hin zu den Backenzähnen hinten sehen konnte. Seine Finger waren verkrümmt, die eine Hand um das Glas, die andere in seinem Schoß. Das Blut war ihm erst in den Kragen gelaufen und dann in einer Kaskade die Brust hinab. Seine Augen waren weit aufgerissen, und das Weiße darin war feucht und rot gefärbt.

Er war nur ein toter Mann. Nicht der erste, und schon gar nicht der letzte. Aber auch mit diesem Gedanken im Hinterkopf war da etwas seltsam. Etwas Verstörendes, mehr noch als das Blut, das zerfetzte Fleisch oder die Leichenstarre. Ich versuchte noch, danach zu greifen, als neben mir eine Stimme ertönte, die klang, als ob jemand Wasser auf heiße Kohlen schüttete.

»Es geschah innerhalb eines Augenblickes«, erklärte Detective Simms, als sie an mich herantrat. »Sieh dir das geschockte Gesicht an. Er hat nicht mal seinen Drink fallen lassen.«

Das stimmte. Der Tod ist langsam. Man wird krank oder zu alt, und dann hängt man sich ans Leben, bis die Dunkelheit einen davonträgt. Vielleicht erschlägt dich jemand in einer Gasse, oder du wirst erstochen und taumelst umher, bis dein Herz zu singen aufhört, aber selbst dann hast du Zeit, es zu genießen. Dieser Typ

sah aus, als wäre ihm mitten in einer Geschichte eine Bombe in der Kehle explodiert.
Genau wie sie sagte: innerhalb eines Augenblickes.
Detective Simms trug einen dicken Mantel, einen Hut mit breiter Krempe und einen schwarzen Schal, so wie den Rest des Jahres auch. Ihre gelben Reptilienaugen schienen zwischen Hut und Schal hervor, und zur Abwechslung lagen darin weder Geringschätzung noch Abscheu. Stattdessen baten sie mich um Antworten.
»So was schon mal gesehen?«
Ich sah auf den kalten Leichnam und dann zu ihr, immer noch verwirrt von der Situation und unsicher, warum man mich geholt hatte, um meine nicht vorhandene Expertise zu teilen.
»Warum fragst du mich?«
Sie kam näher.
»Fetch, wir wissen, was du treibst.«
»Wirklich? Könnt ihr es mir sagen?«
»Du suchst nach Wegen, die Magie zurückzuholen.«
»Ich weiß nicht, wer ...«
»Psst. Darüber reden wir ein anderes Mal. Jetzt will ich nur wissen, welche Art Magie den da so erwischt hat.«
Es war sinnlos, zu diskutieren. Erst recht hier. Und die Antwort war offensichtlich: Keine Art Magie, weil es keine Magie mehr gab und alle das wussten. Aber da sie mir meine Rolle so genau erklärt hatte, wäre es unhöflich gewesen, nicht mitzuspielen.
Zuerst betrachtete ich sein Gesicht genauer. Da wurde die Geschichte erzählt. Sein Mund war auf zwei Arten geöffnet: zuerst einmal vorne, wie man es erwarten mochte. Dort fehlten zwei Zähne, zwei oben und zwei unten. Die um die Lücke waren nach hinten gedrückt worden, was wohl bedeutete, dass der Angriff von vorn gekommen war. Die zweite Öffnung war in der Wange, bis zum Kinn und teilweise bis zum Hals. Seine Lippen waren unbeschädigt, aber die Wange war zerfetzt und seine Kehle innen ein blutiger Brei.
Sein Blut klebte an der Wand wie nach einer wilden Party verschüttetes Bier. Überall waren kleine Tropfen, aber die dichteste

Konzentration war direkt hinter seinem Kopf. Auch auf dem Tisch klebte Blut, weniger zwar, aber so, als habe er dort hingeniest.
Also, was war hier geschehen?
Ich schrieb mir eine mentale Liste und versuchte, Dinge zu streichen. Könnte es eine Waffe gewesen sein? Keine Klinge, dafür war die Wunde viel zu unregelmäßig. Und eine stumpfe Hiebwaffe würde man anders einsetzen, gegen den Hinterkopf oder die Schläfe. Außerdem hätte man sie aus einer Balliste schießen müssen, um solche Schäden zu verursachen.
Gedanklich ging ich die Wesen durch, die ich kannte; alle, die Fänge und Klauen und Hörner und Stoßzähne hatten. Vermutlich war es möglich, so schnell zuzustoßen, dass das Opfer einen nicht kommen sah, aber es bedurfte mehr als scharfer Fingernägel, um das Gesicht eines Mannes derart zuzurichten.
Ein Projektil? Es gab weder Bolzen noch Pfeil, und es war einfach zu viel Zerstörung. Außerdem musst du, wenn dein Gegenüber plötzlich eine Armbrust zieht, härter als ein Zahnarzt für Drachen sein, um das Glas nicht fallen zu lassen.
Aus direkter Nähe konnte ich sehen, dass ein Stück des Kragens schwarz war. Verbrannt. Auf dem Tisch lag eine dünne Schicht grauen Pulvers. Asche.
»Hatte einer von ihnen eine Pfeife?«, fragte ich Simms.
»Hier herrscht Rauchverbot. Das wäre bekannt.«
Meine Liste schrumpfte und schrumpfte. Das Einzige, was blieb, war das Unmögliche. Also sagte ich das, was sie hören wollte.
»Jemand hat Feuer beschworen.«
Simms nickte und bestätigte so, dass sie denselben Schluss gezogen hatte, aber ihr Gesichtsausdruck sagte noch mehr. Ja, sie war schockiert. Sie hatte Angst. Aber unter all dem war sie *aufgeregt*. In ihren alten, goldenen Schlangenaugen sah ich den Übermut einer jungen Frau, die bereit für Abenteuer war.
Und das jagte mir mehr Angst als alles andere ein.
»Suchen wir uns ein ruhiges Eckchen für einen Plausch«, schlug sie vor.

* * *

Gemeinsam gingen wir in einen anderen Raum, fernab der neugierigen Augen und Ohren. Simms setzte sich in die eine Ecke, ich ihr gegenüber, und Richie hielt Wache in der Tür.
Sie wickelte den Schal ab und ließ ihn über ihre Schultern fallen. Ihre Lippen waren rissig. Blut rann ihr aus dem Mundwinkel, und sie leckte es mit ihrer gespaltenen Zunge ab. Normalerweise war Simms steif vor Autorität und Ungeduld. Heute lehnte sie sich zurück und fummelte an der Tischkante herum, als wartete sie darauf, dass ihr die Lösung einfach in den Schädel fiel. Schließlich fiel es mir zu, das Gespräch zu beginnen.
»Wer ist er?«
Ihr Haupt ruckte hoch, als hätte ich sie aus einem Traum geweckt.
»Lance Niles«, antwortete sie. »Neu in der Stadt. Er hat sich überall rumgetrieben, Häuser gekauft und sich Freunde gemacht. Niemand weiß wirklich was über ihn, aber er hatte tiefe Taschen und besaß schon einiges an Land.«
Das erklärte das ganze Geschmeide. Seit der Coda gab es nicht mehr viele Einheimische, die geschliffene Steine und teure Anzüge trugen.
»Augenzeugen?«
»Nur ein Angestellter. Niles kam zuerst. Ein paar Minuten später stieß ein Mann dazu. Er hatte einen Gehstock, trug eine Melone, einen schwarzen Anzug und einen dünnen Schnurrbart. Sie bestellten Getränke. Der andere Mann orderte eine zweite Runde. Nach ein paar Minuten gab es einen lauten Knall. Als der Kellner hineinkam, sah es schon genauso aus wie jetzt, nur frischer. Die anderen Gäste bestätigen das, haben aber generell weniger mitbekommen.«
Das Schlimmste an der Geschichte war, dass sie so normal klang. Vor sechs Jahren, bevor die Welt den Bach runtergegangen war, wäre nichts Ungewöhnliches daran gewesen. Zwei betrunkene Typen streiten sich, und einer der beiden schießt dem anderen einen Feuerball ins Gesicht. Passiert. Aber nicht in einem Etablissement wie diesem. Schon damals war dieser Club exklusiv für Menschen. Hier war der letzte Ort, an dem man Zauberei erwarten würde.
»Mehr Details zum Mörder?«

»Er hatte wohl Narben im Gesicht, aber so ganz genau hat niemand hingesehen. Keine Anzeichen von Magie, glatte Ohren, gerade Zähne, enge Haut, flache Schultern, alle Finger, wie sie sein sollten. Die Angestellten hier wissen darauf zu achten.«
»Also war er ein Mensch?«
»Oder jemand, der als einer durchgeht. Zauberer oder Lycum vielleicht. Nach der Explosion ist er durch die Hintertür verschwunden, und niemand hat sich getraut, ihm zu folgen. Keine Ahnung, wohin er gegangen ist, ob da jemand gewartet hat oder ob er ein Pferd hatte. Niles hat den Raum reserviert und war Mitglied, weshalb der Mörder nicht mal seinen Namen genannt hat. Wir haben lediglich die Beschreibung, und ich bezweifle, dass wir damit weit kommen.«
Ich nickte. Das war nichts. Weniger als nichts. Wir sahen alle nur die Kleidung, aber nicht den Mann, der sie trug. Sobald er sie wechselte und sich rasierte, war die Spur kalt.
»Simms, warum hast du mich rufen lassen?«
Sie sah mich an, als habe man ihr das falsche Essen an den Tisch gebracht.
»Gerüchte sind das Lebensblut von Sunder, und über dich wird so einiges erzählt. Geraune über das, was du in der Bibliothek gefunden hast. Welche Geheimnisse du entdeckt hast. Du bist der Vorzeigejunge für magische Mysterien.«
»Und das glaubst du?«
Sie schnaubte. »Fetch, würde ich denken, du hättest echte Geheimnisse, dann wären wir nicht hier. Ich hätte dich in einem Verhörzimmer mit einem Brandeisen an deinen Eiern. Aber da diese Gerüchte über dich kursieren, kommen Leute mit solchen Ideen zu dir. Also, was hast du so gehört?«
Das ergab einen gewissen Sinn, aber für einen zynischen Detective von Simms' Kaliber war es echt verzweifelt.
»Nichts, was uns weiterbringen würde. Nur eine Menge falscher Hoffnungen.«
»Irgendwas, das hiermit zusammenhängen könnte?« Ich schüttelte den Kopf. Simms sah nicht überrascht aus. »Es war einen Versuch wert.«

»Aber sollte ich was hören, melde ich mich.«
»Ich verlasse mich darauf. Denn da du das hier gesehen hast, arbeitest du jetzt für mich. Inoffiziell natürlich.«
»Ich bin schon wieder verwirrt.«
Das entlockte Simms ein erheitertes Glucksen, aber ich erkannte den Humor darin nicht.
»Du kannst dich an Orten umhören, an die wir nicht kommen. Leute kommen zu dir, weil sie glauben, du hast Antworten auf Fragen, die wir schon lange nicht mehr stellen. Und ...« Sie warf einen Blick auf Richie. »Und sie werden uns hier den Arsch aufreißen. Lance Niles hat sich in kurzer Zeit eine Menge Freunde gemacht. Einer dieser engen Freunde war Bürgermeister Piston. Man hat mir schon gesagt, dass ich alles direkt an sein Büro berichten soll. In einigen Stunden wird man mir sagen, dass ich die Finger davonlassen soll, und morgen schickt er dann seine eigenen dummen Schläger auf die Straßen, um Türen einzutreten. Wenn es so weit ist, will ich meinen eigenen dummen Schläger haben.«
»Aber wieso? Der Bürgermeister hat euch schon oft Fälle weggenommen. Das hat dich bislang nicht gestört.«
Sie lehnte sich zu mir, und in ihrer Miene war ein Ausdruck, den ich noch nie zuvor gesehen hatte: Scham.
»Weil es nach Magie aussieht, Fetch. Ich weiß, dass das unmöglich ist, aber falls nicht, will ich die Erste sein, die es weiß.«
Ich nickte. Es ging nicht anders. Sie hätte sich nicht mehr entblößen können, wenn sie ihre Kleider abgelegt hätte.
»Ich kann dich nicht bezahlen«, stellte sie fest. »Aber es wird eine Belohnung geben. Falls du den Kerl findest, der das gemacht hat, oder uns zu ihm führst, werde ich dafür sorgen, dass du beteiligt wirst. Aber du musst zuerst zu mir kommen.«
Es war ein seltsamer Vorschlag. So ernst Simms auch aussah, ich konnte nicht verdrängen, wie oft sie mich schon getreten hatte. Andererseits hatte ich sonst keine Aufträge, und es konnte nicht schaden, ein paar Cops auf meiner Seite zu haben. Um ehrlich zu sein, waren all diese guten Gründe gleichgültig. Ich war so neugierig wie sie. Nach allem, was ich gesehen hatte, würde ich mich

ohnehin nicht bremsen können. Ich würde auf jeden Fall Erkundigungen anstellen. Und wenn Simms mich auch noch dafür bezahlen wollte, würde ich sie nicht davon abhalten.

»Stets zu Euren Diensten.«

Als wir darauf einschlugen, zitterten ihre Finger in meiner Hand. Mir fielen spontan ein Dutzend ausgelutschter Sätze ein, die ich ihr hätte sagen können. Alles, was ich den verzweifelten Kreaturen sagte, die an meine Tür klopften, weil sie hofften, dass ich sie wieder ganz machen konnte. Ich hätte ihr sagen können, wie verrückt es war, Erlösung im blutigen Antlitz eines Toten zu sehen. Aber ich tat es nicht. Ich nickte, stand auf, klopfte Richie auf den Rücken und ging hinaus auf die Straße.

Die Cops draußen sahen mich an, als erwarteten sie irgendeine große Verkündung, dabei war es nur die Geschichte, die uns allen seit sechs Jahren sattsam bekannt war: Der Tod ist ein übler Geselle, und am Ende kommt er zu uns allen.

Simms verarschte sich selbst. Noch konnte ich das nicht beweisen, aber ich würde es tun, wenn ich erst einmal den Mörder gefunden hatte. Den menschlichen, nicht magischen Mörder.

Diesen Fall zu lösen, würde meine Brieftasche prall werden lassen, mir Simms' guten Willen einbringen und einen mörderischen Bastard hinter Schloss und Riegel bringen. Aber vor allem würde es allen da draußen zeigen, dass ich nicht versuchte, meinen Lebensunterhalt mit der Lüge, es gäbe noch Magie, zu bestreiten. Es gab für diesen Mord eine rationale, wissenschaftliche Erklärung, und ich würde sie finden.

✦

4

Ich hatte den *Graben* den ganzen Winter über gemieden. Vor ein paar Monaten hatte ich geholfen, eine ganze Gruppe Zwerge aus ihren Wohnungen werfen zu lassen. Im Gegenzug war ich Besitzer einer Villa geworden, in der es nichts außer dem gefrorenen Leib einer längst verstorbenen Fee gab. Das war eine dieser Entscheidungen gewesen, die sich immer falsch anfühlen, wenn man darüber nachdenkt, aber wenn ich noch mal vor der Wahl stünde, würde ich es wieder tun.
Um die Angelegenheit noch schlimmer zu machen, waren diese Zwerge Stammgäste meiner Lieblingskneipe, und ich hatte nicht gewagt, mich dort sehen zu lassen. Man sagt, die Zeit heilt alle Wunden, aber das gilt nur, wenn man sie ordentlich versorgt. Tut man das nicht, dann sind sie entzündet, voller Eiter und wütend, wenn man zurückkehrt.
Deshalb hielt ich den Kopf gesenkt, als ich eintrat, und sah zum Glück nur einen von ihnen. Clangor, mit rotem Bart und ungewaschenem Haar, das zu Zöpfen geflochten war. Er trug immer noch die Arbeitskleidung eines Metallarbeiters, obwohl er seit Monaten arbeitslos war. Vor ihm auf der Theke stand ein billiges, dunkles Ale, das nach Fett schmeckte. Da er mich noch nicht gesehen hatte und ich das gerne so belassen wollte, ging ich in die linke Ecke, in der die Dartscheiben, das Münztelefon und die Sitznischen waren. Der *Graben* war, seit die Feuer erloschen waren, nicht mehr warm. Die Gäste bewegten sich weniger als früher. Lachten weniger. Keine Tänze, keine Musik, nur ruhige Leute, die ihre Erinnerungen an bessere Zeiten in Alkohol ersäuften.
Der einzige Krach ging von Wentworth aus, einem der wenigen Zauberer, die nur einen Schnauzbart trugen. Wie immer war er nervig, lehnte sich auf einen der Tische und schrie eine Gruppe Banshees an, die ihm in Ermangelung von Stimmen nicht sagen konnten, dass er den Mund halten solle. Ich nahm an, dass sie Boris' Familie waren. Er war der Barkeeper, der den Laden nach

der Coda günstig von Tatterman übernommen hatte, als der sich zur Ruhe gesetzt hatte. Durch die Menge erspähte er mich, und sein Blick sagte: *Ich freue mich, dich zu sehen, aber du solltest am besten schnell wieder verschwinden.*
Es lag mir fern, Boris Ärger zu machen, aber ich hoffte, dass ich ein paar Bonuspunkte sammeln konnte, wenn ich seine Familie vor Wentworth retten konnte. Der Zauberer steckte mitten in einem seiner üblichen Wortwasserfälle, als ich an den Tisch trat.
»… sie behaupten, es sei ein Unfall gewesen, aber wer glaubt denen? Also ich sicher nicht. Ein verdammt praktischer Unfall für die, sag ich euch. Mir meine Kräfte nehmen. Eure Stimmen. All das, was uns mal über sie gestellt hat. Es war ein Angriff, sag ich euch, und es ist noch nicht vorbei. Wir sind mitten im Krieg, aber wir denken, er wäre vorbei, und haben einfach aufgehört zu kämpfen. Wir müssen aufwachen. Wir müssen mit allem zurückschlagen, was wir haben, und wir …«
Alle Blicke wanderten von ihm zu mir, und irgendwann bemerkte er es.
»Hey, Wentworth, falls du einen Moment Zeit hast, ich hätte da eine Frage.«
Manche Leute würden sich schämen, so erwischt zu werden. Aber nicht der alte Wentworth. Er sah mich finster an, um mich wissen zu lassen, dass es ihm egal war, dass ich ihn hatte über meine Spezies lästern hören.
»Man könnte mich überreden.«
Boris sah uns zu, also bedeutete ich ihm, uns zwei Getränke zu bringen. Natürlich wusste er, was wir üblicherweise tranken, und Wentworth sah milder drein, als er die Gläser erblickte.
»Lass uns in die Ecke gehen«, bat ich. »Ich würde mich gerne bedeckt halten.«
»Das glaube ich sofort.«
Die Bansheefamilie nickte mir dankbar zu, als der Zauberer von ihnen abließ. In der Sitznische in der Ecke warteten wir auf unsere Getränke, und Wentworth ignorierte mich, bis er den ersten Schluck genommen hatte.

»Also, junger Mann«, legte er los, während ihm der Schaum vom Schnauzer troff. »Was bringt dich heute zu mir?«
Ich sah auf meinen Burnt Milkwood hinab, den Boris vor mir abgestellt hatte.
»Ich möchte wissen, wie Magie funktioniert hat. Bevor sie verschwand.«
»Sie ist nicht verschwunden, Junge. Ihr habt sie zerstört.«
Schon vor langer Zeit hatte ich gelernt, dass es sinnlos war, mit Wentworth zu diskutieren. Vor allem, wenn er recht hatte.
»Ja, davor. Ich möchte wissen, wie ihr gezaubert habt. Besonders Kampfzauber.«
»Da du genug Verstand besitzt, um den richtigen Experten zu fragen, werde ich dir helfen.« Er nahm noch einen Schluck, offensichtlich erfreut, dass man ihn zur Abwechslung mal aufforderte zu reden. »Es gibt drei Arten von Zauber, die jeweils von einer anderen Sorte Zauberer gewirkt werden. Die ersten beiden sind Magier, die sind unausgebildet, und Erzmagier, die eine Ausbildung durchlaufen haben. Beide haben weiße Pupillen, weißes Haar und auffällige Finger. Die meisten sind die Kinder von Menschen, aber niemand hat je stichhaltig beweisen können, wie oder warum sie sind, wie sie sind. Die besten Theorien besagen, dass sich atmosphärische Magie in der Mutter gesammelt hat und vor der Geburt an den Fötus weitergegeben wurde. Viele verdrehte Geister haben versucht, das zu erzwingen, aber gelungen ist es nie, soweit ich weiß.
Diese weißäugigen Kinder konnten die Energien um sie herum spüren. Die Ausprägung variierte, aber grundlegend waren es oft ähnliche Effekte: Wellen in Gewässern erzeugen, Windböen, aus Funken Brände machen. Also quasi auf die den Elementen innewohnende Magie lauschen und ihr einen kleinen Stoß geben. Diese Talente machen einen zum Magier. Na ja, machten.«
Er wollte mir noch eine Spitze verpassen, aber ihm fiel keine ein.
»Mit einer Ausbildung wird aus einem Magier ein Erzmagier. Das sind die mächtigsten, erfahrensten und begabtesten aller Zauberer.« Ohne jegliche Ironie deutete er auf sich. »Manche sagen, dass nur Absolventen der Keats University wahre Erzmagier

seien. Da habe ich natürlich meinen Abschluss gemacht, aber ich war nie so ein Snob. Was zählt, ist das Können. Die Ausbildung bringt Magiern bei, jenseits ihrer direkten Umgebung Elemente zu spüren und sie in ihrer reinsten Form zwischen ihre Hände zu beschwören. Brauchte ich Feuer, öffnete ich ein Portal in eine Welt von Schwefel und Flammen. Wollte ich fliegen, beschwor ich Wind aus dem Unbekannten unter meine Füße. Wollte ich einen Mann an einem Platz festhalten, konnte ich Schwerkraft in meine Fingerspitzen rufen und ihn heranziehen.«

Der Genuss auf seinen Lippen war unübersehbar. Seine weißen Augen wurden zu Schlitzen, und er knirschte mit den Zähnen, als die Erinnerungen an seine verlorene Macht ihn überkamen.

Als ich noch Teil des Opus war, habe ich viele Erzmagier zaubern sehen. Ich hatte sogar von diesem verborgenen Ort gehört. Und als ich zur Armee der Menschen übergelaufen war und sie mich davon überzeugt hatten, dass die Zauberer uns ausrotten wollten, hatte ich dieses Wissen geteilt. Als die Menschen dorthin gegangen waren, um ihre Maschinen in die Magie zu tauchen, war sie zur Abwehr gefroren.

»Also, Magier und Erzmagier. Und die dritte Sorte?«

Er blinzelte, als hätte er vergessen, wo er sich befand.

»Die dritte Sorte was?«

»Zauberer. Du hast gesagt ...«

Einer seiner Finger tippte gegen sein leeres Glas, und ich bedeutete Boris, uns noch eine Runde zu bringen.

»Ah, die anderen Zauberer? Ja, ja, ja. Die Hexen und Hexenmeister. Längere Finger als ihr Gesocks, was ihnen ein gewisses Talent beschert. Es tut mir leid, ausgerechnet die zuletzt zu erwähnen, weil sie schon im Vergleich sehr enttäuschend sind. Alles, was sie können, ist, mit jener Magie zu spielen, die schon in die Welt geflossen ist. Wie Kochen. Misch das mit dem, streu etwas von dem Wie-immer-es-auch-heißt darüber, und die darin gefangenen magischen Energien werden befreit. Ein schaler Ersatz für echte Zauber, aber ich habe schon gut ausgestattete Hexen erlebt, die ziemlichen Ärger gemacht haben. Mehr als ...«

»Was zum Teufel? Nicht wirklich!«

Ich sah über die Schulter. Boris war auf dem Weg zu unserem Tisch, die Getränke in seinen Händen und Bedauern auf seinen Zügen. Man hatte ihn bemerkt. Hinter ihm an der Theke zeigte ein zorniger Clangor auf mich.
»Was machst du Bastard hier?«
Boris musste nichts sagen, in seinem Blick lag eine stumme Bitte: *Könntest du dich bitte verdrücken, bevor der kleine Scheißer anfängt, Dinge zu zerbrechen?* Ich nickte.
Auch wenn ich nicht mal mein erstes Getränk geleert hatte, warf ich genug Münzen für beide Runden auf den Tisch. Dann stand ich auf, hob meine Arme als Geste der Unterwerfung, senkte respektvoll das Haupt und zog mich Richtung Ausgang zurück. Aber der Zwerg hatte mehr Ale als Hirn im Kopf und wollte mich nicht ziehen lassen.
»Ich habe dich was gefragt!«
Auch er war aufgestanden und bebte vor Wut. Ein dünner Speichelfaden, der von seiner Unterlippe hing, schwang wie ein Pendel.
»Ich wollte nur einen Freund treffen. Ich wollte niemanden stören.«
Sein Krug schlug gegen den Türrahmen, und billiges Bier spritzte über mich und den Fußabtreter.
»Freund?« Er lachte verächtlich. »Du hast keine Freunde, Fetch. Nicht in dieser Kneipe. Nicht in dieser Stadt. Nirgendwo. Das weißt du, ja?« Er ging auf mich zu, während ich mich die Stufen Richtung Tür zurückzog. »Wenn ich noch so stark wäre wie damals, bevor ihr Pack die Welt zerstört habt, dann würde ich dich in Stücke reißen, erst Knie, dann Hüfte, dann Hals, und dann deinen verdammten leeren Schädel zu Brei treten.«
Ich sah mich um. Das war keine meiner besseren Ideen.
Der *Graben* war meine alte Arbeitsstelle gewesen. Dann meine tägliche Tränke. Ich hatte allen Stammgästen schon mehr als einen ausgegeben, und sie mir. Aber ihre Blicke waren gesenkt. Niemand sagte etwas. Niemand würde sich mit dem Zwerg anlegen.
»Verpiss dich.«
Und das tat ich.

***

Das Letzte, was mir als Soldat der Armee der Menschen widerfahren war, war ein Schuss reiner Magie direkt in meine Brust gewesen. Die Wunde war nie ganz verheilt, und der Schmerz tat hin und wieder sein Bestes, meinen Brustkasten zu spalten. Sobald ich den *Graben* verlassen hatte, öffnete ich eine neue Packung Clayfields, biss auf das Ende des Zweigs und saugte den Saft heraus. Es half, aber mein Atem ging noch schnell.

Es war dumm gewesen, dorthin zurückzukehren. Ich hatte in den letzten Jahren genug mit Zauberern geredet, um zu wissen, dass ihre Macht versiegt war. Nicht mal ein Hauch war geblieben. Die Zeitungen berichteten, dass es an der Keats University Studenten und Lehrkräfte gab, die sich jeden Tag abmühten, doch noch alte Magie zu finden. Wenn diese Experten es nicht schafften, war zu bezweifeln, dass jemand ohne Ausbildung es konnte. Und selbst wenn, war es unwahrscheinlich, dass es das Erste wäre, was derjenige mit seiner wiedererstarkten Macht täte, einem Geschäftsmann einen unfassbaren Post-Coda-Feuerball ins Gesicht zu schleudern.

Damit blieben Hexen und Hexenmeister: langfingrige Zauberer, die niemals selbst etwas beschworen hatten, sondern nur die gespeicherte magische Energie aus der Materie um sie herum verwendeten. Soweit ich wusste, funktionierte auch das nicht mehr. Zumindest nicht wie früher.

Ich zog die Clayfield aus dem Mund und besah das zerkaute Ende. Einst war darin Magie gewesen. Stark genug, um den ganzen Leib zu betäuben. Jetzt war da nur noch ein Rest dieser Kraft. Aber selbst die ...

Eine Ahnung der Macht blieb. Ein Echo, das von Leuten verkauft wurde, die wussten, dass ein Stück Magie der alten Welt in dieser Pflanze noch einen Nutzen hatte.

Also steckte ich die Clayfield wieder zwischen meine Zähne und kostete ihren Nektar.

Ja, da war etwas.

5

Als ich bei Warren anrief, ging eine Frau ans Telefon. Sie sagte, dass ich ihn bei Hamhocks Keramik finden könne, einer stillgelegten Fabrik mitten im Industrieviertel. Der Wind wechselte sich mit Schnee ab, während ich mich auf den Weg durch die Stadt machte und mir wünschte, ich hätte mir die Zeit genommen, meine Hose am Knie zu flicken.

Damals, als die Feuer noch brannten, wurde der Schnee braun gefärbt, bevor er den Boden erreichte. Nach der Coda wartete er, bis er unten war, bevor er sich mit Asche, Schmutz und Rost verband. Immerhin stank es nicht mehr so schlimm. Im Sommer brodelte die Kanalisation wie ein Auflauf im Ofen.

Das Industrieviertel war ein Gewirr aus Fabriken und Märkten im Westen der Stadt. Ich erledigte hier meine meisten Einkäufe, da ich den Verkäufern auf der Main Street nicht mehr Geld in den Rachen werfen wollte als nötig, nur weil ihre Ware an hübscheren Haken hing.

Dabei war ich schon oft an Hamhocks vorbeigekommen, aber noch nie drinnen gewesen. Es war ein zweistöckiges Gebäude mit einem Rolltor, das fast die gesamte Fassade ausfüllte. Aus dem Dach wuchsen ein halbes Dutzend Schornsteine in die Höhe. Dazu gab es ein Windrad, das sich irrsinnig schnell drehte.

Das Tor stand offen, und innen herrschte Chaos. Graubrauner Schlamm bedeckte den Boden, die Wände, die Maschinen und die meisten Arbeiter. An den Wänden standen Trockengestelle voller noch nicht gebackener Keramiken: Vasen, Schüsseln und Teller. Einige der Teile glänzten feucht, andere waren schon trocken, und eine Handvoll zeigte Risse. Das Windrad oben war mit einem gewaltigen Kübel verbunden, in dem eine Schlammmischung ordentlich gerührt wurde und immer wieder über den Rand spritzte.

Hier war viel gearbeitet worden, aber aus irgendeinem Grund war es jetzt still. Die Arbeiter saßen unproduktiv herum, während eine kleine Gruppe um eine großen Metallkasten in der Ecke stand.

Warren, der gut gekleidete Gnom, saß für sich allein. Lange bevor ich ihn kennengelernt hatte, war er eine Legende in der Unterwelt von Sunder City gewesen. Die Coda hatte seine mächtigen Freunde ausgeschaltet und die Härte aus seinen harten Jungs gestohlen. Der Großteil seines Geldes war im Versuch verschwunden, sein Imperium wieder zu errichten, und so war er zu einem einsamen Gauner geworden, der schon bessere Zeiten erlebt hatte.

Vielleicht hatte Warren viel Geld und den Großteil seiner Geschäfte eingebüßt, aber sein Stolz war intakt geblieben. Seine Anzüge waren stets sauber, sein Haar ordentlich frisiert, und seine ganze Haltung zeigte, dass er alle Zeit der Welt hatte.

Aber das stimmte nicht. Er hatte nur noch wenig Zeit übrig, und er machte sich Sorgen darüber, wie er sie verbringen sollte.

Er drehte seinen Hut in den Händen, und seine charmante Art war verschwunden. Ich zog einen Hocker heran und wartete, bis er sprach.

»Als es noch Magie gab, gehörte die Fabrik einem Freund, der gut an Vasen und Tellern verdient hat. Das hörte vor sechs Jahren auf. Aber die Überflutung im Herbst brachte Lehm mit sich, und ich dachte, vielleicht können wir die Fabrik wieder anwerfen. Aber das Feuer ...« Er wedelte abschätzig mit der Hand in Richtung des Metallkastens. »Wir bekommen es nicht heiß genug. Wir haben alles versucht. Es war uns sogar egal, dass wir mehr Geld in den Ofen gesteckt haben, als wir hätten an den Produkten verdienen können, wenigstens hätten wir *irgendwas* herstellen können. Aber nein. Es wird nichts. Nur noch mehr Müll.«

Gemeinsam beobachteten wir, wie die schlammbedeckten Arbeiter ein Tablett voll feuchter Tassen aus dem Ofen zogen und diese dann wegwarfen.

»Vielleicht was Kleineres«, befahl Warren. »Vielleicht ... vielleicht Fingerhüte. Und mehr Holz!«

Die enttäuschten Töpfer nickten. Beinahe wäre es lustig gewesen. Das waren Kriminelle, üble Gesellen, die einst ihr Leben damit

bestritten hatten, anderen die Schädel einzuschlagen. Jetzt standen sie mit Schürzen und Handschuhen vor einem Ofen und waren enttäuscht davon, dass sie keine Teetassen herstellen konnten.
Beinahe lustig.
»Es tut mir leid, Warren. Ich wünschte, ich könnte dir helfen, aber Wissenschaft war nie meine Stärke. Aber sollte ich was hören, sage ich dir Bescheid.«
Er sah zu mir auf.
»Was treibst du denn eigentlich? Suchst du nach Magie? Ich dachte, du hättest gesagt, das sei unmöglich.«
»Es ist unmöglich. Aber das bedeutet nicht, dass es da draußen nicht etwas Neues, Nichtmagisches geben kann. So wie das, was dir dein Arzt verkaufen wollte.«
Er zerknitterte die Krempe seines Hutes. Die Enttäuschung über das Einhorn war eine offene Wunde.
»Es war nur eine Idee, mehr nicht. Er wollte nur helfen.«
»Nun, ich will dir auch helfen. Kann ich mit deinem Freund reden?«
Er bedachte mich mit einem Blick, den ich nur allzu gut kannte: dem Wissen, dass ich Ärger machen würde.
»Er ist nur Apotheker. Ein Hexenmeister, der versucht, seinen Weg in der neuen Welt zu finden, wie wir alle.«
»Indem er dir Lügen verkauft. Wie viel wollte er dir für eine Einhorn-Horn-Suppe abknöpfen?«
Warren legte seine kleine Hand in meine. Das war ein Schock. Wir hatten uns eine schöne Tradition aus Scherzen und Sticheleien aufgebaut. Aus irgendeinem Grund hatte er entschieden, diese mit einem Moment seltener Ehrlichkeit zu durchbrechen.
»Wirf ihm nicht vor, mir Hoffnung gegeben zu haben, Fetch. Sein Herz war voll von ihr, genau wie meins. Ich sage dir, wie du ihn findest, aber sei nicht hart zu ihm. Nur weil du längst aufgegeben hast, musst du uns nicht alle mit dir runterziehen.«
Verdammt. Ich hatte es schon wieder getan. Die Entschuldigung lag mir auf den Lippen, aber Warren brauchte sie nicht. Er hatte seine Gedanken ausgesprochen, und ich hatte ihnen gelauscht.

Das musste genügen. Das sollte ich häufiger tun. Ich legte meine andere Hand auf die seine und hielt sie fest. Er atmete tief ein, sah sich in der nutzlosen Fabrik um, dem Geschäft, das er nicht wieder zum Leben erwecken konnte. Ich musste ihn nicht daran erinnern, dass die Welt sich weitergedreht hatte, das sah er deutlicher als alle anderen. Was immer ich auch für meine Aufgabe hielt, ganz sicher war es nicht, herumzulaufen und Leuten den letzten Rest Hoffnung aus den Händen zu schlagen. Also schwieg ich. Warren erklärte mir, dass der Apotheker Rick Tippity hieß und einige Straßenzüge nördlich von hier arbeitete. Zudem bat er mich, nett zu dem Hexenmeister zu sein, weil zu viele Leute schon gemein waren und die meisten davon darin besser waren als ich.

»Also, sei nett«, schloss er. »Dieser Tage hat man da weniger Konkurrenz.«

6

Als die Coda die Hexendoktoren und Medizinfrauen arbeitslos machte, hatten Apotheker ihren Platz eingenommen. Die Heilungen waren weniger dramatisch, oft teurer und nicht immer verlässlich, aber sonst gab es niemanden mehr, an den man sich wenden konnte, wenn man krank wurde.

Warren hatte mir erzählt, dass Rick Tippity nicht nur Hexenmeister war, sondern auch ausgebildeter Alchemist. Das hatte ihm ein seltenes Verständnis für die Überschneidungen von Magie und Wissenschaft eingebracht, und so war es ihm schneller als anderen gelungen, sich an die neue Welt anzupassen. Tatsächlich kannte ich seine Apotheke, da ich dort schon einmal Clayfields gekauft hatte, bevor es sie im Rest der Stadt gegeben hatte. Es war ein winziger Laden an der Kipping Street, einer schmalen Gasse, die für Pferde geeignet war. In jener kurzen Zeit, in der es Automobile in der Stadt gegeben hatte, war sie nicht gerade ideal gewesen.

In der Kipping brummte das Geschäft eher nicht. Die einzigen geöffneten Geschäfte waren eine Wäscherei, ein Nudelrestaurant und die Apotheke, die sich dadurch hervortat, dass ihre Fenster sauber und sie frisch angestrichen war. Über der Tür hing ein Schild mit einem großen grünen Blatt darauf.

Als ich hineinging, stach mir als Erstes der Geruch in die Nase: eine strenge Mischung aus Rauch, chemischen Dämpfen und Pflanzendüften.

Offenbar war hier erst vor Kurzem renoviert worden, und die gewählte Farbe war Weiß mit einer Extraportion Weiß gewesen. In einer Stadt wie Sunder eine mutige Wahl, denn hier kann selbst die Luft Flecken hinterlassen. Ein hölzerner Ladentisch teilte den Raum in zwei Bereiche, und dahinter stand der Hexenmeister, den ich suchte, und kritzelte etwas in ein Notizbuch.

Rick Tippity wirkte wie Anfang vierzig, aber sein hüftlanges Haar hatte jegliche Farbe verloren. Auf seiner Nase saß eine silberne Brille mit kleinen Gläsern, und er trug einen weißen Mantel, passend zu den Wänden. Als er aufsah, zeigte er den intensiven Fokus von jemandem, der entweder sehr klug oder ein bisschen verrückt war.

Er legte den Bleistift zur Seite und richtete sich auf. Seine langen Finger lagen auf dem Tisch. Ihn umgab eine Aura der Selbstsicherheit, die schon fast an Arroganz grenzte, als wollte er einem mitteilen, dass das Ende der Welt ihn nicht hatte aufhalten können.

»Guten Nachmittag, Sir. Womit kann ich Ihnen dienen?«

»Zwei weiche Päckchen Clayfield Heavies, bitte. Und«, ich deutete auf die Kratzer in meinem Gesicht, »können Sie mir etwas empfehlen, damit die gut verheilen und keine Narben zurückbleiben? Meine Frau kommt bald zurück, und ich schätze, sie wird mir nicht glauben, wenn ich sage, das wäre in der Kirche passiert.«

Er grinste verstehend und wandte sich zu den Regalen hinter ihm um. Eine der Weisheiten, die ich in den letzten sechs Jahren meines Jobs gelernt hatte, war, immer etwas zu kaufen, wenn ich von einem Geschäftsmann Hilfe erwartete. Es ist egal, ob sie unschuldig, schuldig oder unwichtig sind, nach ein wenig Bronze sitzt die Zunge lockerer.

In dem Regal standen fünf Metallbehälter mit einem Hahn daran. Er drehte an einem und ließ einen Schluck hellgrüner Flüssigkeit in eine Glasflasche triefen. Noch bevor sie voll war, verschloss er den Hahn, lief den Gang entlang, schüttete einige Pülverchen darüber und schüttelte die Mischung durch.

»Zweimal am Tag auftragen, und am besten noch einmal, bevor Sie schlafen gehen. Das weicht die Kruste auf. Es wird erst mal unangenehm aussehen, aber in einer Woche sollten die Wunden verschwunden sein.«

Er stellte das Fläschchen auf den Ladentisch und legte die Clayfields dazu.

»Danke. Bei dem Wetter möchte ich ungern vor die Tür gesetzt werden.«

»Eine Bronzemünze für die Clayfields und eine für die Medizin.«

Ich zog eine Show ab: Suchte nach meinem Geldbeutel, fand darin keine Münzen oder Scheine, also wühlte ich in meinen Taschen, um mit Kupfermünzen zu bezahlen.

»Haben Sie von dem Vorfall in der Bluebird Lounge gehört?«, fragte ich unschuldig. »Bisschen gruselig.«
Seine Aufmerksamkeit galt schon wieder seinen Aufzeichnungen, und er wartete wohl nur noch darauf, dass ich ging, damit er an was auch immer weiterarbeiten konnte.
»Was ist denn passiert?«, erkundigte er sich ohne echtes Interesse.
»Jemand wurde ermordet. Feuerball ins Gesicht.« Jede Münze kam aus einer anderen Tasche. Ich legte sie langsam auf den Ladentisch, als sich sein Blick wieder auf mich fokussierte. »Es gehen alle möglichen Gerüchte rum, lauter Unsinn. Ich wette, Sie hören so Kram dauernd, was?«
Seine Stirn legte sich in so tiefe Falten, dass sie wie eine Landkarte wirkte.
»Was für Kram?«
»Leute, die Sie fragen, wie man Magie machen kann. Um zu helfen. Oder jemandem wehzutun.« Ich hob das Fläschchen hoch und schaute mir die blasse Flüssigkeit darin an. »Ich habe keine Ahnung, wie Sie tun, was Sie tun, aber das ist wenigstens Wissenschaft. Andere da draußen glauben wohl, dass Sie noch mit dem guten Zeug hantieren.«
Er rührte sich nicht. Etwas beunruhigte ihn, aber ich wusste nicht, was. Dann sagte er: »Das tue ich.«
Mit einem Mal war der Raum eiskalt. Als hätte jemand dem Winter die Tür geöffnet. Aber die Tür war geschlossen, und wir waren allein. Nur ich und der Hexenmeister mit dem wilden Blick.
»Ach, wirklich? Wow. Das ist ... äh ... wie meinen Sie das?«
»Es gibt Magie in allen Dingen. Schon immer. Und wird es immer geben. Menschen haben verändert, wie wir sie nutzen können, aber das konnten sie uns nicht nehmen. Nein. Überschätzen Sie nicht derart Ihre Relevanz.«
Der Bastard hatte eine ganze Minute lang nicht geblinzelt. Jetzt war ich damit an der Reihe, beunruhigt zu sein.
»Also ... Sie behaupten, hier sei überall Magie drin?« Ich deutete auf die Schächtelchen und Fläschchen hinter ihm und bemühte mich um den unangenehmsten, herablassendsten Tonfall, der

mir möglich war. »Aber wie mächtig kann das schon sein? Vielleicht kann man damit ein paar Pickel ausdrücken, aber doch niemanden umbringen.«

Der Hexenmeister zog die Brille von der Nase und steckte sie in die Brusttasche seines Hemdes. Seine Hände sanken herab, außer Sicht hinter den Tisch.

»Für wen arbeiten Sie?«

»Für niemanden. Ich bin nur ein Typ mit ein paar dummen Fragen. Ich wollte Sie nicht nerven.«

Er wirkte nicht genervt. Eher so, als hätte ich einen seiner Nerven wie eine Geigenseite gespannt und würde jetzt mit einer Rasierklinge darauf spielen.

»Sie arbeiten mit der Polizei zusammen«, stellte er fest. Dieser Vorwurf wäre an jedem anderen Tag meines Lebens lächerlich gewesen.

»Nein. Nicht wirklich. Ich will ihnen nur beweisen, dass niemand ...«

Seine Hände schnellten empor, und in seiner rechten Faust hielt er etwas. Es sah aus wie ein Geldbeutel oder ein Säckchen Murmeln. Als ich zurücktrat, riss er es auf, und ein riesiger Feuerball erschien zwischen seinen Händen.

Die Flammen brüllten wie ein wildes Tier, und die heiße Luft erstickte den Schrei in meiner Kehle. Ich stolperte nach hinten. Vielleicht rettete mir das das Leben.

Mein Hinterkopf schlug auf Beton. Nicht hart genug, um mich ohnmächtig werden zu lassen, auch wenn die Schmerzen in mir den Wunsch dazu aufkommen ließen. Der Geruch von verbranntem Haar stieg in meine Nase. Ich schlug mir mit flachen Händen ins Gesicht und auf die Brust, aber zum Glück hatte nichts Feuer gefangen. Es war nur ein Flammenblitz gewesen. Ein heißer, schmerzhafter, unschöner Moment, aber so schnell vorbei, dass die Schäden nur oberflächlich waren.

Kein tödlicher Angriff, der heftig genug war, die Farbe von den Wänden zu blasen.

Aber ich will verdammt sein, wenn es nicht Magie war.

7

Als ich auf die Füße kam, war Tippity verschwunden, und ich kann nicht behaupten, dass mich das traurig machte. Ich wollte den Bastard schnappen, aber ich brauchte einige Atemzüge, um mich zu sammeln. Sechs Jahre lang hatte ich auf jemanden gewartet, der Magie wirken konnte, aber ich hätte nie gedacht, dass es direkt vor meinem Gesicht passieren würde. Meine Finger strichen durch mein Haar, und kleine, verbrannte Teile bröselten zu Boden. Meine Kehle schmerzte von der heißen Luft, und vor meinen Augen tanzten weiße Flecken.
Um mich herum bedeckte Asche den Boden. Ich sah mich nach dem Beutelchen um, aus dem die Flammen gestoben waren, aber es war wohl verbrannt. Im Ladentisch gab es eine Klapptür, also ging ich nach hinten. Es gab unten Ablagen, aber keine magischen Beutel voller Feuer mehr.
Die Notizen im Heft waren unleserlich, also ließ ich sie für die Polizei liegen. Dafür fand ich eine Metallschachtel mit reichlich Bargeld, also zahlte ich mir nicht nur eine Rückerstattung für die Einkäufe aus, sondern auch Spesen für den anstehenden Besuch beim Barbier.
An der Wand hing ein Telefon, aber ich nutzte es noch nicht. Mein Ziel war gewesen, Gerüchte über Magie zu entkräften, nicht, sie zu verstärken, deshalb wollte ich mehr sagen als nur: *Es gibt wieder Magie, und ich habe Beweise.*
Die Gänge hinten waren voller Tinkturen, Samen und Rinde, aber nichts davon sah aus wie der explosive Beutel. Es gab auch keine Etiketten, weshalb meine Suche sinnlos war (bis auf den Vorrat an Clayfields, die ihren Weg in meine Taschen fanden).
Jenseits der Gänge gab es eine offene Tür an der Rückwand, durch die Tippity wohl entkommen war. Ich zog mein Messer und hielt es bereit, als ich mich umsah.
Es war nur ein dunkler, vollgestellter Lagerraum. Lediglich durch eine weitere Tür, die in die Gasse führte, fiel Licht herein. Da mei-

ne Augen noch immer von dem Angriff beeinträchtigt waren, stolperte ich über einige Kisten, bevor ich die Lampe fand, die von der Decke herabhing. Als der Docht flackernd zum Leben erwachte, sprang ich entsetzt zurück. Nicht wegen des Feuers, sondern wegen des riesigen Eisblocks, in dem ein schreiender Mann gefangen war.

Er lag an der Wand, als sei er nach durchzechter Nacht an ihr herabgeglitten. Das Eis bedeckte seinen ganzen Körper, war aber am dicksten um Brust und Kopf. Es war komplett durchsichtig, aber auf der Oberfläche ragten winzige Eiszapfen in die Höhe.

Es gab keine Anzeichen dafür, wann das passiert sein mochte. Durch die offene Tür war es in dem Lagerraum so kalt, dass das Eis nicht schmelzen würde.

Der Mann war ein weiterer Hexenmeister. Seine langen Finger waren ausgebreitet und seine Arme angewinkelt, so als hätte er jemanden angefleht, als ihn der Zauberspruch traf. Er war älter als Tippity, mit kürzerem Haar und einem gestutzten Bart, aber unter seinem Mantel trug er die gleiche weiße Uniform.

Das bedeutete wohl, dass sie Kollegen gewesen waren. Falls ja, was war da schiefgelaufen?

Er hielt nichts in den Händen. Im Lagerraum gab es keine Anzeichen für einen Kampf. Kisten, Flaschen und Kanister standen überall, aber die einzige Unordnung hatte ich im Zwielicht verursacht.

Ich öffnete einige der Behälter, um zu sehen, ob ihr Inhalt mehr Magie als Medizin war, aber da ich mich mit beidem nicht auskannte, konnte ich es nicht sicher sagen. Tiegel mit roter Erde, Kisten voller Verbände und Phiolen mit Sirup. Ich fand eine Flasche mit einer bekannt aussehenden goldenen Flüssigkeit, die ich vorsichtig kostete. Tarixsaft von besserer Qualität als in den meisten Kneipen. Auch sie wanderte in meinen Mantel. Schwerer zu verbergen als die Clayfields, dafür aber auch deutlich wertvoller. Sonst erschien mir nichts wirklich interessant. Ich stand inmitten des Raums, kaute auf einem Zweig und sah dem gefrorenen Mann in die Augen. Etwas an seinen Zügen wirkte bekannt. Nicht sein Gesicht, sondern der Ausdruck darauf. Die Art, wie

seine Züge in einem entsetzten Moment der Erkenntnis gefroren waren.
Als wäre es in einem Herzschlag geschehen.
Es war genau wie bei der Leiche in der Lounge. Vollkommen überrascht, nur dass er hier mit Eis statt Feuer überzogen worden war. Der Tod war in Sunder City immer unterwegs, aber in letzter Zeit erledigte er seine Arbeit mit deutlich mehr Schwung.
Ich ging zurück, rief bei der Polizei an und ließ mich direkt zu Simms durchstellen.
»Wen soll ich anmelden?«
»Ihren Nachbarn. Ich soll auf ihre Katzen aufpassen, aber die eine hat sich dauernd übergeben, und Simms hat gesagt, dass ich ihr dann eine blaue Pille geben soll, aber die Kleine spuckt sie immer wieder aus, und der Teppich sieht inzwischen übel aus, und ich weiß einfach nicht ...«
»Bitte bleiben Sie am Apparat, Sir.«
Eine halbe Minute später knurrte Simms am anderen Ende der Leitung.
»Okay, Schlaumeier, was willst du?«
»Ich bin davon ausgegangen, dass du nicht willst, dass mein Name im ganzen Revier rumgebrüllt wird. Ich weiß ja, dass der Rest von euch mir nicht so wohlgesonnen ist wie du.«
Da sie nicht zugeben wollte, dass ich recht hatte, schnaufte sie nur.
»Also, worum geht es?«
»Ich habe noch eine Leiche für dich. Apotheke in der Kipping Street. Ich sage nicht, dass es Magie ist, aber es sieht aus wie das von heute Morgen. Nur mit Eis.«
Es gab eine lange Pause, während Simms über die Konsequenzen nachdachte.
»Weißt du, wer es getan hat?«
»Vermutlich der Apotheker, Rick Tippity. Ich habe ihm ein paar Fragen über Hexenmeister und Magie gestellt, und er hat sich so aufgeregt, dass er mir einen Feuerball ins Gesicht geschleudert hat.«
»Was zum Teufel? Geht es dir gut?«

»Das wirst du mir sagen müssen. Hier gibt es keinen Spiegel.«
Als ich aufhängte, hörte ich mich selbst lachen. Das Adrenalin verließ meinen Leib, und mir war albern zumute, weil Simms so tat, als wäre ich ihr wichtig.

Wieder im Lagerraum, zog ich die inzwischen geschmacklose Clayfield zwischen meinen Zähnen hervor. In der Ecke stand ein Mülleimer, und ich hob den Deckel an.

Dann hielt ich inne.

Trotz Lampe war es im Raum noch zwielichtig, deshalb hoffte ich, dass ich in den Schatten Dinge sah, die nicht wirklich da waren. Ich redete es mir ein, *hoffte* es, denn ich *dachte*, am Boden des Mülleimers hätte ich Körper liegen sehen.

Ein stummes Gebet, dass es nur meine Einbildung sein möge, dann öffnete ich den Mülleimer ganz und zog mein Feuerzeug hervor.

Als das flackernde Licht die Schatten vertrieb, rannte ich nach draußen und übergab mich.

8

Als Simms und Richie auftauchten, berichtete ich ihnen so schnell wie möglich, was passiert war. Bald würden mehr Cops kommen, und Simms wollte sicher nicht, dass wir wie Kumpel wirkten. Ich zeigte, wo ich getroffen worden war, beschrieb den Beutel und das Feuer und führte sie dann nach hinten zum Eismann.
Viel sagten sie nicht, nickten nur und versuchten, nicht irgendwelche wilden Schlüsse zu ziehen. Genau wie ich. Es gab viele Möglichkeiten, Feuer zu entfachen. Dafür bedurfte es keiner Magie. Aber Eis? Eis ist anders. Klar, um diese Jahreszeit gibt es davon mehr als genug, und es war nicht das erste Mal, dass jemand in Sunder City erfror, aber das hier war kein Obdachloser gewesen, dem niemand geholfen hatte. Es sah so aus, als habe jemand das Eis so wie das Feuer beschworen. Sollte Rick Tippity einen kleinen Beutel geöffnet haben und eine gefrorene blaue Wolke daraus hätte jemanden getötet, fiel mir kein anderer Begriff dafür ein.
Aber ich war kein Wissenschaftler. Nur weil etwas seltsam wirkt, heißt es noch lange nicht, dass irgendwer das Geheimnis der Magie entschlüsselt hat.
»Schon mal so was gesehen?«, fragte ich.
Beide schüttelten die Köpfe.
»Nicht seit langer Zeit«, erwiderte Simms. »Hier werden bald mehr von uns aufschlagen. Gibt es noch etwas, das du uns sagen möchtest, bevor die Gerüchteküche explodiert?«
»Ja. Keine Ahnung, ob ein Zusammenhang besteht, aber schaut mal hierein.«
Ich öffnete den Mülleimer. Die beiden Polizisten warfen einen Blick hinein, und ihre Mienen zersplitterten wie ein Porzellanteller auf dem Küchenboden.
Der Mülleimer war voller kleiner Körper, mehr als zwanzig, winzig, zwischen einem und zwei Fuß groß, dünn und steif.

Es waren Feenleichen. Ausgetrocknet und bar jeder Magie.

»Meine Güte.« Richie taumelte zum Ausgang. Simms starrte in einen Abgrund.

»Was hat er mit ihnen angestellt?«, fragte sie.

Es waren die Gesichter. Einen Mülleimer voller Feenleichen zu finden wäre schlimm genug, aber man hatte ihnen auch die Schädel gespalten. Irgendwer hatte sie aufgerissen, etwas mit ihrem Inneren gemacht und sie dann in den Müll geworfen.

Simms schlug den Deckel herunter. Ich saugte an einer weiteren Clayfield. Draußen fluchte Richie.

Es gab viele magische Wesen in der Welt, aber Feen waren anders gewesen. Auf eine gewisse Weise *waren* sie Magie. Reine Wesen des Unmöglichen, die zwischen uns lebten. Es gab eine endlose Anzahl von Varianten: Brownies, Imps, Leprechauns, Bogarts, Sprites, aber als die Coda kam, war ihr Leiden dasselbe. Sie gefroren wie der große Fluss, und alles Leben verließ ihre Leiber. Selbst in einer Stadt aus Stahl wie Sunder, fern der Haine, konnte man das Vakuum spüren, das sie hinterlassen hatten. Bislang hatte ich gedacht, die Tragödie sei, dass man keine Feenwesen mehr sah, aber es stellte sich heraus, dass selbst das noch besser war, als einen Haufen ihrer leblosen Körper entweiht im Müll zu finden.

Schließlich fragte mich Simms: »Weißt du, warum …?«

Sie wedelte mit der Hand vor ihrem Gesicht.

Ich schüttelte den Kopf. Wieder schwiegen wir lange, bis Richie hereinkam.

»Von dir?« Er wischte sich die Schuhe ab.

»Ja. 'tschuldige.«

»Nein, verstehe.«

Simms rieb über ihre Augen.

»Wenn der Rest unseres Teams kommt, werde ich dich hart anfassen, so wie früher. Ich werde dich fragen, warum du hier herumgeschnüffelt hast, und dir damit drohen, dich einzusperren, wenn du mir nicht die Wahrheit sagst. Du kennst das Spiel.«

»Klar.«

»Es tut mir leid, Fetch. Ich weiß, dass du genauso betroffen bist wie wir, aber der Bürgermeister hängt mir im Nacken, fragt dau-

ernd nach neuen Entwicklungen. Wir müssen dafür sorgen, dass du isoliert bleibst, frei, das zu tun, was …«
Die Vordertür schlug auf, und die ersten Cops traten ein. Zehn Minuten später hatte jeder Uniformierte, Detective und Polizeihelfer sich angestellt, um einen Blick auf den zweiten verrückten Mordfall des Tages zu werfen. Wir drei hingegen hielten uns an den Plan und spielten ihnen das Theater vor, das sie schon so oft gesehen hatten.
Ich war ein echter Klugscheißer. Es machte sogar noch mehr Spaß als sonst, weil ich wusste, dass sie mich dafür nicht aufs Revier schleifen würden. Erst als ich merkte, dass Simms nicht mehr nur spielte, sondern tatsächlich wütend wurde, fuhr ich einen Gang zurück. Am Ende gab es die Warnung, den Mund zu halten, und die Order, die Stadt nicht zu verlassen, und dann warfen sie mich hinaus. Es war mir eine Freude, abzuhauen. Ich wollte so weit wie möglich weg von den Leichen im Müll.
Der Anblick der Feen hatte sich mir ins Hirn gebrannt. Es war so traurig. So tragisch. So bekannt. Mir war flau, und ich konnte nicht sagen, ob ich wütend war oder ängstlich oder einfach nur weinen wollte.
Aber ich wusste ganz genau, wohin ich gehen musste.

9

Zuerst kurz ins Büro, um die Clayfields und den Saft loszuwerden. Und mir das Gesicht zu waschen und das verbrannte Haar vom Schädel zu kratzen. Als ich in den Spiegel sah, stellte ich fest, dass nur eine meiner Augenbrauen weggebrannt worden war.
Ich klopfte mich ab. Gurgelte mit etwas Mundspülung. Zog sogar ein sauberes Hemd an.
Als würde es etwas ausmachen. Als würde ich nicht ein Mädchen besuchen, das in den letzten sechs Jahren nicht einen Gedanken an mich verschwendet hatte.
Zum Schluss füllte ich meinen Flachmann mit Whisky, steckte ihn ein und machte mich auf den Weg in die Innenstadt.

* * *

Alles war perfekt.
Das Tor zur Villa war geschlossen, und im Schnee zeigten sich keine Abdrücke. Die Tür war ebenfalls noch zu. Die Fenster waren nicht eingeschlagen. Das Dach war nicht unter dem Schnee eingebrochen.
Ich schritt die steinernen Stufen empor, sorgsam darauf bedacht, nicht auf dem Eis auszurutschen, und zog den Schlüssel aus meiner Tasche. Früher hatte ich ihn unter einem Blumentopf versteckt. Damals hatte es sich falsch angefühlt, etwas von hier mitzunehmen. Aber jetzt gehörte mir alles.
Der neue Schlüssel drehte sich widerstandslos im Schloss und öffnete die Tür, die ich erst kürzlich verstärkt hatte. Sobald ich hineingeschlüpft war, zog ich sie schnell zu, da der Wind kalt hineinwehte. Dann war es still. Kaum ein Lufthauch, nur ein leichtes Wehen von einem Loch im zweiten Stock, das ich noch nicht repariert hatte. Eine Woche hatte es mich gekostet, all die Schäden zu reparieren, die Fenster abzuhängen und die Risse zu fli-

cken. Seit der Coda hatte das Gebäude vor sich hin gerottet, und ich war der Erste, der versuchte, es wieder herzurichten. Natürlich gab es immer noch mehr zu tun, aber die ganze Arbeit machte mir nichts aus. Für sie. Für die Frau, die in der Mitte des Raums kniete.
Amari war eine Waldnymphe. Größer als die Feen in der Apotheke, aber ebenso kostbar. Einst war sie das magischste Wesen der ganzen Welt gewesen. Ihr könnt eure Sonnenuntergänge, eure Sternschnuppen und euer Kinderlachen gerne behalten. All diese Kalendersprüche darüber, was das Leben lebenswert macht. Ich würde das alles dafür eintauschen, sie noch einmal ein einziges Wort sagen zu hören.
In sechs Jahren hatte Amari sich kein bisschen bewegt. Sie war zu Holz geworden, gesplittert und voller Risse. Aber sie war in Sicherheit. Darum hatte ich mich gekümmert. Ich hatte die Löcher im Dach gestopft und vor dem Winter eine Plane oben ausgelegt. Später hatte ich sogar die ganzen Schlingpflanzen entfernt, die sich um ihren Leib gewunden hatten. Langsam und vorsichtig, von ihrer Hüfte, ihren Gliedmaßen, sie vom Boden gepflückt, mit mehr Sorgfalt, als ich jemals für etwas anderes aufgebracht hatte. Danach hatte ich die verfaulte Krankenschwesternuniform entfernt. Käfer und Staub weggewischt. Das Moos von ihren Beinen gekratzt und den Schmutz unter ihren Knien entfernt.
Es ging ihr den Umständen entsprechend. Die größten Gefahren für ihren Leib hatte ich beseitigt. Aber sie war immer noch zerbrechlich. Zu zerbrechlich, um sie zu berühren, außer es ging nicht anders. Selbst wenn der Drang, ihr noch einmal die Hand auf die Wange zu legen, um mich daran zu erinnern, wie sie sich angefühlt hatte, übermächtig wurde, riskierte ich es nicht.
Sie trug eine neue Uniform, ähnlich der alten, aber sauber. Ich hatte alles getan, was ich konnte. Mehr, als nötig gewesen wäre. Weil nichts davon nötig war. Es war alles ohne Bedeutung, denn sie war längst fort. Es war nur noch ihr Körper, verlassen und leer, und es gab nichts, was ich tun konnte, um sie zurückzubringen.
Das redete ich mir immer und immer wieder ein. Das sagte ich

jeder verlorenen Seele, die durch meine Tür gestolpert kam, weil sie hoffte, in eine Zeit zurückkehren zu können, in der die besten Dinge des Lebens noch nicht zerbrochen worden waren. Ich hatte es so oft gesagt, dass ich es sogar fast glaubte.
Aber dann war da Rye.
Ein dreihundert Jahre alter Vampir hatte mich durch einen Keller geworfen, obwohl er nicht einmal stark genug sein sollte, aus dem Bett zu kriechen. Irgendeine Art von Macht war in seinen Körper gekrochen, und wenn das bei ihm möglich gewesen war, warum nicht bei ihr?
Deshalb beschützte ich sie. Denn wo läge der Sinn darin, die Welt für alle wieder in Ordnung zu bringen, außer für Amarita Quay? Ich setzte mich vor ihr auf den Boden. Das Weiß ihrer Augen war helles Holz. Ihre Pupillen waren etwas dunkler, aber ebenso unbewegt. Also zog ich meinen Flachmann hervor und trank auf sie, auf ihr wunderschönes Gesicht und ihre wunderschöne Seele, die dahinter verschwunden war.
In der Apotheke hatte ich etwas Finsteres erspäht. Unvorstellbare Grausamkeit. Aber vielleicht auch Magie. Vielleicht war doch nicht alles verloren. Vielleicht war es gut, sie zu beschützen. Für immer.
Für alle Fälle.

10

Baxter Thatch war ein Unikat unter den Dämonen: Minister für Bildung und Museen, Kurator und manchmal Freund, manchmal Feind, altersloser Experte für eine ganze Liste magischer Phänomene und rein technisch gesehen weder Mann noch Frau. Die magische Expertise kam nicht durch Ausübung der Magie, sondern durch Studium und Beobachtung über Jahrhunderte.

Seit Jahren bemühte Baxter sich darum, Sunder City wieder auf die Beine zu helfen. Daher wusste ich auch nie, wo der Dämon sich gerade aufhielt, deshalb war es das Beste, vorher im Ministerium anzurufen. Diesmal gaben sie mir die Info, dass Baxter drüben beim Kraftwerk von Sunder City war, denn offenbar »steht das verdammt Ding wieder in Flammen«.

Das Kraftwerk stand im Nordosten der Stadt, hinter einem Hügel versteckt, als würde die Stadt sich dafür schämen. Das war verständlich: Es war hässlich, gefährlich und unzuverlässig. Mortales, die von Menschen gegründete Elektronikfirma, hatte es aus dem Boden gestampft, nachdem die Coda alle Feuer hatte erlöschen lassen. Es war nur ein kläglicher Ersatz für die ewigen Flammen, auf denen Sunder gegründet worden war. Das Kraftwerk hatte nicht genug Leistung, um die Fabriken anzutreiben oder auch nur die Lichter der Main Street zu betreiben. Es reichte so gerade für die Telefone und Lichter in vielen Wohnungen, zumindest meistens, aber wenn man dem Kraftwerk zu viel abverlangte, gab es den Geist auf.

Es gab immer wieder Pläne, es zu modernisieren, aber keiner war je umgesetzt worden. Jedes Jahr versprach der Bürgermeister in seinen Reden neue Kraftwerke, aber es passierte nichts. Alle Mittel gingen dafür drauf, es am Laufen zu halten, notwendige Reparaturen durchzuführen oder die Zahl der Unfälle gering zu halten, da die Dampfmaschine eher Todesfälle als Strom produzierte.

Mehr Rauch als üblich stieg vom Kraftwerk auf und verdunkelte den ohnehin grauen Himmel. Ich konnte es riechen, lange bevor ich es sah.

Die ganzen Arbeiter standen auf der Straße, während Feuerwehrleute mit Eimern voller Schnee rein- und leeren Eimern wieder rausrannten. Es wirkte, als sei das Feuer beinahe gebändigt, und die Menge sah eher frustriert als panisch aus. Vermutlich würde es ein, zwei Tage dauern, bis das Kraftwerk wieder hochgefahren werden konnte, aber alle in Sunder hatten schon lange gelernt, immer ein paar Kerzen im Haus zu haben.

Es war so gewöhnlich, dass es nicht einmal mehr Schlagzeilen darüber gab. Die Arbeiter machten bereits Pläne, was sie in der erzwungenen Freizeit tun würden. Baxter Thatch hingegen sah wirklich niedergeschlagen aus.

Der Körper des Dämons war riesig, rot und schwarz, aus unzerstörbarem Marmor, mit zwei großen Hörnern auf dem Haupt. Als die Coda kam, geschah nichts mit Baxter. Das führte, unter anderem bei Baxter selbst, zur Befürchtung, Dämonen wären niemals Teil der Magie gewesen.

Vielleicht arbeitete Baxter deshalb so viel und verbrachte so viel Zeit damit, anderen zu helfen. Zuerst umherreisend, dann als Minister, immer mit einer Aura von Positivität und Selbstsicherheit.

Bis jetzt.

Baxter saß auf einem Stein auf der anderen Straßenseite, den Kopf in den Händen. Der sonst so ordentliche Anzug war zerknittert, die Krawatte lag auf dem Boden. Ich hatte Baxter noch nie so emotional gesehen. Niedergeschlagen, sicher. Auch enttäuscht. Aber noch nie so, besonders nicht in der Öffentlichkeit.

»Stimmt was nicht, Bax?«

Baxter hob die Brauen, bis sie die rotschwarzen Hörner berührten.

»Einfach alles.«

Verdammt. Baxter war seit Ewigkeiten unterwegs, und jetzt war tief im Inneren irgendwas zerbrochen. Ich setzte mich neben den Dämon auf den Stein, zog den Flachmann hervor und reichte ihn rüber.

»Es ist alles sinnlos«, kam es nach einem Schluck. »Ohne die Feuer und die Fabriken ist die Stadt nichts. Und dennoch kommen die Leute hierher. Nicht wegen der Gegenwart, nicht einmal wegen der Vergangenheit. Sondern wegen des alten Versprechens, was diese Stadt sein sollte. Sie kommen, weil sie eine Geschichte suchen.«

»Nicht alle Geschichten waren gastfreundlich.«

Der Dämon schnaufte und gab mir den Flachmann zurück.

»Klar, es gab Armut und Verbrechen lange vor der Coda. Aber es gab auch eine Balance. Es gab Gründe dafür, durch den Schlamm und die Taschendiebe und den verdammten braunen Schnee zu waten. Aber jetzt?«

Baxter lehnte sich zurück und sah zum Himmel hoch. Ich nahm einen tiefen Schluck und roch den Rauch.

»Ich hatte Hoffnung, Fetch. Ich sah eine Möglichkeit, hier wieder etwas wachsen zu lassen. Nicht diesen …«, Baxter deutete in Richtung des brennenden Kraftwerks, »Murks. Echter Fortschritt. Industrie. Jobs. Jetzt ist alles vorbei.«

»Deswegen? Aber das ist nur ein kleines Feuer.«

Baxter hob die Hand und wies ins Nichts.

»Er ist tot!«

Ich warf einen Blick auf die Arbeiter und faulen Feuerwehrleute. Niemand verhielt sich, als gäbe es Tote zu betrauern.

»Wer?«

»Der Erste, der mit einer Vision nach Sunder City gekommen ist. Mit Schneid. Mit Geld, verdammt noch mal!«

Baxter hieb mit der Faust so fest auf den Stein, dass ich befürchtete, der Dämon würde ihn spalten.

»Oh. War seine Name zufälligerweise Lance Niles?«

Baxter sah nicht einmal auf.

»Du hast von ihm gehört?«

»Nein, ich habe es gesehen.«

Dann berichtete ich Baxter von dem Feuerball und dem Mann mit der Melone. Simms hatte mit ihrer Einschätzung, dass Lance mächtige Freunde hatte, richtiggelegen.

Wie Baxter erzählte, war der Bürgermeister über die Aussicht, wieder Industrie nach Sunder zu holen, hocherfreut gewesen, und alles nur wegen des frisch verstorbenen Lance Niles.

Baxter war in keiner guten Stimmung, aber als ich von Feuer und Eis berichtete, die Tippity als Waffen eingesetzt hatte, brannte der Schwefel in den Augen des Dämons voller Aufregung. So wie ich hatte Baxter versucht, den Traum von besseren Zeiten unter den Stiefeln zu zertreten. Dieser Tage sind Träumer nutzlos. Man brauchte eine klare Wahrnehmung der Wirklichkeit, wenn man etwas schaffen wollte.

Aber als ich Baxter beschrieb, wie die Flammen aus dem Beutel geschlagen waren, war da ein feines Lächeln.

»Ich schätze, deshalb hast du nur eine Augenbraue.«

»Jo.«

Baxter sah wieder zum Himmel hoch.

»Ich dachte, dieser Tag würde nie kommen.«

»Vielleicht ist er es auch nicht.«

Mein Einwurf frustrierte den Dämon und ließ ihn innehalten, aber er war schlau genug, um sich nicht zu früh zu freuen.

»Was könnte es sonst sein?«

»Ich weiß es nicht. Magie war mir immer fremd, selbst damals, als es sie noch gab, deshalb wäre ich der Letzte, der sich als Experten bezeichnet. Aber mir wurde erklärt, dass Magie etwas Lebendiges war, dass sie floss. Das hier wirkt eher wie der Schatten von Magie. Wie das, was übrig bleibt, wenn sie austrocknet.«

»Aber du hast gesehen, wie er einen Zauber gewirkt hat.«

»Vielleicht.«

Aber das war nicht alles, was ich gesehen hatte. Ich wollte nicht beschreiben müssen, was sich im Müll befunden hatte. Mit Lance Niles' zerschmettertem Kopf in der Bluebird Lounge hatte ich keine Probleme, egal wie blutig er gewesen war. Das war kein schöner Anblick, aber so war das Leben. Früher oder später erwischt es uns alle, und niemand sieht dabei gut aus. Aber diese perfekten kleinen magischen Leiber, auf einen Haufen geworfen wie Abfall? Das war eine echte Tragödie. Die Art, die dich dein Leben lang verfolgt, wenn du erst einmal davon gehört hast. Und ich wollte Baxter nicht mit diesem Wissen beschmutzen.

»Wo würde man eine Fee finden?«, erkundigte ich mich. »Und sag nicht, in der Villa des Gouverneurs, denn wenn wir alles richtig gemacht haben, wird da niemals jemand was finden.«
»Nirgends. Das weißt du. Sie sind fort.«
»Aber was ist mit den Leichen? Ich habe bislang nie darüber nachgedacht, aber ich habe nach der Coda keine Feenleichen gesehen. Ich schätze, ich bin einfach davon ausgegangen, dass sie verschwunden sind, zu Feenstaub geworden oder was weiß ich. Aber bei Amari war das anders, und bei vielen anderen auch.«
Baxter verlor den letzten Funken Enthusiasmus.
»Wie meinst du das? Viele?«
Ich schüttelte den Kopf. Irgendwann verstand Baxter, dass die Antwort auf diese Frage für niemanden gut sein würde, und fuhr fort.
»Es gab hier nie viele. Die meisten unten in den Slums, Flüchtlinge aus den zerstörten Hainen, die hier einen Neustart versuchten. Keine der hohen Wesen, natürlich nicht, Imps und Bogarts, einfache Feen. Es gab damals einiges Aufsehen, als sie versuchten, in dieser industriellen Welt Arbeit zu finden.«
»Ich erinnere mich.«
»Nun, an einiges wirst du dich nicht erinnern, weil du noch in Sheertop eingesperrt warst, aber ein paar Tage vor der Coda haben alle Feen die Stadt verlassen.«
Das hatte ich nicht gewusst. Nachdem ich von der Armee der Menschen desertiert war, hatte Opus mich festgenommen und in das magische Gefängnis Sheertop gebracht, wo ich bis an mein Lebensende eingesperrt bleiben sollte. Offensichtlich war es anders gekommen. Die Coda hatte das Sicherheitssystem von Sheertop zerstört, und ich bin einfach zur Vordertür hinausspaziert. Als ich zurück nach Sunder kam, war das Ende der Welt schon ein paar Tage her gewesen.
»Wohin sind sie gegangen?«
»Nach Südosten. Angeblich gibt es im Wald von Fintack eine alte Feenkirche. Ich weiß nicht, warum sie alle auf einmal gegangen sind, kurz bevor alles schlimm wurde. Vielleicht haben sie etwas gespürt, das wir anderen noch nicht wahrnehmen konnten.«

Das war möglich. Feen waren die perfekte Mischung aus Magie und Materie, dem heiligen Fluss näher als jedes andere Wesen. Vielleicht hatten sie gespürt, dass etwas nicht stimmte, als Hunderte Soldaten der Menschen auf den heiligen Berg marschierten, um sich seine Kraft zu unterwerfen.
»Wo genau ist diese Kirche?«
»Wieso?«
»Damit ich den Mörder von Lance Niles finden kann.«
Hinter den Brillengläsern loderte das Feuer in den Augen des Dämons blau auf.
»Komm mit.«

* * *

Wir gingen zum Ministerium und in ein Zimmer, über dessen Tür *Karten und Pläne* stand. An allen Wänden standen hohe Regale mit kleinen, langen Schubladen.
In jeder davon befand sich eine Karte der Umgebung. Alle unterschiedlichster Art, je nachdem, von welcher Spezies sie stammten.
»Die Feen haben selbst keine Karten erstellt«, erläuterte Baxter. »Zumindest nicht in einer Sprache, die wir verstehen oder lesen könnten. Aber zum Glück hat ein studierter Elf sich um Übersetzungen bemüht.«
Baxter zog ein großes, verblasstes Stück Papier hervor und breitete es auf dem Tisch in der Mitte des Raums aus. Es war eine Karte des Areals im Südosten der Stadt, und einige Meilen vom Waldrand entfernt gab es ein Symbol für ein Gebäude, das von magischen Runen umgeben war.
»Das ist die Kirche?«
»Ich denke schon, ja. Auch wenn ich nicht verstehe, wo die Verbindung zu Lance Niles ist.«
»Gut. Du hattest genug schlechte Nachrichten für einen Tag.«

* * *

Nachdem ich mir notiert hatte, wo die Kirche zu finden war, dankte ich Baxter für die Hilfe. Ich wollte nicht, dass der Dämon sich Gedanken darüber machte, was da draußen war. Die Reise war nicht einfach, und am Ende wartete vielleicht ein Albtraum. Also dachte ich an Rick Tippity. Fall ich mitten im Winter durch die Wildnis zu einem Feenfriedhof wandern musste, um diesen Mörder zu schnappen, würde ich nichts lieber tun.

11

Es gab keine Straßen nach Fintack, nur einen Pfad, der vom Maple Highway abzweigte und sich durch eine sanfte Hügellandschaft wand. In den letzten Minuten des Tages hatte die Sonne endlich entschieden, sich doch noch zu zeigen, wie ein Mädchen, das während des Essens schüchtern blieb, dir aber einen Kuss zuwirft, als du zu Tür hinausgehst.

Diesmal hatte ich aus meinen Fehlern gelernt und an einem Secondhandladen haltgemacht, bevor ich die Stadt verließ. Obenrum hatte ich vier Lagen an und unter meiner Hose eine Strumpfhose. Meine Socken waren dick, und der Pelz der Schimäre noch so dicht wie an jenem Tag, als ich ihn vom Rücken der Bestie geschnitten hatte.

Ohne die alten Lichter glitt Sunder bald in die Dunkelheit. Die Wolken waren dünn geworden, sodass der Vollmond hindurchschien. Gerade genug Licht, um dem Weg zu folgen. Ich war schnell unterwegs und hielt nur an, um mich an einem Strauch zu erleichtern oder einen Happen Essen aus dem Beutel zu kramen. Georgio hatte mich beim Verlassen des Gebäudes erwischt und war nett genug gewesen, mir eine Mitternachtsvesper einzupacken: Nüsse, getrocknete Beeren und ein paar Scheiben würziger Wurst.

Nach zwei Stunden Marsch zog ein Schwarm Fledermäuse über mir hin Richtung Wald. Mehr als fünfzig, die wie Banshees kreischten und mit ihren ledrigen Schwingen schlugen.

Im Laufe der nächsten halben Stunde entspannte ich mich langsam. Zuerst die kleinen Muskeln in meiner Stirn. Dann mein Kiefer, hinab zu meinem Nacken und den Schultern. Um meine Wirbelsäule lösten sich Knoten auf. Ich ließ die Arme schwingen und atmete die kalte, klare Nachtluft tief ein. Ich war allein. Nicht so allein wie in meinem Büro, wo jederzeit jemand an die Tür klopfen konnte. Nicht allein wie in einer Kneipe, wo man umgeben von Fremden einsam sein konnte. Richtig allein. Keine Men-

schen. Auch keine ehemals magischen Wesen. Niemand, der mir Vorwürfe wegen meiner Taten oder Vorhaben machte. Oder wegen der Fehler, oder der ignoranten, naiven Worte, die ich gesagt hatte. Hier bedeutete ich niemanden etwas. Ich war nur Teil der Landschaft und schritt ohne Vergangenheit oder Zukunft voran. Niemand interessierte sich für mich. Die weit entfernten Sterne konnten mich nicht sehen, und ich war ihnen auch egal. Ich war allen egal. Ich hätte mich einfach in den Schnee legen können, bis meine Atmung langsamer wurde und schließlich stoppte, und niemand würde es bemerken.
Es war wunderbar.

* * *

Am Rand des Waldes von Fintack entdeckte ich eine verlassene Jagdhütte, in der nur noch eine Spinnenfamilie und ein Opossum mit rosafarbener Nase hausten.
»Habt ihr noch Platz für mich?«, erkundigte ich mich.
Da ich die Bewohner nicht zu stören schien, schloss ich die Tür. Es war gut, dem Wind für einen Augenblick zu entkommen. In der Ecke hing eine alte Hängematte aus Segeltuch, schmutzig, aber noch intakt. Schnell schüttelte ich den Staub heraus und legte mich hinein. Sie war nicht so komfortabel wie ein Bett, und von unten zog es empfindlich kühl am Hintern, aber ich musste nicht auf dem Boden schlafen, und langsam schwanden die Schmerzen aus meinen Beinen. Es war still und dunkel, und es dauerte nicht lang, bis ich einschlief.

* * *

Knirschen. Das Reißen von Fleisch und das Knacken von Knochen.
Edmund. Albert. Rye.
Ich konnte ihn hören. Wie er mit seinem Mund voller gebrochener Zähne und blutendem Zahnfleisch die Knochen junger Mädchen zerbiss und ihr Mark heraussaugte. Er hatte Magie gewollt. Statt-

dessen war er zum Monster geworden. Zum Verschlinger unschuldiger Wesen. Zum Fluch für sich selbst und alle, die er liebte. Er ragte über mir auf, Mordlust in seine Züge gegraben und das Nichts in seinen Augen. Und er lachte, denn ich hatte ihn von der Last befreit, die Dinge wieder in Ordnung zu bringen.
Die Dunkelheit färbte sich erst rot, dann golden. Sonnenaufgang. Ich versuchte, mich daran zu erinnern, wie man die Augen öffnete. Das Opossum kaute gerade auf der dicksten Spinne im Netz herum: kleine Beine, die unter den Schnurrhaaren hervorragten.
»Bekomme ich was ab?«
Das Opossum antwortete nicht, aber ich hatte meinen Beutel nachts in den Armen gehalten, also fischte ich ein paar Beeren heraus und frühstückte im Bett. Na ja, in der Hängematte. Das Opossum und ich teilten unser Mahl, dann wünschte ich ihm noch viel Glück und ging wieder meiner Wege.

* * *

Die Bäume standen dicht an dicht, und der Nebel war eine dicke Suppe, aber der Weg war deutlich genug zu erkennen, sodass ich ein gutes Tempo halten konnte, das mir das Blut in die Extremitäten trieb. Aber ich musste dabei auf den Boden schauen, denn wenn ich nach vorne ins milchige Nichts starrte, ging mir mein Sinn für die Realität verloren. Um mich herum waren immer wieder Geräusche. Vielleicht noch mehr Fledermäuse und Opossums. Oder Wölfe. Ich hatte ein Messer, aber nicht viel mehr. Aus Sorge, dass Raubtiere das Fleisch riechen konnten, aß ich den Rest der Wurst, warf dann das Zeitungspapier weg, in das sie gewickelt gewesen war, und rieb mir die Finger am Schnee ab.
Die Bäume trugen kein Laub. Vielleicht wegen der Coda, vielleicht einfach nur, weil es Winter war, ich wusste es nicht. Äste ragten wie Hexenfinger über den Pfad, und ich duckte mich unter ihnen durch. Meistens. Einmal sah ich gerade nach unten, und ein Ast kratzte mir über die Wunden im Gesicht. Ich wollte losfluchen, als ich jemanden auf dem Weg stehen sah. Fast so, als würde die Gestalt dort im Nebel warten.

Genau voraus, mitten auf dem Weg. Unbewusst hielt ich den Atem an. Mein Herz pochte so laut gegen meine Rippen, dass ich befürchtete, die Gestalt würde mich allein deswegen hören.
Er sah direkt in meine Richtung, kaum mehr als eine Silhouette, grau vor weiß. Kleiner als ich. Also nicht Tippity. Ein Freund von ihm? Eine Wache?
Noch hatte er nichts gesagt und mich auch nicht angegriffen. Vielleicht hatte er mich noch nicht bemerkt. Falls doch, war er sich vielleicht unsicher, ob ich Freund oder Feind war.
Langsam ging ich in die Knie und legte den Beutel so leise wie möglich ab. Die Gestalt rührte sich nicht. Dann zog ich das Messer aus der Scheide und hielt den Mantel darüber, um jedes Geräusch zu dämpfen. Meine Rechte glitt in die Tasche und fand den Messingschlagring. Schließlich richtete ich mich auf und sagte laut und deutlich: »Hallo.«
Keine Reaktion. Nur der Wind pfiff um uns und zerrte an meiner Kleidung.
»Warten Sie auf mich?«
Immer noch nichts.
Extrem angespannt ging ich näher.
»Ich würde lieber reden, als zu kämpfen, falls möglich. Aber ich kann beides.«
Ich kniff die Augen zusammen und versuchte, mehr zu erkennen, aber irgendetwas stimmte nicht. Der Nebel wehte um den Fremden. Lose Kleidung flatterte im Wind, aber darunter war er steif. Eine Hand hielt einen Gehstock, die andere war ausgestreckt. Seine dünnen Finger waren gespreizt, aber zu reglos, um noch Leben in sich zu haben. Er war eine Statue, mitten im Wald und in teure Kleidung gehüllt.
Aber noch immer konnte ich das Gesicht nicht erkennen.
Also ging ich näher heran. Er war sogar noch kleiner, als ich zuerst vermutet hatte, nur ein paar Fuß groß. Die Kleidung war löchrig und zerfetzt, halb verrottet und voller Insekten. Als ich aus dem Nebel schritt, das Messer immer noch in der Faust, erkannte ich, warum ich sein Gesicht nicht hatte sehen können.
Er hatte keines. Nicht mehr. Rechts und links waren Ohren und

unten so etwas wie ein Kinn, aber dazwischen fehlte alles. Es war ein Feenwesen. Eine arme Seele, die an der Coda gestorben war, und dann hatte jemand eine nicht autorisierte Autopsie vorgenommen, genau wie bei den Feen in der Apotheke.

Sein aufgeschlagenes Gesicht sah auf seltsam saubere Weise grausam aus. Es gab keine Organe oder Blut wie bei einem Menschen, den man aufgebrochen hätte. Es war mehr wie bei einer Holzschnitzerei. Das Fleisch am Kopf war fest wie versteinertes Holz, aber voller kleiner Tunnel. Als ich es näher betrachtete, sah ich in ihnen einen silbrigen Glanz, wie von Spinnweben oder Sternenlicht, der sich durch Muskeln und Knochen zog.

Mir wurde schlecht, aber ich war auch dankbar. Als ich nach der Coda nach Sunder zurückgekehrt war, hatte Amari auf mich gewartet. In der Villa war sie sicher gewesen, und nicht allein hier draußen in der Wildnis, wo Insekten sie fraßen und ihr der Schädel gespalten würde.

Für ihn gab es keine Hoffnung mehr, nichts zu tun. Wie für alle anderen, die mit dem Versiegen der Magie gestorben waren. Ich konnte ihm nur kurz die Hand auf die Schulter legen und dann weiter in den Wald gehen, um zu sehen, ob er Freunde hatte.

Dann bemerkte ich, dass er sich nicht auf einen Gehstock stützte, sondern auf den Pfosten eines Schilds, das allerdings abgebrochen war. Er stand an einer Seite des Weges an einer Lücke zwischen den Bäumen, wo vielleicht einst ein schmaler Pfad entlanggeführt hatte. Ich entschied mich für diese Richtung und fand bald darauf zwei weitere winzige Leichen. Imps vermutlich. Sie hielten einander fest, halb unter dem Schnee begraben und ebenso erstarrt wie der Erste. Bei einem war der Kopf ebenfalls gespalten, beim anderen fehlte er komplett. Es waren Kreaturen des Waldes, weshalb ihre Leiber auch nach ihrem Tode weitergewachsen waren. Kleine Ranken sprossen aus ihren Schultern und ihre Rücken hinab, hatten sich um ihre Gliedmaßen gelegt und sie zerquetscht. Unter dem Schnee hatten sie sich wohl ausgebreitet, denn am nächsten Baum sah ich weitere Ranken mit winzigen Blättern daran, entsprungen den kleinen Wesen, die dort auf dem Waldboden verrotteten. Es war mir nur allzu bekannt. Allzu traurig.

Auf dem Weg zu mehr Tod und Entweihung bahnte ich mir einen Weg durch den Wald. Es gab Statuen, die sich an Bäume lehnten, und welche, die neben dem Pfad lagen. Alle ohne Augen, ohne Gesichter, nur leere Köpfe auf Körpern, die in Momenten furchtbarer Schmerzen erstarrt waren. Dann weitete sich der Pfad, der Nebel würde dünner, und als ich auf die Lichtung trat, konnte ich den Umriss einer Kirche sehen.

Sie war sicherlich ein Dutzend Schritt hoch, und nirgends gab es eine gerade Linie. Die Wände bestanden aus geflochtenen Ästen, die vom Boden bis zur Spitze des Turms zu unglaublichen Mustern verwoben waren. Es war nicht nur die Größe, die beeindruckte; es war das Gesamtkunstwerk. Im Holz konnte man überall Formen erkennen: Gesichter und Runen und Spiralen. Alles dreidimensional. Alles wundervoll.

Die Feen des Waldes hatten Macht über Pflanzen. Meistens nutzten sie sie sparsam, zum Beispiel, um eine Blume darum zu bitten, vorzeitig zu blühen, oder eine Frucht schneller reifen zu lassen. Ich wusste nicht, was nötig gewesen war, um so ein Wunder zu erschaffen. Hatte eine Gruppe geschickter Waldnymphen zusammenarbeiten müssen, oder hatte es einen besonders begabten Architekten mit viel Zeit gegeben? Auf den Simsen der glaslosen Fenster und im Schutz der Erker hatten Vögel ihre Nester gebaut. Jeder Fingerbreit war voller winziger, perfekter Details. Ab einer bestimmten Höhe konnte ich nicht einmal mehr unterscheiden, was Kunst war und was die erstarrten Körper der einstigen Bewohner.

Der Garten um die Kirche herum war voll zusammengekauerter Schemen, und ich war erleichtert, als ich sah, dass einige noch Gesichter hatten. Wer auch immer so unter ihnen wütete, war wohl noch nicht fertig mit ihnen. Ich zwang mich, nicht allzu genau hinzusehen, und ging in der Hoffnung weiter, dass ab jetzt keine Schrecken mehr lauerten.

Doch als ich in die Kirche trat, wurde alles nur noch schlimmer.

12

Mehr Leiber. Hunderte mehr. In die Kirche gepackt wie Sardinen in die Büchse, ausgetrocknet und erstarrt. Die meisten waren winzig wie Kinderspielzeug. Andere hätten der Größe nach auch Menschen sein können. Überall die gleichen schmerzerfüllten Gesichter und die von Ranken zerbrochenen Gliedmaßen.

Hier wollte ich nicht sein. Die Gesichtslosen erfüllten mich mit Hass für denjenigen, der sie misshandelt hatte. Aber die mit Gesicht ließen nur Selbsthass in mir aufsteigen. Einige waren mitten in einem Schrei erstarrt. Einige waren in kleine Stücke zerbrochen. Alle waren tot.

Es sah so aus, als habe Baxter recht gehabt. Die Feen hatten etwas gespürt. Irgendwie hatten sie die Coda erahnt, bevor sie geschah, und entschieden, aus der Stadt zu fliehen. Aber warum? Warum war es besser, mitten im Wald zu sterben als in der Stadt, die ihnen Heimat geworden war?

Inmitten des Raums stand ein Tisch, hoch wie ein Podium. Einige der größeren Feen waren darübergebeugt. Andere waren an ihm herabgesunken. Darauf lagen vergilbte Blätter Papier. Da es sich um eine Kirche handelte, erwartete ich spirituelle Texte, doch es waren Briefe, Befehle, Listen. Die Feen hatten sich hier nicht einfach verborgen. Sie hatten sich auf irgendetwas vorbereitet.

Mittendrin lag eine kleine Karte, das Zentrum ihrer Aufmerksamkeit. Wie Baxter mir erklärt hatte, würde es für einen ungebildeten Ochsen wie mich nicht einfach sein, die Sprache der Feen zu entziffern. Sie hatten immer ihre eigenen Vorstellungen von Zeit und Raum gehabt, und ihre Schriftzeichen sahen eher wie Schneeflocken denn wie Sprache aus. Vorsichtig blätterte ich durch den Rest, darauf bedacht, das brüchige Papier nicht zu beschädigen.

Alles blieb unleserlich, bis ich einen Brief umdrehte, der sich von den anderen unterschied. Es war dieselbe Nachricht, in jede vorstellbare Sprache übersetzt, Elfisch, Zwergisch, Gnomisch und so viele mehr. Erschreckenderweise kannte ich die Handschrift. Ich blies den Staub vom Pergament und hielt es ins Licht.

An alle Wesen der Magie, alle Verteidiger des Lichts, alle Verbündeten der natürlichen Weltordnung.
Die Menschen haben Agotsu angegriffen, die Echos ermordet und Anspruch auf den Berg erhoben. Wir rufen alle um Hilfe und Unterstützung. Jedes Wesen, das mit der Quelle verbunden ist. Wir müssen den Berg zurückerobern, den Fluss beschützen und die Verbrecher bestrafen, die das Unsägliche getan haben.
Ruft eure Kräfte zusammen. Bereitet euch vor. Trefft uns am Berg.
Hochkanzler Eliah Hendricks
Opus

Das Blatt flatterte in meiner zitternden Hand.
Ich war derjenige gewesen, der die Menschen zum Berg geführt hatte. Aber als die Schlacht begann, war ich geflohen und gefangen genommen worden, um dann in einem Gefängnis auszuharren, bis alle Magie aus der Welt geronnen war.
Für uns war die Coda zu einem einzigen Moment verschmolzen, aber natürlich hatte es vorher Kämpfe gegeben. Und die Vorbereitungen auf mehr.
Die Feen von Sunder City hatten von dem Angriff erfahren und waren zu ihrer Kirche gekommen, um ihre Streitkräfte zu sammeln und vorzubereiten, bevor sie aufbrachen. Aber das Ende war zu früh gekommen. Was auch immer die Menschen auf dem Berg getan hatten, sie hatten dabei keine Zeit verschwendet.
Es gibt immer Fragen, die man sich selbst nicht stellen will. Aber selbst wenn man jeden wachen Augenblick damit verbringt, sie zu unterdrücken, gehen sie doch nie weg. Mit geschärften Fängen lauern sie in den Schatten darauf, in die weichsten Teile deines Hirns zu beißen. In dem Moment, als ich die Handschrift von

Hendricks erkannte, schwand der Panzer um meinen Geist, und all die hungrigen Fragen strömten herein.

Ein Teil von mir hoffte, dass er nie herausgefunden hatte, was ich getan hatte. Dass die Coda gekommen war, bevor ihn diese Neuigkeiten erreichten. Aber er war der Hochkanzler des Opus gewesen. Als die Armee der Menschen Agotsu eroberte, war er sicher einer der Ersten gewesen, die davon erfuhren, und er hätte sofort gewusst, dass ich sie dorthin geführt haben musste.

Hatte er noch an den Plänen für den Gegenangriff gearbeitet, als die Coda über ihn kam? Oder war er schon auf dem Weg zum Berg, um ihn zurückzuerobern? Vielleicht hatte die Schlacht schon begonnen. Vielleicht war er in einem Gefecht umgekommen, bevor die große Trauer die Welt aller Schönheit beraubt hatte. Vielleicht wäre es so am besten gewesen.

Hendricks war dreihundert Jahre alt gewesen. Ich kannte jüngere Elfen, die keine Woche überlebt hatten. Hoffentlich war es wenigstens schnell gegangen. Niemand hatte zur Musik des Lebens so tanzen können wie Eliah Hendricks. Sein schlimmster Tod wäre gewesen, im Straßengraben zu liegen und mitansehen zu müssen, wie alle schönen Dinge des Lebens verschwanden, ohne sich auch nur zu verabschieden.

Zumindest erklärte der Brief eine Sache, die mich gestört hatte. Baxter hatte behauptet, alle Feen hätten die Stadt verlassen, aber Amari war dortgeblieben. Falls alle Feen die Coda vorher gespürt haben sollten, warum war sie zurückgelassen worden? Es war wohl, wie immer, meine Schuld gewesen.

Es war kein Geheimnis, dass »Hendricks' menschliches Haustier« zur Armee der Menschen übergelaufen war. Aber seine Reputation war nicht die einzige gewesen, die ich zerstört hatte. Der magische Teil der Bevölkerung hatte mich oft genug mit Amari gesehen.

Aus Vorsicht hatten die anderen Feen ihr wohl nichts von den Plänen erzählt. Das war nur verständlich. Vielleicht hatten sie befürchtet, wir stünden noch in Kontakt. Wäre es so gewesen, hätte Amari aus Versehen den geplanten Gegenangriff verraten können.

Also ließen sie Amari allein in einer verlassenen Villa zurück, weil sie das Verbrechen begangen hatte, mir zu vertrauen.
Ich war daran schuld, so wie an jeder anderen beschissenen Sache der letzten sechs Jahre. Diese Wesen waren hierhergekommen, weil sie gehofft hatten, die Katastrophe aufhalten zu können, die ich über die Welt gebracht hatte. Und sie waren tot, weil es zu spät gewesen war. Ihre Körper waren geschändet, weil …
Warum? Das verstand ich noch nicht. Das war eine Scheußlichkeit, der ich vielleicht noch ein Ende bereiten konnte.
Tick. Tick. Tick.
Das Geräusch kam von überall, so als würden all die winzigen Wesen abschätzig mit der Zunge schnalzen. Dann wurde es lauter. Schneller.
Regen prasselte draußen auf den Schnee und das Dach. Ich erwartete, dass er hereintropfen würde, aber alles bestand aus einer endlosen Zahl feinst verwobener Äste, und der Architekt hatte sie gut isoliert. Es blieb trocken und fast schon warm. Wenn ich bei dem Wetter nach Sunder zurückmarschierte, würde ich wie der gefrorene Hexenmeister enden, gefangen in einem Eisblock im Straßengraben. Außerdem konnte es sich lohnen, hier zu warten.
Falls Rick Tippity die Leichen der Feen für seine Experimente benutzte, hatte er sie bei seiner Flucht alle zurückgelassen. Er brauchte Nachschub. Von hier.
Und ich würde auf ihn warten.

13

Mehr Essen wäre eine gute Idee gewesen. Und die Armbrust. Vielleicht hätte ich mit fünfzehn zum Zirkus gehen und vom Trapez fallen sollen, damit hätte ich allen viel Kummer erspart.

Ich saß im Haus der Schrecken, verborgen zwischen den erstarrten Feen, und zweifelte an mir. Vielleicht hatten die gespaltenen Gesichter nichts mit dem Hexenmeister zu tun. Vielleicht war es irgendein Tier gewesen. Vielleicht gab es im Inneren von Feenköpfen etwas, das Waldbewohnern richtig gut schmeckte, und so hatten sie die Schädel wie Nüsse geknackt, um zu fressen, was auch immer darin war.

Vielleicht war Tippity nur über ein paar ausgetrocknete Leichen gestolpert und hatte sie für seine Tränke benutzt. Nur eine weitere seltsame Zutat in seinen seltsamen Experimenten, wie der Tarixsaft und die Clayfields.

Immer wieder schlief ich ein und schoss wieder hoch; hungrig, wütend und vom Wunsch beseelt, ich hätte nie von diesem Ort erfahren, an dem es zu viele harte Wahrheiten gab. Als der Regen nachließ, hörte ich die Welt da draußen. Vögel sangen. Der Wind wehte Äste gegen die Kirche. Und dann, endlich, Schritte auf dem frisch getauten Weg.

Es war Rick Tippity, der sich einen Umhang mit Kapuze übergeworfen hatte. Er war nass, gereizt und voller Wut. Als ich ihn in der Apotheke getroffen hatte, hatte er eine dünne Maske der Normalität getragen. Die war längst von ihm abgefallen. Er murmelte vor sich hin und fluchte voller Zorn auf die Welt. Rick Tippity war ein intelligenter, hochmütiger Mann, dessen Pläne durchkreuzt worden waren – und das machte ihn zu einem gefährlichen Bastard.

Aber er erwartete keine Gesellschaft. Der Regen hatte meine Spuren längst weggewaschen. Und Tippity suchte in der Kirche nach Opfern, nicht nach Feinden. Wie ein gefräßiger Gast an einem Frühstücksbüfett hatte er nur Augen für die reifsten Früchte.

Eine junge, weibliche Sprite saß mit überkreuzten Beinen in einer Gruppe längst geschändeter Imps. Ihr Leib war fest und dunkel wie gebrannter Stein. Einst war sie ein Wesen des Feuers gewesen; eine Nymphe, die mit den Flammen tanzte, in heißen Quellen hauste und Waldbrände befeuerte, um im Unterholz neues Leben zu ermöglichen.
Tippity beugte sich über sie und betrachtete ihr Gesicht auf eine Art, die mir sehr unangenehm war. Es war, als würde ich in einen Zerrspiegel schauen: bekannt und doch verdreht. Nicht mein bestes Abbild.
Mit einer Hand zog er ein Metallwerkzeug hervor, das wie eine Kreuzung aus Eispickel und Flaschenöffner aussah. Als er es über das Gesicht der Fee gleiten ließ, erkannte ich voller Entsetzen, dass er nach der besten Stelle für den ersten Schnitt suchte.
Alle meine Muskeln waren angespannt, aber ich harrte aus. Ich wollte ihn aufhalten. Natürlich wollte ich. Aber, sosehr es auch schmerzt, das zuzugeben, ich war viel zu neugierig auf das, was er tun würde.
Der Hexenmeister legte das eine Ende des Werkzeugs an die Augenhöhle der Frau, dann schlug er mit der anderen Hand auf das hintere Ende. Es knackte leise, als er ihren Schädel spaltete. Dann drehte er das Werkzeug. Ihre Nase brach ab, und ein Teil des Gesichts folgte ihr.
Mein Schlagring glitt über die Finger meiner rechten Hand.
Dann schob er das dünne Ende des Werkzeugs in ihren Kopf und drückte, bis etwas nachgab.
Mit links zog ich den Dolch.
Er drückte weiter mit dem scharfen Ende in ihren Schädel und winkelte es gegen ihren Unterkiefer an. Schließlich zog er es ruckartig zurück, und ihr Gesicht wurde gespalten. Ihre Wangen fielen zu Boden, der Rest verbog sich – und offenbarte etwas Glitzerndes darin.
Es war ein Juwel. Rotorange, mit Spitzen überall, wie ein Seeigel. Als ein Lichtschein darauf fiel, glänzte es hell.
Tippity griff mit einer behandschuhten Hand danach, seine Fingerspitzen berührten es …

Und ich rannte.

Es gelang mir, ihn zu überraschen, aber er reagierte schnell, sprang herum und hob das Werkzeug wie einen Dolch. Seine andere Hand kramte in seiner Tasche, sicher um einen dieser Beutel voll unmöglicher Magie zu ziehen. Ich ignorierte das Werkzeug und stürmte auf ihn zu, bevor er ihn fand. Besser von der Waffe getroffen zu werden, die man kennt, als von dieser unbekannten. Der Eispickel-Flaschenöffner schlug gegen meinen Schädel und schnitt vermutlich bis zum Knochen durch mein Fleisch. Auch das ignorierte ich. Mein Körper flog durch die Luft und krachte mit meinem ganzen Gewicht gegen ihn. Ich schlang meine Arme um seinen Leib, um seine Hand festzuhalten, und wir polterten durch die zerbrechlichen Feenstatuen. Rick Tippity landete zwischen ihnen auf dem Rücken und ich auf ihm. Mit einer Hand hielt ich seinen Arm fest, die andere schloss sich um seine Kehle. Noch immer zuckten seine Finger in der Tasche, als würde er dort Billard spielen.

»Hör auf, dich zu wehren«, brachte ich hervor.

»Lass mich los ...«

Ich lehnte mich nach vorne auf seine Kehle, weil ich hoffte, ihm die Luft abzuschneiden oder die Blutzufuhr zu seinem Hirn zu unterbrechen würde es schnell beenden. Sein rechter Arm zuckte immer verzweifelter, aber ich zog meine Knie hoch, bis ich ihn sicher am Boden hatte.

Er wurde ruhiger. Ich gewann die Kontrolle.

Dann explodierte Rick Tippitys Leiste.

Blau und Orange. Ein heißer Lufthauch fuhr über mein Gesicht, und meine Hand war in Schnee gehüllt. Ich sprang von ihm runter, befürchtete Verbrennungen und Erfrierungen gleichzeitig und schlug mit der eiskalten Hand die Flammen auf meiner Brust aus.

Tippity hingegen schrie. Dampf stieg von seinem Leib auf, und die Hälfte seiner Hosen war verschwunden. Die Verletzungen sahen nicht tödlich aus, waren aber ganz sicher schmerzhaft genug, dass er erst mal nicht an Flucht denken würde.

Ich hob die Linke und ballte die Finger zur Faust. Sie bewegten sich, auch wenn ich sie kaum spüren konnte. Ich pustete auf sie und rieb sie mit meiner Rechten.

Meine Verbrennungen waren nicht allzu schlimm. Ein paar Löcher im Stoff, aber durch die vielen Schichten hatten die Flammen kaum meine Haut geküsst. Mit der nicht gefrorenen Hand tastete ich mein Gesicht ab und stellte fest, dass die andere Augenbraue jetzt ebenfalls verbrannt war. Wut stieg in mir auf. Augenbrauen gehören, genau wie Toilettenpapier, zu jenen Annehmlichkeiten des Lebens, die man erst vermisst, wenn man keine mehr hat.

Da Tippity mit dem Gestöhne aufgehört hatte, verpasste ich ihm einen Tritt in die Rippen, um ihn wieder anzutreiben.

»Dein Rezept ist nicht ganz ausgereift, was, Tippity? Vielleicht sollte ich mich nach einem anderen Apotheker umsehen.«

Neuer Zorn brandete in seinen Augen auf. Bevor er etwas sagen konnte, kniete ich mich auf seine Brust und trieb ihm die Luft aus den Lungen. So blieb ich, während ich ihn von Kopf bis Fuß durchsuchte wie der gut ausgebildete kleine Kneipenputzer, der ich nun einmal war.

Um seinen Hals trug er eine silberne Kette, und da der Anhänger scharfe Kanten hatte, riss ich sie ab und warf sie weg. Umhänge können allerlei Geheimtaschen verbergen, deshalb suchten meine Finger jeden Saum ab, fanden aber nur eine Tasche mit etwas trockenem Brot darin.

Die ganze Zeit wehrte sich Tippity, aber er konnte mich nicht abschütteln. Er war nicht sehr stark, und ich ließ ihn nicht zu Atem kommen.

Seine rechte Hosentasche war mit dem Feuer verschwunden. Links fand ich zwei von den Beutelchen, die wie jener aussahen, der in der Apotheke explodiert war. Er bekam das ganze Programm: Ich suchte Klingen in versteckten Scheiden, meine Finger fuhren über seinen Nacken, unter seinen Armen entlang und bis runter zu seinen Füßen. Ich zog ihm sogar die Stiefel aus und schüttelte sie, aber mehr als ein paar Steinchen fiel nicht heraus. Am Ende schnitt ich durch das lederne Band seiner Umhängetasche und öffnete sie.

Darin befand sich eine Medizintasche voller Tiegel und Phiolen. Immer wenn Amari als Krankenschwester arbeitete, hatte sie etwas Ähnliches dabeigehabt.

Vorsichtig sah ich mir alles in der Hoffnung an, etwas Bekanntes zu entdecken. Zum Glück verkaufte Tippity, anders als Amari, seine Medizin, weshalb es hier und da Etiketten gab.

Zwei Phiolen, eine schwarz, eine weiß. Auf der schwarzen war ein Etikett mit einem geschlossenen Auge, auf der weißen mit einem geöffneten.

»Finger weg ... du Ochse.«

Da er mir seine Fingernägel ins Bein grub, war ich nicht allzu sehr besorgt, ihm die falsche Tinktur zu geben. Ich entkorkte das Fläschchen mit dem geschlossenen Auge, packte eine Handvoll seines langen, grauen Haares und zog seinen Kopf hoch. Er leistete so viel Widerstand, dass er mir beinahe das Fläschchen aus der Hand gerissen hätte, aber es gelang mir, es ihm an die Lippen zu halten.

Als ich mein Knie von seiner Brust hob, konnte er nicht anders, als tief einzuatmen.

»Trottel«, spie er mir entgegen. »Du hast keine Ahnung von ...«

Seine Augen verloren den Fokus, und sein Kopf fühlte sich plötzlich doppelt so schwer an. Das Gemisch war ganz schön stark. Eigentlich hatte ich es ihm in den Rachen schütten wollen, aber allein die Dämpfe hatten ihn betäubt. Sofort streckte ich den Arm aus und drückte vorsichtig den Korken in die Öffnung, bevor ich die Phiole wieder in die Tasche packte.

Eigentlich musste ich Tippity fesseln, aber meine Neugier war zu groß. In der Dunkelheit war der glühende Ball der Feuernymphe leicht zu finden. Ich trat auf den von uns in die Statuen gerissenen Pfad, vorbei an gesplitterten Feen und zerschlagenen Körpern, und beugte mich zu dem kleinen roten Stern herab.

Die Farbe war die eines Lagerfeuers, wie der Blick durch ein Buntglasfenster, und das Licht darin bewegte sich wie Flüssigkeit. Das Juwel war nur so groß wie eine Beere, aber voller Stacheln. Einige waren noch spitz, andere abgebrochen, sodass ich es aufheben konnte. Es war warm, fast schon heiß. Ich legte meine Fin-

ger um den kostbaren Schatz, und die Wärme taute meine gefrorenen Finger.
Das war die Magie der Fee: rein, wertvoll und noch lebendig.
Wie viel von ihr mochte noch darin stecken? War es nur elementare Macht oder doch noch mehr? Gedanken oder Erinnerungen vielleicht? Eine Persönlichkeit? Die Körper der Feen waren erstarrt, aber diese leuchtenden Kügelchen hatten überlebt. Sie warteten … worauf?
In meine Gedanken verloren, wickelte ich das kleine rote Juwel erst in weiche Rinde, dann in ein Stück Leder und verstaute es sicher in der Umhängetasche. Ich knotete das Band zusammen, warf mir die Tasche über die Schulter und zog dann eines der Beutelchen hervor.
Die Hülle war wenig auffällig, einfach nur mit Wolle gefüttertes Leder. Darin lag noch eine Kugel, aber diesmal aus Glas.
Geschaffen von jemandem, nicht natürlich, und gefüllt mit einer durchscheinenden, leicht rosa Flüssigkeit, die wenig besonders aussah. Vermutlich eine Art Säure, stark genug, um Feenessenz zu zersetzen, falls das Glas zerschlagen wurde, um so die Magie freizusetzen.
Ich steckte mir die Beutelchen in meine Innentasche, fern des roten Juwels. Ich hatte keine Lust, mich wie der Hexenmeister selbst in die Luft zu jagen.
Tippity war noch ohnmächtig. Dort, wo seine Hose fehlte, sah ich Verbrennungen und Erfrierungen, die schlimm aussahen und sich wohl bis ins Fleisch gruben. Fast hätte er mir leidgetan, aber da war die Erinnerung an das Loch im Kopf von Lance Niles, an den schreienden Hexenmeister im Eis und daran, wie der Mistkerl das Gesicht einer unschuldigen Fee aufgebrochen hatte.
In der Kirche gab es mehr als genug Ranken. Manche waren trocken und brüchig, aber einige waren noch grün. Ich schnitt einige von den Waldnymphen, kratzte die Blätter ab und wickelte sie eng um Tippitys Hände. Zum Schluss legte ich ein langes Rankenseil wie ein Hundehalsband um seinen Hals und wartete darauf, dass er wieder aufwachte.

14

Der Marsch zurück nach Sunder war noch schmerzhafter und ermüdender, als es der Weg hinaus gewesen war. Ich war dankbar dafür, dass der Regen meine Spuren verwischt hatte, aber er hatte den Schnee auch in Matsch verwandelt, und der ganze Pfad war rutschig und schlammig. Immer wieder gab es Regenschauer, die nie lange genug innehielten, um alles wieder trocknen zu lassen. Es gab kein Essen, keinen Unterschlupf, und mir tat einfach alles weh. Meine Hand verkrampfte sich die ganze Zeit, und oben auf dem Kopf hatte ich eine verkrustete Wunde voll feuchten Haars.

Und dann war da noch Tippity.

Er war ein heulendes, jammerndes, sich ewig beschwerendes Stück Scheiße, das an seiner Leine hinter mir herstolperte. Natürlich war es verständlich, dass er nicht mitkommen wollte, aber das machte es nicht erträglicher. Seine Wunden würden ihn nicht umbringen. Die Explosion hatte sich nicht allzu tief in sein Fleisch gegraben, auch wenn er durch die Verbrennungen und Erfrierungen sicherlich Schmerzen beim Laufen hatte, würden sie ihn nicht umbringen. Als er sich zunächst weigerte, mir zu folgen, erklärte ich ihm das, aber er hörte mir nicht zu. Mit Logik kam man bei ihm nicht weiter. Auch nicht mit Verhandlungen. Also griff ich auf altbewährte Methoden zurück und schlug ihm zwischen die Beine. Manchmal brachte ich neue Elemente ein, wie eine Rückhand ins Gesicht oder einen Schlag in die Magengrube, aber es waren die Tritte in die Eier, die ihn am Laufen hielten.

Wir waren beide über alle Maßen erschöpft, aber es stellte sich heraus, dass die Flüssigkeit in der weißen Phiole mit dem geöffneten Auge ein ziemlich effektiver Wachmacher war. Eine Nase voll für uns beide ließ uns eine halbe Stunde lang beherzt ausschreiten. Unglücklicherweise ließ es ihn auch die ganze Zeit wie einen Straßenprediger nach zehn Tassen Kaffee schwadronieren.

»Das gefällt dir, was? Der Schlamm und das alles. Ich merke so was. Du tust so, als würde dich alles aufregen, aber eigentlich blühst du auf. Weil das jetzt deine Welt ist. So simpel wie du. So gemein. Hast du überhaupt eine Ahnung, welchen Pfad ich beschritten habe? Jahrzehnte der Forschung. Des Fortschritts. Ich war dabei, die Welt zu verändern. Aber deine Art konnte das nicht, was? Wir hatten euch zurückgelassen, und weil ihr nicht aufholen konntet, habt ihr das ganze Spiel vom Tisch geschleudert. Aber es wird alles wieder geschehen, das verspreche ich dir. Wir werden einen Weg finden, über euch zu stehen. Wie ich. Du hast nur den Anfang gesehen. Nicht mehr lange, und du bist wieder ganz unten am Boden des …«
Ein fester Zug an der Leine ließ ihn stolpern und kopfüber in den Schlamm fallen. Das war sogar noch befriedigender, als ich es mir vorgestellt hatte.

* * *

Bis zum Sonnenuntergang hatten wir die Jagdhütte erreicht, und ich stellte zu meinem Bedauern fest, dass das Opossum ausgezogen war, nachdem es alle Spinnen vernascht hatte.
»Hinlegen«, befahl ich und schob Tippity zur Hängematte.
»Ich bekomme das gute Bett?«
»Einfacher, als dich am Boden zu fesseln.«
Als er sich hineingehievt hatte, wickelte ich die Leine so oft um das Gebilde wie möglich, bis er wie in einem Kokon gefangen war. Dann sammelte ich für mich selbst einige Stoffstücke aus dem Raum, schüttelte die Insekten heraus und bastelte mir ein trauriges kleines Bett aus Stoffresten.
»Warum ist dir so wichtig, was ich mit den Feen mache?«, fragte der Hexenmeister, der aus meiner Position wie eine Roulade aussah. »Sie sind längst tot, und deine Leute haben daran mehr Schuld als irgendwer sonst.«
»Ich werde die Nacht nicht damit verbringen, dir zu erklären, warum Leichenschändung problematisch ist. Falls du das nicht verstehen kannst, hast du wohl mehr Würmer im Hirn, als ich dach-

te. Und dann ist da noch dein Kumpel in der Apotheke. Hat er dich so genervt, dass du ihn schockgefroren hast?«
Seinen Lippen entrang sich ein melancholisches Seufzen, als würden wir über einen längst vergangenen, wunderbaren Sommer sprechen.
»Jerome wollte in meinen Fußstapfen wandeln. Er war ein Erfindergeist, so wie ich. Er hat nur ... Fehler gemacht.«
Das Gesicht des schreienden Eismanns drängte sich vor mein inneres Auge, und ich versuchte, es wieder zu vergessen. In meinem Kopf hausten schon mehr als genug Albträume.
»Schlaf jetzt. Morgen liegt ein weiter Weg vor uns.«
Ich zog das rote Juwel aus der Tasche. Selbst durch die Polsterung war es warm.
»Du weißt nicht«, redete Tippity weiter, »wie es war, Magie zu wirken. Dafür wurde ich geboren. Warum ich diese Finger habe und dieses ... Gefühl in mir. Ich wurde für etwas Großes geschaffen, aber ihr habt mir das genommen, bevor ich mein Potenzial ausschöpfen konnte.« Ich rollte auf die Seite und versuchte, mich davon zu überzeugen, dass es kein Fehler gewesen war, ihm die Hängematte zu überlassen. »Ich will nur die Kraft finden, die ich verdiene. Deshalb bist du so wütend. Einen Moment lang konntest du glauben, du wärst mir ebenbürtig. Aber jetzt weißt du, dass du wieder ein Nichts sein wirst. Wie immer schon. Wie es sein soll.«
Das bedachte ich mit keiner Antwort. Es dauerte nicht lange, bis Tippity leise schnarchte, und dann holte auch mich die Erschöpfung ein.

* * *

Als ich am Morgen aufwachte, hing Tippity mit dem Gesicht nach unten und wurde nur noch von den Ranken in der verdrehten Hängematte gehalten.
»Hast du es bequem?«
In der Nacht hatte er wohl geschaukelt, bis er sich gedreht hatte, und war dann zu stolz gewesen, um Hilfe zu bitten. Als er noch

so dahing, verpasste ich uns beiden eine Dosis Wachmacher, und dann ging es los.
Alles war noch schlimmer als gestern. Der Schmerz des vergangenen Tages war mir bis in die Knochen gesunken. Jeder Teil meines Leibes ächzte und knirschte wie eine Maschine, die man im Regen hatte stehen lassen. Alles war schwer, ich war erschöpft, und Tippity war wütend. Von dem Augenblick an, da ich ihm die Leine anlegte, war er auf Ärger aus.
»Ich kann überallhin«, murmelte er wie ein Wahnsinniger vor sich hin. »Aber du, du steckst in Sunder fest. Klebst wie ein Kaugummi in der Gosse. Ein Fleck auf dem Bürgersteig. Du bist Abschaum. Wenn diese Stadt endlich stirbt, wirst du mit ihr untergehen. Ich und die Meinen, wir sind überall willkommen.«
Mein Bauch war leer, meine Kehle trocken, und wir hatten nur ein wenig Regenwasser, um uns am Laufen zu halten. Die Ranken hinterließen Blasen an meinen Händen. In meinem Hinterkopf dröhnte die Pein, aber die war besser als die Taubheit und der Schwindel. Es stand zu befürchten, dass Tippity mir seine medizinische Expertise verweigern würde, sollte ich ohnmächtig werden.
Die Welt war gegen mich und mein Leib zerschlagen, aber da war eine Sache, die mich antrieb: Hass. Ich hatte noch keinen besseren Treibstoff entdeckt. Liebe mag einen Mann dazu bringen, den Ozean zu überqueren, aber Hass ließ ihn das verdammte Ding austrinken. Die Blasen und das Blut halfen dabei nur. Jetzt würde ich nicht mehr aufhören. Nicht mit einem Mörder am anderen Ende der Leine. Einem Mörder, der Wunder aufschnitt und ihre Herzen herausriss. Der die Seelen heiliger Wesen nutzte, um Leute explodieren zu lassen und seine Freunde in Eis zu vergraben. Die Gesichter der Feen tanzten vor meinen Augen. Ich sah sie in den Bäumen und entlang des Weges, trocken und nackt und aufgebrochen, damit Rick Tippity ihre Seelen in seine Tasche stecken konnte.
Und selbst wenn der Hass auf Tippity jemals versiegen sollte, hatte ich ja noch mich selbst: den dickköpfigen Soldaten, der seinen Mentor verraten hatte, um seine neuen Freunde zu beeindru-

cken. Hendricks hatte mir genug vertraut, um seine Geheimnisse mit mir zu teilen, und ich hatte sie an die Armee verraten, die der Welt das Ende brachte.

Ich war ignorant und stolz, und ich hatte nichts getan, um es wiedergutzumachen. Aber der Typ war noch schlimmer. War er doch, oder? Er musste es sein. Ich hatte aus Einfältigkeit die ganze Welt ruiniert, aber er schnitt Tote auf, damit er Feuerbälle auf Leute schleudern konnte.

Das war doch schlimmer. Nicht?

Wir waren zu langsam unterwegs, weshalb die Nacht uns einholte, bevor wir die Stadt erreichten. Die Wolkendecke verbarg den Mond, und auf dem Maple Highway leitete uns nur das Gefühl unter unseren Füßen. Ich zog Tippity in der Dunkelheit hinter mir her. Immer wenn ich mich umwandte, um ihm eine zu verpassen, versuchte er, mir die Augen auszukratzen oder seine Fingernägel in die Wunde auf meinem Kopf zu graben. Aber er war kein Schläger, und ich hatte genug Hass in mir, weshalb ihm das alles nur noch mehr blaue Flecken einbrachte.

Als wir über einen flachen Hügel kamen, legte der Hexenmeister seinen verzweifeltsten Fluchtversuch hin.

Die Leine hing plötzlich schlaff herab. Das bedeutete meistens, dass er sich heranschlich, um mich zu überraschen, wenn ich im Halbschlaf vor mich hin trottete. Mit einem Ruck zog ich an der Ranke, aber sie schlug leer gegen meine Beine. Er hatte sie durchtrennt. Vermutlich durchgenagt oder mit einem Stein, den bei einem unserer Kämpfe verborgen hatte, abgesäbelt.

Ich wirbelte herum. Hielt inne. Lauschte.

Da waren keine Schritte. Er war wirklich vorsichtig. Ging ganz langsam.

Würde er mich angreifen? Nein. Nicht jetzt, da er frei war. In einem Kampf war ich ihm überlegen. Er war auf der Flucht, und ich musste ihn schnell finden.

Behände zog ich das rote Juwel hervor und kramte es aus der Polsterung. Ein schwaches Glimmen funkelte in der Dunkelheit, und die Wärme erfüllte meine Finger. Dann holte ich einen von Tippitys Beuteln hervor und stopfte das Juwel zu der Glaskugel mit der Säure. Ich hob das Beutelchen über den Kopf, bereit, es auf den Boden zu schleudern. Es würde mehr als genug Licht erzeugen, um meinen flüchtigen Hexenmeister zu finden.

Dann erinnerte ich mich an das Gesicht der zerbrochenen Sprite auf dem Boden der Kirche. Ich hielt das Letzte, was von ihr übrig war. Vielleicht war es nichts mehr. Aber vielleicht war es auch alles. Ich würde das Amari niemals antun können. Natürlich nicht. Also konnte ich es der Fee auch nicht antun.

Langsam senkte ich den Arm und steckte den Beutel zurück in die Innentasche meines Mantels.

Plötzlich waren da Lichter. Eine Kutsche kam irgendwo hinter uns den Hügel hinab. Und sie brachte gerade genug Licht, um ein wenig von der Straße zu sehen.

Da! Tippity taumelte die Straße hoch, Richtung Sunder City. Ich fokussierte all meinen Hass und rannte ihm hinterher.

Das hatte er eine ganze Weile geplant. Deshalb war es zuletzt so anstrengend gewesen. Er war langsam gegangen und hatte seine Kräfte gespart, aber ich hatte mich mehr anstrengen müssen, um ihn hinter mir herzuziehen. Er hatte mich dazu gebracht, ihn die halbe Strecke zu zerren, aber mir war Selbstbestrafung eben nicht fremd. Mein Lebensunterhalt bestand darin, Schläge einzustecken, während er in einem kleinen Zimmer gesessen hatte und Selbstgespräche führend seine Tränke braute.

Selbst wenn er nicht über seine eigenen Füße gestolpert wäre, hätte ich ihn früher oder später eingeholt. Kaum war er auf den Boden gefallen, trat ich ihm zwischen die Beine. Aber diesmal war er vorbereitet, schlang seine Schenkel um meine Wade und riss mich zu ihm zu Boden.

Offensichtlich war ich nicht der Einzige voller Hass. Wir kugelten wie Liebhaber die Straße entlang, nur dass wir uns schlugen, statt uns zu küssen. Tritte, Kratzen, Beißen. Ich konnte nicht riskieren, ihn loszulassen. Nicht einmal, als er nach meinen Augen kratzte. Nicht einmal, als er mich in das weiche Fleisch zwischen Daumen und Zeigefinger biss. Ich hielt dagegen und würgte ihn. Das hier war mein täglich Brot, nicht seins. Es gelang ihm nicht, seine wenigen Treffer in einen Vorteil umzuwandeln.

In meinen Ohren donnerte es. Die Kutsche! Aber sie war viel zu laut. Ich fand mich auf dem Rücken wieder, meinen Arm um Tippitys Hals geschlungen, und die Lichter vor mir waren keine Sterne.

»Aus dem Weg!«, schrie eine Stimme, und Pferde wieherten zustimmend. Die Lichter schwenkten nach links, also rollte ich uns nach rechts. Wir erreichten den Rand der Straße und kullerten in den zugewachsenen Graben, gerade rechtzeitig, denn die Kutsche schlug wieder zurück und fuhr weiter Richtung Stadt.

»Wirrköppe!«, brüllte der Fahrer, ohne langsamer zu werden. Vermutlich konnte er gar nicht, denn hinter ihm fuhr eine weitere Kutsche, dann noch eine, und dann ein großer Wagen, der von Eseln gezogen wurde. Und das unglaubliche Wunder dahinter. Das letzte Fahrzeug hatte weder Pferde eingespannt noch Bisons oder Esel. Es brüllte wie eine Bestie, aber es gab keine Tiere. Es war ein Lastwagen, der die Straße hinabrumpelte und hinter sich einen Anhänger aus Metall zog, der doppelt so groß wie mein Büro war.

Mit offenen Mündern sahen wir die Karawane an uns vorbeiziehen. So etwas hatte ich noch nie gesehen. Nicht einmal in den alten Zeiten.

Tippity rief um Hilfe, aber seine Stimme war heiser und der Laster viel zu laut. Also packte ich ihn an der Kehle und drückte zu, bis der Bastard ohnmächtig wurde.

15

»Mir ist scheißkalt!«
»Deine eigene Schuld, Tippity. Ich hatte dir eine hübsche Leine aus Ranken gebastelt, aber du musstest sie ja kaputt nagen. Also ist es jetzt so.«
Während er ohnmächtig gewesen war, hatte ich seinen Mantel zerschnitten und daraus ein Ersatzhalsband samt Leine geknüpft. Sie war kürzer als die davor, aber dadurch war er besser in Reichweite für ein paar Ohrfeigen. So hatte ich ihn gut im Griff, und das Material war derart ineinander verdreht, dass es nicht reißen würde. Versuchte er zurückzufallen, schob ich ihn vor mich und trat ihn, bis er das Tempo hielt.
Die Kälte half. Ohne Mantel und mit zerfetzten Hosen fror er wirklich. Am Ende der Strecke wartete Gerechtigkeit auf ihn, aber selbst die war besser, als auf dem Weg zu sterben. Als der Maple Highway in die Main Street überging, war er ebenso froh, wieder in der Stadt zu sein, wie ich.
Die Sonne schien, und es war ein Wunder, dass uns niemand aufhielt. Es gab nicht mal einen Versuch. Vermutlich traute sich niemand. Wäre ich diskreter gewesen, hätte vielleicht jemand nachgesehen, ob der arme Hexenmeister Hilfe brauchte. Stattdessen stritten wir uns die ganze Zeit wie Geschwister. Ich trat ihm in den Hintern, er fluchte und spuckte nach mir, also bekam er eine an den Hinterkopf. Wir wirkten wie zwei sehr engagierte Straßenkünstler, die in ihrer Darbietung aufgingen.
Das Polizeirevier lag tiefer in der Stadt, deshalb führte ich uns direkt zum Gefängnis. Vor der Tür wickelte ich Tippity ein, fesselte ihm die Arme an den Leib und trat gegen die Tür, bis jemand kam.
Ein zwergischer Junge ohne Bart, der kaum verbergen konnte, dass er noch halb schlief.
»Öh … was ist hier … öh …?«
»Das hier ist Rick Tippity, der Mörder von Lance Niles und ei-

nem nicht identifizierten Hexenmeister und außerdem verantwortlich für die Schändung ungezählter Feenleichname.«
»Das ist lächerlich«, schrie Tippity. »Ich ...«
Ich schlug ihm ins Gesicht. Der Cop wich zurück, als wäre er das Ziel meines Schlags gewesen, und rief über die Schulter: »Doris!« Nach einem Moment gesellte sich eine Ogerin zu ihm.
»Er sagt, er hat den da wegen Mordes festgenommen.«
»Unsinn. Dieser Mann hat mich angegriffen«, kreischte Tippity, der darauf hoffte, sich mit einer guten Show aus der Verantwortung zu stehlen. »Ich habe keine Ahnung, was er da plappert. Bitte entfernen Sie diesen Verrückten und sperren Sie ihn ein!«
Auch Doris war nicht sonderlich geübt darin, Entscheidungen zu treffen, aber mir war kalt, und ich war müde, also half ich nach.
»Sperrt uns beide ein«, schlug ich vor. »Getrennte Zellen. Dann rufen Sie Detective Simms an und sagen ihr, dass Fetch Phillips ihren Killer gefunden hat.« Ich schob Tippity durch die Tür, und die Cops traten höflich zur Seite. »Und sagt ihr, dass sie mir einen Kaffee mitbringen soll.«

* * *

Nach einer Stunde war Simms immer noch nicht aufgetaucht. Typisch. Selbst wenn man ihren Job erledigt, stehen Cops keine Sekunde früher auf, um einem zu helfen.
Fünfzehn Minuten lang kreischte Tippity, dass er unschuldig sei, dann fiel er in eine indignierte Ruhe. Wir saßen beide ruhig in unseren benachbarten Zellen und glitten immer wieder ins Land der Träume. Ich musste eine Weile eingedöst sein, denn als ich meine Augen öffnete, standen Simms und Richie Kites vor mir. Meine Zellentür stand offen, und sie drückten mir eine Tasse heißen Kaffees in die Hände.
»Ist das der Apotheker?«, fragte sie.
»Ja. Ich habe ihn dabei erwischt, wie er Leichen in einer alten Feenkirche aufgebrochen hat. Dann hat er versucht, mich mit Feuer und Eis abzuknallen, genau die Zauber, die unsere Opfer

erwischt haben. Allerdings habe ich nur meinen Augenzeugenbericht und eine weitere verbrannte Augenbraue. Ach ja, und das hier.« Ich zog das rote Juwel aus der Tasche, das immer noch warm war. »Das ist, was Tippity aus der Fee genommen hat. Es ist wohl ein Beweisstück, aber ... bitte geht sorgsam damit um. Ich weiß nicht, was es ist, aber vielleicht ist da noch irgendwas vorhanden ...«

»Natürlich«, erwiderte Simms und nahm es mir so behutsam ab, wie ich erhofft hatte. »Wir haben die Apotheke auseinandergenommen und sein Laboratorium gefunden. Da waren noch einige von denen, zusammen mit jeder Menge Beweise. Wir geben gut darauf acht, versprochen. Und jetzt schaffen wir dich aufs Revier, damit du das alles zu Protokoll geben kannst.«

* * *

Draußen wartete eine Kutsche auf uns. Eine gute. Simms öffnete mir die Tür und hielt sogar meinen Kaffee, als ich mich setzte. Das war definitiv eine angenehmere Behandlung als die üblichen Tritte, Telefonbücher und grellen Lampen im Gesicht.

Auf dem Revier hielt die Gastfreundschaft an. Man brachte mir ein Frühstück und noch mehr Kaffee. Während ich berichtete, sagte der mitschreibende Detective Sachen wie, »das ist sehr hilfreich« und »lassen Sie sich ruhig Zeit«. Das war verdammt gruselig, und als ich damit fertig war, freute ich mich darauf, verschwinden zu können.

Wieder ging es in die Kutsche, und Simms gesellte sich auf der Fahrt nach Hause zu mir.

»Gute Arbeit, Fetch. Ich weiß, dass das nicht leicht war.«

»Falls jemand ein paar Augenbrauen findet – braun, fusselig, müssten dringend gestutzt werden –, kannst du sie mir in den Briefkasten werfen?«

»Es wird eine Belohnung geben. Ganz offiziell, von der Stadt. Aber zuerst kommt die Gerichtsverhandlung. Bis dahin ...«

Als sie eine Rolle Bronzescheine hervorzog, schob ich sie instinktiv weg.

»Auch wenn ich mir sicher bin, dass dein Gehalt zu hoch ist, werde ich kein Geld von dir annehmen.«
Sie starrte mich an, als hätte ich ihr ins Gesicht gespuckt.
»Mach es nicht unangenehmer, als es eh schon ist, Fetch. Das Geld ist für einen Arzt, für Miete und ein paar warme Mahlzeiten. Du bist unser Kronzeuge gegen Tippity, und ich möchte nicht, dass du vorher verreckst. Sobald du deine Belohnung bekommst, kannst du es mir zurückzahlen, okay?«
Ich nahm die Scheine an.
»Okay.«

* * *

Die Kutsche hielt direkt vor meinem Gebäude, und ich winkte Simms aus dem Weg, als sie mir beim Aussteigen helfen wollte.
»Ruf einen Arzt an«, wiederholte sie. »Sunder ist viel zu dreckig, um mit solchen Wunden rumzulaufen.«
»Schon verstanden, Simms. Lass mich einfach erst ein paar Fässer Whisky trinken und ein Jahr schlafen, dann lasse ich mich zusammenflicken.«
Wieder funkelte sie mich an, aber da lag echte Sorge in ihrem Blick. Also bedachte ich sie mit dem ehrlichsten Nicken, das ich hinbekam, ohne dass mein Kopf abfiel. Sie schloss die Tür und fuhr davon.
Ich sah an Nummer 108 Main Street hoch; eine graue Ziegelsteinfassade, gespickt mit vergitterten Fenstern und Engelstüren. Neben der rostigen Drehtür am Eingang lag ein auffälliger Nachttopf. Ich hob ihn auf und besah mir die Delle in der Seite. Die würde sich recht einfach wieder ausbeulen lassen.
Auf dem Weg nach oben war jede Stufe ein Berg. Fünf Stockwerke waren eine Ewigkeit, und ohne das Geländer hätte ich es niemals geschafft.
Meine Finger konnten kaum noch den Schlüssel halten, und ich stand locker eine Minute vor der Tür in dem Versuch, das Schloss zu treffen, bis mir auffiel, dass mein Büro gar nicht verschlossen war.

Am Türrahmen entdeckte ich Kratzer; jemand hatte sie aufgebrochen. Ich trat ein.
»Wer ist da? Antwortet sofort, weil ich zu müde für mehr Fragen bin und gleich losschlagen werde.«
Aber da war niemand. Nicht einmal mehr die Ameisen. Alles war genau so, wie ich es zurückgelassen hatte, mit einer Ausnahme.
Auf meinem Schreibtisch lag ein Paket von der Größe eines Ziegelsteins, eingewickelt in schwarzen Stoff und mit dickem, grünem Band verschnürt. Es war seltsam kurvig geformt.
Unter dem Band steckte ein kleiner Umschlag. Auf der Karte darin standen nur wenige Worte: »Ein Geschenk von einem Freund«.
Ich durchtrennte das Band und packte etwas aus, das ich noch nie zuvor gesehen hatte.
Es war ein Gegenstand aus kaltem Metall und dunklem, poliertem Holz, von Stahlbolzen zusammengehalten. Der Metallteil bestand aus einem Rohr von etwas mehr als einem Zentimeter Dicke, dazu irgendeine Mechanik, die ich nicht bewegen konnte, die aber sicherlich beweglich war. Daraus ragte eine Spitze hervor. Nein. Ein kleiner Hebel. Wie bei den Automobilen und den Taschenlampen aus den alten Zeiten. Ich spielte mit dem Hebel, aber sehr vorsichtig, da ich nicht wusste, was der Zweck dieses Geräts war. Der hölzerne Teil glitt geradezu in meine Hand und zeigte mir so, wie ich es halten sollte.
Es war schwer, aber ausbalanciert wie ein gut geschmiedetes Schwert. Das Holz in meiner Hand war dick, als ob es das Gewicht des Rohrs kompensieren sollte. Ich sah in die Öffnung des Rohrs und fragte mich, ob da etwas hineingehörte. Vielleicht war da noch etwas, das man in das Rohr stecken musste. Ich durchsuchte das Paket nach Anweisungen, aber da war nichts.
Als ich das Gerät hob und so hielt, wie es sich natürlich anfühlte, legte sich mein Zeigefinger auf den kleinen Hebel.
Also schaltete ich es ein.
BÄMM!
In meiner Hand explodierte es. Ich schrie und ließ die Maschine fallen. Mein Handgelenk schmerzte, und in meinen Ohren pfiff

es. Dieser Knall musste die ganze Main Street entlanggedonnert haben. Ich fragte mich, ob ich jemals wieder hören können würde.

Das Gerät lag auf dem Boden, still und unauffällig, als habe es nicht gerade das lauteste Geräusch aller Zeiten gemacht. Ein dünner Rauchfaden stieg von dem Rohr auf, und es roch nach ... etwas, das ich kannte, aber nicht benennen konnte. Eine alte Erinnerung an einen fernen Ort.

Eigentlich wollte ich die Maschine nicht mehr berühren, aber ich konnte sie auf keinen Fall einfach so liegen lassen, so, wie sie mich beobachtete und nur darauf lauerte, wieder zu explodieren. Also öffnete ich die unterste Schublade meines Schreibtisches, warf die leeren Flaschen raus, wickelte die Maschine wieder in das Tuch ein und steckte sie in die Schublade, die ich danach abschloss.

Auf der Straße riefen Leute. Sie fragten sich, was hier oben passiert sein mochte. Ich wollte hinaussehen, aber wenn ich mein Gesicht zeigte, würde das nur Neugierige anlocken.

Stattdessen wartete ich, bis mein Herzschlag ruhiger wurde und das Klingeln in meinen Ohren abklang. Da sich nach einer Minute nichts getan hatte, klappte ich mein Bett runter und kroch hinein.

Ich zitterte. Nicht allein vom Schock, sondern auch von den Hunderten Gedanken, die mir durch den Schädel rasten und ineinanderprasselten: Einfälle und Enthüllungen, die alle viel zu spät kamen.

Als ich den Hebel nach hinten gezogen hatte, kurz bevor der Knall mich die Augen zusammenpressen ließ, war etwas aus dem Rohr geschossen und hatte meine Hand mit erschreckender Kraft zurückgetrieben.

Es war hell. Wie ein Blitz, aber gelb, orange und rot.

Es gab keinen Zweifel.

Ich hatte Feuer gerufen.

16

Es gab mehr als genug Löcher im Boden unter meinem Schreibtisch und noch mehr in meinem mottenzerfressenen Teppich. Man würde meinen, dass es unmöglich wäre, ein neues zu bemerken, aber ich hatte so viel Zeit damit verbracht, auf meine Füße zu starren, dass das neue wie ein Schlagloch mitten in der Main Street herausstach.

Es verlief durch den Teppich und mehrere Fingerbreit in das Holz hinein. Als ich mein Feuerzeug darüber hielt, sah ich etwas darin glänzen. Also zog ich mein Messer, kroch auf allen vieren unter den Schreibtisch und machte mich an die Arbeit. Bis mir die Schuhe im Eingang auffielen.

Sie waren spitz und elegant, und darüber sah ich dünne Beine in einer dunklen Strumpfhose. Eine Weile lang starrte ich die Beine an, fragte mich, zu wem sie wohl gehörten und wie lange sie schon dort standen. Sie bewegten sich nicht. Vielleicht waren sie mit niemandem verbunden, sondern einfach nur ein paar Beine, das einen Spaziergang machte.

»Ich suche den *Mann für Alles*.«

Die Stimme klang gebildet, aber umrahmt von Müdigkeit, wie ein klassisches Buch, das einen neuen Einband benötigte. Ich hob den Kopf über den Tisch.

»Das bin ich. Verzeihung. Ich jage Termiten.«

»Sie haben Termiten?«

»Ja, sehen Sie nur meinen Diwan an.«

»Ich sehe keinen Diwan.«

»Ganz genau.«

Ich wartete auf ein Lachen. Oder ein Grinsen. Ich bekam nichts davon.

»Bitte entschuldigen Sie, Mr Phillips, aber ich habe kürzlich meinen Gatten verloren, und Nettigkeiten wie höfliches Lachen liegen mir noch nicht wieder.«

Sie war eine Elfe. Ihr Alter war unbestimmbar, da die Coda jegliche Spannung ihrer Haut vernichtet hatte. Der Alterungsprozess, dem Elfen so lange entgangen waren, hatte sie endgültig eingeholt. Ihre schmale Gestalt wirkte durch einen schwarzen Pelzmantel ein wenig größer, und ein schwarzes Tuch bedeckte ihr Haar. Dazu trug sie eine Sonnenbrille, Perlenohrringe und einen goldenen Ehering.

Ich erhob mich, schlug mir den Staub von den Knien und zog den Stuhl an seinen angestammten Platz hinter dem Schreibtisch zurück.

»Bitte setzen Sie sich.«

Man kann viel über eine Dame lernen, wenn man sieht, wie sie geht. Klar, ihre Gelenke waren nicht mehr so geölt, und ihre Knochen knirschten ohne die Magie, aber wenn man ein Jahrhundert lang seinen Gang verfeinert hatte, ließ man sich von so einer Kleinigkeit wie Arthritis nicht niederringen.

Wir setzten uns gegenüber, und sie lächelte mich an, als sei ich ein alter Freund und kein schmutziger, billiger Schnüffler mit einem blutigen Tuch um den Kopf. Um einen etwas besseren Eindruck zu machen, kramte ich einen Notizblock und einen Stift aus der Schublade und legte sie beide sehr professionell vor mich auf den Tisch.

»Wie kann ich Ihnen helfen?«

Sie biss auf ihre Unterlippe und wirkte besorgt. Unter dem Tuch war ihr Haar schneeweiß. Reiner Schnee, nicht Sunder Schnee.

»Mein Name ist Carissa Steeme, und mein Ehegatte, Harold, ist vor drei Monaten verschwunden.«

»Das tut mir sehr leid.«

»Harold und ich sind seit fast hundert Jahren verheiratet. Ursprünglich kommen wir aus Gaila, aber wir sind nach der Coda nach Sunder gezogen. Das war seine Idee.«

Dabei zog sie eine Fotografie aus der Tasche und schob sie mir über den Tisch zu. Sie zeigte Harold und Carissa, jünger und noch voller Leben. Auf diesem Bild konnte man ihr Alter nicht schätzen, weil sie voller Magie waren. Beide waren elegant gekleidet, als wäre das Bild auf einer Veranstaltung entstanden, aber etwas moderner als die meisten elfischen Paare.

Traditionellerweise kleideten sich Hochelfen in fließende Roben aus Seide und Satin. Carissas Kleid war aus diesen Stoffen, sah aber aus, als wäre sie damit durch ein Mohnblumenfeld getanzt und kurz durch einen Regenbogen gesprungen. Zudem offenbarte es mehr Haut als die klassischen Schnitte.
»Mr Phillips?«
Ich sah auf.
»Mhm?«
»Mein Gatte ist der auf der rechten Seite.«
»Oh, ja.«
Seine Robe war etwas konservativer als ihre, aber auch sie hatte einige extravagante Aspekte. Dunkelbraunes Haar, grüne Augen. Seine Züge waren runder als bei den meisten Elfen und seine Haut braun. Carissa war sehr blass, und so ergänzten sie sich exzellent.
»Warum so ein altes Foto?«
»Es ist das aktuellste, das ich besitze. Nach der Coda hat es uns nicht gerade vor eine Kamera gezogen.«
Ich legte das Foto auf den Tisch.
»Ihr Ehemann wird seit drei Monaten vermisst? Warum haben Sie mit der Suche so lange gewartet?«
In ihr stieg Frustration auf, aber sie schluckte sie wieder runter. Das gefiel mir. Die meisten meiner Klienten hassten es, Hilfe zu brauchen. Um das auszugleichen, machten sie oft eine große Show daraus, wie ignorant ich doch sei, bevor sie sich dazu herabließen, mir einen Auftrag zu geben. Dabei vergaßen sie, dass sie zwar wussten, warum sie zu mir gekommen waren, ich jedoch nicht. Es war eine nette Abwechslung, jemanden mit Zurückhaltung zu erleben.
»Ich habe die Polizei nach drei Stunden gerufen. Harold war stets sehr verantwortungsbewusst, und er wusste, dass ich auf ihn wartete. Er verließ freitags seine Arbeitsstätte und kam nie nach Hause.«
»Was hat die Polizei gesagt?«
»Dass ich ein paar Tage warten solle, also tat ich das. Ich habe sein Büro angerufen, Freunde, seine Kollegen, aber niemand

wusste etwas. Nach einer Woche hat die Polizei doch noch entschieden, mir zu helfen, aber sie haben nichts gemacht, was ich nicht schon getan hatte. Nach einem Monat habe ich um ihn getrauert. Nach zwei Monaten hatten wir eine Gedenkzeremonie. Ich bin mir bewusst, wie diese Stadt funktioniert und was aus der Welt geworden ist. Harold hat nie damit aufgehört, den alten Schmuck zu tragen. Man konnte ihn aus einer Meile Entfernung erkennen: gut gekleidet und mit glitzernden Ohren, wie er ohne Fleisch auf den Knochen durch die Straßen schlurfte. Er war ein leichtes Ziel, und es kam nicht vollkommen überraschend, dass jemand das ausgenutzt hat.«

»Warum sind Sie dann hier?«

Zuerst lehnte sie sich im Stuhl zurück, faltete die Hände in ihrem Schoß und atmete lange aus, als wäre der Atem eines ganzen Lebens in ihren Lungen. Ihre Augen waren geschlossen, und ich fragte mich, ob sie meine Anwesenheit einfach vergessen hatte. Zeit verstrich. Mir war, als wäre ich ein Eindringling in meinem eigenen Büro. Sogar das Gebäude stellte respektvoll sein übliches Knirschen ein. Die Welt wurde still und beobachtete, wie eine alte Dame hinter ihren Augen durch ein Jahrhundert Erinnerungen schwamm.

»Ein Fremder besuchte mich«, erklärte sie schließlich. »Vor drei Tagen. Ein großer Mann mit Glatze, dunkler Brille und blondem Bart. Womöglich ein Halboger. Er trug einen Anzug. Nicht teuer. Die Art, in der man gut aussieht, aber die man anzieht, wenn man erwartet, dass es schmutzig werden könnte. Er war ein Gangster, Mr Phillips, und er suchte nach meinem Gatten, weil er eine Schuld eintreiben wollte.«

»Was haben Sie ihm gesagt?«

»Die Wahrheit. Dass mein Gatte kein Spieler war. Dass er tot ist. Dass dieser Mann bei mir nichts zu suchen hätte und doch bitte gehen sollte.«

Es kostete einige Anstrengung, bei der Vorstellung nicht zu lächeln: die alte Dame, die einen harten Gangster wie eine Taube von ihrer Veranda vertreibt.

»Wie hat er reagiert?«

Wieder ein langes, trauriges Ausatmen.

»Er *lächelte*, Mr Phillips. Und in diesem Lächeln sah ich die Wahrheit. Mein Gatte *war* ein Spieler, und er schuldete diesen Leuten Geld, und sie würden ihm Schreckliches antun, sollte er nicht zahlen. Mit einem Mal ergab so vieles einen Sinn. Die Verwirrung seines Vorgesetzten, wo er gewesen war. Die wissenden Blicke der Polizisten, als sie nach seinen Hobbys und seinen Freunden fragten. Die letzten drei Monate haben mich alle mitleidig angesehen. Nicht weil mein Gatte verstorben war, sondern weil sie etwas wussten, das ich niemals auch nur vermutet hätte.« Ihr Gesicht verzog sich, als sei das der schlimmste Aspekt ihrer Geschichte.

»Wie viel schuldete er denen?«

»Zehn Bronzene. Kein Vermögen, aber mehr, als ich zur Hand hatte.«

»Und was hat der Halboger dann getan?«

»Nichts. Das war sehr seltsam. Er sagte, ich solle es vergessen, und ging.«

»Haben Sie Angst, dass er wiederkommt? Wollen Sie mich zu Ihrem Schutz anheuern?«

Ihr Lachen traf mich, und ich versuchte, nicht allzu beleidigt auszusehen.

»Nein, ich denke nicht. Nichts dergleichen.« Carissa Steeme zog ein Bündel Bronzescheine aus ihrer Handtasche. »Zehn Bronzene. Die Summe, die mein Gatte schuldig ist. Das biete ich Ihnen an.«

Ihre Augen waren so klar wie polierter Kristall. Da lag der Unterschied zwischen den wirklich alten Elfen und den jüngeren, die ihre ewige Jugend zu früh verloren hatten. Die Haut war die gleiche, aber in den Augen lag noch eine Ewigkeit Leben.

»Um was zu tun?«

»Um herauszufinden, wer meinen Gatten ermordet hat, und für eine gerechte Strafe zu sorgen. Wenn mein Harold Schulden hatte, bezweifle ich, dass es nur bei einer Gruppierung war. Ich befürchte, ein anderer Muskelprotz in einem billigen Anzug hat ihn zuerst gefunden und hatte mehr für ihn als nur ein fieses Lächeln.

Sie werden herausfinden, wer Harold ermordet hat, und die Dinge in Ordnung bringen.«

Mein Blick fiel auf die Scheine, die von einem schwarzen Band gehalten wurden. Sie machten einen guten Eindruck.

»Falls Sie richtigliegen und eine Spielhölle Ihren Mann wegen seiner Schulden umgelegt hat, wird es nicht viel zu finden geben. Solche Läden bleiben nicht im Geschäft, wenn sie Spuren hinterlassen. Zumindest nicht die Sorte, die man vor Gericht verwenden kann.«

»Mit der Obrigkeit habe ich es schon versucht.«

Sie war kalt wie eisgekühlter Schnaps. Ich wusste nicht, ob mich das anmachte oder mir Angst einjagte. Wieder ein Blick auf die Scheine, dann zurück in diese immergrünen Augen.

»Mrs Steeme, ich bin kein Auftragskiller. Selbst wenn ich es wäre, ich habe nicht viel Hoffnung, einen drei Monate alten Mord aufzuklären. Diese Leute verwahren keine blutigen Dolche unter ihrem Kopfkissen, damit jemand hereinschleicht und sie findet. Wenn ich anfange, an die Türen von Spielhöllen zu klopfen, wird das mir und auch Ihnen eine Menge Ärger einbringen. Und wofür? Ich denke nicht, dass ich mit mehr als einer Ahnung zurückkommen werde. Niemand wird es gestehen, und Sie werden seine Leiche nicht in irgendeinem Keller finden. Er ist weg. Sie nicht. Nutzen Sie das Geld für sich selbst.«

An der Stelle wurden die meisten wütend. Aber sie nicht. Sie nickte, als würde sie mich verstehen, nahm das Bündel Scheine wieder in die Hand, zog zwei heraus und ließ sie auf den Tisch fallen. Nur noch zwei, aber die zwinkerten mir zu.

»Gehen Sie und finden Sie Ihre Ahnung«, befahl sie. »Folgen Sie Ihren Instinkten. Berichten Sie mir, was Sie herausgefunden haben, und dann sehen wir weiter.«

Mein Versuch, ihrem Blick standzuhalten, war zum Scheitern verurteilt. Nicht bei diesen Augen. Sie schoben einen nicht weg. Sie sogen einen auf. Sie wusste, dass ich akzeptieren würde, noch bevor ich den Mund öffnete.

Also hob ich die beiden Scheine auf, warf sie in die oberste Schublade und nickte.

»Und jetzt«, fragte sie, »was ist Ihnen denn zugestoßen?«
»Wie bitte?«
Carissa erhob sich und kam um den Tisch, bis sie hinter mir stand.
»Oh, ja, mein letzter Fall war etwas rauer.«
»Mr Phillips, Sie haben ein Loch im Kopf.«
»Ob Sie es glauben oder nicht, Sie sind nicht die Erste, die mir das sagt.«
Sie sog Luft durch die Nase.
»Womit behandeln Sie das?«
»Alkohol.«
»Whisky?«
»Jo.«
»Sind Sie ein Dummkopf?«
»Auch das wurde schon vermutet.«
Ihre Finger teilten das Haar über meiner Wunde.
»Sie brauchen einen Arzt.«
»Das steht auf meiner Liste.«
»Direkt nach der Termitenjagd, ja?«
»Und dem Frühstück.«
Ihr Amüsement sank noch einmal deutlich. Inzwischen musste es im Negativbereich sein. Carissa warf den Verband auf den Tisch, ging zum Waschbecken, drehte den Wasserhahn auf und wies mit einem spöttischen Lächeln auf das Handtuch.
»Wurde hier überhaupt schon einmal geputzt?«
»Eventuell. Aber da müssen Sie den Vormieter fragen.«
Wieder schüttelte sie den Kopf, noch ernster als in dem Augenblick, als sie mich gebeten hatte, jemanden umzubringen.
»Bleiben Sie, wo Sie sind, Mr Phillips. Keine Bewegung, oder Sie werden es bereuen, wenn ich zurückkomme.«
Ich wagte nicht einmal, zu nicken.
»Jawohl, Ma'am.«
Damit ging sie zur Tür hinaus, und ich hörte ihre Schritte auf der Treppe verklingen. Ich hingegen tat genau wie mir geheißen und bewegte nicht einen Muskel, außer um mir aus der Schublade eine Clayfield aus meiner wachsenden Sammlung zu ziehen.

Ich wollte diesen Auftrag nicht. Nicht einmal, weil er sinnlos war. Nicht, weil Simms mir geraten hatte, die Füße stillzuhalten. Sondern wegen der Orte, die ich dafür besuchen musste.

Der finsterste Teil von Sunder war der Bereich, den wir Sichel nannten, wo es Spielhöllen jeglicher Art gab. Das letzte Mal, als ich dort gewesen war, noch vor der Coda, war ich kaum lebend herausgekommen.

Deshalb entschied ich mich, ihr die Scheine zurückzugeben. Dieser Fall würde niemandem etwas Gutes bringen. Falls ihr Mann sich tatsächlich mit einer Spielhölle angelegt hatte, wollte ich nicht enden wie er. Gerade war ich zu diesem Schluss gekommen, als Carissa mit einer kleinen Glasflasche und einem dampfenden Topf in den Händen zurückkehrte.

»Ist er nicht ein rechter Schatz?«, fragte sie mich freudig.

»Oh, Sie meinen Georgio?«

»Was für ein außergewöhnlicher Zeitgenosse.« Sie stellte den Topf vor mir auf den Tisch und durchwühlte ihre Handtasche. »Genauso dreckig wie Sie, aber deutlich unterhaltsamer.«

Dann zog sie ein sauberes weißes Taschentuch hervor und stellte sich hinter mich, um sich um meine Verletzung zu kümmern. Zuerst tauchte sie den Stoff in das fast kochende Wasser, dann spürte ich ihre sanften Berührungen auf meinem Skalp. Während sie meine Wunde säuberte, schwiegen wir. Ich lauschte nur, wie sie immer wieder ihr Taschentuch in das Wasser tauchte und mir dann über den Kopf rieb, um das getrocknete Blut, den Schmutz und vor allem meine Entschlossenheit, ihr nicht zu helfen, abwusch. Gerade entspannte ich mich etwas, als sie sagte …

»Nicht bewegen.«

Wieder eine Berührung.

»Scheiße.« Ich riss den Kopf nach vorne. Sie war von Wasser auf Alkohol gewechselt, während ich nicht aufgepasst hatte.

»Ich sagte, Sie sollen sich nicht bewegen.«

»Verzeihung.«

Dieser Teil war weit weniger entspannend. Sie rieb mir den feurigen Alkohol überallhin und zog die festgeklebten Haare aus dem Schnitt. Als sie die schmutzigen Verbände aufhob, dachte ich,

dass sie mich wieder verbinden würde, aber sie warf sie einfach in den Müll.
»Bleiben Sie genau hier so sitzen und verlassen Sie heute auf keinen Fall Ihr Büro.«
»Ich dachte, ich sollte einen Arzt aufsuchen?«
»Ich habe einen per Telefon hierherbestellt. Sie wird in circa einer Stunde hier sein. Wagen Sie es ja nicht, sich wieder hinzulegen und die offene Wunde zu verunreinigen, bevor sie kommt.«
Im Laufe der Jahre hatte ich lange Zeit mit Generälen und Politikern verbracht, aber diese Dame ließ sie alle alt aussehen.
»Öh … klar. Danke.«
»Wenn die Ärztin weg ist, legen Sie sich hin und erholen Sie sich ein wenig. Sie können morgen mit der Suche nach dem Mörder meines Gatten beginnen.«
Ohne weitere Verabschiedung glitt ihr dem Alter trotzender Leib in den Hausflur, und ich wartete eine halbe Minute, bevor ich es wagte, aufzustehen und wieder das Loch im Boden zu bearbeiten. Mit dem Messer vergrößerte ich es, bis ich die Spitze der Klinge unter das glänzende Ding bekam und es heraushebeln konnte.
Es war aus Metall. Grau und verbrannt. Der Feuerball hatte es so schnell aus der Maschine geschleudert, dass es sich in den Boden gebohrt hatte.
Das verdrehte Stück Metall rollte in meiner Handfläche umher. Es war so *klein*. Scheinbar ohne Bedeutung. Ein so winziges Ding konnte doch sicher keine echten Schäden anrichten. Nicht wie die Magie früher, oder auch nur wie das, was Tippity herumgeworfen hatte.
Ich öffnete die unterste Schublade und sah mir die Maschine an. Es war nur ein Metallrohr mit einem Holzgriff. Nichts Besonderes. Nichts Besorgniserregendes.
Dann legte ich das Projektil neben das Gerät und schob vorsichtig die Schublade zu, immer noch besorgt, dass es wieder losgehen könnte. Dabei schloss ich auch meinen Geist, um all die unangenehmen Fragen abzuwehren, die an die Oberfläche meiner Gedanken stiegen. Fragen über Lance Niles und die Bluebird Lounge und dieses mysteriöse Geschenk.

Daran wollte ich gar nicht denken. Und ich musste es auch nicht.
Weil da schon ein neuer Fall auf mich wartete.
Herausfinden, wer Harold Steeme ermordet hatte.
Einfach. Besser.
Auch wenn ich mir eigentlich geschworen hatte, niemals in die Sichel zurückzukehren.

17

Die Ärztin kam vorbei und flickte mich professionell zusammen. Für eine ordentliche Naht fehlte zu viel Haut, aber sie rasierte mir den Teil des Schädels und klebte einen Verband auf die Wunde. Danach riet sie mir, darüber einen Hut zu tragen, mir ein paar Tage freizunehmen, die Clayfields zu reduzieren, die Finger vom Fusel zu lassen und zur Abwechslung mal etwas zu essen, das nicht aus dem schmierigen Laden unten kam.
Bis auf den Hut ignorierte ich alles.

***

Die Östliche Neunte Straße war pompös breit und nicht asphaltiert, sondern mit großen, roten Steinen gepflastert. Kurzwarenläden und Schneider säumten beide Straßenseiten, mit einigen Cafés, Bars und Schuhgeschäften dazwischen. Viele hatten noch geöffnet. Das Geschäft lief nicht so gut wie früher, aber wohl gut genug, um über die Runden zu kommen.
In Schaufenster eines Lederwarenhändlers gab es Schwert- und Dolchscheiden, Mäntel, Gürtel und eine Puppe mit einem Brustgürtel, in dem man eine Klinge in einer verborgenen Scheide tragen konnte. Sollte ich meinen Job jemals wirklich ernst nehmen, wäre das ein guter Ort, um eine Menge Geld auszugeben.
Gegenüber lag Wrens Hutladen. Hier lagen jede Menge handgefertigter, exquisiter Hüte im Fenster, aber als ich eintrat, wurde schnell deutlich, dass der größte Teil des Angebots aus billigen Wollmützen, Hauben und Ohrenwärmern bestand. In dieser Jahreszeit, in dieser kalten neuen Welt gaben die Leute weniger auf Stil und mehr auf Wärme und günstige Preise.
Mehr brauchte ich auch nicht, nur etwas, um das beinahe gespaltene Haupt zu bedecken und die Kälte fernzuhalten. Was ich nun wirklich nicht benötigte, war der wettergegerbte, blaubraune Hut mit der breiten Krempe oben auf dem Regal.

Der bebrillte Hexenmeister mit dem weißen Hemd unter der grünen Weste bemerkte meinen Blick und legte gleich los.
»Kaninchenleder.«
»Sieht robust aus.«
»Jahrzehntealt, aber in exzellenter Form.«
»Brauche ich nicht.«
»Natürlich nicht. Niemand *braucht* so einen Hut.«
Ich besah mir die einfachen, günstigen Wollmützen aus Billigherstellung.
»Wie viel?«
»Für …?«
»Für das Kaninchen.«
Mithilfe einer Trittleiter holte er den Hut vom Regal, der mich so herausfordernd ansah. Ich änderte meine Meinung.
»Wissen Sie was, ich brauche nur eine einfache Mütze …«
Da setzte er mir einfach den Hut auf, der sanft herabglitt und gerade über meinen Ohren seinen Platz fand.
»Wie fühlt er sich an?«
Statt zu antworten, packte ich den Hut und zog mir die Krempe etwas tiefer ins Gesicht. Als ich aufsah, hatte sich irgendwie ein Spiegel in den Händen des Verkäufers materialisiert.
Da stand ich nun.
Einer der Gründe, warum ich kein Hutträger war, lag in meiner Abneigung gegen das Gefühl, kostümiert zu sein. Graham, mein erster Adoptivvater, hatte einen Hut getragen. Ebenso Tatterman, mein erster Chef in Sunder. Ich war immer nur der Junge gewesen, den sie herumkommandierten.
Aber jetzt? Die Augen, die mir aus dem Spiegel entgegenstarrten, waren kalt, mit dunklen Ringen darunter. In meine Bartstoppeln mischte sich längst Grau. Das war nicht mehr das Gesicht eines Jungen, und irgendwie passte der Hut dazu.
Der Hutmacher schob einen Finger zwischen den Hut und meine Stirn.
»Fast genau Ihre Größe. Ich werde ihn ein wenig ausfüttern. Haben Sie eine Vorliebe, was den Pelz angeht?«
»Ich weiß nicht …«

»Was ist das?« Er ließ das Material meines Mantelkragens zwischen den Fingern wandern, als er versuchte, es einzuschätzen. »Fuchs vielleicht?«
»Löwe«, erklärte ich. »Ein großer.«
Über sein Antlitz lief ein verschmitzter Ausdruck.
»Folgen Sie mir bitte.«
Der alte Mann führte mich nach hinten in sein Arbeitszimmer. Zwischen vollgestopften Regalen und Kisten stand ein Arbeitstisch; überall lagen Leder und bunte Stoffbänder herum. Der Boden war mit Abschnitt, Staub und Haaren bedeckt. Der Hutmacher ging in die Hocke und begann, Kisten zu durchsuchen, deren Etiketten er sich laut vorlas. Dann zog er Schubladen auf, untersuchte das darin gelagerte Material, bevor er sie wieder zuschlug. Schließlich fand er hinten in einem Schrank einen Wildlederbeutel.
»Sehen Sie sich das hier an.«
Er legte den Beutel auf den Tisch und öffnete ihn. Darin war ein Pelz in mir nur allzu bekannter Farbe. Vorsichtig zog der Hutmacher ihn hervor und entrollte ihn, wodurch eine schreckliche Fratze umgeben von braunem Haar sichtbar wurde.
Der Löwe hatte keine Augen mehr. Auch keine Fänge. Die waren vermutlich längst zu Manschettenknöpfen verarbeitet wurden. Ohne Schädel waren der Kopf eingedellt, die Stirn eingedrückt und die Lefzen umgeklappt. Die Mähne war matt und strohig. Nur die Vorderpranken waren noch in ihrer Gänze erhalten, im Rest fehlten Streifen und Stücke, aus denen Pelzbesatz und Hutbänder gefertigt worden waren. Der Hexenmeister sah vom Löwen auf den Schimärenpelz und nickte zufrieden.
»Sieht passend aus.«
Das stimmte. Genau wie die Schimäre, die ich in meiner Jugend gejagt und getötet hatte. Nur, dass die zehnmal so groß gewesen war. Aber dennoch ähnlich. Die leeren Augenhöhlen machten es mir leichter, hinzusehen; bei der Schimäre waren sie voller Pein gewesen. Die hier waren einfach leer.
»Was meinen Sie? Sollen wir Ihre Sammlung vervollständigen?«

* * *

Mit einem enttäuschten Achselzucken reichte mir der Hutmacher die billige Mütze über die Ladentheke. Als ich sie aufzog, rutschte mir der obere Teil über die Ohren. Sie war etwas zu groß, aber die kleine Krempe vorne schränkte immerhin nicht mein Sichtfeld ein. Er griff nach dem Spiegel.
»Schon gut.«
Ich ging hinaus, um ein paar Fehler zu machen.

18

Es ist nicht besonders clever, mit einem Loch im Kopf nach draußen zu gehen. Es ist nicht clever, einen Fall anzunehmen, wenn einem die Cops gesagt hatten, dass man die Füße stillhalten soll. Es ist nicht clever, einen Kredithai zu fragen, was er mit den armen Seelen macht, die ihre Schulden nicht begleichen können. Und es ist niemals clever, die Sichel Street entlangzugehen.

Im Südosten der Stadt schnitt die Sichel in den Bauch von Sunder, das dann in die Slums ausblutete. Als ich damals in die Stadt kam, hatte ich jeden bezahlten Job angenommen, den ich finden konnte, darunter auch Botengänge in die Sichel, um verdächtige Päckchen zu holen, versiegelte Briefe zu übergeben oder um nach einer besonders verstörten vermissten Person zu suchen. Allerdings nie von Hendricks, dessen drollige Faszination für die dunkleren Seiten der Stadt niemals so tief in die Schatten gereicht hatte.

Mein erster Gang in die Sichel bestand in der einfachen Aufgabe, jemandem eine Frage zu stellen und die Antwort in den *Graben* zu bringen. Ein Gnom mit dunkler Kapuze und einem unzuverlässigen Lächeln bat mich, seinen Freund zu finden und mich zu erkundigen, ob er noch zum Abendessen kommen würde, da die andere Partei nun keine Rolle mehr spielte. Es klang nach einer einfachen Möglichkeit, ein paar Münzen zu verdienen, bis mir der Gnom einen Schlagring gab. Sein ernst gemeinter Rat war, ihn anzuziehen, sobald ich in die Sichel kam.

Trotz der einschüchternden Anweisung des Gnoms ging der Auftrag ohne Probleme über die Bühne, und ich kehrte in den *Graben* zurück, ohne von meiner neuen Waffe Gebrauch machen zu müssen. Aber der Gnom war nicht mehr da, und so wurde der Schlagring zu meiner Bezahlung.

Der Erfolg dieses Gangs ließ mich übermütig werden. Wieder und wieder erledigte ich kleine Aufträge in der übelsten Ecke von

Sunder City, weil ich nicht verstand, warum die Leute mich schickten. Nicht weil ich größer oder härter als ihre üblichen Schläger war, sondern weil ich entbehrlich war. Falls man mich niederstach, verschnürte und im Kirrakanal versenkte, verloren sie vielleicht ein wenig ihrer Ware, aber wenigstens nicht einen ihrer fähigeren Untergebenen. Für diese Sorte einzelner, hochriskanter Unternehmungen stand Fetch Phillips ganz oben auf allen Listen.

Damals hatte ich damit sogar angegeben. Eines Nachts, als ich im *Graben* schmutzige Gläser einsammelte, hörte ich einige zwielichtige Gestalten darüber motzen, wie viel Probleme es ihnen bereitete, einen Kerl namens Hank zu finden.

»Ich kenne Hank«, warf ich ein.

»Ach ja, Junge?«

»Ja, ich hab ihn ein paarmal getroffen.«

»Das ist ja mal was. Und du weißt nicht zufällig, wo man ihn finden kann?«

»Klar. Meistens hängt er in der Jenseits Lounge ab. Und sollte er da nicht sein, brauche ich bestimmt nicht lange, ihn für euch aufzuspüren.«

»Na, so was. Heute ist wohl unser Glückstag.«

Nach der Arbeit führte ich die Kerle in die Sichel und durch die Gasse, in der die Jenseits Lounge lag. Einen Herzschlag bevor es passierte, begriff ich, dass sie zurückblieben. Ich schaffte es aber nicht einmal, den Kopf zu drehen. Der Schlag kam von rechts, und als ich zur Seite taumelte, stieß mich der Typ links zu Boden. Es dauerte nicht lange, bis ich unter den Tritten ohnmächtig wurde, und als ich aufwachte, konnte ich mich nicht bewegen.

Es stellte sich heraus, dass ich mich verhört hatte. Die beiden Herren arbeiteten für Hank, der nicht allzu glücklich darüber gewesen war, dass ich einfach so von ihm erzählte, als wäre ich sein bester Freund. Also musste man mir eine Lektion erteilen, und Hank wollte an mir demonstrieren, was passierte, wenn man seinen Namen zu locker auf der Zunge hatte.

Ich hatte vorher schon Prügel eingesteckt. Seitdem auch oft genug. Aber das war anders gewesen.

Im Hinterzimmer von Hanks Casino hängten sie mich kopfüber an einer Kette auf. Zuerst nur, um Hank zu unterhalten. Er benutzte meinen Körper als Boxsack oder meinen Mund als Zigarrenhalter. Aber wenn ihm langweilig wurde oder er sich um andere Sachen kümmern musste, durften alle mich bearbeiten.
Das Casino hatte rund um die Uhr geöffnet, und das bedeutete, dass immer jemand da war, um mir auf neue und verdrehte Weise Schmerzen zu bereiten. Dass ich nicht schlafen konnte, war das Schlimmste. Das lässt dich durchdrehen. Das, und das Blut, das sich in meinem Kopf sammelte, bis ich mich fühlte, als würden meine Augen jeden Moment explodieren.
Vielleicht wäre es so gekommen, aber einige der Schläger hatten zu viel Spaß mit mir, als sie mich hin und her schwangen. Bis heute weiß ich nicht, ob mein Kopf gegen eine Wand prallte oder ob die Kette riss, aber sie warfen mich schließlich auf die Main Street, während mir mein Hirn aus der Nase lief und eine Seite meines Schädels viel zu weich war.
Als mir endlich jemand half, war gerade noch genug Leben in mir, um Amari zu erwähnen.
An den Weg zu ihr durch die Stadt erinnere ich mich nicht, aber wohl daran, wie der Türwächter der Villa des Gouverneurs versuchte, uns den Eintritt zu verwehren. Er behauptete, Amari sei nicht da, aber ich war hartnäckig, und irgendwann kam Hendricks heraus.
Amari war die Krankenschwester, aber Hendricks wusste auch ein oder zwei Sachen über Medizin. Es gelang ihm, die Blutungen zu stoppen und mir den gebrochenen Schädel mit einer magischen Salbe zu heilen.
Gegen die Schmerzen gab er mir nichts außer Alkohol. So schwamm ich im Niemandsland zwischen betrunken und komatös, während er meinen Kopf in seinem Schoß hielt und mir alte Kriegsgeschichten erzählte, um mich am Einschlafen zu hindern. Als ich doch dahindämmerte, dauerte es Tage, bis ich wieder aufwachte. Der Gouverneur ließ mich hinauswerfen, sobald ich wieder gehen konnte, und ich musste Monate warten, bis ich Hendricks dafür danken konnte, dass er mein Leben gerettet hatte.

Einige meiner alten Verwundungen begleiten mich heute noch, wie das Knirschen im linken Knie oder der scharfe Schmerz in meiner Brust. Das ist unangenehm, aber sie ergeben einen Sinn, und ich weiß, wie ich mit ihnen leben kann. Hanks Jungs hatten irgendwas in meinem Kopf zerbrochen, und ich weiß bis heute nicht, ob Hendricks ein ausreichend erfahrener Pfleger gewesen war, um alles wieder richtig zusammenzufügen. Ich kann es nicht einmal sehen. Aber mir bleibt das ätzende Gefühl, dass ein Teil von mir nie wirklich verheilt ist.

Seitdem war ich nicht mehr in der Sichel gewesen. Es war das dunkle Herz von Sunder City, verdreht und gefährlich, aber irgendwie auch nötig. Ich hatte gedacht, nie wieder dort hinzumüssen. Aber wie sich herausstellte, bedurfte es nur einer gutherzigen Witwe mit wiegenden Schritten, um mich wieder zurück in den Wahnsinn dieses Viertels zu treiben.

19

Ich ging die Teerstraße hinunter, den Blick gesenkt, aber die Ohren gespitzt, bis ich zur Sichel Ecke Fünfte kam. Um die Ecke wehte mir Musik entgegen. Es waren kaum Fußgänger unterwegs, und alle gingen auf diese seltsame Art, wenn man es eilig hat, aber nicht ängstlich wirken will.

Drei Menschen zerrten einen Hexenmeister aus einer Kneipe und schleuderten ihn gegen eine Ziegelsteinmauer. Ich fragte mich, ob das einfach alltägliches Geschäft in der Sichel war oder ob sich die Neuigkeiten von Tippitys Morden schon verbreitet hatten und die Leute nervös waren. Um nicht darüber nachdenken zu müssen, ging ich schnell weiter.

Das öffentliche Gesicht der Sichel war ein alter Steinblock namens *Rushcutter*, erbaut aus grauem Stein und Schlamm. Zuerst war es eine Schlafbaracke gewesen, dann eine teure Bar, ein Bordell, und jetzt war es ein Casino. Die Fassade war der letzte Teil, der vom ursprünglichen Gebäude übrig war, flach und einschüchternd wie ein Wachhund.

Nur wenige gingen hinein oder kamen heraus, aber sie alle wirkten gleich: Hoffnung bei denen, die ankamen, und Scham bei denen, die gingen.

Der Türsteher war groß und sehnig, mit Metallkronen auf den Zähnen und zu wenig Haaren, die in alle möglichen Richtungen abstanden. Da ich nicht auf der Straße lungern wollte, zog ich die Mütze tiefer, steckte die Hände in die Taschen und schlenderte zum Eingang.

Als ich ihn passieren wollte, packte der Türsteher die Krempe meiner Mütze. Kurz sah ich das Metall des dünnen Dolches in seinem Gürtel aufblitzen, als er meinen Kopf noch oben zog.

»Warum bist du hier, Freund?«, fragte er wie ein Schulhofschläger.

»Fünfzehn Minuten, zwei Drinks, ein fetter Gewinn.«

Ohne darauf einzugehen, zog er meinen Mantel auf und suchte

meinen Gürtel nach Scheiden oder Stahl ab. Tatsächlich war es fast beleidigend. Dann winkte er mich abschätzig hinein.

* * *

Es stank, als hätte sich ein Aschenbecher übergeben. Nach Pfeifenrauch, altem Bier, Schweiß und fehlender Lüftung. Aber immerhin war es warm. Ich schritt durch einen mit Vorhängen abgetrennten Flur und betrat das Casino. Bedienungen und ruhige Spieler bewegten sich in einem Ballett um sieben Würfeltische. Die Einrichtung war in einem Braunton gehalten, der so tat, als wären die vielen Flecken ein Muster. Ein einsamer Musiker saß über ein Piano gebeugt und berührte die Tasten so vorsichtig, als fürchtete er, sie würden ihn beißen.

An der südlichen Wand befand sich ein langer Tresen, hinter dem zwei Barkeeper standen: ein einarmiger Oger und eine tätowierte Werwölfin. Als der Oger mit einem Tablett Gläser ging, setzte ich mich auf einen Hocker.

»Whisky, pur«, orderte ich, legte eine Bronzemünze auf das zerkratzte Holz und sah in den Raum.

Spielen war mir schon immer suspekt gewesen. Falls der Gewinn einer Handvoll Scheine tatsächlich dein Leben ändern konnte, dann konntest du es dir nicht wirklich leisten, welche zu verlieren. Und wenn man es sich nicht leisten kann zu verlieren, warum dann das Ganze? Ich meine, eigentlich wissen das alle, aber es gibt zwei Dinge, die uns die Logik vernebeln: Alkohol und Aberglaube.

Elfen tranken für gewöhnlich nicht. Auch in dieser Hinsicht war Hendricks eine Ausnahme gewesen. Erst nach der Coda hatten sich andere Hochelfen der Flasche verschrieben. Wäre Harold Steeme diesem Pfad gefolgt, ich wette, Carissa hätte es bemerkt. Vermutlich hatte er einfach versucht, ein paar Jahre Pech auszugleichen.

Die guten Spieler können ihre Emotionen von der Mathematik trennen. Die schlechten versuchen immer, beides in Einklang zu bringen. Nach der Coda, die so viele so viel gekostet hatte, dach-

ten die Anhänger von Konzepten wie Karma, die Welt schulde ihnen etwas. Jeder Rückschlag war nur ein weiterer Schritt auf dem Weg zum großen Glück.
Ein Mann wie Harold war dieser Hoffnung vielleicht bis zum bitteren Ende gefolgt.
Aber ich wusste nicht genug über ihn, um zu verstehen, welches Spiel ihn angesprochen hatte. Die Würfelspiele hier basierten alle rein auf Glück. Keine Strategie, nur Sorge. Sie zählten verzweifelt das Geld in ihren zitternden Händen. Die Getränke wurden heruntergestürzt, um die Nerven zu beruhigen, nicht zur Feier gehoben. Neben dem Tresen gab es eine Tür, die mich schaudern ließ: Vermutlich führte sie zu einem dieser Räume, aus denen du entweder seltsam gehend kommst oder gar nicht mehr.
»Du bist neu hier«, stellte die Barkeeperin fest. Das war gut. Es war immer geschickter, sie das Gespräch beginnen zu lassen.
»Ja, ein Freund hat euch mir empfohlen.«
»Wirklich?«
Ihr Misstrauen war gerechtfertigt. In der Ecke weinte eine Frau in ihre Handtasche.
»Ja, sein Name ist Harold Steeme. Hast du ihn hier schon mal gesehen?«
Ihre Miene veränderte sich nicht, aber ihre Pupillen schrumpften, und ihre Krallen trommelten auf den Tresen. Schon hatte ich mich verraten. Ich hätte ihr auch einfach direkt sagen können, dass ich Ärger mitbrachte. Es wurde still um uns, und wir blinzelten nicht.
»Nein«, stieß sie schließlich hervor.
Ich nickte, ohne den Blick von ihr abzuwenden.
»Nun denn.« Ich hob das Glas an den Mund, und als ich den Kopf in den Nacken legte, sah ich noch kurz, wie sie über meine Schulter blickte. Scheiße. Ich stellte das Glas ab, ohne zu trinken.
»Danke.«
Der einarmige Oger bahnte sich bereits einen Weg zu uns. Er war eine laufende Gehirnerschütterung in feinem Anzug, deren Faust schon geballt war. Schnell brachte ich einen Tisch zwischen uns.
»Sir«, knurrte er mir hinterher.

»Ich suche nur einen Freund.«

Es war sinnlos, den Schlagring anzuziehen. Der würde nicht mal eine Delle in seinen Betonkopf schlagen, und ich ahnte, dass mehr von seiner Sorte schon auf dem Weg waren.

»Sir!«

Er versuchte, mich an der Schulter zu packen, aber ich sprang zur Seite. Dieses Mal würde ich mich nicht ins Hinterzimmer schleifen lassen, damit man mir jeden Knochen einzeln brach.

Auch wenn ich jeden Tag zehn Mal mein Leben riskierte, war mir dennoch wichtig, *wie* ich starb, und es gab weit bessere Orte dafür als eine improvisierte Folterkammer in einer beschissenen Spielhölle.

So rannte ich aus der Eingangstür, bevor der Türsteher den Aufruhr hinten überhaupt mitbekam. Mein Herz raste, und mein Magen drehte sich um, aber ich unterdrückte die Schmerzen und rannte zwei Straßenzüge, bis ich endlich eine einsame, ruhige Gasse fand, wo ich mich übergeben und weinen konnte.

Was für ein verdammter Amateur. Es war mir gelungen, mein Gesicht zu zeigen, meine Karten auf den Tisch zu legen, Stunk zu machen und dazu auch noch zu beweisen, dass ich ein Feigling war. All das in weniger als fünf Minuten.

Die Sichel. Überall sonst wäre es okay gewesen, aber da waren diese Erinnerungsblitze an den brechenden Schädel. Falls das noch einmal geschah, gab es keinen Hendricks mehr, um mich zu retten.

Vor langer Zeit, als ich noch grün hinter den Ohren war und noch lernte, wie das Leben jenseits der Mauern so lief, hatte ich mir selbst eingeredet, dass ich kein Laufbursche mehr sei. Ich hatte Monster erschlagen, Armeen angeführt, die Welt bereist und sie in Stücke geschlagen. Jetzt war ich der Mann für Alles. Zum Frühstück tritt man mir die Zähne ein, und zum Mittag wird mir die Nase gebrochen. Nur weil eine Straße ein paar üble Erinnerungen enthielt, wurde ich kein Weichei.

In den Rushcutter konnte ich nicht zurück. Nie mehr. Aber ich wusste tief in mir, dass alle anderen Läden in der Sichel denselben Effekt auf mich haben würden.

Deshalb entschied ich, dass ich mehr brauchte als meinen Schlagring. Ein Ass im Ärmel, um meine Nerven zu beruhigen und mir mein Mojo wiederzugeben. Also kehrte ich zurück ins Büro, öffnete die unterste Schublade, nahm die Maschine raus und steckte sie mir in den Gürtel.
Gleich fühlte ich mich besser.
Aber sie war zu offensichtlich. Sollte ein Türsteher mich durchsuchen, würde ich Dinge erklären müssen, die ich nicht erklären wollte. Also ging ich zurück in die Östliche Neunte Straße, suchte den Lederwarenladen auf und fragte nach dem Brustgurt im Schaufenster, der für verstecke Dolche gedacht war. Konnte man den anpassen? Natürlich. Ich zeigte die Maschine und bezahlte genug, damit keine Fragen gestellt wurden. Wir arbeiteten gemeinsam am Design, bis es angenehm links unter meinen Rippen saß. Als ich mich im Spiegel ansah, war die Maschine unsichtbar.
Jetzt fühlte ich mich viel besser.
Das Rohr bohrte sich in meine Seite, wenn ich zu gebeugt ging, also richtete ich mich auf, groß und gerade, als wäre ich bereit, mich mit der ganzen Welt anzulegen.
Dann überquerte ich die Straße und kaufte den verdammten Kaninchenhut.

20

Dieses Mal nahm ich den langen Weg durch die Stadt, damit ich die Sichel von ihrer Klinge statt dem Griff aus betreten konnte. Keine Route, die ich empfehlen würde, es sei denn, man hat ein Wunder unter den Arm geschnallt, das einem ein Gefühl der Unbesiegbarkeit gibt. Das weiche Löwenfellfutter im Hut ließ mich sogar die Kopfwunde vergessen. Als ich um die Ecke ging, kaute ich auf einer Clayfield und hatte keine Angst davor, allen in die Augen zu sehen.

Halboger. Glatze. Blonder Bart. Die Beschreibung von Mrs Steeme. Als Erstes gab ich einer leicht bekleideten Frau eine Münze und erkundigte mich nach ihm. Sie sagte mir, dass ich ihn im Sampsons finden könnte, also tippte ich gegen die Krempe meines neuen Hutes und ging weiter.

Harte Kerle wichen meinem Blick aus. Ich ging hoch aufgerichtet und als hätte ich alle Zeit der Welt. Keine Angst vor dunklen Gassen und finsteren Hauseingängen. Das war alles nur Show, aber spielte das eine Rolle, solange alle mitmachten?

Das Sampsons befand sich in einem hohen, schmalen Gebäude und entpuppte sich als Gintränke, deren Vorderseite aus rostigem Wellblech bestand. Dem Türsteher blickte ich direkt ins Gesicht, und er ließ mich rein, ohne auch nur meinen Gürtel anzusehen.

Drinnen war es so kalt wie draußen. Die hohe Decke und das dünne Blech taten wenig, um die Wärme innen zu halten. Hier gab es fünf Spieltische, alle mit einem anderen Kartenspiel, und die Bedienungen und Croupiers trugen alle Pelz (einige als Mäntel, andere hatten sich einfach welchen wachsen lassen).

Hinten im Raum war das Licht absichtlich dämmrig. Dort stand ein runder, in roten Samt eingeschlagener Tisch in bester Position. An einer Seite saß ein Halbelf in teurem Anzug, der auf einem Zahnstocher kaute. Der Alterungsprozess hatte sein gutes Aussehen noch nicht zur Gänze gefressen, da er halb menschlich

war. Sein Haar war grau meliert und seine Stirn von so vielen Falten durchzogen, dass man ein Bügeleisen zücken wollte. Auf der anderen Seite saß ein glatzköpfiger Halboger, dessen blonder Bart zu drei Spitzen zurechtgeschnitten war. Seine Muskeln waren wie Ballons und drohten jederzeit aus seinem Anzug zu platzen.
Ich ging direkt zu ihrem Tisch. Nicht schnell genug, als dass alle zur mir sahen, sondern so, als würde ich sie kennen. Erst als ich einen Stuhl nahm und mich setzte, schenkten sie mir Beachtung.
»Gentlemen«, begrüßte ich sie, wobei ich den gut gekleideten Halbelfen ansah, da ich annahm, dass er das Sagen hatte. »Mein Freund wird vermisst. Mir kam zu Ohren, dass Sie ihn kennen. Wie wäre es, wenn Sie mir davon erzählen, bevor es ungemütlich wird und wir die ganzen Spiele stören?«
Der Blick des Halbelfen wanderte von mir zu seinem Schläger, der langsam eine Hand von seinem Glas nahm.
»Hände auf den Tisch, Großer, sonst kriechst du auf ihnen hier raus.«
Beide hoben die Augenbrauen und lächelten, als würde sie das beeindrucken. Der Oger senkte die Hand nicht sofort, aber drehte sie um und winkte seinem Begleiter zu.
»Bitte entschuldige mich, Thomas.« Seine Worte klangen gebildeter, als ich erwartet hatte. »Diese Angelegenheit klingt dringlich. Hier ist dein Schlüssel. Jemand wird demnächst vorbeikommen, um nach dem Rechten zu sehen.«
»Selbstverständlich«, antwortete Thomas, nahm den Schlüssel vom Tisch, stand auf und strich seinen Anzug glatt. »Vielen Dank, Sampson. Das hilft mir wirklich sehr.«
Als sich der Halbelf entfernte, sah ich zum Oger auf und spürte, wie die Selbstsicherheit aus meinem Körper floss.
»Sie sind Sampson.«
»Und Sie sind sehr unhöflich.«
Dann nahm er sein Weinglas, aber bevor er es hob, sah er mich fragend an, als wartete er auf meine Erlaubnis, seine Hände bewegen zu dürfen. Das ärgerte mich, und ein wenig Selbstsicherheit kehrte zurück.

»Harold Steeme«, sagte ich schlicht.
Sampson trank einen Schluck und stellte sein Glas wieder ab.
»Was ist mit ihm?«
»Er hat Ihnen Geld geschuldet.«
»Er hat vielen Leuten Geld geschuldet.«
Hinter mir hörte ich Schritte, und als Sampson an mir vorbeisah, sprang ich auf und griff in meinen Mantel nach der Maschine – bis ich das rotbackige Mädchen sah, das ein Tablett in den Händen hielt. Überrascht wich sie zurück, und hinter mir fluchte der Oger distinguiert.
Als ich mich umsah, stellte ich fest, dass ich gegen den Tisch gestoßen war und ihm seinen Wein in den Schoß gekippt hatte. Die anderen Gäste starrten uns an, einige Angestellte kamen auf uns zu, aber Sampson winkte ab.
»Phara, würdest du mir bitte dein Tuch reichen?«
Die erschrockene Kellnerin gab ihm ein Wischtuch, und er tupfte sich ab.
»Eine normale Person würde nach so einem Verhalten verschwinden«, stellte er im Plauderton fest.
»Ich will doch nur …«
»Wenn Sie bleiben, dann bestellen Sie einen verdammten Drink!«
Darauf fiel mir nichts ein, außer mich zu dem Mädchen umzudrehen.
»Burnt Milkwood.«
»Gerne. Und für Sie, Boss?«
»Den nehme ich auch. Und bitte mehr Handtücher.«
Sie schritt davon und ließ mich mit dem wenig beeindruckten Besitzer allein.
»Setzen Sie sich, und seien Sie nicht so aufgeregt. Das macht mich nervös.«
Zuerst ließ ich meinen Blick durch den Raum schweifen. Die Muskelprotze zogen keine Knüppel oder warfen sich Blicke zu. Alle Kartenspiele liefen weiter, und es wirkte keinesfalls so, als wollte mir jemand eins überziehen. Also setzte ich mich wieder.
»Wie heißen Sie?«
»Fetch Phillips.«

»Und Harold ist Ihr Freund?«
In seiner Stimme klang mit, dass er das längst als Lüge enttarnt hatte.
»Seine Frau hat mich angeheuert, um herauszufinden, was ihm zugestoßen ist.«
»Seltsam. Es war doch Mrs Steeme, die mir gesagt hat, dass er verstorben sei.«
»Und das haben Sie geschluckt? Trotz der offenen Schulden? Sie wären doch am nächsten Tag wiedergekommen, um die Tür einzutreten, wenn Sie nicht herausgefunden hätten, dass es stimmt.«
Wieder Schritte in meinem Rücken, doch diesmal beherrschte ich mich. Phara stellte jeweils einen Burnt Milkwood vor uns. Dann warteten wir.
»Was ist Ihr Problem?«, fragte Sampson schließlich.
»Es ist eine schlechte Angewohnheit mancher Leute, mir Dinge in die Drinks zu mixen. Da Sie nicht Ihre Schläger rufen, um mich nach hinten zu zerren …«
»Meine Güte«, entfuhr es Sampson, und er fuhr sich mit der Hand über das Gesicht. »Bezahlen Sie einfach, damit wir hier fertig werden.«
»Drei Bronzemünzen«, sagte Phara vorsichtig.
Ich kramte sie hervor und gab sie ihr.
»War das so schwierig?«, erkundigte sich Sampson, als sie uns wieder allein ließ. »Also, wollen Sie die Cocktails tauschen, oder vertrauen Sie mir, wenn ich Ihnen versichere, dass darin nur Pflanzensirup, Schnaps und Gewürze sind?«
Ohne zu antworten, hob ich mein Glas an die Lippen und nippte daran. Er war verdammt gut. Das sagte ich ihm.
»Sehen Sie? Warum sollte ich meine Zeit damit verschwenden, Sie nach hinten zu schleifen und in kleine Stücke zu schneiden, wenn Sie doch ein ordentlich zahlender Gast sind? Sehen Sie sich um, Mr Phillips.«
Seine Hand machte eine elegante Geste in Richtung seines Ladens, und ich wandte mich halb um. Fünf Tische. Vier Gäste, die warme Getränke hielten und um kleines Geld spielten. Keine Musik, keine Heizung.

»Sieht es so aus, als könnte ich es mir leisten, meine Gäste verprügeln zu lassen? Oder überhaupt Schläger zu bezahlen? Das hier ist ein *Geschäft*, Mr Phillips. So gerade eben noch. Wir vermieten aus der Not geboren Zimmer, damit uns nicht das Licht abgedreht wird. Also unterlassen Sie es bitte, meine Angestellten zu erstechen, da sie wertvoll und mir ans Herz gewachsen sind.«
Ich seufzte und legte meinen dämlichen Hut auf den Tisch.
»Entschuldigung. Dieser Teil der Stadt war … anders, als ich zuletzt hier war.«
»In diesen Tagen war ich auch hier. Und keine Sorge, ich habe mehr als genug Beine gebrochen. Aber ein Casino benötigt zwei Sorten Kunden: diejenigen, für die Spielen ein Luxus ist, und diejenigen, die darin gefangen sind.« Über die Schulter sah ich einen Spieler Chip um Chip auf einen Kartenstapel legen. »Wir erwischen immer noch jene, die keine Wahl haben, und das hält uns am Leben, aber für Erfolg braucht es beide.«
»Zu welcher Sorte gehörte Harold?«
Er trank einen tiefen Zug.
»Zunächst war er ein Spieler mit einem Plan. Er wusste, wohin er wollte, und er hoffte, dass ihn die Karten dorthin bringen würden. So beginnt es bei den meisten: eine magische Zahl als Ziel und strenge Regeln. Selbstverständlich machen sie auch dann weiter, wenn sie ihre Zahl nie erreichen. Und falls sie es doch schaffen, machen sie auch weiter, denn es fühlt sich wie Geld ohne Aufwand an. So bekommen wir sie alle.«
Die Art, wie Sampson versuchte, mich von meiner spezifischen Frage auf allgemeine Themen zu lenken, war mir nur zu bekannt.
»Und wer hat Harold bekommen?«
Er sog an seinem Bart und schürzte die Lippen.
»Mrs Steeme wirkt wie eine starke Frau. Sie hat bereits akzeptiert, dass ihr Ehemann tot ist. Warum wollen Sie ihre Trauer damit stören?«
»Weil sie mich dafür bezahlt. Ich tue nur wie mir geheißen.«
»Verstehe.« Ein letzter Schluck aus dem Glas, dann war es leer. »Zu süß für meinen Geschmack. Ich muss mit Phara über das Rezept reden.«

»Tatsächlich? Für mich passt es genau.«
Er wischte die Cocktailreste mit einem der Tücher aus dem Bart. »Nun, wenn Sie das nächste Mal Ihre Manieren mitbringen, zeige ich Ihnen einen echten Cocktail. Einen für höfliche Gentlemen, wie wir es sind.«
Damit erhob er sich, und mir wurde schlagartig bewusst, wie groß er eigentlich war. Jetzt war ich froh, nichts versucht zu haben, denn er hätte mich mühelos zu einer Brezel falten und als Snack servieren können.
»Cornucopia«, sagte er. »Die Rose runter. Ganz oben gibt es ein Zimmer, in dem die dicken Fische gern spielen, wenn sie auch auf Mädchen stehen. Dort werden Sie Antworten finden, Mr Phillips, aber ich würde sie für mich behalten. Bürden Sie dieser armen Frau nicht noch mehr Leid auf.«
Als er ging, trank ich in einem Schluck aus. Ich mochte den Typen. Vielleicht würde ich zurückkommen. Aber zuerst musste ich die Rose entblättern.

21

Der Kanal war gefroren. Der Sonnenuntergang malte ihn rosa an und verbarg die Wirklichkeit so unter einer Schicht Farbe, wie es so viele im Rosenviertel taten. Das warme Licht der Rose lockte Motten, Münzen und einsame Herzen an und versprach jenen, die es sich leisten konnten, angenehme Gesellschaft. Auch wenn ich all seine Tricks kannte und schon mehr als einmal durch die Risse in seiner Gastfreundschaft gefallen war, wäre es eine Lüge zu behaupten, dass ich seinen Sirenengesang nicht in meinen Träumen hörte.

Es ist einfach, die Nase über jene zu rümpfen, die dafür bezahlen, dass man sie in den Armen hält, aber eine Berührung ist eine Berührung, und ein Kuss ist ein Kuss. Echte Liebe kann ebenso flüchtig sein, bringt aber Schmerzen mit sich. In der Rose bekommt man, wofür man bezahlt hat, und man weiß, wann es vorbei ist. Für manche ist das erleichternd.

In den alten Zeiten hätten die Gangster, die die Sichel kontrollierten, niemals anderswo Glücksspiel erlaubt. Aber diese Regeln waren wohl so weich wie Sampson geworden.

Das Cornucopia war ein zweistöckiges Gebäude aus schwarzen Ziegeln direkt an einer der Brücken über den Kanal. Es wirkte eher modern, mit schlichten, geraden Linien statt den Flaggen und schnörkeligen Blüten der älteren Hurenhäuser. Statt eines Türstehers begrüßte mich eine junge Frau mit Bubikopfschnitt, die ein kleines schwarzes Kleid unter einem weißen Mantel trug. Ihre Lippen leuchteten rot.

»Guten Abend, Sir. Möchten Sie heute spielen?«

»Erst einmal nur zusehen, falls möglich.«

»Selbstverständlich. Es gibt keinen Eintrittspreis, solange Sie ein Getränk und ein Mädchen kaufen.«

»Das klingt nach einem guten Angebot.«

Nickend zog sie die schwarze Tür auf, und ich trat in einen runden Raum, der in rote Samtvorhänge gehüllt war. An sechs Ti-

schen saßen wunderschöne Frauen ohne Oberteile, die jeweils drei Spielern Karten zuschoben. Hinten gab es zwei Türen für die Angestellten und eine Treppe, die nach oben führte.
Es gab sogar eine Frau, die Geld wechseln konnte. Zehn Kupfer für eine Bronzemünze. Zehn Bronzemünzen für ein Bronzeblatt. Zwanzig Bronzeblätter für eine Silbermünze, und wenn man genug Glück hatte, um davon zwanzig zu gewinnen, hatte sie sogar Silberblätter parat. Ich selbst hatte noch nie eins in den Händen gehabt. Angeblich gab es auch noch Gold, aber ich wollte verdammt sein, wenn ich wüsste, wo das zirkulierte.
Hier war es gesünder als in der Sichel. In die Verzweiflung mischte sich auch Lachen, und wenn das Geld den Besitzer wechselte, geschah es oft mit einem Lächeln. Es würde mich nicht überraschen, wenn in ein paar Jahren alles Glücksspiel im Rosenviertel stattfände.
Ich ging die Wendeltreppe hoch und erreichte das Obergeschoss. Der Raum war kleiner als unten, und es stand nur ein einzelner Tisch in der Mitte. Fünf der acht Sitze waren besetzt, und jeder Spieler hatte eine Frau an seiner Seite. Einer sogar zwei. Die Kartengeberin sah nach Halboger und Halbelf aus und hatte einiges Holz vor der Hütte. Diese Mischung nannten manche Hoch-und-Niedrig, aber die Leute selbst bevorzugten meist Amalgam. Unter ihrem glamourösen schwarzen Kleid hatte sie den Körper einer Kriegerin, bedeckt von so wenig Stoff, dass man annehmen durfte, dass Kälte ihr wenig ausmachte. Schwarzer Eyeliner um die Augen, und kein Künstler hätte perfektere Lippen formen können. Sie verteilte die Karten, lächelte und hatte den ganzen Raum im Griff.
Neben den drei freien Plätzen am Tisch gab es noch eine Handvoll Stühle an der Wand, und dort setzte ich mich außen hin. Die Amalgam klimperte mit ihren falschen Wimpern.
»Möchtest du mitspielen, Süßer?«
»Erst mal zusehen.«
»Du kennst die Regeln?«
»Klar, ein Bier und eine Blondine, bitte.«
Das erregte zustimmendes Gelächter.

Im Sampsons hatte ich einen eindrucksvolleren Auftritt hingelegt, aber ich wusste noch nicht, wonach ich hier suchte. Vermutlich würde es auf dieselbe Routine wie immer hinauslaufen: erst mal mit einer Bedienung reden, dann mit dem Boss, und darauf hoffen, dass die Antworten nicht aus Schlägen bestanden.
Auch wenn ich außer der Amalgam keine Angestellten entdeckt hatte, kam nach einigen Minuten eine zierliche menschliche Frau die Treppe hoch und brachte mir ein eiskaltes Bier.
»Einen Bronzenen, Hübscher. Soll ich deinen Hut nehmen?«
Ich kramte den Schein hervor. Beinahe mein letzter.
»Nein, den behalte ich besser an. Hält mein Gehirn an seinem Platz.«
Ihr Lachen war gut einstudiert und würde wohl gleich klingen, egal, was ich sagte. Sanft drückte sie meine Beine auseinander und setzte sich auf meinen linken Oberschenkel.
»Also«, gurrte sie und kraulte mein Kinn mit einem lackierten Nagel. »Bist du einfach nur ein Fan des Spiels?«
»Kommt darauf an. Was wird denn gespielt?«
Wieder das Lachen, aber diesmal mit einem Hauch mehr Ehrlichkeit darin.
»Dann bist du wohl nur für die Aussicht hier.«
»Tatsächlich suche ich einen Freund.« Beunruhigt blitzten ihre Augen auf. »Keine Sorge, ich werde keine Szene machen. Ich suche nur nach ein paar Infos.«
»Das ist nicht meine Abteilung, Mister.«
»Komm schon, Süße.« Ich weiß nicht, ob es an diesem Ort oder an dem Hut lag, aber ich spürte, dass ich zu dick auftrug. »Das kann nicht der wildeste Kundenwunsch sein, den du je hattest. Und ich verspreche, dass ich dir keinen Ärger mache.«
Da war Angst in ihrer Miene, aber das war wenig überraschend. Die meisten Mädchen, die diesen Job machen, haben einen fiesen Boss hinter den Vorhängen.
»Wie wäre es, wenn du einfach das Spiel genießt, Mister? Wir könnten Spaß haben.«
Ihre Finger glitten meinen rechten Schenkel entlang. Es war billig und leicht durchschaubar, aber man hatte mich schon für weni-

ger gekauft, und verdammt noch mal, es zeigte Wirkung. Ich nickte, und sie entspannte sich. Es gab keinen Grund, sie jetzt schon zu verschrecken.
»Wie lange habe ich denn?«
»Fünfzehn Minuten. Aber danach musst du einfach nur noch einen Drink bestellen, und ich bleibe bei dir.«
Ich nippte an meinem Bier und wünschte mir, ich hätte ein warmes Getränk bestellt statt das mit der besten Alliteration. Es waren Nachwehen von meiner Zeit mit Hendricks, der mir nicht nur Kampf und Kultur nahegebracht hatte, sondern auch sein Bestes gegeben hatte, mir seine Zuneigung zur Poesie zu vererben.
Verglichen mit meinem ehemaligen Mentor waren die Gäste hier schäbig. Die Art von Reichen, die Geld billig wirken lässt. Ihre Kleidung war neu und geschmacklos, und sie lachten über ihre eigenen Scherze, ohne den anderen zuzuhören. Die Kartengeberin lächelte unentwegt und hielt das Spiel in einer Geschwindigkeit am Laufen, die die Taschen der Spieler beständig leerte.
Der Typ, der sich zwei Frauen geleistet hatte, war ein Elf. Sein Gesicht ruhte auf der Schulter einer der beiden, und er flüsterte ihr süße Worte ins Ohr, während die andere für ihn setzte. Ein Mann mit einem Undercut regte sich darüber auf, dass sein Stapel zu schnell schrumpfte, und fragte, ob er sein Mädchen gegen eines mit mehr Glück eintauschen könne.
Die Blondine legte mir den Arm um die Schultern und schmiegte sich an mich. Sie roch nach Traurigkeit und Vanille.
»Falls dir das keinen Spaß macht, kannst du mir zusehen. Ich kann sehr unterhaltsam sein.«
Daran zweifelte ich nicht. Ich zog sie noch näher und flüsterte ihr ins Ohr.
»Harold Steeme.«
Sie sah mich verwirrt an.
»Was ist mit ihm?«
»Was weißt du über ihn?«
Als sie einen Blick zum Tisch warf, befürchtete ich, dass sie der Amalgam ein Zeichen geben wollte, aber dann erschien ein keckes Grinsen auf ihren Lippen.

»Oh, du fragst dich, wieso er zwei Mädchen hat? Einfach nur noch einen Bronzenen, Mister. Ich habe eine Freundin unten, die sich sehr gerne auf den zweiten Platz setzen würde. Was denkst du?«

Zuerst verstand ich nicht, was sie mir damit sagen wollte, aber dann hob der Elf seinen Kopf.

Es war Harold Steeme. Keine Frage. Er sah genau aus wie auf dem Foto.

Nicht wie Carissa, die so ähnlich wie auf dem Bild aussah, nur mit einem Jahrhundert Falten dazu. Nein. Harold sah *exakt* so aus. Glatt. Schön.

Es fiel mir schwer, das zu glauben. Harold Steeme hatte einen Weg gefunden, die Uhr zurückzudrehen und wieder jung zu werden. Seinen Körper mit Magie zu füllen. Er hatte getan, was ich allen, die es hören wollten, und vielen, die es nicht hören wollten, für unmöglich erklärt hatte.

Ich sprang so schnell auf, dass mein Mädchen fast zu Boden fiel, aber ich fing sie auf, und sie kicherte, als sie sich an meinem Mantel festhielt.

»Die Chirurgen haben gute Arbeit geleistet, aber er sieht närrisch aus, oder?«

Chirurgen?

Oh.

Also setzte ich mich wieder hin und beobachtete den Mann, der angeblich wegen seiner Spielschulden ermordet worden war.

Sein Haar war gefärbt. Nicht stümperhaft, aber wenn man genau hinsah, war es zu erkennen. Es war wie auf dem Foto dunkelbraun, aber zu eintönig. Seine Wangen waren glatt, die Lippen straff. Er wirkte jung, aber als ich genauer hinsah, bemerkte ich, dass etwas nicht passte.

»Harold hat vor ein paar Monaten in der Sichel fett gewonnen. Hat sich ein ganz neues Gesicht gekauft. Aber du brauchst das nicht, Hübscher. Du kannst alles für mich ausgeben.«

Ihre Hand fuhr unter mein Hemd. Ich musste an die Maschine denken und packte ihr Handgelenk, bevor sie sie berührte.

»He, Vorsicht, Mister.«

»Verzeihung.« Ich ließ los. »Ich bin etwas angespannt. Zu viele unmögliche Dinge in einer Woche. Wie hat er das gemacht?«
»Er ist zu einem Arzt gegangen, der weiß, wie man alte Haut glättet.« Sie lehnte sich vor und küsste meinen Hals. »Aber deine Haut ist perfekt, Mister. Wie meine. Ist es nicht gut, Mensch zu sein? Wie wäre es, wenn wir nach hinten gehen und du einen Bissen nimmst?«
Ich leerte mein Bier in einem Zug.
»Nein, lass uns spielen.«
Das Mädchen sah mich argwöhnisch an.
»Ich dachte, du kennst die Regeln nicht.«
»Stimmt. Wie heißt du?«
»Cylandia.«
»Das klingt nach einer Prinzessin.«
»Vielleicht bin ich ja eine.«
»Na gut, Eure Hoheit, bring mich an den Tisch.«
»Wie viel willst du einsetzen?«
Ich zog das letzte Bronzeblatt aus meiner Tasche und schob es in ihre Hand.
»Reicht das?«
»Nicht lange.«
»Außer ich gewinne?«
Selbst ihre antrainierte positive Haltung konnte da kein Lachen hervorbringen. Wir gingen zum Spieltisch.
»Nächstes Spiel sind Sie dabei«, sagte die Amalgam.
Gut. Eine letzte Gelegenheit, aufmerksam zu sein.
»Es heißt *Stracken o'Heros*«, erklärte Cylandia. »Das ist Gnomisch.«
»Was bedeutet es?«
»Grob übersetzt so etwas wie *Scheiß auf die Legende*. Jeder Spieler erhält verdeckt vier Karten. Jede Runde zieht man eine vom Stapel, sieht sie an und kann sie entweder gegen eine austauschen, die man schon hat, oder abwerfen. Sobald jemand sicher ist, die beste Hand zu haben, sagt man *I Heros*, also *Ich bin die Legende*. Dann dürfen die anderen Spieler noch einmal zwei Karten auf dem Tisch austauschen. Das gibt ihnen die Möglichkeit, schlech-

te Karten in die Hand des Heros zu geben. Deshalb *Scheiß auf die Legende.*«

Während sie es mir erklärte, sah ich dem Spiel zu. Die Spieler zogen Karten und tauschten sie gegen welche aus ihren verdeckten Händen. Der Undercut bestellte mehr Getränke, und ich verstand die Natur dieses Spiels: Ablenkung. Mit jeder Runde wanderten die Karten über den Tisch, aus einer Hand in die der anderen. Es war ein ewig wechselndes Spiel aus Erinnerung, Deduktion, Statistik, Bluffen und Glück. Man musste im Hinterkopf behalten, wo die Karten, die man gesehen hatte, landeten, und aus den Handlungen der anderen schließen, was sie wohl auf der Hand hatten. All das Gerede am Tisch war Teil davon, der Versuch, die anderen in die Irre zu führen und abzulenken. Anders als bei anderen Spielen, bei denen es als unhöflich galt, allzu viel zu reden, war die prahlerische Energie hier am Tisch Teil des Spaßes.

Es musste so wirken, als ob ich nichts verstand, denn Harold Steeme schenkte mir ein Lächeln voller kürzlich geschönter Zähne.

»Keine Sorge, bei Ihren ersten Spielen machen wir langsam.«

Sein Gesicht war eine Annäherung an die Jugend, aber erreichte sie nicht ganz. Auf mich wirkte es unangenehm, und ich konnte ihn kaum ansehen, denn es war, als trüge er eine Maske aus dem Gesicht eines jüngeren Mannes.

»I Heros«, stieß eine schlanke Werwölfin durch trockene Lippen hervor. Sie war die einzige weibliche Spielerin am Tisch. Seit sie eingetreten war, hatte ihre Begleitung fast ihre ganze Bluse aufgeknöpft und hörte nicht auf, ihren Nacken zu küssen. Falls das die anderen Spieler ablenken sollte, wirkte es recht gut.

Die anderen vier machten ihre letzten Züge. Alle durften eine verdeckte Karte vom Tisch gegen eine andere tauschen. Das Ziel war, so wenig Punkte wie möglich auf der Hand zu haben. Gewann der Heros, durfte er den ganzen Einsatz behalten. Gewann jemand anderes, bekam er die Hälfte, ein Viertel ging an die Kartengeberin, und der Rest blieb in der Mitte, um den Einsatz für die nächste Runde zu erhöhen.

»Beim letzten Zug gibt es zwei Strategien«, erläuterte Cylandia. »Entweder zieht man die niedrigsten Punkte in die eigene Hand, oder man schiebt dem Heros eine große Karte zu, um sein Spiel zu ruinieren. Im Idealfall geht beides.«
Niemand am Tisch zögerte, als wären die Entscheidungen offensichtlich. Trotz des Trinkens und der Gespräche hatten alle eine gute Ahnung davon, wo die guten und wo die schlechten Karten lagen. Ein großer Mann stahl der Werwölfin eine Karte, die daraufhin Harold aus seiner Hand pflückte. Ein Gnom, der wohl keine gute Hand hatte, schob der Werwölfin eine Karte zu, die sie knurren ließ. Ein Ork, dessen Stimme verwaschen klang, zog dem Undercut eine Karte aus den Fingern. Dann deckten alle auf. Das Blatt der Werwölfin war von den beiden Bildkarten ruiniert worden. Der Undercut und der Gnom hatten kaum weniger Punkte. Am Ende siegte Harold mit der besten Hand.
»Nummer drei fordert heraus«, stellte die Kartengeberin fest und deckte eine eigene Karte auf.
»Das Haus spielt zuletzt«, erklärte Cylandia. »Einfach vier Karten vom Stapel. Gewinnt es, behält es den Einsatz. Aber das passiert sehr selten, weil es reines Glück ist. Sorgt aber dafür, dass das Haus seinen Schnitt macht.«
Vier mittlere Karten wurden aufgedeckt.
»Nummer drei gewinnt.«
Die Amalgam teilte den Einsatz in vier gleich große Stapel. Zwei schob sie zu Harold, einen zog sie zu sich, der Rest blieb liegen.
»Gibt es Regeln zum Reden während des Spiels?«, fragte ich sie.
»Sagen Sie, was immer Sie wollen.«
»Kann meine Dame mir helfen?«
»Natürlich, aber vergessen Sie nicht, dass Ihre Mitspieler und Mitspielerinnen auch Ohren haben.«
»Und vielleicht haben Sie noch nicht ihre Loyalität errungen«, warf die Werwölfin mit einem Zwinkern ein. »Stimmt's, Cylandia?«
Fast alle kicherten. Die meisten hatten ein Funkeln in den Augen, bereit, dem Neuling zu zeigen, wie das hier läuft. Nur der Gnom nicht. Der wusste, genau wie ich, dass ein neuer Spieler unbere-

chenbar ist. Die üblichen Strategien greifen nicht, weil weder man selbst noch er weiß, was er als Nächstes tun wird.

»Die Punkte stehen auf den Karten«, erläuterte meine hoffentlich vertrauenswürdige Partnerin. »Bildkarten zählen zehn Punkte, außer Ritter, die sind nur einen wert, und Joker, das sind null Punkte.«

Ich lehnte mich zur ihr hinüber und flüsterte ihr direkt ins Ohr: »Wenn du lügst, drück mein Knie.«

Für einen Herzschlag zog ein verruchtes Lächeln über ihre Lippen, dann drückte sie mein Knie zweimal, um mir anzudeuten, dass sie bereit war. Die Amalgam gab uns allen vier verdeckte Karten.

»Zuerst kann man sich zwei ansehen. Das nennt man *Lünkern*. Danach darf man nur noch die Karten vom Stapel ansehen.«

Alle hoben die erste Karte auf.

»Ich kenne deine Frau«, sagte ich.

Das ließ alle Hände außer meiner erstarren. Meine erste Karte ganz links war eine Bildkarte. Die musste ich irgendwann loswerden.

»Gut«, flüsterte eine Stimme an meinem Ohr, während mein Knie gedrückt wurde. Ich legte die Karte ab und hob die nächste auf.

»Wessen Frau?«, erkundigte sich der Ork. Da begriff ich, dass meine Eröffnung noch effektiver gewesen war als geplant, da nicht nur Harold Geheimnisse hatte.

»Bleib locker, ich meine den zweigleisig fahrenden Elfen.«

Harold sah seine Karte kaum an, bevor er sie wieder ablegte.

»Ich kann kein Gnomisch«, sagte ich meiner Mitverschwörerin. »Ist das gut?«

»Nicht toll.« Wieder ein Druck als Hinweis auf eine Lüge.

Harolds Mädchen warfen mir finstere Blicke zu. Vermutlich galt es als unhöflich, im Cornucopia Ehefrauen zu erwähnen. Vermutlich ließ es die Spendierfreude versiegen.

»Ach ja?«, erwiderte Harold. »Und ich kenne deine Mutter.« Seine Hoffnung war wohl, dass ich nur ziellos stichelte. »Wie geht es ihr, mein Junge?«

»Tot.«

Die Werwölfin stöhnte. Offenbar spielte ich das Ablenkungsspiel nicht korrekt.

Welche Karten man ablegen sollte, war schnell ersichtlich. Der Reihe nach wurde vom Stapel gezogen. Dann sahen wir die Karte an und legten sie entweder in die Mitte oder tauschten gegen eine von der Hand. Abgelegte Karten wurden aufgedeckt, sodass die anderen entscheiden konnten, die zu nehmen, statt vom Stapel zu ziehen. Der Trick lag darin, dass man nicht immer sicher sein konnte, was man abwarf. Warf man eine gute Karte ab, konnte der Nächste sie nehmen, und dann wussten alle, wo sie ist, was in der letzten Runde wichtig wurde.

»Du bist aber nicht tot, oder, Harold?«

Ich zog einen Ritter für einen Punkt und zeigte ihn Cylandia.

»Behalten, Süßer«, riet sie mir ohne Signal, und ich kam dem nach und tauschte ihn gegen die Bildkarte aus. Der Gnom sah verwirrt aus. Vermutlich hatte er gedacht, wir würden Gegenteiltag spielen.

»Was bin ich?«, fragte Harold schließlich.

»Tot. Zermahlen zu Staub und Zähnen, weil du dir in der Sichel Ärger gesucht hast. Na ja, das erzählt man sich zumindest. Ich denke nicht, dass du das so geplant hast – das war wohl nur glückliche Fügung –, aber sie glaubt daran.« Das Spiel ging weiter. Die anderen Spieler waren daran gewöhnt, sich dabei zu verspotten, aber ich bündelte mehr ihrer Aufmerksamkeit, als ihnen lieb war. »Weißt du, was das Lustige daran ist? Ich wurde angeheuert, um den Mörder von Harold Steeme zur Strecke zu bringen. Und jetzt sitze ich hier ohne Leiche, Tatwaffe oder Geständnis. Das Einzige, was ich habe, ist eine Frage, auf die ich keine Antwort weiß.«

Der Ork warf eine seiner ungesehenen Karten weg. Ein Ass. Ich schnappte es mir, bevor es sonst jemand sah. Der Undercut fluchte, als ich es in meine Hand schob, ohne dass er hatte sehen können, was es war.

»Vielleicht kannst du mir helfen, Harold. Vielleicht bringst du etwas Licht in mein Dunkel.« Karten fielen aus zittrigen Fingern.

»Lebt Harold Steeme noch? Oder hast du ihn umgebracht?«

Eine weitere Runde. Der Ork warf eine Karte ab, und ich zog eine, ohne hinzusehen. Meine ganze Aufmerksamkeit galt Harold, aber ich hielt sie so, dass Cylandia sie sehen konnte. Ihre Hand schloss sich wie ein Schraubstock um mein Knie.
»Was bist du? So eine Art privater Cop?«, fragte Harold.
»Nur ein Typ, der aushilft, wenn er kann.«
»Nun, es tut mir leid, dass meine Gattin dich da reingezogen hat, aber das geht dich nichts an. Du glaubst vermutlich, dass du einer armen, hilflosen Frau einen Gefallen tust. Aber ich versichere dir, dass die Sache weit komplexer ist. Wie wäre es, wenn wir uns nach der Runde zusammensetzen, ich gebe dir einen aus, und wir suchen eine Lösung? Ich entschädige dich für die verlorene Zeit und lege noch was obendrauf, damit du schweigst. Wie klingt das?«
Alle Blicke waren auf mich gerichtet, als ich die ungesehene Karte gegen eine verdeckte aus meiner Hand tauschte. Ich schlug die Karte auf den Ablagestapel und sagte so laut, als hätte ich längst gewonnen: »I Heros!«
Alle kicherten. Ich sah auf die Karte, die ich so waghalsig abgelegt hatte. Ein Ass.
»Scheiße.«
Cylandia seufzte.
»Warum hast du nicht auf mich gehört?«
»Ich dachte, ich hätte.«
Alle lachten, nur Harold schwieg, und seine Haut wurde blass und blasser.
»Meistens geht es noch ein paarmal rum, bevor jemand das Ende einläutet«, erklärte der Undercut. »Wir haben uns gerade erst warmgespielt.«
Die Werwölfin nahm das Ass vom Tisch, was der richtige Zug war, es sei denn, man dachte, ich hätte das Siegerblatt, das es zu sabotieren galt. Niemand glaubte das. Tatsächlich wusste niemand irgendwas, weil alle vom Gespräch zwischen Harold und mir abgelenkt worden waren.
Deshalb waren sie alle hinter dem Ass her. Es wanderte von einem Spieler zum nächsten, bis der Ork an der Reihe war. Er sah

sich meine Hand an und murmelte vor sich hin, offenbar im Versuch, sich daran zu erinnern, wohin ich seinen Ritter gesteckt hatte. Aber er war zu betrunken und zu sehr von meiner Geschichte fasziniert.

»Verdammt«, fluchte er schließlich und begnügte sich damit, wie alle anderen auch das Ass zu stehlen.

Aber seine Nervosität beunruhigte die anderen, denn sie erkannten, dass sie irgendwas verpasst hatten. Er musste zuerst aufdecken.

Meine Partnerin hüpfte auf meinem Bein auf und ab.

»Würden Euer Hochwohlgeboren mir die Ehre erweisen?«

Die kleine Blondine drehte meine Karten von links nach rechts der Reihe nach um. Zuerst der Ritter des Orks. Dann eine Drei. Ein Ass.

Cylandia ließ den Blick zu den anderen Blättern schweifen und sah ziemlich viel Schrott. Der Joker der Werwölfin war bei den anderen Karten verschwendet, und sie kam auf zwanzig Punkte. Harold hatte die geringste Punktzahl: zwei Asse, ein Ritter und eine Drei. Sechs Punkte. Alle Aufmerksamkeit lag jetzt auf meiner letzten Karte. Cylandias schlanke Finger glitten darunter, und sie sog die Luft ein. Dann deckte sie auf.

Joker.

Sie jubelte und packte meinen Kopf, um mir einen Schmatzer auf die Wange zu drücken. Die Amalgam spielte die Hand für das Haus, aber schon die erste Karte war eine Sechs. Der ganze Einsatz kam zu mir: sieben Bronzeblätter. Der Gnom war der einzige meiner Mitspieler, der lächelte. Alle anderen hatten sauertöpfische Mienen aufgesetzt.

»Glückwunsch«, knurrte die Werwölfin. »Aber glaub ja nicht, dass das noch einmal klappt.«

»Wird es nicht.«

Ich pflückte einen Schein hervor und gab ihn Cylandia, einen zweiten schob ich der Kartengeberin zu, bevor ich den Rest in meine Tasche steckte.

»Komm schon«, meldete sich der Undercut. »Es gehört sich nicht, so abzuhauen. Noch eine Runde.«

»Danke, aber es reicht mir. Ich muss ein paar Neuigkeiten überbringen.«

Harolds Mund öffnete und schloss sich, als er nach den richtigen Worten suchte, aber ich war weg, bevor er sie fand.

»Sicher, dass du nicht bleiben willst?«, fragte die Blondine. »Ich kann dir ein paar spannende Arten zeigen, den Gewinn auszugeben.«

»'tschuldige, Schätzchen, aber ich habe einen Job zu erledigen.«

So ging ich die Treppe runter und trat auf die Straße. Im Rosenviertel sammelte sich langsam das Publikum der Nacht. Selbst der kühle Hauch vom Kirra konnte die einsamen Herzen nicht vertreiben.

Schnell überquerte ich die kalte Brücke und ging weiter. Vielleicht hatten Sampson und die Sichel aufgehört, Leuten die Kniescheiben zu zertrümmern, aber das bedeutete nicht, dass es vollkommen außer Mode gekommen war. Meine Taschen waren voller Bronze, und ich hatte den Fall in nur einem Tag geknackt, aber ich wurde das Gefühl nicht los, dass irgendwas nicht stimmte.

Als ich in die Nacht ging, war mir, als trete jemand auf meinen Schatten.

22

Einige Straßenzüge vom Cornucopia entfernt, zurück in den Eingeweiden der Innenstadt, fand ich einen Barbier, der nicht nur noch geöffnet, sondern auch ein Münztelefon hatte. Ich rief Carissa an, und sie klang, als hätte ich sie geweckt.
»Ich habe Neuigkeiten. Nicht, was Sie erwarten. Es wäre wohl am besten, wenn wir das persönlich besprechen.«
»Gut, ich komme morgen früh vorbei.«
Aus dem Fenster des Barbiers hatte ich Aussicht auf eine enge Gasse auf der anderen Straßenseite. In der Dunkelheit bewegte sich etwas. Ein herumstreunendes Tier? Nein, da war ein kurzes Flackern, so, als ob jemand eine Pfeife anzündete.
»Ich möchte Sie nicht beunruhigen, Mrs Steeme, aber die Dinge sind im Fluss. Wäre es okay, wenn ich bei Ihnen vorbeikomme?«
»Heute Abend noch?«
»Wenn möglich.«
Eine Weile lang dachte sie darüber nach. Draußen in der Gasse leuchtete es orange auf, als der Raucher einen Zug nahm. Ich trat vom Fenster zurück hinter die Wand.
»Ich denke, das ist möglich«, antwortete sie schließlich. »Wann werden Sie eintreffen?«
Als sie mir ihre Adresse sagte, überlegte ich kurz. Es war ein kurzer Gang bis zur Östlichen Dreizehnten Straße.
»Fünfzehn Minuten.«
Das war länger, als ich gebraucht hätte, aber ich wollte einen Umweg machen. Als ich aus dem Barbierladen trat, war das Glühen verschwunden, so als würde da jemand die Pfeife mit der Hand abschirmen. Also ging ich nach Westen.
Jemand verfolgte mich. Aber wer? Ich ging schneller. Harold mochte seine Haut hinter dem Kopf zusammengeknotet haben, aber seine Knochen waren alt. So würde er nicht mit mir mithalten können. Vielleicht hatte er ein paar Schläger angeheuert, um auf ihn zu warten. Das war nicht die schlechteste Idee, wenn man

erwartete, mit den Taschen voll gewonnenen Geldes nach Hause zu gehen.

Ich bog rechts ab, dann links, dann rannte ich durch eine Gasse bis zu einer Nische hinter einer Bäckerei, wo ich wartete. Ich spürte nicht einmal das Verlangen, eine Clayfield zu zücken, sondern verharrte still und leise, bis mein Verfolger sich über die Pflastersteine näherte.

Pat. Pat, Tap. Pat. Pat, Tap.

Er kam langsam um die Ecke und wirkte nicht wie ein Verfolger.

Pat. Pat, Tap.

Gehstock in der einen Hand, Pfeife in der anderen.

Pat. Pat, Tap.

Seine Kleidung war schwarz mit einem weißen Hemd, und sein Gesicht war unter dem Rand einer Melone verborgen.

Tap.

Das wenige Licht, das aus der Straße in die Gasse fiel, erhellte ihn kaum. Er war wenig mehr als ein Umriss, wie eine Werbefigur für Erdnüsse oder Schnaps. Aber als er ein Streichholz aus seiner Tasche zog und an die Pfeife hielt, erhellte es kurz sein Gesicht.

Ein Mensch offenbar mittleren Alters, mit dünnem Schnurrbart. Gerade, ernste Augenbrauen, die wirkten, als wären sie ihm von einem talentierten Fechter ins Gesicht geschnitten worden. Seine Finger waren bandagiert, und ein Lächeln umspielte seine Lippen.

Nachdem er einige Züge genommen hatte, warf er das Streichholz auf den Boden und ging weg, wobei er krächzend vor sich hin summte.

Schon damals hatte ich gewusst, dass ich ihn hätte aufhalten sollen. Aber da waren zwei Welten, die in meinem Hirn um Aufmerksamkeit buhlten.

Die eine, in der ich leben wollte, war die, in der Rick Tippity mit falscher Identität einen Feuerball in Lance Niles' Gesicht geschleudert hatte. Das war auch die Welt von Simms. Für die sie bezahlen würde.

Aber ich war in eine andere Welt gestolpert. Eine, durch die ein

Mann in schwarzem Anzug mit Melone spazierte. Ein Mann, auf den die Beschreibung von Lance Niles' Mörder haargenau passte, der aber nicht wie Rick Tippity aussah.
Ich ließ ihn in die Schatten ziehen und lauschte seiner verstörend bekannten Melodie, die zum Rhythmus seiner Schritte passte.
Pat. Pat, Tap.

23

Den ganzen Weg lang hielt ich mich an Gassen und sah mir über die Schulter, in Erwartung, einen Mann mit dünnem Schnurrbart zu sehen. Jedes Geräusch auf den Pflastersteinen klang nach einem Gehstock. Als ich mich vor Carissas Tür wiederfand, klopfte ich energischer an als geplant.
Sie öffnete die Tür in einem schwarzen Samtmorgenmantel mit Leopardenfellmuster am Kragen.
»Mr Phillips, geht es Ihnen gut? Sie sind etwas blass um die Nase.«
»Nur etwas besorgt, Mrs Steeme. Darf ich eintreten?«
»Selbstverständlich. Einfach den Flur entlang. Ich habe den Kamin angefeuert. Ich könnte schwören, dass jeder Winter seit der Coda kälter geworden ist.«
Gemeinsam gingen wir ins Wohnzimmer, und ich setzte mich auf das Sofa, während sie Holz nachlegte.
»Ich muss mich für mein Aussehen entschuldigen«, erklärte sie. »Die Kälte dringt mir in die Knochen und macht mich müde, deshalb lege ich mich oft bei Sonnenuntergang hin.«
»Es tut mir leid, dass ich Sie gestört habe, Mrs Steeme, aber ich habe eine recht seltsame Entdeckung gemacht. Ich wollte nicht, dass Sie allein sind, wenn Sie es erfahren.«
»Sehr ritterlich.«
Sie nahm mir gegenüber auf einem weiteren Sofa Platz und versuchte, nicht allzu besorgt auszusehen.
»Ich bin wie gewünscht runter in die Sichel. Dort habe ich mit dem Oger gesprochen, den Sie erwähnt hatten, und seine Informationen haben mich ins Rosenviertel geführt. Kennen Sie diesen Teil der Stadt?«
»Nur, was man so erzählt. Aber so eine Ecke gibt es in jeder Stadt, wie immer sie auch genannt wird. Ich weiß, worum es geht.«
Trotz der Falten auf ihren Zügen kannte sie sich auch auf den Straßen aus. Ich hoffte, dass das die Dinge einfacher machen würde.

»Am Ende landete ich einer Spielhalle für Karten. Eine, wo man dazu auch Mädchen bekommt. Die Sorte, wo es den Leuten gut geht und man nur hingeht, wenn man zu viel Geld hat. Haben Sie und Harold Ersparnisse, Mrs Steeme?«
Sie atmete abgehackt.
»Ja, hatten wir.«
»Haben Sie in den letzten Wochen Ihre Finanzen kontrolliert?«
Beschämt und traurig sah sie zu Boden.
»Erst heute, nachdem ich bei Ihnen war. Ich hätte es gleich tun sollen, als ich von der Spielsucht erfuhr, aber ich schätze, ich war noch nicht bereit, es zu akzeptieren.«
Das Feuer hustete einen Funken auf den Teppich, und sie beugte sich vor und trat ihn mit ihrem Hausschuh aus.
»Haben Sie je vermutet, dass er Sie hintergehen könnte?«
Sofort zuckte ihr Blick zu mir zurück.
»Harold hatte seine Laster. Wie wir alle. Ich hätte nicht gedacht, dass ein Mann wie Sie andere so schnell verurteilen würde.«
Ich neigte entschuldigend den Kopf und hob eine Hand.
»So war es nicht gemeint. Ich hoffe nur, dass Sie Vorkehrungen getroffen haben. Ein wenig Geld zur Seite gelegt haben, von dem er nichts wusste. Es geht mir nicht darum, dass Sie mir davon erzählen, ich hoffe nur, dass Sie diese Weitsicht hatten.«
Sie trank einen Schluck Wasser und zwang so die Wut hinunter, die in ihr hochkochte.
»Ja, hatte ich. Nicht, dass ich ihm nicht vertraut hätte oder annahm, er würde mir jemals schaden wollen, aber Harold war ein komplizierter Mann mit Problemen.«
»Ist«, sagte ich keuchend, als wäre das Wort Schleim in meiner Kehle.
»Wie bitte?«
»Er ist ein Mann mit Problemen, Mrs Steeme. Ihr Ehemann ist nicht tot.«
Innerhalb von zehn Sekunden durchlief sie alle fünf Phasen der Trauer rückwärts. Am Ende wirkte sie, als würde sie den nächsten Mann, der sie ansprach, erwürgen, und ich fragte mich, ob Flucht wohl angemessen war.

»Sind Sie da sicher?«, brachte sie schließlich hervor.
»Ja, ich habe ihn gesehen.«
»In diesem ... Hurenhaus?«
»Ja.«
Ihr Glas flog in hohem Bogen gegen die Wand. Ich wandte den Blick ab.
»Verzeihung«, sagte sie dann. »Ich brauche einen Moment.«
Schnell stand sie auf und ging in den Nachbarraum. Nach zehn Minuten kehrte sie mit einer Flasche Whisky und zwei Gläsern wieder und goss uns großzügig ein.
»Weiß er, dass Sie ihn gesehen haben?«
»Ja. Es tut mir leid, aber ich habe mich ein wenig aufgespielt.«
»Das ist in Ordnung.«
Noch nie hatte ich jemanden so schnell die Fassung wiedererringen sehen wie sie. Sie lehnte sich zurück und nippte an ihrem Whisky, als wäre das alles hundert Jahre her. Der Whisky war besser als alles, was ich in den letzten Jahren getrunken hatte. Ich teilte ihr das mit.
»Er gehörte Harold. Er hat ihn für besondere Gelegenheiten verwahrt.«
»Dann sollten wir mehr davon trinken.«
Das entlockte ihr ein Lachen, das genau so perfekt ausgewogen wie der Whisky war: Licht und Dunkelheit in gleicher Stärke.
»Da ist noch etwas«, musste ich hinzufügen.
»Bitte, wenn es um andere Frauen geht, ersparen Sie mir das. Es ist mehr als genug für einen Abend.«
»Nein, nicht das. Aber es ist seltsam.«
Ich berichtete ihr von Harolds Gesicht. Wie ihn irgendein Chirurg wie eine alte Jacke zusammengenäht hatte, bis die Falten so glatt waren, dass er wie eine komische neue Version seines jüngeren Ichs wirkte. Als ich abschloss, regte sie sich nicht. Ihr Gesicht war ausdruckslos. Sie stellte ihr Glas ab und schwieg lange, vielleicht eine Viertelstunde.
»Ich denke, ich sollte jetzt gehen.«
Carissa sank auf das Sofa und legte die Füße über die Lehne.
»Sie müssen nicht gehen. Ich denke nicht, dass ich heute noch

viel Schlaf finden werde. Wenn Sie möchten, bleiben Sie noch ein wenig und genießen den Whisky.«
Also blieb ich. Ich goss uns nach, zog meine Stiefel aus und machte es mir bequem, während sie mir von ihrem Leben erzählte und ihrer dem Untergang geweihten Ehe und davon, wie es gewesen war, bevor die Welt in Stücke brach. Wir betranken uns, und sie flirtete mit mir, und wir lachten lange über Dinge, an die ich mich nicht mehr erinnere. Irgendwann holte mich die Erschöpfung ein, und ich döste ein, bis ich spürte, wie sie mir eine Decke um die Schultern legte.
»Bin ich eingeschlafen?«
»Schon gut. Du hattest einen langen Tag, mein Junge.«
Als sie sich über mich beugte, öffnete sich ihr Morgenmantel. Ich hielt meinen Blick mit ihrem verschränkt, sah in diese Augen, in denen eine ganze Welt im Kreis schwamm; Erinnerungen und Jahrhunderte und Zorn und Scham und eine Person, die eines Tages aus dem Spiegel gefallen und verschwunden war. Diese Augen ließen eine alte Traurigkeit in mir aufsteigen, also schloss ich meine, und ihre Finger glitten über mein Gesicht, bevor sie fortging.

24

Ich wachte mit dem Geschmack abgestandenen Whiskys auf dem Sofa der Steemes auf. Jemand stand über mir und redete wütend mit sich selbst.

Ich öffnete die Augen. Die Maschine lag auf dem Boden neben meinen Stiefeln, wo ich sie zur Sicherheit hingelegt hatte, damit ich mir nicht betrunken ein Loch in den Leib pustete.

Harold zeigte zum ersten Mal sein neues, frisches Gesicht zu Hause. Sein Blick ruhte auf dem Beistelltischchen, und er wiegte den Kopf hin und her. Meine Finger suchten unter der Decke, aber da waren weder Schlagring noch Dolch; beide waren irgendwo in meinem Mantel. Harold murmelte etwas. Er war noch betrunken. Ich ebenso.

»… ist immer noch mein Heim.«

Wütend packte er das Schüreisen vom Kamin und schlug gegen die leere Flasche, deren Splitter sich mit denen des Ausbruchs seiner Frau vermengten.

Als ich mich aufsetzte, entdeckte Harold mich. Er hob das Schüreisen und sah auf meinen verbundenen Kopf.

»Ich habe dir gesagt, dass dich das nichts angeht!«

Als er nach mir schlug, wehrte ich ihn mit der Rechten ab. Seine Muskeln waren nicht wieder verjüngt worden, und so lag wenig Kraft in seinem Angriff. Es gelang mir, ihm das Eisen wegzunehmen und fortzuschleudern.

»Ich habe nur meinen Job gemacht, Alter. Nichts für ungut.«

Als ich aufstand, wich Harold zurück.

»Raus aus meinem Haus!«

»'tschuldige, aber ich höre nur auf die Dame des Hauses.«

Der Flaschenhals lag noch auf dem Tischchen. Harold griff danach und drohte mir mit der zackigen Kante. Da ich nicht sicher war, ob das ohne Blutvergießen ablaufen würde, sah ich mich um und entdeckte die Maschine.

»Was ist das?«, fragte er.

»Nichts.«
»Zurück!«
Die Flasche fuhr durch die Luft, und ich kam der Aufforderung nach. Er folgte mir, bis er direkt bei der Maschine stand. Während er sie anstarrte, versuchte ich, mich heranzuschleichen, aber er wedelte mit der Flasche vor mir herum.
»Zurück, habe ich gesagt.«
»Bin ich doch.«
»Raus aus meinem Haus!«
Als ich einen großen Schritt nach hinten machte, stieß mein Fuß gegen das Schüreisen.
Harold bückte sich und hob die Maschine auf. Es war wie bei mir auch schon, seine Finger schlossen sich automatisch um den hölzernen Griff. Es bedurfte keiner Anweisungen. Er wog sie in der Hand. Spürte vielleicht sogar bereits ihre Macht.
Das war genug.
Mit dem Fuß kickte ich den Schürhaken hoch, und obwohl ich eher ungeschickt bin, fing ich ihn aus der Luft. Eine schnelle Drehung und dann ein Hieb auf Harolds Unterarm. Er ließ die Maschine auf den Teppich fallen und schrie auf, als ich ihn mit einem Tritt zu Boden beförderte. Seine Knie gaben nach, und er fiel der Länge nach hin. So gerade eben konnte ich mich davon abhalten, ihm nachzusetzen. Trotz seines neuen Äußeren blieb er ein zerbrechlicher Haufen alter Knochen.
Seine Hände bluteten von den Scherben auf dem Boden. Für einen kleinen alten Mann wie ihn war das genug, um den Kampf zu beenden.
»Was willst du?«
Ich hob die Maschine auf.
»Du sollst verschwinden.«
»Das ist mein Zuhause.«
Ich richtete das Rohr auf sein Gesicht.
»Jetzt gerade nicht, nein. Ich will, dass du dich ausnüchterst und mit klarem Verstand wiederkommst.«
Sein spöttisches Lächeln blieb im Ansatz stecken.
»Was passiert, wenn ich nicht will? Was macht das Ding da?«

Mein Kopf dröhnte vom Kater, und seine hochnäsige Art ging mir gehörig auf die Nerven.

»Es lässt deinen Kopf explodieren, Harold. Na, wie hört sich das an? Ich drücke den Hebel, und dein neues Gesicht wird zerfetzt.«

Er schnaubte.

»Das ist unmöglich.«

Meine Hand war ruhig. Mit einem Mal war er sich nicht mehr so sicher.

»Du hast recht. Es ist unmöglich. Die Magie ist verschwunden. Für immer. Also, soll ich dir ein kleines Wunder zeigen?«

»Das reicht.«

In der Tür stand Carissa, gekleidet in ihren Morgenmantel und mit einem Gesichtsausdruck, zu dem kein Mann nach Hause kommen wollte.

Schnell steckte ich die Maschine in ihr Holster und versuchte, unsichtbar zu werden.

Gleichzeitig erhob sich Harold. Seine Hände waren blutig. Seine Lippen bewegten sich, als gäbe es Worte, um allem einen Sinn zu geben, alles zu erklären, aber er wusste, dass das unmöglich war. Stattdessen zog er eine Brieftasche und fummelte ein Bündel Scheine hervor. Sein Blut verschmierte die bronzene Farbe, als er sie ihr entgegenstreckte, verknittert und armselig.

»Was soll das?«

»Ich will nur … ich will es zurückzahlen.«

»Zurückzahlen?«

»Ja. Was ich genommen habe.«

Man hatte mir nie nachgesagt, ein schlauer Mann zu sein. Ich wusste wenig über das Leben und noch weniger über Frauen, aber selbst mir wäre so ein Stuss niemals in den Sinn gekommen. Mit dem Dampf, der aus ihren Ohren stob, hätte man einen Heißluftballon befüllen können.

»Und was hast du in der anderen Tasche, Harold? Hundert Jahre? Schmuggelst du ein ganzes Leben Erinnerungen in deinem Arsch? Du hast kein Geld gestohlen, Schatz, du hast Bedeutung gestohlen und Würde, und all das für ein aufgemaltes Gesicht verkauft.«

Wieder öffnete Harold den Mund in der irrigen Hoffnung, doch noch die richtigen Worte zu finden. Dann setzte er sich hin.
»Steh auf, Harold«, sagte sie eiskalt. »Du bleibst nicht hier.«
»Nein. Wohl nicht.«
Und das war der Kern der Sache. Ein Teil von ihr mochte auf eine Entschuldigung gewartet haben, hatte ihn auf Knien sehen wollen, wie er seine Sünden beichtete und um Vergebung bat. Vielleicht hätte sie ihm sogar welche gewährt.
Aber deshalb war er nicht hier. Er wollte sie auszahlen. Ihre Vergebung kaufen, damit er in seinem neuen Körper ohne Schuld davonlaufen konnte.
Für einen Moment dachte ich, dass sie ihm ins Gesicht spucken würde, dann flüsterte sie nur: »Geht. Alle beide.«
Harold sah auf seine Hände. Carissa schloss ihre Augen. Fast konnte ich ihre Stimme hören, wie sie sich selbst befahl, mit den Tränen zu warten, bis er weg war.
Ich legte Harold eine Hand auf die Schulter.
»Komm.«
Er nickte. Ich half ihm auf und erwies Mrs Steeme die Ehre, mich nicht nach ihr umzusehen.

* * *

Draußen traf mich der Sonnenaufgang wie eine Ladung Pfefferspray ins Gesicht. Auch Harold schirmte seine Augen mit einer Hand ab. Er schien es auch nicht mehr zu genießen als ich.
»Willst du was trinken gehen?«, fragte er.
Was für ein Spinner. Gerade hatten wir uns noch gegenseitig umbringen wollen, jetzt wollte er mein Freund sein. Harold Steeme hatte ein ernsthaftes Problem, wenn er das alles für einen Trinkkumpanen verdrängen konnte.
»Klar«, antwortete ich. »Wohin?«

25

Der einzige Laden, der noch aufhatte, war eine fensterlose üble Kaschemme in einer Einkaufspassage mit fleckigem Teppich. Es gab eine Theke, ein Fass mit warmem Bier, eine einzelne elektrische Lampe, die knisternd Licht spendete, und nur einen weiteren Gast: einen uralten Zyklopen, der mit dem Kopf in den Händen schlief. Die Barkeeperin war eine alte Hexe ohne Zähne und mit fehlenden Fingern. Harold griff sich einige Papierservietten für seine blutenden Hände und bestellte ein Glas Ale, als wäre ich gar nicht dabei. Ich tat es ihm gleich. Also das mit dem Ale, nicht die Servietten. Es schmeckte, als habe man es mit Wasser aus sehr lange ungenutzten Leitungen gebraut.
Harold seufzte. Der Zyklop schnarchte. Die Hexe stieß auf, und ich fragte mich, ob ich wohl die schlimmste Kneipe in ganz Sunder City gefunden hatte.
Eigentlich wollte ich nicht mit Harold reden. Ich hasste den Kerl ungefähr so sehr wie mich selbst, aber es war besser, als dieser Symphonie zu lauschen.
Ein großer Schluck half trotz des Geschmacks ein wenig gegen meinen Kater.
»Wie geht es dir, Harold?«
Noch ein Seufzen, als hätte ich ihn beim ersten Mal nicht gehört.
»Ich bin verwirrt. Ich wollte nicht zu ihr zurück, aber ich war da, wo ich war, auch nicht glücklich. Tief in mir weiß ich, dass ich nur ein wenig abwarten muss, um mich an dieses neue Leben zu gewöhnen, aber das benötigt Zeit. Zeit, die ich nicht mehr habe.«
»Warum hast du es dann getan?«
Sein Glas war leer, also bestellte er Nachschub. Die Hexe zwinkerte ihm zu, als sie mehr Ale brachte. Anscheinend gab es Leute, bei denen sein neues Gesicht zog.
»Weil ich mein ganzes Leben lang nur eine Frau gekannt habe. Das hat mich glücklich gemacht, als ich noch dachte, dass vor

mir eine Ewigkeit liegt. Hingabe ist einfach, wenn man weiß, dass man mehr als ein Leben Zeit hat. Ich weiß nicht, wie ihr Menschen das jemals geschafft habt. Achtzig Jahre, wenn ihr Glück habt. Davon dreißig gute. Wie kann man all das nur einer Person schenken?«

Da sprach er von Dingen, von denen ich auch nichts verstand. Im Laufe der Jahre hatte ich ein paar Affären gehabt. Keine Beziehungen. Aber ich hatte oft genug in Kneipen bei Männern mit ähnlichen Problemen gesessen, um passabel den Verständnisvollen zu spielen.

»Du bist nicht der erste Mann, der seine Frau betrogen hat, Harold. Diese Dinge passieren. Aber musstest du wirklich ihre Ersparnisse für deine neue Fresse stehlen?«

»Eigentlich nicht. Sicher nicht für die Mädchen im Club. Ich bezahle sie immer noch. Aber ich fühle mich damit besser.«

»Warum die ganze Heimlichtuerei? Warum hast du sie glauben lassen, dass du tot bist? Hättest du sie nicht angelogen, dann wäre sie vielleicht sogar froh gewesen, dich so zu sehen.«

Seine Zunge fuhr über seine Lippen, und auf seinen renovierten Zügen erschien echte Emotion.

»Weil es nicht um sie geht. Klar, es geht mir dreckig, und die Tage sind lang, aber sie gehören *mir*. Wenn es da ein Jahrhundert oder zwei gäbe, würde ich mir Sorgen machen, aber mir bleibt höchstens ein Jahrzehnt. Es ist eine einsame Existenz, aber wenigstens hat sie ein Ablaufdatum.«

Mir ging Amari nicht aus dem Kopf. Wie es wohl gewesen wäre, an ihrer Seite alt zu werden. Mit ihr zu wachsen. Ich konnte mir nicht vorstellen, jemals ihrer Stimme überdrüssig zu werden oder all jener Dinge, die mich immer so erfreut hatten. Sie so oft eine Geschichte wiederholen zu hören, bis ich mir die Haare raufen wollte. Ihren Atem am Morgen zu kennen und all ihre miesen Stimmungen. Einen Teil ihres Körpers zu sehen, den ich nicht perfekt fand. Von ihr enttäuscht zu sein. Beschämt. Angeekelt. Mich auf einen Moment ohne sie zu freuen. Mich zu fragen, wie sich die Berührung einer anderen anfühlen würde. Sie anzulügen. Zu verlassen. Meine Wut auf Harold kehrte zurück. Er hatte

alles gehabt, wonach ich mich sehnte, und es einfach weggeworfen.
»Das ist sehr egoistisch, Harold.«
»Gut. Und wer sagt, dass man nicht egoistisch sein darf? Wer sagt, dass wir überhaupt irgendwas sein müssen? Nur ein Narr würde sich ansehen, was aus der Welt geworden ist, und glauben, dass dahinter irgendeine Art Plan steckt. Niemanden interessiert es, ob ich meine letzten Jahre an Carissa gekuschelt verbringe oder auf einer Hure auf und ab hüpfe.« Er wandte sich um, und es war, als würde er mich zum ersten Mal wirklich bemerken. »Was interessiert es dich?«
»Weil es trotz allem, was geschehen ist, immer noch richtig und falsch gibt.«
Er kicherte finster.
»Ist das dein Antrieb? Du glaubst an richtig und falsch? Das ist Schwachsinn. Du beschäftigst dich nur mit Kleinkram, weil die großen Sachen zu hart für dich sind. Du willst nicht mal an sie denken. Genau wie wir alle.« Er bestellte einen Whisky zu seinem Ale. Langsam wurde ein Frühstück daraus. »Außerdem ist es besser für sie. Sie war nicht stark genug, um es selbst zu tun, aber wenn die Trauer erst einmal vorbei ist, wird sie erkennen, dass es für uns beide das Richtige war.«
Meine Abscheu war so groß, dass ich mich abwenden musste. Neben mir lag die gestrige Ausgabe des *Sterns von Sunder*. Die Schlagzeile schrie: »Hexenmeister Apotheker des Mordes angeklagt.«
Es war von außen offensichtlich, dass Harold Steeme sich selbst belog. Man konnte es nicht übersehen. In seinem Kopf hatte er sich eine Version der Geschichte zurechtgelegt, an die er sich klammern konnte, damit er nicht zugeben musste, einen gewaltigen Fehler gemacht zu haben.
Aber da war er nicht der Einzige.
Der Steeme-Fall war für mich eine Ablenkung gewesen, aber nun, da er gelöst war, konnte ich mich nicht mehr vor der Lüge verstecken, die ich mir selbst erzählt hatte.
Ich hatte einen Mann hinter Gitter gebracht. Da hatte ich noch

geglaubt, dass es dafür gute Gründe gab. Aber jetzt? Jetzt trug ich eine Tötungsmaschine unter meiner Achsel. Jetzt lief ein Mann in einem schwarzen Anzug mit Melone durch die Straßen der Stadt.
Nichts ergab mehr einen Sinn, egal, wie sehr ich es mir wünschte. Ich musste mit Rick Tippity reden.

26

Tippity war nicht dort, wo ich ihn zurückgelassen hatte. Auch nicht oben auf dem Revier. Also suchte ich Richie an seinem Schreibtisch auf, um herauszufinden, was los war.
»Er ist unten im Schlund.«
»Was ist der Schlund?«
»Ein neues Gefängnis, das der Bürgermeister bauen lässt. Ganz besondere Zellen für besonders schlimme Finger.«
Das war das erste Mal, dass ich davon hörte. In einer Stadt ohne genug Essen, Arbeit oder öffentliche Dienstleistungen sollte ein weiteres Gefängnis eigentlich weit unten auf der Prioritätenliste stehen.
»Warum zur Hölle bauen wir neue Gefängnisse?«
»Weil Penner wie du den Leuten Monster in die Köpfe stopfen. Als du und ich noch Hirten waren, hat Opus den Leuten das *Gefühl* gegeben, dass sie sicher sind, selbst wenn es nicht sicherer war. Ich erinnere mich daran, dir mal gesagt zu haben, dass die Art, wie man wahrgenommen wird, genauso wichtig wie die eigentliche Arbeit sein kann. Und jetzt denken alle, sie wären allein und müssten sich vor Kreaturen fürchten, die noch keine Namen haben. Der Bürgermeister will, dass wir wieder die Kontrolle übernehmen. Oder dass es wenigstens so aussieht.«
Es stimmte, dass Gerüchte Leuten mehr Angst einjagen konnten als die Wirklichkeit. Wenn die Bewohner der Stadt hörten, dass es wieder Vampire gab, die kleinen Mädchen den Kopf abbissen, dann wollten sie wissen, was ihre Stadt dagegen unternahm.
Die Antwort auf diese Frage war der Schlund. Kaum mehr als ein schmutziges Loch, in das man seltsame und unberechenbare Kriminelle werfen konnte. Es war ein alter Getreidespeicher im Nordosten der Stadt, der unschön runderneuert worden war. In der Flanke gab es jetzt eine mit Stahl verstärkte Tür, dahinter hatten sie ein Loch in den Lehmboden gegraben und ein paar feste Käfige auf den Boden gestellt. Offensichtlich halbgar, war es wenig

mehr als ein Werbegag der Stadt, gerade schnell genug fertig geworden, um einen verwirrten Hexenmeister einzusperren, der einem übereifrigen Mann für Alles einen Feuerball an den Kopf geworfen hatte.

Als ich ankam, stand Simms draußen und redete mit einigen Wachen. Sie sah mich, und Frustration kroch über ihre Züge. Immerhin mussten wir den Streit diesmal nicht nur spielen.

»Ich sagte, du sollst die Füße stillhalten. Du siehst kacke aus.«
»Sag das nicht, ich habe mich brav eingecremt und so.«
»Warst du bei einem Arzt?«
»Jo.«
»Und was hat er dir gesagt?«
»Sie sagte, ich soll mir einen Hut zulegen. Wo ist Tippity?«
»Im Loch.«
»Ich will ihn sehen.«
Sie lachte laut.
»Du machst Witze, ja?«
»Nein, wir sind uns auf der Straße nähergekommen. Was soll ich sagen? Ich vermisse ihn.«
Die Sprüche ließen ihr Lachen verklingen, aber unsere neue Beinahe-Freundschaft hielt sie davon ab, mich direkt rauswerfen zu lassen.

»Fetch, du solltest nicht hier sein. Das ist ein Mordfall. Vor der Verhandlung reden wir noch einmal über deine Aussage, aber ich will nicht, dass du irgendeinen Scheiß anstellst, der uns den Fall versaut.«
»Was sollte das sein?«
»Wenn es um dich geht, mangelt es mir an genug Vorstellungskraft. Du verärgerst den Gefangenen? Sagst ihm irgendwas, was er nicht wissen sollte? Verprügelst ihn? Wir *haben* ihn. Ab jetzt geht alles seinen geordneten Gang. Geh nach Hause. Leg dich ins Bett. Warte auf meinen Anruf. Dafür habe ich dich bezahlt.«

Ich sah am Speicher empor. Er bestand aus Metall, Stein und Holz und sollte wohl unbezwinglich wirken. Nur eine dicke Tür, keine Fenster. Manche Gefängnisse wurden aus Notwendigkeit gebaut, andere zur Bestrafung. Das hier war eine Warnung.

»Simms, was ist, wenn er es nicht war?«

Ihre Kinnlade klappte herunter, aber die langen Fänge und der schwarze Speichel wirkten bedrohlich.

»Du hast ihn angeschleppt!«

»Ich weiß.«

»Du hast den gefrorenen Hexenmeister gesehen.«

»Habe ich.«

»Und Tippity hat das gestanden.«

»Irgendwie schon.«

»Du hast selbst gesehen, wie er die Leichen geschändet hat.«

»Jo.«

»Und er hat Magie aus diesen Leichen benutzt, um dich und sich selbst zu verbrennen. Hast du das nicht berichtet?«

»Doch.«

»Also, wo ist dein verdammtes Problem, Fetch?«

»Ich habe keins. Solange er auch Lance Niles ermordet hat.«

»Fetch, ich habe dich gebeten, bei der Jagd nach dem Mörder von Niles zu helfen. Nach einem Mörder, der Magie benutzt hat. Du hast einen Hexenmeister mit den Taschen voller Feuerbälle gebracht. Die erste Magie seit sechs Jahren! Und jetzt stellst du infrage, dass er unser Killer ist?«

»Nein, ich will es nur bestätigen. Damit ich besser schlafen kann.«

Tief drinnen war sie ein besserer Cop, als sie sein wollte. Ein schlechter Cop hätte mich nach Hause geschickt. Ein schlechter Cop hätte an der einfachen Geschichte festgehalten. Aber einem guten Cop geht es um die Wahrheit.

»Verdammt noch mal, Fetch. Fünf Minuten.«

* * *

Es war im Schlund nicht so dunkel, wie ich vermutet hatte. Das lag daran, dass es kein Dach mehr gab. Das Gebäude war oben offen, was es kälter, nasser und grausamer machte.

Die Treppen bestanden aus Steinquadern und waren noch nicht fertig, weshalb es kein Geländer gab. Unten gab es acht Zellen

mitten im Raum. Sechs davon waren leer. Eine wurde noch errichtet. In der anderen hauste Rick Tippity.
Er saß im Matsch auf dem Boden, und sein vorher gepflegtes Haar war strähnig und braun. Seine Brille war so verschmiert, dass sie nutzlos war. Ein weißgrauer Bart spross in Stoppeln auf Wangen und Kinn, aber seine Augen hatten sich nicht verändert. Aufgebracht. Überlegen. Geduldig.
Unten wartete eine Wache. Zwar hatte der Mann einen Regenschirm und dicke Stiefel, war aber zum gleichen Schicksal wie der Gefangene verurteilt.
»Geh nicht zu nah ran«, riet er mir, und ich musste mich davon abhalten, die Augen zu verdrehen. Ohne seine kleinen Lederbeutel war Tippity harmlos. Er sah mich über den Rand seiner schmutzigen Brille an, der Hass in seinen Augen kalt und unnachgiebig.
»Hey, Rick, schicke Unterkunft.« Ich wartete auf eine Antwort, aber der Bastard zuckte mit keiner Wimper. »Ich nehme mal an, dass sie dich bis zur Verhandlung hierbehalten werden. Die Verhandlung wegen einer ganzen Reihe übler Verbrechen. Die Verhandlung, in der neben einer riesigen Menge Beweisen auch ich als Kronzeuge auftreten werde.«
Seine linke Wange zuckte unkontrolliert. Ich fuhr fort.
»Ich habe gesehen, wie du die Köpfe der Feen gespalten hast, Rick. Ich …«
»Sie waren schon lange tot, du Stück Scheiße.«
Immerhin redete er jetzt.
»Lass mich ausreden. Ich habe gesehen, wie du die Leichen aufgeschnitten hast. Ich habe deinen in seinem Schrei gefangenen gefrorenen Partner hinten im Vorratslager gesehen. Meine beiden Augenbrauen sind weg, dank deiner kleinen Magiepakete. Aber ich habe nicht gesehen, dass du jemanden ermordet hast. Na gut, du hast *versucht*, mich umzulegen. Mit etwas mehr Kraft hättest du mir vielleicht den Schädel gespalten. Und wenn du deine Beutelchen besser gefüllt hättest, wäre mir vielleicht das Gesicht weggerissen worden, und wir hätten uns beide eine Menge Scherereien ersparen können. Aber so war es nicht. Als dir die Bombe in der Hose hochging, hast du dir nicht einmal die Eier

weggeblasen. Also waren die letzten beiden Feuerbälle entweder deutlich schwächer als derjenige, mit dem du Lance Niles ein Loch in den Kopf gepustet hast, oder das alles ergibt weniger Sinn, als wir uns wünschen würden.«

Es war offensichtlich, dass Tippity nicht verstand, was ich von ihm wollte. Er dachte wohl, dass ich mich auf die Verhandlung vorbereitete: seiner Verteidigung ein Bein stellen, bevor sie überhaupt stand.

»Warum fragst du mich?«

»Ich frage dich, wie mächtig deine Magie wirklich ist.«

Er wollte reden. Das war sein Lieblingsthema, aber er wusste, dass er vorsichtig sein musste.

»Weshalb interessiert dich das?«

»Komm schon, Rick. Du hast auf dem Weg in die Stadt das Maul ziemlich weit aufgerissen, aber irgendwie war da nichts hinter. Sitzt du echt in diesem Scheißloch wegen ein wenig Feenstaub? Sag mir nicht, dass all dein Gerede auf ein wenig Licht und Farbe basierte.« Jetzt biss er sich wortwörtlich auf die Zunge. »Es wäre ein trauriger Tag für uns alle, wenn ich in den Zeugenstand treten müsste, um zu erklären, dass wir leider nur einen Hexenmeister haben, der ein paar Funken erzeugt hat.«

»Es hängt von der Quelle ab, du Idiot.«

Da ging es los.

»Inwiefern?«

»Es gab Hunderte verschiedene Arten von Feen, jede mit ihrer eigenen Geschichte, Fähigkeit und Verbindung zum heiligen Fluss. Intelligente Stückchen Feuer, Wald oder Luft, die zwischen uns wandelten. Sie alle waren chemisch unterschiedlich. Deshalb ergibt es Sinn, nicht wahr, dass sie alle unterschiedlich reagieren, wenn man ihre Essenz freisetzt?«

Durchaus. Meine Erinnerungen kehrten in die Kirche zurück, wo Tippity sich sorgfältig umgesehen und ganz bestimmte Gesichter zerstört hatte, um spezifische Seelen für seine Experimente zu finden. Mir wurde übel.

»Ist es so gewesen? Du hast einen dickeren Wumms an Niles ausprobiert? Hat es ihn deswegen erwischt und mich nicht?«

Seine Fratze verzog sich spöttisch.
»Nein. Ich habe diesen Mann nicht getötet, du Idiot.«
Einen Moment lang betrachtete ich ihn. Wir hatten uns nichts mehr zu sagen.
Verdammt.
Ich glaubte ihm.

*　*　*

Obwohl ich erschöpft und müde war, konnte ich nicht einschlafen. Also schnappte ich mir in der Nacht eine Laterne und ging nach Süden. Zurück zum Stadium.
Seit jener Nacht mit Warren und Linda hatte sich einiges verändert. Ein ganzer Bereich des Spielfeldes war abgesperrt, und Baufahrzeuge standen, beleuchtet von orangen Lampen, herum. Vielleicht hoffte der Bürgermeister, dass hier wieder Spiele stattfinden konnten. Wenig eignet sich so gut wie Sport, um die Leute vom Elend auf den Straßen abzulenken.
Erst einmal wartete ich, bis ich sicher sein konnte, dass ich allein war, dann duckte ich mich unter die Tribünen und suchte. Hinter einem Sitz wurde ich fündig: eine alte Trainingspuppe, ein Sack in Menschenform, um Tackling zu üben. Ich zerrte sie hinaus und lehnte sie gegen den Laternenpfahl.
Dann ging ich einen Schritt zurück, zog die Maschine aus dem Holster und richtete sie auf den Kopf der Attrappe.
Ich drückte ab.
Ein Blitz schoss aus meiner Hand, und der Donner rollte bis in die Stadt. Aus dem Rohr schlängelte sich ein dünner Rauchfaden. Im Kopf der Puppe klaffte ein Loch. Kleine Wölkchen aus Baumwolle fielen heraus und wehten davon. Ich hob die Laterne, um den Schaden genauer anzusehen.
Vorne war das Loch klein, genau wie jenes, das Lance Niles seine Zähne gekostet hatte. Als ich den Kopf der Attrappe nach vorne klappte, sah ich hinten eine große Öffnung. Genau wie das Loch in Lance Niles' Wange und Hals. Das Füllmaterial war in beide Richtungen ausgetreten, genau wie das Blut in der

Lounge. Das Segeltuch der Puppe war angekokelt, wie der Kragen des Toten.

Nicht Rick Tippity war in der Bluebird Lounge gewesen. Lance Niles hatte jemand anderen getroffen. Jemanden, der die gleiche hässliche Todesmaschine wie ich besaß.

Es gab keine Magie. Nur eine üble Kombination von Metall und Holz. Ein Gerät aus geschmiedetem Metall und Chemie, dessen einziger Existenzzweck ein Schuss Mord war. Ich hasste das Ding in meiner Hand, und ich hasste noch mehr, wie es zu mir sang. Es war ein Gift, das schnell wirkte. Ein Sturz ohne Angst. Wie im Schlaf zu ertrinken. Ein Stich direkt ins Herz. Der sofortige Tod. Ich sah in die Mündung des Rohrs. In diese elegante Dunkelheit. Mein Finger lag auf dem Hebel.

Sofort.

Meine Hand war ruhig. Meine Augen klar. Klar genug, dass ich jenseits des Rohres die schmalen, in das Metall gestanzten Buchstaben sehen konnte, die vorne auf dem Fingerschutz standen.

V. Stricken.

Die Todesmaschine hatte einen Erschaffer. Vielleicht war das der Mörder von Lance Niles. Vielleicht kam meine dorther.

Auf jeden Fall gab es mir einen neuen Ansatz, eine Möglichkeit, die Dinge richtigzustellen.

Ich nahm den Finger vom Hebel und ging heim.

* * *

Am nächsten Tag schrieb ich den Namen ab, zeigte ihn in der Stadt herum und fragte Handwerker, ob sie ihn kannten. Zuerst einen Schmied, dann einen Rüstungsmacher, aber niemandem sagte der Name etwas. Ich besuchte die Waffenläden an beiden Enden der Stadt, aber ich hatte kein Glück. Die Antwort bekam ich von einem Goblin in einem Eckladen in der Östlichen Neunten Straße, der Feuerzeuge, Schnappmesser und Tabak verkaufte.

»Ja, das ist Victor. Soweit ich weiß, ist er noch unten im Tal. Sein Zeug ist gut, aber der Kerl ist ein Arschloch und viel zu teuer. Sag mir, was du suchst, und ich beschaffe es dir für ein Viertel.«

Ich wagte es nicht, ihm die Maschine zu zeigen. Es war schon ein Fehler gewesen, sie im Haus der Steemes zu ziehen. Also bedankte ich mich nur und schrieb mir alles auf.

* * *

Jemand hatte mir diese Waffe zukommen lassen, und mir fielen nur drei Gründe dafür ein: um mich für den Mord an Lance Niles hängen zu sehen, um mich in Versuchung zu führen, sie gegen mich selbst zu richten, oder um mich in die richtige Richtung bei den Ermittlungen zu schubsen.
Was auch immer der Grund war, ich hatte eine Vorstellung davon, wo es mehr Antworten geben mochte: im Aaron-Tal jenseits von Sunder City, auf der Suche nach Victor Stricken.

27

Jetzt war ich wieder pleite. Keine Kohle mehr. Dafür aber ein kleines Vermögen unter meinem Hintern, das sich durch den Schnee arbeitete.

Der Vermieter hatte behauptet, dass ich den Großteil meiner Scheine wiederbekäme, wenn ich die Stute heil zurückbrächte, was bei diesem Wetter einfacher klang, als es war. Aber er hatte mir eine Menge Tipps gegeben: Nicht zu sehr rannehmen, trocken halten, langsam aufwärmen und am Ende des Tages langsam auslaufen lassen, regelmäßig die Hufe ansehen und auf der Straße bleiben.

Die Hufeisen hatten wir entfernt, damit sich keine Schneebälle an ihren Hufen bildeten. Eine dicke Reisedecke für den Ritt am Tag, eine zweite für die Nächte. Der Vermieter hatte ihren Pony geschnitten und sie ordentlich gefüttert, dann hatten wir sie im Hof im Kreis laufen lassen, um die Muskeln zu strecken. Es kostete mich einen halben Tag und so ziemlich all mein Geld, aber sie war fraglos das Schönste, was ich je besessen hatte.

Mir war auch einiges geraten worden: genug Essen und eine Thermosflasche mit heißem Tee mitzunehmen, immer wieder Pausen zu machen, sich zu strecken und nicht im Sattel einzuschlafen, egal wie groß die Versuchung wurde.

Der Name meines Pferdes war Frankie. Ihre Mähne war prächtig. Ihr Fell war braun und schwarz und um die Hufe so dicht, dass es wie Stiefel aussah. Zuerst hatte sie ein wenig Hafer bekommen und dann einen frischen Apfel aus meiner Hand.

In Weatherly hatten wir auch Pferde gehabt, aber nur als Zugtiere für Wagen und Pflüge. Sie waren nie geritten worden. Diesen Teil der Ausbildung hatte ich bei Opus erhalten.

In der Nacht, in der ich beitrat, hatten Hendricks, Amari und ich das gefeiert, indem wir uns beinahe vergifteten. Einen Tag hatte mir Hendricks zum Auskurieren des mörderischen Katers gegeben, dann zog er mich aus dem Bett und setzte mich auf den Rücken eines Pferdes.

Wir verließen die Stadt auf zwei frechen jungen Hengsten, und Hendricks hatte sein Bestes gegeben, um mich zu einem Reiter zu machen. Es war mir nicht leichtgefallen. Am nächsten Morgen trafen wir eine Gruppe Hirten und begannen unsere Reise nach Westen.

Hendricks war mein Freund und Mentor, aber zuerst war er ein Anführer. Auf dem langen Weg zum Hauptquartier des Opus hatte ich zum ersten Mal erlebt, wie unsere Beziehung nun aussah.

Er hatte genau gewusst, wie weit er mich antreiben musste, damit ich erschöpft, aber nicht gebrochen war. Ich versuchte, mich nicht zu beschweren, aber als mein Hintern rot gescheuert war und meine Beine ein einziger Krampf, jammerte ich manchmal doch. Sobald das geschah, trieb er mich nur noch härter an. Er zeigte mir, dass ich härter war, als ich dachte. Wenn ich dann die Klappe hielt und schweigend litt, kündigte er eine Rast an.

Mit diesen sanften, fast unbemerkbaren Lektionen hatte er einen Laufburschen zum Krieger gemacht. Wir lachten immer noch gemeinsam. Wir aßen immer noch gemeinsam am Feuer. Wir waren immer noch Freunde, aber unsere Beziehung veränderte sich. Sie musste es. Er war mein Vorgesetzter. Aus Vorschlägen wurden Befehle. Lockere Scherze wurden zu Rügen. Fragen wurden zu Tests, und ich durfte nicht einschlafen, bis ich sie korrekt beantwortet hatte.

Natürlich verstand ich, warum sich alles ändern musste. Indem er mich bei Opus aufgenommen hatte, hatte Hendricks seine Reputation riskiert. Alles, was ich tat, warf ein Licht auf seine Entscheidungskraft. Meine Schwächen waren nun auch *seine* Schwächen. Meine Naivität offenbarte einen Mangel an Bildung. Meine Verwirrung verlangsamte uns. Meine Fehler untergruben seine Autorität.

Bis dahin hatte ich immer gedacht, dass es für Hendricks keine falschen Antworten gab, dass es um die Fragen ging. Dann nicht mehr. Auf dem Weg zum Hauptquartier wurden mir Fakten,

Zahlen und Daten eingebläut, ebenso wie rudimentäre Sprachkenntnisse, damit nicht ein falsch benutztes Wort einen internationalen Zwischenfall auslöste.
Aber ich war glücklich. Wie hätte ich es nicht sein können? Wir waren zusammen auf der Straße, bereit für Abenteuer. Zum ersten Mal in meinem Leben fühlte ich, dass jemand mich wirklich kannte. Ich hatte mir so sehr gewünscht, dass diese Tage nie enden würden.

* * *

Frankie schüttelte ihren Kopf, wirbelte ihre Mähne umher und sandte Vibrationen durch meinen Arm. Die Wolken hatten sich verzogen, vor uns lagen nur noch weißes Pulver und der weite Himmel. Der Glanz der Sonne im Schnee stach in meinen Augen, also senkte ich die Lider und ließ Frankie den Weg finden. Zuerst ging es langsam voran, aber als Frankie warm genug geworden war, wurde sie von allein schneller. Sie fand einen Rhythmus, der ihr passte, und ich kam ihr nicht ins Gehege. Die Straße gehörte uns. Der Schnee war nur zwei Handbreit tief, und sie trottete ohne Sorge durch ihn durch.
Als die Sonne den Horizont rot färbte, wurde Frankie langsamer, wie um mir zu bedeuten, dass es Zeit für ein Lager war.
»Du hast recht, mein Mädchen. Wir wollen nicht von der Dunkelheit überrascht werden.«
Ich führte sie von der Straße zu einem leeren Steinhaus mit nur drei Wänden und entzündete ein kleines Feuer. Frankie fand ein windgeschütztes Plätzchen, und ich warf ihr die Nachtdecke über.
Ich trank dünnen Tee, kochte eine Handvoll Reis und rollte mich dann in meinem Schlafsack ein, um der Nacht zu lauschen, aber sie hatte mir nichts zu sagen.

28

Der zweite Tag auf dem Pferd ist immer übel. Meine Muskeln waren steif und schmerzten, und mein Hintern war eine riesige wunde Stelle. Es ging direkt in einen kalten Wind, der mir die Tränen aus den Augen wehte und meine Wangen frieren ließ. Frankie begann langsam, und ich nahm es hin.
Die Thermoskanne war von guter Qualität, und vermutlich rettete sie mir das Leben. Morgens kochte ich einen Tee, trank etwas davon und füllte den Rest in die Kanne. Sobald sie leer war oder ihr Inhalt gefroren, legten wir eine Pause ein und suchten uns ein geschütztes Plätzchen, an dem ich ein Feuer machen konnte, um Frankie etwas warmes Wasser zu geben und die Thermoskanne neu zu füllen.
Es ging eine löchrige Straße an einer Bahnlinie Richtung Norden entlang. Der Sunder City Express fuhr nicht mehr, aber früher hatte er durch die Höhlen der Zwerge und in die Wüste bis in die nördlichen Klippen geführt.
Da Sunder kein Farmland umgab, musste das meiste Essen importiert werden. Überhaupt gab es in diesem Teil des Kontinents keine Bauernhöfe. Nur die Erinnerungen an Bergbaustädte, die einige Jahre lang gewachsen waren und sich in die Erde gegraben hatten, um dann ebenso schnell, wie sie gekommen waren, wieder zu verschwinden. An der Straße gab es Rasthäuser, Orte, an denen man übernachten oder Nachschub kaufen konnte, aber alle standen leer. In der zweiten Nacht übernahmen Frankie und ich eine der Ruinen; ich entzündete ein Feuer im Kamin, und Frankie legte sich wie eine Bluthündin davor.
Am dritten Tag erreichten wir die Kreuzung mit dem Edgeware-Pfad: breite Schienen, die sich den ganzen Weg aus den Bergen entlang an den Fluss June schmiegten, bis hinaus zur Westlichen See. Vor uns stieg Rauch auf.
Wir überquerten die Schienen, dann ging es über eine hölzerne Brücke und dahinter in einen braunen Kiefernwald. Zu Beginn

war der Boden nur voller Nadeln, dann wucherte das Unterholz darüber, bis er sich ganz verlor. Nach einer Stunde wählten wir unsere Richtung anhand der Lücken zwischen den Bäumen und des Rauches voraus, der metallisch und unnatürlich roch, wie zu den Zeiten, als die Stahlfabriken noch gelaufen waren.

»Riecht nach zu Hause, was, Mädchen?«

Frankie schnaubte missbilligend, trottete aber weiter, bis sie die Kante einer Klippe fand, von der aus wir ins Aaron-Tal sehen konnten – der ersten Goblinsiedlung überhaupt.

Vor der Coda waren Goblins nächtliche Wesen mit einer tödlichen Sonnenlichtallergie gewesen. Mit der Zeit hatten sie ihre Technologien weiter verfeinert, um sich weiter und weiter aus ihren Höhlen wagen zu können. Die Geschichte dieser Erfindungen zeigte sich in der Architektur der Wände des Tals.

Ganz unten, in einem Bereich, der die meiste Zeit des Jahres über im Schatten lag, gab es einige runde Lehmhütten. Darüber waren es Ziegel und Stein, runde Bögen und Festungen mit flachen Dächern. Noch weiter oben spannten sich kupferne Hängebrücken zwischen glänzenden Türmen. Und der höchste Bereich erinnerte mich an das Hauptquartier von Opus oder an das Bild vom Zaubererheim Keats, das ich einmal gesehen hatte: glattes Glas und silberne Bunker, die direkt in die Felswände gebaut worden waren. Jede dieser Ebenen hatte ihre ganz eigene Schönheit, jedoch wirkten sie alle verlassen. Das einzige Lebenszeichen war der schwarze Rauch, der von einer einzelnen Hütte unten im Tal aufstieg.

Es gab viele Wege nach unten, aber all die schmalen Pfade und Brücken waren viel zu gefährlich für ein Pferd.

»Es ist noch früh«, stellte ich fest. »Es ist lange genug hell, damit ich runtergehen, ein paar Fragen stellen und dich abends wieder abholen kann. Klingt das nach einem Plan?«

Sie ächzte, was ich als zögerliche Zustimmung deutete.

Also führte ich Frankie zurück in den Wald und band sie mit genug Wasser und dem letzten Hafer an einem Baum fest. Sie schien wenig beeindruckt von ihrer Umgebung, aber ich hatte das Gefühl, dass sie geahnt hatte, worauf es hinauslaufen würde, als sie mich das erste Mal gesehen hatte.

Ich hatte nicht genug Vorräte mitgebracht. Hoffentlich konnten uns die unbekannten Bewohner unten im Tal welche geben oder zumindest raten, wo wir ein wenig Grün finden konnten.

An der Klippe besah ich mir die möglichen Wege nach unten. Ich wählte den links von mir, weil er halbwegs in Schuss wirkte, und machte mich auf den Weg.

Dann flog ich.

Zuerst dachte ich, jemand hätte mich in den Abgrund gestoßen, aber ich fiel nicht herab, sondern hing kopfüber, meine Arme wedelten umher, und meine spärlichen Besitztümer regneten aus meinen Taschen.

Einer meiner Füße steckte in einer Seilschlinge. Das Seil war zwischen zwei Kiefern gespannt und grub sich bereits schmerzhaft in meine Knöchel, während ich langsam im Kreis umherschwang.

Da ich viel zu untrainiert war, um den Knoten an meinem Fuß zu erreichen, musste ich den Druck anders von meinem Bein nehmen, also wedelte ich herum, bis ich einen Baumstamm zu packen bekam.

Jemand hatte den Baum gestutzt. Es gab keine Äste, nicht einmal Vertiefungen oder Knubbel, an denen ich mich hätte hochziehen können. Es gelang mir gerade so, mich festzuhalten, aber alles andere war riskant, da ich wieder hilflos baumeln würde, sobald meine Finger abglitten.

Immerhin trug ich so ein wenig meines Gewichts, weshalb mein Fuß weniger belastet wurde. Dafür verteilte sich der Schmerz auf meine Achillessehne, den Rücken, die Schultern und meine zitternden Hände.

Eine Glocke läutete. Sie hatte wohl angefangen, als ich die Falle ausgelöst hatte, aber erst jetzt war ich ruhig genug, um sie zu bemerken.

Als ich auf den Boden sah, entdeckte ich mehr Fallen entlang der Klippe. Verborgene Fallgruben und noch mehr Schlingen unter Kiefernnadeln versteckt. Jede noch so kleine Lücke im Wald war mit einem fast unsichtbaren Trick geschützt, den ich nur aus meiner erhöhten Position sehen konnte.

Außerdem konnte ich bis ins Tal hinabblicken, wo die Tür der rauchenden Hütte offen stand und jemand zu mir hochsah.

Eine Weile beobachtete er mich einfach, dann ging er wieder hinein. Nach einer Minute zeigte er sich wieder und machte sich an den Aufstieg aus dem Tal.

Er musste sich nicht beeilen; ich würde auf ihn warten. Mein Körper war zwischen dem Baum in meinen Händen und dem Seil an meinem Fuß mit nacktem Bauch ausgestreckt. Ich bettelte quasi darum, ausgeweidet zu werden. Langsam zog ich mich näher an den Stamm und schlang einen Arm um ihn, damit ich mit der anderen Hand meine Taschen durchsuchen konnte.

Meine Clayfields waren herausgefallen, ebenso wie mein Schlagring und meine letzten Münzen. Die Maschine steckte noch in ihrem Holster unter meiner Schulter, ebenso mein Dolch in seiner Scheide am Gürtel. Ich zog ihn.

Es war unmöglich, meinen Fuß zu erreichen. Wollte ich mich losschneiden, musste ich an das Seil oben am Stamm kommen.

Das Holz war hart, deshalb konnte ich mich nicht wie ein Bergsteiger mit dem Messer hocharbeiten. Stattdessen schnitzte ich kleine Kerben in den Stamm, gerade so tief, dass ich besseren Halt hatte und mich ein Stück hochziehen konnte, wenn ich den Dolch wieder wegsteckte. Dann zog ich ihn wieder und wiederholte das Manöver.

Als ich drei Kerben hochgekommen war, glühte die Welt orange.

»Das reicht.«

Es war nicht einfach, nach unten zu sehen. Ich hatte mich wie ein köstliches Gebäck verdreht, aber als ich den Kopf zwischen die Schultern schob, sah ich einen Goblin unter mir stehen. Er wirkte erschöpft, hatte einen Schutzhelm mit einem Licht darauf auf dem Kopf und hielt eine Armbrust in den Händen.

»Wirf das Messer weg«, befahl er mir.

Ich zögerte, in der irrigen Hoffnung, dass mir in letzter Sekunde noch ein gewagter Fluchtplan einfallen könnte.

Das passte dem Goblin nicht, und er stieß mir die Spitze des Bolzens gegen den Bauch. Also ließ ich die Klinge fallen.
»Ich habe deinen Freunden erklärt, dass ich euch hier nicht mehr sehen will«, stellte er fest.
»Ich … ich habe keine Freunde.«
Er spannte die Armbrust, und Panik stieg in mir auf. Meine Hände rutschten ab, und ich schwang wieder umher, schlug gegen den Baumstamm auf der anderen Seite und drehte mich wild um die eigene Achse. Als ich mich endlich ausgependelt hatte, richtete der Goblin seine Armbrust auf die Stelle zwischen meinen Augen.
Seine grünblaue Haut war gummiartig und glänzte feucht. Seine Augen waren hinter einer dunklen Schutzbrille verborgen, und die fledermausartigen Ohren wurden von allerlei Kupferringen geziert.
Seine Kleidung war aus einem Pelz geschneidert, Wolf, wie mir schien, aber seine Hose bedeckte nur ein Bein. Das andere bestand aus Metall: eine komplizierte Anordnung von Zahnrädern und Kolben mit einer Art beweglicher Kralle anstelle des Fußes. Als er sein Gewicht verlagerte, bewegten sich die Gelenke, ohne zu ruckeln.
»Ich weiß, warum du hier bist, und du bekommst es nicht.«
»Ich glaube nicht …«
»Ich habe euch davor gewarnt, was passieren wird, wenn ihr wiederkommt, und ich stehe zu meinem Wort …«
Während ich mich noch gedreht hatte, war meine Hand in meinen Mantel geglitten und hatte die Maschine gegriffen. Bevor der Goblin mir also einen Bolzen in den Schädel verpassen konnte, zog ich die Waffe und richtete sie auf ihn.
Es war anders als bei Harold Steeme. Der Elf war verwirrt gewesen, denn natürlich hatte er nicht gewusst, was die Maschine anrichten konnte. Der Goblin hingegen starrte voller Angst in die Mündung; auf seiner Miene mischten sich Unglaube und Erkennen. Er wusste genau, womit ich auf ihn zielte.
»Wie gesagt, ich gehöre zu keiner Gruppe«, erklärte ich. »Ich habe keine Ahnung, was für Drohungen du gemacht hast oder

von wem du überhaupt redest. Und ich suche nicht nach der Waffe, denn ich habe sie längst.«
Sein Blick wanderte von der Maschine in mein Gesicht und wieder zurück. Die Armbrust senkte sich.
»Victor Stricken? Meine Name ist Fetch Phillips, und ich glaube, diese Todesmaschine gehört dir.«

29

Bevor er mich befreite, reichte ich Victor die Waffe, und das überzeugte ihn schließlich, mir halbwegs zu vertrauen. Zuerst schnitt er mich herunter, dann half er mir beim Aufklauben meines Besitzes, bevor wir Frankie holten und gemeinsam ins Tal stiegen.
Die Nacht brach herein, aber sein Helm leuchtete uns den Weg, der weiter im Süden lag und breit genug für Frankie war. Ich fragte Victor, ob er das Stück reiten wolle.
»Das ist sehr freundlich, aber nein, danke. Höhe und ich, das passt nicht zusammen. Um ehrlich zu sein, ich werde froh sein, wenn wir unten im Tal sind und wieder ein Dach über dem Kopf haben.«
»Wo sind alle anderen?«
»In Sunder, wo du wohl auch herkommst? Die Stadt saugt alles ein, als wäre sie eine Sinkgrube. Wir hätten es hier auf unsere Art schaffen können. Uns anpassen. Aber ein paar von uns waren ganz aufgeregt und meinten, man könne in der großen Stadt Kohle scheffeln. Nach und nach zog es alle dorthin, und jetzt bin ich der Letzte hier.«
Victor führte uns den langen Weg nach unten, ohne Brücken oder Treppen, und ich bedankte mich dafür, dass er sich die Zeit nahm, das Pferd mitzunehmen, aber er zuckte nur mit den Achseln.
»Für mich ist es auch einfacher: Das Bein kommt mit Stufen nicht gut zurecht. Auch nicht mit den wackligen Brücken. Deshalb macht es mir nicht aus, wenn wir …« Er hielt inne und hob die Hand, sodass ich stehen blieb. Ein Stück weit den Pfad hinab beleuchtete seine Helmlaterne ein großes Kaninchen.
Victor zog die Maschine aus seinem Gürtel und zielte. Er schloss ein Auge, zog eine Grimasse und drückte ab.
Es klickte, aber sonst geschah nichts.
Victor fluchte.
»Ah, du warst eifrig.«
Das Kaninchen hoppelte davon, kam aber nicht weit. Victor gab

mir die Maschine zurück, viel lockerer als noch vor einer Minute, und zog die Armbrust.
Als er dem Kaninchen ein Stück folgte, konnte ich sein Bein bewundern. Natürlich hatte ich schon Beinprothesen gesehen, aber das hier war ein Wunder der Ingenieurskunst. Hätte er eine Hose getragen, wäre es nicht aufgefallen, weil die Bewegungen so natürlich waren.
Tschack.
Der Bolzen fand die Beute, und Victor grunzte zufrieden.
»So wie es aussieht, kann ich doch ein guter Gastgeber sein.«

* * *

In der Lehmhütte stand eine Esse in der einen Ecke, daneben einen Amboss, eine große Holzwanne voll schwarzen Wassers und eine Werkbank. Dazu noch ein niedriges Bett und ein Kamin, über dem ein schwarzer Kessel hing.
Jede Menge Drähte waren um alles Mögliche gewickelt, und der Boden war bedeckt von Metallstücken aller Art. Zahnräder waren auf Halterungen gesteckt und fanden sich zuhauf in Kisten. Schrauben, Nieten, Angeln, alles lag in kleinen Boxen oder quoll aus Schubladen. An den Wänden standen halb fertige Versionen von mehr Erfindungen: mehr Beine, mehr Waffen und mehr Werkzeuge, deren Sinn und Zweck ich nicht einmal erraten konnte.
Während wir Frankie in einer leer stehenden Hütte unterbrachten, erklärte mir Victor, dass er sein eigenes Bein gefertigt hatte, ebenso die leichte Armbrust, die Fallen und natürlich auch die Tötungsmaschine. Während wir dem Kaninchen das Fell über die Ohren zogen und es in den Kessel packten, gab ich dem Goblin die Kurzfassung meiner Lebensgeschichte: Aufgewachsen in Weatherly, nach Sunder gezogen, Opus beigetreten. Er schien nur so halb interessiert und stellte mir keine Fragen. Dann, als der Eintopf vor sich hin schmorte, legte er die Maschine auf die Werkbank.
»Ganz ehrlich, dafür, wie viel Ärger mir das Ding schon bereitet hat, ist es nicht wirklich komplex. Da habe ich schon ganz andere Sachen erfunden.«

»Warum hat dann noch nie jemand vorher so was gebaut?«
»Weil alle nur versuchen, das zu ersetzen, was es früher gab. Man kann aber nicht ein nicht-magisches Material in eine magische Maschine stecken und einfach hoffen, dass es funktioniert. Man muss zurück an den Anfang gehen und sich überlegen, wie es gewesen wäre, wenn wir niemals Magie gehabt hätten.«
Victor klappte die Maschine auf, die ein mir vorher verborgen gebliebenes Gelenk hatte. Dann hielt er sie hoch und schlug damit gegen das Holz der Werkbank, sodass drei kupferne Zylinder herausfielen. Sie sahen aus wie die Kappen von teuren Stiften, nur dass alle vorne geschwärzt waren.
»Einfacher als die Waffen früher, aber auch nicht so sicher. Aber wenigstens kann ich das einfach herstellen. Früher brauchte ich die Hilfe eines Zauberers. Und dann eine Fee für ein wenig mehr Magie.« Victor schob die Schutzbrille auf die Stirn und schaltete die Lampe über unseren Köpfen aus. »Hast du jemals eine benutzt?«
»Eine magische Schusswaffe? Nein, aber ich habe sie bei Opus gesehen.«
»Weißt du, wie sie funktionierten?«
»Keine Ahnung.«
»Nun, Zauberer können Energie aus irgendeinem weit entfernten Ort zwischen ihre Hände beschwören. Aber nur für einen kurzen Moment. Wir Goblins haben eine Möglichkeit gefunden, sie *festzuhalten*. Ein winziges Portal in einem Gegenstand, das mit einem Knopf geöffnet und geschlossen werden konnte. Ziemlich aufwendig und teuer, aber eine Zeit lang recht verbreitet. Es wurde sogar für die Laternen in Sunder genutzt. Portale, um das Feuer aus der Tiefe zu holen. Weitaus sicherer, als es durch Rohre zu leiten.«
Das war mir neu. Ich hatte immer angenommen, dass die Flammen direkt unter unseren Füßen gewesen waren. Aber es ergab durchaus Sinn, so viel Abstand wie möglich zwischen den Feuergruben und der Stadt zu belassen.
»Wie auch immer, diese magischen Waffen konnten Feuer speien oder Eis oder was immer man auch wollte. Sie hatten ein Ablauf-

datum und waren verdammt teuer, aber sie funktionierten. Und natürlich hat die Coda sie alle in Schrott verwandelt. Seitdem versuchen wir Goblins und ihr Menschen und alle anderen auch, herauszufinden, wie man sie wieder funktionabel machen kann. Aber das ist unmöglich. Fortschritt geht nur, wenn wir erst einmal zurücktreten und etwas ganz Neues schaffen.«

Er ging in eine Ecke des Raums und zog ein Tuch von einer silbernen Kiste.

»Bau keinen Scheiß, während ich hiermit hantiere, klar? Das ist verdammt gefährlich.«

Als er den Deckel hob, konnte ich in die Kiste spähen. Was immer auch ihr Inhalt war, es musste zerbrechlich sein, denn die Wände waren dick und gepolstert. Victor hob ein silbernes Schüsselchen vom Boden, tauchte es in die Kiste und füllte es mit feinem, rotem Sand. Dann schloss er alles vorsichtig und trug die kleine Schüssel an die Werkbank.

»Sagen dir die Zerklüfteten Ebenen etwas?«

»Ich habe nur gehört, dass sie unbewohnbar sind.«

»Größtenteils unbewohnbar. Nun, bislang zumindest. Vieles wurde durch die Coda schlimmer, aber ein paar Sachen sind auch kontrollierbarer geworden, wie dieser Sand aus der nördlichen Wüste. Letztes Jahr bin ich dorthin gereist und kam hiermit zurück.«

Behutsam füllte er den roten Sand in die drei Kupferkappen, sehr darauf bedacht, nicht ein winziges Körnchen zu verschütten. Dann zog er drei Metallkugeln von der Größe einer Erbse aus einer Schublade.

»Darf ich?«, fragte ich, und er gab mir eine, bevor er eine weitere aus der Schublade holte. Das Kügelchen rollte in meiner Handfläche umher. Es war schwerer, als es aussah, und von stumpf-grauer Farbe. Genau wie das Stück verdrehten Metalls aus dem Boden meines Büros.

»Jetzt bitte ruhig sein, während ich hier arbeite. Das ist der schwierige Teil.«

Vorsichtig legte er die Kugeln in die Öffnungen der Kappen, zog einen kleinen goldenen Hammer aus seinem Arbeitsgürtel und

schlug ganz sachte auf die erste Kugel, bis sie in der Kappe feststeckte. Als alle drei so verschlossen waren, steckte er den Hammer weg und nahm die Maschine in die Hand.
Dann öffnete er sie und zeigte mir zwei Metallringe, die gegeneinanderdrückten.
»Wenn du den Abzug betätigst, drehen diese beiden Ringe gegeneinander und erzeugen Funken und verdammt viel Hitze.« Damit steckte er die drei gefüllten Kappen in die passenden Kammern und klappte die Maschine wieder zusammen. »Wenn das unten bei den Kappen passiert, entzündet es den Wüstensand, der explodiert und die Kugel aus dem Rohr schießt. Wenn dabei ein armer Schlucker davorsteht – nun ja, der steht dann nicht mehr lange. Behalte das bitte im Kopf.« Er richtete die Waffe auf mich. »Und stell dich da vorne an die Wand.«
Zuerst dachte ich, das sei Teil seiner Erklärung, aber seine grimmige Miene war sehr ernst.
»Am Ende der Kette da sind ein paar Handschellen. Leg sie an.«
Ich tat, wie mir befohlen. Die Handschellen waren an einer dicken, schwarzen Kette befestigt, und ich sah Blutspuren am Metall.
»Das hättest du schon mit der Armbrust machen können.«
»Nein, hätte ich nicht. Bei der Armbrust hättest du vielleicht auf dein Glück gesetzt. Aber hiermit? Das ist etwas anderes, oder nicht, Fremder? Solange ich sie in der Hand halte, wirst du alles tun, was ich sage.«
Das stimmte. Man konnte vor der Maschine nicht davonlaufen. Oder auf Glück hoffen. Ich hatte die Zerstörung gesehen, die sie bei Lance Niles angerichtet hatte, als sie das Leben aus ihm geschossen hatte, bevor er auch nur hatte blinzeln können. Ich schloss die Handschellen um meine Handgelenke.
»Brav. Mach es dir bequem. Denn jetzt wirst du mir die Wahrheit darüber sagen, warum du hier bist, und wenn sie mir nicht gefällt oder ich dir nicht glaube, dann demonstriere ich dir noch einmal, wie meine Maschine funktioniert, und danach gibt es noch viel mehr Eintopf für mich.«

30

Es gelang mir, eine halbwegs bequeme Position an der Wand zu finden, während ich Victor Stricken von meinen Erlebnissen der letzten Tage berichtete: von der Leiche in der Bluebird Lounge, dem falsch beschuldigten Rick Tippity und dem mysteriösen Paket mit der Tötungsmaschine.
Es gab keinen Grund zu lügen. Wenn ich wollte, dass er die Lücken in meiner Geschichte füllte, musste er sie ohnehin kennen. Außerdem war er selbst so brutal direkt, dass ich gar nicht anders konnte, als ihm zu vertrauen. Er hatte die totale Kontrolle über die Situation. Ich hatte nur die Wahrheit.
Auf seinem Antlitz lagen Falten, als würde er mir nicht ein einziges Wort glauben. Aber er hörte mir zu, unterbrach mich nicht, und als ich zum Ende kam, schwieg er. Die Maschine wanderte von einer Hand in die andere, und er leckte seine Lippen.
Schließlich zog er einen einzelnen Schlüssel aus einer Tasche am Gürtel und warf ihn mir zu.
»Das öffnet eine. Nur eine. Der Eintopf ist fertig.«

* * *

Während des Essens stellte er doch noch ein paar Fragen. Anscheinend beruhigten ihn meine Antworten etwas, denn als er den Rest Eintopf aus seiner Schüssel schlürfte, entschied er, mir im Gegenzug einen Teil seiner Geschichte zu erzählen.
Genau wie der Goblin in Sunder mir berichtet hatte, war Victor ein berühmter Erfinder und ein noch berühmterer Nervbolzen. Vor der Coda hatte er viele magische Waffen gefertigt. Keine magischen Verstärker wie die Stäbe der Zauberer, die nur in Verbindung mit den Kräften ihrer Besitzer funktionierten. Victor schuf Ausrüstung, die jenen magische Macht verleihen konnte, die selbst keine besaßen.
Die meisten Goblins gaben nach der Coda ihre Versuche auf, Neu-

es zu erfinden. Ihr ganzes Leben hatten sie geniale Kreationen entworfen, die jetzt alle nutzlos geworden waren, weshalb sie sich nach neuen Berufen umsahen und nur noch vergessen wollten.
Aber Victor vertrat einen anderen Standpunkt. Die Welt war zurückgesetzt worden, und deshalb konnte alles neu entdeckt werden. Für ein Ingenieursgenie, das schon so viele Bereiche gemeistert hatte, war es geradezu ein Geschenk, das Regelbuch ganz neu selbst schreiben zu können. Als würde man das Ende des Lieblingsbuches vergessen und es noch einmal mit frischen Augen lesen können.
Die Todesmaschine sollte gar nicht so besonders sein. Es war ein Prototyp: ein einfaches Gerät, um zu zeigen, dass man nach der Coda die Kraft des Wüstensandes nutzen konnte. Für Victor war es ein Spielzeug. Sie half ihm, auf dem Heimweg aus den Zerklüfteten Ebenen zu jagen, und es war ein Spaß gewesen, dieses Spielzeug nach seiner Rückkehr anderen Goblins zu zeigen. Er hatte es nicht zu einem bestimmten Zweck erschaffen. Seine Passion galt neuen Transportmöglichkeiten, automatisierter Agrikultur und Fabrikationsmaschinen, die neue Jobs bringen würden. Eine kleine Maschine, die Kugeln verschoss, war ihm da nicht so wichtig.
Aber anderen schon. Ein paar Monate nach seiner Rückkehr ins Aaron-Tal besuchte ihn ein Mensch, der von der Maschine wusste und Victor überzeugen wollte, mehr zu bauen. *Viel* mehr.
»Die ganze Welt ist hungrig geworden. Hungrig nach verlorenen Dingen, die nicht wiederkehren werden. Aber in den Augen dieses Mannes brannte ein wahnsinniger Hunger. Machthunger. Ich sagte ihm, dass er die Waffe niemals bekommen würde, höchstens ein paar Kugeln aus ihr, wenn er nicht verschwände.«
Der Mann ging. Und kam einen Monat später mit Freunden wieder.
»Zu meinem Glück hatte ich da schon ein paar der Fallen aufgestellt. Du hast eine der netteren erwischt. Andere sind weniger … zärtlich.«
Ich fragte nicht nach Details. Das getrocknete Blut an den Handschellen zeigte mir, dass Victor keine leeren Drohungen machte.
»Die nächste Besucherin war eine alte Freundin, Goblin, die mir

sagte, sie habe erkannt, dass ich die ganze Zeit recht gehabt hätte, und sie deshalb aus Sunder zurückkäme.« In seinem Lächeln lag Bitterkeit. »Ich bin ein schlauer Geselle, keine Frage, aber Schmeichelei erwischt mich so wie jeden anderen. Eine Woche lang half sie mir bei meinen Projekten, und ich zeigte ihr die Fallen. Wir stellten sogar gemeinsam noch ein paar mehr auf. Sie behauptete, dass bald mehr Goblins kommen würden, da sie alle erkannt hätten, dass ich richtiglag. Wie schnell man die Dinge glaubt, die man hören will. Eines Morgens war sie fort, und die Waffe mit ihr.«

Schweigend saßen wir uns gegenüber und grübelten beide über die Lücken in unseren Geschichten nach. Wie war die Maschine von einer Goblin-Diebin in ein Geschenkpaket auf meinem Schreibtisch gekommen?

»Ich sollte dich erschießen«, stellte er so locker fest, dass ich einen Moment brauchte, um ihn zu verstehen.

»Öh ... warum?«

»Als ich dir die Funktionsweise erklärt habe, dachte ich noch, dass ich dich ohnehin töten müsste. Jetzt fürchte ich, dass ich einen Fehler gemacht habe.«

Er hob entschuldigend die Achseln, so als wäre es nur eine Kleinigkeit. Als hätte er vergessen, meine Pflanzen zu gießen, oder als hätte er das letzte Stück Kuchen gegessen.

»Ich weiß zu schätzen, dass du deswegen hin- und hergerissen bist, Victor, aber gibt es etwas, das ich tun kann, um deine Entscheidung zu ändern?«

Nachdenklich kratzte er sich den Kopf.

»Ich werde die Nacht drüber schlafen und dir morgen meine Entscheidung mitteilen. Brauchst du eine Decke?«

Er gab mir auch noch einen ausgestopften Sack als Kopfkissen.

»Danke, Vic. Ich muss sagen, von all den Leuten, die mich schon umlegen wollten, war noch niemand so nett zu mir.«

Diese Nacht schlief ich tiefer als jemals zuvor in den letzten Jahren. Friedvoll. Es ist lustig, was ein Todesurteil für Auswirkungen haben kann.

So um Mitternacht ging das Geschrei los.

31

Das Echo eines heulenden Schreis riss mich aus dem traumlosen Schlaf. Es klang so, als wäre irgendwo über uns jemand in eine von Victors eher teuflischeren Fallen getappt. Sein Brüllen war voller Schock und Unglauben. Dazu klingelte die Glocke fröhlich vor sich hin.

Die Tür der Hütte flog auf, und Victor richtete die Tötungsmaschine auf mein Gesicht. Ich zuckte zusammen. Ich würde mich niemals daran gewöhnen, in diese Mündung zu sehen.

»Du hast behauptet, du arbeitest allein.«

»Ja.«

»Also ist das da oben kein Freund von dir?«

»Ich habe keine Freunde, Victor.«

»Schwachsinn.«

»Aber ich habe nachgedacht. Wer auch immer dein Spielzeug hier stehlen ließ, hat es vermutlich nicht an mich geschickt. Jemand muss es ihnen weggenommen haben.«

»Du denkst, sie sind hier, um es sich zurückzuholen?«

»Eher wollen sie den Typen, der ihnen eine neue Maschine bauen kann, weil sie das Original verloren haben.«

Victor wollte sich mit mir streiten, aber es klang zu plausibel.

»Bleib hier. Ich gehe und stelle unserem Besucher ein paar Fragen. Er klingt nicht so, als könnte er gut Seemannsgarn spinnen, also hoffst du besser darauf, dass seine Geschichte zu deiner passt.«

Er steckte die Maschine in den Gürtel und holte die Armbrust von ihrem Ständer.

»Wie viele waren hier?«

»Wovon redest du?«

»Wie viele sind das letzte Mal gekommen?«

Sein Gesicht verriet den Ärger darüber, dass ich klarer dachte als er, aber er saugte Luft durch seine Zähne.

»Ein halbes Dutzend. Um den Dreh. Ein paar sind gleich abgehauen.«

Auch wenn er längst wusste, worauf ich hinauswollte, sprach ich es aus.
»Wie wahrscheinlich ist es wohl, dass es diesmal weniger sind?«
Natürlich gab es noch andere Möglichkeiten. Vielleicht war es ein einsamer Jäger. Oder ein Goblin, der nach Hause zurückkehren wollte und die Warnung vor den Fallen nicht beachtet hatte. Es *musste* nicht unbedingt eine Armee von wütenden Schlägern sein, die Victor seine Geheimnisse stehlen wollten. Aber wir wussten beide, dass es wohl eine war.
»Bleib hier. Ich bin gleich zurück.«
Damit stapfte er hinaus in die Nacht. Die Schreie dauerten an. Dann war da noch ein Geräusch. Ein donnernder Rhythmus, zuerst von oben, dann näher. Noch näher.
RUMS*!*
Splitterndes Holz, berstende Balken.
»Ihr Bastarde«, kreischte Victor. Frankie wieherte laut. Ich hoffte, dass ihr nichts passiert war. Mehr Donnern und mehr Einschläge von allen Seiten. Ich wusste nicht, was draußen los war.
Dann explodierte die Wand.
Ein Felsbrocken durchschlug sie, zertrümmerte die Werkbank und schleuderte ihren Inhalt in alle Richtungen, rollte durch den Kamin und verteilte glühende Kohlen überall. Eine Wand brach in sich zusammen, das Dach stürzte herab, und ich fand mich an ein halbes Haus gekettet wieder, über und über mit Lehmstaub bedeckt.
Es war unmöglich, die dicke Kette zu durchtrennen, oder den festen Balken, an dem sie hing. Aber der Lehm um den Balken zeigte Risse. Ich ging so weit zurück, wie die Kette es mir erlaubte, dann sprang ich vorwärts und rammte meine Schulter gegen das Holz. Es brach nicht aus der Wand, bewegte sich aber genug, um es mich noch einmal versuchen zu lassen. Drei weitere Sprünge, und der Balken kippte.
Ich wollte ihn aufhalten, aber er war zu schwer und schlug gegen den Boden. Die Kette riss mich mit, und mein Kopf prallte fest genug gegen das Holz, um einen Nagel hineinzutreiben.
Schnell schüttelte ich mir die Sterne aus dem Sichtfeld, wobei

eine neue Wunde Blut in alle Richtungen spritzte wie ein nasser Hund, der das Fell ausschüttelt. Dann versuchte ich, die seltsamen Laute zuzuordnen.

Es waren Victor und Frankie. Sie schrien.

Ich zog die Kette unter dem Balken hervor, während die Kohlen die Trümmer in Brand setzten. Die Angreifer hatten wohl nicht mehr so viele Felsen, denn die Einschläge kamen seltener und waren nicht mehr so erderschütternd, aber immer noch tödlich. Ich stand auf, die Kette hing von meinem Handgelenk, und fand Victor unter einem der Felsen eingeklemmt auf dem Rücken liegend. Eine dünne Linie Blut lief ihm aus dem Mundwinkel. Er rührte sich nicht, und seine Augen waren verdreht.

Sosehr ich mich auch anstrengte, der Felsbrocken ließ sich nicht bewegen.

Tock.

Ein Pfeil bohrte sich neben mir in den Boden. Unsere Angreifer griffen nun zu konventionelleren Waffen.

Ich zog an Victors Leib, aber er steckte zu fest. Dann sah ich die Maschine in seinem Gürtel. Als ich ihn losließ, um danach zu greifen, packte mich eine kleine Hand am Unterarm.

»Warst du das?«

Als er die Worte hervorstieß, lief ihm blutiger Speichel über die Lippen.

»Nein. Das schwöre ich.«

Seine Finger schlossen sich um meinen Kragen, und er zog mein Gesicht so nah an seines, dass ich befürchtete, er wollte seine letzte Kraft nutzen, um mir die Nase abzubeißen.

»Zerstöre sie. Lass nicht zu, dass sie in ihre Hände fällt. Sag ihnen gar nichts.«

KRACH!

Neben uns brach eine weitere Hütte in sich zusammen.

»SCHWÖRE!« Er keuchte. »Sonst knalle ich dich ab.«

Ich nickte, und er ließ mich los.

Sein echtes Bein steckte unter dem Felsen fest. Er wirkte nur zehn Atemzüge vom Ende entfernt, und ich sah keine Möglichkeit, ihm zu helfen.

Erneut wieherte Frankie laut auf, also ich ließ ich Victor im Staub zurück und suchte nach ihr. Das Feuer breitete sich aus, und überall hing Rauch. Frankie war an die Überreste eines zersplitterten Waffenständers gebunden, verängstigt, aber unverletzt. Ich zog ihr das Geschirr ab und kletterte auf ihren Rücken. Die Maschine glitt in ihr Holster, wo sie hingehörte.
Tock. Tock.
Mehr Pfeile. Daneben. Nicht wirklich gut gezielt, zu weit weg, zu viel Wind.
Ich trieb Frankie an und ritt nach Süden, schlängelte uns vorbei an Felsbrocken und zerstörten Hütten. Wir ließen den Goblin sterbend zurück, und es ging mir damit nicht gut, aber es gab nichts, was ich tun konnte. Pfeile regneten um uns nieder, und in meiner Brust brannte ein bitterer Stolz.
Von dort oben konnten sie mich nicht treffen. Nicht mit solchen Waffen. Dafür bräuchten sie die Maschine.
Aber die konnten sie nicht bekommen.
Ich hatte sie.
Frankie trug mich aus dem Tal, und wir ließen all die Zerstörung und den Tod hinter uns.

32

Es war schlimm. Unsere Decken lagen noch unter irgendwelchen Trümmern, ebenso wie der Sattel und meine Thermoskanne, die uns den Weg hierher warm gehalten hatte. Alle Ausrüstung war noch im Aaron-Tal.
Ich zitterte. Sogar Frankie zitterte. In der Luft hing ein Nebel, der alles feucht werden und alle Konturen verschwimmen ließ. Die Welt hatte ihre klaren Kanten verloren, als hätte man alles mit Terpentin abgerieben.
Es fiel mir schwer, den richtigen Weg zu finden, und die Zeit verlor alle Bedeutung. Aus allen Richtungen kamen die Laute wilder Tiere. Wir trotteten weiter, voller Leid und Schmerzen.
Dann hielt Frankie an.
Die Welt wurde still. Keine Vögel. Kein Wind. Lediglich Frankies schwerer Atem. Sie schnaubte und knurrte wie ein Hund.
»Was hast du, mein Mädchen?«
Ihre Augen waren starr nach vorne gerichtet, und zwischen meinen Beinen spannte sich ihr Leib an. Die Angst floss aus ihr in mich. Dann hörte ich es auch.
Hufgetrappel. Den Pfad entlang. Näher und näher.
Jemand ritt schnell durch den Nebel, genau in unsere Richtung. Im Weiß des Nebels konnte ich nichts sehen, aber sie mich auch nicht. Mein Versuch, Frankie vom Weg zu treiben, scheiterte an ihrer Angst.
»He!«, rief ich ins Nichts. »Vorsicht!«
Das Geräusch kam näher. Beschleunigte sich. Dann sah ich es.
Der Schatten eines Pferdes. Kein Reiter. Es donnerte durch den Dunst.
Frankie bäumte sich auf, und ich musste mich an ihrer Mähne festklammern, um nicht abgeworfen zu werden. Ihre Vorderbeine schlugen durch die Luft, schreckten das heranstürmende Tier aber nicht ab. Es brach durch Frankies wilde Tritte und biss ihr unter dem Hals ins Fleisch.

Das Wildpferd biss fest zu und ließ nicht ab. Ich konnte das verformte Gesicht jetzt sehen. Augen voller Wahnsinn und das Glitzern von Steinen im Maul. Ein schartiges Stück Stein steckte wie ein kristallenes drittes Auge in der Stirn.

Es war ein Einhorn.

Ein Pferd mit einem Horn aus reiner Magie auf seiner Stirn, das den Geschichten zufolge ein Teil des heiligen Flusses war.

Nun, es schien, als ob die Geschichtenerzähler die Wahrheit gesagt hätten.

Das Horn aus purer Magie war gefroren wie der heilige Fluss selbst und war zu einer Ansammlung scharfer Kristalle geworden, die sich in die Haut gruben. Unter einem Auge stach ein purpurner Kristalldolch hervor, umgeben von getrocknetem und frischem Blut. So wie das Tier sich verhielt, wuchsen die Kristalle wohl auch in seinem Gehirn.

Die Bestie zeigte ihre Zähne, die voll von schaumigem Blut waren. Trotz des schrecklichen Anblicks wollte ich es streicheln und beruhigen. Die Coda hatte so vieles in Monster verwandelt. So viel Leid verursacht. Aber noch nie hatte ich das so perfekt dargestellt gesehen wie jetzt.

Dies war eines der heiligen Wunder der Welt. Ein selten erlebtes Symbol dafür, wie wunderschön das Leben sein konnte, jetzt durch ein korrumpiertes Stück Magie in seinem Kopf in den Wahnsinn getrieben. Die Coda hatte die ganze Welt infiziert, aber noch nie hatte ich ein traurigeres und furchtbareres Opfer gesehen.

Frankie wieherte und stampfte auf. Ein paar Tritte trafen ihr Ziel, aber das Einhorn war nicht aufzuhalten. Es riss das Haupt herum und schnitt Frankie mit der zackigen Kante des Horns über den Kopf.

Ich fiel herab und kroch auf allen vieren vor den schlagenden Hufen und dem Blut davon. Die Bestie biss in Frankies Flanke. Sie schrie auf, wirbelte herum und trat mit den Hinterbeinen aus. Das Einhorn wich aus. Wenigstens war da jetzt ein wenig Distanz zwischen ihnen.

Blut rann ihre Gesichter hinab, auch wenn ich befürchtete, dass der Großteil von Frankie stammte. Sie umkreisten einander, schwer atmend und humpelnd. Frankie war erschöpft, schwach und bereits schwer verwundet.

Das Einhorn stürmte los, und ich rollte zur Seite. Frankie versuchte, Abstand zu halten, wirbelte wild um sich tretend umher, aber die Bestie hatte keinen Selbsterhaltungstrieb. Ihre Köpfe prallten gegeneinander. Zähne suchten nach weichem Fleisch, beide Tiere heulten vor Wut und Schmerz.

Mit tauben Fingern zog ich die Maschine aus dem Holster und hielt sie zitternd vor mich. Die Kämpfer waren ineinander verschränkt, rollten übereinander, sprühten Speichel und Blut um sich.

Dann riss sich Frankie los. Das Einhorn bäumte sich auf und bot mir ein klares Ziel. Mein Finger ruhte auf dem Abzug.

Es war ein Einhorn. Das erste, das ich jemals gesehen hatte.

Frankie richtete sich auf, um mit ihren Vorderbeinen zu treten. Es knirschte, als sie das tollwütige Tier mitten am Kopf traf, doch das Einhorn schien es kaum zu bemerken.

Das Einhorn bäumte sich auf, und die beiden Tiere schlugen gegeneinander. Das gesplitterte, gebrochene Horn der Bestie bohrte sich tief in Frankies Hals.

Frankies Schreie wurden zu einem feuchten Gurgeln. Sie konnte sich nicht losreißen. Ihr Blick fiel auf mich. Sie bettelte mich an, sie zu retten.

Ich schoss.

Zwei Tiere fielen zu Boden.

Das Einhorn starb schnell. Frankie starb langsam. Ich sank neben sie, hielt sie fest und streichelte sie, bis sie ebenso kalt war wie alles andere in dieser geborstenen, leeren Welt.

33

Die besten Erinnerungen beinhalten Musik.

In Sunder war Platz teuer. Diejenigen an der Spitze der Gesellschaft hatten grandiose Häuser und Gärten, während die ganz unten wie klebrige Bonbons in einer Dose zusammengequetscht lebten. Deshalb fühlte sich der Abend in der Prim Hall so seltsam an: die Crème de la Crème von Sunder City Schulter an Schulter nebeneinander, in winzigen Sitzplätzen um die Bühne herum zusammengepfercht.
Aus irgendeinem Grund fand ich mich dort wieder.
Am Ende der Reihe saß Baxter Thatch mit einer Arschbacke auf einem Sitz, während die andere in den Gang hing. Die Frau neben dem Dämon war offensichtlich genervt, versuchte aber, es zu verbergen.
Zu Baxters Linken gab es zwei leere Plätze, dann kamen Amari und ich.
Ich trug eine Fliege, und ich sah lächerlich aus, während Amari in ihrem Ballkleid wie eine Königin wirkte. Es war aus Seide und Skelettblättern genäht, und ich musste mich wirklich davon abhalten, sie die ganze Zeit anzustarren.
Jenseits von Amari beschwerte sich Gouverneur Larkin über den Platz und den mangelnden Komfort und über alles andere.
»Ich dachte, du hättest ihn eingeladen, um ihm Honig ums Maul zu schmieren«, flüsterte ich ihr zu.
»Warte.« Ihre Lippen berührten mein Ohr für einen Herzschlag. »Sobald es losgeht, sieht alles gleich anders aus.«
Unter uns gab es Bewegung, und die Musiker kamen auf die Bühne. Dutzende, alle in ebenso lächerliche Anzüge wie meiner gekleidet.
Die Sitzreihe ächzte, als Baxter sich zu uns lehnte.
»Wo zur Hölle ist Hendricks?«
Die einzigen leeren Plätze waren neben uns. Bevor ich mit der Schulter zucken konnte, flogen die Türen des Saals auf, und der

Hochkanzler taumelte herein. Er war verschwitzt, betrunken und lachte laut. Hinter ihm kam ein wunderschöner Hexenmeister ebenso angetrunken herein. Hendricks und ich hatten den jungen Mann gestern Abend in einer Bar kennengelernt. Ich selbst fand ihn eher langweilig, aber er hatte Hendricks gleich geschmeichelt, und damit war es unmöglich gewesen, ihn wieder loszuwerden.
Die späten Ankömmlinge liefen die Stufen hinab, und Baxter stand auf, um sie vorbeizulassen.
»So gerade noch«, murmelte der Dämon, was Hendricks veranlasste, einen Kuss auf Baxters Wange zu drücken, bevor er neben mir Platz nahm.
Das Raunen im Saal verstummte, und die Stille war mächtig.
»Fetch, du erinnerst dich sicher an Liam.«
»Hey«, begrüßte mich Liam und reichte mir über Hendricks hinweg die Hand.
»Ruhe«, bat Amari. »Es geht los.«
Um sie nicht zu verärgern, blickte ich zur Bühne. Hendricks hingegen dachte, ich würde seinen Freund ignorieren.
»Nicht eifersüchtig sein, Junge.«
»Bin ich nicht«, zischte ich aus dem Mundwinkel. »Ich will nur leise sein.«
»Ahhh, aber natürlich.« Ich konnte das Lächeln in seiner Stimme hören. »Deshalb musste ich Liam mitbringen. Du wirst die ganze Zeit nur Augen für deine …«
Unsanft stieß ich ihm den Ellbogen in die Rippen, und er quiekte auf. Jeder Kopf im Saal wandte sich uns zu, und wir mussten das Lachen unterdrücken.
Amari nahm meine Hand in die ihre, sodass mein Handrücken auf ihrem Knie ruhte. Das ließ mich den Mund halten. Neben mir gluckste Hendricks wissend, aber ich hatte ihn längst hinter mir gelassen.
Noch standen Amari und ich am Anfang (wenn ich ehrlich bin, standen wir noch am Anfang, als das Ende kam). Es war noch die Zeit, in der ich nur ein Fremdenführer war, der hin und wieder am Tisch der Erwachsenen sitzen durfte. Es war die intensivste Berührung bislang, und auch wenn ich wusste, dass sie dazu diente, mich

ruhigzustellen, badete ich mich darin wie im Schein der Nachmittagssonne.
Dann begann die Musik.
So viele Instrumente hatte ich an einem Ort und gemeinsam ein Stück spielend noch nie gesehen. Wie viele mochten es sein? Hundert? Geigen und Cellos und Trompeten und Trommeln und manche, die ich gar nicht benennen konnte. Als ich ihrem gemeinsamen Spiel lauschte, verstand ich, warum ich einige nicht von den Straßen kannte – allein wirkten sie nicht.
Damals in Weatherly gab es kleine Kapellen, aber die hatten nur Lobgesänge und Hymnen gespielt. Sunder war voll von reisenden Barden und Kneipensängern, aber für die war es schwierig genug, allein Geld zu verdienen, geschweige denn, den schmalen Ertrag noch mit anderen Musikern zu teilen. Ich hätte mir nicht vorstellen können, dass sich jemand einem Musikinstrument verschreiben könnte, das nur als Teil eines extravaganten Kollektivs funktionierte. Nur in dieser unfassbaren Sammlung von perfekt aufeinander abgestimmten Musikern fanden sie ihren Platz.
An einem Ende der vordersten Reihe im Orchester saß eine junge Frau mit einer Art Horn auf dem Schoß. Soweit ich das erkennen konnte, hatte sie als Einzige noch gar nicht gespielt. Sie saß nur mit geschlossenen Augen da.
Als ich mich zu Amari wandte, um sie zu fragen, warum die Musikerin nicht spielte, sah ich das entrückte Lächeln auf ihren Lippen und schwieg.
Dann verstummten die Streicher. Dann die Becken und Glocken, und ein neuer Ton stieg aus der Mitte des Saals auf. Es klang wie die seelenwundeste Stimme der Welt und erinnerte mich an eine trauernde Frau, die ich unten am Fluss gesehen hatte, als ihr von der Pest dahingeraffter Sohn begraben worden war.
Es war die junge Frau mit ihrem Horn. So langsam. So traurig.
Das Publikum rührte sich nicht. All diese Leute, die immerzu so wichtig waren, wagten es kaum zu atmen, als dieser herzzerbrechende, einsame Ruf über uns hinwegglitt.
Amari drückte meine Hand. Ich sah sie einatmen, ganz tief, als würde sie die Musik regelrecht trinken. Als ich ihre Hand drückte,

glitten unsere Finger ineinander, und wir hielten uns bis zum Ende fest. Als die Musik verklang und alle aufstanden, um zu klatschen, ließ sie mich los und fiel ein.

Sogleich vermisste ich ihre Hand, als wäre sie ein Teil von mir selbst, der jetzt fehlte. Wie ein ausgefallener Zahn oder ein zu kurzer Haarschnitt.

Ich klatschte mit, aber alles, woran ich denken konnte, war ihre Haut an meiner und die Frage, ob ich sie jemals wieder berühren würde.

34

Ich musste aufstehen. Ich musste in Bewegung bleiben. *Aber warum?*

Warum nicht einfach neben meinem Pferd liegen bleiben und einschlafen? Es gab keine Freunde, die auf meine Rückkehr warteten. Keine Liebhaberin. Nicht einmal einen Fisch, den ich füttern musste. Ich musste nur noch akzeptieren, dass es die Welt zu einem besseren Ort machte, wenn ich einfach auf meinen geplagten Leib hörte und mich nie wieder bewegte.

Aber ich schüttelte mein Hirn noch einmal aus, und es fiel ein Gedanke heraus, der mich überraschte.

Rick Tippity.

Er hatte Niles nicht ermordet, dessen war ich mir inzwischen sicher, aber ich hatte das der Polizei gegenüber behauptet. Außerdem konnte ich nicht länger ignorieren, dass er den Mord an seinem Partner nie wirklich gestanden hatte. Es war wahrscheinlicher, dass der Eismann bei einem fehlgeschlagenen Experiment gefroren worden war. Tippity hatte versucht, es mir zu erklären, aber ich war zu sehr darauf bedacht gewesen, seine Worte meiner Geschichte anzupassen.

Klar, ich hasste den Typen, aber ich wollte nicht daran schuld sein, wenn sie ihn unschuldig aufknüpften.

Also konzentrierte ich mich auf sein blödes, bebrilltes kleines Gesicht, und aus irgendeinem Grund reichte das, um mich anzutreiben. Ich stand auf, bereit, die Reise nach Hause wenigstens zu *versuchen*.

Ich sammelte die wenigen Vorräte ein, die mir geblieben waren – Streichhölzer, Dolch, eine dünne Decke –, und dann beging ich ein furchtbares Verbrechen.

Bitte bedenkt, dass ich lange dort in der Kälte stand und mit mir rang. Ein Dutzend Mal ging ich den Heimweg im Kopf durch, überlegte, wie lange er dauern würde, bevor ich mir selbst eingestand, dass es nicht anders ging.

Ich schnitt ein Stück Fleisch aus Frankies Flanke.
Ich weiß. Aber ich würde Tage bis nach Sunder benötigen, und es war unwahrscheinlich, dass ich unterwegs etwas zu essen finden würde. Außerdem hatte ich eine Menge Geld für das Pferd bezahlt, und es war eine Schande, gutes Fleisch verkommen zu lassen.
Und weil ich jeden Anstand längst hinter mir gelassen hatte, schnitt ich auch noch das Horn des Einhorns aus seinem Fleisch. Zuerst lockerte ich es mit ein paar Tritten und löste es so weit wie möglich aus dem Schädel. Die scharfen Kanten schnitten mir in die Finger, und unser Blut vereinte sich im Schnee: meines, Frankies und das des legendären Tieres.
Obwohl ich genau das gefunden hatte, wonach Warren gesucht hatte, durfte er nie erfahren, was aus Einhörnern geworden war. Die Splitter waren matt und voller Schlieren. Sie sahen kein bisschen magisch aus. Eher das Gegenteil dieser leuchtenden Kugeln, die Tippity aus den Köpfen der Feen gebrochen hatte. Dennoch wickelte ich sie in ein Stück Leder und schob sie in meine Tasche. Es war dumm, sie wie eine zersplitterte Whiskyflasche herumzutragen, und ich wusste schon jetzt, dass ich mich bei der Suche nach einer Clayfield daran schneiden würde, aber ich musste mir schon lange keine Gedanken mehr darum machen, ob ich dumm war.
Mit noch ein paar weiteren schrecklichen Taten für meine zukünftigen Albträume machte ich mich auf den Weg.
Am ersten Abend fand ich ein altes Lagerhaus mit einem Keller, wo ich mich vor den Elementen geschützt ausruhen konnte. Als ich am nächsten Morgen aufwachte, hing der Nebel noch über der Welt. Ich folgte der Straße, aber es fühlte sich an, als würde ich mich verirren. Ein Teil von mir wollte zurückgehen oder darauf warten, dass der Nebel sich lichtete, damit ich an der Sonne sehen konnte, ob ich in die richtige Richtung ging, aber ich hatte Angst, einfach tot umzufallen, wenn ich innehielt. Dann erreichte ich die Hütte, in der Frankie und ich auf dem Hinweg übernachtet hatten, was mir bewies, dass ich auf dem richtigen Weg war. Ohne diese Versicherung hätte ich vielleicht den Verstand verloren.

In den Nächten briet ich mir Streifen des Pferdefleisches über einem Feuer. Es war die traurigste Mahlzeit meines Lebens, auch wenn ich ohne sie verhungert wäre.

Die ersten Tage befürchtete ich noch, dass mir jemand auf den Fersen sein könnte. Dauernd sah ich mich um und lauschte, aber nach einigen Tagen der Stille war klar, dass sie keine Pferde dabeigehabt hatten und mich nicht einholen würden. Außerdem waren sie wegen Victor gekommen und konnten gar nicht wissen, dass ich sein Gast gewesen war, weshalb sie auch nicht ahnten, dass die Maschine mit mir entkommen war. Für sie war ich nur irgendein Fremder, der zwischen die Fronten geraten war.

Eines Morgens bei Sonnenaufgang, als ich gerade mein Blut fragte, ob es wohl Lust habe, auch heute mal wieder zu kreisen, hörte ich Motorenlärm. Zuerst dachte ich, dass ich die Entfernung zur Stadt überschätzt hatte und mir der Wind die Geräusche Sunder Citys an die Ohren wehte. Aber er wurde lauter. Kam näher. Ich spähte unter der dünnen Decke hervor und sah ein Stück Zukunft vorbeifahren.

Es war ein Automobil. Aber nicht wie jene Fahrzeuge aus den alten Zeiten, die vor der Coda ratternd wie Presslufthammer schwarzen Rauch verströmt hatten. Es war glatt, glänzte, und der Fahrer war hinter dunklen Scheiben verborgen.

Es musste den gleichen Leuten gehören, die mich und Tippity auf unserem Weg in die Stadt beinahe mit ihrem Laster überfahren hatten. Falls es diejenigen waren, die gerne Felsen in Täler rollten, musste ich mich vorsehen. Danach hielt ich mich am Rand der Straße, bereit, jederzeit in den Graben zu springen, sollte noch ein Auto herangerumpelt kommen.

Mehr Tage vergingen auf meinem Weg Richtung Sunder. Ich schlief in einem hohlen Baumstamm, einem abgestellten Waggon und einem aufgegebenen Rasthaus, aber ich wachte nie ausgeschlafen oder erfrischt auf. Es war ein langer Weg. Eine Strafe für meine vielen Fehler. Es war schmerzhaft. Es fühlte sich sinnlos an. Aber die ganze Zeit trug ich unter der Schulter die Maschine, mit der ich allem jederzeit ein Ende machen konnte.

Irgendwie half das. Weil ich es beenden konnte, wenn ich wirklich wollte. Jeder Schritt war eine Wahl. Es war meine Entscheidung. Mit dieser seltsamen, selbstzerstörerischen Einstellung brauchte ich sechs Tage bis nach Sunder.

* * *

Ich trottete die Main Street hoch, setzte einen Fuß vor den anderen und sah, dass Georgio nicht in seinem Café war. Ich hatte jedes Zeitgefühl verloren und wusste nicht einmal mehr, welchen Wochentag wir hatten. Die Drehtür attackierte mich mit einem Spiegelbild voller Blut und Schmutz. Im Gesicht hatten Tränen Linien in den Dreck gegraben. Ich sah aus wie eine Leiche, die von einem nicht sonderlich begabten Nekromanten reanimiert worden war.
Irgendjemand hatte alle Stufen ausgetauscht, als ich weg gewesen war, weshalb ich am Ende auf allen vieren hochkroch.
Es gelang mir, die Tür zu meinem Büro aufzudrücken, indem ich mich einfach dagegenlehnte, dann robbte ich hinein und blieb einfach auf dem Boden liegen.
Mein Bett war endlos weit entfernt, und ich konnte mich nicht davon überzeugen, dass es sinnvoll wäre hineinzuklettern. Dann bewegte es sich.
Zwei Polizeistiefel tauchten neben meinem Kopf auf.
»Ach du meine Güte. Geht es Ihnen gut, Mister?«
Ich knurrte vor mich hin. Die Stiefel gingen zu meinem Schreibtisch, und jemand telefonierte.
»Detective? Er ist zurück ... ich ... nein, ich glaube nicht.«
Die Stiefel kamen zurück, und ihr Besitzer hockte sich neben mich, als wäre mein Gesicht ein platter Reifen.
»Sir. Detective Simms möchte, dass Sie mich aufs Revier begleiten. Wir müssen Sie auf die Verhandlung vorbereiten.«
»Hgadnatsalizz ...«
Ich schloss die Augen. Seine Stiefel quietschten auf den Dielen.
»Detective, Sie kommen besser hierher.«
Als er mit dem Telefon beschäftigt war, zog ich die Maschine aus dem Holster und schob sie unter das Bett.

35

Das fühlte sich richtig an.
Vor der *freundlichen* Version von Simms hatte es mich schon gegruselt. Nach über einer Woche fern der Heimat war es gut, an einem bekannten Ort zu sein: unter den Stahlkappenstiefeln des Detectives.

Sie verpasste mir ein paar ordentliche Tritte, bedachte mich mit einigen passenden Namen und versuchte, mich auf die Füße zu bekommen, aber ich lachte die ganze Zeit nur wie ein Verrückter, weil mein Körper mir nicht gehorchen wollte, selbst als ich es versuchte.

Einige ihrer harten Jungs schleppten mich raus. Nicht zum ersten Mal, weshalb sie Übung darin hatten, mich die Treppe runterzuschleifen.

Auf dem Revier schnitten sie mir die Handschellen von den blutenden Handgelenken. Zuerst zwangen sie mir etwas Essen in den Mund, dann kam der Feuerwehrschlauch. Das eiskalte Wasser war ein Schock, der einen Teil meiner Lebensgeister wiederkehren ließ. Irgendwer besorgte einen abgetragenen Anzug, der mir zwei Nummern zu groß war, aber dafür sauberer als alles, was ich besaß.

Ein Mann schnitt mir sogar die Haare, was mich ungemein erheiterte. Eine Krankenschwester drückte mir einen Trank in den Mund, der einen ähnlichen Effekt wie Tippitys Wachmacher hatte. Nicht ganz so gut, aber er öffnete mir die Augen.

Ich war wie ein preisgekrönter Hund, der auf eine Show vorbereitet wurde. Die ganze Zeit versuchte ich, meine Gedanken auf meine Zunge zu zwingen, aber es wollte mir nicht gelingen, zu abgehackt und ohne Sinn waren sie. Simms zog ein Lid hoch und starrte mir direkt ins Auge.

»Besorgt mir ein Viertel Whisky und eine Packung Clayfields.«
»Heavies«, murmelte ich. Ihre flache Hand schlug mir hart ins Gesicht. Jemand lief los, um alles zu besorgen.

»Ich habe dir gesagt, du sollst die Füße stillhalten, Phillips. Am besten zu Hause bleiben. Und was machst du? Du ziehst los und verschwindest für über *eine Woche* aus der Stadt. Du hast deinen Auftritt im Zeugenstand verpasst, aber du hast Glück: Ich konnte die Richterin überzeugen, dich vor der Urteilsverkündung noch einmal anzuhören. Um das ganz deutlich zu sagen: *Versau mir das nicht!*«

Sie war nicht nur wütend. Sie war besorgt. So gestresst hatte ich sie noch nie erlebt.

»Simms, ich glaube nicht …«

Noch eine Ohrfeige.

»Du gehst da hoch, und du wirst der Richterin genau das berichten, was du mir schon erzählt hast, und danach lasse ich dich ins Bett, klar?«

Ich wollte den Kopf schütteln, aber irgendjemand hatte ihn gegen ein zu volles Fischglas ausgetauscht.

Noch eine Ohrfeige.

»Klar?«

Es war, als stünde ich neben mir selbst. Es musste so ausgesehen haben, als würde ich nicken, denn als die Clayfields und der Whisky gebracht wurden, gab sie mir beides. Was immer man auch über Simms sagen konnte, sie wusste auf jeden Fall, was die richtige Medizin war. Es reichte gerade so, dass ich auf eigenen Füßen stehen konnte.

Wir überquerten die Straße zwischen Revier und Gerichtsgebäude, und ich redete mir ein, dass es so besser war, denn ich würde alles gleichzeitig Simms und dem Richter erklären, womit alles auf einmal aufgeklärt würde. Simms würde es nicht schmecken, ganz egal, wie ich es sagte, aber so musste ich das wenigstens nur einmal durchstehen.

Gerade als wir ins Gericht wollten, bemerkte ich, dass das Gebäude brodelte.

Ich fragte Simms, woher der Lärm kam.

»Von den Schaulustigen.«

Scheiße.

36

Es war schlimmer als erwartet. Viel schlimmer.
Bislang war ich nur vor Gericht aufgetreten, um bei kleinen Fällen auszusagen, wem etwas gehörte oder wer wen zuerst geschlagen hatte. Da hatte es nie Publikum gegeben. Alle im Verhandlungszimmer waren involviert.
Davon war ich ausgegangen. Aber das hier? Das war Theater.
Hundert Leute warteten. Vielleicht sogar mehr. Indem ich meinen Termin verpasst hatte, hatte ich die Aufregung verdoppelt: Kronzeuge und Urteilsverkündung an einem Tag.
Ein paar hatten Plätze gefunden, aber die meisten mussten stehen. Alle redeten durcheinander, und mit jeder Sekunde wurde es lauter.
Die Richterin war eine dürre Werwölfin oben auf ihrem hölzernen Thron. Auf ihrer Miene zeigte sich überdeutlich ihre Ungeduld.
Mithilfe ihres Teams von eifrigen Laufburschen hatte Simms mich durch eine Schneise in der Menge bis nach vorne bugsiert und drückte mich jetzt auf einen Stuhl, der offenbar auf maximales Unbehagen ausgelegt war. Sie zog mir die Clayfield aus dem Mund.
»Kannst du in ganzen Sätzen reden?«
»Es tut mir leid.«
»Das reicht mir.«
Dann ging sie zum Richterpult und handelte den Ablauf der Darbietung aus.
Die Menge setzte sich aus allen Schichten der Stadt zusammen. Jede Art Kleidung. Alle Spezies, Alter, Geschlechter. Einige waren beruflich hier und hatten Notizbücher dabei. Jemand zeichnete mich. Das war komisch. Ich zog eine Clayfield hervor und kaute darauf rum, während ich mich darauf vorbereitete, Simms' kleine Party zu stören.
Von hinten wurde Tippity hereingeführt. Er sah aus, wie ich mich

fühlte, ausgemergelt, ausgehungert und erschöpft, aber ebenso in einen dämlichen Anzug aus zweiter Hand gestopft wie ich. Man hatte ihm seine graue Mähne abgeschnitten, was ihn elend aussehen ließ. Das tat mir nicht allzu leid. An den Morden mochte er unschuldig sein, aber er blieb trotzdem ein Arschloch.
Simms kehrte zurück und legte mir die Hand auf die Schulter, als wären wir ein Team, dann sorgte die Richterin mit lauten Rufen für Ruhe.
»Erzählen Sie uns einfach, was passiert ist.«
»Du befragst mich selbst?«, fragte ich leise.
»Selbstverständlich.«
Großartig.
Der Lärm ebbte ab und wurde zu einem leisen Raunen. Tippitys Blicke durchbohrten mich wie Dolche. Die Richterin hustete heiser, und ich bereitete mich darauf vor, das Verfahren viel aufregender werden zu lassen, als alle ahnten.
Zuerst kamen einige offizielle Ansprachen und Formalitäten, denen ich wenig Beachtung schenkte. Als sich alle erhoben, tat ich es ihnen gleich und setzte mich wieder, als sie es taten. Ich wiederholte einige Sätze, nickte und stimmte Worten zu, die ich kaum verstand. Endlich legte Simms los.
»Der Zeuge, Mr Fetch Phillips, ist ein *Mann für Alles*. Ich werde vor Gericht nicht lügen und behaupten, dass ich seine Methoden oder seine Manieren immer gutgeheißen habe, aber ich kann Ihnen allen versichern, dass Fetch Phillips ein einfacher Mann ist. Er redet klar. Er sagt die Wahrheit. Und ich glaube, er wird Ihnen heute diese Wahrheit sagen.«
Simms hatte sich neben mich gestellt und deklamierte direkt in die Menge, um den Eindruck zu erwecken, dass wir mit einer Stimme sprachen.
»Mr Phillips, wann haben Sie zum ersten Mal vom Mord an Lance Niles erfahren?«
»Als ich ihn sah. Das Loch in seinem Kopf war ein deutlicher Hinweis.«
Einige Lacher. Simms achtete nicht darauf. Sie glaubte noch, dass wir an einem Strang zögen.

»Mr Phillips wird manchmal von Kunden angeheuert, um Gerüchten nachzugehen, die Magie kehre zurück.« Beinahe hätte ich protestiert, aber ich wollte ihren Rhythmus nicht stören. »Deshalb habe ich ihn gebeten, sich den Tatort anzusehen, um den Mord mit seinen Fällen zu vergleichen. Leider gab es keinerlei Hinweise. Aber danach hat sich Mr Phillips auf eigene Faust auf die Suche gemacht, denn er nahm an, dass für die Ergreifung des Täters eine Belohnung ausgesetzt war. Korrekt?«

Mir gefiel diese Seite von ihr. Sie zog eine hübsche kleine Show ab. Leider würde ich das alles zum Teufel jagen müssen.

»Klar.«

»Und wohin hat Ihre Untersuchung Sie geführt?«

»Nun, ich stellte Nachforschungen zu verschiedenen Zaubern an, die Feuer produzieren konnten. Ich fragte mich, ob es vielleicht eine Art von Magie gibt, die zwar nicht *genauso* ist, aber vielleicht inaktiv und dadurch noch vorhanden. Die Fähigkeiten von Hexen und Hexenmeistern klangen naheliegend, also fragte ich mich herum und hörte von Tippitys Apotheke. Deshalb ging ich für einen Plausch vorbei.«

»Und was hat er Ihnen erzählt?«

»Nichts. Er hat mir einen Feuerball ins Gesicht geschleudert.«

Das entlockte einigen Kehlen ein wohliges Stöhnen. Simms lächelte. Sie fragte nach dem Rest der Geschichte, und ich gab sie wahrheitsgetreu wieder. Der gefrorene Leichnam, der Marsch zur Kirche, und wie ich Tippity dabei beobachtet hatte, wie er den Kopf lange verstorbener Feen spaltete. Es war genau, was Simms hören wollte, und die Menge liebte es.

»Das ist der Beweis. Dieser Mann dort, Rick Tippity«, sie deutete auf ihn, »hat die Überreste heiliger Feen geschändet, um ihre magische Essenz zu rauben. Er hat diese Essenz genutzt, um furchtbare Waffen herzustellen und mit diesen dann seinen Partner Jerome Lee einzufrieren, Fetch Phillips anzugreifen und Lance Niles zu ermorden.«

»Nun ... vielleicht auch nicht.«

Das zog alle Aufmerksamkeit im Saal auf mich. Lediglich Simms sah mich nicht an. Sie wollte da wirklich, wirklich, wirklich,

wirklich nicht nachhaken, aber meine Worte hingen in der Luft, hell und strahlend, und alle starrten sie an. Sie hatte keine Wahl. Unwillig drückte sie die Worte von ihrer gespaltenen Zunge.
»Wie ... wie meinen Sie das?«
»Ich meine, ich lebe noch. Und Tippity auch. Er hat mir einen seiner Spaßbeutel direkt ins Gesicht geworfen, und ein anderer ist direkt neben seinen Eiern explodiert. Aber ich bin immer noch wunderschön und er nicht kastriert. Was schließen Sie daraus?«
»Dass das Exemplar, das er bei Lance Niles benutzt hat, stärker war.«
»Kommen Sie. Alles, was Tippity hinbekommt, ist ein kleiner Feuerblitz. Sie haben die Leiche gesehen, Detective. Was immer auch Lance Niles getötet hat, hat ihm zwei Zähne ausgeschlagen, aber den Rest nicht mal angerührt. Es hat seine Wange zerfetzt, aber seine Lippen verbrannt. Was es auch war, es ist eine neue Sorte echter Macht.« Ich konnte Simms nicht ansehen. Es tat mir so leid, dass ich sie vor all ihren Freunden und Kollegen bloßstellte. Stattdessen blickte ich zu Rick. »Was hat Tippity erreicht? Nichts. Ein Echo alter Zeiten, von Dingen, die einst groß waren, aber nun seit Jahren verloren sind. Den letzten Atemzug eines Wesens, das besser und heller war als der Rest von uns, verbrannt. Er sollte dafür weggesperrt werden, dass er ein trauriger, kleiner Scheißer ist, aber er ist kein Mörder. Sehen Sie sich das Wieselgesicht doch nur an. Der träumt doch davon, jemals so interessant zu sein.«
Simms bebte.
»Aber Jerome, sein Partner ...«
»Hat sich selbst bei einem dummen Experiment schockgefroren, so wie es aussieht. Ich denke inzwischen, dass Tippity etwas ähnlich Blödes passiert wäre, wenn ich ihn nicht mit Fragen zu Lance Niles überfordert hätte. Vermutlich hätte er seine Apotheke mit sich darin niedergebrannt und uns allen eine Menge Arbeit erspart.«
Danach wurde es ein wenig wild. Simms bat die Richterin um ein Gespräch, das sofort zu einem Streit wurde. Tippity sprang auf

und hielt eine Rede, die aber daneben war, weil er gleichzeitig behauptete, Lance Niles nicht ermordet zu haben, aber auch darauf bestand, dass er es natürlich gekonnt hätte, wenn er es gewollt hätte. Das Publikum lachte und buhte und schrie durcheinander.

Alle außer einem.

Er saß ein paar Reihen weiter hinten und trug einen breitkrempigen Hut und einen dicken schwarzen Mantel. Mit seinem Gesicht stimmte etwas nicht. Es sah aus, als wäre er verletzt worden und als wäre der Arzt, der ihn versorgt hatte, betrunken gewesen.

Seine Aufmerksamkeit galt mir. Nur mir. Und er kam mir bekannt vor. Sein Lächeln war wie ein Riss im Bürgersteig. Vielleicht erinnerte er mich an das Einhorn: ein majestätisches Antlitz, das unnatürlich verdreht worden war. Dann stand er auf, strich den Mantel glatt und nahm seinen Gehstock in die Hand.

Da wusste ich, woher ich ihn kannte.

In der Gasse nach dem Kartenspiel. Ich hatte gedacht, dass mir Harold Steeme gefolgt war, aber es war dieser Mann mit der Melone und der Pfeife gewesen. Er hatte eine andere Kopfbedeckung auf, aber ich erkannte Gesicht, Gehstock und Mantel.

Er bahnte sich einen Weg durch die Menge Richtung Ausgang. Ich wollte schreien: *Da ist er! Das ist der wahre Mörder!* Aber im Saal herrschte absolutes Chaos, und ich hätte mich nur lächerlich gemacht.

Wie vor den Kopf geschlagen (ein Gefühl, das ich gut kenne) sah ich zu, wie er in der Menge untertauchte und verschwand.

Nach einer Minute trat Simms mit geballten Fäusten auf mich zu. Sie konnte mich nicht einmal ansehen.

»Verpiss dich, Phillips, zur Hölle noch mal, verpiss dich!«

Ich tat, wie mir geheißen, auch wenn ich jetzt schon ahnte, dass ihre Schläger mich demnächst einsammeln würden und ich alles würde erklären müssen.

Vor dem Gerichtsgebäude suchte ich die Menge nach Hüten und Gehstöcken ab, aber von dem gut gekleideten Mann mit dem vernarbten Gesicht fehlte jede Spur.

So ließ ich diese Aufregung hinter mir, aber ich fand mehr davon, als ich die Main Street erreichte. Irgendein Getöse hatte die Leute auf die Straße gelockt. Einige Straßenzüge vor meinem Büro sah ich die ersten Bauarbeiter. Sie trugen Overalls mit den Buchstaben NC auf dem Rücken. Einige hatten eine der alten Laternen geöffnet und arbeiteten an ihren Innereien. Ein Stück weiter hatten sie eine Laterne ganz entfernt.

Fußgänger fragten einander, was los war, aber niemand wusste etwas. Die Arbeiter antworteten mit Allgemeinplätzen wie »Ich mache hier nur meine Arbeit« oder bestätigten lediglich das Offensichtliche: »Wir bauen die Laternen ab.«

Dann zeichneten sich zwei rote Hörner in der Menge ab. Baxter Thatch trat auf eine Bank und richtete das Wort an die Schaulustigen.

»Ladys und Gentlemen, bitte verzeihen Sie uns die Störung, aber wir nehmen einige Veränderungen an den Laternen der Stadt vor. In den nächsten Wochen werden wir die Laternen so umbauen, dass sie von einer neuen Art Energie profitieren können, die das Kraftwerk der Niles Company bald liefern wird. Sie haben richtig gehört: Bis zum Ende des Winters werden die Lichter der Main Street wieder in altem Glanz erstrahlen!«

Baxter sagte es in Erwartung von Jubel, aber dafür war es noch zu früh. Wir benötigten einen Moment, um die Tragweite der Ansprache zu begreifen. Um zu entscheiden, ob wir ihr Glauben schenken wollten. Wir zogen uns alle in uns selbst zurück, in Erinnerungen an eine gloriose Vergangenheit, gepaart mit der schmerzvollen Gegenwart und einer ungewissen, strahlenden Zukunft.

Auf der Main Street würde es wieder Laternen geben. Ein neues Kraftwerk wurde gebaut. Das waren gute Neuigkeiten. Vielleicht die ersten, seit die Welt dunkel geworden war.

Baxter schüttelte Hände und schlug auf Schultern, und endlich lachten die Leute um mich herum und fielen sich in die Arme.

Ein bisschen Hoffnung. Ein bisschen Veränderung. Fortschritt.

Mit einem Mal wirkte der Tag gar nicht mehr so düster. Es war ein guter Tag, um ein besserer Mensch zu werden. Ein guter Tag, um die Maschine aus der Stadt zu schaffen und zu zerstören, so wie Victor mich gebeten hatte. Ein guter Grund, meine kindischen Spielchen aufzugeben und etwas Echtes anzufangen, für das mein Name nicht auf einer Tür stehen musste. Vielleicht so einen Overall der Niles Company anziehen, mich zu den Arbeitern gesellen und etwas bauen. Etwas Echtes. Etwas, das Leuten wirklich half.

Aber ich tat es nicht. Natürlich nicht. Ich kehrte in mein Büro zurück und kroch in mein Bett. Dann schlief ich lange, und als ich das nächste Mal auf die Straße trat, hatte ich die Tötungsmaschine in ihrem Holster dabei.

Ich ging nicht zur Niles Company und fragte nach einem Job. Das musste ich gar nicht.

Es dauerte nicht lange, bis die Niles Company zu mir kam.

37

»Wovon zum Teufel redest du?«
»Drachen!«, antwortete er.
Ich wollte ihm eine verpassen.
»Ich weiß, *dass* du Drachen gesagt hast. Aber ich weiß nicht, *warum* du Drachen gesagt hast.«
Es fiel mir schwer, ruhig zu bleiben. Der Wind wehte eiskalt aus dem Süden, ich hatte seit Wochen nicht anständig gegessen, und jetzt hatte mich ein zahnloser Zwerg für einen sinnlosen Auftrag nach Westen rausgezerrt.
»Ich habe einen gehört«, behauptete er.
»Nein, hast du nicht.«
»Wohl.«
»Wo?«
»Hier!«
Er deutete auf die Speicher um ihn herum. Dieser Teil der Stadt war voller Lagerhäuser, in denen Fabriken ihre Erzeugnisse und Materialien einlagerten. Es gab wenig Wohnhäuser oder Geschäfte und ganz sicher keine Drachen.
»Es war genau hier«, fuhr er fort und deutete zwischen seine Füße. »Und ich habe sein Brüllen gehört. Zwei Mal!«
»Und was soll ich jetzt machen?«
»Nun, ich dachte, dir würde die Information was bedeuten.«
Ich blies alle Luft aus meinen Lungen und rieb mein schlaffes Gesicht.
»Warum glaubst du das?«
»Weil du das doch machst, stimmt's? Das haben sie vor Gericht gesagt. Dass du Magie suchst, die noch nicht abgehauen ist.«
Er war nicht der erste Klient mit diesen Flausen im Kopf, auch wenn die meisten sie etwas gesetzter formulierten. In den zwei Wochen seit der Verhandlung hatte ich eine ganze Herde verzweifelter und hoffnungsloser Mitbürger geradezu mit einem spitzen Stock von mir fernhalten müssen.

»Du dachtest einfach, das würde mir helfen?«
»Na ja, ich schätze, dass es was wert ist.«
Dabei rieb er die Daumen und Zeigefinger aneinander und wackelte auf lächerliche Weise mit den buschigen Augenbrauen.
»Das soll wohl ein Scherz sein. Du schleppst mich bei diesem Wetter raus, um mir imaginäre Drachen zu zeigen, und ich soll für dieses Privileg auch noch bezahlen?«
Ein kurzes Grummeln, dann fing er sich: »Okay, dann verkaufe ich die Info eben an die andere.«
»Die andere was?«
»Detektivin.«
»Kannst du auch mal Klartext reden?«
»Hier.«
Er zog ein zerknülltes Stück Papier aus der Tasche, das sich als eine ausgeschnittene Zeitungsanzeige entpuppte, und drückte es mir in die Hand, als wollte er mir eine Klinge in den Bauch rammen.
Ich traute meinen Augen nicht.

Linda Rosemary – Magische Nachforschungen
Ich finde, was verloren ging.

Das war also ihre neue Abzocke: die verzweifeltsten Bürger um ihre letzten Münzen zu bringen, indem sie ihnen ihre eigenen Hoffnungen verkaufte. Ich steckte das Papier ein.
»Hey, ich brauche das noch!«
»Nein, tust du nicht. Du hast genug Scheiße am Hacken, ohne noch mehr zu kaufen. Ich gehe heim.«
Ich ließ ihn mit seinem unsichtbaren Drachen stehen und ging Richtung Osten. Es war arschkalt. Noch hatte mir Simms meinen Mantel nicht zurückgegeben, also trug ich einen gebrauchten, mottenzerfressenen Trenchcoat über einem alten Wollanzug.
Ohne die Laternen sah die Main Street seltsam aus. Offenbar mussten sie für die neue Energiequelle konvertiert werden, deshalb hatte die Niles Company sie abgeholt. Die Arbeiter in den Overalls waren überall in der Stadt beschäftigt, renovierten Gebäude und rissen Straßen auf. Auf der Main Street sah ich Leute,

die Karren voller Gerümpel aus der Kanalisation vor sich herschoben.
Als ich mich der 108 näherte, kribbelte es mir im Nacken. Auf der anderen Straßenseite stand ein Oger über ein Münztelefon gebeugt. Sein wildes Haar und der brustlange Bart waren extrem ordentlich gekämmt.
Während er in den Hörer sprach, beobachtete er mich und gab sich keine Mühe, sein Starren zu verbergen. Wenn man so groß wie ein Ochsenkarren ist, lohnt sich die Mühe wohl nicht.
Ein stotterndes Geräusch lenkte meine Aufmerksamkeit ab. Als ich mich umdrehte, sah ich ein großes schwarzes Automobil die Straße entlangfahren. Es war dieses glänzende Gefährt mit imposanter Karosserie, Weißwandreifen und getönten Scheiben, das ich auf dem Weg vom Aaron-Tal gesehen hatte. Aus der Nähe war es noch beeindruckender. Eine deutliche Verbesserung zu den Kisten auf Rädern, die sich vor gut einem Jahrzehnt zum ersten Mal keuchend in die Stadt vorgearbeitet hatten.
Ich wollte weglaufen. In mir stieg das furchtbare Gefühl auf, dass mir das Auto seit dem Tal folgte, aber ich erstarrte nur und betete, dass es vorbeifahren möge.
Es hielt an. Das schnittige, schwarze Gefährt blieb direkt neben mir am Bordstein stehen, und eine kleine Elfe mit schmalen grünen Augen sah mich vom Fahrersitz aus an.
»Steigen Sie ein, Mr Phillips. Jemand möchte mit Ihnen plaudern.«
Es war die Stimme einer Person, die sich für gewöhnlich für die intelligenteste im Raum hält.
»Sagen Sie *jemandem*, dass man mich zu den üblichen Zeiten in meinem Büro finden kann. Ich habe eine neue Regel: Im Winter gehe ich nirgends ohne Bezahlung hin.«
Der Oger tauchte neben mir auf. Es war nicht nötig, dass er mir drohte oder mir die Hand auf die Schulter legte. Bei der Größe ist jeder Atemzug eine Warnung. Zwei Buchstaben zierten die goldenen Knöpfe seines Kragens: NC.
Da ich neugieriger auf die Niles Company war als auf ein intensives Gespräch mit einem Oger, der mir meine Eingeweide aus der Nase zog, stieg ich in das verdammte Auto ein.

38

Vielleicht kenne ich nicht jeden Quadratzentimeter von Sunder, aber doch die meisten Ecken. Als wir in die Sechzehnte Straße einbogen, sah ich das große Haus zum ersten Mal, und ich hätte schwören können, dass es Anfang des Jahres noch nicht dort gewesen war. Daneben wirkten das Haus des Bürgermeisters und die Villa des Gouverneurs wie kleine Baracken. Das hier war weitläufig, dekadent und unglaublich geschäftig.

Am Tor standen zwei weitere Oger, ungefähr halb so groß wie derjenige, der sich neben mich auf den Sitz gezwängt hatte, aber beide in den gleichen dunkelgrauen Anzügen. Sie zogen die kupfernen Torflügel auf, und wir fuhren einen langen Weg hoch auf das Gelände. Auf beiden Seiten arbeiteten viele Gärtner, legten Gräben an und pflanzten Bäume.

Das Haus selbst war komplett aus Holz errichtet worden, was in Sunder City eine Ausnahme war. Es war schon drei Stockwerke hoch, und es sah so aus, als würde noch mindestens ein viertes folgen. Ein Balkon lief im zweiten Stock einmal komplett herum, und so große Fenster hatte ich noch nirgends in der Stadt gesehen. Der Wagen hielt vor dem Vordereingang, und mehr Bedienstete in Anzügen erschienen, um die Türen zu öffnen und mir aus dem Sitz zu helfen. Es war eine Darbietung, aber ich war nicht sicher, für wen sie gedacht war. Nicht für mich, so viel stand fest. Ich wurde nur angeliefert. Wie die Morgenzeitung auf die Stufen gelegt.

Ein Butler ließ mich in eine Vorhalle, die größer als die meisten Häuser von Sunder war. Der Boden war ein Schachbrettmuster aus schwarzen und weißen Steinplatten, und zwei gegenläufige Treppen wanden sich zum ersten Stock empor; die weißen Geländer waren handgeschnitzt. Oben stand ein Mann, den ich nie zuvor gesehen hatte.

Ein Mensch, um die fünfzig. Einer dieser Kerle, für die das Alter keine Bürde, sondern ein Geschenk war. Ein Hauch von Silber an

den Schläfen und Lachfalten, die ihn nur interessanter wirken ließen. Er trug einen hellbraunen Anzug und hatte die maskuline Aura eines Mannes, der genau weiß, wie es läuft.
»Der berühmte Fetch Phillips«, begrüßte er mich mit tiefer, widerhallender Stimme, die einen Limerick wie eine Predigt klingen lassen konnte. »Mein Name ist Thurston Niles. Vielen Dank, dass Sie meine Einladung angenommen haben.«
»Schien mir besser, als mich hier am Kragen reinzerren zu lassen. Ich wollte Ihnen nicht den Boden zerkratzen.«
Sein Lächeln war höflich. Es gab nichts zu beweisen. Kein Grund, mehr als absolut nötig zu tun.
»Cyran ist ein herzensguter Bursche, wirklich. Er kann nichts für sein Aussehen, aber ihn zur Hand zu haben sorgt definitiv dafür, dass alles viel glatter läuft. Bitte, kommen Sie hoch.«
Ich sah zwischen den beiden dämlichen Treppen hin und her.
»Welche soll ich nehmen? Ist das eine Art Test?«
Das zweite Lächeln war echter als das erste.
»Mein Architekt hat eine Vorliebe für Symmetrien, aber Sie haben recht, es ist mehr als unnötig. Von mir aus können Sie außen hochklettern. Ich gieße uns schon einmal ein.«
Während er durch eine Tür verschwand, nahm ich die linke Treppe, die oben in einen Korridor führte, von dem aus eine Vielzahl Räume abgingen.
»Die dritte rechts«, ertönte die selbstbewusste Stimme, und ich folgte der Anweisung in das einzige Zimmer, das schon fertig aussah: dicker schwarz-roter Teppich, einige Ledersessel, hölzerne Beistelltischchen und eine Hausbar, komplett mit einem langen Tresen an der Wand. Im Kamin fauchte ein Feuer, und vor den Fenstern hingen schwere Samtvorhänge.
»Mir ist zu Ohren gekommen, dass Sie bei Getränken nicht allzu wählerisch sind«, erläuterte mein Gastgeber und reichte mir einen Tumbler mit einer bernsteinfarbenen Flüssigkeit darin. »Aber ich bin das durchaus. Dreihundert Jahre alter Zwergenwhisky. Würden wir die Vorhänge öffnen, wäre es das erste Mal, dass Sonne auf ihn fällt. Er hat eine Moos-Note, aber ich denke, er wird Ihnen schmecken. Setzen Sie sich doch.«

Wir wählten die beiden Ohrensessel am Feuer, und er ließ mir ein wenig Zeit, um den Whisky zu verkosten.
Verdammich. Es war, als würde man Regenwasser von den Wurzeln eines uralten Baumes trinken, gleichzeitig geschmeidig und ein wenig salzig.
»Sie haben eine gute Vorstellung davon, wie man ein Treffen ordentlich beginnt, Mr Niles.«
Er hob sein Glas.
»Nennen Sie mich Thurston. Den Whisky hat mein Bruder Lance auf einer seiner Expeditionen quer über den Kontinent entdeckt. Lance war ein offener Mensch, der gut mit anderen umgehen konnte, gesegnet mit einem neugierigen und großzügigen Geist. Er konnte morgens in eine neue Stadt kommen, und bis zum Mittag war er der beste Freund und Geschäftspartner der wichtigsten Person dort. Meine Aufgabe kam danach, wenn alle schon eingestiegen waren, um das eigentliche Geschäft auf die Beine zu stellen oder um die Kapriolen meines Bruders zu unterstützen. Manchmal waren es gute Investitionen, oft auch nicht, aber in den letzten fünf Jahren haben wir überall in Archetellos viele Veränderungen angeregt und viele Leben verbessert.«
»Und dabei viel Geld verdient.«
»Selbstverständlich. Man hat mir gesagt, dass Sie ein gewisses Faible für das Leben ganz unten auf der Leiter haben. Nun, das stört mich keineswegs, aber falls wir Freunde werden wollen, sollten Sie wissen, dass ich mich niemals dafür entschuldigen werde, Profit zu machen.«
»Bin ich deshalb hier? Weil Sie einen Freund möchten?«
»Ich möchte, dass Sie den Mörder meines Bruders finden.« Er ging zur Bar und füllte uns beiden nach. »Ich kam erst nach der Verhandlung in der Stadt an. Lance hatte, wie bei uns üblich, die Vorarbeit des Projekts übernommen. Nachdem ich erst mit der Polizei geredet hatte und dann im Leichenschauhaus war, wusste ich, dass Sie zunächst sehr falsch- und dann sehr richtiggelegen haben. Hätten Sie das nicht vor Gericht deutlich gemacht, würde unsere Konversation etwas anders verlaufen.«

Hätte ich nicht so aufgepasst, wäre mir die subtile Drohung unter seiner Gastfreundschaft entgangen.
»Dann bin ich sehr froh, dass ich recht behalten habe.«
»Und ich ebenso. Denn es bedeutet, dass wir gemeinsam den wahren Täter zur Strecke bringen können. Und wir beginnen damit, dass Sie mir alles berichten, was Sie wissen.«
Es folgte dieselbe Version, die ich schon in der Verhandlung zum Besten gegeben hatte. Von der Bluebird Lounge über die Apotheke bis hin zum Wald. Ich erklärte, dass ich nach der Verhaftung von Tippity einige Zeit gehabt hatte, um alles sacken zu lassen, und dabei festgestellt hatte, dass es nicht zusammenpasste.
»Und dann haben Sie die Stadt verlassen, korrekt?«
Er hatte seine Hausaufgaben gemacht. Oder machen lassen.
»Ein anderer Fall. Es sollte nur eine kurze Reise werden, aber es wurde alles unerwartet größer. So etwas ist in meinem Metier nicht ungewöhnlich.«
Sein Blick über den Rand seines Glases sagte mir, dass er mich bei der Lüge ertappt hatte. Ich hatte den Test nicht bestanden. Er würde diesen Riesen von einem Oger rufen, der mir nach und nach jeden Knochen brechen würde. Ich war bereit, aufzuspringen und aus dem Fenster zu hechten, als er unerwartet sagte: »Ich möchte Sie anheuern.«
Atmen.
»Sie haben eine veritable Armee von Untergebenen zu Ihrer Verfügung. Wofür brauchen Sie da mich?«
»Sie kennen die Stadt besser als meine Leute, und Sie haben bewiesen, dass Ihnen die Wahrheit am Herzen liegt.«
»Ich habe bereits nach dem Mörder gesucht und mich dabei nicht besonders geschickt angestellt.«
»Das stimmt. Aber jetzt haben Sie mich an Ihrer Seite.«
Unsere Gläser waren wieder leer, aber diesmal füllte er nicht nach.
»Wir sind in der Stadt, um ein neues Kraftwerk zu bauen und wieder Industrie anzusiedeln. Wir werden die Lichter entzünden und die Fabriken neu starten. Um dieses hehre Ziel zu erreichen, brauchen wir die innovativsten Ingenieure, die wir finden können. Als Lance in Sunder ankam, hat er weit verkündet, welche

Gelegenheiten unsere Unternehmung bietet, und ganze Abende damit verbracht, geeignete Kandidaten mit Erfahrung zu treffen. Einer davon war ein Mr Deamar.«

Thurston öffnete ein kleines, in Leder gebundenes Buch und schob es mir auf dem Tisch entgegen. Es war ein Kalender. Für das Datum des Mordes gab es einen Eintrag: Deamar, Bluebird Lounge, 20 Uhr. Als ich es gelesen hatte, reichte mir Thurston ein weiteres Papier.

»Das habe ich auf Lances Schreibtisch gefunden.«

Mr Niles,
ich habe von Ihren Plänen für Sunder City gehört und biete untertänigst meine Dienste an. Seit der Coda habe ich jeden wachen Moment damit verbracht, nicht nur zu erforschen, wie wir die Welt zu alter Glorie zurückkehren lassen können, sondern sie über das hinauszuführen, was im magischen Zeitalter möglich war. Es erfreut mich, in Ihnen einen gleichgesinnten Entrepreneur zu finden, und ich glaube, wir sollten uns in Bälde treffen. Um Ihren Appetit anzuregen, kann ich Ihnen sagen, dass ich das letzte Jahr in der Keats University auf Mizunrum verbracht habe, wo ich an Informationen über die dortigen Zauberer gelangt bin, von denen ich annehme, dass sie von großem Interesse für Sie sind.
Meine Glückwünsche zu Ihren Erfolgen, und ich freue mich auf unser Treffen.
Ihr Freund
Mr Deamar

Ich sah mir das Wort »Freund« wieder und wieder an. Und auch wenn ich nicht sicher war, so schien es doch zu dem zu passen, das auf der Karte bei der Maschine gestanden hatte: *Ein Geschenk von einem Freund.*

Jetzt hatte ich also einen Namen für den seltsamen Mann mit dem Narbengesicht. Deamar hatte Lance Niles mit der Maschine ermordet, sie dann bei mir abgeladen und folgte mir nun durch die Straßen. Aber warum?

Ich legte den Brief auf das Beistelltischchen.
»Die Rücksendeadresse war das Hotel Larone«, führte Thurston aus. »Mr Deamar blieb dort fünf Nächte. Nach dem Mord holte er seine Sachen ab und verschwand.«
»Wenn Sie das wussten, warum haben Sie dann das ganze Theater mit Rick Tippity laufen lassen?«
»Wie gesagt, ich kam erst in Sunder City an, als die Verhandlung schon vorüber war. Meine Untergebenen wissen, wie delikat die Arbeit meines Unternehmens ist. Sie waren offiziell sehr bemüht, der Polizei zu helfen, während sie die eigentlichen Nachforschungen verzögert haben, bis ich eintraf. In dieser Hinsicht hat uns Ihr kleines Abenteuer mit Tippity sehr geholfen. Selbstverständlich wusste ich gleich, als ich die Leiche meines Bruders sah, dass die Theorie lächerlich war.«
»Woher?«
»Weil ich weiß, was meinen Bruder getötet hat.«
Ich sog Luft ein und spürte das Metall der Maschine an meinen Rippen.
Deshalb hatte ich das schnittige Auto an der Straße gesehen. Es waren Thurstons Leute gewesen, die Victor überfallen hatten. Diejenigen, die Felsbrocken ins Tal gerollt und mich mit Pfeilen beschossen hatten. Anstatt die Waffe zu zerstören, wie ich es versprochen hatte, hatte ich sie nun direkt in das Haus des Mannes getragen, der alles tun würde, um sie in die Finger zu bekommen.
»Tatsächlich?«, brachte ich hervor und hoffte, dass er nicht bemerkte, wie mir plötzlich der Schweiß über die Stirn lief.
»Ja.«
Er spielt mit mir. Er weiß, dass die Maschine unter meinem Mantel versteckt ist. Warum habe ich sie nicht vernichtet? Warum habe ich darauf bestanden, sie mit mir herumzutragen?
Ich stellte mich dumm.
»Was für Magie ist es?«
Er schnaubte. »Keine Magie. Nur Wissenschaft. Ein Prototyp einer Waffe, den mein Bruder auf dem Weg nach Sunder erworben hat. Meiner Einschätzung nach hat Lance den Prototypen diesem

Deamar gezeigt, und der hat ihn damit ermordet und ist mit der Waffe geflohen.«

Und hat sie dann mir untergeschoben.

»Was denken Sie, was sein Motiv gewesen sein könnte?«

»Das weiß ich nicht. Vielleicht arbeitet Deamar für die Konkurrenz. Vielleicht ist er verrückt. Vielleicht war es einfach ein Unfall, und er geriet in Panik. Ich weiß es nicht. Aber ich weiß, dass er nicht aufzuspüren ist. Niemand hat von ihm gehört, außer den wenigen Leuten, die ihm im Hotel begegnet sind. Alle beschreiben ihn so wie die Angestellten der Bluebird Lounge: Mensch, schmaler Schnauzbart, schwarzer Anzug, Melone, Gehstock.«

Ich brauchte keine Beschreibung, da ich Deamar schon zwei Mal gesehen hatte. Das konnte ich Niles aber nicht sagen. Es gab eine Menge Dinge, die ich ihm nicht sagen konnte.

»Hören Sie, Thurston, es tut mir sehr leid, was mit Ihrem Bruder passiert ist, aber ich denke nicht, dass es eine gute Idee ist, dass ich die Untersuchung weiterführe. Ich bin den Cops bereits in die Quere geraten, als ich Tippity von der Liste der Verdächtigen gestrichen habe.«

»Was korrekt war.«

»Vermutlich. Und außerdem ist da noch die Tatsache, dass ich eine Art Kodex habe. Ich arbeite nicht für Menschen. Das geht nicht gegen Sie, ist einfach mein Ding. Ich gebe Ihnen alle Infos, die ich habe, aber ich denke, Sie sollten einen anderen Schnüffler finden.«

Thurston lehnte sich vor. Seine Miene war unleserlich. Der Kerl ließ sich so gar nicht in die Karten schauen.

Neben ihm auf dem Tisch stand eine kleine Glocke. Er hob sie hoch und läutete kurz, dann schüttete er uns endlich nach. Nach wenigen Augenblicken betrat der riesige Oger das Zimmer; sein maßgeschneiderter Anzug knirschte beinahe unter der Last seiner Muskeln.

Innerlich bereitete ich mich auf die Prügel vor. Es war nicht einfach. Vermutlich genügte ein einziger Schlag, um mich auf den Friedhof zu befördern.

»Cyran«, begann Niles. »Bitte gib Mr Phillips zehn Bronzescheine.«
Der Oger griff in seine Brusttasche, zog zusammengerollte Scheine hervor, zählte zehn ab und hielt sie mir hin. Ich rührte mich nicht.
»Mr Niles, ich sagte doch gerade …«
»Cyran, bitte wiederhole Folgendes: Mr Phillips, ich würde Sie gern als Mann für Alles anheuern. Hier sind zehn Bronzescheine. Bitte finden Sie den Mann, der Lance Niles ermordet hat.«
Cyran tat, wie ihm geheißen, als wäre er ein hundertfünfzig Kilo schwerer Papagei. Mir blieb keine andere Wahl, als zuzustimmen. Hätte ich abgelehnt, hätte alles Mögliche passieren können. Vielleicht hätte der Muskelprotz mich am Fußgelenk gepackt und so lange geschüttelt, bis ich den Auftrag annahm. Und das Schlimmste wäre dann gewesen, dass mir die Maschine aus dem Holster gerutscht wäre, und ich hätte erklären müssen, wie die Mordwaffe, die ich eigentlich suchen sollte, schon bei mir gelandet war.
Also nahm ich das Geld an.
»Vielen Dank, Fetch«, sagte Thurston Niles.
»Vielen Dank, Fetch«, echote der Oger.
Mit einem Lächeln entließ Thurston Cyran.
»Sie sollten wirklich noch einmal darüber nachdenken, für Menschen zu arbeiten«, schlug er vor. »Sie denken vermutlich, dass es Sie ehrenhaft wirken lässt, aber tatsächlich wirkt es naiv.«
»Es ist mir egal, wie ich wirke. So arbeite ich nun mal.«
»Sie sind seit der Coda nicht viel herumgekommen, oder?«
»Nicht viel, nein.«
Sein feines Lächeln war mir unangenehm.
»Sonst würden Sie nicht die Nase über uns Menschen rümpfen. Da draußen hat sich viel verändert, und Männer wie wir müssen zusammenhalten.«
Darauf antwortete ich nicht, sondern trank meinen Whisky aus und zog meinem neuen Klienten alle Fakten aus der Nase, die er zu dem Mord schon gesammelt hatte. Viel war es nicht. Zum Teil, weil Thurston mir nicht alles erzählte, und zum Teil, weil

Deamar eine Art Geist war. Abgesehen von den wenigen Nächten im Hotel Larone und dem Besuch in der Bluebird Lounge gab es keine Hinweise. Insgeheim packte ich noch meine beiden Sichtungen dazu, aber dadurch wurde das Bild auch nicht deutlicher.

»Befürchten Sie, dass Deamar eine Art Vendetta gegen Sie führt?«, hakte ich nach.

»Möglich. Aber ich wüsste nicht, warum.«

»Gab es noch irgendwas anderes, das zu ihm passen könnte? Andere Angriffe?«

Sein Antlitz leuchtete auf, als hätte ich ihm eine Überraschungsparty geschmissen.

»Ich mag, wie Sie denken! Vor einem Monat, als Lance zum ersten Mal nach Sunder reiste, wurde einer unserer Lastwagen auf der Straße überfallen. Wir nahmen an, dass es simple Räuber waren, aber es wirkte schon da seltsam. Sie haben zu viele Wertsachen zurückgelassen. Stattdessen haben sie viele Dokumente mitgenommen. Reisepläne und Logbücher. Man vermutete, dass sie im Winter alles Brennbare gestohlen haben, aber vielleicht haben Sie recht. Vielleicht ärgert mich dieser Deamar schon weit länger, als ich mir klar war.« Er kippte den Whisky hinunter und nickte, als hätten wir den Fall damit geknackt. »Was gedenken Sie, als Nächstes zu tun?«

»Da setze ich an. Gab es Zeugen?«

»Nein. Aber Yael, die Fahrerin, die Sie abgeholt hat, war als Erste am Schauplatz des Verbrechens. Möglicherweise erinnert sie sich an etwas.«

»Vielleicht sollte ich mir die Stelle selbst ansehen.«

»Ein Stück Straße? Das ist mehr als einen Monat her.«

»Aber warum dort? War ihr Lastwagen das Ziel, oder haben die Banditen dort gelagert? Ich könnte feststellen, ob es eine Verbindung gibt.«

Er sah zu Boden und nickte zufrieden.

»Reden Sie mit Yael und kommen Sie morgen früh hierher zurück. Ich stelle Ihnen einen Wagen zur Verfügung, dann können Sie sehen, ob da draußen etwas ist.« Wir erhoben uns und schüttelten uns die Hände. »Es war mir ein Vergnügen, Sie endlich kennenzulernen, Fetch. Mir gefällt, wie Ihr Hirn arbeitet.« Mit einem Mal packte er meine Hand auch noch mit der anderen. Zum ersten Mal waren da Risse in seiner Panzerung. »Bitte enttäuschen Sie meinen Bruder nicht.«

39

Dasselbe Duo fuhr mich zurück nach Hause: Yael, die Halbelfe, Hände auf dem Lenkrad, und Cyran, der Oger, hinten zu mir auf die Sitzbank gequetscht.
Yael gab sich keine Mühe zu verbergen, dass sie es verabscheute, mit mir reden zu müssen.
»Also«, begann ich vorsichtig und näherte mich dem Gespräch auf Zehenspitzen, als wäre es eine Bärenfalle. »Sie waren als Erste am Ort des Überfalls?«
»Ja.«
Ich wartete kurz, damit sie fortfahren konnte. Sie schwieg.
»Was, denken Sie, ist dort vorgefallen?«
Ein kleiner Spiegel hing vom Dach nahe der Windschutzscheibe. Darin konnte ich ihre Augen sehen. Sie sah aus, als überlegte sie, auf der Stelle ihren Job zu kündigen, den Wagen anzuhalten, auszusteigen und fortzugehen.
»Jemand hat Dornen auf der Straße verteilt. Direkt hinter einer Kurve, sodass die Fahrerin es nicht rechtzeitig bemerken konnte. Alle vier Reifen waren geplatzt. Als die Fahrerin ausgestiegen ist, hat man ihr einen Pfeil in die Brust gejagt. Dann einen in den Kopf. Es fehlten ein wenig Ausrüstung und die Dokumente.«
»Was für Ausrüstung?«
»Das ist geheim.«
»Ich arbeite jetzt auch für Thurston.«
»So heißt es.«
Ihr Blick fräste sich durch den Spiegel in meinen.
»Okay, ich komme morgen wieder. Fragen Sie Ihren Boss, ob Sie mir mehr sagen dürfen. Und bitte tun Sie mir einen Gefallen: Malen Sie bitte eine Skizze des Ortes, so gut Sie sich daran erinnern – wo die Fahrerin lag, wie der Laster stand, all so was.«
Sie schnaubte, als hätte ich sie gebeten, mir beim Umzug zu helfen.

»Klar.«
»Danke, Yael. Sie sind eine wahre Heldin.«

* * *

Genau dort, wo sie mich aufgelesen hatten, warfen sie mich auch wieder aus dem Auto, und kaum hatte ich die Tür zugeworfen, raste der schwarze Wagen davon.
»Meine Güte!« Georgio stand mit einem Grinsen, das seine Ohren berührte, im Eingang seines Cafés. »Was für eine Karre, Fetch. Bist du jetzt reich?«
Sein ewiger Enthusiasmus war zu gleichen Teilen liebenswert und nervig.
»Nur ein weiterer stressiger Klient, George. Der einzige Unterschied ist die Qualität des Messers, das sie mir am Ende in den Rücken rammen.«
Ich ging hoch in mein Büro, setzte mich an meinen Schreibtisch und versuchte einzuschätzen, in was für ein Schlamassel ich da wieder geraten war. Warum hatte Deamar mir die Mordwaffe hierhergeliefert? Nur, weil ich schon an dem Fall beteiligt gewesen war, oder gab es noch eine weitere Verbindung?
Vielleicht würde ich draußen auf der Straße ein paar Antworten finden.
Die Straße.
Das ließ mich an meine letzte Reise aus der Stadt denken. Meine Blasen waren noch nicht verheilt, und ich war noch schmaler als sonst, geschrumpft durch die Tage ohne Nahrung. Falls es nicht Deamar gewesen war, sondern einfach nur Straßenräuber, könnte mir etwas Ähnliches widerfahren. Noch eine solche Woche würde ich nicht überleben. Nicht allein.
Ich brauchte Rückendeckung.
Da Thurston mich großzügig bezahlt hatte, konnte ich es mir leisten, jemanden anzuheuern. Aber ich brauchte mehr als nur einen Gesprächspartner. Ein Fährtenleser wäre gut. Jemand, der mit dem Schnee klarkam. Hart, aber auch clever. Und der die Klappe halten konnte, wenn wir etwas Wichtiges fanden.

Oh nein.
Ich zog das zusammengeknüllte Papier aus der Tasche und strich es auf der Tischplatte glatt.

Linda Rosemary – Magische Nachforschungen
Ich finde, was verloren ging.

40

Das Büro von *Linda Rosemary – Magische Nachforschungen* lag am Fünf-Schatten-Platz. Der Name stammte aus der Zeit vor der Coda, weil man dort damals in der Nacht von den fünf Feuertürmen drum herum beleuchtet wurde. Die Geschäfte dort waren eine Mischung aus Juwelieren, Schneidern und Weinbars. Ich konnte mir nicht einmal vorstellen, was für einen Betrug Linda abgezogen hatte, um sich so schnell eine so exklusive Adresse zu besorgen.

Sie hatte einen alten Blumenladen übernommen, und die Schilder im Schaufenster priesen noch Dinge an, die es seit Jahren nicht mehr gab: ewig blühende Blumen und Fliegenfallen für die Handtasche. Aber das war weniger gelogen als das, was Miss Rosemary verkaufte.

Als ich eintrat, klingelte eine alte Glocke über der Tür. Linda Rosemary – Magische Privatdetektivin saß an ihrem Schreibtisch und ihr gegenüber eine aufgelöste Reptiliendame. Es schmerzte, als Linda mich wie einen Fremden behandelte, auch wenn es nicht das erste Mal war, dass mich jemand so behandelte.

»Sir, haben Sie einen Termin?«

»Nein.«

»Bitte setzen Sie sich, wenn es sein muss. Wir sind hier gleich fertig.«

Ich tat, wie mir geheißen. Die alte Reptiliendame hatte ihr Haupt in einen Schal gewickelt und schluchzte. Linda zog ein Taschentuch aus ihrem auffällig sauberen, neuen Mantel. Ihre Mütze hatte sie gegen einen schwarzen Fedora ausgetauscht, den sie mit Haarnadeln an ihren Dreadlocks befestigt hatte.

»Entschuldigen Sie bitte, Miss Tate. Bitte fahren Sie fort.«

Miss Tate tupfte ihre Augen mit dem Taschentuch ab.

»Das ist eigentlich schon alles. Mein Aussehen bereitet mir wenig Sorgen, aber die Schmerzen werden immer schlimmer. Besonders jetzt in der Kälte. Dort, wo meine Schuppen fehlen, ist mei-

ne Haut so ... roh. Ich habe es meinem Arzt gezeigt, aber er sagt, ich solle es einfach abdecken. Das geht, aber ich muss doch arbeiten. Ich dachte nur, vielleicht wissen Sie ja von irgendwas ...«
Ihre Stimme verklang. Wie kann man einen solchen Satz zu Ende bringen. *Das die Magie zurückbringt?* Wie sollte ihr eine Werkatze mit einem Fedora besser helfen können als ein Arzt?
Es war das gleiche Problem, mit dem Simms sich seit sechs Jahren herumschlug, und sie hatte keine Lösung gefunden, außer ihre Haut mit so viel Stoff wie möglich zu bedecken. Aber Linda nickte, als hätte sie alles im Griff.
»Ich verstehe«, sagte sie schließlich. »Und ich habe auch ein paar Ideen, wo ich mich umhören könnte. Es wird seine Zeit brauchen, und ich will keine Versprechungen machen, aber ich werde mein Bestes geben, Ihnen zu helfen.«
Ich lachte laut auf. Eigentlich wollte ich nicht. Die Bitterkeit presste es heraus. Linda funkelte mich an, aber die Schlange hielt den Kopf gesenkt.
Danach blieb ich ruhig, bis Linda das Gespräch abschloss und mich gegen die Schulter boxte.
»Was für ein Riesenarsch bist du eigentlich?«
»'tschuldige, ich wollte dir die Abzocke nicht vermiesen.«
Noch ein Schlag.
»Kommen Sie an meinen Tisch, Mr Phillips. Ich habe es gern bequem, während ich beleidigt werde.«
Wir setzten uns, und es war die umgekehrte Version unserer letzten Begegnung. Da hatte sie das letzte Wort gehabt. Jetzt war ich dran.
Mit Schwung legte sie ihre Füße auf den Tisch. Ihr Stuhl war hübscher als meiner. Alles hier war hübscher als bei mir im Büro. Vergeblich versuchte ich, mich davon zu überzeugen, dass es daran lag, dass ich mich tatsächlich bemühte, meinen Klienten zu helfen, während sie ihre nur um das letzte Hemd betrog.
»Werden Sie wirklich ihr Geld nehmen?«
»Falls ich ihr helfen kann, ja.«
»Sie können ihr nicht helfen.«
»Woher wollen Sie das wissen?«

»Aus dem gleichen Grund wie Sie. Weil die Magie weg ist. Es ist egal, wie viel Unsinn Sie ihnen erzählen, wie viel falsche Hoffnungen Sie ihnen machen, das bleibt so.«
Sie nahm das hin, ohne sich davon berühren zu lassen.
»Hören Sie, ich kann nicht auf alles, was ich getan habe, stolz sein. Unsere erste Begegnung zum Beispiel. Ich war verzweifelt. Ich war verloren. Ich musste noch lernen, wie ich in dieser seltsamen Stadt überleben kann. Also denken Sie ja nicht, dass Sie mich verstehen, Mr Phillips. Tatsächlich verstehen Sie verdammt wenig.«
»Sie wiederholen sich, Miss Rosemary. Das haben Sie schon das letzte Mal gesagt.«
»Und Sie hören mir immer noch nicht zu. Sie sehen uns an, jene, die einst Magie in den Herzen hatten, und Sie glauben, Sie wüssten, was wir durchmachen. Aber Sie haben keine Ahnung, was wir *empfinden*. Sie denken, unsere Macht wurde einfach gelöscht? Ausgeblasen wie eine Kerze? Nein!« Sie schlug sich mit der Faust auf die Brust. »Sie ist noch in mir. Ich kann sie spüren.«
»Es tut mir leid. Ich …«
»Ach, halten Sie den Mund. Nur weil Sie es nicht sehen können, ist es nicht weg. Das ist mein Körper, und es sind meine Leute. Sie können gern Ihre Augen verdrehen und so viel lachen, wie Sie wollen, aber ich werde weiter daran arbeiten, mich und alle anderen wieder heil werden zu lassen.«
Darauf gab es keine Antwort. Ich nickte so höflich, wie ich konnte, bevor ich wagte, das Thema zu wechseln.
»Tolles Büro.«
»Danke.«
»Sicher nicht billig.«
»Nein.« Sie holte tief Luft und entspannte sich endlich ein wenig. »Ich habe ein paar reisende Händler getroffen, die gutes Geld für das Einhorn-Horn bezahlt haben. Solange sie nicht zurück nach Sunder kommen, sollte das okay sein.«
Es war eine Ausrede zu lachen, und ich nahm sie dankbar an.
»Warum sind Sie hier, Mr Phillips? Möchten Sie Einrichtungstipps?«

»Ich muss die Stadt verlassen. Ein Fall. Und ich möchte ungern allein gehen.«

»Ich dachte, das wäre genau Ihr Stil.«

»Ja, manchmal überrasche ich mich sogar selbst. Ich fahre morgen ganz früh mit einer Kutsche, und ich würde Sie gern anheuern, mich zu begleiten.«

Es kostete mich eine exorbitante Summe, aber ich hatte den Verdacht, dass es hauptsächlich ihre Neugier war, die sie zusagen ließ. Dann betrat ihr nächster Klient das Büro, ein Zyklop, der langsam erblindete. Als ich ging, beruhigte sie ihn bereits mit ihrer weichen, optimistischen Stimme. Ich versuchte, mir einzureden, dass die Geste zählte, auch wenn ihr Geschäft Abzocke war. So ganz glaubte ich es nicht, aber es lenkte mich den ganzen Nachhauseweg ab, mit mir selbst darüber zu streiten.

41

Ich meine, mich zu erinnern, dass Sie sagten, wir hätten eine Kutsche.«
»Stimmt auch. Irgendwie.«
Ganz früh war ich im Anwesen von Niles aufgeschlagen und hatte erwartet, dass man eine Kutsche für mich vorbereitet hatte. Stattdessen stand dort ein Automobil für mich in der Einfahrt. Cyran hatte mir kurz die Grundlagen gezeigt. Auch wenn es ein einfacheres Modell als das von Yael war, war es doch kaum angenehmer als ein Pferd ohne Sattel oder geschwollene Füße. Angetrieben wurde es von demselben Öl, das Mortales auch für das Kraftwerk importierte. Cyran zeigte mir, wie man die Motorhaube öffnete und es regelmäßig nachfüllte.
Auf dem Weg war mir ein Dutzend Mal der Motor abgesoffen, und ich hatte einen langen Kratzer in die Seite gefahren, aber so langsam wurde ich besser.
Linda beäugte es so skeptisch, als würde es beißen.
»Wie weit draußen ist es?«
»Wohl nur ein paar Stunden, also sind wir hoffentlich bis Sonnenuntergang wieder da – falls Sie endlich einsteigen.«
Noch einer ihrer patentierten finsteren Blicke, dann zwängte sie sich auf den Beifahrersitz und legte ihre große Tasche auf die Knie.
»Wonach riecht es gerade?«, erkundigte ich mich.
»Frisch gebackenes Brot. Ein paar Sardinen …«
»Sie haben uns ein Picknick eingepackt? Ich wusste gleich, dass ich die richtige Frau gefragt habe.«
»Wer sagt, dass das für Sie wäre?«
Ich legte den Gang ein, fuhr ruckelnd los, und der Motor ging stotternd aus. Dann noch einmal. Nach zwanzig Minuten fuhren wir die Straße entlang.

***

Ich fror mir die Eier ab. Das Automobil von Yael hatte eine Windschutzscheibe und ein Dach. Das hier nicht. Da Linda einfach ihre Sonnenbrille aufgesetzt hatte und in den heulenden Wind schaute, als handle es sich nur um eine leichte Sommerbrise, versuchte ich, mir nichts anmerken zu lassen.

Im Kofferraum befand sich ein Kanister mit Treibstoff, aus dem ich jede halbe Stunde etwas in den Wagen nachgießen musste. Wir fuhren nach Süden, und in der Ferne konnte man den Sheertop-Berg sehen.

»Ist da das Gefängnis?«, fragte Linda.

»Jo, am Fuß unten. Aber die Wände waren reine Magie. Viel ist nicht übrig.«

»Sie haben es gesehen?«

»Ja, ich war dort, als es passiert ist.«

Sie sah mich an.

»Weshalb?«

Oje, ich hatte zu viel gesagt. Einige in der Stadt kannten meine Geschichte, aber Linda war neu, und es schien, dass sie die spannenden Teile noch nicht gehört hatte.

»Nur ein dummes Missverständnis. Schauen Sie mal auf Yaels Skizze, wir sollten gleich da sein.«

Eine Viertelstunde später überquerten wir einen kleinen Bach, den Yael eingezeichnet hatte. Nach einer Meile wand sich die Straße um eine Felsformation, und Linda sagte, ich solle anhalten.

»Da sollte es sein.« Rechts erhoben sich die Felsen, links war ein verwildertes Feld. Die Kurve verdeckte die Sicht, was den Banditen geholfen hatte, die Fahrerin zu überraschen. »Wie wäre es mit einem Happen zu essen?«

Aus ihrer Tasche zog Linda ein Schnappmesser und schnitt das Brot in Scheiben.

»Das hat aber niemandem in den Eingeweiden gesteckt, oder?«, fragte ich scherzhaft.

»Doch, aber ich habe es gründlich gesäubert.«

Wir belegten das Brot mit Sardinen und eingelegten Chilis und aßen schweigend. Unsere Köpfe drehten sich in alle Richtungen,

während wir uns verschiedene Szenarien vorstellten. Noch immer kauend, trat ich etwas Geröll zur Seite, das auf der Straße lag.
»Hast du auf deinem Weg in die Stadt viele solcher Straßen gesehen?«
Unbewusst waren wir zum Du zurückgekehrt. Zwei Schnüffler an einem Fall, es fühlte sich besser an.
»Keine. Alle Straßen bei uns sind einfach festgestampft oder gepflastert. Muss was aus dem Süden sein.«
»Aus Sunder, glaube ich. Und noch nicht lange. Bisher war es nicht wirklich nötig, außer man hat so ein Auto wie das hier. Wer auch immer die herstellt, hat seine Finger sicher auch im Straßenbau.«
»Klingt nach deinem Boss.«
»Ja. Gut möglich.«
Es gab Bremsspuren auf dem Asphalt. Und Kratzer dort, wo, wie ich vermutete, die Dornen über die Straße gezogen worden waren.
»Zeig noch einmal die Skizze, bitte.«
Es war offensichtlich, dass Yael sich nicht sehr angestrengt hatte, aber einiges verriet uns ihre Zeichnung doch. Als die Reifen platzten, hatte sich der Lastwagen um die eigene Achse gedreht, bis er quer auf der Straße stehen geblieben war. Die Fahrerin lag auf der linken Seite, also im Norden, Richtung Sunder.
Eine weitere Skizze zeigte die Verletzungen. Zwei Pfeile: einer direkt in ihre Brust, der zweite durch den Schädel. Der war hinten wieder ausgetreten.
»Woher kam der Laster?«
»Aus dem Süden. Mehr haben sie mir nicht gesagt.«
Ihre Augenbrauen sagten mir, dass ich ein Dummkopf war.
»Bist du sicher, dass du diesen Fall wirklich lösen sollst?«
»Sie wollen, dass ich Deamar aufspüre. Wir müssen nur herausfinden, ob er den Überfall begangen hat oder nicht.«
»Okay. Spielen wir es durch.«
»Was?«
»Steig aus deinem imaginären Lastwagen. Zeig mir, was passiert ist.«

Ich zuckte mit den Achseln. »Klar.«
Ich nahm die Zeichnung mit zu den Reifenspuren. Es waren vier schwarze Linien. Die weiter vorne mussten die Vorderräder gewesen sein, direkt unter dem Fahrersitz.
»Also«, begann ich. »Der Laster geriet hier ins Schleudern.«
»Mit Geräuschen.«
»Klappe. Dann ist die Fahrerin hier ausgestiegen.«
»Und wurde in die Brust geschossen.«
»Und in den Kopf.«
»Aber erst in die Brust.«
»Woher willst du das wissen?«
»Sieh dir deine Zeichnung an, Fetch. Falls sie stimmt, ist der Pfeil in den Kopf viel tiefer eingedrungen. Mehr Wucht. Am wahrscheinlichsten ist, dass der Schuss in der Brust aus einiger Entfernung kam und der zweite ihr aus kurzer Distanz den Rest gab.«
Die Wahl meiner Partnerin war weise gewesen.
»Also steigt sie aus und wird in die Brust getroffen.«
»Aber sie wurde nicht neben der Fahrertür gefunden, oder?«
»Nein.«
»Demnach wurde sie nicht sofort erschossen. Was hat sie gemacht?«
»Vermutlich nach den Reifen gesehen. Oder nach der Ladung.«
»Zeig es mir.«
Ich ging den unsichtbaren Lastwagen entlang.
»Als Erstes können wir die Hälfte ausschließen«, stellte Linda fest. »Der Laster blockiert die Sicht nach Süden. Und falls der Schütze im Norden gewesen wäre, hätte er sie in die Seite getroffen.«
»Es sei denn, sie ist vom Laster weggegangen.«
»Warum?«
»Öh, um die Aussicht zu genießen?«
»Unwahrscheinlich. Meine Theorie ist, dass der erste Schuss von Osten oder Westen kam. Dreh dich nach Westen.«
Ich wandte mich um und sah mich den Felsen gegenüber.
»Denkst du, der Angreifer hat sich dort versteckt?«
»Nur wenn er ein Idiot ist. Viel zu nah. Was, wenn die Dornen

doch bemerkt worden wären und man nach ihm gesucht hätte? Wir können gerne da suchen, aber ich denke, das ist vergebliche Mühe.« Sie trat von der Straße. »Sieh nach Osten.«
Ich kam dem Befehl nach und ging die Flanke des unsichtbaren Lastwagens zurück, als wollte ich zur Fahrerkanzel. Linda stand mir direkt gegenüber.
»Aus dieser Richtung kann ich die Straße nach Süden entlangsehen. Würde ich hier lauern, um zu sehen, wie meine Falle zuschnappt, dann wäre ich«, sie sah sich um, »in dieser Richtung.«
Es war ein ehemaliges Feld, jetzt nur noch braunes Gras und kalte Pfützen.
»Ich hoffe, du hast deine guten Stiefel dabei«, scherzte ich.
»Mach dir um mich keine Sorgen, Großstadtjunge. Pass auf deine eigenen Füße auf.«
Damit stapfte sie durch den Schlamm davon.

***

Seite an Seite marschierten wir durch das feuchte Gras, einige Schritt auseinander. Der Plan war, bis dorthin zu gehen, von wo aus ein Pfeil maximal geschossen werden konnte, dann zurück, dann wieder raus, so lange, bis wir etwas fanden.
»Wonach suchen wir genau?«, rief ich Linda zu. »Einen Ohrensessel und ein Teleskop?«
»Möglich. Wenn ich hier einem Fahrzeug auflauern würde, wäre meine Präferenz ein komfortabler, gut verborgener und windgeschützter Platz. Da man nicht genau weiß, wann der Laster kommt, würde ich mich sicher fühlen wollen.«
Wir erreichten die Entfernung, ab der selbst ein elfischer Scharfschütze kein Ziel mehr treffen würde, und trennten uns. Ich schätzte die Distanz ab und ging zurück Richtung Straße.
»Du hast diesen Deamar gesehen?«
»Ja, zwei Mal.«
»Und er sah nach einem Menschen aus?«
»Soweit ich das erkennen konnte. Das haben auch die Zeugen bestätigt.«

»Du weißt, was das bedeutet, ja?«
»Was?«
»Deamar.«
So langsam wünschte ich mir, jemanden mitgenommen zu haben, der mir nicht dauernd das Gefühl gab, nicht besonders helle zu sein.
»Nein«, gab ich zu.
»Woher auch. Es ist eine dieser alten Geschichten, die selbst die magischen Völker schon wieder vergessen haben, deshalb nehme ich an, Menschen haben noch nie davon gehört.« Sie stocherte in einigen Grasbüscheln herum, fand aber nichts. »Als alles erschaffen wurde, trat ein Teil des Flusses an die Oberfläche, um als Wächterin aller Kreaturen zu fungieren. Deamar war ihr erster Sohn. Er widersetzte sich den Wünschen seiner Mutter und erklärte den Menschen den Krieg. Sein Ziel war es, euch alle vom Antlitz der Welt zu tilgen. Um die Menschen zu beschützen, wurde er an einen dunklen Ort verbannt, tief unter Archetellos, und die Macht des Flusses hielt ihn dort eingesperrt.«
»Glaubst du etwa, ein uralter wütender Jugendlicher schleicht durch Sunder und ermordet Geschäftsleute?«
»Nein. Aber wer auch immer dieser Deamar ist und was er auch plant, er hat den Namen mit Bedacht gewählt, um jenen von euch, die diesen Namen kennen, seine Ziele mitzuteilen.«
Mein Fuß stieß gegen etwas Hartes, das hohl klang. Ich trat abgestorbenes Gras zur Seite und fand einen Boden.
»He! Hier!«
Schnell befreite ich die Stelle von Bewuchs. Einst hatte hier wohl eine Hütte gestanden. Wände und Dach waren längst verschwunden, ebenso wie alles Mobiliar. Aber vielleicht …
Ich trat fest auf, und es klang wieder hohl.
Linda kam dazu, als ich gerade die Kellerluke aufzog.

42

Es war ein einzelner Raum, dessen Wände aus verrottendem Holz bestanden. In einer Ecke lag ein Schlafsack, daneben ein Bogen und einige Pfeile. Etwas Stoff. Ein paar Tierknochen. Jemand hatte sich hier eine Weile lang versteckt.
»Was wissen wir über Deamar?«, fragte Linda.
»Fast nichts. Er ist ein Mensch. Er hat Lance Niles ermordet, eine Waffe gestohlen, wandert jetzt durch die Stadt und gruselt mich.«
»Also könnte er die Art Mensch sein, die in einem siffigen Keller unter einem Feld darauf wartet, eine Lastwagenfahrerin zu ermorden?«
»Ich wüsste nicht, wieso nicht.«
Der ehemalige Keller war halbwegs dicht, aber Feuchtigkeit war dennoch hineingesickert. Er roch nach feuchter Kleidung und Schimmel. Eine schnelle Untersuchung des Schlafsacks ergab nichts.
Linda hatte den Bogen aufgehoben.
»Sagt dir das was?«
»Nicht wirklich. Sehr einfaches Teil. Keine Markierungen. Eher elfisch als menschlich, aber heutzutage heißt das nicht mehr viel. Ich weiß nur nicht, warum er ihn zurückgelassen hat.«
»Falls er nach Sunder wollte, würde es Sinn ergeben, so eine Waffe gegen einen schicken Anzug mit Krawatte einzutauschen.«
»Wie sah er aus?« Linda stocherte mit dem Bogen in den Stoffresten herum.
»Schwer zu sagen. Bewegt hat er sich wie ein alter Mann, aber das Gesicht wirkte jünger. Narben auf der Wange, wie von einem Unfall.«
Linda bückte sich.
»Und du bist sicher, dass er ein Mensch ist?«
»Nun, das hatten sie bei der Bluebird Lounge gesagt, und er wirkte so auf mich.«
Sie hob etwas aus dem Stoffhaufen und besah es sich genauer.

»Ich dachte immer, es hätte bei Opus nicht allzu viele Menschen gegeben.«
Nein. Nur einen.
Sie hielt einen blauen Mantel in den Händen. Er sah genau wie derjenige aus, den ich auf dem Revier gelassen hatte, nur ohne den Pelzkragen, den ich später hinzugefügt hatte. Dafür waren noch alle offiziellen Abzeichen daran.
Eine Uniform des Opus.
Ich nahm ihn aus ihren Händen. Der Stoff war feucht und schimmelte, was Wut in mir aufsteigen ließ. Auch wenn ich Opus schrecklicher als jeder andere in seiner langen Geschichte verraten hatte, hatte ich doch noch Respekt vor der Uniform.
Als ich Linda ansah, stellte sie die Frage, die ich nicht auszusprechen wagte.
»Ist Deamar ein Hirte?«

43

Auf der Rückfahrt durchsuchte Linda die Taschen des Mantels und fand Überreste von Notizen, die bestätigten, dass Deamar unser Mann war. Es war die gleiche hübsche Handschrift, und sie handelten von Lance und Thurston und von Terminen und Orten, die, wie Linda vermutete, wohl Transportrouten darstellten. Mir hingegen ging der Mantel selbst nicht aus dem Kopf.
»Vielleicht hat er ihn irgendwo gefunden. Oder gestohlen. Einem seiner Opfer ausgezogen.«
Sie fand einen weiteren Zettel.
»Sagt dir diese Adresse was?«, fragte sie in einem Tonfall, der klarmachte, dass es eine rhetorische Frage war. »108, Main Street?«
Deamar hatte von mir gewusst, *bevor* er die Stadt betreten hatte. Meine Hoffnung, dass er mich erst auf dem Schirm hatte, nachdem Simms mich zu dem Fall hinzugezogen hatte, löste sich in Wohlgefallen auf. Er war nicht einfach ein Killer, der einem seiner Verfolger in die Suppe spucken wollte. Es steckte mehr dahinter.
Nach dieser Entdeckung verging mir die Lust am Reden. Zum Teil, weil wir uns über den Fahrtwind und das Donnern des Motors hinweg anbrüllen mussten, aber auch, weil es nicht mehr allzu viel zu sagen gab. Wir hatten eine Verbindung zwischen dem Überfall und Deamar hergestellt, genau wie wir es gewollt hatten. Saubere Arbeit, aber was wir herausgefunden hatten, ließ Übelkeit in mir aufsteigen.
Schließlich ließ ich Linda am Fünf-Schatten-Platz aussteigen und reichte ihr einige Scheine.
»Und ist das nicht eine bessere Methode, um ein paar Bronzene zu verdienen, als alte Damen anzulügen?«
Sie fletschte ihre scharfen Zähne.
»Du lernst auch nie was dazu, oder?«
»Habe ich mir abgewöhnt.«

Einen Herzschlag lang stand sie so da, kaute auf ihrer Lippe und überlegte, ob sie noch etwas sagen sollte. Bevor sie sich entscheiden konnte, übernahm ich das.
»Danke, Linda, ohne dich würde ich da draußen immer noch in die falsche Richtung suchen, und …«
»Du warst also Mitglied von Opus?«
»Jo.«
»Und du sagst, du warst in Sheertop?«
»Eine Weile.«
Ihr Blick wanderte an mir herab und ruhte dann auf meinem Gesicht. Ich wurde gewogen und offensichtlich für zu leicht befunden. Sie verabschiedete sich nicht einmal. Nickte nur, als würde plötzlich alles einen Sinn ergeben, steckte ihr Geld ein und wandte sich ab.
Gut. Danke für die Erinnerungen, Linda Rosemary.

* * *

Da ich mich an das Automobil gewöhnt hatte und es noch nicht wieder abgeben wollte, fuhr ich die Zwölfte hinauf bis zum Polizeirevier und parkte direkt vor der Eingangstür, einfach nur, um sie anzupissen. Eigentlich suchte ich Richie, aber er hatte schon Feierabend, also ging ich ins Dunkleys, wo ich ihn am Tresen fand.
Das Dunkleys war eine Polizistenkneipe. Nicht nur, aber als die Bullen entschieden hatten, dass sie sich dort wohlfühlten, kam niemand anderes mit Sinn und Verstand mehr hierher. An den Fenstern gab es ein paar Stühle, sonst nur Stehplätze. Vermutlich saßen Cops sich während ihres Dienstes die Hintern bereits platt genug.
Ich warf den Mantel von Deamar neben Richie auf den Tresen und bestellte einmal das, was der Sergeant hatte.
»Soll ich jetzt auch noch deine Wäsche machen?«, knurrte er.
»Ich habe ein Versteck unseres Killers gefunden. Das hat er da vergessen.«
Richie sah sich den Kragen an, dann warf er einen Blick auf das Abzeichen.

»Die Augenzeugen sagen, der Mörder war ein Mensch. Der einzige Mensch, der jemals bei Opus war, bist du. Ist das deine Art, einen Mord zu gestehen?«

Mein Drink kam, und ich trank einen Schluck, nur um mich zu schütteln; ich hätte es besser wissen müssen, als Richies Geschmack zu folgen. Es war lauwarmer orkischer Cider.

»Warum kommst du damit zu mir?«, wollte Richie wissen.

»Ich nahm an, du und Simms wollt dem nachgehen. Vielleicht könnt ihr was herausfinden.«

»Simms will ganz sicher keine Hilfe mehr von dir.«

Scheiße. Richie Kites war selbst an seinen guten Tagen so ein monotoner Brocken, dass ich nicht bemerkt hatte, dass er mich auflaufen ließ.

»Kites, bist du auch sauer auf mich? Du weißt, dass ich euch nicht in die Pfanne hauen wollte.«

»Aber du hast es getan. Das war unsere einzige Hoffnung, bei diesem Fall die Kontrolle zu behalten. Nach der Verhandlung ging alles den Bach runter. Der Bürgermeister hat ihn uns abgenommen. Falls Simms dich hier erwischt, wird sie dich allein dafür einsperren, dass du es wagst, dich zu sehen zu lassen, und danach den Schlüssel essen.«

Es brachte nichts, alles aus meiner Sicht zu erklären. In ein, zwei Wochen würde er sich beruhigt haben, wie immer.

»Gut. Ich will dieses eklige Gesöff eh nicht.«

Gerade als ich den Mantel wieder an mich nehmen wollte, legte Richie seine Hand darauf.

»Ich sehe es mir mal an. Aber da Simms vom Fall abgezogen wurde, und ich damit auch, kann ich dir nichts versprechen.«

Ich wagte es nicht, ihm zu verraten, dass ich jetzt für Niles arbeitete, sondern hielt mich an seinen Rat und verschwand, bevor Simms noch entschied, dass sie was trinken wollte, und hier auftauchte. So wie Richie es darstellte, konnte sie einen Drink gebrauchen.

Dann brachte ich den Wagen zurück zum Niles-Anwesen. Es war noch früher Abend. Man konnte eine ganze Menge erledigen, wenn man im Auto fuhr und nicht auf blasigen Füßen lief.

Ein kurzer Bericht an Yael. Natürlich, ohne den Mantel zu erwähnen oder dass ich meine Adresse auf einem Zettel gesehen hatte, nur, dass Deamar der Täter war. Sie versicherte mir, dass sie alles an Thurston weitergeben würde und dass er sich mit neuen Instruktionen bei mir melden würde.

Dann spazierte ich zurück zur berühmten 108 Main Street und erklomm die Treppen. Die Tür zu meinem Büro war noch kaputt, und auch wenn ich mir keine Sorgen um Einbrecher machte (ich besaß nichts, wofür sich ein Einbruch lohnte), musste ich mich darum kümmern, falls ich Deamar nicht bald aufspürte. Da er offenbar an mir interessiert war, konnte ich nicht riskieren, dass er mir einen Besuch abstattete, während ich schlief.

Aber jemand anderes hatte sich schon selbst hereingelassen.

Die Engelstür stand weit auf, und darin zeichnete sich eine Silhouette vor der Abenddämmerung ab. Es war ein Körper, der gerne so gesehen werden wollte. Einige Augenblicke verharrte sie so, bevor sie sich für ihre große Enthüllung umdrehte.

Eine Minute lang hing meine Kinnlade herab, während ich versuchte zu verstehen, was meine Augen erblickten.

In meinem Büro stand eine wunderschöne Frau mit hellblondem Haar, hohen Wangenknochen und mir bekannten Augen. Nur einmal zuvor hatte ich ihr Gesicht gesehen, auf einem alten Foto, wie sie neben dem jungen Harold Steeme gestanden hatte, damals, bevor die Coda ihre Jugend gestohlen hatte.

Jetzt hatte Carissa sie zurückgestohlen.

Sie schloss die Engelstür, blockierte die Geräusche der Straße und starrte mich aus diesen grünen Augen mit nadelkopfgroßen Pupillen an. Ich weiß nicht, wie lange wir schweigend warteten, aber ich verpasste meinen Einsatz etwa eine Million Mal, bis sie schließlich fluchte.

»Sie sagen nichts. Wirklich?«

Mein kläglicher Versuch bestand aus ein paar gestammelten Silben.

»Nun, äh ...«

»Verdammt noch mal.« Sie marschierte um den Schreibtisch herum und baute sich vor mir auf. Ich war nur ein paar Fingerbreit größer als sie. Selbst als ich direkt aus der Nähe in diese Augen starrte, ahnte ich nicht einmal, was sie von mir wollte. Also half sie mir.

Ein langer, schlanker Finger fuhr über meinen Hals, bis in den Nacken, und zog meinen Mund zu ihrem. Zuerst waren ihre Lippen zaghaft, aber als ich aus der Schockstarre erwachte und endlich aktiv wurde, wurden sie mutiger. Ihre andere Hand packte meine Hüfte, und ihre Zunge massierte meine. Mein Trenchcoat glitt zu Boden. Als ihre Hände über meinen Körper strichen, berührte sie die Lederbänder des Holsters. Sie zog sie zurück.

»Was ist das?«

»Nichts. Verzeihung, ich passe nur für jemanden darauf auf.«

Als sie die Maschine ziehen wollte, hielt ich ihre Hand fest.

»Besser nicht anfassen.«

Ich zog das Holster vorsichtig aus.

»Ist es gefährlich? Du hast es auf Harold gerichtet, als könntest du ihn damit verletzen.«

»Ich war noch betrunken.« Damit schob ich die Maschine wieder in die unterste Schublade. »Mrs Steeme, was geschieht hier gerade?«

Sie glitt an mich heran.

»Sag mir nur, dass ich schön bin.«

Sie war schön. Ohne Frage. Aber da war mehr. Alles war an seinem Platz, symmetrisch, glatt, frei von Makeln, aber es war zu perfekt. Falls so etwas überhaupt möglich war.

»Du bist wunderschön. Wirklich.« Ich meinte es, aber die Worte fühlten sich falsch auf meiner Zunge an. »Ich weiß nur nicht, für wen du mich hältst. Ich bin nicht die Sorte Mann, mit der du dich einlassen solltest. Ich …«

Sie legte eine delikate Hand auf meine Brust.

»Fetch, bei allem gebotenen Respekt, hier geht es *nicht* um dich.«

Ich lehnte mich nach vorne und küsste sie, und ihr Leib schlang sich um meinen.

44

An Überraschungen hatte ich mich längst gewöhnt. Meist waren sie unangenehm, wie plötzliche Nierenhaken oder unerwartete Rechnungen nach durchzechten Nächten.
Das hier war eine komplett andere Erfahrung.
Ich lag auf dem Rücken, sie an meiner Seite, ihr Arm ruhte auf meiner Brust. Eines ihrer langen Beine war um mich gewickelt, und ihr Haupt ruhte an meiner Schulter.
Dort spürte ich Nässe.
»Carissa? Geht es dir gut?«
Sie schniefte.
»Es ist nur … seltsam. Nach über hundert Jahren, in denen ich nur einen Mund geküsst habe. Einen Körper. Es ist …«
»Es tut mir leid.«
»Nein. Es ist nicht deine Schuld.« Ihre Finger kratzten über meine Haut. »Es ist nur anders.«
Danach schwiegen wir lange. Haut an Haut. Ich spürte die noch nicht ganz verheilten Narben an ihren Rippen und ihren Atem an meinem Ohr.
»Was ist mir dir?«, fragte sie mich.
»Was ist mit mir?«
»Wer war die letzte Person, die dich gehalten hat?«
Mit einem Mal bemerkte ich, wie nackt ich war. Und wie kalt mein Büro war. Ich zog die Decke hoch.
»Es war vor langer Zeit.«
»Das musst du nicht sagen.«
»Es stimmt aber. Vor sechs Jahren.«
»Oh.«
Eigentlich waren es acht Jahre, aber sechs ergaben sofort einen Sinn. Alle wissen, wann die Coda kam. Sechs ist romantisch. Aber acht? Acht klingt nur seltsam.
Dennoch überraschte es mich, als sie bat: »Erzähl mir davon.«
»Bitte?«

»Erzähl.«
»Wovon?«
»Deinem letzten Mal.«
Ihre Hand lag auf der Stelle auf meiner Brust, die immer schmerzte. Vorsichtig streichelte sie das Fleisch zwischen meinen Rippen, als ob sie es wüsste. Frauen wissen das, nicht wahr? Wo der Schmerz sitzt.
»Ich war an der Küste. Allein. Und ich schrieb ihr und bat sie, mich zu besuchen. Und sie kam.«
»Ihr wart kein Paar?«
»Nein.«
»Aber du hast sie geliebt.«
»Ja.«
»Immer?«
»Immer.«
Sie schmiegte sich noch enger an mich.
»In Lipha, wo wir einst lebten, gibt es weniger Machtunterschiede zwischen Männern und Frauen als hier. Dort hätte es nie einen Club wie denjenigen gegeben, wo du Harold gefunden hast. Nie so viele Männer in Machtpositionen.«
»Glaubst du, dass Harold deswegen hierherkommen wollte?«
Ein langes, trauriges Seufzen.
»Vielleicht. Als ich jung war, hatte ich andere Liebhaber, aber als wir heirateten, war ich mit meinem ganzen Herzen dabei. Und ich dachte, Harold ebenso. Wir waren einander verfallen. Jedes Jahr fand ich neue Gründe, ihn zu lieben. Was geschah, als sie kam?«
Der Themenwechsel kam so schnell, dass es mich überraschte, dass wir nicht beide ein Schleudertrauma bekamen.
»Es war alles, was ich mir jemals gewünscht habe. Mehr von ihr, als ich zuvor erwartet hatte. Wir spazierten am Strand entlang und sahen auf den Ozean hinaus. Sie küsste mich. Ich küsste sie. Wir kehrten ins Hotel zurück, und es war … alles. Aber ich konnte es nicht festhalten. Ich wollte die Zeit anhalten, sie dazu bringen, bei mir zu bleiben, denn ich wusste, dass sie wieder gehen würde. Hätte ich es doch bloß genießen können. Wäre ich doch

nur gut zu ihr gewesen. Einfach dankbar für die gemeinsame Zeit, die sie mir schenkte, dann wäre alles anders gekommen.«
Ihre Finger streichelten meine Stirn, meine Haare.
»Und dann kam die Coda?«
»Nein.«
»Nein?«
»Nein. Sie ging.«
»Warum?«
»Weil sie mich nicht liebte. Für sie war es nur ... ein Urlaub.«
»Hat sie das gesagt?«
»Nein, sie sagte, sie müsse arbeiten.«
»Und musste sie?«
»Ja.«
»Warum denkst du dann, dass sie dich nicht geliebt hat?«
»Weil sie mich nicht gebeten hat, mit ihr zu gehen. Oder versucht hat zu bleiben. Und ... warum sollte sie?«
Meine Brust schmerzte wieder.
»Was hat sie getan?«
Ich atmete tief ein.
»Nichts. Sie packte ihre Sachen, und als sie im Bad war, verschwand ich.«
Ihre Hand fuhr die Linien meines Körpers ab, meine Wange, mein Kinn, meine Kehle. Meinen Arm herab. Meine Hüfte. Kalte Finger auf meiner Haut. Waren es wirklich acht Jahre gewesen?
»Also hast du sie verlassen.«
»Scheint so.«
Ich nahm sie in meine Arme, ihre schlangen sich um mich, unsere Gesichter dicht an dicht. Das Licht der Dämmerung schien durch das Fenster und tanzte auf ihrer Schulter. Ihr Haar roch vom Färben nach Chemikalien. Der Chirurg hatte ihre Haut nicht überall glätten können. Die ältere Carissa Steeme war noch auf ihren Ohren und Lidern zu sehen. Meine Finger strichen über ihr Kinn, ihre Lippen, ihre Nase.
»Warum hast du das machen lassen?«
Zuerst dachte ich besorgt, dass ich sie verärgert hatte, aber sie sammelte nur einige Herzschläge lang ihre Gedanken.

»Harold und ich waren ein Team. In all unserer gemeinsamen Zeit habe ich nie Buch geführt oder mich gefragt, wer am meisten von unserer Beziehung hatte. Ich war nie eifersüchtig. Ich habe nie darüber nachgedacht, ob ich etwas verpasse. Aber als ich ihn so sah und akzeptieren musste, was er getan hatte, wurde ich so verflucht wütend. Ich … ich versuchte, darüber nachzudenken, was für eine Art Leben ich jetzt leben wollte, aber alles war mit ihm verbunden. Ich kann nicht allein eine alte Frau sein, während er da draußen … was auch immer tut. Ich weiß, dass das nachtragend ist …«
Ihre Fingernägel kratzten über meinen Rücken.
»Was denkst du, warum hat Harold es getan?«
»Weil Männer Narren sind. Ihr denkt, Frauen interessieren sich für Sachen wie das Aussehen und Kleidung und all diesen Scheiß, aber ich werde dir die Wahrheit sagen. Es zählt nur eine einzige Sache: Authentizität. Diejenigen von uns, die aus welchen dummen Gründen auch immer auf Männer stehen, landen in diesem unerträglichen Wartespiel. Wie auf einer schrecklichen Party. Alle Mädels und Jungs stehen herum und vertreiben sich die Zeit, bis ein Mann endlich erwachsen wird und all den Kram hinter sich lässt. Egal, ob fett oder glatzköpfig oder pleite, das ist alles gleichgültig, solange du wirklich du selbst bist. Sobald das passiert, findet dich eine gute Frau und nimmt dich mit nach Hause. Versprochen. Die Welt ist voller Frauen, die ungeduldig mit den Hufen scharren, bis die Jungs erwachsen werden. Deshalb sind Harold und andere wie er so zum Haareraufen. Sie vergessen sich selbst. Sie entkommen der Party, aber dann entdecken sie ein graues Haar oder eine Falte, und sie geraten in Panik und rennen zurück. Nur dass sie jetzt noch mehr fehl am Platz sind als vorher schon. Du hast ihn gesehen. Er sah lächerlich aus. Aber was soll ich sagen? Ich bin dem Idioten wieder hineingefolgt.«
»Nun, als einer der dummen Jungs, die es nie rausgeschafft haben, bin ich froh, dass du zurückgekommen bist.«
Sie lachte. Es war wunderschön.
»Danke.«
Dann rollte sie auf mich, wir schlossen unsere Augen und nutzten unsere Leiber, um die Trauer aus uns zu treiben.

45

Kaffeegeruch weckte mich.
Carissa saß in meinem Stuhl an meinem Schreibtisch und hatte meine Hose in der Hand. Das Bett knarzte, als ich mich aufsetzte.
»Das sind nicht deine einzigen, oder?«
Eine Hand glitt in ein Hosenbein, und ihre Finger winkten mir durch das Loch am Knie zu.
»Ich habe noch welche. Irgendwo.«
»Gut. Denn die werde ich mit nach Hause nehmen und flicken.« Damit trat sie ans Bett. »Ich habe dir etwas Kaffee und eine Zeitung geholt. Ich bin sicher, du wirst nicht den ganzen Tag verschlafen.«
»Wäre nicht das erste Mal.«
Sie küsste mich auf die Stirn.
»Danke, Mr Phillips.«
Ich packte ihren Leib, was die Erinnerungen an die Nacht anfeuerte.
»Du bist wunderschön. Jetzt und jedes Mal, das ich dich gesehen habe.«
Das brachte mir einen Kuss auf die Lippen ein.
Dann wartete ich, bis sie gegangen war, bevor ich mich aus der Decke schälte und mir den Mantel über die Schultern warf. Auf dem Tisch stand eine dampfende Tasse Kaffee aus Georgios Café, daneben lag die Morgenausgabe des *Sunder Star*. Noch nie hatte ich mir selbst eine gekauft, sondern immer nur durch das befleckte und zerrissene Exemplar unten geblättert. Als ich mich an den Tisch setzte und einen Schluck Kaffee trank, fragte ich mich, warum das nie Teil meiner Morgenroutine geworden war.
Die Antwort ließ nicht lange auf sich warten. Schon die Schlagzeile vorne verärgerte mich so sehr, dass ich aufstand und durch das Büro tigerte.
Die Gerichtsverhandlung des Falls war wiederholt worden. Und

irgendwie hatte man Rick Tippity dieses Mal verurteilt. Meine Aussage war komplett gestrichen worden. Stattdessen hatten sie noch einmal die Theorie vorgebracht, dass er die Feenleichen ausgeschlachtet hatte, um Lance Niles zu töten, und die Richterin hatte ihn zu lebenslanger Haft im Schlund verdonnert.
Aber das war nicht einmal die schlimmste Entwicklung.
Der Artikel erläuterte, dass der Bürgermeister bereits neue Gesetze einbrachte: Restriktionen für unsichere magische Praktiken und die Nutzung des Wissens der alten Welt, das unvorhersehbar geworden war. Man konnte den bürokratischen Scheiß förmlich durch die Zeitung riechen. Irgendjemand schlachtete diesen Fall aus, um Sunder in die falsche Richtung zu bewegen, und ich hatte dabei die Räder geölt.
Ich rief auf dem Polizeirevier an.
»Detective Simms, bitte.«
»Wer ist am Apparat?«
»Ihr Nachbar. Der Katze geht es wirklich nicht gut. Es spritzt aus beiden Enden ...«
Die Rezeptionistin gab das weiter, und ich hörte Simms im Hintergrund rufen: »Einfach auflegen!«
Die Verbindung wurde gekappt. Fluchend kippte ich den Rest Kaffee runter, wütend auf Simms und die gesamte stinkende Stadt. So sehr war ich damit beschäftigt, gegen mein ohnehin klappriges Mobiliar zu treten, dass ich die zwei Tonnen Halbork in Uniform nicht bemerkte, die sich durch meine Tür zwängten.
»Nur weil wir dich nicht mehr verprügeln, musst du das nicht selbst erledigen.«
Richie wartete nicht auf eine Einladung, sondern pflanzte seinen Hintern in den für Klienten gedachten Stuhl. Ich warf ihm die Zeitung gegen die Brust.
»Was für ein Spiel ziehen Simms und du eigentlich ab?«
Ein kurzer Blick auf die Schlagzeile, und seine Miene zeigte mir, dass sie ihm nicht besser gefiel als mir.
»Du willst eine andere Story, Fetch? Sag uns, wer der Täter ist.«
»Würde ich, wenn ich es wüsste.«
Er kaute auf seiner Unterlippe.

»Würdest du?«

»Natürlich.«

Mehr Kauen, dazu kniff er die Zähne zusammen, als stünde mir die Wahrheit irgendwie ins Gesicht geschrieben und er könne sie nur nicht lesen.

»Warst *du* es?« Die Frage kam überraschend. Ich riss die Augen so weit auf, dass ich damit beinahe die verstaubten Spinnweben von der Decke gewischt hätte.

»Ich bin der Einzige, dem es noch darum geht, dass ihr einen Unschuldigen wegsperrt!«

»Ganz genau.«

»Ganz genau? Was für ein Plan soll das denn sein? Einen Mord begehen, ihn jemandem anhängen und dann ganz allein den Fall vor die Wand fahren, wenn ihr ihn verknacken wollt? Denkst du wirklich, ich wäre so ein kriminelles Genie?«

Als Antwort zuckte Richie mit den Achseln, als sei das nicht lächerlich absurd.

»Ich habe mir nie eingeredet, dass ich dich verstehe«, stellte er fest. »Aber es erscheint mir nicht so weit hergeholt, dass du erst jemandem was in die Schuhe schiebst, dann ein schlechtes Gewissen bekommst und dich und uns sabotierst. Es ist nicht das erste Mal, dass du die Seiten gewechselt hast.«

Dagegen konnte ich nichts vorbringen, aber der Rest war Unsinn.

»Nein, Richie, ich habe Lance Niles nicht ermordet.«

Er nickte. Vielleicht hatte er es nur aus meinem Mund hören müssen. Gerade wollte er etwas sagen, da fiel sein Blick auf eine kleine Karte vor ihm. Er drehte sie um.

Ein Geschenk von einem Freund.

Seine Augenbraue schnellte nach oben, aber ich deutete auf den Kaninchenlederhut am Hutständer.

»Von einer Klientin.«

»Eine Freundin?«

Ich hob die Schultern.

»Sie macht sich Sorgen, weil ich mit euch zusammenarbeite. Ich würde gerne sagen, dass das Paranoia ist, aber da bei mir unangekündigt Cops vor der Tür stehen und sich durch meine Papiere wühlen, hat sie wohl recht.«

Jetzt war es an Richie, die Schultern zu heben. Für den Moment hatte ich seinen Verdacht abgelenkt.

»Na gut, du hast Lance Niles nicht umgebracht. Aber etwas an der Sache stinkt. Wir fahnden nach einem Mann mit Narben im Gesicht«, erläuterte er und deutete auf die Kratzer von Lindas Krallen, »im Anzug mit Hut.« Diesmal wies er auf den neuen Hut. »Ein Mensch, der vielleicht mal ein Hirte war.« Finger auf mich gerichtet. »Der ein unerhörtes Verbrechen begeht, das niemand versteht. Niemand außer dir.«

Jetzt, da er die Punkte aufgezählt hatte, konnte ich seinen Verdacht besser nachvollziehen. Wüsste er, dass ich dazu noch eine einzigartige Waffe besaß, die Mordwaffe unten in der Schublade, um genau zu sein, hätte er keine Wahl, als mich in den Schlund zu werfen und Rick Tippity laufen zu lassen. Trotzdem traf es mich hart.

»Ehrlich, Rich? Du denkst, ich war es?«

»Nein, aber ich mache mir Sorgen. Andere könnten es glauben. Was, wenn jemand dir das alles anhängen will?«

Sorgsam ging ich das im Kopf durch, aber es fügte sich zu keinem Bild. Sicherlich hätte Deamar dann den Mantel von Opus getragen, als er den Mord beging.

»Glaub ich nicht«, antwortete ich dementsprechend.

»Nun, entweder schiebt dir das jemand in die löchrigen Schuhe, oder …«

»Oder es ist Zufall.«

Der Stuhl knirschte erbärmlich, als Richie sich zurücklehnte.

»Nein«, widersprach er. »Kein Zufall. Dieser Fall ist zu seltsam, und ich mache mir Sorgen um dich. Du machst bestimmt wieder dein Ding und fängst dir jede Menge Ärger ein.«

»Mein Ding? Was ist denn mein Ding?«

»Wenn du einen Fall nur auf halber Arschbacke angehst, bis es zu spät ist. Du steckst bis zur Halskrause darin, pisst allen auf die Füße, und wir können dann die Scherben aufsammeln. Die Stadt verändert sich, Fetch. Du kommst mit deinen alten Fehlern nicht mehr durch.«

In mir stieg die Galle auf, und dazu die Wut. Wie es oft geschieht, wenn jemand einen besser durchschaut, als es einem lieb ist.

»Danke für die Warnung, Rich, aber ich habe weder Angst vor Niles noch vor Simms oder wer mich sonst noch so auf dem Kieker hat. Trotzdem danke, dass du persönlich vorbeischaust, um mir zu drohen. Die persönliche Note ist nett.«

»Du hörst mir nicht zu!«, schnappte er. »Ich drohe dir nicht. Ich fürchte, jemand will dir schaden, und du bist zu dämlich, um das zu sehen. Also schwing deinen Arsch, komm in die Gänge und lös den Fall, oder lass es ganz. Tippity ist unschuldig? Gut. Aber wenn du dich mit dem hier anlegst«, er schmiss mir die Zeitung zurück ins Gesicht, »dann solltest du verdammt viel cleverer sein, als du es bislang warst. Du bist ein Hirte, Fetch. Wir beide. Also benimm dich wie einer und erledige den Job, oder zieh den Kopf ein ... bevor jemand ihn dir von den Schultern schlägt.«

Damit stand er auf, und der Stuhl seufzte vor Erleichterung. Er ging ohne ein Lebewohl, und ich dankte ihm nicht, obwohl ich es hätte tun sollen, denn es war die Wahrheit. Etwas an dem Fall stimmte nicht. Diese ganze Sache war faul.

In meinen Fingern tanzte die Karte umher, und ich besah mir die Handschrift noch einmal genauer.

Ich musste den Mörder von Lance Niles finden, den wahren Mörder. Dann konnte ich seinem trauernden Bruder eine Last von der Seele nehmen, den zu Unrecht verurteilten Arsch befreien (so schuldig er auch in anderer Hinsicht war) und die Pläne von wem auch immer durchkreuzen, die ich noch nicht einmal kannte.

Es war an der Zeit, Mr Deamar aufzuspüren.

46

Während ich mich anzog, war da diese Stimme in meinem Hinterkopf, die mir sagte, dass ich die Maschine zerstören musste. Aber was war dann mit Tippity? Falls ich die Mordwaffe verschwinden ließ, würde es wenig bringen, Deamar zu finden. Also musste ich sie noch ein klein wenig länger behalten.
Aber ich konnte sie nicht mehr mit mir herumtragen. Es war einfach zu oft zu knapp gewesen. Also ließ ich sie in der untersten Schublade und versuchte, das leere Gefühl unter meiner Schulter zu ignorieren.
Das Hotel Larone war die logische Wahl für den Beginn meiner Nachforschungen. Dort hatte Deamar gewohnt, als er den Brief an Lance Niles verfasst hatte. Ich ging dorthin und schmierte die Angestellten mit Bronze, fand aber nichts Neues heraus. Seit Deamar ausgezogen war, war das Zimmer mehrfach vermietet worden. Er hatte keine Besitztümer zurückgelassen, und die wenigen Fakten hatte Thurston Niles schon in Erfahrung gebracht: Mensch, gebildet, gut angezogen und am Abend des Mordes ausgezogen.
Ein Aushilfskellner sagte mir, dass mit dem Gesicht von Deamar etwas nicht gestimmt hätte, so als hätte er einen Unfall gehabt und seine Haut wäre nicht richtig verheilt. Alles, was sie mir sonst sagten, hatte ich schon persönlich erlebt. Ich hatte den Gehstock auf den Pflastersteinen gehört und das schiefe Lächeln hinter der Pfeife gesehen. Die runden Ohren, die kurzen Finger, der schwarze Anzug. Sowohl die Melone als auch den Hut mit der breiten Krempe.
Das war immerhin etwas.
Damit ging ich zur Östlichen Neunten Straße und kehrte beim Hutmacher ein, der mir meine überteuerte Haube verkauft hatte. Der alte Mann sah besorgt aus, als befürchte er, dass ich mein Geld zurückhaben wollte. Doch bei der Erwähnung von Deamar

leuchtete sein Antlitz auf, als ob die Erinnerung an den Mann ihn erfreute.
»Ja, er war hier schon zwei Mal. Ein seltsamer Kerl. Ich konnte den Akzent nicht ganz zuordnen, aber er wusste sich auszudrücken. Wie sagt man? Ein Mann von Welt. Ungewöhnlich für einen Menschen. Entschuldigen Sie bitte, das war nicht so gemeint.«
»Hat er Ihnen etwas über sich erzählt? Woher er kommt oder wo er wohnt?«
»Ich fürchte nicht. Er hat nur meine Ware bewundert. Er war voller Lob und hat zwei Stücke erworben. Gute Qualität. Er meinte, dass er die feinen Dinge des Lebens schätzt.«
Ich schob meine Karte über den Tresen.
»Falls er wieder auftaucht, rufen Sie mich bitte an.«

* * *

Ich verfolgte einen Geist in einer toten Stadt mit wenig mehr als einem Namen in der Hand. Dabei wehte mir ein kalter, starker Wind ins Gesicht, und ich beschloss, dorthin zurückzukehren, wo alles begonnen hatte.
In der Bluebird Lounge war es ruhiger als das letzte Mal, ohne die Menge von Polizisten, die einen Blick auf das blutige Gemetzel hatten erhaschen wollen. Die Erinnerung an diesen ersten Tag und unsere Aufregung war seltsam. Wir hatten geglaubt, es wäre etwas Phänomenales passiert. Aber es war nicht unglaublich. Es war schnöder Alltag. Brutal, wie wir ihn kannten. Vorhersehbar in seiner Grausamkeit. Die Maschine war wie alles in dieser neuen Welt: kalt, leblos und für den Tod geschaffen.
An der zentralen Bar zog ich mir einen Hocker heran und setzte mich. Die einzige andere Gestalt war ein mittelalter Barkeeper.
»Sind Sie Mitglied?«, wollte er wissen.
»Nein, aber draußen ist es eiskalt, und ich brauche was, um meine Knochen aufzuwärmen. Können Sie für ein paar Minuten die Regeln Regeln sein lassen?«

Die Worte allein hätten wenig Wirkung gehabt, aber gemeinsam mit einigen Münzen überzeugten sie ihn.
»Natürlich. Was darf es sein?«
»Burnt Milkwood. Schön süß.«
Er machte sich an die Arbeit, und ich wartete lang genug, damit das Gespräch natürlich wirkte.
»Ein Glück, dass sie den Killer gefasst haben, was? Ist es nicht hier passiert?«
Diesen Blick kannte ich: jemand, der viel zu sagen hatte, dem aber der Mund verboten worden war. Wäre ich ein Fremder in einem schicken Anzug gewesen, hätte er mir niemals was erzählt. Aber ich war durchschnittlich. Nicht bedrohlich. Nicht intelligent. Ein Jedermann. Der Typ, dem man alles sagen kann, weil es bis zum Ende der Nacht vom Bier fortgespült werden würde.
»Der war es nicht«, raunte er mir zu, und es klang, als habe er es schon hundertmal gesagt. »Ich war hier. Ich habe den Killer gesehen. Verdammt, ich habe ihn *bedient*. Der hatte ganz sicher nicht die langen Finger eines Hexenmeisters. Wir sollen nach so was Ausschau halten. Und der Kerl sah ganz anders aus. Anders als *alle* anderen, um genau zu sein. Das habe ich auch den Cops gesagt. Zweimal. Aber jetzt wird ein armer Apotheker für immer im Schlund verschwinden.«
Einige Sekunden lang ließ ich ihn in seinem Frust köcheln und beobachtete, wie er meinen Cocktail mixte.
»Was meinen Sie damit: Er sah anders aus?«
»Irgendwie unnatürlich. Als würde er eine Maske tragen, die nicht so richtig passt. Aber da war keine Maske. Es war seine Haut, aber auch wieder nicht … ich weiß, dass das keinen Sinn ergibt.«
Für mich schon. Und für andere, die Mr und Mrs Steeme nach ihren Verwandlungen von Nahem gesehen hatten.
Natürlich war es durchaus anders. Carissa Steeme war wie eine goldene Statuette poliert und ausgebessert worden. Deamar hingegen war … zerbrochen. Verdreht. Und dennoch war die Idee die gleiche.

Der Barkeeper stellte den Drink vor mir ab, ließ ihn aber nicht los. Seine Finger hielten das Glas umschlossen, und er biss sich auf die Lippe, als durchforstete er sein Gedächtnis nach etwas Wichtigem.
»Lustig«, murmelte er schließlich.
»Was denn?«
Er trat einen Schritt zurück und sah den Cocktail an, als frage er sich, woher der eigentlich gekommen war.
»Wir machen nicht viele von denen. Ist bei unserer Kundschaft nicht sonderlich beliebt. Den letzten habe ich vor Wochen gemixt.« Er kicherte, aber verwirrt, nicht belustigt. »In jener Nacht. Mit diesem Niles. Der Mörder hat ihn bestellt.«
Es kostete mich meine ganze Kraft, ein amüsiertes, ruhiges Lächeln aufzusetzen.
»Ja. Das ist wirklich lustig.«

* * *

Danach rief ich Carissa vom Telefon der Bluebird Lounge an. Als sie meine Stimme erkannte, schlich sich Zögerlichkeit in die ihre. Offenbar sorgte sie sich darum, ihr Amüsement für eine Nacht könnte sich als anhänglich erweisen.
»Gibt es ein Problem, Mr Phillips?«
»Nein, gar nicht. Ich wollte nur fragen, ob ich die Adresse dieses ... Chirurgen haben könnte.«
Eine lange Pause. Ich wühlte in Dingen, über die sie nicht sprechen wollte. Manches ist in der Nacht im Bett möglich, aber im grellen Schein des Tages schmerzhaft.
»Warum, Fetch?«
»Es geht nicht um dich, versprochen. Für einen Freund. Er braucht Hilfe, und ich höre mich für ihn um. Es tut mir leid, dass ich dich fragen muss.«
Noch ein langes Schweigen. Dann ein Seufzen.
»Nun gut. Es handelt sich um Dr. Exina und Dr. Loq. Ihre Klinik liegt auf der Westlichen Fünften, nahe Titus. Weit jenseits von Swestum und der Rose, aber ... du solltest nicht dahin.«

»Ich will nur ein paar Fragen stellen.«
»Ich weiß. Sei vorsichtig.«
»Wegen ein paar Ärzten?«
»Ja, Fetch. Es sind Sukkuben.«

47

Im Westen der Stadt wirkte alles gedämpft. Hinter jedem Fenster mit Vorhängen, in jedem heruntergekommenen Haus, an jeder zerklüfteten Straße hausten Leute, die ihre Leben geheim halten wollten. In den Mienen hinter den Scheiben zeigten sich zu gleichen Teilen Angst und Aggression, bereit, sich ganz in eine der beiden Richtungen zu entladen, je nachdem, was sie draußen erspähten.

Die Praxis befand sich in den Kellerräumen unter einem Laden, der immer das verkaufte, was sich halt in letzter Zeit so hatte »besorgen« lassen: Handtaschen, Schals, Gartenwerkzeuge. Kein Zusammenhang, außer dass alles sehr billig war.

Die Treppe führte zu einer roten Tür mit drei Schlössern und einem kleinen Schild, auf dem »Dr. E. und Dr. L.« stand. Darunter war eine glänzende Klingel. In diesem Teil der Stadt, wo das Verbrechen hauste, war es ein deutliches Zeichen, dass niemand die Klingel oder das Schild gestohlen hatte. Entweder genossen die Besitzer großen Respekt oder waren sehr gefährlich. Ich drückte auf die Klingel und wartete. Da ich wusste, dass es oft besser war, einfach aufzutauchen, hatte ich vorher nicht angerufen. Den meisten fällt es leichter, einfach aufzuhängen, als einem die Tür vor der Nase zuzuschlagen.

In der Tür glitt eine Luke auf. Helles Licht schien mir ins Gesicht. Ich zog die Krempe meines Huts herunter, auch wenn ich längst geblendet war.

»Was wollen Sie?«, wollte eine Männerstimme von jenseits der Tür wissen. Sie klang monoton, beinahe gelangweilt. Keine Stimme, der man Honig ums Maul schmierte oder der man die Wahrheit sagte.

»Ich möchte mit den Ärzten reden. Jemand hat sie mir empfohlen, und ... nun, es ist privat, aber ich brauche dringend Hilfe.«

So füllte ich seine Vorstellung mit allerlei Ideen über seltsame

Gesundheitsprobleme. Die Schlösser klackten eins nach dem anderen, dann schwang die Tür auf.
Als ich ihn endlich sah, musste ich mich sehr zusammenreißen, nicht überrascht zu wirken.
Er war ein Zwerg. Allerdings sieht man selten Zwerge, die von Kopf bis Fuß rasiert sind. Oder welche mit Fängen. In Seide gehüllt. Mit kleinen weißen Hörnern über den Augenbrauen. Die Haut darum war noch rot. Offenbar waren sie brandneu.
»Bitte folgen Sie mir.«
Die Duftkerzen im Korridor konnten den Gestank von Chemie nicht ganz überdecken. Der Laden wirkte nicht wie eine Arztpraxis, sondern wie ein Mittelding zwischen Bordell und Leichenschauhaus. Die Betonwände waren rot gestrichen, und der Boden war gekachelt, aber es gab Samtmöbel und glimmende Lampen, und über jede Oberfläche waren Stoffbahnen drapiert. Der Versuch war zu bewundern, aber wie alles, was die Doktoren zu tun schienen, wirkte es unvollkommen.
Wir gingen an einem niedlichen kleinen Wartezimmer vorbei, und der Zwerg führte mich in einen dunklen Raum, der nichts außer einer Matratze auf dem Boden enthielt. Ich konnte mir nicht vorstellen, dass Carissa das mitgemacht hatte, aber ich hatte ja bereits festgestellt, dass eine verschmähte Frau sich sehr unbesonnen verhalten konnte.
»Warten Sie hier.«
»Worauf? Dass mich jemand auszieht?«
Er zog die Schultern hoch.
»Möglich.«
Damit drehte er sich um und ging, und ich dachte bei mir, dass ihn wohl nichts auf der Welt überraschen konnte. Er hätte meinen Job machen sollen. Wenn jemand zu ihm kam und behauptete, dass der allerletzte Rest Magie unter seinem Fangzahn feststeckte, würde er wohl nur mit den Achseln zucken, *möglich* sagen und seine Pinzette holen.
Man musste den Chirurgen zugutehalten, dass sie ihre Praxis warm hielten. Ich zog den Trenchcoat aus und legte ihn neben der Matratze auf den Boden. Nicht zum ersten Mal fragte ich

mich, ob es ein Fehler gewesen war, die Maschine nicht mitzunehmen.
Nein. Es war zu gefährlich, und sie war kein Geheimnis mehr. Thurston Niles wusste, um was es sich handelte, und er war vermutlich nicht der Einzige.
Als meine Gastgeber eintraten, schlug mein Hirn einige Purzelbäume.
Es war offensichtlich, dass sie an sich selbst herumgeschnitten hatten, aber anders als bei Carissa. Bei ihr hatten sie die Haut geglättet und einige Jahre gestohlen. Sie hingegen sahen eher aus wie der Zwerg. Beide Frauen waren eine Sammlung seltsamer Dinge, ein Gemisch von Merkmalen verschiedenster Spezies, die sie ihrer eigenen Haut hinzugefügt hatten.
»Guten Tag. Ich bin Dr. Exina, das ist meine Partnerin Dr. Loq.«
Ihr Haar war auf der einen Seite schwarz und blond auf der anderen, und es fiel lang auf ihren Rücken, zwischen zwei Flügeln aus nacktem Knochen hindurch, die durch spezielle Löcher in ihrem gerade geschnittenem Kleid stachen. Unter ihrem linken Auge zog sich eine Linie von Reptilienschuppen über ihre Wange. Die Unterlippe war viel zu voll für ihr Gesicht. Sie war offensichtlich nicht ihre. Mindestens die Hälfte ihres Körpers hatte mal jemand anderem gehört. Vielleicht behielten sie, was sie von ihren Patienten schnitten. Vielleicht besorgten sie es sich auf üblere Weise. Ich konnte nur hoffen, dass kein Teil meiner verwahrlosten Form ihnen ins Auge stach.
In keiner anderen Praxis wäre ihr Kleid als Arbeitskleidung durchgegangen. Das tiefe Dekolleté war gut geeignet, um Blicke, Starren und Narren einzufangen.
Neben ihr zeigte Loq rotes Katzenhaar und leckte sich mit einer gespaltenen Zunge über die Lippen. Keine echte Reptilienzunge, sondern in der Mitte aufgeschnitten. Ihr Kleid war noch tiefer ausgeschnitten und zeigte ein wie betrunken herumrollendes Zyklopenauge auf ihrem Brustbein. Falls sie jemals Brüste gehabt hatte, waren sie verschwunden. Vielleicht hatte ihre Partnerin sie sich zur Unterstützung der Lendenwirbelsäule in den unteren Rücken verpflanzen lassen.

Exina betrachtete mich unter ihren schweren Lidern hervor. Loq saugte an der Doppelspitze ihrer Zunge. Ich kam mir vor wie der erste Gang ihres Abendessens.
Dann setzten sie sich neben mich, Exinas zweifarbiges Haar links, Loqs kurze Bürste rechts, und besahen mich ganz aus der Nähe.
Schließlich lachte Exina auf.
»Normalerweise kann ich es raten«, begann sie. »Aber ich weiß wirklich nicht, warum Sie hier sind. Etwas füllig um die Hüften, wohl vom Alkohol. Einige Narben. Zu viele schlaflose Nächte. Aber einen Kerl wie Sie kümmert das nicht. Ist es etwas«, sie legte mir die Hand aufs Bein, weit, *weit* oben, »Privates?«
Jeder ihrer Fingernägel strahlte in einer anderen Farbe, aber sie waren nicht lackiert. Jede Kralle war von einer anderen Kreatur. Nägel und Klauen, alle auf die gleiche Größe gefeilt. Einer sah wie Stein aus, ein anderer wie Obsidian.
»Privat durchaus. Aber etwas höher.«
Sie lächelte. »Dachte ich es mir doch.«
»Nein, noch höher.«
Damit schob ich meinen Ärmel hoch und präsentierte die vier Tätowierungen, die sich um meinen Arm wanden. Die Ärztinnen waren weder angewidert noch beeindruckt. Eher irgendwo dazwischen.
»Die Armee der Menschen und Opus? Das muss einzigartig sein.«
»Der erste und der letzte«, stellte ich fest.
Sie wies auf das Gefangenenabzeichen.
»Sie haben gesessen. Aber woher stammt das letzte?«
»Weatherly«, antwortete Loq, bevor ich den Mund aufmachen konnte. Es erschien mir unwahrscheinlich, dass Exina jemals wirklich überrascht werden konnte, aber sie sah schockiert aus.
»Meine Güte. Sie sind weitaus interessanter, als Sie auf den ersten Blick wirken. Und Sie wollen …?«
»Alle loswerden. Vielleicht. Ich habe mich noch nicht endgültig entschieden, aber ich will wissen, ob es möglich wäre. Ein Freund hat Sie empfohlen, und ich dachte mir, fragen kostet nichts.«

»Wer ist Ihr Freund?«, wollte Loq wissen und schob ihre Hand langsam meinen Schenkel empor. Ich konnte ihre Intention weder bei der Frage noch bei der Berührung einschätzen.

Es war meine Entscheidung, ob ich ihnen einen Namen sagte, der das Spiel fortführte, oder ob ich gleich denjenigen erwähnte, dem mein Interesse galt. Falls sie *diesen* Namen kannten, hatte ich meine Antwort. Aber falls nicht, wussten sie, dass ich log, und es bestand die reelle Gefahr, dass sie mir die Eier abrissen und sie fortan als Ohrringe trugen.

»Harold Steeme«, wählte ich die sichere Option. »Kein echter Freund, wenn ich ehrlich bin. Wir haben ein paarmal Karten gespielt. Ihr habt bei ihm gute Arbeit geleistet. Wenn man doch nur seine Persönlichkeit ebenso aufhübschen könnte.«

Das ließ sie mir mehr vertrauen. Vermutlich war Harold nicht der charmanteste Patient gewesen.

»Es ist machbar«, versicherte mir Exina und öffnete mir spielerisch den obersten Knopf meines Hemdes. »Aber mir gefällt die Vorstellung nicht, einen Teil Ihrer Geschichte auszulöschen. Es ist ein Teil von Ihnen.«

Ein weiterer Knopf wurde geöffnet.

»Ist das nicht genau das, was ihr tut?«

Sie zog einen Schmollmund.

»Wir arbeiten am Äußeren unserer Patienten, damit es besser ihr Innerstes reflektiert. Wir präsentieren der Welt ihr wahres Ich.« Sie lehnte sich hinter mir vorbei und streichelte Loqs Haar. »Dieses süße Ding wurde von Werkatzen adoptiert. Das ist das Haar ihrer Schwester. Jetzt sind sie immer zusammen.«

Gleichzeitig legte Loq eine Hand auf Exinas Wange und fuhr über die Schuppen.

»Der erste Liebhaber meines Schatzes war ein Reptilienkrieger. Er starb, als er ihre Ehre verteidigte. Jetzt ist ein Teil von ihm ein Teil von ihr.«

Sie küssten sich. Es war wild.

»Und die Zunge?«, erkundigte ich mich.

»Nun«, erläuterte Loq, »es gab noch mehr, was mein Schatz an ihm vermisste. Es war also … ein Geschenk.«

Beide kicherten und lehnten sich zueinander, bis sie mich auf dem Rücken unter sich hatten. *Wirklich, Carissa? Du bist den Spuren deines Mannes bis hierher gefolgt?* Sie hatte noch mehr Mumm, als ich geahnt hatte.

»Es ist einfach langweilig«, fuhr Exina fort. Sie öffnete den dritten Knopf so hart, dass er abriss und durch den Raum flog. »Etwas so Einzigartiges auszulöschen. Etwas, das *dich* so sehr ausmacht. Warum machen wir nicht etwas Außergewöhnliches? Hast du dir jemals einen Schweif gewünscht? So einen kleinen?«

»Oder Titten?«, warf Loq kichernd ein.

Exina schob ihre Hand vorbei an meinem Oberschenkel bis nach ganz oben.

»Wie wäre es mit einem Zentaurenschwanz? Wir haben einige auf Eis liegen.«

»Du könntest zwei haben«, quietschte ihre Partnerin.

Loq gackerte und kroch über meinen Oberkörper, um ihre Zunge über den Nacken von Exina gleiten zu lassen, die sich ihr zu einem Kuss zuwandte. Ganz offensichtlich hatte die Vorstellung eines Doppelschwanzes ihre Imagination angeregt.

»Darüber muss ich erst nachdenken, aber danke für die Vorschläge.«

Inzwischen hörten sie mir kaum noch zu. Meine Gedanken waren nicht mehr wirklich klar, da mein Blut an den falschen Orten rauschte, deshalb entfuhr mir ein ungeschickter, unpassender Versuch, wieder auf den Fall zurückzukommen.

»Hat euch jemals jemand gebeten, die ... die Spezies zu ändern? Ist das ... ist das machbar?«

Der Regenbogen von Exinas Klauen kratzte über mein Schlüsselbein.

»Warum fragst du?«, gurrte Exina.

»Nun, ich will nur ...« Ihre Hand schloss sich um meine Kehle. Sie sah mich nicht einmal an. Ihr Gesicht war an das ihrer Partnerin gepresst. Zuerst dachte ich noch, es sei Teil ihres Spiels, bis sie so fest zu drückte, dass ich keine Luft mehr bekam.

»Warum bist du wirklich hier?«, knurrte Dr. Exina.

Beide lagen auf mir und hielten mich auf dem Rücken. Die Welt wurde dunkel, und an ihren Klauen schimmerte mein Blut.
Dann lachte Loq wieder.
»Schatz!« Sie hob meinen linken Arm hoch. »Armee und Opus? Einzigartig? Ich denke, ich weiß, warum er hier ist.«
Nach einem Moment stimmte Exina in das Lachen ein, und sie entließ meine Kehle aus ihrem schraubstockartigen Griff.
»Wow«, entfuhr es ihr. »Du hast recht, meine Süße. Und *er* würde es nicht gerne sehen, wenn wir sein Haustier verletzen.«
Ihre Finger spielten mit meinem Haar, und sie grinsten auf eine herablassende, fast schon mitleidige Weise, als wüssten sie alles und ich nichts.
»Verschwinde, Junge«, befahl Loq. »Wir arbeiten nur an Erwachsenen.«
Mühsam zwängte ich mich unter ihnen hervor, und als ich die Tür erreichte, waren sie ein Gewirr aus ineinander verschränkten Gliedmaßen.
Der Zwerg erwartete mich.
»Haben Sie gefunden, wonach Sie suchten?«
Darauf gab es keine schlaue Antwort. Keine Stichelei. Ich ließ die Praxis hinter mir, und der Zwerg schlug die Tür zu. Drei Schlösser rasteten ein. Meiner Meinung nach befanden sie sich auf der falschen Seite der Tür.

48

Haustier.
Nein.
Den ganzen langen Heimweg lang rauschte es in meinem Kopf und übertönte damit die eine Sache, die sich mir aufdrängen wollte. Schon vom ersten Augenblick an hatte Deamar seltsam vertraut gewirkt.
Nein.
Vielleicht wollte ich, dass er es war. Vielleicht sah ich Verbindungen, die es gar nicht gab.
Aber wollte ich das wirklich?
Natürlich wünschte ich mir, dass er noch am Leben war. Aber konnte ich damit umgehen, ihm von Angesicht zu Angesicht gegenüberzutreten?
Er war mein Mentor gewesen. Mein einziger wahrer Freund. Aber ich hatte sein Vertrauen missbraucht und war geflohen. Niemals hatte ich dafür um Entschuldigung gebeten oder auch nur versucht, ihn zu kontaktieren. Ich war ein Feigling. Deshalb hatte er mir die Maschine geschickt. Es war eine Prüfung, um zu sehen, ob ich für meine Taten Verantwortung übernehmen würde.
Für den Mann, der die Welt zerstört hatte, gab es nur eine passende Strafe. Das wusste ich seit sechs Jahren. Rang damit. Und endlich war mir das perfekte Werkzeug dafür in die Hände gefallen.
Noch war ich nicht dazu gekommen, meine Tür zu reparieren. Ein weiteres Versagen auf meiner langen Liste. Der Liste meiner Fehler, der Dinge, die ich niemals tun würde. Ich ging um den Tisch und bückte mich, um …
Ein weiteres Paket auf der Tischplatte. Noch eins.
Das Herz schlug mir bis zum Hals. Was würde es diesmal sein. Noch eine niemals zuvor gesehene Mordmaschine?
Keine Karte von Deamar. Keine hübsche Schrift. Ich packte es aus und fand … meine Hose. Von Carissa sorgfältig geflickt.

Erleichtert fiel ich in meinen Stuhl und lachte mit meiner Wäsche in der Hand.

Harold, du Stück Scheiße, was für ein Mann verlässt so eine Frau?

Ich beugte mich hinab und öffnete die unterste Schublade.

Die Maschine war weg.

Nein!

Seit sechs Jahren lebte ich in diesem Büro, und noch nie hatte mir jemand etwas gestohlen. Es war der allerletzte Ort, an dem man Wertsachen vermuten würde. Irgendwer hatte gewusst, was sich in der Schublade befand.

Mein Blick wanderte von der Schublade zu den Hosen, und ich wünschte mir, dass es nicht so einen Sinn ergeben würde. Sie hatte gesehen, wie ich damit herumgewedelt, und auch, wo ich sie versteckt hatte. Und sie war allein in meinem Büro gewesen.

Das Telefon klingelte.

Nein.

»Fetch hier.«

»Hallo. Ich bin's, Linda.«

»Gott sei Dank, ich dachte schon, es wäre Simms oder so.«

»Warum?«

»Nur so.«

»Lustig, Simms hat mich gerade angerufen.«

Nein.

»Weshalb?«, fragte ich.

»Ich berate die Polizei in Fällen, die mit Magie zu tun haben könnten.«

Bitte nicht.

»Freut mich, dass es für dich läuft.«

»Ja. Offenbar wurde jemand auf die gleiche Art umgelegt wie Lance Niles. Ich dachte mir, dass dich das interessieren könnte.«

Bitte, bitte nicht.

»Nun, danke, dass du mir davon berichtest, Linda.«

»Natürlich. Aber bitte nicht Simms sagen.«

»Würde ich nie.«

»Du hast den Fall nicht zufällig schon geknackt, oder? Es würde

mir viel guten Willen einbringen, wenn ich der Polizei dabei helfen könnte.«
Ja.
»Nein.«
»Lass mich einfach wissen, falls du es schaffst. Oder falls du noch mal Hilfe brauchst. Du bist echt nervig, Phillips, aber wir sind nicht das schlechteste aller Teams. Bis bald.«
»Warte!«
»Ja?«
»Rein interessehalber, wen hat es erwischt?«
Nein. Nein. Nein.
»Einen Niemand. Einen elfischen Spieler namens Harold Steeme.«

49

Carissa ging nicht ans Telefon, aber ich ging dennoch bei ihr zu Hause vorbei. Keine Reaktion auf die Klingel. Ich musste mich davon abhalten, die Tür einzutreten.
Ein Blick über die Schulter. Hatte ich gerade Stimmen gehört? Die Cops? Falls sie noch nicht hier gewesen waren, würden sie bald auftauchen. Gestand Carissa längst alles auf dem Revier? Berichtete, wer ihren Mann gefunden und woher sie die Waffe hatte? War ich längst am Arsch?
Schnell wischte ich die Feuchtigkeit vom Glas der Tür und spähte hinein. Details konnte ich nicht erkennen, aber da war ein Flackern wie von Kerzen oder einem Kamin.
Die Cops würden sie mitnehmen, aber doch kein Feuer brennen lassen, oder?
Also nahm ich den Hut in die Hand, hielt ihn gegen das Glas und schlug zu. Das Kaninchenleder schützte meine Hand. Immerhin dazu war es gut. Ich griff hinein und entriegelte die Tür.
»Carissa?«
Auf dem Weg durch den Flur sah ich in jeden Raum. Nichts. Im Wohnzimmer brannte ein Feuer hoch im Kamin, und alle Kerzen waren entzündet. Auf dem Tisch stand ein halb leeres Glas Whisky.
»Hm?«
Eine Stimme weiter hinten. Ich folgte ihrem Klang und fand Carissa in ihrem Schlafzimmer, halb ausgezogen und voll wie eine Haubitze. Ihr Leib war quer über das Bett drapiert wie eine weggeworfene Puppe, die Beine gespreizt und die Augen geschlossen. Auf dem Boden neben ihr lag die Maschine. Man hätte nicht um bessere Beweise bitten können.
»Verdammt noch mal. Steh auf.«
Ihr Ex-Mann war nur noch totes Fleisch, aber sie lebte noch. Ihre Lider flatterten.
»Harold, lass mich schlafen.«

»Oh, Süße, ich bin nicht Harold. Erinnerst du dich? Harold ist fort.«
Sie lachte, und die Linien auf ihren künstlich geglätteten Wangen sahen unecht aus.
»Pop«, brachte sie hervor.
»Ja, pop. Du hast ihn gut gepoppt. Und ich wette, du warst nicht vorsichtig, oder? Gab es Zeugen?«
Eine Antwort kam nicht, aber ich konnte es mir ohnehin denken. Wenn man einen Mord ordentlich durchplant, ist man danach schlau und geht nicht nach Hause, um sich zu betrinken, während die Tatwaffe neben einem liegt.
»Zieh dich an. Sie werden bald hier sein.«
Ich setzte sie auf, richtete ihre Kleidung und zog ihr dann mehr an. Draußen war es kalt, und sie würde lange nicht hierher zurückkommen.
»Wir müssen packen. Hilfst du mir?«
Sie fiel nach hinten aufs Bett zurück und gluckste, also durchwühlte ich selbst die Kommoden. Unter dem Bett fand ich einen Koffer und warf einfach alles hinein, was ich in die Finger bekam.
»Carissa!« Ich packte sie an den Schultern und schüttelte sie durch. Zum ersten Mal öffnete sie die Augen.
»Mr Phillips? Sind Sie hier, um mir Ärger zu machen?«
»Schwester, du bist Gestalt gewordener Ärger. Und sosehr ich mich auch anstrenge, ich kann dich nicht zu was machen, das du schon bist. Auf geht's.«
Damit warf ich ihr ein Paar Stiefel in den Schoß und ging ins Badezimmer, um alles einzusammeln, von dem ich annahm, dass eine Dame es benötigte. Meine Erfahrung mit diesen Dingen war recht eingeschränkt, und Carissa war keine Hilfe, weshalb sie mit dem auskommen musste, was ich hastig zusammentrug. Dann klappte ich den Koffer zu und nahm die Maschine an mich. Da ich das Holster nicht dabeihatte, steckte ich sie mir in den Gürtel, wie Victor es getan hatte, und hoffte einfach, dass sie nicht losgehen und mich kastrieren würde.
Carissa stand neben sich. Immerhin hatte sie ihre Handtasche gepackt, aber es kaum geschafft, in die Stiefel zu schlüpfen. Als

ich mich hinkniete, um sie zu schnüren, hörte ich Stimmen an der Haustür.

»Mrs Steeme, ist alles in Ordnung?«

Scheiße.

»Gibt es einen Hinterausgang?«

Carissa legte ihre Arme um meinen Hals. Entweder verstand sie nicht, was gerade geschah, oder sie hatte sich ihrem Schicksal ergeben.

»Das ist jetzt mein Leben«, stellte sie fest und beugte sich vor, um mich zu küssen. Ich wich ihr aus und warf sie mir über die Schulter.

»Erinnere mich daran, mir den Kuss später abzuholen.«

Ich nahm den Koffer und rannte aus dem Schlafzimmer.

Hinten in der Küche gab es noch einen Ausgang. Als ich darauf zulief, stieß der Koffer gegen einen Besen und warf ihn um.

»Wer auch immer da drin ist«, riefen die Polizisten. »Auf die Knie! Wir kommen rein!«

Ich hastete durch den Hinterhof und trat ein Tor auf, das in einen kleinen Park führte. Mein ganzer Leib schmerzte. Falls Carissa überhaupt etwas spürte, mussten es auch Schmerzen sein.

Sie mochte wie eine junge Frau aussehen, aber das war nur oberflächlich. Am Morgen würde sie nur noch aus Blutergüssen bestehen, aber wenn ich schnell genug rannte, mochte sie wenigstens eine freie Frau sein.

Also rannte ich.

50

Zwei Straßenzüge jenseits des Parks setzte ich Carissa ab. Die Bewegung hatte ihr wieder etwas Leben eingehaucht, aber sie konnte noch nicht ohne Hilfe geradeaus laufen.

Wir stolperten durch Hintergassen, bis wir bei den Ställen ankamen. Der Vermieter war weder allzu erfreut darüber, dass ich ihn aufweckte, noch darüber, dass ich nicht sein Pferd, sondern eine Frau dabeihatte.

»Du solltest mir Frankie wieder zurückbringen«, fauchte er mich an. »Meine Augen sind nicht mehr die besten, aber noch erkenne ich den Unterschied zwischen einer betrunkenen Elfe und einer Stute.«

»Ich brauche eine Kutsche, um die Stadt zu verlassen, Kennst du jemanden?«

Er sog für eine Ewigkeit die Luft ein.

»Ich habe selbst eine, und ein Pferd dazu.«

»Ich dachte, deine Augen wären nicht mehr so gut?«

»Noch sind sie gut genug, um zu sehen, dass da keine Schlange von Kutschern auf euch wartet. Wohin geht es?«

Unsicher wandte ich mich an Carissa. Ihr Geist war aus dem Koma aufgestiegen und wankte durch nur noch schwer betrunkene Regionen.

»Carissa, hast du Familie?«

»Tot.«

»Alle?«

Hinter ihren trüben Augen ratterte es wie bei einem Flipperautomaten. Endlich fiel etwas heraus.

»Meine Cousine. In Lipha.«

Ich sah den Kutscher an.

»Kennst du das?«

»An der Küste, zwischen Mira und Skiros. Ein paar Tage, falls das Wetter mitspielt. Und dann muss ich natürlich hierher zurückkommen.«

»Und was kostet das?«
Wir handelten eine Summe aus, die klar anzeigte, dass ich keine gute Verhandlungsbasis hatte. Es waren die letzten Scheine, die mir Thurston Niles hatte geben lassen. Dann legten wir Carissa in die Kutsche, und ich wickelte sie in ein paar Decken ein.
»Es wird noch ein paar Stunden dauern. Ich muss das Pferd vorbereiten und den Stall sichern. Willst du warten? Ich setze Tee auf.«
Da Linda schon auf die Idee gekommen war, mich anzurufen, würde Simms nicht lange auf sich warten lassen. Zuerst würden sie mir Fragen stellen. Also sollte ich ein Alibi haben.
»Nein, danke«, erwiderte ich. »Ich muss ein paar Sachen erledigen.« Zum Beispiel dafür sorgen, dass man mich nicht mit einer Mordwaffe unter dem Mantel erwischte.
Ein Blick in Carissas Handtasche zeigte mir, dass sie genug Geld dabeihatte, um die nächsten Tage auszukommen, bis sie ihre Cousine fand. Es war nicht der beste Plan, aber sie hatte mir nicht wirklich viel Zeit gelassen. Carissa hatte nicht nur ihren Mann ermordet, sondern ihn mit der Waffe umgelegt, die auch beim Mord am Bruder des mächtigsten Mannes der Stadt benutzt worden war. Deshalb würde sie nicht nur für immer weggesperrt werden, sondern auch für so viele Schlagzeilen sorgen, dass man sie gleich an die Druckerpressen verfüttern könnte.
Als ich noch einmal nach ihr sah, hatte sie sich auf dem Sitz zusammengerollt und schlief tief und fest.
Ich bin nicht gut in Abschieden, daher war ich froh, dass dieser mir erspart blieb.

* * *

An der Main Street hielt ich inne. Innerlich fürchtete ich, dass die Cops schon mein Büro überwachten. Ich hatte mich nach Harold Steeme erkundigt und war mit ihm in einer Kneipe gesehen worden. Scheiße, Carissa hatte unten bei Georgio Kaffee geholt. Zwei Mal. Simms hatte mir schon für weniger in den Arsch getreten, und sie war angepisster, als ich sie jemals zuvor erlebt hatte.

Was, wenn sie schon im Büro auf mich warteten? Sollten sie mich mit der Waffe im Gürtel erwischen, war ich am Arsch. Ich musste sie verstecken. Verdammt, ich sollte sie *zerstören*. Darum hatte Victor mich sterbend gebeten.
Aber nicht Victor hatte sie mir geschickt. Nein, es war Deamar gewesen, der sie mir auf den Tisch gelegt hatte.
Mr Deamar.
War es wirklich möglich?
Ich verschwand in den Schatten, hielt mich von der Main Street fern und suchte mir einen Weg durch kleinere Straßen und Gassen bis zum Gilded Cemetery.
Dieser Friedhof war jenen unglücklichen Elfen vorbehalten, die ihre letzten Tage in Sunder erlebten. Vor der Coda war Sunder bei Elfen nicht sonderlich beliebt gewesen, weshalb der Friedhof nie voll belegt gewesen war, aber es hatte einen distinguierten Elfen gegeben, der schon immer großes Interesse an der Stadt der Feuer gehabt hatte.
Gouverneur Lark hatte die Krypta zu Ehren seines Freundes bauen lassen. Meines Freundes. Ein wunderbar gearbeitetes Mausoleum mitten im Herzen der Stadt, um zu zeigen, dass Hochkanzler Eliah Hendricks auf ewig einen Platz und ein Heim in Sunder haben würde.
Ich betrat die Krypta und entzündete eine der Fackeln an der Wand. Es sah nicht so aus, als wäre sie betreten worden, seit ich eine Gruppe Halbstarker im letzten Herbst von hier vertrieben hatte. Hinten an der Wand stand ein steinerner Sarkophag, auf dem Eliahs Name in elfischer Schrift prangte.
Bislang war ich immer davon ausgegangen, dass Hendricks wie so viele Millionen anderer während der Coda gestorben war, und ich hatte mich nie gefragt, ob man seine Leiche hierhergebracht hatte, um sie in diesen kalten Stein zu betten. Zu groß war meine Angst gewesen, meine Vermutungen bestätigt zu bekommen.
Jetzt fürchtete ich etwas komplett anderes.
Als ich meine Hände auf den Deckel legte, stieg Staub auf. Durch den Eingang wehte der Wind und fachte die Fackel an. Ich drück-

te fest mit meinen Handballen, bis der Deckel sich langsam bewegte und ich in den Sarkophag sehen konnte.
Er war leer.
Natürlich.
Aber das musste nichts bedeuten, oder? Wer hätte seine Leiche auch hierherbringen sollen? Er hätte überall sein können, als die Coda kam. Vermutlich auf dem Weg zum heiligen Berg.
Aber das bedeutete, dass ich einen sicheren Aufbewahrungsort für die Maschine gefunden hatte.
Ich zog sie aus dem Gürtel und legte sie dorthin, wo eigentlich mein alter Freund ruhen sollte. Dann schloss ich den Sarkophag.
Tap.
Da war noch jemand auf dem Friedhof.
Tap.
Ein Gehstock auf den Pflastersteinen.
Tap.
Auf dem Weg zur Krypta von Hendricks.
Tap.
Die für meinen alten Freund gebaut worden war.
Pat, tap.
Wieder im *Graben*, Lachen und Lichter.
Pat, tap.
Die Straßen bei Sonnenuntergang. Geschichten und Lieder.
Pat, tap.
Die Villa.
Pat, tap.
Die zweite Tätowierung.
Pat. Pat, tap.
Auf dem Pferd zur Stadt hinaus.
Pat. Pat, tap.
Diese furchtbare Nacht und meine dummen Ideen.
Pat. Pat, tap.
Abschiede. Leere, wertlose Abschiede.
Pat. Pat, tap.
Pat. Pat, tap.
Pat. Pat, tap.

Deamar trat ins Licht.
Schwarzer Anzug, Gehstock und ein von den Sukkuben bearbeiteter Leib. Ich sah an dem vernarbten Gesicht vorbei und fiel in lang vertraute grüne Augen.
»Hallo, Eliah«, begrüßte ich ihn. »Es ist zu lange her.«
Sein altes, ansteckendes Lachen brach sich durch das neue, unnatürliche Gesicht, und er breitete die Arme aus, als wollte er die ganze Welt umarmen.
»Mein lieber Junge«, erwiderte Hendricks. »Eine Ewigkeit.«
Emotionen brandeten durch meine Brust, nahmen mir den Atem und füllten meine Augen mit Tränen. Ich rieb sie mir gerade rechtzeitig aus den Augenwinkeln, um zu sehen, wie Hendricks mir seinen Gehstock überzog.

51

Der Angriff war seit sechs Jahren fällig. Vielleicht schon seit acht. Vielleicht noch länger. Als der knöcherne Griff im Fackellicht glänzte, verstand ich, dass ich eben so sehr darauf gewartet hatte wie er.

Seit ich der Mann für Alles geworden war, hatte ich eine Menge Prügel einstecken müssen. Viele Schläge von vielen Leuten, immer auf der Suche nach dem einen, den ich verdiente. Und da war er. Himmlische Vergeltung von einem Geist der Vergangenheit, der durch den Nebel der Zeit getreten war.

Vielleicht gab es doch so etwas wie Gerechtigkeit in der Welt.

Der Griff des Gehstocks traf mich über dem linken Auge. Meine Haut platzte auf, und Blut spritzte auf den alten Steinboden.

Hendricks packte den Gehstock mit beiden Händen, als wollte er ihn über dem Knie zerbrechen, und schrie auf.

»SCHEIßE!«

Auf seinen Zügen zeigte sich eine Pein, die ich noch nie gesehen hatte.

Noch ein Schrei, der von den Wänden der Krypta echote. Seine Fingerknöchel waren weiß vor Anstrengung, und er krümmte sich über den Gehstock, als würde sein ganzer Leib verkrampfen. Ich stand nur mit offenem Mund da, während mir das Blut die Schläfe herabrann, und wartete auf irgendeinen Hinweis, was ich tun sollte.

Er sah mich wie einen tot geborenen Welpen an, als wäre ich eine Tragödie, ein sinnloses, hoffnungsloses Stück Grausamkeit, das man nicht erklären könne.

Wieder ein Schlag, diesmal von der anderen Seite. Wieder rührte ich mich nicht.

Ein roter Streifen Schmerz brannte auf meiner Wange, aber in diesem Hieb lag weniger Stärke. Weniger Heilung.

»Weißt du eigentlich, wie viele verschiedene Bilder ich vor Augen hatte?« Es war, als könnte er mich nicht wirklich ansehen. Statt-

dessen untersuchte er das Blut am Griff seines Gehstocks. »Der Spion der Menschen, der mich nur benutzt hat. Das abgrundtief Böse, das ich für einen aufrechten Mann gehalten habe. Der Verräter. Ich habe mich davon überzeugt, dass alles geplant war. Dass du ein Genie bist. Aber dann finde ich dich hier und ... was bist du? Ein Niemand. Nicht mehr als derjenige, den ich damals getroffen habe. Trotz allem, was ich dir beizubringen versuchte. Was ich dir anvertraute. Du bist einfach nur ...«
Er hob die Schultern, als wäre es den Aufwand gar nicht wert, eine Bezeichnung für mich zu finden.
»Es tut mir leid.«
Im nächsten Hieb lag wieder Wut. Er erwischte mich unter dem Kinn und ließ meine Zähne zusammenschlagen, sodass ich mir auf die Zunge biss.
»Für wen arbeitest du?« Hendricks Blick grub sich sechs Fuß tief in mein Hirn.
»Was?«
»Für wen arbeitest du?«
»Ich ... für niemanden. Ich ...«
Die Spitze des Gehstocks drückte gegen meine Brust und trieb mich nach hinten gegen den Sarkophag.
»Gerade dachte ich, dass ich dir vergeben könnte. Dass du eine ganze Reihe dummer Fehler gemacht hast und versuchst, ein besserer ... Mensch zu sein. Aber du gehörst wieder zu *ihnen*. Verbündest dich mit den Deinen.«
Niles. Ich hatte sein Geld angenommen, um Deamar zu finden. Und Hendricks hatte mich gesehen. Nach allem, was geschehen war, hatte er mich in Sunder dabei beobachtet, wie ich für Menschen arbeitete. Gegen ihn. Wieder einmal.
»Ich wusste nicht, dass du es bist. Ich dachte ...« Fahrig wischte ich mir das Blut aus dem Auge. »Er hat mich überredet. Es ist nur ein Auftrag.«
Hendricks schüttelte den Kopf, und ich sah, wie der Großteil seiner Wut verdampfte. Sein Ausdruck war mir nur zu gut bekannt: der leicht verwirrte, herablassende Blick eines Lehrers, der mich gerade etwas sehr, sehr Dummes hatte sagen hören.

»Denkst du wirklich, dass deine Handlungen keine Bedeutung haben? Nach allem, was geschehen ist? Nur weil du Befehle befolgst? Dass du keine Verantwortung trägst? Nichts ist nur ein *Auftrag*, Fetch. Vor allem heutzutage. In diesen Zeiten. Und nicht für einen Mann wie ihn.«

»Ich weiß. Aber er hat mir kaum eine Wahl gelassen.«

Die Spitze stieß mir in die Rippen.

»Du hast immer eine Wahl. Hüte dich vor jenen, die versuchen, dir etwas anderes weiszumachen. Sie dienen stets nur sich selbst.«

Wir befanden uns nicht mehr im Mausoleum, sondern saßen im *Graben*. Am Lagerfeuer abseits der Straße. Im Garten der Villa des Gouverneurs rauchten wir Zigarren und genossen den Sonnenuntergang.

Oh, wie sehr ich es vermisst hatte! Wohl mehr als alles andere. Die Coda hatte vieles genommen, das nie mehr wiederkehren würde, aber mein Mentor stand vor mir. Mir war, als könnte ich endlich durch die Dunkelheit hindurchsehen.

Die Worte sprudelten über meine Lippen, bevor ich sie denken konnte: »Ich würde für dich arbeiten, Eliah, wenn du mich lässt.«

Darüber musste er trotz allem lächeln. Aber dann erinnerte er sich an alles und ließ seinen Blick über mich wandern, misstrauisch, als würde ich ihm eine Falle stellen.

»Du weißt nicht einmal, warum ich hier bin, Junge.«

»Opus zu verlassen war der größte Fehler, den ich je gemacht habe. Ich kann es nicht wiedergutmachen, aber ich tue alles, um zu helfen.«

Beinahe wirkte er enttäuscht. Als hätte er sich darauf gefreut, mir den Schädel einzuschlagen, und ich würde ihm nun den Spaß verderben.

»Bitte«, bettelte ich.

Der Krieg in seinem Kopf war noch nicht entschieden. Noch lange nicht. Aber ich hoffte, dass er lange genug wegsah, um mir noch eine Chance zu geben.

Die Spitze des Gehstocks sank herab und tappte auf den Boden.

»Es wäre gelogen zu behaupten, dass du nicht nützlich sein könn-

test. In letzter Zeit bin ich körperlich recht eingeschränkt. Aber du kannst nicht gleichzeitig für Niles und mich arbeiten.«
»Das habe ich eh nicht wirklich. Gerade genug, um vor mir selbst zu rechtfertigen, ihm seine Kohle abzuknöpfen.«
»Das ist ein Anfang. Schon bald knöpfen wir ihm noch viel mehr ab.«
Damit wischte er das Blut von dem Gehstock und den Schweiß von seiner Stirn und kicherte.
»Du lässt mir keine Wahl, oder?«
»Nein.«
»Entweder bist du dabei«, sein Lächeln fiel wie die Klinge einer Guillotine, »oder ich töte dich.«
Seine Augen waren wie früher, viel vertrauter als der Rest seiner genähten Visage, aber sie waren auch anders. So ganz konnte ich nicht sagen, auf welche Art, doch tief in diesem endlosen, tiefen Grün hatte sich etwas verändert.
»Siehst du? Es gibt immer eine Wahl.« Er tappte zweimal mit dem Gehstock auf den Boden, wie ein Sergeant, der seine Truppen ruft. »Und jetzt besorgen wir uns einen Drink!«

52

Wohin geht man mit einem Freund, der einst der Anführer der größten Organisation der gesamten Welt gewesen war, nun aber der meistgesuchte Mörder der Stadt war? Der *Graben* war zu riskant. Sogar mit seinem neuen Gesicht hätte Hendricks' Art in Verbindung mit mir alte Erinnerungen wecken können. Sein Aussehen hatte sich verändert, aber seine Stimme, so rau und angestrengt sie auch klang, enthüllte noch immer diesen unnachahmlichen Sinn für Wunder. Und auch ohne Bart und mit neuem Hut wäre er für alle, die Deamars Beschreibung kannten, verdächtig gewesen, weshalb die Bluebird Lounge und alle Cop-Kneipen wie das Dunkleys wegfielen. Mein Vorschlag war eine üble Kaschemme im finstersten Teil der Stadt, aber Hendricks hatte andere Pläne. Er sprang kurz in einen Schnapsladen und kam mit einer Flasche Portwein in einer braunen Papiertüte zurück. Er nahm einen Schluck und sah sich um.
»Wo geht's nach Norden?«, wollte er wissen, und als ich dorthin wies, fuhr er fort: »Komm mit, Junge. Ich muss dir etwas zeigen.«
Er humpelte die Straße hoch, und sein Gehstock kratzte über den Asphalt. Nach einem weiteren großen Schluck reichte er mir die Flasche.
»Warum all *das*?«, fragte er und wedelte mit der Hand in meine Richtung.
»Warum was?«
»Dieses Mann-für-Alles-Ding. Was soll das?«
»Ich ... öh ...« Seit Jahren gab ich darauf nur sarkastische Halbantworten, aber keiner meiner Sprüche würde bei Hendricks zünden. »Ich wusste, dass ich helfen musste, aber nicht, wie. Das erschien mir passend. Damals.«
Das beeindruckte ihn gar nicht.
»Ich würde sagen, wir können mehr tun.«
Wir gingen und tranken, und Eliah sponn mir das Garn seiner letzten sechs Jahre mit seiner unvergleichlichen Eloquenz. Als

die Coda kam, war er gerade auf dem Weg vom Hauptquartier des Opus nach Agotsu gewesen.
»Ich habe nur deshalb überlebt, weil sie mich besser medizinisch versorgt haben als alle anderen in unserer Karawane. Die Ärzte des Opus hielten mich lange genug am Leben, dass wir ein Hexer-Dorf im Schatten der Agotsu-Klippen erreichen konnten. Mein Junge, solche Schmerzen hatte ich mir nicht einmal vorstellen können. Allein der Weg dorthin, mich wieder bewegen zu können, war endlos lang. Und wofür? Damit ich als alter Mann in die Welt zurückkehrte. Ich kann dir gar nicht sagen, wie groß die Versuchung war, einfach loszulassen. Allein mein Pflichtbewusstsein hielt mich davon ab. Der Glaube, dass ich herausfinden müsse, was geschehen war, um es rückgängig zu machen.«
Schließlich erreichte Hendricks den Gipfel des Agotsu, ein Jahr zu spät für die Schlacht. Ein Jahr zu spät, um das Massaker zu verhindern. Ein Jahr zu spät, um den schlimmsten Fehler aller Zeiten aufzuhalten.
»Es war der heiligste Ort des Planeten. Aber als ich dort ankam, war es eine verlassene Baustelle. Kaum war das Massaker vorbei, hatte die Armee der Menschen die Leichen beiseitegeräumt und ihre Maschinen aufgefahren. Bergbaugeräte. Verteidigungswaffen. Aber als es vollbracht war, sind sie einfach weitergezogen. Keine lebende Seele. Kein Monument. Nur Müll.«
Voller Zorn und Rachelust war Hendricks in Richtung der nächsten menschlichen Stadt gezogen: Weatherly. Auf dem Weg hatte er Fallen für Menschen ausgelegt und Fahrzeuge sabotiert, um herauszufinden, was ihre Pläne waren.
»Die Armee der Menschen hat sich nie aufgelöst. Sie haben sich *Mortales* genannt und arbeiten daran, Geräte zu bauen und den Leuten wieder auf die Füße zu helfen. Aber dahinter stehen dieselben Geister. Dieselben schwarzen Herzen. Sie kennen keine Scham, nicht einmal, wenn sie Profit aus der Tragödie schlagen, die sie selbst verursacht haben. Wenn sie unser Leid in Geld verwandeln. Selbst jetzt arbeitet Mortales mit anderen Organisationen zusammen, die sich so viel Land, Reichtum und Kultur unter den Nagel reißen, wie sie nur können. Sie wissen ganz genau,

dass sie sich beeilen müssen, bevor die magischen Völker wieder erstarken.«

»Du ... du denkst, das ist möglich?«

Zuerst verwirrte ihn meine Frage, dann verärgerte sie ihn, bis sie ihn amüsierte.

»Oh, nicht, wie du denkst. Die Magie der alten Zeit ist verschwunden. Aber höre meine Worte, Fetch Phillips, es ist noch nicht vorbei. Die Menschen wissen das. Deshalb agieren sie so schnell. Wenn wir ihnen jetzt nicht Einhalt gebieten, verlieren wir unsere einzige Hoffnung, uns zu wehren. Wir werden diese Welt ein für alle Mal verlieren und sie einfach an die Menschen übergeben haben.«

Noch ein Schluck des süßen Weins brannte in meiner Kehle, und Aufregung stieg in mir auf. Schon redete Hendricks wieder mit mir, als wäre ich auf seiner Seite. Selbstverständlich konnte keiner von uns beiden vergessen, dass ich der Schlüssel zum Plan seiner Feinde gewesen war. Das wäre auch unmöglich. Aber immerhin spielte er mit dem Gedanken, mich wieder in seine Reihen aufzunehmen.

Zu meiner großen Überraschung erkannte ich, dass ich keinen sehnlicheren Wunsch hegte.

»Die letzten fünf Jahre habe ich einen einsamen Krieg gegen Mortales und seine menschlichen Alliierten geführt. Ich habe Fahrzeuge aus Weatherly überfallen, Konvois zu neuen Lagern verfolgt und bündelweise Korrespondenz gestohlen. Weatherly ist nicht der isolierte Ort, für den du es gehalten hast. Die Niles Company sind nicht nur zwei Brüder mit Sinn fürs Geschäft. Es ist ein Netzwerk. Wie eine Besatzermacht. Eine Invasion, die sich seit der Coda in den Schatten verbirgt und sich auf ihren finalen Angriff vorbereitet. Sunder City wird das letzte Schlachtfeld sein.«

Wir kamen an einer Baustelle vorbei, auf der irgendjemand versucht hatte, ein Haus hochzuziehen, aber mittendrin das Handtuch geworfen hatte. Einige Gnome hatten in den Grundmauern ein Feuer entzündet, das schwarzen, giftigen Rauch in der Luft tanzen ließ.

»Warum hier?«
»Weil dieser Ort eine gewisse Anziehungskraft hat. Hatte er auch in den alten Zeiten schon, aber jetzt noch viel stärker. Überall sonst verderben die Ernten, und Familien brechen auseinander, weil sie sich ganz auf die Natur verlassen haben. Aber Sunder? Hier hatte man schon zuvor die Hand der Dunkelheit geschüttelt. Hier gab es menschliche Maschinen und menschliche Ideen. Fast, als hätte Sunder geahnt, was kommen würde.«
Sein Gehstock schlug auf den Boden, als würde er die Stadt selbst schelten.
»Jetzt wissen jedes traurige Dörfchen und jede verwahrloste Provinzstadt, dass Sunder City ihnen Erlösung bringen kann. Ob es uns nun gefällt oder nicht, wir stehen im Zentrum einer neuen Welt. Wer diese Stadt kontrolliert, hat die Zukunft in der Hand.«
Das brachte Erinnerungen an all die Orte mit sich, die Hendricks mir gezeigt hatte. Königreiche mit den mächtigsten Kriegern. Burgen mit unvorstellbarem Reichtum. Bibliotheken voll ungeahntem Wissen. Sicherlich war dieses harte Pflaster nicht das Beste, was uns geblieben war?
Offenbar bemerkte Hendricks meinen Zweifel, denn er fuhr ernst fort, als hinge unser Überleben davon ab, dass ich ihn verstand.
»Der wahre Krieg steht uns noch bevor, und er wird nicht mit Schwertern oder Zaubern geführt werden, sondern mit Industrie. Mit der Wirtschaft. Momentan liegen die Menschen vorn. Und wenn sie niemand herausfordert, dann werden die Anführer dieser Stadt das Schicksal von ganz Archetellos bestimmen.«
Mir kam in den Sinn, was Linda mir über die Inspiration von Hendricks gestohlenem Namen erzählt hatte. Deamar. Das erste Wesen, das der Menschheit den Krieg erklärt hatte.
»Und du bist hier, weil …?«
»Weil jemand die *Niles Company* aufhalten muss. Die Bürger von Sunder City mögen ihnen noch zujubeln, weil sie glauben, es ginge nur um neue Jobs und Toaster und Automobile, aber das ist nur eine Täuschung. Ich weiß noch nicht, mit welchem Ziel, aber diese Stadt verschließt nur zu willig ihre Augen. Ich bin hier, um sie zu öffnen.«

Ich war mir jedes Atemzugs bewusst. Jedes Herzschlags. Zum ersten Mal seit Jahren war ich gänzlich wach, und das nur wegen Hendricks. Er war unwiderstehlich. Inspirierend. Furcht einflößend. Die dunklen Gedanken, die meine Tage durchzogen hatten, verschwanden, sobald er den Mund öffnete.

Deshalb gab ich mein Bestes, um die Verzweiflung in seiner Stimme zu überhören. Ich versuchte, weder seine blutunterlaufenen Augen noch seine zitternden Finger genau zu betrachten. Am schwersten fiel mir, mich an seine Augen zu gewöhnen. Sie waren seltsam. Auf eine weitaus subtilere Art als die offensichtlichen Veränderungen seines nun unbekannten Gesichts.

»Warum die Verkleidung?«, wollte ich wissen.

»Oh, das?« Hendricks deutete auf seine ungeschlachte Maske, als wäre sie ein bisschen Schmuck, den er im Ausverkauf erworben hatte. »Ich habe die Ergebnisse dieser Chirurginnen bei anderen Elfen gesehen, wie sie Jahrhunderte aus deren Gesichtern gesaugt haben und eine Illusion der Jugend schufen. Also wollte ich das auch. Wie sich herausstellte, holen einen Jahrhunderte der Exzesse plötzlich ein, wenn die Magie sie nicht mehr fernhält. Meine Haut war wie zu oft abgeschabtes Pergament. Als sie sie strecken wollten, riss sie. Meine Hoffnung war, jung und lebendig aus der Klinik zu kommen, aber am Ende konnten sie mich kaum zusammennähen. Mehr konnten sie nicht tun, und jetzt sehe ich so aus. Aber es ist nicht ganz so schlimm. Immerhin habe ich meine verfickten Augenbrauen noch.«

So monströs wirkte er gar nicht. Die meisten Lycum waren viel übler von der Coda erwischt worden. Alles war noch an seinem Platz, auch wenn seine Lippe vernarbt war. Ein Augenlid hing etwas herab. Seine Wangen waren glatt, wirkten aber unnatürlich. Zu glänzend. Trotzdem war es nicht allzu schlimm, zumindest, wenn man den Mann nicht kannte, der er einst gewesen war.

Hochkanzler Eliah Hendricks hatte geleuchtet. Von seinem kupferfarbenen Haar über die perfekten weißen Zähne bis zu den Kuppen seiner tanzenden Finger war es, als habe ihn ein Künstler gemalt. Jetzt war sein Haar kurz und grau, seine Lippen trocken und seine Ohren … nun, die elfischen Spitzen waren einfach abgeschnitten worden.

»Aber warum siehst du aus wie ein Mensch?«

Seine Hand fuhr durch die Luft. Es war eine alte Angewohnheit, eine Eigenart, die schon oft Getränke vom Tisch gefegt oder Streit mit Leuten vom Zaun gebrochen hatte, die zu nah bei uns saßen. Es bedeutete so viel wie *warum nicht?*.

»Weil ich unter meinen Feinden wandeln wollte«, erläuterte er. »Und es hat funktioniert. Ich wusste genug über Lance Niles, um ihn zu einem Treffen zu verführen, und mit diesem Gesicht hielt er mich für einen von euch. Er vertraute mir so sehr, dass er mir das Geheimnis enthüllte, nach dem ich gesucht hatte.«

»Die Maschine?«

Hendricks kicherte.

»So nennst du sie? In einigen Briefen von Mortales, die mir in die Hände fielen, bezeichneten sie sie als *Pistole*. Lance zeigte sie mir, weil er glaubte, ich wäre ein genialer Ingenieur. Er hoffte, ich könnte ihre Mysterien entschlüsseln. Stattdessen tötete ich ihn damit.«

Die Bandbreite von Hendricks Persönlichkeit war schon immer unvorstellbar weit gewesen. Er war ein warmherziger, idealistischer Träumer. Manchmal. Zu anderen Zeiten war er ein eiskalter, gnadenloser Realist.

»Warum?«

»Weil er mich angeekelt hat. Lance fiel auf meine Maske herein, also zog ich sie ab und zeigte ihm mein wahres Ich. Falls ein Mann wie er die Kontrolle in der Stadt übernähme, würde er bald Profit aus Mord schlagen. Ich sah die Fäulnis der Stadt im Herzen dieses Trickbetrügers mit der gespaltenen Zunge, und bevor ich wusste, was ich tat, hatte ich ihm den Schädel weggepustet.«

Noch eine sorgenfreie Geste, als wäre dieser Teil seiner Geschichte egal. Der Mörder, den ich seit Wochen jagte, gestand mir seine Taten, aber für ihn waren sie ohne Konsequenz, nur eine Randnotiz einer anderen Geschichte, die weitaus wichtiger war. Vielleicht stimmte das, aber es fiel mir schwer, diese beiden Männer

in einem zu vereinen: mein geschätzter alter Freund und der mordlustige Mr Deamar.
»Fiel es dir wirklich so leicht?«
Das verlangsamte seine Schritte. Es hatte sich schon damals gut angefühlt, Hendricks eine unerwartete Frage zu stellen, auf die er nicht längst eine Antwort formuliert hatte. Er leckte sich den Wein von den Lippen und dachte nach.
»Verstörend leicht. Überrascht dich das? Du hattest die Pistole in den Händen. Niemand muss einem zeigen, wie man sie hält oder wie man sie benutzt. Es ist das eleganteste Stück Bösartigkeit, das ich jemals gesehen habe. Sobald man sie in die Hand nimmt, *will* man sie abfeuern, findest du nicht? Es ist beinahe unmöglich, es nicht zu tun.«
Seine Worte erleichterten mich. Bis dahin war die Bürde der Maschine nur die meine gewesen. Selbst Victor verspürte sie nicht so. Endlich konnte ich mit jemandem über ihre einzigartige, süchtig machende Macht reden.
»Hast du sie mir deshalb gegeben? Um der Versuchung zu entgehen, sie wieder zu benutzen?«
»Ich schätze schon. Neben anderen Gründen.«
»Die da wären?«
Er hob die Schultern.
»Um zu sehen, was passiert.«
Hendricks lachte. Laut und erheitert, als hätte ich gerade die lächerlichste Frage der Welt gestellt. Sosehr ich es auch wünschte, ich konnte nicht einfallen.
»Was geschieht jetzt? Lance ist aus dem Spiel.«
»Ja, aber sein Bruder noch nicht. Soweit ich das einschätzen kann, fließt dieselbe Dunkelheit durch ihn.«
Thurston Niles hatte auf mich nicht böse gewirkt. Zumindest damals nicht. Aber Hendricks öffnete mir die Augen und zeigte mir, wie sehr ich alles verschlafen und nur das gesehen hatte, was andere mir zeigen wollten. Weil es keinen Grund gegeben hatte, tiefer einzutauchen. Wir alle hielten uns mit letzter Kraft fest und warteten darauf, dass weitere Teile der Welt einfach starben. Mit einem Mal aber pulsierte das Blut der Welt wieder heiß und rot.

»Hendricks, wohin gehen wir?«
Längst hatten wir das Haus des Bürgermeisters passiert, waren an seinen Gärten und am Haus der Minister vorbeigegangen und erklommen einen kleinen Hügel, der den etwas übertriebenen Namen Berg Ramanak trug. Er trennte die Stadt vom Wald jenseits ihrer Grenzen, einer geschützten Parkanlage, die Brisak Reservat hieß.
Als Sunder errichtet wurde, war Brisak nur ein Sumpf gewesen. Im Laufe der Zeit hatten die Minister allerlei Bäume und Sträucher dort anpflanzen lassen und so ein Habitat für exotische Pflanzen und Tiere geschaffen. Hexen hatten seine tiefsten Stellen und geheimsten Ecken nach Zutaten durchsucht. Es war ein kleiner Teil Natur in der Hosentasche der Metropole verborgen.
Natürlich war ein Großteil der Flora zumindest teilweise magisch gewesen, und so hatte die Coda den Park hart getroffen. Alle hatten gehofft, dass die Natur einen Weg finden würde, zurückzukehren und den Wald mit nicht-magischen Pflanzen zu besiedeln.
Hendricks atmete schwer.
»Eliah, wir können umkehren und das ein anderes Mal machen.«
»Nein, ich will dir das zeigen.«
Seine Schritte wurden langsamer, aber er hielt nicht an. Die leere Flasche warf er achtlos zur Seite. Endlich erreichten wir die Kuppe des Hügels, gerade, als der Sonnenaufgang die Sterne verhüllte. Es sollte hell genug sein, um das das Brisak Reservat zu sehen, aber da war nichts.
Das gesamte Brisak Reservat war verschwunden.
Jemand hatte alle Bäume im Areal gerodet und den Boden mit Zement bedeckt. Am Fuße des Hügels erhob sich ein riesiges Gebäude, das mit allem im Sunder mithalten konnte. Gewaltige Metallwände, auf denen Arbeiter zu erkennen waren.
Wie hatten sie das ohne die Feuergruben gebaut?
Niemand hatte so etwas seit der Coda errichtet. Nicht in Sunder, aber vermutlich auch sonst nirgendwo. Manchmal renovierten wir Gebäude und verpassten ihnen einen neuen Anstrich, aber wir bauten keine neuen Fabriken auf. Das letzte Mal, das ich so

etwas gesehen hatte, war es Amaris zum Scheitern verurteiltes Krankenhaus gewesen, aber selbst das war im Vergleich zu den Arbeiten da unten winzig gewesen.
Laster fuhren den Hügel hinab und entluden ihre Fracht. Kisten wurden abgeladen, und Arbeiter kamen heraus, um sie einzusammeln. Der gesamte Ablauf war nicht nur effizient, sondern wurde auch mit klar erkennbarem Enthusiasmus betrieben.
»Unglaublich«, entfuhr es mir, und Hendricks brummte abfällig. »Soweit ich es verstehe, ist das Kraftwerk der zentrale Teil ihrer Operation. Sie haben Hunderte von Arbeitern eingestellt, die Tag und Nacht schuften.«
In seiner Stimme lag Verachtung, dabei war es genau das, worum die Bewohner der Stadt gebetet hatten.
»Ist das nicht eine gute Sache?«
»Verwechsle nicht Geschäft mit Altruismus, Junge. Lance Niles war schon lange hier, bevor er seine Pläne verkündete. Die Firma hat einen guten Teil der Stadt aufgekauft, bevor jemand auch nur ahnte, was geschah. Die Regierung und die Bürger haben aus verzweifelter Profitgier alles für wenig Geld verkauft. Jetzt, da ihr Kraftwerk ans Netz geht, werden all diese Geschäfte wieder rentabel werden.«
»Eliah, das klingt nach einer Verbesserung.«
Hendricks wirbelte zu mir herum. Sein fremdes Gesicht war zu einer Grimasse verzogen, als er mir mit dem Zeigefinger gegen die Stirn tippte.
»Habe ich dir nicht beigebracht, schlauer zu sein? Alles infrage zu stellen? Denk nach! Ich habe dich nicht all diesen Prüfungen unterzogen, damit du nur wiederkäust, was andere dir sagen!«
»Ich weiß. Es tut mir leid.«
»Nichts ist, wie es scheint«, stellte er düster fest und zog meine Aufmerksamkeit wieder auf das geschäftige Treiben am Kraftwerk. »Die Brüder Niles haben jeden Minister in der Stadt geschmiert, damit niemand so genau hinsieht. Diese Verantwortung liegt allein bei mir.« Er legte mir die Hand auf die Schulter. »Bei *uns*, falls du stark genug bist, das Richtige zu tun.«
Ich glaube nicht an zweite Chancen. Ich glaube nicht daran, dass

man das Geschehene ungeschehen machen kann. Aber falls ich nicht geglaubt hätte, dass es tief in mir die Befähigung zum Guten gab, wäre ich schon vor langer Zeit aus der Engelstür getreten.
»Sag mir, was ich tun soll.«
Er nickte. Es war nicht viel, aber es genügte.
»Zuerst einmal müssen wir herausfinden, wie die Niles Company ihre Energie erzeugt. Sobald wir das wissen, können wir alles Weitere entscheiden.«
»Wie gehen wir das an?«
Er lächelte, und das ließ ihn endlich fast wie sein altes Selbst wirken.
»Wir müssen in dieses Gebäude da unten.«
Offenbar hatte ich meine Überraschung nicht gut verborgen, denn er lachte frech. Als ich dieses Lachen hörte, verschwand aller Zweifel aus meinem Hirn. Wir waren wieder ein Team auf einer Queste. Wir würden mehr über die internen Zusammenhänge der Niles Company herausfinden. Nichts hätte mich glücklicher machen können. Er klopfte mir auf die Schulter.
»Komm schon, *Mann für Alles*. Auf uns wartet ein Abenteuer.«

53

Zu meiner Erleichterung benötigte Hendricks' Plan etwas Vorbereitung. Als wir auf dem Rückweg wieder die Main Street erreichten, schlug er vor, dass wir beide erst einmal eine Mütze Schlaf nehmen sollten.
»Du kannst bei mir wohnen«, bot ich an. »Viel Platz ist nicht, aber wir kriegen das schon hin.«
»Vielen Dank, mein Großer, aber ich habe einen Unterschlupf. Ruh dich aus, dann hole ich dich später ab.«
Ohne Verabschiedung schritt er in die Morgenröte, und ich fragte mich, wo er wohl untergekommen war. Wie viele andere Leute hatte er kontaktiert? Wie weit oben stand ich noch auf seiner Freundesliste?
Oben im Büro ließ ich mich aufs Bett fallen, aber kaum lag mein Kopf auf dem Kissen, klopfte jemand an die Tür.
»Kommst du einfach mit, oder muss ich die großen Jungs holen?«
Simms sah aus, als habe sie noch weniger geschlafen als ich.
»Du siehst müde aus, Detective. Wie wäre es, wenn du dich einfach dazulegst, ein Schläfchen hältst und wir danach alles klären?«
Beinahe gefrorenes Wasser aus meinem Glas klatschte mir ins Gesicht.
»Du. Ich. Revier. Jetzt.«

* * *

Diesmal keine Kutsche. Aber auch kein Verhörzimmer oder Telefonbuch, also schätzte ich mich glücklich. Sie brachte mich in ihr Büro, zog die Tür hinter uns zu und fiel so hart in ihren Stuhl, als hätten sich alle Knochen in ihrem Körper spontan aufgelöst.
»Was für ein Schlamassel«, stellte sie fest. »Was für eine riesige,

dämliche, verdrehte, verfickte Sauerei. Dieser Niles-Fall ist eine einzige Verarsche, und alles ist meine Schuld.«
»Mach dir nicht so viele Vorwürfe, Simms. Das hätte jedem passieren können.«
Sie schleuderte mir einen Aktenordner voller Dokumente an den Kopf.
»Es ist meine Schuld, weil ich blöd genug war, dich hinzuzuziehen.«
Es klopfte. Der schüchterne Polizist, der mich nach dem Ausflug ins Aaron-Tal in meinem Büro gefunden hatte, schob den Kopf herein. Als Simms nickte, stellte er zwei Tassen mit üblem Cop-Kaffee auf den Tisch.
»Danke, Bath«, sagte Simms.
»Gern, Detective.«
Bath verschwand wieder, und Simms pustete nicht einmal, bevor sie die heiße Plörre hinunterkippte.
»Woher wusstest du, dass es nicht Tippity war?«
Verdammt. Ich hatte zwei Wochen Zeit gehabt, um mir eine gute Antwort auf diese offensichtliche Frage zu überlegen, aber mir war nichts eingefallen.
»Vertraust du der Niles Company?«, lenkte ich ab.
»Soll ich über den Tisch springen und dir eine verpassen? Wechsle nicht das Thema!«
»Mache ich nicht. Ich wusste, dass es nicht Tippity gewesen sein konnte, weil du es auch wusstest. Weil wir alle wissen, dass es keine Magie mehr gibt. Nichts so Mächtiges. Nicht mehr. Was auch immer Lance Niles getötet hat, war keine Magie.« Ich zuckte mit den Achseln. »Vielleicht eine Art Maschine.«
»Du weißt mehr, als du zugibst, Fetch.«
»Genau wie du.«
»Es ist mein Job, mehr zu wissen. Ich bin die verfickte Polizei. Du solltest für mich arbeiten.«
»Und ich habe genau das getan. Ich lag nur falsch. Wir haben uns alle einreden wollen, dass Tippity etwas Besonderes gefunden hatte. Aber das stimmte nicht. *Natürlich* nicht. Es tut mir echt leid, dass es so lange gedauert hat, bis ich wieder klar denken

konnte, aber der Mord hatte nichts mit Magie zu tun. Also, warum ignorieren wir nicht für den Moment das *Wie* und konzentrieren uns auf das *Warum*? Weiß irgendwer wirklich, was die Niles Company plant?«

»Du kannst mich nicht mit Krümeln abspeisen, Fetch. Wer hat Lance Niles ermordet? Und wer Harold Steeme? Und wie?«

»Wer ist Harold Steeme?«

Wäre Simms nicht so erschöpft gewesen, hätte mich diese Frage vielleicht das Leben gekostet.

»Harold Steeme ist der Spieler, der gestern vor einem Club namens Cornucopia umgelegt wurde, wo vor ein paar Wochen ein aufmüpfiger Privatschnüffler aufgetaucht ist, um ihm Vorwürfe wegen seiner Frau zu machen.«

»Stimmt. 'tschuldige. Was ich sagen wollte, war: *Harold Steeme ist tot?*«

»Wer hat ihn ermordet, Fetch?«

»Du denkst, ich weiß das?«

»Ja!«

»Weiß ich aber nicht.«

Bewusst hielt ich dem Schweißbrenner ihres Blickes stand und zuckte wie ein Idiot mit den Achseln.

»Ich glaube dir nicht«, zischte sie. »Ich glaube nicht ein einziges Wort, das dir über die Lippen kommt. Gib mir was, oder ich sperre dich ein, bis das alles vorbei ist.«

Etwas stimmte nicht. Sie war angepisst – das war nicht neu –, aber das hier war anders. Das war nicht ihre übliche Darstellung eines knallharten Cops. Sie war frustriert und gereizt.

»Warum *hast* du mich noch nicht eingesperrt?«

»Mach so weiter, und ich werde es tun.«

»Komm schon, Simms. Du tanzt doch sonst nicht so um den heißen Brei herum. Falls du wirklich denkst, ich würde etwas vor dir geheim halten, würdest du mich im Verhörzimmer an den Stuhl ketten. Was ist los? Macht es dich nicht mehr scharf, mich zu treten?«

»Ich *weiß*, dass du mir etwas verheimlichst.«

»Was ist es dann? Ich habe die Nachricht in der Zeitung gesehen.

Du hast Tippity im Schlund versenkt, obwohl du weißt, dass er unschuldig ist. Der Bürgermeister nutzt das aus, um alle zu jagen, die auch nur versuchen, die Magie zurückzubringen. Das ist nicht deine Art, Simms.«
»Ich mache nichts.«
»Wer dann?«
Zunächst gab sie ihr Bestes, um nichts zu sagen, aber dann brach es aus ihr hervor.
»Thurston Niles. Der Bruder. Er kauft die ganze Stadt auf. Den einen Teil mit Kohle, den anderen mit einem Handschlag und einem Lächeln. Ich kann mich bei diesem Fall nicht einen Fußbreit in eine Richtung bewegen, ohne bei seinen Partnern anzuecken. Du meinst, Tippity war es nicht? Klar. Aber wer auch immer der Mörder ist, er hat gestern Harold Steeme kaltgemacht.«
»Sei dir da mal nicht so sicher.«
Ihre Augen weiteten sich.
»Aha! Du weißt also doch was!«
»Nein! Ich spekuliere nur ein wenig.«
»Wenn du doch nur sehen könntest, wie schlecht du lügst, Fetch. Das würde uns beiden so viel Peinlichkeit ersparen. Wirst du wirklich Tippity im Schlund versauern lassen?«
»Du hast gesehen, was er mit den Feenleichen angestellt hat. Er ist ein Widerling.«
»Aber kein Killer. Nicht wahr? Hast du nicht genau das vor Gericht behauptet? Und während er eingesperrt bleibt, läuft ein Mörder frei herum. Hast du nicht genug auf deinem Gewissen lasten, als dass du das auch noch auf dich nehmen musst?«
Aber was war die Alternative? Hendricks ausliefern? Wie genau würde das zu all den eng gepackten Leichen in meinem Keller passen?
»Ich weiß nicht, wer die Morde begangen hat«, behauptete ich noch weniger überzeugend als beim ersten Mal. »Wäre es anders, ich würde es dir sagen. Dafür hast du mich bezahlt.«
Ich musste sie nicht überzeugen. Als sie mir berichtet hatte, dass Thurston ihren Fall sabotierte, hatte sie mir ihre Kartenhand gezeigt. Die Niles Company wollte Tippity als Sündenbock, weil das

eine glaubhafte Geschichte ergab. Und während alle in diese Richtung sahen, hofften sie, den wahren Mörder still und heimlich in den Schatten auszuschalten. Selbst wenn Simms mich festnähme, würden ihre Vorgesetzten davon nichts hören wollen.

»Du hattest deine Chance, Fetch. Ab jetzt hältst du dich komplett von allem fern. Bluebird Lounge, der Schlund, die Niles Company. Alles.«

»Das wird schwierig.«

Sie biss sich auf die Lippe. Vermutlich, um nicht loszuschreien.

»Warum?«

»Weil mich Thurston Niles angeheuert hat, den Mörder seines Bruders zu finden.«

Es hätte mich nicht überrascht, wenn sie vor Wut plötzlich in Flammen aufgegangen wäre.

»Wann?«

»Vor ein paar Tagen.«

»Das hättest du mir mitteilen müssen.«

»Habe ich doch gerade.«

»Ich dachte, du nimmst von Menschen keine Aufträge an.«

»Er hat mich überlistet. Und wie du schon sagtest, Thurston ist der Typ, der bekommt, was er will.«

Sie rieb ihre Schläfen.

»Hast du so ein Schmerzmittel?«

Ich warf ihr eine Clayfield zu, und sie rührte damit ihren Kaffee um.

»Netter Trick. Habe ich noch nie probiert.«

»Fetch, dieser Fall ist ein Riesenhaufen Scheiße, und du latschst mir damit mitten über den Wohnzimmerteppich. Gib mir irgendwas, oder ich schmeiße dich zu Tippity in den Schlund.«

»Mit welcher Anklage?«

»Was immer mir auch einfällt. Du hast eine ellenlange Liste an Verbrechen, die ich ins Licht zerren kann, wenn ich dich loswerden will.«

Zu anderen Zeiten hätte ich es vielleicht zugelassen. Aber mein alter Kumpel war von den Toten auferstanden und brauchte meine Hilfe. Wenn ich schon jemanden anschwärzen musste, konnte

es auch die Frau sein, deren Kutsche sie längst aus dem Zuständigkeitsbereich der Polizei von Sunder City herausgebracht hatte.
»Vor ein paar Wochen kam eine Frau zu mir und bat mich, ihren Ehemann zu finden. Beziehungsweise seinen Killer. Der verlorene Gatte war ein Spieler, der spurlos verschwunden war. Also machte ich mich an die Arbeit und fand ihn putzmunter mit einem neuen, glatten Gesicht. Als ich ihr davon berichtete, nahm sie das natürlich echt mit, aber sie ertrug es besser, als ich gedacht hätte. Damit war die Sache für mich abgeschlossen, bis ich gestern von dem Mord gehört habe.«
Die Lücken störten Simms nicht; sie war mir bereits ein Stück voraus.
»Also weißt du *doch*, wer es war.«
»Ich könnte raten. Ich weiß auch nicht mehr als du. Was *alle* wissen. Jemandem wurde der Schädel weggepustet. Jetzt könnte es sein, dass eine alte Elfen-Dame ihren Mann auf die gleiche Weise umgebracht hat. Es gibt keine Zauberer mehr, und selbst wenn, gibt es keinen Platz mehr für Zauber in dieser Welt. Vielleicht solltest du nicht nach einem Mörder oder einer Mörderin suchen, sondern nach einer Waffe, Simms. Aber fang dort an, wo alles seinen Anfang nahm. Mit einem Fremden, der die halbe Stadt gekauft hat. Ich bin nicht dein Problem. Vielleicht habe ich dir die Scheiße ins Haus getragen, aber wir sollten zusammenarbeiten, um herauszufinden, wer wohin geschissen hat.«
Meine kleine Ansprache war so dünn wie Zigarettenpapier und würde wohl ebenso in Flammen aufgehen, aber sie gab ihr ein paar neue Anstöße.
»Thurston hat dich angeheuert?«
»Jo.«
»Bist du sein Geld wert?«
Ich rührte mit der Clayfield in meinem Kaffee und trank einen Schluck. Gar nicht mal so schlecht.
»Unter uns, ich bin nicht seine beste Investition.«
Simms lehnte sich nach vorn und legte den Kopf in die Hände.
»Mir bleibt niemand mehr«, hauchte sie. »Die ganze Abteilung küsst den Hintern von diesem Niles, und ich weiß nicht einmal

mehr, mit wem ich reden kann. Ich glaube nicht, dass du auch nur einmal die Wahrheit gesagt hast, seit du dich gesetzt hast, aber ich bin auch nicht davon überzeugt, dass du ein Feind bist. Zumindest noch nicht. Du kannst gehen. Falls du dich doch noch entscheidest, mir zu helfen, weißt du, wo du mich findest. Aber sollte mir auch nur der leiseste Verdacht kommen, dass du mich doch verarschst, werde ich dich mit Tippity einsperren und den Schlüssel wegwerfen.«

Zur Antwort nickte ich nur. Nach Jahren ein und desselben Fehlers hatte ich endlich gelernt, wann ich meine große Klappe halten sollte.

54

Als ich meine Augen öffnete, saß Hendricks an meinem Tisch und hielt eine von Tippitys Glaskugeln in den Händen.
Ich musste mich wirklich um das Schloss kümmern.
»Was ist das?«, fragte er und schüttelte die Kugel, um die rosa Flüssigkeit darin herumschwappen zu sehen.
»Vorsicht, ich glaube, es ist Säure oder so. Tippity hat damit die Feenmagie freigesetzt.«
»Außergewöhnlich.«
»Wenn du meinst.«
»Darf ich eine behalten?« Ohne auf meine Antwort zu warten, steckte er die Kugel wieder in ihr Beutelchen und ließ es in einer Tasche verschwinden.
»Also, wie lautet dein Plan?«
»Der Plan, mein lieber Junge, ist altmodische Spionage. Als Lance Niles in die Stadt kam, war das Kraftwerk sein erstes Projekt. Und jetzt sind da Tag und Nacht Arbeiter beschäftigt. Ich habe einige Erkundigungen eingezogen, jedoch verwehrt sich mir das Wissen, was dort wirklich vorgeht.«
»Wie gelangen wir hinein?«
»Ich bin froh, dass du fragst. Es ist mir nicht möglich, mich als einen Angestellten der Firma auszugeben, aber du hast die Möglichkeit, dich beim Schichtwechsel einzuschleichen.«
Nicht gerade meine Lieblingsvorstellung.
»Die Niles Company weiß, wer ich bin, und Tippitys Gerichtsverhandlung hat mein Gesicht in alle Zeitungen gebracht. Ich bin nicht mehr ganz so unbekannt wie früher.«
»Deshalb suchen wir zuerst die Sukkuben auf«, scherzte er. Zumindest hoffte ich, dass es sich um einen Scherz handelte.
»Ich denke nicht, dass wir genug Zeit haben, um auf meine Genesung nach einem solchen Eingriff zu warten«, entgegnete ich.
Hendricks grinste sein altes, schelmisches Lächeln.
»Sie haben noch ganz andere Talente.«

55

»Gentlemen, was für eine angenehme Überraschung.«
Ansatzlos küsste Exina Hendricks auf die Lippen, als sei er ein verlorener Liebhaber. Vielleicht war er das. Oder vielleicht waren sie einfach ungezügelte Wesen vom gleichen Schlag, die sich an bessere Zeiten erinnerten.
Auf dem Weg zum Operationssaal führte Hendricks kurz seinen Plan aus. Loq erwartete uns in dem Raum, in dem es auch Kerzen und samtene Vorhänge gab, der aber von Ablagen voller scharfem Operationsbesteck dominiert wurde. Es gab Abflüsse im gefliesten Boden, die noch von Blut verkrustet waren.
Als mir Exina befahl, mich in den metallenen Stuhl für Patienten zu setzen, bemerkte sie mein Zittern.
»Aber Süßer, mach dir doch keine Sorgen. Wir machen nichts Permanentes.«
»Noch nicht«, warf Loq ein. »Aber ich weiß, dass du wiederkommen wirst.«
Die drei standen um mich herum und kratzten sich am Kinn. Jeder an seinem eigenen.
»Elf?«, schlug Hendricks vor.
»Dafür bräuchten wir zu viel Haut«, erwiderte Loq.
»Ich würde Lycum vorschlagen«, stellte Exina fest. »Nach der Coda hatte jedes einzelne Exemplar einen unterschiedlichen Anteil Mensch und Tier. Nach ein paar deutlichen Veränderungen wird niemand allzu genau hinsehen.«
Die anderen beiden stimmten zu, während ich mich noch nach Fluchtmöglichkeiten umsah.
»Ich werde zum Werwolf?«, fragte ich zur Sicherheit nach.
Exina wandte sich an Loq.
»Sieh mal im Kühler nach, Liebling. Was haben wir denn noch übrig?«

* * *

Am Ende wurde es *Werkatze*.
Die Sukkuben bereiteten alles vor, während Hendricks mich allein ließ, um ein wenig Wein zu besorgen. Als er gegangen war, schnallten sie mich im Sitz fest. Zwar behauptete Loq, es wäre nur, damit ich mich nicht unbewusst bewegte und ihre Arbeit zunichtemachte, aber ich hatte das deutliche Gefühl, dass sie vor allem Spielchen mit mir spielen wollten.
Während Exina sich zuerst um meine Zähne kümmerte und mir zwei ausgehöhlte Katzenfänge über die Eckzähne schob, schnitt mir Loq die Haare und färbte mir einen roten Streifen an den Haaransatz. Dass ich es hasste, sorgte nur dafür, dass sie es umso mehr liebten.
»Ich würde dir so gern ein neues Auge verpassen«, gurrte Exina. »Aber dafür reicht die Zeit nicht. Wie wäre es mit einer Augenklappe? Dann fragen sich alle, was du darunter verbirgst.«
»Du siehst mich überrascht«, meldete sich Hendricks zurück, der eine stattliche Sammlung an Flaschen unter den Armen trug. »Ich hätte nicht gedacht, dass du etwas der Vorstellung überlassen kannst.«
Exina gab ihm einen Klaps und küsste ihn dann.
Meine Augenbrauen waren noch nicht wieder nachgewachsen, weshalb es sehr einfach war, sie mit roten Fellfetzen einer anderen Patientin zu ersetzen.
»Haben wir Schnurrhaare?«, fragte Exina, und der haarlose Zwerg fand einige im Mülleimer; genug, um sie an meinen Dreitagebart anzukleben. »Die sehen eher traurig aus, aber so trägt man das heutzutage. Was noch?«
»Klauen natürlich«, schlug Hendricks mit einem teuflischen Grinsen vor.
»Nur links«, gab ich zu bedenken. »Falls etwas schiefläuft, sollte meine Rechte einsatzbereit sein.«
Sie klebten mir scharfe schwarze Nägel auf meine eigenen.
»Eigentlich von einem Werwolf«, erläuterte Loq. »Aber ich habe sie zurechtgefeilt. Sollte einer flüchtigen Überprüfung standhalten, aber kratz bitte niemandem die Augen aus.«
Die ganze Zeit ließen sie mich nicht in einen Spiegel sehen. Als

sie fertig waren, sah ich einen Fremden. Es fällt mir schwer, das zuzugeben, aber ihre Arbeit war beeindruckend. Subtil genug, um glaubhaft zu sein, aber mein Aussehen war komplett verändert. Sie hatten die Form meines Gesichts mit Kleber hier und da verzerrt, als habe die Coda zwar ihre Krallen in mich geschlagen, aber nicht allzu tief.

»Fast«, murmelte Hendricks und zog eine Uniform der Niles Company aus einem Beutel.

»Woher hast du die?«, wollte ich wissen.

»Aus dem Waschraum im Hotel Larone. An dem Plan arbeitete ich schon eine ganze Weile.«

Ein Paar Socken hinten in meiner Unterhose ergaben den Eindruck eines Stummelschwanzes.

»Achte drauf, dass die nicht zu weit herabrutschen, oder es wird nach was anderem aussehen.«

Loq zog mir eine Mütze über den Kopf, sodass nur noch das rote Haar vorne herausragte. Jetzt war ich mir selbst vollkommen fremd.

»Und wie heißt er jetzt?«, fragte Hendricks.

»Dein Haustier«, erwiderte Loq mit einem fiesen Grinsen.

Die hatten definitiv zu viel Spaß.

»Ich hatte früher einen Kater«, erinnerte sich Exina.

»Und wie hieß er?«

»Montgomery Fitzwitch.«

Hendricks nickte.

»Alle nennen ihn Monty.«

56

Wir gingen den Pfad oben auf Berg Ramanak entlang und fanden eine Ansammlung von Bäumen, die noch nicht gefällt worden waren. Von unserem Beobachtungspunkt zwischen den dicken Wurzeln einer Eiche aus konnten wir das Tor des Kraftwerks beobachten, während uns der Bewuchs halbwegs gute Deckung bot. Unser Plan bestand darin, auf den Schichtwechsel zu warten, damit ich mich unter die ankommenden Arbeiter mischen konnte.
»Durst?«, fragte mich Hendricks.
»Klar.« Ich griff in meine Innentasche und zog einen silbernen Flachmann heraus. Als ich ihm davon anbot, sah ich, dass er ebenfalls einen in der Hand hielt. Wir lachten.
»Sag nicht, du hättest gar nichts von mir gelernt.« Er nahm einen tiefen Schluck. »Was hast du?«
»Whisky.«
»Rum. Lass mal probieren.«
Wir tauschten die Flachmänner und kosteten.
»Deiner ist besser«, stellte er fest. »Diese Runde geht an dich, Fetch *Phillips*.« Er ließ meinen Namen wie einen Papierdrachen in der Luft hängen. »Wann hast du den Namen wieder angenommen?«
»Als ich mein Büro bezog. Der Maler hat mich gefragt, was er auf die Scheibe in der Tür schreiben soll, und es ist mir einfach herausgerutscht. Geboren wurde ich als Martin Phillips. In Weatherly war ich dann Martin Kane. Danach nur Fetch. Hirte Fetch eine Weile lang. Dann Gefreiter Fetch. Als alles vorbei war und ich einen neuen Namen brauchte, fühlte es sich richtig an, wieder ein Phillips zu sein.«
Darauf kaute er ein wenig herum, bevor er es mit Whisky herunterspülte.
»Erinnerst du dich an den Namen? Aus deiner Kindheit?«
»Nein. Ich habe ihn in den Papieren gelesen, als mich die Armee

der Menschen rekrutiert hat.« Daran wollte ich mich nicht erinnern, aber ich wusste nicht, wie ich das Ruder noch herumreißen konnte. »Aus einem Bericht über die Ereignisse in Elan. Da stand ich als einziger Überlebender drin. Ein Martin war ich ganz sicher nicht mehr, aber Phillips passte.«

Hendricks sah mich an. Seine Lippen bebten, als ginge er im Kopf hundert Antworten darauf durch.

Die Armee der Menschen hatte mir erzählt, dass Hendricks für das Schicksal meiner Familie, der Phillips, in Elan verantwortlich gewesen war. Er hatte die Schimäre trotz aller Warnungen ziehen lassen, und das Monster hatte das ganze Dorf ausgelöscht. Dieses Wissen hatte mich davon überzeugt, Opus zu verlassen.

Jetzt, da viel Zeit vergangen war, verstand ich, dass sein Fehler aus dem Wunsch, das Richtige zu tun, entstanden war. Meinem eigenen konnte ich das noch nicht zugestehen.

Es wäre der perfekte Moment gewesen, um alles aus der Welt zu schaffen. Um die unmögliche Aufgabe anzugehen, in die Zukunft zu sehen. Um ihn um Verzeihung zu bitten. Aber der Augenblick verstrich. Ich fühlte ihn verschwinden. Es war, wie wenn man an einem sonnigen Tag aus dem Fenster sieht, aber bis man dann die Schuhe angezogen hat, ist der Regen schon da.

Hendricks nickte lediglich und sagte: »Ja, Junge, ich denke, der Name passt sehr gut zu dir.«

Von unten wehte ein Pfeifen zu uns.

»Das war die erste Glocke. Ein Hinweis, dass in zehn Minuten Schichtwechsel ist. Dann kommt noch eine. Bereit?«

»Ich wünschte nur, ich wüsste, was mich erwartet.«

»Die Niles Company hat so viele Leute angeheuert, du wirst nicht der Einzige sein, der sich nicht auskennt. Rede wenig, aber falls doch, sag immer, dass es dein erster Tag ist.«

Der Kleber auf meiner Haut juckte schon.

»Wonach genau suche ich?«

»Jedwede Information darüber, wie ihre Organisation aufgebaut ist. Wie das Kraftwerk funktioniert. Was treibt es an? Wie viel Energie kann es produzieren? Wofür wird sie verwendet? So was.«

Es waren nicht gerade die Fragen, die ein Arbeiter an seinem ersten Tag stellte, aber immerhin wusste ich jetzt so grob, was uns interessierte. Hendricks strich meine Schnurrhaare glatt, klopfte mir auf die Schulter, und Monty ging zur Arbeit.

57

Von Nahem wirkte das Kraftwerk noch viel gewaltiger. Es war ein riesiger Metallberg mit winzigen Fenstern und einem monströs hohen Tor. Ich mischte mich unter die wartende Menge davor. Die anderen Arbeiter kamen aus allen Teilen von Sunder City, alle Spezies waren vertreten, alle Größen, und sie hatten alle jenen kalten Blick in den Augen, der sagte, dass sie genau wussten, dass ihre Körper mehr wert waren als ihre Köpfe. Wir drängten uns Schulter an Schulter durch das Tor, und ich versuchte zu erspähen, was meine erste Prüfung sein würde.
Offenbar Klaustrophobie. Ich befand mich in einem Korridor mit hundert anderen Muskelprotzen, die alle darum kämpften, eine Handvoll Frauen mit Klemmbrettern am Ende des Gangs zu erreichen. Jeder Arbeiter sagte einen Namen und eine fünfstellige Nummer, und mir brach bereits der Schweiß aus, da ich fürchtete, schon an der ersten Hürde zu scheitern, aber dann bemerkte ich, dass die Frauen die Nummern nicht abstrichen, sondern aufschrieben. Das bedeutete, es ging nicht um Sicherheit, sondern um Bezahlung. Also tat ich es allen anderen gleich.
»Fitzwitch. Drei, zwei, sieben, acht, eins.«
Ohne mich anzusehen, notierte sie die Zahlen. Ich wartete auf eine Antwort, bis mich jemand in den Rücken stieß und weiterschob.
Die Halle, in die wir kamen, musste ein Viertel des ganzen Gebäudes ausmachen. Sie war gewaltig. Wände und Decke bestanden aus Metalltafeln, und es gab jede Menge Abluftöffnungen, um die verrauchte Luft zu den Schornsteinen zu leiten. Überall standen Bänke, und viele Türen führten in andere Teile der Anlage. Für mich ergab das alles noch keinen Sinn. Der Großteil der Arbeiter ging zur östlichen Wand, also hängte ich mich an einen muskelbepackten Oger, der aussah, als wüsste er, was er tat. Er nahm eine Schutzbrille von einem Halter an der Wand, also tat ich es ihm gleich, und dann nahmen wir nacheinander in Papier gewickelte Bündel von einem langen Tisch.

Ich öffnete meins und entdeckte eine gebutterte Brotstange, die mit einem gekochten Ei belegt war. Der Oger schob sich seine in den Mund und schmatzte glücklich.
»Der beste Job, den ich je hatte«, brachte er mit vollem Mund hervor. »Mit Frühstück! Hier will ich arbeiten, bis ich tot umfalle.«
Ich nickte. Mit dem ganzen Kleber im Gesicht fiel es mir nicht leicht zu lächeln, also würde Montgomery Fitzwitch wohl eher ein emotionsloser Kerl bleiben.
Nachdem sie ihre Eiersandwiches gegessen hatten, hingen die Arbeiter herum und warteten auf den Schichtwechsel. Auf der anderen Seite der Halle holten Arbeiter Teile aus Kisten und packten sie in Wagen und Karren. Ich konnte keine Einzelheiten erkennen, aber es klang nach Metall auf Metall. Dann wurden die Teile durch einige Türen im Norden geschoben.
Ein Horn schrie laut und schrill auf, und der Schichtwechsel begann. Die Hälfte der neu angekommenen Arbeiter verschwand durch eine Tür in der westlichen Wand, aber ich folgte einer Gruppe nach Norden in einen weiteren riesigen Raum, in dem lange Reihen schmaler Tische standen.
Jetzt hatte ich die Hälfte des Gebäudes gesehen und auch einen Blick in den östlichen Teil erhascht. Noch immer hatte ich keine Ahnung, was hier geschah, aber eines konnte ich mit Sicherheit sagen: Das war kein Kraftwerk.
Es handelte sich um eine Art Fabrik. Weil alles so neu war, ging der Schichtwechsel nicht reibungslos über die Bühne. Alle gaben ihr Bestes, die Arbeitsplätze zu tauschen, ohne sich oder andere zu verletzen. Die massenhafte Verwirrung half mir, mich in der Menge zu verbergen, aber sie machte es mir auch unmöglich zu verstehen, was für Arbeit hier getan wurde.
Die letzte Schicht hatte ihre Werkzeuge abgelegt, und noch hatte niemand sie aufgenommen. Die Wagen voll Metall standen an einem Ende, am anderen gab es hölzerne Kisten. Ich tat so, als hätte ich etwas zu tun, und lief die Tische entlang. Die halb fertiggestellten Geräte erzählten eine Geschichte. Es war eine Fertigungsstraße. Holzzylinder wurden an Metallrohre geschraubt. Ich ging weiter und …

BANG!
Der Lärm kam von jenseits einer Tür an der Seite. Jemand schrie. Ich lief aus der Fertigungshalle und folgte der Aufregung in einen kleineren Bereich, der wie ein rostiges Schwimmbecken schimmerte. Alles war mit Kupferpaneelen ausgelegt. Riesige Metallvierecke lehnten an den Wänden, kleinere waren aufeinandergestapelt, und winzige Streifen bedeckten mehrere Dutzend Arbeitsbänke, die im Raum verteilt waren.

Eine Traube hatte sich um einen jungen Werwolf gebildet, der auf dem Boden lag und seine Hände auf die Augen presste. Seine Schreie waren herzerweichend.

Hinter der Gruppe öffnete sich eine Tür. Köpfe fuhren herum, und Stimmen wurden leiser, sogar der Schreiende war nicht mehr ganz so laut. Jemand mit Autorität hatte den Raum betreten.

»Sehen wir uns das mal an«, sagte eine Stimme voller Langeweile und geheucheltem Mitgefühl. Es war ein Mensch in einem der grauen Anzüge, die Angestellte der Niles Company gerne trugen. Viel mehr gab es nicht über ihn zu sagen. Glatt rasiert, ordentlicher Haarschnitt Marke Firmendrohne, als würden sie ihren Barbier bitten, auch gleich ihre Persönlichkeit zu trimmen. »Ihr zwei, holt eine Trage aus der Ecke und bringt ihn zur Krankenstation.«

Zwei Lycum trugen den Jungen an mir vorbei. Über den Raum senkte sich eine unangenehme Stille. Die besorgten Arbeiter kehrten an ihre Plätze zurück, und ich fand eine unbesetzte Werkbank und setzte mich.

Vor mir lag ein dünner Kupferstreifen, daneben eine Bleikiste und einige Werkzeuge. Sie wirkten vertraut, aber ich konnte mich nicht erinnern, wo ich sie schon einmal gesehen hatte: eine winzige Schere, ein kleiner goldener Hammer, ein seltsamer Messlöffel.

Nur eine Handvoll hatten schon wieder mit der Arbeit angefangen. Die meisten waren noch entsetzt von den Verletzungen des jungen Mannes und fragten sich wohl, ob sie die Nächsten wären, die ein Auge verlieren würden.

Der Mann im Anzug redete wieder.

»Willst du etwas sagen?«

Ich konnte nicht sehen, wen er meinte. Die Person war kleiner als die Werkbänke.

»Ich habe dich gewarnt«, entgegnete die Stimme der kleinen Person. Sie ging im Raum herum, und ich konnte die Spitzen ihrer Ohren sehen. Der Anzugträger folgte, immer einen Schritt dahinter. »Mit dem Zeug muss man vorsichtig sein. Die ganze Zeit. Ein Funke kann einen den Finger kosten oder das Leben.«

Die Stimme machte einen Bogen, bis sie im Gang vor mir erklang.

Es war Victor Stricken.

Sein Metallbein war weg, und das andere war verkümmert. Er saß in einem Rollstuhl, der von dem Anzugträger geschoben wurde, und sah noch unglücklicher als zuvor aus.

»Diese Arbeit muss ordentlich erledigt werden. Jede Hülse muss absolut genau gleich sein. Sonst passen sie nicht in die Feuerwaffe.«

Als ich auf die Werkzeuge vor mir sah, erinnerte ich mich daran, wo ich sie schon einmal gesehen hatte: in Victors Hütte im Aaron-Tal. Dort hatte er die Kupfergefäße mit dem Wüstensand gefüllt und die Maschine nachgeladen.

Die Maschine: ein Holzzylinder und ein Metallrohr. Das wurde nebenan gefertigt.

Während Victor den Gang entlangkam und allen einen Vortrag über die beste Art hielt, die Munition herzustellen, ohne dabei Körperteile zu verlieren, sah ich auf seine zuckenden Ohren. Lange hatte mich schuldig gefühlt, weil ich die Waffe nicht zerstört hatte. Ich dachte, es wäre der letzte Wunsch des todgeweihten Erfinders gewesen. Aber jetzt ließ er mehr herstellen. Tausende mehr.

»Was ihr hier fertigt, wird bald die tödlichste Waffe in der Welt sein. Aber eine, die sich so sicher anfühlt, dass Leute sie in ihren Gürtel stecken oder unter ihr Kopfkissen legen werden. Es ist eure Aufgabe, dafür zu sorgen, dass diese Macht nur entweicht, wenn die Besitzer es wollen. Nehmt diese Verantwortung nicht auf die leichte Schulter.«

Victor und sein Begleiter wandten sich um und ließen ihre Blicke

durch den Raum schweifen. Die gehorsamen Arbeiter hoben ihr Werkzeug auf. Schon bald erfüllten Klopfen und Schleifen den Raum, als sie das Kupfer zu kleinen Hülsen formten.
Ich öffnete das Bleikästchen. Natürlich war darin der rote Sand. Mir war bewusst, was allein ein Löffelchen davon anrichten konnte. Allein auf meinem Tisch befand sich genug davon, um ein Dutzend Leute zu töten. Im ganzen Raum genug für ein Dorf. Und in der Stadt? Wer konnte das wissen?
Der Anzugträger schob Victor aus dem Raum in einen schmalen Korridor. Nach einer Minute kehrte er zurück und ging in die Richtung, in die der verletzte Werwolf getragen worden war. Als er verschwunden war, stand ich auf und ging zum Korridor. Einige Arbeiter warfen mir neugierige Blicke zu, aber es war mir egal. Wenn man so tut, als wüsste man, wohin man geht, erhebt selten jemand Einspruch. Erst recht nicht, nachdem sie gerade daran erinnert worden waren, wie ersetzbar sie waren.
Im Korridor gab es links und rechts Türen, die in leere Büros führten. Hinter der letzten Tür erklang ein Seufzen, das man nur hören lässt, wenn man allein ist: erschöpft, niedergeschlagen und den Tränen nahe. Ich zog die Tür hinter mir zu.
»Du bist weit weg von zu Hause, Vic.«
Er hob den Kopf, und ich konnte nur hoffen, dass meine Werkatzenverkleidung mein Entsetzen gut verbarg.
Zwei seiner Zähne fehlten, und sein halbes Gesicht war gelähmt. Er trug noch seine Wolfsfelle, aber der Rollstuhl war ein schlechter Ersatz für sein mechanisches Bein. Alle Ohrringe fehlten, und die Löcher waren zerfetzt, als hätte man sie ihm ausgerissen. Es war einfach, seine Geschichte zu lesen; er musste sie mir nicht erzählen.
Er erkannte mich nicht. Vielleicht lag es an der Verkleidung. Oder die Folter hatte ihn verwirrt.
»Du hast mich gebeten, die erste Pistole zu zerstören, Vic. Warum zur Hölle fertigst du weitere an?«
Das befeuerte seine Erinnerung. Er gluckste, als er erkannte, wer ich war, aber ich hatte schon auf Trauerfeiern mehr Freude gehört.
»Hallo, Fremder. Hast du dich für mich so hübsch gemacht?«

»Ach, du weißt doch, wie das so ist. Du rasierst dir den Bart, lässt dich ein wenig mitreißen, und als Nächstes jagst du Mäuse und kackst in eine Sandkiste. Was zum Teufel ist mit dir passiert?«
Statt mir zu antworten, sah er auf seine Arme, und ich bemerkte jetzt erst, dass sie an die Lehnen des Rollstuhls gefesselt waren.
»Was denkst du, was passiert ist? Sie haben mich aus meinem Tal verschleppt und mich gefoltert, bis ich ihnen verraten habe, wie man die Dinger herstellt. Dann haben mich die Bastarde vor eine Wahl gestellt. Entweder sie würden mich so zurücklassen, bein- und hilflos, oder ich könnte in Sunder für sie arbeiten.« Ihm lief der Speichel aus dem Mundwinkel. Die fehlenden Zähne. »Schien mir keine echte Wahl zu sein. Ich schätze, deine Ideale tragen dich nicht allzu weit, wenn du keine Beine hast, um ihnen dabei zu helfen.« Er schüttelte den Kopf. »Ich dachte immer, ich wäre stärker.«
»Scheiße, Vic, niemand macht dir Vorwürfe.«
»Glaubst du das wirklich?«
Zumindest wünschte ich es mir. Ich hatte eine Ahnung davon, wie es ist, sich mit dem Feind zu verbünden.
Vic wand sich im Rollstuhl und zog an den Fesseln.
»Hol mich hier raus.«
Natürlich kniete ich mich neben ihn und begann, die Knoten zu lösen.
»Was soll das alles?«
»Was alles?«
»Die Fabrik. Die Maschinen.«
»Gewinn machen, natürlich. Zu Anfang. Aber man baut nicht so viele Waffen, wenn man nicht in den Krieg ziehen will. Los, beeil dich!«
Die künstlichen Krallen behinderten mich sehr. Dann warf Vic sich im Rollstuhl hin und her, sodass er fast umkippte. Ich packte die Lehnen und hielt ihn fest.
»Bind mich los, verdammt noch mal!«, brüllte er. Ich konnte nur hoffen, dass es in der Fabrikhalle laut genug war, um ihn zu übertönen, sonst würden wir sehr bald unangenehme Gesellschaft bekommen.

»Ganz sachte, Vic.«
Ich zog das Messer aus meinem Gürtel und schnitt ihn los. Er riss seine Arme hoch, streckte sie und schenkte mir ein zerschmettertes Grinsen.
»Ah, besser.«
Dann rollte er aus dem Büro, und ich konnte ihm nur noch folgen.
»Vic, wie schaffen sie das?« Er fuhr den Korridor entlang und verschwand durch eine Tür links. Ich folgte ihm. »Sunder hat seit der Coda keine Energie mehr gehabt. Sie müssen diese Teile doch irgendwo herstellen. Woher nehmen sie den Treibstoff dafür?«
»Vom selben Ort wie schon immer«, erklärte er. »Seit dem Anfang.«
»Was meinst du?«
»Ahhhh!«
Er hatte gefunden, wonach er gesucht hatte, und drückte eine Maschine an seine Brust. Eine der neuen, massengefertigten direkt aus der Halle hier. Er hielt sie fest und streichelte sie, als wäre sie ein Haustier. Alle seine Fingernägel fehlten.
»Victor, verschwinden wir von hier.«
Als er seine Schutzbrille auf die Stirn schob, wirkten seine Augen leer. Welcher Teil von ihm auch die Torturen durchgestanden hatte, er war nur noch ein Schatten des Goblins, der seinen Eintopf mit mir geteilt hatte.
Schritte näherten sich. Gingen an unserem Büro vorbei weiter nach hinten.
»Victor?«, erklang die Stimme. Nicht besorgt, sondern verärgert. Der Goblin schenkte mir ein weiteres furchtbares Grinsen.
»Wie mein Dad immer gesagt hat«, er drehte den Zylinder der Maschine, bis sie wie ein Jahrmarktsrad klapperte. »Heute ist ein guter Tag, um mit dem Arschsein aufzuhören.«
Die Schritte kehrten zurück. Hielten vor unserer Tür.
Es gab keinen Fluchtweg.
»Was zur Hölle ist hier los, Victor?« Die Stimme des Anzugträgers war direkt neben mir. »Du hast einen unserer Arbeiter geblendet. Vielleicht sogar getötet.« Er hatte noch nicht bemerkt,

dass Victor nicht mehr gefesselt war. Oder was er in den Händen hielt. Dann bemerkte er mich. »Was treibst du hier?« Es war unmöglich, seine Gedanken zu erraten, seine Stimme und seine Miene waren zu eintönig. »Wer zum Teufel bist du?«
Dann passierte alles auf einmal.
Eine Explosion echote von den Wänden des kleinen Zimmers. Ich wurde taub. Alles, was ich noch hören konnte, war ein lautes Klingeln, als ob jemand eine Stimmgabel an meine Trommelfelle hielte.
Gleichzeitig spritzten Blut und Hirnmasse aus dem Kopf des Mannes neben mir und färbten Wände und Decke, wohin ich auch sah. Mein Körper stand unter Schock. Ich wollte einfach nur noch weinen.
Victor hielt die Maschine in beiden Händen. Der verräterische Rauch stieg vor seinem Gesicht aus der Mündung. Seine Lippen bewegten sich, aber ich konnte ihn nicht hören. Er wiederholte es, und ich verstand.
Lauf.
Ich tat, was er sagte.
Ich stolperte aus dem Büro, zurück in den Korridor. Der Boden war glitschig vom Blut. Ich drehte mich um. Blicke lasteten auf mir. Mehr Männer in Anzügen am Ende des Flurs. Vorwurfsvolle Mienen. Ich ging zurück. Sie riefen. Einer rannte auf mich zu. Ihre Augen plötzlich weit aufgerissen. Noch eine Explosion hinter mir. Der Anzug ging in die Knie, Hände auf die Brust gepresst. Alle rannten. Ich rannte. Stolperte. Taub. Verwirrt. Jemand trat auf meine Finger. Ich sprang auf. Eine Hand an meiner Schulter. Ein Flüchtender? Nein, noch ein Anzug. Ein Schlag in mein Gesicht. Seine Ringe zerschnitten meine Haut. Ich schlug zurück. Härter. Riss mich los, verlor mich in der schreienden Menge. Sie drang zum Eingang, durch die Munitionshalle, die Fertigungshalle, vorbei an den Frühstückstischen, nach draußen. Manche Arbeiter hielten inne, andere rannten den Hügel hoch. Ich folgte ihnen.

***

Ich hasse es zu rennen. Dafür bin ich einfach nicht geschaffen. Der alte Schmerz in meiner Brust hasste es noch mehr.

Bis ich die Kuppe des Ramanak erreichte, schmerzten ein Dutzend Teile meines Körpers. Ich stolperte zur ersten mir vertrauten Straße, fand eine Taverne, ging direkt auf die Toilette und wusch mir das Blut, die Schnurrhaare und die roten Augenbrauen aus dem Gesicht. Die Augenklappe und den dämlichen Stummelschwanz spülte ich im Klo runter. Dann riss ich mir die obere Hälfte der Uniform vom Leib. Darunter trug ich nur ein weißes Hemd, was bei der Kälte einen fiesen Heimweg bedeutete, aber immer noch besser war, als von jemandem aus der Fabrik erkannt zu werden.

Es war nicht perfekt, aber für einen oberflächlichen Blick war ich nicht mehr der Mann, der die Taverne betreten hatte. Ich ging hinaus und folgte den Straßenzügen nach Westen – frierend wie ein rasierter Pudel, während mir noch immer Blut von der Stirn troff.

Maschinen.

Eine ganze Fabrik voller Pistolen und Hülsen mit Pulver darin. Bislang hatte ich gedacht, meine wäre etwas Besonderes. Jetzt nicht mehr. Die Niles Company würde die Dinger so normal wie Wohnungsschlüssel machen.

Wir alle hatten auf etwas Neues gewartet. Endlich war es angekommen. Die Zukunft war da, und sie blies einem das Hirn weg. Fragt einfach mal den Anzugträger.

58

In der Praxis war es warm. Mein Hemd lag neben mir auf dem Boden, und rechts und links von mir arbeiteten die beiden Sukkuben an den Schnitten in meinem Gesicht. Ich war blutend und würgend hereingetaumelt, hatte atemlos von Victor Strickens explosivem Zorn berichtet und generell einen wilden Anblick geboten, aber jetzt hatte sich die Lage halbwegs beruhigt. Während ich auf der Matratze hockte, stand Hendricks über einen Tisch voller Karten und Dokumente gebeugt.

Immerhin hatte ich es zwischen den Hustenanfällen geschafft, die Ereignisse wiederzugeben. Hendricks war froh, mich wiederzusehen, aber angeekelt von der Niles Company. Noch angeekelter als vorher.

Die Chirurginnen nähten mir die Wunden zu, dann legte ich mich auf den Rücken, und sie streichelten mein Haar, während Hendricks meine gute Aufklärungsarbeit lobte.

Es fühlte sich gut an. Besser, als die Treppen hochzustolpern und allein und blutend in mein Bett zu kriechen, wie ich es sonst an den meisten Abenden tat.

Der Zwerg brachte einen warmen Whisky mit Honig und Kräutern darin, und ich setzte mich auf, um daran zu nippen. Exina brachte das blutige Operationsbesteck weg, aber Loq blieb neben mir sitzen.

In der alten Welt hätte ich mich von zwei Sukkuben ferngehalten. Aber wir lebten nach der Coda, und ich entspannte mich, als sie sich an mich schmiegte. Es fühlte sich sogar besser als die Medizin an, und beinahe vertrieb sie das Bild des explodierenden Kopfes aus meinen Erinnerungen.

»Wunderbarer Fortschritt«, freute sich Hendricks. »Aber es ist nur ein weiteres Teil des Puzzles. Bist du sicher, dass sie die Teile der Waffe nicht dort hergestellt haben?«

»Soweit ich das erkennen konnte, wird sie da nur zusammengebaut. Die Teile wurden angeliefert. Hölzerne Griffe und Me-

tallrohre. Kupferblech für die Munition. Wüstensand. Das alles.«
»Am meisten interessiert mich das Metall. Um das zu schmelzen, benötigen sie mehr Energie, als sie in Sunder City bekommen können.«
»Vielleicht kommt es von außerhalb? Ich habe jede Menge Laster auf der Straße gesehen.«
»Am Anfang vielleicht, aber sie behaupten, dass sie die Laternen an der Main Street wieder entzünden wollen. Also muss es in der Stadt eine verborgene Energiequelle geben. Sie kaufen alles Mögliche: Schmieden, Mühlen, ganze Straßenzüge voller Wohnhäuser. Sogar das Stadion! Es ist offensichtlich, dass ihre Pläne über schnöden Waffenverkauf hinausgehen.«
»Das Stadion?«
Hendricks blickte auf eine der Karten.
»Östlich der Main Street, südlich des Bogens ... korrekt?«
»Jetzt, ja.« Ich wand mich aus Loqs Armen und stand auf. »Aber dort war die erste Feuergrube. Hast du mir nicht sogar davon erzählt?«
Er rieb sich über die Stirn.
»Oh, ja, du hast recht. Das hatte ich verdrängt.«
»Ich habe den Goblin gefragt, womit die Fabrik betrieben wird. Er meinte, genau wie zu Beginn, oder so was.«
Hendricks' Finger ruhte auf dem Symbol für das Stadion auf seiner Karte.
»Du glaubst, sie nutzen die erste Feuergrube?«
Als ich vor Wochen mit Warren dort war, hatte das Stadion verlassen gewirkt. Aber als ich später für das Ausprobieren der Maschine dorthin zurückgekehrt war, wurde dort gebaut.
»Da ist irgendeine Baustelle«, berichtete ich.
»Aber die Feuer sind mit der Coda erloschen.«
»Ich weiß, aber ...« Meine Gedanken kehrten zu den Feen in der Kirche zurück. Seit sechs Jahren waren sie tot, kalt und vergessen gewesen, aber als Tippity sie aufgebrochen hatte, hatte er in ihnen ein winziges bisschen Magie gefunden. »Vielleicht ist dort unten noch etwas.«

»Was meinst du?«

»Wie bei den Feen. Die Magie ist fort, aber in ihnen steckte noch ein Rest ihres Geistes.«

»Du glaubst, die Feuer haben etwas zurückgelassen? Ein Relikt ihrer einstigen Macht?«

»Und die Niles Company gräbt es aus.«

Hendricks lachte auf und schlug mir auf den Rücken.

»Gute Arbeit, Junge, sehr gute Arbeit. Wir haben unser nächstes Ziel. Sehr, sehr gut!«

Es war ein Augenblick, an dem ich die Welt anhalten wollte. Was mehr konnte ich mir wünschen? Ein Rätsel gelöst. Ein warmes Getränk. Eine wunderschöne Frau auf dem Bett und ein guter Freund an meiner Seite. Lasst die Zeit innehalten. Werft einen Anker um die Sonne. Vernagelt die Fenster, um nichts hereinzulassen.

Wir hielten inne. Wir schlossen die Türen ab und feierten die erfolgreiche Mission mit einigen Drinks. Dann verschwanden Hendricks und Exina; anscheinend hatte ich mit meiner Vermutung über eine Affäre recht gehabt. Loq schien es nicht zu stören. Vermutlich sind Sukkuben in diesen Belangen nicht allzu empfindlich. Stattdessen blieb sie mit mir auf der Matratze und gab sich redlich Mühe, mich gefolterte Goblins und Blutspritzer an den Wänden vergessen zu lassen.

Ich bin froh, dass wir innehielten, wenn auch nur für einen Herzschlag.

Bevor uns das Grauen überrollte.

59

Den halben Tag verschliefen wir, dann schmiedeten wir Pläne für die Nacht. Eine Stunde vor Sonnenuntergang gingen Hendricks und ich zurück in die Innenstadt. Die Damen hatten mich gut wieder zusammengeflickt, und der Zwerg hatte sogar meine Kleidung gereinigt. Mein Bauch war voll mit gutem Essen und einem Schluck Wein. Die Luft war kalt, aber zum ersten Mal in diesem Winter gefiel mir ihre Berührung auf der Haut.
Noch gingen wir durch einen üblen Teil der Stadt, aber das hielt uns nicht davon ab, uns am Anblick zu erfreuen. Aus den Kneipen drang Gelächter, und angetrunkene Liebespaare staksten durch die Straßen. Aus einem Fenster erklang leise Klaviermusik, und an der Straßenecke lieferten sich Kinder eine Schneeballschlacht.
Fast mein ganzes Erwachsenenleben hatte ich auf diesen Straßen verbracht. Beinahe jeden einzelnen Tag seit der Coda. Aber an diesem Abend fühlten sie sich anders an. Ich fühlte mich anders. Seit ich mit Hendricks zu Opus gegangen war, hatte ich nach etwas gesucht, aber es nie gefunden. Also hatte ich es in der Armee der Menschen gesucht, was sich als furchtbarer Fehler herausgestellt hatte. Ich wartete sogar noch darauf, nachdem ich *Mann für Alles* auf meine Tür geschrieben hatte. Auch wenn ich nicht weiß, wie ich es nennen soll, weiß ich, dass es weder mit einer Uniform noch mit einer Ideologie einhergeht, und erst recht nicht zu finden ist, wenn man allein unterwegs ist und nur versucht, den eigenen Geist abzulenken, damit man nicht noch mehr Schaden anrichtet. Vielleicht ist es ein Gefühl, das man nicht im Augenblick empfinden kann. Nur in der Rückschau. In Erinnerungen.
»Warum hast du mich Opus beitreten lassen?«, wollte ich wissen. Die Frage überraschte mich selbst. Die meisten meiner Gedanken machten sich nie auf die mutige Reise vom Hirn zur Zunge. Ich schätze, ich war entspannt. Zum ersten Mal seit langer Zeit achtete ich nicht auf jedes Wort, das ich sagte.

Im Gegensatz dazu schien Hendricks nicht sonderlich überrascht zu sein.
»Wie meinst du das?«
»Nun, vor mir gab es keine Menschen bei Opus. Warum ausgerechnet ich?«
»Was denkst du?«
Verdammter Hendricks. Liebte nichts mehr, als eine Frage mit einer Gegenfrage zu beantworten.
»Ich weiß es nicht.«
»Komm schon! Was denkst du? War es deine unvergleichliche Stärke? Dein brillanter Geist? Deine berühmte Schlagfertigkeit?«
»Na ja, jemand meinte, dass es darum ging, eine Allianz zu schmieden. Den Menschen zu zeigen, dass wir alle zusammenarbeiten können … oder so.«
»Interessant.« Nachdenklich nickte er, als wäre diese Vorstellung ganz neu für ihn. »Später sah ich den Wert darin. Aber das war nicht der Grund. Nicht wirklich. Willst du wissen, warum ich dich für Opus rekrutiert habe?«
Ich blieb stehen. Er auch.
»Ja.«
Er sah mit diesen jahrhundertealten grünen Augen tief in mich hinein.
»Weil du mich darum gebeten hast. Und weil du mein Freund warst, habe ich Ja gesagt. Nur deshalb.« Er hatte wohl erkannt, dass ich auf mehr gehofft hatte. »Alles, was dir widerfahren ist, erwuchs aus deinen eigenen Entscheidungen. Du hast Weatherly verlassen. Du bist Opus beigetreten. Du bist zur Armee der Menschen gegangen. Das sind die Fakten. Falls du nach irgendeiner Art von Bedeutung für das alles suchst, gibt es nur einen Ort, wo du die Antwort finden kannst.«
Damit ging er weiter, und sein Gehstock tappte fröhlich auf die Straße.
»Ich habe immer noch keinen anderen getroffen«, stellte er fest.
»Einen anderen?«
»Weatheriten. Oder Weatheritaner? Siehst du, ihr seid hier draußen so selten, dass wir für euch nicht mal einen Namen haben.«

»Du glaubst, es gibt andere, die Weatherly verlassen haben?«
»Es muss welche geben. Ich habe nur noch nie einen getroffen. Obwohl ich es mir gewünscht hatte. Vor allem, nachdem ich dich kennengelernt hatte.«
Ich wusste nicht, ob mir das schmeicheln oder ob ich mich mental auf die bevorstehende Beleidigung vorbereiten sollte.
»Warum?«
»Weil du ein seltsamer Typ bist, Herr Fetch, und ich nicht weiß, welcher Anteil davon aus dir selbst erwuchs und was dir von dem Ort mitgegeben wurde, an dem du aufgewachsen bist. Man sagt mir nach, der größte Diplomat der Welt zu sein. Ich kann alle geheimen Handsignale der Zwerge und weiß genau, welche Lycum welche Bezeichnungen hassen, aber bei dir kann ich nie vorhersagen, was dich antreibt.«
Nur selten dachte ich von mir selbst als jemanden aus Weatherly. Schon als ich noch dort gelebt hatte, war ich mir immer wie ein Fremder vorgekommen. Aber es ließ sich nicht leugnen, dass das Leben dort einen Einfluss auf mich gehabt hatte.
»Was meinst du mit seltsamer Typ?«
Wieder eines dieser geheimnisvollen Lächeln, das niemals ganz erklärt werden würde.
»Die Art, wie so viele Dinge dich überraschen. Ich nahm an, dass es mit der Zeit besser werden würde. Erinnerst du dich nicht daran, wie Amari mit dir spielte? Es fiel ihr so leicht, dich aus der Reserve zu locken.«
Es war das erste Mal, dass er ihren Namen erwähnte, und der Klang zerschlug das Gespräch.
Ich hatte das Gefühl, dass Hendricks auf eine Antwort wartete, aber ich konnte mich nicht einmal daran erinnern, worüber wir gesprochen hatten. Stattdessen rutschten wir in ein Schweigen, das bis zum südlichen Teil der Stadt anhielt.
Man konnte das Stadion schon von Weitem sehen. Es brummte voller elektrischer Lichter, wie beim letzten Mal, nur dass es noch viel, viel mehr waren. Das gesamte Areal war eine einzige geschäftige Baustelle. Zelte, Kisten voller Gerätschaften und jede Menge Arbeiter in Uniform.

Ungesehen glitten wir in die Schatten einer Gasse und beobachteten das Treiben.

»Du hattest recht, Junge. Das ist eine große Sache.«

»Sogar noch größer als letztes Mal, als ich hier war. Was, denkst du, wird hier gebaut?«

»Weiß ich noch nicht. Vielleicht kann Montgomery Fitzwitch das herausfinden …«

»Ich … ich möchte das wirklich nicht noch einmal tun müssen.«

Zum Glück lachte Hendricks.

»Nein, nein. Hier ist noch mehr los als in der Fabrik. Und mehr Sicherheit. Vielleicht würdest du es hineinschaffen, aber ich glaube nicht, dass du wieder herauskämst. Wir brauchen einfach mehr Informationen. Lass uns einen der Arbeiter verfolgen, hopsnehmen und befragen.«

Dieser Vorschlag brachte mich zum Grinsen. Er war einfach zu lächerlich. Aber ich hatte in letzter Zeit einige lächerliche Dinge getan, und diesmal hatte ich meinen Mentor bei mir.

»Warten wir auf den richtigen Kandidaten«, befand Hendricks. »Jemand Langsames. Allein.«

Es war nicht wie bei der Fabrik, wo es geordnete Schichtwechsel gab. Hier kamen und gingen ständig Leute. Schließlich humpelte ein Gnom durch das Tor und löste sich von einer Gruppe.

»Los geht's«, befahl Hendricks und schob mich nach vorne. »Erst ein wenig Abstand halten. Keine Sorge, falls ich nicht mithalten kann. Ich bin nicht mehr so ein junger Hüpfer wie früher.«

»Und dann? Folgen wir ihm nach Hause?«

»Hoffentlich nicht. Er könnte Familie haben oder in einer Wohngemeinschaft hausen. Wir überfallen ihn in einer dunklen Gasse und tun so, als wäre es ein schnöder Raub. Mit etwas Geschick bekommen wir die Informationen, ohne dass sein Arbeitgeber merkt, dass etwas faul ist.«

Es war komplett wahnsinnig. Ich war drauf und dran, einen harmlosen Gnom auf seinem Weg von der Arbeit nach Hause zu verfolgen, aber es war es wert, weil ich es mit Hendricks tat: mit dem Mann, der eine Tasse Tee zu einem Abenteuer werden lassen konnte. Ich unterdrückte ein aufgeregtes Kichern, als wir durch die Straßen schlichen, immer unserer Zielperson auf den Fersen, bereit, eine Show abzuziehen.

Es gab mehrere Gründe für die Wahl des Gnoms. Zum einen hatte er kurze Beine und humpelte, sodass Eliahs alte Knochen mithalten konnten. Dazu war er allein unterwegs, also mussten wir nicht darauf warten, dass er sich von Kollegen verabschiedete. Außerdem ging er Richtung Westen.

Es gab ein paar hübsche Gegenden im Westen der Stadt, aber alle befanden sich eher am Rand der Innenstadt nahe der Main Street. Unser Freund aber ging Richtung Stadtgrenze. Falls der Gnom in diesem Teil lebte, würden wir genug Gelegenheiten haben, ihn auf den einsamen Straßen abzufangen.

Es hätte kaum einfacher sein können. Der Gnom war erkältet, weshalb wir durch einige Niesanfälle wieder aufholen konnten, nachdem uns ein Krampf in Hendricks' Bein verlangsamt hatte.

Fünfzehn Minuten später suchte der Gnom sich eine Abkürzung durch eine schmale Gasse zwischen zwei Lagerhäusern, und uns bot sich eine perfekte Gelegenheit.

»Schnell«, raunte mir Hendricks zu. »Du rennst außen herum, und ich schneide ihm den Rückweg ab.«

Sofort kam ich dem Befehl nach, aber in der Hoffnung, weniger Zeit zu brauchen, kürzte ich durch eins der Lagerhäuser ab. Es war verlassen, aber nicht leer geräumt worden. Durch ein paar Löcher im Dach fiel nur wenig Licht, und im Halbdunkel stieß ich gegen eine vergessene Maschine. Es schmerzte, aber es war auch einfach extrem lustig. Das alles war so dumm. Ich stolperte über einen Mülleimer und glitt beinahe auf alten Rohren aus, die gegen einen Stapel Blechdosen klapperten. Selbst mit Absicht hätte ich nicht mehr Lärm machen können.

Der Gnom war so langsam, dass ich sogar noch Zeit hatte, meinen Mantel zuzuknöpfen, den Kragen hochzuklappen und mir den Hut ins Gesicht zu ziehen, als ich aus dem Lagerhaus kam. Ich zog meinen Dolch und bereitete mich auf meine Rolle als Straßenräuber vor. Dann ging ich um die Ecke.

Der Gnom blieb stehen. Er war schon nervös, weil er mich hatte im Lagerhaus poltern hören. Hendricks war ohne Hilfe des Gehstocks weitergegangen, um möglichst leise zu sein, setzte ihn aber nun ein, um aufzuholen. Die Blicke des Gnoms huschten von mir zu Hendricks. In ihnen lag Angst.

»Bitte. Ich besitze nichts.«

Er zitterte. Das nahm den Spaß aus der Sache. Zum Glück übernahm Hendricks das Reden.

»Das ist nicht, was ich so gehört habe. Man sagt, die Niles Company zahlt richtig gut.«

Seine Stimme war finster und klang für mich lächerlich. Es war gut, dass der Kragen mein Grinsen verbarg.

»Nein!«, protestierte der Gnom. »Mich nicht. Ich grabe nur.«

»Graben?« Hendricks zwinkerte mir zu, so, als hätten wir gerade eine wichtige Entdeckung gemacht. »Lüg mich nicht an, kleiner Mann. Warum solltet ihr am Stadion graben?«

Seine Unterlippe bebte, aber es hatte ihm die Stimme verschlagen.

»Antworte«, knurrte ich. »Oder wir … wir … hängen dich an den Füßen auf und … schütteln dich, bis das Geld rausfällt.«

Der Gnom sah mich an, weshalb er Hendricks' lautloses Lachen nicht bemerkte. So richtig gut schauspielerte ich wohl nicht.

»Ich mache …«, plapperte unser armes Opfer, »… nur, was sie mir sagen. Ich habe heute erst angefangen. Wurde noch nicht bezahlt.«

»Das glaube ich nicht«, zischte Hendricks, der sich an seine Rolle erinnerte und bedrohlich näher kam. »Wo ist das Geld?«

»Ich habe keins«, schrie er.

Ich sah Hendricks fragend an, weil ich keine Ahnung hatte, wie wir weiter vorgehen sollten. Als ich ihn nicht im Auge behielt, trat mir der Gnom vor das Schienbein, genau gegen die Stelle, die ich mir im Lagerhaus aufgeschlagen hatte.

»Verdammt!«

Er trat den Gehstock von Hendricks zur Seite, der einfach umfiel. Schnell griff ich nach dem kleinen Mistkerl, doch er glitt mir durch die Finger. Ich meine, er glitt wortwörtlich. Er war nass oder vollgeschleimt oder so. Dadurch stolperte ich an ihm vorbei und dann über Hendricks, der keuchend auf dem dreckigen Boden lag.

Unser Opfer raste um die Ecke.
»Eliah, alles in Ordnung?«
»Nur ein paar blaue Flecken, Junge.«
Als ich ihm aufhalf, brach er in hysterisches Gelächter aus, in das ich einfiel. Es war einfach zu lächerlich. Tränen rannen meine Wangen herab, während Hendricks sich an mir hochzog.
»Igitt. Was ist das?« Er wischte sich die Finger am Mantel ab.
»Hast du irgendwo reingefasst?«
»Es war der kleine Kerl. Er war … glitschig.«
Hendricks besah sich die Innenseiten meiner Ärmel, durch die der Gnom gerutscht war. Sie waren fleckig, und es klebte etwas Durchsichtiges, Zähflüssiges an ihnen. Vorsichtig rieb Hendricks ein wenig ab und hielt es vor seine Nase.
»Eine Art Gel?«, fragte ich.
»Sieht so aus.« Er roch daran, dann dachte er einen Moment nach. »Feuerzeug, bitte.«
Während ich mein Feuerzeug hervorkramte, wischte Hendricks so viel von dem Zeug von meinen Armen, wie er konnte. Ich entzündete die kleine Flamme, und Hendricks hielt seine Hand darüber.
»Ruhig halten.«
Seine Finger fuhren herab in die Flamme und verharrten dort.
»Feuerfest«, erkannte ich.
Hendricks pfiff anerkennend.
»Selbstverständlich. Das ist Drachenspeichel.« Hendricks bewegte seine Finger in der Flamme. »Aber woher zum Teufel bekommt die Niles Company den?«

60

Ich fühlte mich veräppelt. Ich stand wieder dort, wo der zahnlose Zwerg von einem Drachen gefaselt hatte, und suchte nach etwas, von dem ich behauptet hatte, es existiere nicht. Aber dieses Mal war ich der Gläubige und Hendricks der Zyniker.
»Fetch, wann hast du zum letzten Mal einen Drachen gesehen?«
»Während der Coda.«
»Ganz genau. Niles muss ein Lager voll Drachenspeichel aus der Zeit davor gefunden haben.«
»Ich weiß. Aber wir sollten trotzdem nachschauen, oder?«
Wir schauten nach. Es kostete uns eine Stunde, die alten Lagerhallen und Silos zu durchsuchen. Manchmal klopften wir die Wände ab oder zwangen verrostete Tore auf, um in die stets uninteressante Leere zu starren. Die Sonne ging unter, und die Nacht kam kalt über uns, sodass unsere Flachmänner sich beständig leerten. Schließlich bat ich Hendricks um Entschuldigung dafür, seine Zeit verschwendet zu haben.
»Nein, keineswegs. Die Idee trägt vielleicht noch Früchte.«
Es fühlte sich an, als würde er einfach meine Gefühle nicht verletzen wollen, aber ich drängte dennoch weiter.
Wir teilten uns auf, und nach einer halben Stunde fruchtlosen Suchens hörte ich Hendricks meinen Namen rufen. Es dauerte, bis ich ihn fand, aber dann hielt er mir ein trübes Ding unter die Nase, das wie ein großer Zehennagel aussah.
»Drachenschuppe«, erläuterte er.
»Sicher?«
»Nein. Einst waren sie bunt, sogar, nachdem sie abgefallen waren. Reflektierend und glänzend. Widerstandsfähig genug, um Rüstungen daraus zu fertigen. Die hier ist«, er brach eine Ecke ab, »brüchig wie alter, trockener Knochen. Aber die Form stimmt, also könnte es sein …«
Wir sahen uns um. Es war zu still. Zu dunkel. Der letzte Ort, an dem man eine legendäre Bestie vermuten würde.

»Der Zwerg hat behauptet, er habe einen Drachen gehört«, wiederholte Hendricks meine Worte. »Dann lass uns mal genau an die Stelle gehen und warten. Vielleicht hören wir auch etwas.«
Auf dem Weg dorthin deutete Hendricks auf eine weggeworfene Metalltonne.
»Nimm die mit.«
Ich stellte sie am Ort unserer Wache auf, und Hendricks drückte mir einen Bronzeschein in die Hand.
»Besorg noch etwas von dem Whisky und was zu essen. Vielleicht eine Suppe. Suppe wäre gut. Ich mache uns derweil ein Feuerchen.«
Während er nach Holzresten suchte, zog ich los. Als ich mit einer großen Flasche Whisky und zwei Dosen Hühnersuppe zurückkehrte, saß Hendricks neben der Tonne, starrte in die Flammen und rauchte seine Pfeife.
Wortlos pflanzte ich mich neben ihn, reichte ihm sein Abendessen und schraubte den Deckel vom Whisky. Er schmeckte stark und nach Moor, und allein sein Geruch wärmte meine Eingeweide. Dann reichte ich ihn weiter.
Das Feuer knisterte.
»Wo hast du das ganze Holz gefunden?«
»Aus alten Kisten gebrochen oder aus Müllhaufen gezogen. Atme nicht zu tief ein, Junge. Könnte giftig sein.«
Die Suppe war heiß, und wir schlürften sie vorsichtig aus den Dosen. Das Feuer brannte hell. Sonst gab es hier kein Licht, außer einigen Sternen und einem schmalen Streifen Mondlicht. Wir hätten überall sein können. Wieder in der Wildnis auf dem Weg nach Gaila oder im Lager in den Hainen. Wenn ich die Augen schloss, konnte ich mir ein ganzes Team Hirten vorstellen oder unsere Pferde neben uns. Es war schön, sich daran zu erinnern, statt an die Wirklichkeit denken zu müssen. Statt an Hochkanzler Eliah Hendricks, dem Anführer von Opus, der vor einem Haufen brennenden Mülls in der schmutzigsten Stadt der Welt hockte.
Er kippte der Suppe einen Schluck Whisky hinterher und besah die Flasche.

»Du denkst vermutlich, dass ich vorsichtiger sein sollte, nachdem es passiert ist.«

Nachdem *was* passiert war? Meinte er jene Nacht? Das letzte Mal, das wir uns vor der Coda gesehen hatten?

»Wie meinst du das?«

»Sieh mich an, Fetch. Ich habe *alles* getan. Hunderte von Jahren habe ich getrunken, gefickt und meinen Pfad durch diese Welt getanzt. Ich habe meinen Leib benutzt, weil ich wusste, dass er es aushält. Aber jetzt, da keine Magie mehr den Rauch und das Gift aufhält, holt mich meine Vergangenheit ein. Ohne Magie werde ich vor meiner Zeit fortgeschleift.«

»Vielleicht auch nicht. Es gibt auch andere Ärzte. Es könnte einen Weg geben, es aufzuhalten.«

»Ich dachte, du glaubst nicht daran, Mr Mann für Alles.« Ich konnte seinen Tonfall nicht einschätzen. »Was ich sagen will, ist, dass das alles mir nicht hilft, aber ich will verdammt sein, wenn ich jetzt aufhöre. Falls mein Ende naht, werde ich meinen Weg dorthin tanzen, wie ich es schon immer getan habe. Mit Whisky und Wein und Tabak und Honig und Liedern.«

Er legte den Kopf in den Nacken und sang einige Akkorde, um sich aufzuwärmen. Seine Stimme war rauer als früher, aber immer noch wunderbar, und er stieß den Anfang eines zwergischen Trinklieds hervor, das wir oft auf der Straße gesungen hatten. Zum ersten Mal hatten wir es in einer Taverne auf dem Land gehört, und für viele Monate war es unser Lieblingslied gewesen. Wann immer die Tage zu lang waren oder der Ritt zu hart, sang einer von uns los. Am Anfang sangen wir die traditionellen Strophen, aber im Laufe der Zeit dichteten wir unsere eigenen.

»*Oh, Vera ist ein Weib mit rotem Haar.*
Noch viel dichter es dort unten war.
Heb ihren Rock und spür die Gefahr.
Oh, was für ein Weib ist Vera doch.«

Hendricks beherrschte ein Dutzend Sprachen, konnte unzählige Instrumente spielen, singen wie eine Sirene, und ausgerechnet

das war sein Lieblingslied. Ich wüsste nicht, wie man ihn hätte besser beschreiben können.
Um meine Scham zu verbergen, trank ich schnell einen Schluck Whisky, bevor ich übernahm.

»*Oh, Penny mit der Haut so funkelnd grün.*
Wie Melonen spannt sich ihr ganzer Leib.
Willst du sie pflücken, sei recht kühn.
Oh, was für ein Weib ist Penny doch.«

Hendricks kicherte und holte tief Luft, bevor er losschmetterte:

»*Oh, Fetch ist ein Kerl, der gerne schmollt.*
Und nichts kann seinen Geist erfreu'n.
Außer wenn ein Weib sich über ihn rooooooollt!«

Seine hohe Stimme vibrierte in der Luft, und ich fiel ein:

»*Ohhhh, was für ein Kerl ist Fetch doch!*«

Unser Lachen echote von den Ziegelmauern der Lagerhäuser und trieb Tauben von den Dächern. Hendricks hatte den Kopf noch im Nacken und sah zu den Sternen hoch, und der Schein des Feuers formte sein Gesicht wieder zu dem, das ich kannte. Ohne Makel, voller Schalk, ohne Sorgen oder Ängste. Ich konnte nicht fassen, dass ich wieder mit ihm sang. Nicht nur, weil er quasi von den Toten auferstanden war, sondern weil ich nicht verstehen konnte, warum er von allen Leuten auf der Welt ausgerechnet mit mir seine Zeit verschwenden wollte.
Das hatte ich schon immer so empfunden. Auch bevor all die schlimmen Dinge geschehen waren. Aber jetzt spürte ich es besonders stark. Das konnte ich ihm nicht sagen. Natürlich nicht. Also sprach ich nur eine kleine Wahrheit aus: »Ich habe das vermisst.«
Sein Blick kehrte von den Sternen zurück.
»Ich auch, Junge.«

Wir nippten am Whisky. Eine Million halbgarer Gedanken trieben durch meinen Geist. Alles, was ich sechs lange Jahre für mich behalten hatte, weil ich dachte, es würde ohnehin niemanden interessieren.
»Es ist nur …« Nicht zum ersten Mal wünschte ich mir, sein Talent mit Worten zu haben. »Es ist schön, mit jemandem zusammen zu sein, der mich wirklich kennt.«
Durch die Flammen sah er mich an, und ich konnte nicht einmal raten, was er dachte.
»Lass mich dir etwas erklären.«
Er stellte die Flasche auf den Boden und wischte seine Finger an der Hose ab. Dann lehnte er sich zur Seite und tippte mir mit dem Finger an die Schläfe.
»Dieses Durcheinander hier drinnen bist nur du.« Er tippte sich an die Stirn. »Und dieser Wirbelsturm des Wahnsinns bin ich. Wir hatten unsere langen Spaziergänge und unsere Geheimnisse und Jahre voller Abenteuer Seite an Seite, aber sosehr wir es auch versuchen«, er legte mir die Hand aufs Gesicht und drückte so fest zu, als wollte er meinen Schädel spalten, »wir können uns niemals wirklich durchdringen. Ich komme nie in deinen Kopf, und du wirst nie wirklich wissen, was in meinem vorgeht. Das ist unser Fluch, Junge. Unser aller Fluch.« Er zog seine Hand weg, und seine Augen glühten hellgrün. »Wir sind alle allein.«
Dann brüllte der Drache.

61

Wir sprangen beide auf.
»Hast du das gehört?«, fragte ich.
»Ich bin alt, nicht taub, Junge. Hier lang.«
Wir folgten dem Geräusch fort vom Feuer. Gebäude klapperten im Wind, sonst war es wieder still. Nichts schien ungewöhnlich zu sein. Immer noch dieselben runtergekommenen Lagerhäuser, die wir stundenlang durchsucht hatten. Hendricks schlug einen Stein gegen die Blechwand eines Silos und sang, so laut er konnte.
»Oh, Kelly ist ein Junge mit Füßen so groß …«
Das Echo hallte um uns herum.
»Der Boden bebt, wenn er das Tanzbein schwingt.«
»ROOOAARR!«
Das Geräusch kam aus einer kleinen Hütte an der Seite einer verlassenen Fabrik. Vermutlich war es das Büro des Vorarbeiters. Es gab keine Fenster, und die Tür war mit einem dicken Vorhängeschloss gesichert.
»Kannst du so eins knacken?«, erkundigte sich Hendricks.
»Klar, aber wofür die Mühe?«
Die Holzhütte war so alt, dass ich neben der Tür mit einem einzigen Tritt ein Brett lösen konnte. Die Lücke war groß genug, um ein weiteres packen und herausreißen zu können. Innen führten Treppenstufen hinab, was ich Hendricks sofort mitteilte. Noch ein paar Tritte, und die Öffnung war groß genug für uns beide.
»Komm mit. Aber Vorsicht, da sind noch Nägel.«
Wir entzündeten beide unsere Feuerzeuge. Drinnen war alles mit Staub bedeckt, aber auf dem Boden zeigten sich Fußabdrücke, die durch eine offene Klappe die Metalltreppe hinabführten.
Ich ging vor und gelangte zu einem engen Gang, der neuer wirkte als der Rest: Die Erde war noch nicht festgetreten und wirbelte

unter unseren Schritten auf, bis Hendricks einen Hustenanfall bekam. Erst als wir aus dem Tunnel in einen großen Raum kamen, wurde es besser.

Magische Maschinen aus der Zeit vor der Coda standen auf dem Steinboden. Die Art, die benutzt worden war, um den Sumpf auszutrocknen, den Boden zu begradigen, die Fundamente der Stadt zu legen und den Kanal zu graben. Zwergische Technologie, die veraltet oder nach getaner Arbeit einfach nicht mehr gebraucht worden war. Vermutlich gab es irgendwo noch einen größeren Eingang: Dieser hier war angelegt worden, damit man ungesehen kommen und gehen konnte.

»Fetch, lausch mal.«

Zuerst hörte ich nur tropfendes Wasser. Dann … Atmen. Ein rasselndes, tiefes Grollen aus den Schatten am anderen Ende der Halle.

Mit einem Blick fragte ich Hendricks, ob er das wirklich für eine gute Idee hielt, aber er zuckte nur mit den Schultern, und wir mussten beide lachen.

Die Halle war lang. Unsere kleinen Lichter erhellten nur unsere unmittelbare Umgebung, und je näher wir dem Atmen kamen, desto seltsamer klang es. Wie ein kratzendes, knirschendes Keuchen.

Als die Dunkelheit vor uns vor Angst kreischte, sprang ich überrascht zurück. Aber Hendricks hielt mit einem Ausdruck im Gesicht stand, den ich zuvor nur wenige Male gesehen hatte.

Die meiste Zeit bahnte sich Hendricks seinen Weg durch die Welt mit einer unzerstörbaren Aura der Gelassenheit und Grazie, als wäre er stets und überall Gastgeber glamouröser Feste. Je schlimmer die Situation, desto lockerer wurde er. Sein freundliches Verhalten konnte die angespanntesten diplomatischen Verwicklungen lösen, Schwerter zurück in ihre Scheiden befördern und Massen beruhigen, die kurz vor einem Aufruhr waren. Andere Anführer plusterten sich auf, aber Hendricks lachte und sang und gab den Narren.

Aber manchmal waren die Wunden, die das Leben schnitt, einfach zu tief.

Hendricks wusste, was wir finden würden, noch bevor das Licht in die Augen des Drachen fiel.

Es war ein traditioneller Drache, geschaffen aus dem Körper einer fliegenden Echse aus den Zerklüfteten Ebenen. Sein Kopf war so groß wie ein Waggon der Straßenbahn, aber er wirkte viel kleiner, weil man ihn verstümmelt hatte.

Zwei Stümpfe ragten aus dem Rücken, wo man die Flügel abgehackt hatte. Wer auch immer das getan hatte, war weitaus weniger geschickt gewesen als die Sukkuben. Die Schnitte waren uneben, ausgefranst, und der scharfe Knochen stand vom Rücken ab. Aber selbst ohne Flügel konnte der Drache nirgendwohin. Um seinen Leib waren dicke Ketten geschlungen, die ihn an den Boden fesselten.

Seine Schuppen waren wie das Exemplar draußen: farblos, trübe und am Abblättern. An vielen Stellen schimmerte verrottendes Fleisch durch die Lücken.

Das Maul des Drachen stand offen. In früheren Zeiten wäre das für uns ein Signal gewesen, um unser Leben zu rennen oder zu Asche zu werden. Aber heute war es nicht im Zorn aufgerissen. Es war nicht einmal freiwillig geöffnet. Zwischen die stumpfen Zähne hatte jemand ein Gerät voller Sprungfedern gesteckt, die den Kiefer wie eine umgekehrte Bärenfalle aufzwangen. Schläuche liefen in seinen Rachen und führten zu einer Metallwanne vor ihm.

»Was machen sie mit ihm?«, entfuhr es mir.

»Sie melken ihren Speichel auf die grausamste Art.«

Es war eine Drachin. Natürlich hatte Hendricks das auf den ersten Blick erkennen können. Ihre Klauen waren entfernt worden, und ihre Gliedmaßen waren gefesselt. Ihren Schwanz konnte ich nicht sehen. Vielleicht hatte der Metzger auch den entfernt.

Ich erinnerte mich an einen Jungen damals in Weatherly, der im Garten eine Eidechse gefangen hatte und sie als Haustier behalten wollte. Natürlich wollte die Eidechse das nicht. Also musste er sie immerzu festhalten, wenn er sie aus der Kiste holte, um sie uns anderen Kindern zu zeigen. Dann erzählte ihm jemand, dass man den Schwanz abreißen konnte und ein neuer nachwachsen würde.

Der Schwanz löste sich aber nicht so einfach wie erwartet, also nahm der Junge ein Messer. Mir wurde schlecht von dem Anblick, aber ich wollte nicht verpassen, wie der Schwanz nachwuchs, also sah ich zu.

Der Schwanz wuchs nicht nach. Es war die falsche Art Reptil gewesen. Aber danach versuchte es nicht mehr zu fliehen.

Hendricks trat an die Drachin heran und legte ihr die Hand auf das Gesicht. Sie wich nicht zurück. Drachen sind schlau, und sie wusste, dass nicht er sie hier gefangen hielt.

Sanft legte er seine Stirn an ihre Schuppen, streichelte sie und schloss seine Augen. Ihre Lider senkten sich ebenfalls.

Hendricks weinte. Nicht laut, aber seine Brust hob und senkte sich ruckartig, und auf seinen Wangen glitzerten Tränen. Seine Finger fanden eine der Schrauben, die das furchtbare Gerät in ihrem Maul hielten. Er drehte sie heraus, dann suchte er nach mehr. Ich ging auf die andere Seite und half ihm.

Die Schrauben waren blutig, aber die Wunden wohl so alt, dass die Drachin kaum noch Schmerz verspürte. Ihre Schmerztoleranz war schon vor langer Zeit über alle Grenzen hinweg ausgereizt worden. Ich konnte es nachvollziehen. Vorsichtig schloss sie ihr Maul und stöhnte. Hendricks' Hand blieb auf ihrem Kopf.

»Was tun wir jetzt?«, fragte ich. »Machen wir die Ketten ab und gehen mit ihr die Main Street hinab?«

Schniefend wischte sich Hendricks die Wangen mit dem Ärmel ab.

»Ich weiß nicht, wie sie sie am Leben halten oder womit sie sie füttern, aber das ist nicht natürlich. Wir können nichts tun.«

Damit zog er seinen Dolch, und ich tat es ihm gleich. Er stand an seiner Seite, ich an meiner. Das Fleisch am Hals der Drachin war weich und feucht. Die Klinge glitt mühelos hinein, und sie wehrte sich nicht. Die Schnitte waren tief. Sie führten hinab, bis sich unsere Hände unter ihrer Kehle berührten. Gleichzeitig stießen wir zu. Der letzte Atemzug der Drachin fuhr heiß und voller Erleichterung über unsere Fäuste.

Ich wagte es, Hendricks anzusehen. Beinahe konnte ich das Blut durch seine Adern kreisen sehen, voller Hass und Zorn. Seine Hände zitterten.

Dann erklang ein leises Geräusch im Osten. Metall auf Metall. Hendricks wischte seine Klinge an der Kleidung ab, wandte sich dem Laut zu und schritt in die Dunkelheit.

62

Es roch nach Schwefel und nach altem Rauch. Vielleicht hatte ich recht, vielleicht war die Niles Company hier unten über etwas gestolpert. Eine Art Element im Felsen, oder eine Ablagerung aus alten Zeiten, die sie als Treibstoff nutzten.
Wir folgten einem weiteren Tunnel nach unten. Hendricks ging voller Energie voraus.
»Was sind das für Rohre?«, fragte ich.
An der Decke über uns verliefen sechs vernickelte Röhren, alle grob vom Durchmesser eines Tellers.
»Darin wurde das Feuer an die Oberfläche gebracht. Die Flammen, die Fintack Ro im Sumpf fand, waren nur kleine Gasblasen im Vergleich zu den Gruben darunter. Um diese Macht anzuzapfen, mussten die Gründer tief graben und dann die Rohre verlegen.«
Am Ende des Tunnels fanden wir einen Metallkäfig, der so groß wie mein Büro war. Vier Ketten liefen an den Ecken durch Dach und Boden. Das metallene Geräusch wehte von unten hoch.
»Was zur Hölle treiben die da?«
Hendricks ging direkt zum Käfig und zog die Tür auf.
»Es ist ein Aufzug«, erklärte er. »Alte gnomische Erfindung.«
Ohne Zögern betrat er ihn, während ich an der Kante stehen blieb und nach unten sah. Der Boden bestand aus dem gleichen Drahtgeflecht wie die Wände, und ich konnte den schwarzen Abgrund unter uns gähnen sehen.
»Auf keinen Fall«, widersprach ich.
Hendricks rammte den Gehstock auf den Boden, und das ganze Ding klapperte, als wollte es jeden Moment auseinanderbrechen.
»Gnome pfuschen nicht herum, Junge. Sie haben diese Dinger Hunderte von Jahren lang hergestellt. Der ist sicherer als ein Spaziergang auf der Main Street.«
Niemand sonst hätte mich dazu bewegen können, außer vielleicht noch Amari. Vorsichtig trat ich mit einem Fuß in die

schwankende Vorrichtung und hielt mich an den Wänden fest. Hendricks kicherte.

»Wenn doch nur deine Klienten dich jetzt sehen könnten. Vermutlich wärst du dann bald deinen Job los.«

Schon jetzt bereute ich es, die Suppe gegessen zu haben. An einer Seite stand ein Fass, und ich hielt mich verzweifelt daran fest, während Hendricks die Tür zuzog.

»Bereit, Junge?«

»Absolut nicht.«

»Wunderbar. Los geht's.«

Er legte einen Schalter über der Tür um, der eine Sicherung von einem großen Zahnrad löste. Das Dach war voller Zahnräder, die sich nun drehten und die Ketten zu fressen schienen. Wir glitten langsam in die Tiefe hinab.

»Wie lange dauert das?«

»Keine Ahnung. Genieß es einfach.«

Das war unmöglich. Ich packte das Fass so fest, dass meine Fingerknöchel weiß hervortraten, auch wenn es mir nur eine Illusion der Sicherheit und Kontrolle bot. Hendricks sank auf den Boden herab, den Gehstock über die Knie gelegt.

Der Käfig bewegte sich nur langsam, was mir nur recht war, aber mein Herz schlug tausendmal in der Minute, und mein ganzer Leib bereitete sich darauf vor, mir eine Überraschungsparty zu schmeißen. Ich musste mich ablenken.

»Was machen wir, wenn wir unten ankommen?«

»Das hängt davon ab.«

»Wovon?«

»Was sie da unten tun.«

Seine Lider waren gesenkt. Der Käfig ruckelte weiter.

»Wir sollten mit Baxter reden«, schlug ich vor. »Der Dämon könnte helfen.«

»Vielleicht.«

Weitere Minuten verstrichen, während wir ins Dunkel sanken. Die Zahnräder knirschten, die Ketten klirrten und verfingen sich manchmal, und jedes Mal kippte der Käfig dann in eine Richtung, bis er sich wieder freischüttelte. Ich wollte schreien, aber

Hendricks lächelte nur fein mit geschlossenen Augen wie ein erfahrener Seemann in einem Sturm.

Je länger wir schwiegen und je weiter runter wir kamen, desto mehr ging mir durch den Kopf: ein mir nur allzu gut bekannter Wahn. Endlose Fragen nach jedem einzelnen Tag, den wir getrennt gewesen waren. Sie rollten durch mein Hirn, eine nach der anderen, wie die Gesichter von Passagieren in einem Zug. Schließlich waren die zitternden Ketten und meine ebenso zitternden Nerven zu viel zum Aushalten, und ein Teil meines Wahnsinns tröpfelte aus meinem Geist auf meine Lippen.

»Hast du Amari gesehen?«

Warum erschien es mir plötzlich so still?

»Nur noch einmal, nachdem du gegangen warst«, antwortete er schließlich. »Ich hatte ein paar Probleme in Farra, ihrer Heimat, und ich bat sie um Unterstützung. Eine Schande, dass du nicht dabei warst. Du hättest es geliebt. Sie hätte es geliebt, dir alles zu zeigen. Es war eine ihrer seltenen Reisen nach Hause. Nachdem die Finanzierung des Hospitals gesichert war, ist sie die meiste Zeit in Sunder geblieben.«

»Du hast sie nie wieder hier getroffen?«

»Nein. Aber es ist lustig, oder? Du hast dich so viele Jahre nach ihr verzehrt und in deinen Whisky geheult, wenn sie nicht in der Stadt war. Und dann, gerade als sie kurz davor war, hierherzuziehen, bist du abgehauen. Aber ich denke, sie verstand deine Gründe.«

Wirklich? Ich war nicht sicher, ob *ich* sie verstand.

»Inwiefern?«

»Ich habe ihr erzählt, was dir widerfahren ist, als du noch klein warst. Die Schimäre. Sie stimmte mir zu, dass es ein fehlgeleiteter und törichter Impuls war, aber sie konnte es dennoch nachvollziehen.« Seine Augen waren noch immer geschlossen, nur seine vernarbten Lippen bewegten sich und formten ein maliziöses Lächeln. »Ihr Menschen habt so wenig Zeit, um erwachsen zu werden. Deshalb hastet ihr durchs Leben. Ihr habt zu viel, das ihr beweisen müsst. Seid zu entschlossen, wichtig zu werden. Deshalb haben wir euch nie wirklich bei Opus aufgenommen. Ihr habt die Welt nie so wahrgenommen wie wir anderen.«

»Nun, jetzt sitzen wir alle im selben Boot, was?«
Es klang bitter, weil es das auch war. Mir gefiel es nicht, gesagt zu bekommen, dass ich wie alle anderen Menschen war. Nicht einmal von Hendricks.
Er öffnete die Augen. Das Lächeln blieb, es wurde nur herablassender.
»Wo ist sie?«
Ich versuchte, Zeit zu schinden, was er sofort bemerkte.
»Amari«, fügte er hinzu.
»In der Villa von Lark. Unten. Die Ruine gehört mir.«
Mein Stolz klang durch. Das war ein Fehler. Er unterdrückte ein Lachen.
»Oh Fetch, du bist immer noch der Alte.« Er legte den Kopf auf die Seite. »Ich würde sie gerne sehen.«
Es war, als würde er um Erlaubnis bitten. Als sollte ich sie ihm erteilen. Aber ich konnte nicht. Niemand war dort gewesen. Absolut *niemand*.
Aber Hendricks hatte sie weit länger als ich gekannt. Immerhin war er es, der uns einander vorgestellt hatte. Es war nicht unwahrscheinlich, dass für sie die Beziehung zu Hendricks weitaus wichtiger gewesen war als die zu mir.
Warum also wollte ich ihn nicht zu ihr bringen? Wollte ich sie immer noch für mich allein haben? Ja. Das Gefühl gefiel mir nicht, aber ich konnte auch nicht so tun, als sei es nicht wahr. Nach seiner Erheiterung darüber, dass ich die Villa erworben hatte, hatte ich Angst vor seiner Reaktion auf alles, was ich dort getan hatte.
Knirsch!
Eine Kette verfing sich im Zahnrad, und der Käfig wackelte schlimmer als je zuvor. Das Fass kippte beinahe um, und ich musste es mit beiden Armen umschlingen, um es festzuhalten.
»Scheiße!«
Mein Gesichtsausdruck ließ Hendricks losprusten. Das Fass wippte von einer Seite auf die andere, und etwas schwappte heraus. Als sich die Lage wieder etwas beruhigt hatte, sah ich hinein.

Es war zu drei Vierteln mit Drachenspeichel gefüllt.
»Liegt es an mir«, fragte Hendricks, »oder wird es ein wenig warm?«
Endlich hielt der Aufzug an, und Hendricks stand langsam auf. Es stimmte, die Luft war heiß. Irgendwo schien Licht. Ich zog die Tür auf und trat voller Erleichterung auf festen Untergrund. Dennoch dauerte es einige Atemzüge, bis mein Magen sich halbwegs beruhigt hatte.
»Komm mit, Junge, da vorne scheint Licht.«
Das metallische Geräusch war nun viel lauter. Näher. Wir schlichen weiter. Die Rohre über unseren Köpfen wiesen uns den Weg.
»Was sind das für Beulen?«, wollte ich wissen. In regelmäßigen Abständen waren die Rohre dicker, als steckte etwas in ihnen.
»Ventilatoren. Sie haben früher das Feuer in einer konstanten Bewegung nach oben zu den Essen und Fabriken gebracht und damit die Stadt geformt. Es war ein Anfang, aber nicht sehr zuverlässig, deshalb stieg Sunder ein paar Jahrzehnte später auf Zauberei um.«
»Davon hat mir Victor Stricken erzählt. Er meinte, sie hätten das Feuer über Portale an die Oberfläche geleitet.«
»Ja, viel effizienter. Als die Coda kam, lagen diese Rohre alle brach, und das Feuer kam direkt über Magie.«
Ich streckte mich und berührte eines der Rohre. Es war glühend heiß. Ich riss meine Finger zurück, aber die Kuppen waren bereits verbrannt.
»Eliah.«
Aber er schritt schon aus dem Tunnel in eine Halle mit einem kuppelförmigen Dach, aus dem viele Ausgänge führten. Von überall kamen Rohre hinein. Alle strahlten Hitze aus.
»Was für ein Ort ist das?«, fragte ich verwundert.
»Irgendein Wartungsbereich aus den Anfangstagen, schätze ich. Schau mal.« Hendricks zog eine Plane von einem Stapel Metallfässer. In jedem war eine Art Propeller. »Das sind die Ventilatoren des alten Systems. Ich denke, sie haben sie hier gelagert, damit man Defekte schnell ersetzen konnte. Verstehst du jetzt, was

ich meine, wenn ich sage, Magie macht alles einfacher? Ein ausgebildeter Magier kann alle möglichen Veränderungen vornehmen, ohne hier herabsteigen zu müssen.«

Er schritt voran, aber mir schienen die Ventilatoren nicht zu seiner Geschichte zu passen.

»Eliah, die sehen brandneu aus.«

Doch der Lärm verschluckte meine Worte. Er war hier ohrenbetäubend laut, und der Krach drang aus dem Ausgang, durch den auch das flackernde Licht fiel. Ich holte Hendricks gerade ein, als er in den nächsten Raum trat, der gewaltig war, mit hoher Decke und im Boden verlegten Metallpfaden. An der hinteren Wand stand ein weiterer Aufzug mit offener Tür.

Ich trat auf einen der Metallpfade und spürte, wie mir ein heißer Wind von unten in die Kleider fuhr. Es gab Löcher im Boden. Auch diese Pfade bestanden aus dem Drahtgeflecht. Ich sah nach unten, zwischen meinen Füßen hindurch, in die endlose Tiefe und – *Unmöglich!*

Ich sank auf die Knie.

Unmöglich.

»Eliah.« Ich bebte. »Eliah, sieh nur.«

Er kam zu mir und keuchte auf.

Ich lachte wie ein Verrückter und weinte gleichzeitig, unfähig, die Schönheit dessen zu verstehen, was ich sah. Ein unglaubliches, himmlisches Wunder.

Unmöglich.

Die donnernden Flammen der Feuergruben von Sunder City brannten unter uns.

63

Ich kroch auf allen vieren herum, fühlte das heiße Metall unter meinen Fingern und den aufsteigenden Wind auf meinem Gesicht. Unter uns erstreckte sich eine bodenlose, brennende Grube endloser Flammen in alle Richtungen. Aus den Felswänden ergossen sich Lavaströme in die Tiefe und setzten aufsteigendes Gas in Brand, das wie Schwärme von Phönixen nach oben stob. Jede Böe heißer Luft war wie ein gewährter Wunsch, der nach oben flog, um jemandes Leben zu retten.
All diese kalten Häuser und leeren Küchen würden bald wieder warm und voll sein.
Es war vorbei.
»Sie haben es geschafft«, stammelte ich.
»Was geschafft?«
»Sie haben die Feuer zurückgebracht.«
Hendricks schnaubte.
»Unwahrscheinlich, Junge. Es scheint, als wären die Feuer nie erloschen gewesen.«
Die Vermutung drückte sich wie ein scharfes Messer in meinen Schädel.
»Die Coda ließ die Feuer erlöschen.«
»Anscheinend nicht. Sie hat nur die Magie ausgelöscht, die sie nach oben brachte.«
Natürlich. Die Mechanik in den Rohren war vor langer Zeit durch Magie ersetzt worden. Als die Coda kam, waren die Laternen und die Fabriken und die ganze verdammte Stadt an die Portale angeschlossen gewesen und nicht mehr an die Rohre. Als der Fluss gefror und die Magier ihre Macht verloren, schlossen sich die Portale, und die Flammen blieben hier unten gefangen.
»Aber ... aber jemand muss es gewusst haben.«
»Wer wäre denn herabgestiegen? Wir haben in einem Augenblick alles verloren, Freunde, Familien, die Feen. Bei so vielen Verlusten, wer hätte da geglaubt, dass es mit den Feuern anders sei?«

Er hatte recht. Niemand hatte das infrage gestellt, weil es einen Sinn ergeben hatte. Alte Elfen starben mitten auf der Straße. Drachen fielen vom Himmel. Die meisten Leute mussten lernen, in einer Welt zu leben, in der ihre eigenen Körper nicht mehr funktionierten. Warum also hätte jemand nachsehen sollen, ob die Feuer unter der Stadt die eine Ausnahme waren? Sie waren die ganze Zeit hier gewesen und hatten unter uns gedonnert, bis jemand hinabgestiegen war.

Etwas erregte Hendricks' Aufmerksamkeit, und er ging weg, während ich weiterplapperte.

»Die Niles Company hat es irgendwie herausgefunden. Deshalb sind sie hier. So bauen sie alles. Sie nutzen das Feuer bereits.«

»Ja. Sie haben ihre Arbeiter mit Drachenspeichel eingerieben, damit sie hier unten nahe an den Flammen arbeiten können. Sie nutzen diese Macht und sagen niemandem sonst, dass es sie gibt.« Hendricks hielt eine Hand über eines der Rohre, dann wickelte er ein Stück des Ärmels um die Finger und berührte es, nur um sie einen Sekundbruchteil später zurückzuziehen. »Heiß.«

Es würde genau so kommen, wie Thurston es prophezeit hatte. Licht und Jobs. Wärme in jedem Haus. Sunder City würde wieder leben.

Ich wollte wieder schreien. Meinen Hut in die Luft werfen, wie ein Narr auf einer Bühne wild herumtanzen. Mein Grinsen drohte meine Wangen reißen zu lassen.

Aber warum wirkte Hendricks so wütend?

»Eliah, das sind gute Neuigkeiten.«

Er klopfte mit dem Finger gegen ein Rohr.

»Für wen? Die Niles Company hat alle davon überzeugt, dass die Energie von ihnen kommt. Du hast gesehen, wie sie vorgehen. Du weißt, was sie vorhaben. Würdest du ihnen all diese Macht überlassen, nur damit dein Kamin wieder brennt?«

»Nein, natürlich nicht. Deshalb machen wir genau, was du vorgeschlagen hast. Wir entlarven sie. Wir gehen zu Baxter, kommen mit einer Kamera zurück, packen Bilder auf alle Titelseiten. Die Leute werden ...«

»Nichts tun. Es wird ihnen egal sein. Weil ihre Häuser warm sind

und die Züge wieder fahren. Weil sie Automobile kaufen können und tolle neue Feuerwaffen. Niemand wird das wieder aufgeben wollen. Nicht hier.« Er ging in die Knie und versuchte, eine im Boden feststeckende Spitzhacke aufzuheben. »Wir müssen sie aufhalten. Sie zerstören. Jetzt.« Seine Arme zitterten vor Anstrengung. »Hilf mir, Junge.«
Ich nahm ihm die Spitzhacke ab.
»Was tun wir?«
»Wir beginnen mit unserer Arbeit. Wir wissen jetzt, woher ihre Energie kommt. Wir wissen, wofür sie sie nutzen. Jetzt ist es an der Zeit, sie aufzuhalten.«
»Aber ...«
»Zerstöre das Rohr.«
»Hendricks ...«
»Viele können sie noch nicht wieder in Betrieb genommen haben. Ein Loch hier unten wird sie zurückwerfen.«
»Aber sie schalten die Lichter wieder ein.«
»Sie bauen Waffen. Alles anderen ist Nebensache. Eine Möglichkeit, dich zu kaufen. Diese Feuer gehören ihnen nicht. Diese Stadt gehört ihnen noch nicht, aber sie wird es, wenn wir nichts unternehmen. Es ist die Armee der Menschen mit neuer Fassade. Mortales. Das sind diejenigen, die alles ruiniert haben. Sie haben gegen alles Gute und Schöne in der Welt Krieg geführt, und jetzt willst du ihnen erlauben, die Belohnung einzustreichen? Die Feuer werden auch noch brennen, wenn Niles zerschlagen ist. Du kannst deine Zukunft haben, Junge, aber erst dann.«
Ich hob die Spitzhacke.
»Ich ... ich glaube nicht ...«
»Du musst es tun, Fetch, weil ich es nicht mehr kann.«
»Ich ...«
»Komm schon! Warum, denkst du, bin ich hier? Warum bist *du* hier?«
»Vielleicht können wir ...«
Mein Hirn war schon immer langsam gewesen. Wie eine Schnecke. Und unter dem leichtesten Druck rastet es ein wie ein billiger Motor. So stand ich dort wie eingefroren in der Hitze, suchte

nach Worten, um ihn zu überzeugen, oder mich, dass er recht hatte. Aber da waren nur alter Schmerz und helles Rauschen.
»Fetch, auf wessen Seite stehst du diesmal? Ihrer oder meiner?«
Die Spitzhacke sauste durch die Luft. Es war schwierig, sie zu heben, aber als ich sie erst einmal über meinen Kopf gewuchtet hatte, tat ihr Gewicht den Rest. Kaum hatte ihre Spitze das Metall des Rohres durchschlagen, wurden Hendricks und ich von der brüllenden Flammenzunge zurückgetrieben, die aus dem Leck schoss.
»Wir sollten gehen, Junge.«
Ich rutschte auf allen vieren davon und lief dann Hendricks hinterher, der uns zurück in die Richtung führte, aus der wir gekommen waren. Aber da waren Stimmen vor uns, Rufe, von dem Lärm alarmiert.
»Hier lang«, schrie Hendricks auf dem Weg zum Aufzug. Ich war direkt hinter ihm, um mich heiße, rauchgeschwängerte Luft.
Wir sprangen in einen Käfig, der genauso wie der andere aussah und mir genauso Übelkeit verursachte.
»Tür zu und Hebel umlegen«, befahl Hendricks, und ich gehorchte. Es war einfacher, Befehle zu befolgen. Nicht denken, nicht über die Möglichkeiten nachdenken, nur nicken und handeln. Ich zog die Tür zu und legte den Hebel um.
Der Käfig fiel herab.
»Scheiße, falsche Richtung!«
Die Schwerkraft übernahm die Kontrolle, und der Käfig rasselte nach unten. Ich zog so fest am Hebel, dass mir die Finger schmerzten. Hendricks schob den Gehstock zwischen die Zahnräder, und der Mechanismus stockte endlich.
»Alles okay?«, fragte er atemlos.
»Ja.«
»Gut. Nach oben, bitte.«
Ich legte den Hebel in die andere Richtung, und wir stiegen wieder. Die Halle, aus der wir kamen, tauchte vor uns auf, aber jetzt gab es ein Empfangskomitee, bestehend aus einer Person. Ein Mensch in grauen Hosen. Ein weiterer gesichtsloser Handlanger von Niles. Weißes Hemd. Kein Jackett, keine Krawatte. Dafür eine der massengefertigten Maschinen in der Hand.

»Anhalten«, schrie er. Ich ließ den Hebel nicht los. Wir fuhren nach oben, und er hob den Arm.
Peng.
Ein greller Blitz, Rauch, dann war die Wand zwischen uns, und wir rasselten weiter hoch. Ich zog noch fester an dem Hebel, als würde uns das schneller an die Oberfläche bringen.
»Sieht so aus, als hätten sie die neuen Pistolen schon unter Thurstons Leuten verteilt«, sagte ich zu Hendricks, aber er antwortete nicht. Als ich zu ihm sah, lag er regungslos auf dem Boden.
»Nein!«
Ich ließ den Hebel los. Wir hielten an, fuhren aber immerhin nicht wieder nach unten. Ich drehte Hendricks auf den Rücken, und er stöhnte. Noch war er nicht tot. Er war der Erste, der von der Maschine nicht direkt in totes Fleisch verwandelt worden war.
»Verdammt, Eliah, alles okay?«
»Ganz sicher nicht.«
In seiner Schulter war ein Loch. Ich hob den Mantel und sah, wie darunter Blut hervorquoll.
Diese beschissenen Kugeln. Pfeile und Bolzen verschließen wenigstens die Wunde, bis man sie herauszieht.
»Sieht es so übel aus, wie es sich anfühlt?«, fragte er.
»Wie schlimm fühlt es sich denn an?«
»Verdammt schlimm.«
»Ja, dann sieht es genauso aus.«
Ich zog den Mantel aus, dann mein Hemd, und wickelte ihm beides um die Schulter. Sofort war beides blutdurchtränkt. Ich schob ihm eine Clayfield zwischen die Zähne.
»Zubeißen.«
Diesmal gehorchte er mir. Da mir die Ideen ausgingen, hielt ich einfach seine Hand und drückte sie. Er drückte zurück. Dann ließ ich meinen Freund los, packte den Hebel und zog so fest ich konnte an ihm, bis wir zurück ins Licht stiegen.

64

Ich zog die Aufzugtür auf und sah mich in dem vollkommen unbekannten Raum um. Es war eine Art Lagerhalle. Überall standen aufeinandergestapelte Metallkisten bis zur Decke hinauf. Wände und Boden waren aus Beton.

Vorsichtig half ich Hendricks aus dem Käfig und legte ihn auf den Boden. Die Wunde blutete noch immer stark. Er brauchte bald einen Arzt. Sein Körper hatte zu viel durchmachen müssen. Er zitterte, und seine Haut war fahl und schweißfeucht.

Die unterirdische Reise hatte meinen Orientierungssinn verwirrt, und ich wusste nicht, wo in der Stadt wir uns befanden.

»Kümmere dich um den Aufzug«, schlug Hendricks vor. »Wir wollen doch nicht, dass jemand ihn benutzt, um uns zu verfolgen.«

Ich gab ihm noch zwei Clayfields und verklemmte dann ein herumliegendes Brecheisen in der Tür, sodass sie sich nicht bewegen konnte.

»Vielleicht gibt es hier was, um dich zu verbinden.«

Ich ging zu einer der Kisten. Selbst der Deckel war so schwer, dass ich beide Hände benötigte. Als ich sie öffnete, verstand ich, warum.

»Scheiße.«

»Was ist los?«

»Die ist voll mit Wüstensand.« Die Menge in der Fabrik war im Vergleich nichts dazu gewesen. In dieser Kiste war genug, um Hunderte von Patronen zu füllen. Und hier im Raum standen noch hundert weitere Kisten. »Hier ist genug von dem Teufelszeug, um ganz Sunder von der Landkarte zu fegen. Wir sollten verschwinden.«

Aber Hendricks stöhnte nur. Ich hob ihn sanft hoch, nahm seinen Gehstock und ging auf der Suche nach einem Ausgang unsicher die Wand entlang. Ich musste nur zurück auf die Straßen. Mich orientieren. Dann … dann was?

In der hinteren Wand war ein quadratisches Tor, das fast so hoch wie das Gebäude war. Ich lehnte mich mit meinem ganzen Gewicht dagegen, aber es bewegte sich nur ein kleines Stück. Vielleicht war es von der anderen Seite verriegelt. Kühle Luft wehte durch den schmalen Spalt und roch nach Freiheit.
Dann entdeckte ich eine kleinere Tür, die nur angelehnt war. Perfekt. Ich lief hinüber und trat sie auf.
Aber diese Tür führte nicht in die Freiheit, sondern in ein Büro, in dem drei Männer in grauen Anzügen standen. Und einer in einem braunen.
»Mr Phillips?« Es war Thurston Niles. Er sah hochgradig verwirrt aus, und die Zigarre fiel ihm beinahe aus dem Mund.
Einer der anderen griff unter sein Jackett. Ins Futter war eine Tasche genäht, aus der der Griff einer Pistole ragte. Jetzt wünschte ich mir, dass meine nicht mehr im Sarkophag versteckt wäre.
Meine Gedanken rasten und suchten nach einer guten Erklärung. Es gab keinen Fluchtweg. Wir saßen in der Falle.
Thurston bemerkte Hendricks.
»Ist das Deamar?«
Ich sah auf ihn herab. Schätze schon.
»Ja.« Ich trat ein. Auf dem Tisch lagen nur einige Dokumente, also legte ich Hendricks reglosen Körper dort ab. »Ich habe ihn in die Tunnel unter der Stadt verfolgt. Keine Ahnung, was er dort vorhatte.« Hendricks gurgelte fies und spielte perfekt den Schurken. »Ich habe ihn an der Schulter erwischt, und er hat ziemlich viel Blut verloren. Ich hätte ihn zurücklassen können, aber ich dachte, vielleicht wollen Sie ihn ausquetschen.«
Mein Blick fiel auf die harten, kantigen Gesichter der Anzugträger. Ihre Finger wollten noch immer ihre Waffen ziehen, aber Thurston rieb sich triumphierend die Hände.
»Gute Arbeit, Mann! Ich wusste, dass ich Ihnen vertrauen kann. Ja, korrekt, wir sollten sicherstellen, dass der Bastard nicht das Zeitliche segnet, bevor ich herausfinden kann, für wen er arbeitet.«
Die Mienen der anderen drei blieben unverändert, aber ihre Hände sanken herab.

»Dann sollte ich ihn zu einem Doktor bringen«, schlug ich vor. »Keine Ahnung, wie lange er noch durchhält.«

»Nein, nein.« Thurston klopfte mir wie ein stolzer Onkel auf die Schulter. »Ich lasse einen meiner Ärzte kommen, der sich um ihn kümmert.«

Hendricks' Kopf rollte zur Seite. Noch war er wach.

»Sind Sie sicher? Ich kann ihn echt schnell zusammenflicken lassen.«

»Meine Ärzte sind die besten der Welt, Mr Phillips. Wenn man wissen will, wie man jemanden heilen kann, muss man erst einmal jemanden auseinandernehmen.«

Vor meinem inneren Auge erschienen Bilder von Victor Stricken. Fehlende Fingernägel. Zahnlücken. Zerfetzte Löcher in den Ohren.

Thurston wandte sich an seine drei Untergebenen.

»Ruft Anderson. Schafft ihn schnell hierher. Und er soll seine Instrumente mitbringen.«

Der Größte des Trios griff nach dem Telefon, aber es klingelte bereits.

Offenbar bekamen sie hier nicht viele Anrufe, denn sie zuckten zusammen. Und ich erst. Der große Junge hob so vorsichtig ab, als wäre der Hörer aus Wüstensand.

Niemand sagte etwas, während er auf eine ferne Stimme lauschte. In seinem ausdruckslosen Antlitz ließ sich nichts ablesen.

»Ja, wir haben den Eindringling hier«, sagte er schließlich. »Und den Mann, der ihn ergriffen hat.«

Also kam der Anruf von unten. In ein, zwei Sekunden würde mein Lügengebäude einstürzen, also blieb mir nicht viel Zeit.

Ich schlug Thurston Niles an die Kehle. Er keuchte, und ein weiterer Schlag traf seine Nase. Ich konnte nicht sicherstellen, dass er ohnmächtig war, denn die schießwütigen drei reagierten. Dumm nur für sie, dass ihre Waffen noch in den Anzügen steckten, während ich Hendricks' Gehstock bereits in der Hand hielt.

Der Erste bekam einen Schlag gegen die Schläfe, genau wie der, den Eliah mir bei unserem Wiedersehen verpasst hatte. Der Treffer riss seinen Kopf in Tritthöhe herab, und ich verschwendete die Gelegenheit nicht. Sauber, wie ein Fußball. Er fiel zu Boden.

Der Große hatte noch das Telefon in der Hand, also sprang ich den anderen an. Meine Schulter prallte gegen seine Brust und warf ihn gegen die Wand. Es gab ein sehr befriedigendes Knacken, als sein Kopf gegen die Ziegel schlug, und ich setzte mit dem Ellbogen gegen sein Gesicht nach. Seine Beine verwandelten sich in verkochte Nudeln.

Der Große ließ das Telefon fallen, wich vor mir zurück und fummelte dabei die Pistole aus ihrem Versteck. Ich konnte ihn nicht erreichen, bevor er sie gezogen hatte, und aus der Distanz war ich ein leichtes Ziel. Gerade wollte ich den Gehstock schleudern, auch wenn mir bewusst war, dass das im Vergleich zu der Tötungsmaschine keine tolle Waffe war, als ich eine scharfe Stimme hörte.

»FALLEN LASSEN!«

Der Große und ich wandten uns um. Hendricks war nicht so bewusstlos, wie es zuvor erschienen war. Er saß auf dem Tisch, Thurston Niles zwischen den Beinen. Aus Thurstons Nase schoss ein blutiger Wasserfall. Sein Jackett war zur Seite geschlagen, und Hendricks hielt die Pistole, die gerade noch in der Innentasche gesteckt hatte.

Jetzt war sie auf die Schläfe des mächtigsten Mannes der Stadt gerichtet.

»Ich sagte, fallen lassen«, knurrte Hendricks. »Es sei denn, du willst arbeitslos werden.«

Der große Mann dachte einen Moment darüber nach. Zu lange für Hendricks, der die Waffe mit einem Ruck auf ihn richtete.

Wieder eine ohrenbetäubende Explosion. Rauch. Die Brust des Getroffenen spuckte Blut aus, und er fiel nach hinten. Seine Hände umklammerten das Loch in seinem Leib, als könnten sie das Leben in ihm halten. Aber dem abstrakten Gemälde hinter ihm zufolge war das Loch in seinem Rücken weitaus größer.

Ich nahm den anderen beiden die Waffen ab und sagte ihnen, dass sie keinen Unfug versuchen sollten. Zwar wirkten sie absolut nicht so, als hätten sie das vor, aber das war wohl, was man in so einer Situation von sich gab.

Inzwischen hatte Hendricks die Pistole wieder auf Thurston gerichtet, der aus irgendeinem Grund grinste.
Das Blut lief sein Gesicht herunter, troff von seinem Kinn und befleckte seinen teuren Anzug. Hendricks hatte ihn am Haar gepackt, aber dennoch sah er glücklicher als jemals zuvor aus.
»Wunderbar, Mr Phillips. Ich wusste doch, dass ich mich nicht in Ihnen getäuscht habe.« Er leckte sich das Blut von den Lippen.
»Die Stadt begann schon, mich zu enttäuschen. Aber es gibt hier doch noch Kämpfernaturen.«
Hendricks riss seinen Kopf zurück, was das Lächeln nur noch größer wirken ließ.
»Wir benötigen ein Automobil. Haben Sie eins hier?«
»Tatsächlich ja. Eine exzellente Idee, Mr Phillips. Folgen Sie mir.«
So stand er auf und nahm von ganz allein die Hände hoch. Beide Pistolen in meinen Händen richtete ich auf die beiden Anzugträger am Boden.
»Aufstehen. Beide. Los.«
Ich musste nur freundlich bitten, und sie gehorchten mir. Weil Hendricks ihnen gezeigt hatte, was geschah, falls sie es nicht taten. Wir gingen nacheinander aus dem Büro, und Thurston ging zu einer Metallstange an der Wand.
»Halt!«, schrie ich. Er drehte sich um, sein Gesicht eine reine Unschuldsmiene.
»Das ist nur der Türmechanismus, Mr Phillips. Eine kleine Erfindung, die wir aus unseren Einrichtungen in Braid mitgebracht haben. Darf ich?«
Zuerst sah ich Hendricks an, aber der konnte sich kaum auf den Beinen halten.
»Na los.«
Sofort zog Thurston an dem Hebel, und das ganze Gebäude wurde vom Geräusch rasselnder Ketten erfüllt. Das riesige Tor öffnete sich und ließ kühle Morgenluft und blasses Licht herein.
»Dort, bitte schön, Mr Phillips. Ihr Automobil.«
Eigentlich hatte ich den geschmeidigen schwarzen Wagen erwartet, den Yael fuhr. Oder eine kleine Kiste wie die, mit der Linda und ich unsere Landpartie veranstaltet hatten. Aber nein. Die ge-

samte Einfahrt des Lagerhauses wurde von einem riesigen Lastwagen blockiert. Vielleicht war es derjenige, der damals beinahe Tippity und mich platt gefahren hatte.

Er war so groß wie ein kleines Haus. Zu breit für die meisten Straßen in Sunder City. Nicht wirklich ein tolles Fluchtfahrzeug, aber wir hatten keine Wahl.

»Da rüber«, schnauzte ich Thurston und sein Rudel blutender Anzugträger an, bis sie vor einer Mauer standen, auf die Hendricks vom Beifahrerfenster aus zielen konnte. »Rein da.«

Langsam kroch Hendricks in die Fahrerkabine. Er sah aus, als hätte er keinen einzigen Tropfen Blut mehr in seinem Leib. Als er endlich saß, richtete er die Mündung der Pistole auf Thurston und seine Männer. Ich rannte um den Laster und sprang hinter das Lenkrad.

»Weißt du, wie man fährt?«, erkundigte sich Hendricks.

»Ich konnte erst kürzlich ein wenig üben.« Ich suchte den Schalter, der den Motor starten sollte, aber da war keiner. Also legte ich alle anderen Hebel um, aber der Lastwagen blieb still. »Aber nicht so ein Ding, nein.«

»Ziehen Sie am Hebel unter dem Lenkrad«, rief Thurston frustrierend hilfreich. Ich folgte seinen Anweisungen, und der Lastwagen erwachte grollend wie ein Bär im Frühjahr zum Leben. Ich trat auf das Pedal, und er ruckelte vorwärts. Es konnte losgehen.

»Bereit?«

Hendricks hatte den Lauf seiner Waffe auf dem Fensterrahmen abgelegt. Er kaute auf seiner Lippe und beäugte Thurstons blutiges, lächelndes Gesicht.

»Einen Moment noch«, bat er und atmete aus, um sich auf den Schuss vorzubereiten.

Diesen Moment versagte ich ihm. Ich drückte das Pedal durch, und der Laster sprang auf die Straße. Hendricks wirbelte wütend zu mir herum, aber ich schenkte ihm keine Beachtung, da ich hinter dem Lenkrad einer Maschine saß, die ebenso gefährlich wie eine Feuerwaffe, aber zehnmal schwieriger zu kontrollieren war.

»Die Sukkuben«, presste Hendricks hervor, als der Laster über den Rinnstein donnerte.
»Ich versuch's. Aber ich weiß nicht mal, wo wir sind.«
Verzweifelt versuchte ich, Straßenschilder zu lesen, während ich Laternen und Briefkästen über den Haufen fuhr. Als ich eine Kurve zu eng nahm, kam der Laster knirschend zum Stehen. Aus dem Seitenfenster sah ich die bunt angemalte Wand der Sunder City Druckerei. Wir waren am unteren Ende der Riley Street.
»Zu weit im Osten«, teilte ich Hendricks mit. Die Flanke des Lastwagens kreischte eine Hauswand entlang.
»Zu dir dann.«
»Zu riskant. Der *Graben*?«
Die Vorderreifen prallten gegen den Bordstein, und wir wurden herumgeschleudert. Hendricks keuchte vor Schmerzen auf.
»Ich dachte schon, du fragst nie.«

65

Der Truck wurde zwischen den Bordsteinen der Riley Street wie eine Flipperkugel hin und her geschleudert, brach durch Werbeplakate und knirschte an Wänden entlang. Hendricks presste eine Hand auf seine Wunde.
»Nimm die Sechste«, schlug er vor.
»Der *Graben* ist in der Achten.«
»Könnte ein wenig verräterisch sein, den Laster davor zu parken.«
»Gut. Sechste.«
Als wir die Ecke erreichten, versuchte ich, links abzubiegen, aber wir waren zu schnell. Der Laster setzte vorne auf, sprang über den Bordstein, und dann flogen wir direkt in einen Eckladen.
Es fühlte sich nicht an wie eine Tracht Prügel. Dabei ist man selbst das unbewegliche Objekt. Das hier fühlte sich eher an, als wäre man im Inneren der Faust, wenn sie jemand anderen trifft. Der plötzliche Halt schleuderte meine Knochen durch meinen Körper, und meine Nase schlug so hart gegen das Lenkrad, dass mir das Blut augenblicklich auf das Hemd spritzte.
Neben mir wurde Hendricks gegen das Armaturenbrett geschleudert, und das zersplitternde Glas der Windschutzscheibe regnete auf ihn herab. Dann brach er nach hinten auf dem Sitz zusammen.
»Hendricks?«
Keine Antwort.
Ich trat auf die Sechste Straße. Es war noch früh. Und verdammt kalt. Noch war die Straße leer, aber ich wusste, dass die Leute bald kommen würden. Ich zwang die Beifahrertür auf. Eliah war bewusstlos, und noch mehr Blut lief ihm aus neuen Schnitten im Gesicht. Vorsichtig hob ich ihn hoch und trug ihn wie eine Braut die Straße hinunter. Ich bog in eine enge Gasse ein. Meine Arme schmerzten, und mir klebte Blut am Gaumen.
Scheiße.

Die Pistolen lagen noch im Laster. Und ich war sicher, dass Hendricks seine verloren hatte. Einmal drehte ich mich im Kreis, war versucht, zurückzurennen, aber es war viel zu gefährlich. Also biss ich die Zähne zusammen und lief weiter.
Wir erreichten die Siebte. Erst ein vorsichtiger Blick um die Ecke, um zu sehen, ob es Zeugen gab. Nur ein Zeitungsjunge auf der anderen Seite, der die Riley in Richtung Lastwagen entlangsah. Schnell überquerte ich die Straße, stolperte, verlor beinahe den Halt und konnte mich gerade noch so in die schlammige Gasse retten, die ich so gut kannte. Stunden hatte ich hier damit verbracht, Eimer auszuschütten und den Müll rauszubringen.
Ich trat so lange gegen die Hintertür des *Grabens*, bis Boris sie aufriss.
Zuerst war er wütend. Dann besorgt. Er war erst nach der Coda nach Sunder gekommen, deshalb hatte er nie das Vergnügen gehabt, Hendricks in seiner Blüte kennenzulernen. Aber das war egal. Boris hatte ein gütiges Herz, und er konnte sehen, dass wir Hilfe brauchten.
»Mein Freund ist verletzt, und jemand will uns umbringen. Können wir uns bei dir verstecken? Nur für eine kleine Weile?«
Boris dachte nicht einmal darüber nach. Er nahm mir Hendricks aus den Armen und ließ uns aus der Kälte in sein Heim.

66

Boris trug Hendricks in die Küche und legte ihn sanft auf einen Sack Mehl. Noch atmete der Elf, und die Schnitte sahen schlimmer aus, als sie waren. Erst reichte mir Boris ein paar Verbände, dann bedeutete er mir zu warten.
Einer der Gründe, warum ich den *Graben* schon immer gemocht hatte, war, dass man es hier nicht so genau mit der Sperrstunde nahm. Solange noch eine traurige Seele sich an einem Drink festhalten wollte, statt allein nach Hause zu gehen, blieb die Bar geöffnet.
Mit dieser Tradition brach Boris nun, als er in den Schankraum ging und die letzten Gäste hinauswarf. Das Hemd, das ich um Hendricks' Schulter gewickelt hatte, hing blutdurchtränkt herab. Ich entfernte es, reinigte die Wunde, so gut ich konnte, und verband sie mit sauberem Stoff. Es dauerte nicht lange, bis auch der sich rot färbte.
»Wo sind wir?«
Seine Lider flatterten.
»Im *Graben*. Sobald Boris alle rausgeworfen hat, rufe ich die Chirurginnen, damit sie dich wieder zusammennähen.«
Er schob den Verband zur Seite und betrachtete die Wunde.
»Nichts Ernstes. Nur eine Fleischwunde. Es geht schon.«
Er versuchte aufzustehen.
»Eliah, meine Güte, halt still. Du brauchst Ruhe.«
Da er mir nicht widersprach, reichte ich ihm zur Belohnung meine letzte Clayfield. Als Boris zurückkehrte und mir signalisierte, dass wir allein waren, ging ich in den Schankraum und rief mit dem Münztelefon bei den Sukkuben an.
Der Zwerg kam an den Apparat.
»Hendricks ist verletzt. Ein übles Loch in der Schulter, das stark blutet. Sag den Damen, dass sie in den *Graben* kommen müssen, Ecke Achte und Main.«
Er versicherte mir, dass sie quasi schon auf dem Weg seien.

Als ich mich umdrehte, sah ich, wie Boris hinter dem Tresen eine Flasche Tarixsaft hochhielt.
»Das hat jetzt nicht wirklich Priorität, Boris.«
Er deutete über die Schulter Richtung Küche und hob die Schultern, wie um zu sagen: *Nicht meine Idee.*
Das ergab Sinn.
Bevor ich es geschafft hatte, alle Fenster zu verdunkeln, taumelte Hendricks aus der Küche. Er schob sich eine Wand in Richtung einer der Sitznischen entlang.
»Versuchst du gerade, dich umzubringen?«, fragte ich genervt.
»Natürlich nicht. Das ist deine Angewohnheit. Wo ist mein Cocktail?«
Damit kollabierte er auf eine Bank und schaffte es gerade so, sich an einer Säule hochzuziehen. Boris stellte zwei Gläser vor ihn.
»Komm schon, Junge. Du kannst mir nicht nur mit finsteren Blicken helfen.«
Also setzte ich mich ihm gegenüber. Wir hoben die Gläser und stießen an.
Es war ein grausamer Scherz. Wie lange hatte ich von diesem Augenblick geträumt? Wieder im *Graben* mit Hendricks. Cocktails und Konversation. Das war, was ich mir immer gewünscht hatte. Beinahe. Er hätte kein neues Gesicht haben sollen, und schon gar kein Loch in der Schulter, aus dem das Blut auf den Boden lief.
»Exina und Loq sind auf dem Weg.«
»Gut. Aber ich kann nur hoffen, dass sich die Haut an meiner Schulter besser nähen lässt als die im Gesicht.«
Das machte mir auch Sorgen. Eine Wunde wie diese wäre früher kaum der Rede wert gewesen, aber sein neuer Leib war schon auf dem Zahnfleisch gegangen, bevor er leckgeschlagen war.
»Hast du Clayfields da hinten?«, rief ich Boris zu. Die Banshee zog eine Packung hervor und warf sie mitten auf unseren Tisch. Während er in der Küche verschwand, zogen Hendricks und ich jeweils ein Zweiglein raus.
»Sie werden uns jagen«, stellte ich fest.
»Deshalb müssen wir zuerst zuschlagen.«
Beinahe hätte ich laut aufgelacht. Er blutete aus hundert Wun-

den, und ich wusste ehrlich nicht, welche meiner Verletzungen am schlimmsten schmerzte. Wir waren ein trauriger Haufen, und er dachte an Angriff.
»Und was tun wir?«
Hendricks lehnte sich vor, lehnte sich auf seine Ellbogen und trank einen tiefen Schluck Milkwood.
»Wir reißen alles ein.« Da war kein Funkeln in seinen Augen. Keine Ironie. Er meinte es todernst. »Ich habe dir doch erzählt, dass ich nach der Coda den ganzen Kontinent bereist habe. Ich weiß, wie das Leben heute ist. Es ist nicht alles verloren. Nicht mal annähernd. Aber genau das wird es sein, wenn wir nicht für unsere Welt kämpfen. Die echte Welt. Die *alte* Welt.« Seine Augen verloren den Fokus, aber seine Stimme erstarkte mit jedem Wort. »Ich lag falsch, was Sunder angeht. Es war falsch, es zu verteidigen. Es zu füttern. Es ist ein Gift. Genau wie das!« Er fegte den Cocktail vom Tisch, und das Glas zersprang auf dem Boden. »Als mein Körper stark war, konnte mir das Gift nichts anhaben. Ich konnte alles aushalten. Ein wenig Whisky und Tabak waren nichts im Vergleich zu den Jahrhunderten meiner Seele. Aber jetzt? Sieh mich nur an, Junge. Ich bin nur noch einen Fußbreit vom Vergessen entfernt.«
»Du brauchst nur Ruhe. Lass uns aus der Stadt verschwinden. Wenn es dir besser geht, können wir ...«
»Wir haben keine Zeit mehr! Die ganze Welt ist so krank wie ich, und diese Stadt ist das Gift. Wir konnten Sunder aushalten, als wir noch stark waren. Aber ohne die Magie schröpft die Stadt uns. Zieht die Bauern von ihrem Land, die Ärzte aus ihren Dörfern. Sie lässt uns vergessen, was es zu beschützen gilt. Unsere Gemeinschaften. Unsere Traditionen. Da draußen, jenseits dieses Ortes, liegt eine Welt, die nur darauf wartet, wiedergeboren zu werden, aber das kann nur geschehen, wenn wir für sie aufstehen und kämpfen. Wir *werden* einen Weg nach vorne finden, das verspreche ich dir, aber nicht, solange Sunder City existiert.«
Ich wusste nicht, wohin ich schauen sollte. Seine Worte klangen falsch in meinen Ohren, und ich mochte kaum glauben, dass er sie ausgesprochen hatte. Bislang dachte ich, dass er nur die Niles

Company aufhalten wollte, damit die Stadt weiter ihren Bewohnern gehörte. Aber das?

»Sunder ist der einfache Weg«, spie er aus. »Die kurzfristige Lösung. Aber wenn es weiterhin den Geist aus Archetellos saugt, wird das unser Ende bedeuten. Wir müssen die Stadt vernichten, Fetch. Du und ich. Es ist unsere Pflicht. Damit machen wir all unsere Fehler wieder gut. Es ist unsere Sühne für alles, was wir dieser Welt angetan haben. Die wichtigste Aufgabe unseres Lebens.«

In seinen Augen brannte das Feuer der Überzeugung. Klar. Unerschütterlich. Voller Sicherheit. Er wollte Sunder City nicht nur aus den Klauen der Niles Company befreien. Er wollte es niederreißen. Die Main Street und den *Graben* und das Haus der Minister und die Villa des Gouverneurs. Ich konnte es nicht begreifen. Es war Wahnsinn.

Hendricks sah mir in die Augen. Las in ihnen. Forderte mich heraus. Ich hielt seinem Blick stand, aber ich konnte nicht vorgeben, ihm zuzustimmen. Alles in mir war unsicher und ängstlich. Und als ich ihn dabei beobachtete, wie er mich beobachtete, sah ich die Enttäuschung. Schlimmer noch, ich bemerkte frustriert, wie wenig ihn das überraschte.

»Was ist mit Baxter?«, versuchte ich, ihn zu beschwichtigen. »Wir berichten dem Dämon, was Niles vorhat. Wir stellen sicher, dass die Stadt selbst die Feuergruben kontrolliert, und wir nutzen sie, um … um das zu tun, was du für richtig hältst. Die Stadt muss kein Gift sein. Wenn wir es richtig angehen, können wir …«

Sein Kichern war finster, und er schüttelte den Kopf.

»Für jemanden, der so wenig von sich selbst hält, setzt du viel zu viel Hoffnung in andere. Allen Wesen, aber besonders Menschen fällt es schwer, über ihre eigenen Bedürfnisse hinweg an andere zu denken. Wir alle haben Ideale. Unser Glaube an etwas, für das wir einstehen würden. Unseren *Kodex*. Aber stellt man eine Schüssel Futter vor uns, werden wir alle zu den Tieren, die wir tief in uns eigentlich sind.«

»Das glaubst du nicht wirklich.«

»Warum gehst du davon aus, dass alle anderen besser sind als du?

Du hast diese Tötungsmaschine mit dir herumgetragen, oder nicht? Du hast mir erzählt, dass man dich gebeten hat, sie zu zerstören. Aber du hast es nicht getan. Und deshalb sind Leute gestorben. Und was, denkst du, wird passieren, wenn sie diese Dinger an jeder Straßenecke verhökern? Zuerst werden die Leute erkennen, was das für Maschinen sind, und angeekelt sein. Zu Recht. Wer würde so etwas schon bei sich zu Hause haben wollen? Mit den eigenen Kindern unter einem Dach? Aber dann kauft der Nachbar eine. Du siehst sie in den Gürteln stecken, wenn du in die Stadt gehst. Du fühlst dich nicht mehr sicher. Nicht, solange du nicht selbst eine besitzt. Sie werden sie direkt vom Fließband kaufen, das verspreche ich dir. Und was wird dann aus diesem Ort? Was wird aus der Welt, wenn jeder Einzelne von uns sich auf einen Krieg gegen jeden anderen vorbereitet? Wie finden wir von dort jemals zurück?«
Darauf wusste ich keine Antwort, und ich versuchte nicht einmal, dagegen zu argumentieren. Ich war sicher, dass er recht hatte, aber ich wollte nicht glauben, dass die Zerstörung der Stadt der einzige Weg war, um das zu verhindern.
»Eliah, ich habe hier sechs Jahre lang gelebt. Ich weiß, dass es übel aussieht, aber es gibt hier gute Leute und ...«
»Das sagst du nur, weil du nicht weißt, was du ohne diesen Ort tun sollst. Du hast diese nervtötende Eigenschaft, nicht über deine eigenen Gefühle hinausdenken zu können. Schon immer. Du triffst übereilte, gefährliche Entscheidungen, weil du einem Mädchen folgst oder jemand deine Gefühle verletzt hat oder du denkst, dass dich jemand ficken will. Aber alles, was du je wolltest, war, als *Mann* wahrgenommen zu werden. Und das gibt dir Sunder City. Wer wärst du ohne diese Stadt? Ich weiß es nicht. Es ist auch egal. Ich gebe dir die Chance, eine einmalige Chance, das zu tun, was für alle anderen besser ist.«
Mir fiel nichts mehr ein. Ich wollte mich nicht streiten, aber ich konnte ihm nicht recht geben.
Dann lachte er ein fieses, wissendes Lachen.
»Ich hatte unrecht«, stellte er fest.
»Womit?«

»Was ich am Feuer gesagt habe.« Er beugte sich vor und tippte gegen meine Schläfe. »Ich weiß doch ganz genau, was in deinem Kopf vorgeht.«
Ohne das weiter auszuführen, lehnte er sich auf der Sitzbank zurück und schloss die Augen. Kurze Zeit später schnarchte er. Ich saß ihm wie angewurzelt gegenüber und starrte ihn an, bis die Sukkuben eintrafen.

* * *

»Wird er es überstehen?«, fragte ich.
»Seine Haut mag keine Nähte, aber wir bekommen das schon hin«, erwiderte Exina. »War es die Maschine, von der du erzählt hast? Die aus der Fabrik?«
Ich nickte nur, überließ Hendricks ihrer seltsamen Obhut, trat hinaus in die Schatten und ging fort, den Kopf gesenkt und den Mantel um meine bloße, blutige Brust geschlungen. Ich brauchte neue Klamotten, aber ich konnte nicht nach Hause gehen. Ich brauchte Hilfe. Ich musste mit jemandem reden. Aber vor allem musste ich Hendricks davon überzeugen, dass die Seele von Sunder City es wert war, gerettet zu werden.
Aber dafür musste ich zuerst mich selbst davon überzeugen.

67

Die Hintertür zum Haus der Steemes war nicht abgeschlossen. Innen hatte sich wenig verändert. Vermutlich hoffte die Polizei, dass Carissa irgendwann zurückkehren würde, da niemand wusste, dass sie in Lipha war und sich bei ihrer Cousine an der Küste versteckte.
Auch wenn Harold kleiner war als ich, fand ich doch ein Hemd, das mir passte. Dazu eine neue Hose und eine schwarze Jacke. Ich hängte das Halfter an einem Türknauf auf und ging unter die Dusche. Das Wasser, das zwischen meinen Füßen im Ablauf kreiste, war dunkelrot, voller Schmutz und getrocknetem Blut. Beim Abtrocknen fand ich unzählige neue schmerzende Stellen, zu viele, um mich noch daran zu erinnern, woher die meisten stammten.
»Okay, das ist eine Überraschung.«
In der Tür stand Linda Rosemary, ihr Schnappmesser in der Hand. Ich wickelte mir das Handtuch um die Hüften.
»Was treibst du hier?«, wollte ich wissen.
»Warte darauf, dass ein Mörder zurückkommt. Oder ein Mittäter. Wen habe ich erwischt?«
»Gib mir eine Minute, um mich anzuziehen, und ich erkläre alles.«
»Nein.«
»Was?«
»Du kannst dich anziehen, aber du gehst nirgendwohin. Ich vertraue dir nicht – vielleicht springst du noch splitterfasernackt aus einem Fenster.«
»Na gut. Meine Klamotten liegen im Schlafzimmer.«
Wir gingen rüber. Linda lehnte sich an die Wand und sah zu Boden, während ich mich fertig abtrocknete. Sie behielt mich im Auge, machte es aber nicht noch unangenehmer, als es schon war.
»War das Simms' Idee?«, fragte ich.
»Jo.«

»Nun, du verschwendest deine Zeit. Carissa Steeme hat die Stadt in einer Kutsche verlassen. Sie kommt nicht wieder.«
»Woher weißt du das?«
»Weil ich sie in die Kutsche gesetzt habe.«
»Was?« Sie sah mich schockiert an, bemerkte, dass ich noch keine Hosen trug, und wandte den Blick ebenso schockiert wieder ab. »Du versuchst nicht mal, mich anzulügen?«
»Nein.«
»Warum?«
»Weil es nicht wichtig ist.«
»Für mich schon. Ich brauche Simms' Hilfe. Ich muss eine vernünftige Arbeit finden, bevor mich diese Stadt noch ganz auffrisst.«
»Es wird keine Stadt mit Arbeit mehr geben, wenn ich nicht eine Entscheidung treffe.«
Endlich hatte ich Hose und Hemd angezogen, und sie sah mich wieder an.
»Du hast deinen Saboteur gefunden?«
»Ja.«
»Wer ist es?«
Noch hatte ich sie nicht ganz durchschaut. Es gab zu viele Facetten an ihr, um sie wirklich alle zu kennen. Also riskierte ich es.
»Eliah Hendricks.«
Es fiel ihr schwer, das zu schlucken, und ich konnte es ihr nicht vorwerfen.
»Der Hochkanzler?«
»Ja. Wir sind alte Freunde.«
»Schwachsinn.«
»Ich weiß. Ich habe es auch nie wirklich verstanden.«
»Wo ist er jetzt?«
»Warum? Willst du ihn kennenlernen?«
Noch ein Risiko, aber so langsam schälte sich eine Ahnung aus dem Dunst meiner Gedanken. Zu lange war Hendricks allein gewesen. Deshalb erschien es ihm wie eine gute Idee, die Stadt ganz zu zerstören. Ich war noch nie gut darin gewesen, ihn von etwas zu überzeugen. Aber was, wenn es eine neue Gruppe schlauer

Köpfe gab? Wie in den alten Zeiten, als wir im Garten der Gouverneursvilla saßen und über die besten Wege spekulierten, zu leben, zu dienen und zu herrschen. Linda. Baxter. Hendricks. Und auch ein wenig ich. Es erschien mir naheliegend, dass wir einen Ausweg finden konnten, wenn ich Eliah seine Saufkumpane, Ideenschmiede und ein wenig Philosophie verschaffen würde. Gemeinsam.

»Im *Graben*«, antwortete ich also. »Eine Kneipe, Ecke Achte und Main. Sieht geschlossen aus, aber wenn du sagst, dass ich dich geschickt habe, wird man dich reinlassen.«

»Aber wieso?«

»Weil unter der Stadt noch immer die Feuer brennen und die Niles Company versucht, diese Macht an sich zu reißen. Wir müssen eine Möglichkeit finden, das zu verhindern, ohne dass Sunder sich dabei selbst in Stücke reißt.«

»Das ist eine Gefahr?«

»Wenn es nach manchen Leuten geht, ja.«

»Scheiße.«

»Genau.«

»Und wohin wirst du gehen?«

»Einige Freunde zusammentrommeln. Ich treffe dich dann dort.«

»Warte! Woher weiß ich, dass das alles nicht nur ein Trick ist, um mich loszuwerden?«

»Keine Garantie. Aber ist es das Risiko nicht wert? Du lässt mich gehen, aber es besteht die Chance, dass du Hochkanzler Eliah Hendricks triffst. Bist du nicht auf der Suche nach Wundern?«

68

Weil ich nicht wusste, wo Baxter lebte, musste ich darauf warten, dass der Dämon bei einem der vielen Jobs auftauchte, die es zu erledigen galt. Bei all dem Chaos in der Stadt erschien es mir wahrscheinlich, dass Baxter eher im Haus der Minister als im Museum war. Ich hockte mich in den Eingang von Prim Hall, die mir als beste Chance erschien, Baxter abzufangen, und wartete.
Neben mir saß ein schmutziger kleiner Taschendieb. Ich sagte ihm, was ich von ihm erwartete, und er musste es nur einmal hören. Während wir dort warteten, sprach er kein einziges Wort mehr. Er war ein perfekter Angestellter.
Als Baxters unverkennbare Gestalt um die Ecke kam, gab ich dem Jungen das verabredete Signal. Er war schnell genug, um Baxter noch vor dem Hügel abzufangen.
Es hätte simplere Wege gegeben, aber alle hätten Baxter Zeit gegeben, um jemand anderem Bescheid zu geben. Ich befand mich auf der Flucht: Thurstons Leute suchten ebenso nach mir wie die Polizei. Ich wünschte mir, ich könnte dem Dämon mehr vertrauen. Ich wünschte mir, ich könnte irgendjemandem vertrauen. Aber ich hatte zu viele Leute verarscht und verraten, um überhaupt noch Vertrauen zu verdienen.
Der Junge überbrachte die Nachricht, und Baxter sah zu mir hoch, zu weit entfernt, als dass ich seinen Gesichtsausdruck hätte erkennen können. Der Dämon schickte den Jungen fort und brauchte beneidenswert wenig Zeit, um sich zu entscheiden und zu mir zu kommen.
Zuerst gab ich dem Jungen seine Münzen, und bevor er verschwand, hielt er inne, als wollte er etwas sagen. Ich nahm an, er wollte mehr Geld.
»Mehr habe ich nicht.«
Er schüttelte den Kopf und lief weg. Heute konnte ich wohl niemanden zufriedenstellen.
Bevor Baxter ankam, ging ich hinein. Prim Hall war seit der Coda

geschlossen. Vielleicht nicht offiziell, aber niemand hatte seitdem ein Konzert veranstaltet.
Die vordersten Sitzreihen waren herausgerissen und in der Mitte der Halle verfeuert worden. Der schwarze Krater war voller Müll, genau dort, wo diese perfekte Musikerin einst gesessen hatte. Ich lehnte mich an die Wand, und Baxter trat ein. Er schüttelte den Schnee vom Mantel.
»Um Himmels willen, Fetch, man darf mich nicht mit dir sehen. Thurston hat quasi eine Belohnung auf dich ausgesetzt.«
»Wie läuft es mit dem neuen Bruder Niles? Seine Pläne beschwingen deinen Schritt, was? Das letzte Mal, als wir uns gesehen haben, warst du ein deprimierter kleiner Dämon.«
»Ja, es sind aufregende Zeiten«, entgegnete Baxter ohne ein Anzeichen echter Freude. »Bald wird es wieder Feuer in jedem Haus geben, und die Stadt wird aufleben.«
»Und du denkst, wir sollten dafür der Niles Company danken?«
»Wem sonst?«
Baxter war schwer zu knacken. Im Gesicht eines Dämons Emotionen erkennen zu wollen, war, wie die Gefühlswelt eines Felsbrockens zu erforschen.
»Baxter, die Feuer unter der Stadt brennen noch. Sie haben nie aufgehört. Niles bringt sie nur zurück an die Oberfläche und behauptet, es sei seine Energie. Sie verkaufen uns unseren eigenen Reichtum, damit sie ...«
Baxter senkte den Blick, und meine Stimme verklang.
»Wie hast du es herausgefunden?«
Verdammt!
Mir war bewusst gewesen, dass Niles das alles nicht allein eingefädelt haben konnte, aber ich hätte niemals angenommen, dass Baxter uns alle verkaufen würde.
»Wirklich, Bax? Du übergibst diesem Typen die ganze Stadt? Wir hätten die Feuer selbst einfangen können.«
»Nein, könnten wir nicht! Wir haben nichts, Fetch. Selbst wenn wir gewusst hätten, dass es die Feuergruben noch gibt, wir haben nicht mehr die Technik, die es braucht. Letztes Jahr konnte ich nicht einmal fünf Arbeiter zusammenkratzen, um Schlaglöcher

zu füllen, und jetzt sind da Hunderte, die Rohre verlegen, neue Geschäfte aufbauen und jeden Abend mit Essen, Lohn und einem Lebenssinn zu ihren Familien zurückkehren. Das ist alles, was ich erreichen wollte, weit mehr, als ich erhofft hatte, und niemand sonst hätte es geschafft.«

Schon immer war Baxter todernst gewesen. Eines von Amaris liebsten Spielen war es gewesen, den Dämon dazu zu bewegen, einen Witz zu erzählen. Aber selbst in guten Momenten war die Welt für Baxter immer ernst. Jetzt sprach der Dämon von erfüllten Träumen, und es klang Verzweiflung mit. Eine Verzweiflung, die die Fäuste geballt und die Lippen zu einem scharfzahnigen Lächeln verzogen hatte.

Hendricks' Worte stiegen in meinem Geist auf: dass ich meine Identität so sehr mit der Stadt verknüpft hatte, dass ich mir nicht mal mehr vorstellen konnte, sie hinter mir zu lassen. Vermutlich hätte er Ähnliches über unseren dämonischen Freund gesagt.

»Falls das wahr ist, warum sagt ihr nicht allen, was wirklich vorgeht? Warum die ganzen Lügen?«

Baxter zuckte mit den Schultern.

»Weil Niles es so wollte. Und bis ich sonst jemanden finde, der Lastkraftwagen und Werkzeuge in die Stadt bringt, der weiß, wie man die Rohre anschließt und die Feuer an die Oberfläche holt, habe ich kein Problem damit, ihm zu geben, was er will.«

»So machen wir also jetzt Geschäfte in Sunder? Fallen für jeden auf die Knie, der uns einen Scheck ausschreibt?«

Baxter sah aus, als wären meine Worte Ohrfeigen.

»So war es schon immer! Was zur Hölle stimmt nicht mit dir, Fetch? Hast du vergessen, wer wir sind? Das ist Sunder City. Deshalb haben wir überlebt. Weil diejenigen nach oben schwimmen, die am härtesten sind. Wir haben eine Zukunft. Endlich wieder. Warum zum Teufel ist dir so wichtig, wie wir das geschafft haben?«

Mein Mund öffnete sich, aber es gab keine Antwort. Warum *war* es mir wichtig? Noch einmal ließ ich mir Hendricks' Ansprache durch den Kopf gehen, damit sie mich davon überzeugte, dass das alles falsch war.

»Ich war in der Fabrik«, erzählte ich. »Die sie auf der Leiche von Brisak errichtet haben. Weißt du, was dort hergestellt wird?«
»Ja.«
»Und hältst du das für eine gute Idee?«
»Was für eine Wahl haben wir denn, Fetch? Wirst du dort draußen Häuser bauen? Den Leuten Lohn zahlen? Es ist keine perfekte Abmachung, aber Sunder hatte nichts anzubieten. Die Stadt starb langsam. Jetzt nicht mehr. Verstehst du nicht, was das bedeutet? Du solltest Niles auf Knien danken, mehr als alle anderen. Er ist der der erste Mann, den ich getroffen habe, der tatsächlich die Möglichkeiten hat, deinen ganzen Scheiß wieder in Ordnung zu bringen.«
Das war härter, als ich es von Baxter erwartet hätte, aber ich konnte dem Dämon keine Vorwürfe machen. Tatsächlich klang das alles sehr wahr in meinen Ohren. Wir alle wollten endlich wieder mit Hoffnung in die Zukunft blicken, und das war der einzig realistische Vorschlag, den ich bisher gehört hatte. Falls die Magie nicht zurückkehrte, war es sogar der einzige Weg. Besser, als zu versuchen, der Vergangenheit etwas abzuringen, wie es Edmund Rye versucht hatte. Oder Harold Steeme mit seiner gestohlenen Jugend. Oder …
»Baxter, es gibt noch etwas, das du wissen solltest …«
In der westlichen Wand öffnete sich eine Tür. Ich wirbelte herum. Thurston Niles stand hinter mir.
Den Anzug hatte er gewechselt, aber seine Nase war noch rot und geschwollen, und unter seinen Augen zeichneten sich dunkle Blutergüsse ab. Trotz allem schien er froh darüber zu sein, mich zu sehen.
»Hallo, Fetch. Was macht unser Fall?«
Hinter Niles duckte sich ein kleiner Schatten mit bekümmerter Miene. Mein stiller kleiner Taschendieb, der auf seine zweite Bezahlung wartete. Das hatte Baxter ihm also gesagt, bevor der Dämon zu mir kam – ein paar Münzen mehr dafür, Thurston zu benachrichtigen.
»Hey, Niles.« Ich wich vor beiden zurück und ging die Treppen zur Bühne hinab. »Danke, dass Sie mir Ihren Laster geliehen ha-

ben. Er steht an der Sechsten Straße, vor dem kleinen Laden an der Ecke. Na ja, auch ein wenig *in* dem kleinen Laden an der Ecke. Sie sollten die Bremsen überprüfen lassen.«

»Sie haben mich angelogen.«

»Ich wollte nicht der Einzige ohne Lügen sein. Sie haben alle in der Stadt angelogen. Wie Baxter auch. Ich wollte nur dazugehören.«

Ich war unvorsichtig gewesen, aber nicht so unvorsichtig, dass ich mir nicht vorher den Saal angesehen hätte.

»Es ist an der Zeit, dass wir uns unterhalten, Mr Phillips.«

»Ich wünschte, ich hätte die Zeit, Niles, aber ich muss mich um ein paar dringende Angelegenheiten kümmern.«

Ich sprang die letzte Stufe auf die Bühne hinab. Es gab links einen Ausgang – von dort waren vor all den Jahren die Musiker gekommen. Aber bevor ich die Tür erreichte, öffnete Cyran der Oger sie. Ich sprang ihm mit der Schulter gegen die Brust – und prallte einfach ab. Es war, als wäre ich gegen einen Kühlschrank voller Blei gesprungen. Seine Faust war wie aus Gusseisen, und ich ging zu Boden wie ein betrunkenes Rehkitz.

Aber so einfach ließ ich mich nicht entführen. Als er nach mir griff, rollte ich unter seinen dicken Fingern weg. Der billige Stoff meiner Jacke riss, aber ich glitt aus den Ärmeln und kam auf die Füße. So schnell war ich noch nie zuvor in meinem Leben gerannt, trotz der pulsierenden, alten Schmerzen in meiner Brust. Cyran war ein harter Kerl, aber auch langsam, und ich hängte ihn an der Ecke ab, wo ich über einen Zaun sprang und über einen verlassenen Marktplatz davonsprintete.

Den Weg zurück zum *Graben* hielt ich mich an Gassen und Hinterhöfe, die ich schon fast mein ganzes Leben lang kannte. Aber als ich durch die Tür stürmte, stand nur noch Boris hinter dem Tresen. Er bedachte mich mit einem Schulterzucken, das mir sagte: *Sie sind fort.*

69

Boris berichtete mir alles, so gut er das konnte. Die Sukkuben hatten Hendricks zusammengeflickt, dann war Linda aufgetaucht, und die drei Frauen hatten ihn fortgeschafft. Da sie mir keine Nachricht hinterlassen hatten, rief ich in der Praxis an. Der Zwerg gab den Hörer an Exina weiter.
»Er ist nicht mehr hier.«
»Aber ihr habt ihn doch gerade erst abgeholt.«
»Ja, aber wir konnten ihn nicht ruhigstellen. Er ist mit dieser Katzenfreundin von dir los.«
»Wohin?«
»Weiß ich nicht und will es auch nicht wissen.«
In ihrer Stimme war ein verärgerter Tonfall, den ich noch nicht kannte.
»Soll ich vorbeikommen? Wir könnten gemeinsam …«
»Nein. Wir müssen uns um unser Geschäft kümmern, und ich kann es mir nicht mehr leisten, bei euren kleinen Spielchen mitzumachen. Falls du uns anheuern willst, bring Geld mit. Ansonsten will ich dich hier nicht mehr sehen.«
Damit legte sie auf.
Das Tuten in der Leitung klang in meinen Ohren, und ich fragte mich, ob sie die Wahrheit gesagt hatte. Vielleicht hatte sie wirklich genug davon, in unsere Pläne hineingezogen zu werden. Oder sie hatte gehört, was Hendricks vorhatte, und entschieden, dass es an der Zeit war auszusteigen. Oder Hendricks hatte sie gebeten, für ihn zu lügen. Vielleicht waren sie alle da: Eliah, Linda und die Sukkuben, zusammen an ihrem nächsten Plan arbeitend. Wie auch immer, ich war auf mich selbst gestellt. Mal wieder. Wie immer.
Es fühlte sich an, als würde ich langsam verrückt werden. Ich wollte einfach nur noch Dinge zerschlagen.
Ein Anruf in Lindas Büro verhallte im Freizeichen. Dennoch ging ich dorthin. Es war ein verzweifelter Versuch, aber Boris

wollte die Kneipe wieder öffnen, und ich hatte keinen anderen Ort, an den ich gehen konnte.

Der ehemalige Blumenladen am Fünf-Schatten-Platz war dunkel, die Tür abgeschlossen und niemand drinnen.

Nach Hause konnte ich nicht. Zu den Cops auch nicht. Carissa war fort, und Hendricks war mit Linda verschwunden. Die Sukkuben wollten mich nicht sehen, und Baxter hatte bereits versucht, mich an den neuen Boss Thurston auszuliefern. Es gab kein Versteck für mich, und die Straßen waren nicht sicher. Jeden Augenblick konnte mich ein Polizist oder ein Anzugträger entdecken.

Mein Atem ging stoßweise, aber ich wusste nicht, ob es an der Anstrengung lag oder von der Panik kam. Hendricks hatte mich verlassen. Kaum hatte er bemerkt, dass ich nicht mit seinen Zielen einverstanden war, hatte er mich zurückgelassen.

Bislang hatte ich gehofft, dass er mich wieder aufgenommen hatte, weil wir Freunde waren. Weil er mich vermisst hatte. Aber vielleicht stimmte das nicht. Vielleicht wusste er einfach, dass ich ein gehorsames Paket Muskeln war, dem er Befehle erteilen konnte, nun, da sein eigener Körper ihm kaum noch gehorchte. Sobald Linda aufgetaucht war, hatte er mich ausgetauscht. Mir war danach, ihr einen Ziegelstein ins Fenster zu schleudern.

Der Himmel war dunkel. Auf die Zinndächer hämmerten Hagelkörner, während ich mich unter einen Erker drückte und mich fragte, ob es überhaupt noch einen Ort in der Stadt gab, an dem ich willkommen war. Ich träumte von einem schönen Hotelzimmer und einer heißen Dusche, aber ich hatte nur noch ein paar Münzen, und Sunder City verachtete Mildtätigkeit. Außerdem wurde nach mir gefahndet. Jeder clevere Geschäftsmann würde mich für eine Belohnung ausliefern.

Blieben nur die günstigen Orte, wo die Leute sich gar nicht erst angewöhnt hatten, mit der Polizei zusammenzuarbeiten. Das dunkle Ende einer dunklen Straße, wo niemand auffallen wollte. Wie in der Sichel.

* * *

Fluchend schlich ich durch die Straßen und trat nach großen Hagelkörnern in meinem Weg. Ich war wütend, weil sie mich zurückgelassen hatten. Mein Herz war gebrochen. Alles, was ich gewollt hatte, war, Hendricks wieder von mir zu überzeugen.
Ein paar Tage lang war alles wieder gut gewesen. Dieser Mann in seiner Stadt. Jetzt war er mit jemand anderem zusammen und schmiedete Pläne, Sunder die Zukunft zu rauben, und ich war allein in der Kälte. Adrenalin kreiste durch meine Adern und pumpte wilde Gefühle durch mich. Man hatte mich aus der Party geschmissen. Die coolen Kids hatten mich verstoßen. Meine Versuche, mein Hirn auf die Dinge zu konzentrieren, die jetzt dringlicher waren, liefen ins Leere. Die Frage, ob Hendricks recht hatte, drängte sich auf, aber mein Herz fragte sich nur, warum mein Freund mich nicht bei sich haben wollte.
Die Sichel lag still da. Nicht friedlich, niemals friedlich. Es war eine angespannte Stille, als ob all die Bedrohung nur lauernd wartete, bis sich die Wolken verzogen hatten. Aber ich hatte keine Angst mehr davor. Ich war jetzt Teil davon. Nur ein weiterer Tropfen Gift in der Flasche.
Sampsons kleines Casino wirkte schäbig, selbst verglichen mit seinen heruntergekommenen Nachbarn. Hier würde mich niemand suchen, falls ich sie davon überzeugen konnte, mich unterkriechen zu lassen.
»Whoa.« Der Türsteher trat mir in den Weg. »Wie viele hattest du, Kumpel?«
»Keinen.«
»Echt?«
»Darum bin ich hier. Ich wäre weitaus ruhiger, wenn ich was hätte, um meinen Kopf abzukühlen.«
Er rümpfte die Nase.
»Du machst doch keinen Ärger, oder?«
Ein tiefer Atemzug, um mich unter Kontrolle zu bringen.
»Nein, werde ich nicht. Ich will nur aus der Kälte. Bitte.«
Ich wünschte, ich hätte meine Verletzbarkeit nur gespielt, aber die Wahrheit war, dass ich wohl in Tränen ausgebrochen wäre, wenn er mich abgewiesen hätte.

»Okay. Geh rein.«
Drinnen war es nicht viel wärmer, aber zumindest war ich aus Wind und Regen raus. Es gab noch weniger Kunden als das letzte Mal. Sampson zählte an seinem Tisch Rechnungen und bemerkte mich erst, als ich neben ihn trat.
»Kann ich mich setzen?«
Er sah so müde aus, wie ich mich fühlte.
»Werden Sie sich benehmen?«
»Warum werde ich das dauernd gefragt?«
»Werden Sie?«
»Ja, versprochen.«
»Dann bitte.«
Es gelang mir nicht, meine Erleichterung zu verbergen, als ich mich hinsetzte.
»Was kann ich Ihnen bringen lassen, Mr Phillips?«
»Nun ... ich bin gerade nicht so flüssig.«
»Dann gehen Sie bitte.«
»Bitte. Hier ...« Ich leerte meine Taschen auf den Tisch, ein Haufen Münzen, wie von einem Kind an der Kasse. Eine Bronzemünze und etwas Kupfer. »Ich brauche eine Unterkunft. Man ist hinter mir her.«
»Sie können sich kaum einen Cocktail leisten und fragen nach einem Drink, einem Raum und Sicherheit?«
»Ich würde Ihnen etwas schulden.«
»Das wollen Sie nicht wirklich, Mr Phillips.«
»Ich würde Ihnen jederzeit zu Diensten sein.«
»Ich habe gesehen, wie Sie Ihre Dienste verrichten, und das nützt mir nicht wirklich. Außerdem, wenn ich Sie mir so ansehe, besteht Zweifel, dass Sie auch nur eine Woche überleben.«
Dagegen konnte ich wenig sagen. Wären unsere Rollen vertauscht gewesen, ich hätte mich längst rausgeworfen.
»Nur ein, zwei Nächte. Bitte. Ich werde sauber und ruhig sein. Sonst brauche ich nix. Nur ein Zimmer, um nachzudenken.«
»Ich führe ein Geschäft, Mr Phillips. Eins, das genug Schwierigkeiten hat, auch ohne dass ich mich mit leeren Versprechungen und Schwachsinn bezahlen lasse.«

Beinahe hätte ich auf den Tisch geschlagen, aber ich konnte mich gerade noch so beherrschen, sonst wäre alles vorbei gewesen. Ich schluckte meine Wut hinunter und sah ihm direkt in die Augen.
»Eines Tages werden Sie einen dieser Jobs haben. Wenn etwas getan werden muss, das niemand übernehmen will. Etwas zu Gefährliches. Zu finster. Zu riskant für Ihre eigenen Leute. Dann rufen Sie mich. Was immer es auch sein wird, ich werde es erledigen.«
Er strich über den mittleren Strang seines Bartes.
»Weiß sonst noch jemand, dass Sie hier sind?«
»Nur die Leute hier im Raum.«
Ein Schlüssel schlitterte über den Tisch.
»Dann verschwinden Sie. Sofort.«

70

Das Zimmer war genau das wert, was ich dafür gezahlt hatte: eine knirschende Matratze mit zerfetztem Laken und einer kratzigen Wolldecke. Kein Teppich. In der Ecke ein dreibeiniger Ohrensessel und ein winziges Fenster, durch das man direkt auf eine Ziegelmauer sah.

Es war sicherer als auf den Straßen, aber seit ich die Tür hinter mir zugezogen hatte, nagte die Angst an mir. Als hätte ich etwas übersehen. Oder alles übersehen.

Dennoch legte ich mich auf das Bett und schloss die Augen. Obwohl ich unendlich erschöpft war, wälzte ich mich stundenlang stöhnend herum, bis mich endlich gnadenvoller Schlaf davontrug.

* * *

Wir taumelten in ihr Hotelzimmer. Beide betrunken. Lachend. Ich sehnte mich nach ihren Lippen, wann immer wir uns nicht küssten. Sie schloss die Tür hinter uns, öffnete eine Flasche Wein und goss uns ein.

»Ist das ... dein Bett?«, fragte ich.

Es war ein Korb voller Blätter, der ein Drittel des Raums ausfüllte.

»Ein Feenbett. Darin schlafe ich, wenn ich zu Hause bin. In Sunder sind sie nur schwer zu bekommen, weil es nicht genug Bäume für frische Blätter gibt. Es fühlt sich so gut an, wieder in einem richtigen Bett zu schlafen.«

Sie warf sich rückwärts hinein, und die Blätter empfingen sie in einer Explosion aus Grün und Braun. Es roch wie ein Wald nach dem Regen. Ich sah auf Amari hinab, deren Rock zu ihren Schenkeln hochgerutscht war. Ein freudiges Lächeln umspielte ihre Lippen, und ihr Haar war wild und ungezähmt statt wie sonst brav hochgesteckt.

Ich lehnte mich über sie, und meine Knie sanken neben ihrem Leib

herab. Nur einen Moment lang konnte ich ihr in die Augen sehen; es war alles zu real. Sie lachte, legte mir eine Hand auf die Wange und zog meinen Mund an ihren.
Die Blätter bewegten sich unter uns. Glitten um uns, fielen auf uns. Kleidung verschwand in ihnen. Es war, als sänken wir in die Erde. In einem Kokon. Die Arme umeinandergeschlungen. Ihre Gliedmaßen wie Schlingpflanzen. Ihre Fingerkuppen erst weich wie Blütenblätter, dann hart wie Stein. Ihr Atem in meinem Mund, erdig und süß. Lippen flossen über mich wie ein Wasserfall. Wir rollten übereinander, schwer atmend, unter einer grünen See.
Dann wurde ihre Haut unter meinen Fingern fester. Ihr Atem ging schneller, und sie packte mich, ihre Fingernägel gruben sich in meinen Rücken, dann ... erstarrte sie.
Ich konnte mich nicht bewegen. Wagte es nicht. Im Zwielicht des Mondes konnte ich kaum noch ihre Gesichtszüge erkennen. Sie war eine Statue. Rinde bedeckte ihre Augenlider. Ihre um meine Hüfte geschlungenen Beine waren plötzlich unbeweglich wie Wurzeln. Nur noch ein Atem erfüllte den Raum. Für einige wenige seltsame Herzschläge war sie nur eine hölzerne Skulptur. Immer noch wagte ich nicht, mich zu bewegen, aus Sorge, ich könnte sie oder mich zerbrechen.
Dann kehrte sie zurück.
Ihr Leib schmolz unter mir. Ihre Haut wurde weich, und sie seufzte an meiner Schulter. Ich lachte vor Schock und Erleichterung.
»Entschuldige. Das passiert manchmal.«
Ich küsste sie. Es war ein guter Kuss. Unser letzter Kuss.
Meine allerletzte gute Tat.

71

In meinem Zimmer gab es keine Uhren, und den Himmel konnte man nicht sehen. Also wusste ich nicht, wie spät es war, als ich aufwachte. Nicht einmal, welcher Tag war. Hatte ich fünf Minuten oder fünf Stunden geschlafen?
Vorsichtig spähte ich aus der Tür in den Flur. Totenstille. Keine Spur von Leben, nur ein gefaltetes Handtuch. Ich nahm es und trat heraus. Alle anderen Türen waren verschlossen. Ich erreichte eine Sackgasse. Drehte mich um. Suchte weiter und fand endlich eine Tür mit der Aufschrift WC. Dahinter war ein großer Raum mit einer Toilette und einem Duschkopf so nah daneben, dass man beides auf einmal erledigen konnte, wenn man es besonders eilig hatte.
Hatte ich aber nicht. Tatsächlich blieb mir alle Zeit der Welt. Meine Freunde versteckten sich. Sie brauchten mich nicht länger. Es gab nichts zu tun, außer darauf zu warten, dass meine Feinde mich finden würden.
Ich wusch mich und zog dann die schmutzige Kleidung wieder an, bevor ich runter ins Sampsons ging. Keine Musik, keine Gäste. Es hatte geschlossen, und die Angestellten hatten sich um den Tresen versammelt. Die Szene erinnerte mich an meine Zeit im *Graben*: ein besonderes Ritual für Leute, die nicht genug Geld verdienten, um woanders zu trinken, und deshalb aus ihrer Arbeitsstelle ihre Stammtränke machten.
Phara, die Kellnerin, die mir beim ersten Besuch den Milkwood serviert hatte, schlang ihre Arme um den Türsteher. Ein paar zwergische Croupiers saßen mit einer menschlichen Wache auf den Hockern, und an der Wand lehnte eine Werkatze, die wohl in der Küche arbeitete. In der Mitte stand ein kleines silbernes Radio, das ihre gesamte Aufmerksamkeit beanspruchte, sodass sie nicht bemerkten, wie ich heranschlich, mir ein Glas nahm und es aus der nächstbesten Flasche bis zum Rand füllte. Die Stimme aus der kleinen silbernen Box hielt alle in ihrem Bann.

»… ohne Erklärung. Die Polizei hat noch keine offizielle Verkündung herausgegeben, aber Augenzeugen berichten, dass es in wenigen Sekunden geschehen ist. Bislang wissen wir nur von einem Verletzten: Ein junger Polizist, der in der Nähe stand, ist schwer verletzt worden. Die Ärzte sagen, sein Zustand sei kritisch.«
»Was ist passiert?«, wollte ich wissen.
Nur die Werkatze sah mich an.
»Wer bist du?«
»Ein Gast. Was ist passiert?«
»Jemand hat den Hexenmeister befreit«, antwortete der Türsteher. »Diesen Freak. Tippity.«
»Tippity? Wie das denn? War der nicht im Schlund?«
»Ja«, meldete sich Phara zu Wort. »Aber sie haben irgendeine Art Zauber benutzt.«
Großartig. Schon wieder? Falls die Leute sich nicht schon längst Sorgen über gefährliche Zauberer gemacht hatten, würde sich das wohl jetzt ändern.
Insgeheim fragte ich mich, ob das absichtlich falsche Informationen waren, die Niles verbreitete: Auf diese Weise konnte er die Angst vor Magum anheizen, um mehr Pistolen zu verkaufen.
»Was denn für einer? Kleine Feuerblitze?«
»Nein«, entgegnete die Werkatze und goss sich nach. »Angeblich ist ein ganzer Baum gewachsen und hat die Wände zerstört. Tippity ist an ihm rausgeklettert. Klingt verrückt.«
»Klingt wundervoll«, widersprach Phara.
»Sicher ein Komplize«, vermutete der Türsteher. »Wer weiß, wie viele es noch da draußen gibt?«
Ich hörte nicht länger zu. In meinen Ohren klingelte es, und der Boden schwankte unter meinen Füßen.
Tippity hatte keine Komplizen. Wie ich war er ein Einzelgänger. Die Polizei hatte alles in der Apotheke beschlagnahmt, alle Feenherzen und all die kleinen Säurekugeln, die er hergestellt hatte, um die Magie freizusetzen.
Alle bis auf eine.
Als ich in meinem Büro aufgewacht war und Hendricks schon

am Tisch gesessen hatte, hatte er eine Kugel in der Hand gehalten, sie vor das Licht gehalten und die Säure darin betrachtet. Dann hatte er gefragt, ob er sie ausleihen könnte. Und ich hatte ihn gelassen.
Und jetzt war ein Baum aus dem Boden geschossen.
Ich rannte direkt raus und die Straße entlang.

72

Das Tor war aufgestoßen worden. Im Schlamm auf den Stufen sah ich Spuren. Das Schloss war zerschmettert. Die Tür eingetreten. Überall Splitter.
Niemand hätte hierherkommen sollen. Niemand außer mir.
Ich ging hinein und bemerkte zwei Fußspuren auf dem Boden. Die barfüßigen aus getrocknetem Blut stammten von mir, aus jener Nacht, als ich nach der Coda zurückgekehrt war. Die anderen waren frisch und schmutzig, von dem Mann, der hätte mein Freund sein sollen. Ich folgte ihnen, bis ich den Raum erreichte, wo meine Liebe wartete.
Ein Stöhnen entrang sich meiner Kehle.
Amari.
Ihr Leib war unberührt, aber um ihn herum lagen Sägespäne und Rindenstückchen. Ihre Arme waren noch um ihre Hüfte gelegt. Ihre Finger, so zart. Ihre Brüste. Ihre Schultern. Ihr Hals …
Ich schrie auf, als ich das Grauen sah, das Hendricks angerichtet hatte.
Ihr Gesicht war fort. Aufgebrochen. Bis zum Hinterkopf. Alles darin war zerstört. Zerbrochen. Vernichtet. Ein Ohr war noch vorhanden, aber das andere lag in Stücken auf dem Boden. Wo waren ihre Lippen? Die kleine Nase? Diese Wangen? Wo war sie? Ich kniete in den Trümmern und wühlte mit den Fingern in ihnen, bis ich das größte Stück fand. Ein Auge starrte mich an. Ihr Auge.
Nein. Nein. Gott, nein.
Ich schlang meine Arme um sie. Mein Kopf drückte gegen die scharfen Kanten der Ruine, die von ihrem Haupt übrig war. Meine Tränen fielen auf ihren Nacken. Ihr Haar knirschte unter meinen Fingern wie Herbstblätter, und Teile ihrer Haut regneten herab. Sie zerbrach unter meiner Berührung, und ich zerquetschte ihren Leib in eine Million winziger Teile. Alle leer. Alle kalt. Sie zerfiel zu Staub, und jeder meiner Atemzüge wehte sie davon.

Ich war allein.

Seit sechs Jahren war sie fort, aber ich hatte ihren Körper beschützt. Und es war richtig gewesen, denn ein Teil von ihr hatte überlebt. Ein glühendes Herz voll Macht. Voller Leben. Bis Hendricks es in eine Waffe verwandelt hatte, um damit Rick Tippity aus seiner Zelle zu befreien.

Vor mir lag ein Stück von Amaris Wange, und ich presste es an meine. Es war rau und kalt, aber es fühlte sich nach ihr an.

Pat. Pat, tap.

Ich sah zu der Gestalt oben im zweiten Stock auf und brüllte.

»WIE KONNTEST DU IHR DAS ANTUN!«

Der Schatten schüttelte das Haupt.

»Wie konnte *ich*? Und was hast du ihr angetan, Junge? Sie so lange hierzubehalten. Zusammengesteckt und wie eine Puppe verkleidet. Hast du keinen Respekt vor ...«

»Ich habe sie beschützt!«

»Du hast sie für DICH behalten! Weil das die einzige Art war, sie jemals zu besitzen. Ich wusste, dass du schwach bist, aber ich hätte nie gedacht, dass du so grausam bist. Ausgerechnet zu ihr.«

»Ich habe sie beschützt. Falls sie zurückkommt.«

Neben ihm war noch ein Schatten.

»Aber sie kommt nicht zurück«, warf Linda ein. »Du hast mir das so oft gesagt, Fetch. Warum hast du sie für einen Tag behalten, an den du nie geglaubt hast?«

»Ich ... ich ...«

Hendricks lehnte sich über das Geländer.

»Was hast du dir dabei gedacht, Junge? Dass sie wieder zum Leben erwacht, ihr zerschlagener Leib voller Nägel und Kleber, und dir dafür dankt, was du ihr angetan hast? Dass sie endlich mit dir fortläuft?« Seine Worte waren Klingen in meinem Fleisch. »Nach all dieser Zeit, nach allem, was du getan hast, wie kann es sein, dass du niemals erwachsen geworden bist?«

»Aber ... Tippity hat Licht in ihnen gefunden. In ihr. Wir hätten sie damit ...«

»Sie war schon lange tot«, sagte ein dritter Schatten. »Sie alle. Ich habe dir das immer wieder gesagt, aber du wolltest es nicht hö-

ren. Du wolltest nur, dass ich der Schurke bin, damit du ein Held sein kannst.« Tippitys Brillengläser schimmerten im Halbdunkel. »Die Feen sind fort. Ich habe nur den letzten Funken ihrer Existenz ausgeliehen. Da war nichts Lebendiges mehr in ihr oder in den anderen. Du hast mir vorgeworfen, einen Weg nach vorn zu suchen, während du eine Leiche geschmust hast.«
Ihre Überreste hingen an mir. Splitter in meiner Kleidung, Staub auf meiner Haut. So trocken. So zerbrechlich. Alles fort.
»Junge, wir können nicht in der Zeit zurückreisen. Wir können auch die Vergangenheit nicht in die Gegenwart holen, sosehr wir uns es auch wünschen. Aber wir können eine neue Zukunft schaffen. Ich will dich immer noch dabeihaben. Falls du dazu bereit bist.«
Mein Gesicht brannte. Schmerz pulsierte in meiner Brust. Meine Hände suchten nach Waffen, aber ich hatte die Maschine nicht. Nur das Messer. Ohne nachzudenken, zog ich es. So lange hatte ich ohne nachzudenken agiert, warum sollte ich das jetzt ändern?
»Ich habe es Ihnen gesagt«, murmelte Tippity.
Hendricks senkte das Haupt.
»Ja, das haben Sie.«
Etwas fiel von oben herab. Glas zerbrach. Ein kleines weißes Fläschchen. Der Geruch erinnerte mich an den Wachmacher, den Tippity und ich auf dem Rückweg von der Kirche benutzt hatten, aber es war wohl die andere Sorte, denn als ich die Dämpfe einatmete, gaben meine Beine nach, und mein Kopf schlug auf den Boden.

73

Das Zeug entließ mich nur langsam aus seinem Griff. Ich war im Gefängnis. Nur eine kalte Steinbank in der Zelle. Zwar konnte ich mich nicht bewegen, aber ich fühlte, dachte, erinnerte mich.

Außerdem konnte ich hören, wie die Cops über mich sprachen. Anscheinend hatten sie mich vor der Eingangstür des Reviers gefunden, und Simms hatte strikten Befehl gegeben, mich einzusperren, bis sie sich um mich kümmern konnte.

Einerseits war ich froh, aus allem heraus zu sein. Weggesperrt, damit ich nicht noch mehr anrichten konnte. Die echte Welt war so verwirrend. Es war so schwierig, sich in ihr zurechtzufinden. Es war zu einfach, alles zu vermasseln.

Nach einer Weile konnte ich meinen Kopf zur Seite rollen und sah, dass ich Nachbarn hatte: drei grimmige Magier in der Zelle gegenüber. Nach ein paar Stunden hatte ich genug Kontrolle über meine Zunge und Lippen zurückerlangt, dass ich sprechen konnte.

»Wofffür kriegen sssssie euch drrrran?«

Sie berichteten, dass sie zu drei Tagen Gefängnis verurteilt worden waren, weil Sunder City hart gegen nicht genehmigte magische Praktiken vorging.

»Wir haben nur ein paar Experimente gemacht«, sagte der Kleinste. Die anderen beiden mochten mich nicht und äußerten sich bestenfalls mit einem Grunzen.

»Was für welche?«

Ich hatte weder den Wunsch noch die Möglichkeit, mich aufzurichten.

»Leuchtkäfer. Es ist ein alter Zauberertrick. Wir konnten ein wenig Elektrizität in den Käfern anzapfen und so Lampen erleuchten und Kinder erfreuen. Als wir von Tippity hörten, überlegten wir, wo wohl noch Magie verborgen sein könnte. Jim hier hat die Käfer erwähnt, also haben wir gedacht, wir zersto-

ßen ein paar und schauen, ob wir mit dem Licht weiterkommen.«
»Ist das möglich?«
»Vermutlich nicht. Es war nur so eine Idee. Wir sind ins Brisak Reservat, um welche zu fangen, und dann kamen so Kerle in Anzügen und fragten uns, was wir treiben. Als wir es erklärten, riefen sie die Polizei.«
Also arbeiteten Thurston und die Polizei zusammen, um diesen von Tippitys Prozess ausgelösten Angriff auf illegale Magie durchzusetzen. Vor einigen Tagen hätte mich die Vorstellung noch wütend gemacht. Aber ich hatte mich an größeren Dingen verausgabt. Ich sank zurück in den Schlaf.
Ein weiterer Tag glitt an meiner Zelle vorbei, ohne mich wahrzunehmen. Morgens kam ein nervöser Cop. Derjenige, der mich in meinem Büro gefunden und mir später in Simms' Büro Kaffee gebracht hatte. Auch diesmal hielt er eine Tasse in der Hand. Es war der schlimmste Kaffee aller Zeiten.
»Hat dich Simms darum gebeten?«
»Mir wurde befohlen, nicht mit Ihnen zu sprechen, Sir.«
»Ich bin dein Gefangener, Junge. Hör auf, mich *Sir* zu nennen, sonst nimmt dich niemand mehr ernst.«
»Ja ... öh ... ja.«
Das war ein echt harter Hund. Dürr wie eine Bohnenstange mit einem Wischmopp roter Haare oben und einem robusten Lächeln.
»Wie heißt du noch mal?«
»Mir wurde befohlen, Ihnen nichts zu sagen, Sir.«
»Ich denke nicht, dass damit dein Name gemeint war, Junge.«
Darüber dachte er gute zehn Sekunden lang nach.
»Corporal Bath, Sir ... Corporal Bath.«
»Schön, dich kennenzulernen, Corporal Bath. Weißt du was Neues über Tippity? Wer ihm geholfen hat?«
»Mir wurde befohlen ...«
»Ich weiß! Dann verpiss dich doch, Bath. Bis morgen. Ich freue mich schon auf die nächste Tasse heißer Pisse!«
Darauf ging er, und auch die drei nicht allzu gesprächigen Zaube-

rer schwiegen. Die Welt da draußen war still. Nur hin und wieder hörte ich Baulärm, wenn ein weiteres Stück von Niles finanzierter Architektur fertiggestellt wurde.

Ich fragte mich, was Hendricks mit Linda und Tippity vorhatte. Hatten sie alle seinem Plan zugestimmt? Bemühten sie sich, Niles aufzuhalten, oder planten sie, die ganze verdammte Stadt zu zerstören?

Hendricks hatte die Villa des Gouverneurs als Unterschlupf missbraucht. Falls sie noch dort waren, könnte ich Corporal Bath davon berichten und abwarten, was geschehen mochte, aber das würde bedeuten, mich wieder zu involvieren, und dem hatte ich abgeschworen.

Danach musste ich an das Loch denken, das ich in das Rohr geschlagen hatte, und fragte mich, wie lange es die Niles Company wohl aufhalten mochte. Vielleicht gar nicht. Vielleicht lange. Vielleicht war das einzige Ergebnis, dass irgendwelche unschuldigen Bewohner der Stadt weiterhin in Kälte und Dunkelheit leben mussten. Ein leeres Haus. Ein zerstörtes Geschäft. Zuerst fühlte ich mich schlecht, aber dann erinnerte ich mich daran, dass es egal war, da mein alter Freund alles zerstören wollte.

Natürlich hatte Hendricks längst einen Plan, so viel war sicher. Er war nie jemand gewesen, der nur das Maul aufriss. Wie auch immer er es vorhatte, er hatte eine Möglichkeit gefunden, Sunder niederzureißen.

Aber das ging mich nichts mehr an. Ich war draußen. Was immer sie auch taten, ich würde einfach abwarten und zusehen.

* * *

Als die Sonne unterging, kroch eine Kakerlake über den Boden, erklomm meinen Fuß und dann mein Bein. Vergeblich versuchte ich, sie abzuschütteln, aber sie klammerte sich fest und stieg immer höher.

Also nahm ich meinen Hut und schlug nach der kleinen Pest.
PENG!
Ich sprang auf. Von nebenan, dort, wo die Cops waren, ertönten

Schreie. Auch die Magier standen bereits. Rauch und Staub wehten in den Zellentrakt, und dahinter kam Linda Rosemary.
In der einen Hand hielt sie ihr Schnappmesser, in der anderen einen Schlüsselbund. Sie war gekommen, um mich zu befreien. Hendricks hatte sich doch noch umentschieden.
»Linda, was ist los? Bist du …«
Sie wandte sich an die Zauberer.
»Gentlemen, Rick Tippity schickt mich. Wir haben Sunder City den Krieg erklärt, und wir suchen Soldaten, die bereit sind, für unsere Sache zu kämpfen. Wir glauben, dass Sie zu Unrecht eingesperrt sind, von einer Firma, einem Feind, der die Kontrolle über die Stadt und ihre Bewohner ergriffen hat. Ich werde Sie befreien. Es gibt keine Verpflichtung, uns beizutreten, aber falls Sie sich so entscheiden, werden wir Ihnen Macht überlassen. Wir haben Waffen, die Sie nutzen können, Verbündete, die Hilfe benötigen, und eine Welt, die gerettet werden muss.« Damit schloss sie die Zelle auf. »Aber es ist Ihre Wahl.«
Keiner der drei musste darüber auch nur nachdenken. Nacheinander verließen sie die Zelle und schüttelten Lindas Hand. Dem Kleinen gab sie einen Zettel.
»Hier ist die Adresse. Begeben Sie sich so schnell wie möglich dorthin. Ich muss mich hier noch um eine Sache kümmern.«
Die Magier rannten hinaus. Jetzt wandte Linda sich mir zu. In ihren Augen lag ein kalter Blick, als sie den Schlüssel ins Schloss steckte.
»Linda, ich …«
»Was soll es sein?«
Noch hatte sie den Schlüssel nicht gedreht, sondern hielt ihn nur fest.
»Willst du das wirklich durchziehen?«, fragte ich sie.
»Was?«
Es machte ihr Spaß, Macht über mich zu haben und mit mir zu spielen.
»Ich verstehe, dass die Niles Company aufgehalten werden muss, aber …«
»Wirklich?«

Das erwischte mich kalt. Bislang hatte ich mir in die Tasche gelogen, dass Hendricks recht hatte. Dass wir die Pläne der Niles Company durchkreuzen mussten, egal, wie sehr sie den Bewohnern der Stadt half, aber dass die Zerstörung von Sunder City zu weit ging.
Aber ich lebte schon zu lange hier. Mit den Kranken und den Verletzten. Denjenigen, die niemals mehr Arbeit finden würden. Den zersplitterten Familien ohne Hoffnung. Vielleicht hatte Hendricks recht. Vielleicht konnte ich das große Ganze einfach nicht erkennen. Vielleicht wollte ich es nicht sehen. Vielleicht wollte ich mich weiterhin in all diesen hässlichen kleinen Details des Lebens verlieren.
»Nein«, gestand ich. »Nicht wirklich. Ich habe zu viele Leute zu viel leiden gesehen.«
»Du hast die Bewohner der Stadt gesehen, mehr nicht. Du hast keine Ahnung davon, wie es im Rest der Welt aussieht.«
»Das stimmt. Habe ich nicht. Aber ich kann nicht dabei helfen, die Stadt zu vernichten. Das ist Wahnsinn.«
»Diese Stadt ist Wahnsinn. Du kannst das nicht verstehen, weil du ein Teil von ihr bist. Beinahe hätte sie mich auch verschlungen, wenn Hendricks mir nicht die Augen geöffnet und gezeigt hätte, dass es einen anderen Weg gibt. Der Rest der Welt hat noch eine Chance. Ohne Sunder.«
»Aber wir können in der Stadt wirken. Sie besser machen.«
»Weißt du, was mir vor ein paar Tagen in den Briefkasten geflattert kam? Ein Brief von der Stadt. Sie verbieten mir, meine Arbeit weiterzumachen, weil sie angeblich illegales Verhalten fördert. Sie behaupten, es sei gefährlich. Der gleiche Scheiß, den du mir eingetrichtert hast, nur jetzt in ein Gesetz gegossen. Ich verstehe, warum du an diesem Ort festhältst. Er nährt dich, und du nährst ihn. Aber ich bin bereit, ihn brennen zu sehen.«
Es klang so direkt, so klar, dass es beinahe ihre Unsicherheit überspielte.
»Linda, wir können eine andere Lösung finden. Es gibt ...«
»Er hat mir von dir erzählt. *Alles.*«
Scheiße.

»Ich … es tut mir leid. Ich …«
»Auch das verstehe ich. Du musstest das Monster töten, das deine Familie ausgelöscht hat. Das war was Persönliches, richtig? Wichtiger als Politik oder Moral. Das kann ich dir nicht vorwerfen. Wirklich nicht.« Sie zog den Schlüssel aus dem Schloss. »Aber wegen deiner Taten starb *meine* Familie. Du bist meine Schimäre, Fetch Phillips. Ich werde dich nicht töten, aber ich lasse dich auch nicht aus deinem Käfig.«
So verschwand sie.

74

Nach einer Weile kam Bath zurück. Sein Gesicht war ziemlich zerkratzt; vermutlich hatte Linda Rosemary sich ihm vorgestellt. Aber er sah sich nur um, machte sich ein paar Notizen und ging dann wieder. Ich legte mich schlafen.
»Interessant«, stellte eine Stimme jenseits der Gitterstäbe fest. Ich setzte mich auf und sah das kantige Kinn und den stählernen Blick von Thurston Niles. »Sie haben Sie zurückgelassen. Damit habe ich nicht gerechnet.«
Ich machte mir nicht die Mühe aufzustehen.
»Jo.«
»Wie läuft der Auftrag? Sie wissen schon, ich hatte Sie angeheuert, den Mörder meines Bruders zu finden. Im Voraus bezahlt.«
»Wie gesagt, ich arbeite nicht für Menschen.«
»Sie arbeiten für niemanden. Simms und Thatch haben sich von Ihnen losgesagt. Ihre Rebellenfreunde wollen Sie auch nicht dabeihaben. Was ist passiert? Gerade wurde es doch aufregend.«
Thurston war so sehr daran gewöhnt, praktisch unberührbar zu sein. Ich hatte gesehen, wie Leute sich von ihm einnehmen ließen, nur weil er mit Geld um sich warf. Vielleicht hatte es ihn deswegen so beeindruckt, dass ich es gewagt hatte, seine Nase zu brechen.
»Das letzte Mal, als ich Ihnen meine Freundschaft angeboten habe, haben Sie sie ausgeschlagen. Vielleicht ist es an der Zeit, noch einmal darüber nachzudenken?«
Als ich ihn das erste Mal getroffen hatte, war ich auf seine Darstellung reingefallen: der trauernde Bruder, der die Scherben aufsammelt. Jetzt konnte ich sehen, wovor Hendricks sich so fürchtete. Thurston trug sein Ego wie einen goldenen Brustpanzer. Sein Gefühl der Überlegenheit stank wie billiges Aftershave.
Nein, dieser Mann durfte niemals meine Stadt in seinen Händen halten. Aber ich hatte jede Chance darauf, ihn aufzuhalten, versemmelt.

»Ich komme gut allein zurecht, vielen Dank. Hier drinnen ist es sicher. Weitaus sicherer als auf den Straßen, wo bald jeder eine Ihrer Pistolen im Gürtel stecken haben wird.«
Er kicherte.
»Sie haben da nicht ganz unrecht, aber immerhin werden wir besser auf Terroristen wie Deamar vorbereitet sein.« Er trat direkt an die Gitterstäbe. »Was ist sein Plan?«
Ich zuckte mit den Achseln.
»Keine Ahnung.«
»Doch, haben Sie. Warum sonst würden Sie Drachen töten und in Fabriken einbrechen?«
»Vielleicht war ich deshalb mit ihm unterwegs: um herauszufinden, was er plant.«
»Vielleicht reden Sie nur Scheiße.«
»Vielleicht tue ich es Ihnen gleich.«
»Das reicht. Ich mag Sie, Mr Phillips. Das habe ich immer betont. Aber meine Zeit ist kostbar. Sagen Sie mir, was Deamar vorhat, und wir können zusammenarbeiten. Diesmal wirklich. Keine Lügen mehr.«
Das Grinsen ließ sich nicht unterdrücken.
Ein Mensch wollte, dass ich den Anführer von Opus verriet und mich auf seine Seite schlug. *Schon wieder.*
Es war absolut unmöglich. Sie konnten mir die Zehen abschneiden und meine Zähne herausreißen, aber ich würde ihnen niemals mehr sagen. Dieser Fehler war mir sechs Jahre lang wieder und wieder wie ein Eisennagel in den Schädel getrieben worden. Jeden Tag bereute ich diese Tat, und Thurston glaubte, er könne mich dazu überreden, sie zu wiederholen, indem er mich *freundlich bat?* Das war der beste Witz, den ich je gehört hatte.
»Das muss ich leider verneinen, Niles. Vielen Dank für Ihren Besuch.«
Ein anderer Mann wäre vielleicht wütend geworden. Aber nicht Niles. Wut, Schuld, Miete und Steuern waren Probleme niederer Leute.
»Falls Sie sich noch umentscheiden und mich erreichen wollen, werde ich den Corporal wissen lassen, dass er es Ihnen erlaubt.«

»Aber hocken Sie nicht jeden Abend neben dem Telefon, Thurston. Für Ihren Topf gibt es sicher andere Deckelchen. Ich will Ihnen nicht das Herz brechen.«
Er lachte leise.
»Wenn Sie nur wüssten, wie klein Ihre Welt ist, Mr Phillips. Vielleicht würden Sie Ihre Einstellung Ihrer eigenen Spezies gegenüber überdenken. Ob Sie es nun wollen oder nicht, diese Stadt hat den Menschen gehört, lange bevor ich hierherkam. Sie sind ein Mensch. Mehr Mensch als die meisten anderen, die ich je getroffen habe. Vielleicht werden Sie irgendwann einmal außerhalb von Sunder sehen, wie das Leben für jene ist, die nicht von Menschen wie mir beschützt werden.«
So ließ er mich zurück, und ich entschied in diesem Augenblick, dass trotz seiner Warnungen meine Zeit in Sunder Geschichte war. Ich hatte genug. Genug getan. Sunder würde das Schlachtfeld eines Krieges werden, und ich wollte keine der Seiten als Sieger sehen.
Manche Fehler kann man nur einmal machen. Niemals hätte ich mein Wissen über Eliah Hendricks an einen Mann wie Thurston Niles weitergeben können. Egal, um was es ging. Und auf Eliah lastete eine ähnliche Vergangenheit. Als ich noch ein Kind war, hatte er ein Monster beschützt, das meine Familie umbrachte. Später hörte er Geschichten über mich, und er suchte nach mir, sorgte sich um mich, lehrte mich. Dann drehte *ich* durch. Verriet ihn. Wurde sein neues Monster. Aber er ließ mich ziehen, und dieser Fehler war noch viel schlimmer als sein erster.
Sunder war nun zu seinem Monster geworden: eine wilde, selbstsüchtige Bestie, wie sie die Welt noch nicht erlebt hatte. Selbstverständlich musste er sie aufhalten. Seine Vergangenheit hatte ihn gelehrt, was geschah, wenn er Monster wie uns frei walten ließ.
Und warum sollte ausgerechnet ich mich ihm in den Weg stellen? Ich war fertig mit Sunder City. Ohne Amari ergab nichts mehr einen Sinn. Falls mich die Cops jemals laufen ließen, würde ich meinen spärlichen Besitz zusammenklauben und die

Stadt verlassen. Hendricks konnte sie dem Erdboden gleichmachen, Thurston sie in eine Festung verwandeln, es war mir gleich. Nicht mehr mein Kampf. Ich verschloss meine Augen vor allem.
Am nächsten Morgen donnerten die Explosionen durch die Straßen.

75

Die erste ließ den Erdboden gegen Sonnenaufgang erbeben, dann kamen im Laufe des Tages noch zwei. Stimmen schrien, verstummten, aufgeregte Worte nebenan. Ich konnte nichts verstehen, aber Cops sprechen immer gleich, wenn sie Angst haben: Sie verbergen ihre Panik, indem sie tiefer und lauter reden.

Wieder schloss ich die Augen und versuchte, mich daran zu erfreuen, dass mich das alles nicht mehr tangierte.

»Thurston hat längst deinen Anruf erwartet. Ich kann nicht sagen, ob er beeindruckt oder angepisst ist.«

Vor meiner Zelle stand Simms.

»Also steckst du jetzt auch in seiner Tasche, Detective. Muss ganz schön eng sein.«

»Nein. Wirklich nicht.« Simms kam näher. »Ich finde nicht gut, was er mit unserer Stadt anstellt, aber ich weiß, dass ich mir meine Feinde vorsichtig aussuchen muss. Tippity und Rosemary laufen Amok: Sabotage, Brandstiftung, Diebstahl. Sie müssen aufgehalten werden. Jetzt. Über Thurston mache ich mir danach Gedanken.«

»Netter Versuch, Simms, aber ich weiß, wie der Hase läuft. Du überzeugst mich davon, bei dir zu singen, und dann singst du ihm ein Ständchen, ja? Steht er da draußen und hört zu?«

»Nein.« Sie zog einen Schlüssel aus der Tasche und öffnete die Zelle. »Ich kenne dich zu gut, um zu fragen. Du wirst mir nichts erzählen.«

Damit reichte sie mir meinen Mantel. Die blaue Opus-Uniform mit dem Pelzkragen, die ich wochenlang nicht gesehen hatte. Als ich ihn mir um die Schultern legte, war es, als würde ich nach Hause kommen.

»Du bist den ganzen Weg gekommen, um mich zu befreien?«

»Ich bin hier, um die Wachen zu rekrutieren, aber in der Güte meines Herzens habe ich entschieden, dich doch laufen zu lassen. Bitte lass es mich nicht bereuen.«

»Rekrutieren? Für was?«
»Die Schlacht. Da draußen sterben Cops, Fetch. Wir müssen alle zusammenarbeiten. Brauchen jedes bisschen Hilfe. Ich weiß, was du kannst, und ich weiß nicht mehr, wem ich vertrauen kann.«
So hatte ich sie noch nie erlebt. Da war tatsächlich Furcht auf ihren Zügen. Was konnte ihr eine solche Angst einjagen?
In der Ferne donnerte eine weitere Explosion. Ich roch den Rauch. Ich hörte die Schreie von der Straße.
»Simms, was zur Hölle ist eigentlich los?«

76

Wir rannten auf die Straße, wo der Brandgeruch nur noch stärker wurde. Schwarze Rauchsäulen stiegen zu den Wolken auf. Nur ich, Simms und Bath waren draußen. Sie blaffte ihm einige Befehle ins Gesicht.
»Nimm den östlichen Weg und sammle alle Polizisten von der Grove, Tar und bei der Piazza ein. Ich gehe nach Westen. Wir treffen uns in einer halben Stunde wieder.«
Bath nickte und lief los.
»Irgendwo hat Tippity mehr von dem Feenzeug gefunden«, klärte mich Simms auf. »Ein ganzes Arsenal von Elementarzaubern.«
Hendricks hatte Amaris Macht genutzt, um Tippity zu befreien, weil es die einzige war, auf die er Zugriff hatte. Eine Feenseele und eine Säurekugel. Aber er hatte genau das genutzt, um den Mann zu befreien, der mehr herstellen konnte. Tippity musste zur Kirche zurückgekehrt sein. Vielleicht mit Hendricks und Linda, die ihm halfen, die Macht jeder Fee zu ernten, die sie finden konnten.
Es war arschkalt, also schob ich die Hände in die Taschen, nur um sie schnell wieder herauszuziehen. Einer meiner Finger blutete. Vorsichtig griff ich wieder hinein und zog das Ledertuch hervor, in das ich das zerschmetterte Einhorn-Horn gewickelt hatte.
»Es begann vor einigen Stunden«, fuhr Simms fort. »Diese Magier haben sich Deamar angeschlossen wie Soldaten, aber es sind nicht die Einzigen. Er hat mehr Gefolgsleute versammelt. Wir wissen nicht, wie viele oder was ihr Plan ist, aber sie haben Wirkungsstätten der Niles Company angegriffen.«
Ich ging die Straße entlang, weg von Simms. Fort von allem.
»Komm schon, Fetch! Du solltest nicht alleine losziehen!«
Ich sah mich nicht um. Es war nicht mein Kampf. Nicht meine Stadt. Nicht mehr.
Es gab nur noch eine Sache, die ich erledigen musste.

* * *

An der Parro Avenue bog ich von der Elften ab und sah, dass die Gegend verlassen war. Der Spielplatz, der sonst von Sonnenauf- bis -untergang voller Kinder war, lag leer dort, weil alle sich in den Häusern verkrochen hatten. Dann stolperten zwei Gestalten hinter einer Hecke hervor. Zwei Jugendliche, ein Junge und ein Mädchen, deren Kleidung und Haare voller Staub waren. Sie weinte. Er sah verlorener aus, als ich jemals jemanden gesehen hatte.
Offenbar waren sie einem von Tippitys Zaubern zu nahe gekommen. Der Junge sah mich um Hilfe bittend an, aber ich konnte nichts tun. Ich hatte nicht einmal guten Rat auf Lager. Gerade wollte ich weitergehen, als sich eine Tür einen Spalt öffnete und zwei bleiche Gesichter erschienen.
»Kommt rein!«
Es sah nach Mutter und Tochter aus, vermutlich Sartyren.
»Draußen ist es nicht sicher«, zischte die Ältere. Das Pärchen hielt sich an den Händen, als es zur Tür rannte, dankbar, dass ihnen jemand sagte, was sie tun sollten.
Sie schlüpften hinein, aber die Jüngere hielt die Tür weiter auf und blickte mich an.
»Komm!«
Sie winkte mir mit der Hand zu.
»Izzy«, schalt ihre Mutter sie leise. Sie konnte Menschen offensichtlich besser einschätzen. Aber Izzy bedachte sie mit diesem Blick, den nur mutige kleine Mädchen draufhaben, und die Mutter ließ sie zögerlich gewähren.
»Kommen Sie?«
Aber ich stand nur auf der Straße. Für einen Moment dachte ich, dass es wieder schneie, aber es war Asche, die von einem Feuer nicht weit von hier herüberwehte.
»Nein«, entgegnete ich. »Aber danke.«
Ich ging weiter.

77

Schon vor Monaten hatte mir Warren seine Adresse gegeben, und ich hatte sie immer noch in der Brieftasche. Es war ein hübsches kleines Reihenhaus im Nordosten der Stadt, ein paar Straßenzüge von der Sir-William-Kingsley-Straße entfernt. Als ich anklopfte, öffnete mir eine Gnomenfrau die Tür.
»Es tut mir leid, Sie zu stören. Ist Warren da?«
Sie war klein und stämmig, trug eine braune Schürze um ihre Hüften gebunden, und sie hatte einen Gesichtsausdruck, der nur Leuten eigen ist, die Wangen wie reife Tomaten haben: weder ein Lächeln noch ein Stirnrunzeln, sondern ein Zusammenziehen des gesamten Gesichts.
»Nein, ist er nicht. Ich fürchte, er ist verstorben.«
Was?
Wurdest du schon einmal in die Gegenwart gerissen, zurück in den Moment, wie ein Schock? Genau im Hier und Jetzt landend? Nur um zu erkennen, dass du die ganze Zeit irgendwo anders verbracht hast?
Da stand ich also, auf der Terrasse eines roten Reihenhauses, in das ich schon oft eingeladen worden war, es aber noch nie besucht hatte. Nicht ein Mal. Vor mir eine Frau. Unter der Schürze komplett in Schwarz gehüllt. Warrens Ehefrau. Er hatte sie mir gegenüber erwähnt. Viele Male. Ich hatte sie nie kennengelernt. Mich nie nach ihr erkundigt. Und hier war sie.
»Das tut mir leid«, brachte ich hervor und ging rückwärts die Stufen hinunter.
»Sind Sie Fetch?«
Ihre Stimme war warm. Erinnerst du dich, dass, als du noch klein warst, es in jeder Kinderclique eine beste Mama gab? Diese Frau würde immer genau diese Mama sein.
»Ja.«
Ich sah zu ihr auf, und ihre Miene lag halb zwischen Lächeln und Weinen.

»Ich habe versucht, Sie zu erreichen.«
»Oh.« Das Licht des Nachmittags schien auf die Dächer und schmolz den Schnee. Zwischen ihnen tropfte Wasser wie ein Vorhang herab. »Warum?«
»Weil er Sie bei seinem Begräbnis dabeihaben wollte. Mit seinen anderen Freunden. Es tut mir leid, dass Sie es verpasst haben.«
Durch meinen Kopf huschten Worte, aber sie waren alle so offensichtlich, so banal. Was sollte ich sagen? Dass es mir auch leidtat? Natürlich tat es mir leid. Dass ich hätte da sein sollen? Natürlich wäre ich da gewesen, wenn ich es gewusst hätte.
Wäre ich doch, oder?
»Möchten Sie einen Augenblick hereinkommen?«
»Ja. Ja, bitte.«

* * *

Es war gemütlich. Es gab nicht viele Zimmer, aber die waren mit viel Liebe eingerichtet worden. Ich fand mich in einem grünen Sessel wieder, über den eine Zierdecke gelegt worden war und der mich wie eine angetrunkene Tante in den Arm nahm. Meine Gastgeberin hieß Hildra, und sie saß auf einem knorrigen Holzstuhl, der nicht zum Rest des Mobiliars passte. Überall um uns herum standen gerahmte Bilder von Kleinkindern und Porzellanfiguren von Katzen und kleinen Hütten.
Man hätte annehmen können, dass Hildra aus Äpfeln geformt war: Wangen, Augen, Kinn, Brust, Bäuchlein. Der schwarze Schal um ihr Haupt akzentuierte das runde Gesicht. Selbst ihr Stirnrunzeln war eine Art Lächeln.
Wir beide hielten ein Glas ihres selbst gebrannten Brandys in der Hand, und sie starrte mich auf eine Weise an, die mir unangenehm war.
»Wann ist er ... wann ist es passiert?«
»Letzte Woche. Am Ende war es sein Herz. Es musste sich so anstrengen, seinen Körper anzutreiben. Sie kennen Warren, er hat sich nie zurückhalten lassen.« Kannte ich Warren? Irgendwie

schon. »Ich habe in Ihrem Büro angerufen und auch ein Telegramm geschickt.«
»Es tut mir leid. Ich war eine ganze Weile nicht zu Hause. Ich hatte einigen Ärger.«
»Warren hat das von Ihnen erzählt. Dass Sie immer Unfug treiben. Als er Sie kennenlernte, hat Sie ein Zyklop umhergeworfen, und danach ist es nur noch schlimmer geworden.«
Das stimmte. Das nächste Mal hatte mich ein Armbrustbolzen erwischt. Danach hatte Warren mich in meinem Büro an meinen eigenen Stuhl gefesselt gefunden.
»Warren hat mir einige Male den Hintern gerettet«, erklärte ich.
»Nun, dann sollten Sie ab jetzt wohl vorsichtiger sein.« Ich nahm einen kleinen Schluck. Hildra kippte ihren Brandy herunter und nahm die Flasche in die Hand. »Das muss man nicht genießen, ich braue das im Hinterhof, um Himmels willen. Prost.«
Also schüttete ich ihn herunter, und sie füllte unsere Gläser.
»Haben Sie von der Niles Company gehört?«, wollte ich wissen.
»Wie sie ein neues Kraftwerk bauen wollen?«
»Oh, ich habe Gerüchte gehört. Aber ich glaube es erst, wenn ich es mit eigenen Augen sehe.«
»Ich habe es schon gesehen. Sieht so aus, als kämen die Feuer zurück. Genug Energie, um die Töpferei zu betreiben, schätze ich. Besitzen Sie die noch?«
Sie nickte.
»Da kam jemand von dieser Firma und hat versucht, all seine Geschäfte zu kaufen. Ich werde Sie nicht beleidigen, indem ich wiederhole, was ich ihm gesagt habe.«
»Gut. Behalten Sie sie.«
»Glauben Sie wirklich, dass die tun werden, was sie behaupten?«
»Es besteht eine größere Chance, als ich jemals für möglich gehalten hätte.«
Aber da war noch Hendricks. Und Linda, und Tippity, und diese Magier und wen auch immer sie noch alles für ihre Sache hatten gewinnen können. Würden sie gegen Thurstons Pistolen bestehen können? Ich wollte nicht in der Gegend bleiben, um es herauszufinden, und ich wollte auch nicht, dass Hildra das tat.

»Sie sollten die Stadt für eine Weile verlassen. Es gibt da Leute, die die Niles Company noch mehr hassen als Sie. Und die machen Ärger. Die ganze Stadt ist in Gefahr. Halten Sie sich bedeckt, und kommen Sie wieder, wenn es vorbei ist.«
Ein weiteres dieser unerkennbaren Lächeln/Stirnrunzeln.
»Mr Phillips, das hier ist mein Zuhause. *Unser* Zuhause. Selbst wenn ich fortgehen wollte, ich bin älter als mein Ehemann. Mein Körper ist genauso krank, wie es seiner war. Ich werde bis zum Ende in dieser Stadt bleiben.«
Ich zog das Leder aus meiner Tasche und legte es neben die Brandyflasche auf den Tisch.
»Eigentlich wollte ich Ihrem Mann das hier bringen. Es tut mir leid, dass ich zu spät kam.«
»Was ist das?«
Als sie es auswickelte, kamen die trüben, purpurnen Glassplitter zum Vorschein.
»Einhorn-Horn. Ich weiß, dass es lächerlich klingt, und ich weiß nicht, ob es hilft, aber Warren hat danach gesucht. Anscheinend glaubte Rick Tippity, dass man daraus eine Art Heiltrank brauen könnte. Falls Sie wollen, versuchen Sie es. Ich hoffe, es hilft.«
Hildra lehnte sich zurück. Zum ersten Mal wirkte sie überrascht. Ruhig. Nicht einmal ein Lächeln. Ihr kleiner Mund stand offen. Innerlich bereitete ich mich auf die Tirade vor. Auf den Schrei. Auf die Frage, warum ich es nicht schon vor Wochen gebracht hatte, als ihr Mann noch lebte. Um ihm eine Chance zu geben. Ich war bereit dafür. Ich verdiente es.
Dann lachte sie. Nein, es war mehr als ein Lachen, fast schon ein Heulen. Sie lachte so sehr, dass sie keine Luft mehr bekam. Sie wies mit dem Finger auf mich und schlug sich auf die strammen Schenkel. Bleich saß ich ihr gegenüber und fragte mich, welchen Witz ich verpasst hatte.
»Er wusste es! Er WUSSTE ES!« Das Lachen ließ ihren ganzen Leib erbeben wie eine Kutsche auf löchriger Straße. »Warren hat es gleich gesagt. Sie SUCHEN nach Magie.« Ihr Finger fuchtelte vor meinem Gesicht herum. »Sehen Sie nur, wie ernst Sie dreinblicken. Sie sind genau, wie er immer erzählt hat. So grimmig.

Immer böse guckend. Aber in Wahrheit«, ihr Finger stieß gegen meine Brust, »sind Sie ein Träumer.«

Ihr Lachen wurde zu einem Husten, und sie musste ihre Kehle mit etwas Brandy befeuchten.

»Hören Sie, Hildra, ich wusste einfach, wonach er Ausschau hielt. Ich behaupte nicht, dass es helfen wird, aber ...«

Sie schniefte, und ich befürchtete, der Brandy würde ihr aus der Nase spritzen.

»Sie sind so mürrisch! Warum macht es Sie wütend, dass ich denke, dass Sie nach Magie suchen?«

»Weil ich nicht nach Magie suche.«

»ABER WARUM DENN NICHT?« Ihr Lachen verklang. Die Porzellanfigürchen klapperten auf ihren Regalbrettern. »Was sonst sollten Sie mit Ihrer Zeit anfangen, Mr Fetch Phillips? Halbherzig durch die Stadt streifen und so tun, als würden Sie anderen helfen?«

»Also, ich weiß nicht, was Warren Ihnen über mich gesagt hat.«

»Mehr als genug. Sie glauben, dass Sie sterben wollen? Mein Ehemann hatte keine Wahl. Aber bis zum letzten Moment hat er sich bemüht, mein Leben besser zu machen. Das Leben seiner Freunde besser zu machen. Und er war krank. Sie sind das nicht.«

»Und deshalb soll ich etwas Lächerliches tun?«

»Sie denken, es ist lächerlich, die Welt zu einem besseren Ort machen zu wollen? Sie ahnen nicht einmal, wie lächerlich Sie gerade wirken. Mit diesem langen Gesicht, als trügen Sie das Gewicht der ganzen Welt auf Ihren Schultern, und dabei haben Sie die ganze Zeit ein Wunder in Ihrer Tasche.« Sie zog eine kleine Glasscherbe aus dem Haufen und legte sie auf den Tisch, dann wickelte sie den Rest wieder ein. »Vielleicht ist es nur noch Glas. Vielleicht ist die Magie fort, und es gibt keine Hoffnung mehr, dass sie zurückkehrt, und wir alle werden bald sterben. Aber was, wenn es eine Möglichkeit gibt, das zu ändern, und Sie es nicht versuchen, nur weil Sie Angst haben, sich zum Narren zu machen?«

»Es gibt Bessere als mich dafür.«

»Natürlich. Vielleicht können Sie ihnen helfen. Oder Sie versa-

gen, und es bleibt alles gleich. Was soll's?« Sie präsentierte mir das Lederbündel. »Ich werde ein Stück davon nehmen und sehen, ob es mir helfen kann. Behalten Sie den Rest. Warren hätte es zu Lebzeiten nicht verschwendet. Versprechen Sie mir, dass Sie es auch nicht verschwenden werden.«
Ich schob es zurück in meine Tasche.
»Versprochen.«
Als ich nach meinem Brandy griff, zog Hildra ihn weg.
»Haben Sie nicht gesagt, dass ich die Stadt verlassen soll, weil etwas Schlimmes passieren wird?«
Ich schluckte.
»Ja.«
»Können Sie das verhindern?«
»Weiß ich nicht.«
»Können Sie es versuchen?«
»Nun ... ja.«
»Warum zum Teufel sind Sie dann noch hier?«

* * *

Fünfzehn Minuten später war ich zurück am Friedhof, betrat das Mausoleum und schob den Deckel vom Sarkophag.
Sie lag noch dort. Meine Maschine. Mit einem letzten Schuss im Magazin.
Ich steckte die Pistole ins Halfter und zog in den Krieg.

78

Der Tag verging. Eine weitere Winternacht brach über die Stadt herein und bedeckte sie. In der Luft hingen Rauch und panische Schreie, die von Straße zu Straße getragen wurden. Hinter Vorhängen spähten Augenpaare hervor, und die Leute fragten sich, ob es sicherer war, drinnen zu bleiben oder draußen nach Antworten zu suchen.
Das Polizeirevier war umzingelt: Straßencops, die sich furchtsam umsahen, breitbeinige Detectives und ein schwitzender Captain, der unter dem Druck zusammenbrach. Auf dem Weg hörte ich Fetzen der Gespräche. Geschäftsinhaber baten um Schutz. Granden der Gesellschaft wollten Informationen bekommen. Aber es war nichts im Vergleich zu dem Chaos drinnen.
Gerade als ich hineinkam, stürmte ein Laufbursche mit einem Bericht durch die Tür. Einige höhergestellte Offiziere versammelten sich um ihn, um auf den neuesten Stand gebracht zu werden. Nichts davon klang gut: eingestürzte Gebäude, unkontrollierbare Brände. Kleine Gruppen wurden entsandt, um Zivilisten beizustehen oder mehr herauszufinden. Es schien keine Übersicht zu geben und erst recht keinen Plan, wieder Ordnung herzustellen. Und ich war nicht der Einzige, der das bemerkte. Ein Anzugträger schrie Simms an und verlangte Cops zur Absicherung besonders gefährdeter Liegenschaften der Niles Company. Gerade wollte ich mich einmischen, als mich eine Hand an der Schulter packte und herumwirbelte.
»Du Bastard!«
Ich versuchte zurückzuweichen. Meistens, wenn mich Leute packten und beschimpften, folgte darauf eine Faust. Aber die Arme zogen mich heran und in eine Umarmung, die mir den ganzen Genuss von Sergeant Richie Kites' schlechtem Atem bescherte.
»Jemand hat das Gefängnis in die Luft gejagt. Ich dachte, es hätte dich erwischt. Wie bist du da rausgekommen?«

»Gute Führung.«
»Unsinn.«
»Simms hat mich gehen lassen.«
»Deine erste Antwort gefällt mir besser.«
Ich deutete auf den Anzugträger, der immer noch mit hochrotem Kopf vor Simms mit den Armen wedelte.
»Warum sind die Schergen der Niles Company hier und wollen eure Hilfe? Haben sie nicht genug eigene Waffen?«
»Was für Waffen?«
»Die Fabrik im Reservat oben ist voller Tötungsmaschinen. Hunderte, wenn nicht mehr.«
»Deshalb hat Tippity da wohl zuerst zugeschlagen. Das gesamte Gebäude ist unter einem Eisblock eingefroren.«
»Scheiße.«
»Ja.«
Das schuf Chancengleichheit. Einige von Niles' Leuten hatten schon Pistolen, aber niemand konnte sagen, wie viele Anhänger Hendricks rekrutiert hatte.
»Was sonst noch?«, erkundigte ich mich.
»Ein paar Gebäude zerstört. Ein paar Arbeiter ermordet. Keine Ahnung, was sie vorhaben, außer alles in Schutt und Asche zu legen.«
»So, wie ich Hendricks verstanden habe, ist *genau* das der Plan.«
Das brachte mir einen verwirrten Blick von Richie ein, und ich erkannte, dass ich ihm einiges zu erzählen hatte. »Komm mit.«
Wir bewegten etwas zur Seite, sodass uns niemand belauschen konnte, und ich gab mein Bestes, Richie in kurzer Zeit so viel Informationen wie möglich zukommen zu lassen. Wir kannten uns seit den Tagen, in denen wir beide Hirten gewesen waren. Deshalb war er mit Hendricks vertraut. Zumindest mit der Person, die er einst gewesen war. Aber da er seit der Coda in Sunder lebte, bedurfte es keiner großen Überredungskunst meinerseits, damit er sich für die Stadt entschied.
»Aber selbst wenn das sein Plan ist, wie kann er eine ganze Stadt zerstören?«, hakte er nach. »Du sagst doch selbst, dass die Feenzauber nicht so mächtig sind.«

»Ich weiß es nicht. Ich weiß nur, dass er es versuchen wird.«
Endlich löste sich Simms von dem Anzugträger und gesellte sich zu uns.
»Klingt so, als verlagerte sich der Kampf in die Innenstadt.«
»Zum Stadion«, spekulierte ich.
»Woher weißt du das?«
»Weil Niles da sein Ding abzieht. Er hat die Tunnel übernommen, die zu den Feuergruben führen.«
»Warum?«
Es klang immer noch lächerlich.
»Weil die Feuer noch immer brennen. Die ganze Zeit. Niles will die Energie für sich sichern und sie dann an uns verkaufen. Und Tippity wird alles daransetzen, ihn aufzuhalten, bis hin zur Zerstörung der Stadt.« Hinter ihrer Stirn reihten sich die Fragen auf, aber uns blieb keine Zeit. »Falls sie wirklich beim Stadion sind, müssen wir da runter. Aber wir brauchen mehr als ein paar Schlagstöcke, um gegen Tippitys Magie bestehen zu können.«
»Was anderes haben wir nicht«, stellte Richie fest.
»Doch, habt ihr. Wo ist all der Kram, den ihr aus der Apotheke beschlagnahmt habt?«
Auf Simms' Miene zeigte sich Zweifel, und ich konnte es ihr nicht verdenken.
»Hinten.«
»Gehen wir.«

* * *

Die Asservatenkammer war der Traum eines jeden Verbrechers. Reihe um Reihe höchst illegaler Konterbande: Armbrustbolzen mit Widerhaken und Giftpfeilen, Schubladen voller Klingen und Totschläger, ein ganzer Schrank mit Falschgeld, und Kisten mit geheimen Dokumenten, die geradezu um eine ordentliche Erpressung bettelten.
Die Besitztümer von Tippity steckten in einer Ecke zwischen einer kleinen Kanone und einer anatomisch korrekten Zentaurensexpuppe. Simms öffnete die drei Kisten.

»Das ist so ziemlich alles. Die Feenleichen sind in der Leichenhalle, und ein paar der potenteren Mittelchen sind auf dem Weg hierher ... verloren gegangen.«

Es gab noch allerlei Bekanntes: Glasflaschen mit irgendwelchen Flüssigkeiten darin, Petrischalen, Seifen, Pipetten und Handschuhe.

»Oh, die ... Dinger sind auch nicht dabei«, fuhr Simms fort. »Die Juwelen aus den Feen. Wie die, die du mir gegeben hast. Wir haben sie begraben. Es tut mir leid, du meintest, wir sollten darauf achtgeben und ...«

»Nein, alles gut. Die würde ich eh nie benutzen.«

Ich durchwühlte die Kisten, bis ich fand, was ich suchte: eine stabile Kiste mit kleinen Glaskugeln, in denen rosa Flüssigkeit schwappte.

Ich hielt eine vor das Licht.

»Ist das nicht nur Säure?«, wollte Richie wissen. »Ich dachte, man braucht dazu was von einer Fee?«

»Ja, aber ich habe da was.« In der Kiste waren keine Lederbeutelchen. »Wir müssen nur ein kleines Experiment machen.«

»*Ein Experiment*? Fetch, da draußen sind Polizisten in Lebensgefahr. Wir haben keine Zeit für Spielchen.«

Ohne zu antworten, öffnete ich die Hintertür und zog eine Socke aus. Nach den Tagen im Gefängnis roch sie nicht einmal mehr schlecht für mich, aber ich wollte nicht wissen, wie sie für Richie und Simms stank. Sie wichen zurück, als ich die Kugel hineinfallen ließ.

Dann zog ich das Lederbündel aus meiner Tasche, legte es auf den Boden und entrollte es. Die trüben Splitter Einhornglas wirkten nicht sehr beeindruckend.

»Was ist das?«, fragte Richie.

Ich nahm ein erbsengroßes Stück, aber es wirkte so klein, dass ich stattdessen eines von der Größe einer Mandel wählte, das ich zu der Kugel in die Socke steckte. Dann stand ich mit der Socke in der Hand auf, als wäre sie eine gefährliche Waffe.

»Sollten wir nicht nach draußen?«, bat Richie.

»Dafür haben wir keine Zeit«, knurrte Simms.

Das klang nach meinem Einsatz.

Ich schleuderte die Socke auf einige Rüstungen, die an der Wand hinten hingen. Die Socke schlug mit einem explizit nicht beeindruckenden Geräusch gegen das Metall und rutschte dann nach unten. Als sie auf den Boden fiel, hörte ich das Glas brechen.

Nichts.

»Scheiße.« Ich trat gegen die Kiste. »Ich dachte ...«

WHOOOOOOM!

Mein erster Gedanke war, dass Richie mich geschlagen hatte. Es war, als hätte er mich mit einer seiner fleischigen Fäuste mitten auf der Brust erwischt. Aber ich war nicht der Einzige, der nach hinten flog. Wir alle wirbelten durch die Luft, als die Socke sich in ein pulsierendes purpurnes Nichts verwandelte. Wütende Winde wehten über uns hinweg und brannten in unseren Augen. Meine Ohren knisterten, als wären sie voller Schaum. Jeder Teil meines Leibs vibrierte, aber nicht schmerzhaft. Es war auf eine seltsame Weise angenehm. Wie langsam unterzugehen und sich nie wieder Gedanken ums Atmen machen zu müssen.

Ich konnte nicht aufstehen. Ich konnte mich gar nicht bewegen. Die Schwerkraft zog mich herab, und der Boden hielt mich wie eine Geliebte fest. Zum ersten Mal seit Jahren schmerzte meine Brust nicht, und ich war einfach nur glücklich, dort liegen zu bleiben, so lange man mich ließe.

Verstrichen Sekunden oder Minuten? Es war egal. Irgendwann verschwand das Nichts, und ich legte den Kopf auf die Seite. Simms und Richie wirkten genauso verklärt, wie ich mich fühlte. Simms sog einen langen, schönen Atemzug in ihre Lungen und fand als Erste ihre Sprache wieder.

»Richie, besorg so viele Socken, wie du finden kannst.«

79

Dazu war Richie gerade nicht imstande, aber die Explosion lockte eine Reihe von Corporälen an, die sich von der am Boden liegenden Reptilienfrau Befehle geben ließen. Sie halfen Simms, Richie und mir in die Kantine und setzten uns auf ein altes Sofa, während wir versuchten, das schläfrige Grinsen von unseren Gesichtern zu entfernen. Es war, als hätte ich eine ganze Packung Clayfields auf einmal gekaut, nachdem ich einen Liter Gutenachttee getrunken und schönen Sex gehabt hatte.
Es war nicht wie der Effekt von Tippitys Zaubern, bei denen einen ein Element ins Gesicht schlug. Stattdessen sog es einem alle Anspannung aus dem Leib und verwandelte einen in eine Wolke.
Mein Kopf fiel zur Seite. Richie grinste so breit wie ein Zirkusclown.
»Einhorn?«, fragte er.
»Ja. Bin auf dem Weg aus dem Aaron-Tal über eins gestolpert.«
»Und du hast seinen Kopf aufgeschnitten, wie Tippity bei den Feen?«
»Nein. Das war … anders.«
»Wie denn?«
Zum Glück rettete mich Simms. Ihr unterschwelliges Zischen war ausgeprägter als sonst.
»Der Legende nach aßen die Pferde die Äpfel vom heiligen Baum, und ein Stück reine Magie wuchs aus ihren Köpfen. Das ist nicht wie bei Feen. Es ist eher, als würden wir ein Stückchen des heiligen Flusses freisetzen.«
Richie legte den Kopf nach hinten und pustete die Backen auf.
»Scheeeeiiiße«, stieß er hervor, und wir alle lachten los.
Es dauerte gut zwanzig Minuten, bis der Effekt nachließ. Dann kehrte langsam der unangenehme Schmerz in meiner Brust wieder, und wir erinnerten uns an den Krieg da draußen. Wir halfen

uns gegenseitig auf die Beine, kippten ein paar Tassen grausamen Kaffee runter, und schon bald kreiste wieder Adrenalin durch unsere Adern.

Die Nacht war ruhig und windstill, und ich war wieder Teil einer Armee. Das letzte Mal war es eine Meute von Menschen gewesen, die ausgezogen waren, die Welt zu zerstören. Dieses Mal marschierte ich Seite an Seite mit der Polizei von Sunder City: Oger, Zwerge, Gnome, Reptilien und mehr, alle mit bunten Socken in den Fäusten, in jeder davon eine Säurekugel und ein wenig Einhorn-Horn. Bevor wir aufbrachen, gab es noch einen Test, und wir stellten fest, dass ein Hauch mehr als genug war.

Die Maschine presste gegen meine Rippen, ich hatte den Schlagring über den Fingern und den Dolch in der anderen Hand. Simms hatte eine Armbrust. Richie seine Fäuste. Die Zivilisten waren drinnen und versteckten sich, während wir Richtung Süden an ihren Fenstern vorbeimarschierten.

Eine Gegend, die wir passierten, stand in Flammen. Auf der Straße qualmte die Leiche eines Gnoms in einem Overall der Niles Company.

»Lösch ihn«, befahl Simms einem jungen Cop, der froh darüber schien, zurückbleiben zu dürfen. Das nächste Grauen, dem wir begegneten, war ein Polizist, der auf uns zurannte. Aber er kam nicht weit, denn sein ganzer Körper war von Eis bedeckt, das wie gewachsen schien, als ob ihm Eiszapfen durch die Haut gebrochen wären. Einige blieben zurück, um zu sehen, ob sie ihm helfen konnten.

Die elektrische Beleuchtung des Stadions tauchte vor uns auf, und das Schlachtfeld empfing uns. Arbeiter duckten sich hinter Baumaschinen und warfen sich in ausgehobene Löcher, als ein Feuerball Holzplanken durch die Luft schleuderte.

»Kümmert euch um Tippitys Bande«, rief Simms. »Das sind alle außer uns, die Magie nutzen. Aber die Niles Company hat auch keinen Freibrief! Merkt euch alles, was ihr seht. Es wird Verhaftungen geben, und jemand wird die Zeche zahlen. Wir kämpfen heute für unsere Stadt!«

Wir verteilten uns im Stadion, das nicht mehr wirklich eins war.

Die Tribünen standen noch, aber das Spielfeld war eine einzige Baustelle. Bretterstapel, Erdhaufen, dazwischen beleuchtete Zelte, die über Löchern errichtet worden waren, die wohl in die Tunnel führten.
Um die Zelte hatten sich die Angestellten der Niles Company versammelt. Das war also das Spiel. Hendricks und seine Kumpane wollten unter die Stadt gelangen, während die Leute von Niles sie daran hindern wollten. Unsere Aufgabe war jetzt, alle auszuschalten.
Ich hielt mich mit einem halben Dutzend der Besten von Sunder City rechts. Ein Stück vor uns liefen zwei Magier.
Der hellhaarige Cop neben mir sah mich an, als erwartete er Befehle von mir.
Ich nickte energisch (was alles war, woran ich denken konnte), und er verstand das als Aufforderung.
»Stehen bleiben«, rief er. »Polizei!«
Die Magier wirbelten herum, sahen unsere Gruppe, und Vorfreude huschte über ihre Gesichter. Es machte ihnen Spaß, ihre neuen Spielzeuge an uns zu testen. Sie griffen in ihre Mäntel.
»Hände hoch!«
Eine der Polizistinnen wartete nicht ab. Sie schleuderte ihre orange Socke und traf einen Magier mitten auf der Brust. Die Kugel zersprang sofort, und die Socke explodierte zu purpurnem Licht. Nun, nicht wirklich Licht. Das Gegenteil von Licht. Aber auch das Gegenteil von Dunkelheit. Und nicht wirklich purpurn. Da war eine Ahnung von Purpur, aber auch Gelb und Angst und Sternenlicht. Aber nicht echte Sterne, mehr die Sorte, die man sah, wenn man eins übergezogen bekam.
Einer der Magier fiel mit einem lauten Klatschen zu Boden. Der andere wurde gegen eine große Holzkiste geschleudert und blieb an ihr hängen, als hätte man ihn vorher in Klebstoff getaucht. Beide lebten noch, aber sie wurden von magischer Schwerkraft festgehalten und waren benommen.
Die Cops näherten sich vorsichtig und legten ihnen Handschellen an, aber ich ging weiter. Überall blitzte es bunt auf, und Explosionen erhellten die Nacht. Ich hielt mich im Schatten von

Bretterstapeln und sah die Angreifer umherlaufen. Aber sie waren nicht die Einzigen. Die Arbeiter der Niles Company verteidigten ihre neuen Jobs mit Eisenstangen, Schaufeln und was immer sie auch sonst in die Finger bekamen.

Ich kroch unter die Tribünen und suchte eine Öffnung, die mich nach unten bringen würde. Von meiner Position zwischen den Sitzen konnte ich die Schlacht zwischen Arbeitern, Cops und Rebellen verfolgen, aber es war ein zu wildes Durcheinander, um erkennen zu können, wer die Nase vorn hatte. In der Hoffnung, die Schergen zu umgehen und gleich die Anführer finden zu können, huschte ich weiter.

Gerade noch rechtzeitig hörte ich Schritte. Als ich herumwirbelte, schwang ein Zwerg einen Hammer in Richtung meines Kopfes. Alle Cops trugen Uniform, aber in meinem angepassten Opusmantel sah ich wohl aus wie einer von Hendricks' verrückten Anhängern. Ich hob die Hände und wich zurück. Ich hoffte darauf, dass ich mich ihm erklären konnte und ihn nicht verletzen musste. Ein Feuerblitz von der Schlacht beleuchtete unseren ungleichen Kampf.

»Du mieser Hund!«

Es war der Stahlarbeiter aus dem *Graben*. Clangor. Der es echt persönlich genommen hatte, dass ich ihn aus seinem Haus hatte werfen lassen. Jetzt war egal, ob ich kämpfen wollte oder nicht, weil er seit Monaten einen Grund suchte, mich zu verprügeln.

»Wusste ich doch, dass du ein dreckiges Stück Scheiße bist!«

Wieder schlug er nach mir, wieder wich ich zurück, wobei ich mehr die Socke in meiner Hand als meinen Körper beschützte.

Im Laufe meines Lebens hatte ich gegen genug Leute gekämpft, aber meistens waren sie grob meine Größe gewesen. Es ist nicht einfach, Angriffen von unten auszuweichen. Der Hammer traf meine Hüfte, und ich stolperte rückwärts in diese Trainingsattrappen, an denen ich schon meine Maschine getestet hatte. Ich riss eine herum, hielt sie vor mich, und der Hammer verfing sich in der Füllung. Schnell warf ich dem Zwerg die Puppe ins Gesicht, und als er nach hinten stolperte und auf den Arsch fiel, trat ich ihm den Hammer aus der Hand und kniete mich auf ihn.

»Du Arsch!«
Er konnte sich nicht rühren, aber der Sieg freute mich nicht. Sein Stolz war so angekratzt, dass ich ihn eher umarmen als verspotten wollte. Aber für nichts davon hatte ich Zeit. Ich sprang auf und rannte weg, sicher in dem Wissen, dass seine kurzen Beine langsamer waren als meine.
Als ich ins Freie lief, erblickte ich als Erstes Richie, der einen Magier durch das feuchte Gras zog und sich abmühte, ihm die Handschellen anzulegen. Es war gut, Kites wieder in Aktion zu sehen. Zu lange hatte er sich hinter einem Schreibtisch versteckt. Der Magier schlug nach ihm, aber ich konnte erkennen, dass der alte Hirte wieder ganz in seinem Element war.
Hinter ihm löste sich eine Gestalt aus den Schatten. Er hatte sich gewaschen, aber eine Million Duschen konnten dieses selbstgefällige Grinsen nicht aus seiner Fresse waschen. Rick Tippity warf einen seiner Beutel in hohem Bogen zu Richie. Ich stürmte vor. Verzweifelt. Hoffnungslos.
»Richie! Hinter dir!«
Er wandte sich zu mir, und das Projektil schlug hinter ihm auf den Boden. Feuer wirbelte auf, aber nicht wie zuvor. Das war kein Aufblitzen, das schlimmstenfalls Augenbrauen fraß. Es war ein flammender Zyklon, eine wilde Spirale aus Feuer, die sich in alle Richtungen ausbreitete und in den Nachthimmel emporbrüllte.
Richie wurde in meine Richtung geschleudert und landete vor mir mit dem Gesicht im Dreck. Hinter ihm donnerten die Flammen weiter, so intensiv, dass ich mich nicht nähern konnte.
Richie kroch vorwärts. Seine Uniform stand in Flammen.
Sobald er weit genug vom Ursprung entfernt war, sprang ich ihm zur Seite und packte ihn an den Armen. Die Flammen leckten über uns, aber nur einen kurzen Moment lang. Der Zauber ebbte endlich ab. Ich zerrte Richie hinter einen Lastwagen und riss ein Stück Plane ab, um die glimmenden Stellen auf seinem Rücken und Hintern zu ersticken. Teile der Uniform waren bis auf die Haut durchlöchert, aber wie schlimm es war, würde man erst bei einer Untersuchung feststellen können.
»Du hast gesagt, es sei nur Licht und Farbe«, knurrte er.

»Tippity hat wohl an seinem Rezept gefeilt.«
Ich hatte keine Ahnung, wie er das geschafft hatte. Er hatte behauptet, dass unterschiedliche Feen unterschiedliche Effekte und Macht hatten, aber das hier wirkte ganz anders.
Ich sah zu dem glühenden Boden und dachte darüber nach, als ich bemerkte, dass die Planen im Wind flatterten. Vor einer Minute hatte nicht einmal ein leises Lüftchen geweht, und jetzt war da eine heftige Böe. Ich sog Luft durch meine Nüstern. Sie roch so frisch wie auf einem Berggipfel.
Luftfee. Es war nicht nur eine Feuerkugel im Beutel gewesen, sondern dazu auch die Essenz einer Luftfee. Der magische Wind fachte die Flammen an und verstärkte so signifikant Tippitys Feuerkraft. Ich fragte mich, ob es wohl seine Idee oder ein Vorschlag von Eliah gewesen war.
»Bleib hier«, befahl ich Richie. »Ich kümmere mich um den Penner und hole dann Hilfe.«
Er grunzte.
»Klappe, Fetch. Ich bin noch nicht draußen.«
»Dein halber Arsch hängt dir aus der Hose.«
»Das ist nur ein Problem für die hinter mir.«
Wir sprangen auf. Richie lief hinter einem weiteren wütenden Zwerg her, während ich dorthin ging, wo Tippity aufgetaucht war.
Ich kam um die Ecke und fand ihn mit dem Rücken zu mir vor mir, wie er sich an einige junge Cops anschlich, die ihm ängstlich zuriefen, dass er sich ergeben sollte. Aber er war trunken vor Macht und hatte noch ein Dutzend Lederbeutel am Gürtel hängen.
Meine Faust schloss sich um den Schlagring. Der Boden war feucht. Er würde mich nicht hören. Ein Schlag gegen die Rippen, und das war es für ihn. Tippity teilte gerne aus, aber einstecken konnte er noch immer nicht.
Leise hob ich die Faust, ging in die Hocke und rannte los. Die Welt wurde weiß.
CRACK!
Donner rollte durch mich hindurch. Ich knisterte. Kein Muskel

gehorchte mir mehr. Meine Augen waren geschlossen, aber alles war blendend hell. Rote Blitze zuckten durch meine Sicht. Der Boden schlug gegen meine Knie, gegen meine Schulter und dann gegen meinen Kopf.

Blitzfee. Tippity hatte noch mehr Ideen gehabt. Noch ein weiteres seltenes Wesen für immer verloren, nur damit er ein wenig Magie spüren konnte.

Aber es war nicht Tippity gewesen, sondern jemand hinter mir. Jemand, der so laut lachte, dass es fast den Donner in meinen Ohren übertönte.

Ich zwang meine Augen auf, aber vor ihnen tanzten so viele bunte Flecken, dass ich nichts erkennen konnte. Mein ganzes Nervenkostüm vibrierte, und meine Knochen klapperten in ihren Gelenken.

Dann war da eine Stimme.

»Ich habe dich gewarnt, junger Mann. Sieh mich jetzt an!«

Wentworth.

Mein Zaubererfreund aus dem *Graben* beanspruchte die Magie zurück, die er seit der Coda verloren hatte. Sein verrücktes Lachen fiel wie Regen auf mich herab. Ich blinzelte die Funken aus meinen Augen und sah, dass er auf derselben Laterne stand, in der ich mich bei der ersten Begegnung mit Linda versteckt hatte. Ich setzte mich auf, aber ich konnte nicht einmal meine Faust öffnen. Wentworth brüllte mordlustig auf und hielt mehr Beutel hoch.

»Gefällt dir das? Wir sind wieder dort, wo wir hingehören!«

BANG!

Der unverkennbare Knall einer Pistole, und der unverkennbare Anblick einer Kugel, die durch Wentworths Hirn schoss. Glitzerndes Blut spritzte durch die Nacht, als er von dem Laternenpfahl fiel. Er überschlug sich, als wäre er eine der Trainingspuppen. Aber als er auf dem Boden aufkam, zündeten alle Beutel auf einmal. Noch immer war ich fast gelähmt, aber ich konnte mich auf den Boden fallen lassen und die Arme über den Kopf legen. Die Explosionen trampelten wie ein wilder Stier über mich hinweg. Wind, Blitze, Feuer, Eis und was immer Wentworth sich noch so in die Hose gesteckt hatte, kam alles in einem großen Knall über uns.

Das Arschloch der Niles Company, das ihn erschossen hatte, konnte gerade noch triumphierend grinsen, dann riss Simms ihn zu Boden, drehte ihn auf den Bauch und legte ihm Handschellen an.

Ich konnte nicht sagen, ob mir heiß oder kalt war. Hatte ich mich gerettet, war mein Rücken zerfetzt, oder wuchsen mir Pilze aus ihm? Tippity und seine Gefolgsleute zogen sich unter die Tribünen zurück und warfen mit Beuteln um sich, um den Rückzug zu decken. Um mich herum überall schwere Stiefel, Polizisten, Arbeiter, die durch das Stadion rannten. Vorsichtig zog ich mich hoch und fuhr mir mit zitternden Fingern über den Rücken. Da war Ruß, aber kein Blut. Mein Mantel hatte mich gerettet.

Es fühlte sich an, als würde ich nach einem Jahr Dösen in der Sonne aufstehen. Bis auf die Knochen durchgeschüttelt. Von innen nach außen durchgekocht. Aber ich bewegte mich mit den anderen. Weil ich es sein wollte, der Tippity ausschaltete.

Die Männer in den NC-Uniformen stürmten vor. Vielleicht hofften sie alle auf das Gleiche wie ich. Den Kriminellen zu erwischen, den ich zum meistgesuchten Mann der Stadt gemacht hatte. Aber es waren so viele. Tippity hatte sich die geschäftigste Baustelle der Niles Company ausgesucht. Natürlich. Er wollte ein Zeichen setzen. Allen zeigen, wie mächtig er war.

Aber Tippity war nicht der wahre Oberschurke.

Ich blieb stehen.

Was war hier das Ziel, abgesehen von Tippitys Machtdemonstration? Sabotage, okay. Ginge der Krieg nur gegen die Niles Company, wäre das sinnvoll gewesen. Aber Hendricks hatte größere Pläne, und ich hatte ihn noch nirgendwo gesehen.

Es war eine Ablenkung. Ein Köder, der uns in Kämpfe verwickeln sollte, während er das wahre Ziel angriff.

Aber was?

Die Fabrik im Brisak Reservat war in Eis gehüllt, und mehr Pistolen zu rauben klang nicht nach Eliah. Nicht jetzt. Er wollte großen Schaden anrichten.

Die Art Schaden, wie sie ein Lagerhaus voller Wüstenstaub anrichten konnte.
Scheiße.
Beutel mit Magie jeder Art flogen von den Tribünen. Anzugträger erwiderten das Feuer mit ihren Maschinen. Arbeiter warfen Ziegel und Werkzeuge. Unterdessen hatte Simms den Schützen festgenommen und schlich zur Seite auf der Suche nach einem Weg unter die Tribünen, auf dem sie nicht in Brand gesetzt wurde.
Etwas Gefühl war in meine Finger zurückgekehrt, und ich wollte Tippity wirklich gerne umnieten. Das wäre gut. Und auch einfach, verglichen mit der Alternative. Aber das war nicht mein Kampf. Nicht wirklich. Mein Kampf war bei meinem alten Freund.
Ich wandte mich vom Feuerwerk ab, den Schatten zu, und rannte los.

80

Hunderte Kisten voll explodierendem Wüstensand, in jeder einzelnen genug, um einen ganzen Straßenzug in Schutt und Asche zu legen. Dagegen waren Tippitys Zauber, selbst die neuen, harmlos. Und Niles verbarg den Schatz in seinem Lagerhaus. Das letzte Mal, als Hendricks dort gewesen war, hatte er sich gerade eine Kugel eingefangen und war kurz davor gewesen, ohnmächtig zu werden, aber das hätte ihn nicht daran gehindert, die Chance wahrzunehmen.
Die schweren Tore waren aufgebrochen worden, verbogen und halb aus den Angeln gerissen, aber hier war es weitaus ruhiger als im Stadion. Keine Cops. Keine Anzugträger.
Meinen Dolch hatte ich irgendwann verloren, aber noch hatte ich den Schlagring angelegt. Ich schlich geduckt heran, bewegte meinen Kiefer und die Schultern, um die Anspannung zu lockern, die der Blitzschlag hinterlassen hatte. Eine Frau sprach, aber ich konnte ihre Worte nicht verstehen. Lauschend hielt ich inne, dann war da das Geräusch von Metall auf Metall: die Tür des Aufzugs. Ich stürmte los.
Hendricks stand in dem Käfig, neben ihm Linda Rosemary. Und dazu jede Menge Kisten.
Unsere Blicke trafen sich. Da war nichts mehr von dieser freudigen Vertrautheit. Nicht einmal Frustration oder Enttäuschung. Nur so etwas wie Langeweile. Er sagte etwas zu Linda, das ich aus der Entfernung nicht verstehen konnte, und sie trat wieder aus dem Aufzug und schloss die Tür hinter sich.
Hendricks legte den Hebel um, und der Aufzug glitt nach unten außer Sicht. Linda blieb zurück, um mich aufzuhalten. Sie hatte ihre Handschuhe ausgezogen. Nicht alles Tierische hatte sie verlassen, als die Coda kam. Ihre Unterarme waren von meliertem dunklem Fell bedeckt. Ohne die Handschuhe wirkten ihre Krallen noch länger, und sie waren so scharf wie immer.

Ich wurde langsamer und ging auf sie zu. Sie erwartete mich.
»Du hättest in deiner Zelle bleiben sollen.«
»Und darauf warten, dass sich unter mir der Boden auftut? Wie viel Sand hat Hendricks dabei?«
»Mehr als genug.«
Dann kam sie mir entgegen.
»Linda, das ist alles falsch.«
»Wag es nicht, mir zu erklären, was richtig und was falsch ist, Soldat.« Sie hatte die Hälfte der Strecke zu mir zurückgelegt. »Du willst die Welt denen überlassen, die sie schon einmal ruiniert haben.«
Ihre offene Hand schlug mir ins Gesicht. Das klingt vielleicht netter als ein Faustschlag, aber eine Faust verbirgt die Krallen. Einen Herzschlag nach ihrem Treffer hörte ich, wie mein Blut auf den Boden spritzte.
Ich wehrte mich nicht.
»Dieses Mal werden nicht ein paar Menschen auf einem Berg entscheiden, was aus mir wird.«
Der nächste Treffer kam von unten, direkt gegen mein Kinn, eine unangenehme Überraschung, die meine Zähne aufeinanderschlagen ließ. In der Wange blieb ein seltsam sandiges Gefühl; einer meiner Zähne war zerbröselt.
»Du hast recht«, stellte ich fest und spie Blut auf den Boden. »Das war nicht fair. Du konntest nicht entscheiden, was mit dir geschah. Warum also willst du den Bewohnern dieser Stadt genau dasselbe antun?«
Aber sie wollte nicht zuhören. Sie wollte, dass ich kämpfte. Nur verteidigte ich mich nicht einmal.
»Du verstehst gar nichts!« Sie ballte ihre Linke zur Faust und traf mich unter dem Auge. Mein Kopf ruckte zurück. Da tanzten wieder die altbekannten Sterne. »Nicht eine verdammte Sache!«
»Ich weiß.« Ich öffnete die Faust, und der Schlagring fiel scheppernd zu Boden. Sie bemerkte es, aber es fachte ihre Wut nur weiter an. »Ich weiß, dass ich … ich kann es nicht, weil es mich nicht verletzt hat.«
Sie trat mir vor die Brust, und ich ging in die Knie.

»Ich weiß nicht, wie ich das alles objektiv betrachten soll. Also, sag du mir, was ich tun soll.«

Sie riss den Arm hoch und zog mir ihre Krallen einmal über das Gesicht. Eine verfing sich in meiner Lippe, zog kurz an ihr und spaltete sie dann. Mein Speichel floss in einem roten Fluss auf meine Brust.

»Linda.« Meine Stimme klang seltsam, weil ich zwei Unterlippen hatte. »Du bist schlau. Viel schlauer als ich. Du hast die Stadt von außen gesehen. Du weißt, wie sie ist. Aber was, wenn wir besser sein könnten?« Der nächste Schlag kam von links. Das machte kaum einen Unterschied, sie war eine beidhändige Katze. »Wir bekommen die Feuer zurück. Weißt du, was das den Leuten bedeutet? Wie sie helfen können?«

Sie trat mir ins Gesicht. Mehr Blut auf dem Boden. Mehr Sand in meinem Mund.

»Es gibt jenen Macht, die sie nicht haben sollten.« Weinte sie? Weinte ich? »Es hält den Rest der Welt davon ab, in die Zukunft zu sehen. *Das* kann nicht ihre neue Welt sein!«

»Dann lass uns eine bessere finden. Tippity wirft mit Magie um sich! Die Cops wehren sich mit Einhorn-Horn! Klingt das für dich nicht wie eine neue Geschichte?«

Ein Tritt in die Magengrube. Ich schmeckte Galle. Zum Glück hatte ich seit Tagen nichts gegessen.

»Linda, was, wenn es doch eine Hoffnung gibt?«

»Eine Hoffnung worauf?«

Es fiel mir immer noch schwer, es auszusprechen. Ich zwang mich auf die Füße und versuchte, nicht mehr zu sabbern.

»Darauf, dass die Magie zurückkehrt.«

Angewidert sah sie mich an, aber zumindest hielt sie inne.

»Am allerersten Tag hast du mir gleich gesagt, dass das nie geschehen wird.«

»Und du hast gesagt, dass ich unrecht habe. Dass du sie spüren kannst, in dir, dass sie wieder frei sein will. Ich habe dir nicht geglaubt, weil ich keine in mir habe. Ich fühle sie nicht. Aber ich habe sie gesehen. Die Feuer hier, direkt unter unseren Füßen. Schon immer. Wie du gesagt hast. Was ist noch dort draußen?

Lass mich Hendricks aufhalten, und ich schwöre dir, dass ich jeden einzelnen Tag danach suchen werde.«
Für einen Moment sah es aus, als wollte sie mich wieder zu Boden treten, aber sie tat es nicht.
»Warum ausgerechnet du?«, verlangte sie zu wissen.
Ich zuckte mit den Achseln.
»Weil ich kann. Weil ich sollte. Weil ich es dir verspreche. Ich kann nicht viel, aber ich halte mein Wort.«
Sie warf einen Blick über die Schulter zum Aufzug. Dann beugte sie sich vor und sah mir tief in die Augen.
»Warum nur glaube ich dir?«
»Weil ich es genauso meine und weil du weißt, dass es möglich ist. Aber wenn wir die Magie wiederfinden, wirst du dir all die Toten von heute Nacht nie verzeihen. Vertrau mir. Es ist besser zu bereuen, nicht getötet zu haben, als zu bereuen, getötet zu haben.«
Da starb es hinter ihren Augen. Welche Geschichte sie sich auch immer erzählt hatte, um bei alldem mitmachen zu können, sie verblasste. Ihre Fäuste öffneten sich, und sie sah mit einem Mal sehr erschöpft aus.
»Er wird den Aufzug nicht wieder hochschicken«, stellte sie fest.
»Wir müssen einen anderen Weg finden.«
Ich zitterte. Meine Beine waren wir rohe Würstchen.
»Such du einen anderen Weg nach unten. Sei vorsichtig, da draußen tobt ein Krieg.«
Ich stolperte in Richtung des leeren Aufzugschachts.
»Du willst hier warten, während ich die ganze Arbeit mache?«
Ein Fuß vor den anderen, Fetch. Ignoriere das Blut, das über deine Haut rinnt, und wie sich dein Sichtfeld einschränkt, weil dir das Lid zuschwillt.
»Vielleicht findest du nicht schnell genug einen anderen Weg«, sabberte ich. »Hendricks weiß, dass Tippitys Ablenkung nicht ewig halten wird. Er wird sich beeilen. Ich muss irgendwie da runter.«
Ich schüttelte die Metallwand des Aufzugschachts. Es war wieder ein Drahtgeflecht mit Löchern, in die vier Finger passten oder die

Spitze eines Stiefels. Als ich nach unten sah, wehte mir heiße Luft aus der finsteren Tiefe entgegen.
»Du willst klettern?«
»Ja.«
Ich schob meine Finger in das Drahtgeflecht, zog meinen Leib herum und fand Löcher mit den Stiefeln. Schon schmerzten meine Finger, und es fühlte sich an, als würde ich jeden Moment abrutschen.
Lindas Gesichtsausdruck half meinem Selbstvertrauen wenig.
»Bist du sicher?«
Ich nickte.
»Heute ist ein guter Tag, um mit dem Arschsein aufzuhören.«
Sie stapfte davon, und ich stieg in die Gruben hinab.

81

Es dauerte ein paar Minuten, bis die Angst kam.
Die Dunkelheit stieg von unten auf und umfing mich. Schon bald konnte ich nichts mehr sehen. Mich an dem Draht festzuhalten war schon schwierig genug, aber mit den Stiefeln die passenden Löcher zu finden war noch anstrengender. Immer, wenn ich dachte, ich hätte einen Rhythmus gefunden, rutschten meine Zehen ab, und ich hing nur noch verzweifelt an den müden Fingern, in die sich das scharfe Geflecht schnitt.
Die Zeit verlor alle Bedeutung. Der Schmerz auch. Und das Leben drohte sich ihnen anzuschließen.
Der Sturz würde ausreichen. Es ging weitaus tiefer hinab als die fünf mickrigen Stockwerke aus der Engelstür. Meine Finger waren blutig und verkrampft, aber sie ließen nicht los. Meine Hände hielten sich fest. Meine Füße fanden einen Weg. Ich wartete auf den tödlichen Fehler, aber er kam nicht. Ich kletterte weiter in das Herz der Finsternis hinab.
Je weiter ich hinabstieg, desto heißer wurde die Luft. Schweiß vermischte sich mit Blut. Die Welt leuchtete erst orange, dann rot. Endlich suchte mein Fuß nach einer Öffnung im Drahtgeflecht und fand eine gerade Oberfläche. Ich war ganz unten angekommen und stand auf der Aufzugkabine. Durch das Geflecht konnte ich sehen, dass die Kisten noch darin standen, aber sie waren geöffnet worden, und einige waren fast leer.
Langsam sank ich auf die Knie und suchte nach einer Öffnung, durch die ich mich runterzwängen konnte. Meine Finger waren nutzlos, mein Sichtfeld unscharf und verschwommen. Ich konnte nicht einmal den Mund schließen, weil meine Lippen zerfetzt waren und mein Kiefer immer weiter anschwoll.
Wenn ein Fingerhut voll Staub ausreichte, um eine Bleikugel durch einen Schädel zu treiben, wie viel würde man benötigen, um die Fundamente der ganzen Stadt zu zerstören? Wollte Hendricks die Main Street über unseren Köpfen einstürzen lassen?

Meine Finger waren zu kaputt, um das Metall zurückzuziehen. Also sprang ich, wieder und wieder, stampfte mit den Füßen auf das Dach des Aufzugs. Es war ein Höllenlärm, aber ich wollte mich gar nicht an Hendricks anschleichen. Ich musste nur hier runterkommen. Ihn finden. Mit ihm reden.
Das Geflecht verbog sich und riss an einer Ecke, Draht für Draht. Mit jedem Sprung sank mein Körper weiter herab, und dann brach die Decke ein. Ich fiel durch die Öffnung, und das gebrochene Drahtgeflecht versuchte, mich in Scheibchen zu schneiden. Mein Mantel schützte mich halbwegs, aber ich büßte einen Teil meines Skalps ein. Noch mehr Narben. Sollte ich jemals eine Glatze bekommen, würde mein Schädel wie eine Karte aussehen.
Verdammt, es war heiß. Ich rappelte mich auf und verließ den Käfig. Der Boden war roter Fels, und die Welt brüllte. Vor mir lag ein Tunnel. Ich betrat ihn. Nur einige Schritte um eine Ecke, und sie lagen vor mir: die Feuergruben. Riesige glühende Gassen, die Licht spien, als ob der Kern des Planeten hier eine Party schmiss. Der weite Pfad vor mir teilte sich in ein spinnennetzartiges Labyrinth aus natürlichen Brücken und Wegen, von denen viele mit Stahlgeländern und Stufen verstärkt worden waren. Ich ging bis zur Kante und sah hinab in den flammenden Abyssus.
Wie unfassbar musste es damals zu Beginn gewirkt haben, dass man diese Macht kontrollieren konnte? Dass ein paar kluge Köpfe zusammenarbeiten konnten, um diese widerspenstige, gottgleiche Energie zu zähmen. Um sie für alltägliche Dinge wie Heizungen und Toaster einsetzen zu können, oder um winzige Figuren für den Kaminsims zu brennen. Welch ein Ehrgeiz. Welch ein Größenwahn. Was für ein unglaublicher Fortschritt.
Die Menschen hätten das niemals allein gekonnt. Es hatte alle magischen Geister gebraucht, die wie einer zusammengearbeitet hatten. Falls Sunder jetzt zerfiel, würde niemand es wieder zusammensetzen können. Nicht, wie es einst gewesen war. Es war unser chaotisches kleines Wunder, und ich wusste, dass ich es nicht sterben lassen durfte.
Es stieg kein Rauch auf, aber die heiße Luft flirrte vor meinen

Augen. Kein Wunder, dass die Arbeiter sich mit Drachenspeichel einrieben, bevor sie hier herabstiegen.

Überall ragten gewaltige Säulen empor: felsige Türme, die die Stadt auf ihren Schultern trugen. Ich konnte Hendricks nirgends entdecken, aber ich ahnte, dass er sich nicht weit von seinem Nachschub im Aufzug wegbewegen würde. Ich lehnte mich gegen eine der Säulen, und mein Fuß rutschte auf dem schmutzigen Boden zur Seite.

Nein. Nicht schmutzig. Sandig.

Ich stand in einem Haufen Sprengstoff.

»Oh, Fetch ist ein Kerl mit gebrochenem Herzen,
weiß nie, wann er aufhören soll, denn er beginnt nie.«

Vorne auf dem Pfad stand Hendricks, in einer Hand einen Sack, der voll von der Substanz war, in der ich stand; in der anderen hielt er einen Lederbeutel.

»Er bringt allen immer nur Schmerzen!«

Er war so bleich. Die Narben auf seiner Haut hoben sich ab, als wären sie Insekten, die über ihn krabbelten. Seine Augen waren schwarz.

»Eliah, bitte.«

»Oh, was für ein Kerl ist Fetch doch!«

Der Beutel flog auf mich zu. Ich sprang zurück, und auch wenn ich der Explosion auswich, war ich nicht das eigentliche Ziel gewesen. Der Beutel schlug dort auf, wo meine Füße sich gerade noch befunden hatten, und platzte auf. Die Flammen leckten über den Sand, zischten und explodierten. Ich wurde nach hinten geschleudert, zur Kante der Klippe.

Ich überschlug mich, rollte über den Fels. Meine gesplitterten Fingernägel kratzten über den Boden, bis meine Füße ins Nichts hingen. Dann meine Hüfte. Ich klammerte mich mit blutigen

Fingern fest und schrie auf, als mich die heiße Luft aus der Tiefe umspielte.
Und hielt im letzten Moment inne.
Genau in dem Moment, als die Säule zerbrach.
Der untere Teil bröckelte weg und zerfiel in großen Brocken, die auf den Pfad aufschlugen und in die Feuergruben fielen. Wo einst die Säule die Decke gestützt hatte, klaffte nun ein großes Loch. Wasser rauschte herein. Wer konnte schon sagen, woher es kam: aus Abflussrohren oder dem Kanal? Ein schlammiger Wasserfall spritzte auf den Pfad, floss über die Kante und fiel zischend in die Feuergrube. Dampf wirbelte auf, ließ alles weiß werden. Ich zog mich zurück über die Kante und atmete die heiße, feuchte Luft stockend ein und aus. Hendricks war verschwunden. Aber ich konnte auch sonst kaum noch was erkennen. Vielleicht hatte er sich selbst zerschmettert. Vielleicht war es vorbei.
Langsam kletterte ich über die Trümmer, stolperte immer wieder und stöhnte vor Schmerzen. Alles war rutschig. Mir war heiß, und ich war zornig. Ich schwitzte. War erschöpft. Blutete.
Ein Schemen glitt durch den Dampf. Ich folgte ihm, kam endlich aus dem heißen Nebel und konnte das wahre Ausmaß unserer Umgebung erkennen.
Ohne die Säule, die mir die Sicht versperrt hatte, konnte ich nun das gewaltige Rund der Kaverne erkennen, das mich an eine riesige Uhr erinnerte. Jede Stunde war eine Brücke, und zwischen ihnen lag jeweils eine bodenlose Feuergrube. Hendricks stand neben einer titanischen Säule in der Mitte. Sie war noch größer als diejenige, die er gerade gesprengt hatte. Größer als alle anderen. Zwei vernickelte Rohre liefen an beiden Seiten an ihr hoch und verschwanden in der Decke.
Beinahe achtlos ließ er den Sack Wüstensand fallen, neben zwei weitere von gleicher Größe. Ich hatte gesehen, was ein wenig verstreuter Sand einer Felssäule antun konnte. Dieser Haufen würde alles zum Einsturz bringen.

>»Oh, Fetch ist ein Junge mit nur halbem Hirn,
>lebt sein Leben im Auge des Orkans.«

Er zog einen Lederbeutel aus der Tasche, aber er entglitt seinen Händen. Die Glaskugel fiel auf den Boden, zersprang, und die Säure zischte. Nicht genug, um uns zu sprengen. Noch nicht.

»Er ruiniert die Welt, und dann ruiniert er sie noch mal.«

Die zitternden Finger des ehemaligen Hochkanzlers glitten in den Beutel und zogen das glühende rote Herz einer Feuerfee hervor. Ich zog die Maschine aus dem Halfter.
»Oh, was für ein Junge ... du wirst doch nicht etwa auf mich schießen, Junge?«
Das rote Licht funkelte zwischen seinen Fingern. Dort, wo die Säure zischte, stieg Rauch auf, und der Wüstensand bettelte darum, entzündet zu werden. Ich sah in Hendricks' Augen, und mit einem Mal war alles so schmerzhaft deutlich.
»Ja, Eliah, das werde ich. Es sei denn, du legst das weg. Vorsichtig.«
Ich wartete darauf, dass er die Kugel fallen ließ. Oder mich auslachte. Oder mir sagte, dass ich nur bluffte.
Er tat nichts davon.
»Ja, Junge, ich glaube, das würdest du.«
Diese Augen. Es hatte schon immer Schalk in ihnen geschimmert. Ein verborgenes Geheimnis. Aber vor allem waren sie voller Mitgefühl gewesen. Für die Frau, die bettelte. Für seine Schüler. Für alle. Sosehr Hendricks es auch liebte zu reden, er musste es eigentlich nicht. Man konnte alles über das Leben lernen, wenn man sich nur in diesen tiefen, bezaubernd grünen Augen gespiegelt sah.
Jetzt nicht mehr. Jetzt waren es leblose Löcher, leer und finster. Hendricks war erkaltet.
»Gib auf, Eliah. Linda hilft dir nicht mehr. Tippity ist von der Polizei umstellt. Du bist allein.«
»Aber du hast all deine Freunde, ja? Die Polizei von Sunder City. Alle, die für Niles arbeiten.« Er ließ das Herz der Feuerfee durch seine Finger wandern. »Ich kann das nicht noch einmal zulassen. Dieses Mal muss ich es aufhalten.«

»Und ich kann das nicht zulassen.« Mein Gesicht war nass von Dampf und Blut. »Eliah, ich würde mich für dich mit der ganzen Welt anlegen. Ich werde dir überallhin folgen. Ich werde für dich kämpfen, bis mein Körper zusammenbricht, um die Welt besser zu machen. Ich *werde* die Welt besser machen. Aber wir können diese Schuld nicht von den Bewohnern der Stadt eintreiben.«
Er schüttelte den Kopf. Ich sah nur auf seine Hand und bat inständig, dass er nicht losließ.
»Eliah. Bitte. Hör auf.«
»Ich war der Hochkanzler von Opus, damit beauftragt, alle magischen Wesen der Welt zu beschützen. Aber ich habe versagt. Ich habe unsere Geheimnisse an dich verraten, und jetzt sind sie verloren.« Er seufzte, und das Licht der Feuer schimmerte auf den Tränen, die sich in den schwarzen Augen sammelten. »Es sollte ewig währen.«
»Das kann es noch. Hendricks, bitte. Wir können es wieder in Ordnung bringen. Es muss einen Weg geben.«
Er hielt inne. Seine Schultern sanken herab, und die Grimasse auf seinen Zügen schmolz dahin.
»Das wirst du wirklich tun?« Diesmal war es eine ernst gemeinte Frage. Nichts Spöttisches oder Ungläubiges klang darin mit. Keine Lektion. Er wollte es wirklich wissen. »Du wist wirklich versuchen, die Welt zu reparieren? Nach allem, was du gesehen hast?«
Da war er. Der Moment, in dem ich zu ihm durchdringen konnte. Er musste mir nur glauben.
»Ja, werde ich. Muss ich. Bitte, zwing mich nicht, es allein tun zu müssen.«
Er lächelte. Warm und eine Meile breit. Mr Deamar verschwand spurlos, und da war nur noch mein alter Freund, Hochkanzler Eliah Hendricks, der mich aus diesen allwissenden grünen Augen ansah.
»Ich habe es dir doch gesagt. Wir sind alle allein.«
Er hob die Hand. Das hätte er nicht tun müssen. Er hätte das Juwel einfach fallen lassen können. Aber er gab mir eine letzte Möglichkeit, die richtige Wahl zu treffen.
Also tat ich es.

Die Maschine bellte auf, lauter als jemals zuvor. Triumphal, als hätte ich ihre tiefsten Sehnsüchte erfüllt. Ich ließ sie fallen und lief los.
Hendricks hatte ein Loch in der Brust. Er taumelte zurück, seine Hand schmierte eine rote Linie an die Säule. Seine Finger lösten sich von dem Juwel. Ich sprang, um es aufzufangen, rutschte über den Boden und ließ Hendricks zusammenbrechen.
Ich fing das Juwel mit beiden Händen. Säure brannte auf meiner Haut und fraß sich durch meine Ärmel. Ich kroch zurück und hielt die Macht der Fee so weit von der Säure fern, wie ich konnte. Dann steckte ich sie in die Manteltasche und wandte mich zu Hendricks um.
Sein Hemd war blutbefleckt, aber es strömte nicht mehr. Seine Finger zitterten nicht mehr. Sein Mund stand offen. Seine Zunge hing reglos über seine Zähne.
Ich begann zu heulen.
Unbewusst sank ich auf die Knie neben ihn und nahm ihn in die Arme. Hielt ihn fest, schluchzte an seine Schulter und atmete die schmerzhaft heiße Luft ein.
Warum hatte ich das nicht getan, als er zurückgekommen war? Ihn in die Arme genommen und ihm gesagt, wie sehr ich ihn vermisst hatte? Dass ich ihn jeden Tag vermisst hatte, den er fort gewesen war. Warum konnte ich es erst jetzt tun, da es zu spät war und er nicht einmal mehr hier war?

***

»Fetch!« Es war Richie. Seine verbrannte Uniform war ihm fast zur Gänze vom Körper gefallen, seine Haut war gerötet, und er atmete schwer. »Alles in Ordnung?«
Nichts war in Ordnung, aber ich nickte dennoch.
»Scheiße«, entfuhr es ihm. »Ist das …?«
Noch ein Nicken. Richie kniete neben der Leiche und besah das Gesicht seines alten Anführers. Vielleicht suchte er in den Zügen des Toten nach etwas, das er erkannte. Ich versuchte, es zu erklären.

»Er wollte …«

Richie sah mich über die Schulter an. Über das Brüllen des Feuers hörte ich mehr Lärm. Stimmen und Schritte.

»Du solltest verschwinden. Tippity ist tot. All seine Leute sind erledigt. Niles übernimmt die Stadt. Sie wollen Deamar, und sie wollen dich.«

Ich sah auf meinen Freund herab. Für alle anderen würde er nur Mr Deamar sein, der verrückte Rebell, der sie alle töten wollte.

»Richie, sie dürfen ihn nicht in die Finger bekommen. Wir müssen uns um ihn kümmern und …«

Er packte mich am Kragen.

»Mache ich. Versprochen. Aber du musst weg hier.« Nun erklangen Rufe. Lichter tanzten. »Sie kommen aus den Tunneln unter dem Stadion. Wir müssen dich rausschmuggeln.«

Er machte sich solche Sorgen. Um mich. Ich zog seine Hand und umarmte ihn.

»Danke, Rich. Keine Sorge, ich kenne einen anderen Weg.«

82

Ich lief zum Aufzug zurück und nutzte die Kisten, um zurück auf das Dach zu klettern. Dann ein Stück weiter hochgeklettert und durch den Raum raus, von dem aus ich zum ersten Mal die Feuer gesehen hatte. Dort in den nächsten Käfig, hochfahren, an dem verrottenden Leib der Drachin vorbei, durch den neuen Tunnel in das Büro des Vorarbeiters.

Da ich kein Feuerzeug mehr hatte und Wolken die Sterne verdunkelten, trat ich mir den Weg frei, versuchte, mich an die Aufteilung zu erinnern, prallte gegen Wände und stolperte über meine eigenen Füße.

In der Ferne erklangen Schreie. In der Nähe redeten Leute aufgeregt miteinander und riefen sich aus Fenstern und über Zäune Neuigkeiten zu. Radios wurden laut gedreht, bis alle sie hören konnten. Ich überquerte die Main Street mit der groben Idee, Richtung Osten zu gehen.

Es herrschte so viel Aufruhr, dass ich einen Besuch im Büro riskierte. Niemand empfing mich dort, also packte ich ein wenig Kram zusammen und machte mich wieder auf den Weg. Danach stattete ich dem Haus der Steemes einen Besuch ab und steckte alles ein, was auch nur vage wertvoll aussah: goldene Manschettenknöpfe, eine alte Uhr und ein wenig Silberbesteck. Ich wollte mich einfach nur hinlegen und meine Augen schließen, aber ich wusste, dass ich dann niemals wieder hochkommen würde. Sobald ich innehielt, würde mich die Schwerkraft zu Boden ziehen und die Wirklichkeit mich einholen.

Die Stadt verlassen. Nach Osten.

Am Stadtrand fand ich eine Kutsche, die schon voll mit Reisenden war, aber für das Besteck ließ mich der Kutscher noch zusteigen. Dann schlief ich.

Gegen Mittag ging mein Platz an jemanden, der mit echten Münzen statt mit Löffeln bezahlen konnte, und es ging zu Fuß weiter. Langsam verstand ich, wovor Thurston mich gewarnt hatte.

Er hatte recht. Sunder hatte mich beschützt.

Nach der Coda hatte ich die Stadt ein paarmal verlassen, war aber nie weit gereist. Nicht weit genug, um zu verstehen, wie die Welt hier draußen funktionierte.

Sunder hatte einen menschlichen Bürgermeister, menschliche Geschäftsleute und eine menschliche Bevölkerung, die größer als die anderen in der Stadt war. Andere Spezies vermieden es, sich mit uns anzulegen, weil sie sich Sorgen machten, was wohl der Rest von uns dazu sagen würde. Ich hatte geglaubt, dass wir alle nur nach vorn sehen wollten. Aber kaum hatte ich die Gegenden verlassen, in denen der Einfluss von Sunder noch spürbar war, stellte ich fest, dass der Rest der Welt nicht ganz so schnell vergeben hatte. Auf der Straße bemerkten mich zwei elfische Bauern und bewarfen mich mit Steinen. Eine Stunde später betrat ich eine zwergische Gaststätte, und es dauerte nur zehn Minuten, bis alle Macheten und Äxte in den Fäusten hielten, und ich entkam nur, weil ich nach hinten raus in den Wald floh und mich bis zum Morgen unter einem Baum versteckte.

Danach hielt ich mich von allem fern, stahl Essen aus Scheunen oder hungerte. Ich wusch mich in schlammigen Bächen und schlief so weit von der Straße entfernt, wie ich mich traute, da ich immer Sorge hatte, dass jemand mich nachts finden und am Jemals-wieder-Aufwachen hindern könnte.

Irgendwie schaffte ich es nach Lipha, aber ich wusste nicht, wo Carissa untergekommen war, oder auch nur, ob sie es bis hier geschafft hatte. Ich wagte nicht, die Ortsansässigen zu fragen, und so fand ich einen verlassenen Wachturm, in dem ich mich eine Woche lang versteckte, bis ich sie von oben auf dem Markt erspähte.

Sie nahm mich auf. Eine echte Wahl ließ ich ihr nicht. Wir krochen im Gästehaus ihrer Cousine unter, und sie flickte meine Kleidung und meine Wunden. Ich war schwach, halb verhungert und stand unter Schock. Carissa schien das egal zu sein, und sie kümmerte sich um mich. Ich tat mein Bestes, ihre Großzügigkeit still und leise anzunehmen.

Als ich so weit gesundet war, bat ich sie, mir einige Bücher aus

der Bibliothek zu besorgen, und so viele Zeitungen, wie sie auftreiben konnte. Dann begann ich meine Arbeit.
Die Bücher waren für die Vergangenheit. Die Zeitungen für die Gegenwart. Ich schnitt Artikel aus, in denen mutige Journalisten darüber spekulierten, ob ein Teil Magie in die Welt zurückgekehrt war. Die spannendsten stammten aus Schundblättern oder Leserbriefen. Hin und wieder zitierte ein Artikel jemanden, der behauptete, Magie erlebt zu haben, aber sie waren immer sorgsam bemüht, das als Meinung und nicht als Fakt darzustellen.
Es gab meinem Geist etwas zu tun, aber ich wurde immer unruhiger. Es gefiel mir nicht, in einem Schlafzimmer eingesperrt zu sein, zu ängstlich, um mich nach draußen zu wagen, weil jemand mich als Menschen erkennen konnte oder mich die Tätowierungen am Arm verraten konnten.
Je stärker ich wurde, desto mehr übernahmen mich die alten, härteren Teile meiner Persönlichkeit. Carissa war von meiner Besessenheit von den Geschichten frustriert. Wenn sie mir helfen wollte, fuhr ich sie an, und ich sagte dumme Dinge, die sie störten.
Eines Tages brachte sie mir etwas ganz Besonderes: eine erst eine Woche alte Ausgabe des *Sunder Star*. Sie dachte, es würde mich interessieren, wie es mit der Stadt weiterging. Damit lag sie nicht falsch. Es gab noch keinen Strom, aber die Niles Company hatte weitergearbeitet. Es gab ein Interview mit Eileen Tide über die Pläne der Bibliothek und eine halbseitige Anzeige für die Praxis der Sukkuben (offenbar pfiffen sie inzwischen auf Diskretion). Aber der Artikel, der meine Aufmerksamkeit gefangen nahm, war ein Bericht über die Arbeiten an dem neuen Hochsicherheitsgefängnis, das den Schlund ersetzen sollte, komplett mit einem Bild des zerstörten Originals.
Carissa konnte nicht ahnen, was das Bild bei mir anrichten würde, aber die nächste Woche über wurde ich immer unausstehlicher. Die Sache mit dem Selbsthass ist, dass man besser allein ist, wenn er einen in den Klauen hält. Ist man mit jemandem zusammen, glaubt man irrtümlich, all die miesen Gefühle kämen von außen, und dann verbindet man all das Negative mit jedem, der es wagt, einem nahe zu kommen.

Natürlich verdiente Carissa etwas Besseres. Wenn ich schon ein grimmiges, reizbares, betrunkenes halbes Kind sein musste, dann wenigstens an einem Ort, der diese Art von Verhalten ertrug. Ein Ort, der genauso voll von schwarzem Rauch und Fehlverhalten war wie ich. Ein Ort aus Feuer, wo Träume starben und Albträume nicht das Tageslicht mieden.
»Du willst wirklich zurück?«, fragte sie, als sie mich beim Packen überraschte.
»Ja.«
»Ich dachte, du wärst mit Sunder durch.«
»Schon. Aber ich muss mich an die Arbeit machen, und das geht hier nicht.«
Sie gab ihr Bestes, nicht erleichtert auszusehen.
»Danke. Sollte ich jemals eine Gruppe von Helden zusammenstellen, um die Welt zu retten, schicke ich dir ein Telegramm.«
Ich hatte Carissa viel Bronze gegeben, um sie aus Sunder herauszuschaffen. Mit einigem davon kaufte sie mir einen Rückfahrtschein. Die ganze Reise lang hielt ich den Kopf gesenkt. Nur der Fahrer sah mein Gesicht, bis wir in Sunder ankamen.

* * *

Am späten Nachmittag schritt ich die Main Street hoch. Niemand betrachtete mich genauer. Niemand interessierte sich für mich. Als ich an einer Polizistin vorbeiging, beachtete sie mich gar nicht, aber mir fiel die Pistole an ihrer Hüfte auf.
Niles war geschäftig gewesen.
Zurück im Büro legte ich meine Tasche ab und sah mich um. Vor der Tür lagen Briefe: Pamphlete, das Telegramm von Hildra und ein kleiner blauer Umschlag mit einer Rücksendeadresse auf der Insel Mizundrum.

An den Idioten, der mich irgendwie davon überzeugt hat, ihn nicht umzulegen.
Ich schätze, du hast dich auch aus der Stadt verdrückt, aber falls du diese Zeilen jemals liest, schick einen Brief an Keats. Der Di-

rektor wird dafür sorgen, dass er mich erreicht. Falls du nicht tot bist, was mich nicht überraschen würde. Aber falls nicht, hältst du besser dein Versprechen, oder ich komme zurück. Ich habe schon ein paar vielversprechende Fährten. Nichts Konkretes, aber interessante Geschichten, die dir Feuer unter deinem schwabbeligen Hintern machen sollten. Ich schreibe sie nicht auf, aber such mich auf, wenn du mehr wissen willst.
Sei kein Arsch.
Linda
PS: Erinnerst du dich an die Reptiliendame aus meinem Büro? Ich habe ihr helfen können. Der Leichenbestatter Portemus hatte eine Salbe, mit der er Leichen einschmiert, um ihre Haut zu konservieren. Hat ihr echt geholfen. Sorg dafür, dass Simms welche bekommt. Ich schätze, das könnte eurer Beziehung nicht schaden.

Ich steckte den Brief zurück in den Umschlag und verstaute ihn in der Schublade. Dann öffnete ich die Engelstür. Der Winter war beinahe vorbei. Ich blieb eine Weile dort stehen und genoss den Wind in meinem ungeschnittenen Haar und dem wilden Bart.
Dann trat ich vor.
Endlich.
Aber ich fiel nicht.
»Wir nennen es Feuerleiter«, meldete sich eine Stimme hinter mir.
Ich wirbelte herum. Thurston Niles stand in meinem Büro. Unter meinen Füßen war eine Stahltreppe, die sich im Zickzackmuster nach oben wand. Es gab sogar ein kleines Geländer, um mich vor dem Sturz zu bewahren.
Ich hasste es.
»Der Bürgermeister will sie überall an der Main Street. Teilweise aus Sicherheitsgründen, aber auch, damit die Engelstüren wieder einen Sinn haben. Bringt mehr Umsatz, erhöht die Preise für die Immobilien, zeigt der Welt, dass wir eine Zukunft haben.«
Thurston griff unter seinen Mantel und zog eine Pistole. Victors Prototyp. Meine Maschine.

»Wenn Sie mich töten wollen, kann ich nicht einfach springen? Das will ich schon seit einer ganzen Weile.«
Er trat vor.
»Sie töten? Warum? Sie haben den Job erledigt, oder nicht? Den Mörder meines Bruders aufgespürt und ihn davon abgehalten, noch jemanden zu verletzen. Gute Arbeit.«
Da war wieder dieses wissende Lächeln. Mir wurde übel davon, aber ich hatte das dumpfe Gefühl, dass ich es nicht loswerden konnte. Er legte die Maschine auf den Schreibtisch.
»Ein Geschenk. Wir stellen noch mehr her. Meine Fabriken laufen rund um die Uhr. Mehr Pistolen. Mehr Werkzeuge. Für einen hart arbeitenden Mann wie Sie sieht die Zukunft rosig aus.«
Mir stieg die Galle hoch.
»Solange ich brav bin, was?«
Er hob die Schultern.
»Ich bin nicht Ihr Feind, Fetch. Wenn Sie sich ein wenig ausgeruht haben, werden Sie das sicher verstehen. Denn ein Mann kann gar nicht genug Freunde haben.«
Damit ging er, und ich wartete lange, bevor ich die Pistole aufhob. Ich hasste es, wie gut sie sich in meiner Hand anfühlte.
Das Telefon klingelte.
»Fetch Phillips.«
»Ja, sind Sie der Schnüffler? Der Mann, der nach Magie sucht?«
Ich drehte mich um und schloss die Engelstür.
»Ganz genau, Ma'am, der bin ich.«
Sie erzählte mir ihre Geschichte von einem Riesen, der in ihre Küche eingebrochen war und ihr ganzes Essen gegessen hatte. In diesem Teil der Welt hatte seit sechs Jahren niemand mehr einen Riesen gesehen, also machte ich mir ein paar Notizen und für morgen einen Termin mit ihr aus.
Dann nahm ich Mantel und Hut und ging hinaus.
Auf der Main Street bereiteten sie ein Straßenfest vor. Es war eine ganz besondere Nacht, und ich war genau rechtzeitig heimgekehrt, um die ganze Aufregung mitzuerleben. Glänzende Automobile hupten fröhlich, als sie sich einen Weg durch die Tänzer auf der Straße bahnten. Es gab Stände mit Ale und Tüten mit

Schweinis. Musiker hatten auf den Feuerleitern Orchester improvisiert und sangen, während Frauen Papierblüten aus den Fenstern warfen.

Ich drängte mich an allem vorbei, aber sosehr ich mich auch bemühte, ich konnte die festliche Freude nicht von mir fernhalten. Die Trommeln. Der Geruch der Bratöfen. Das Lachen der Kinder, die frei durch die Menge rannten. Das war Sunder City, wie Hendricks es immer gesehen hatte, wie es aber nie gewesen war. Bis jetzt. Wäre er jetzt neben mir gegangen, wäre ich keine zehn Schritt weit gekommen. Er würde dauernd eine neue Delikatesse kosten wollen, oder mit jemandem plaudern.

Aber so war ich nicht. Würde es nie sein. Ich schritt durch sie hindurch und ging den Weg in die Innenstadt.

* * *

Es waren keine Wolken am Himmel. Die neu gewachsenen Blätter waren beinahe durchsichtig im Licht der Abendsonne und leuchteten in strahlendem Grün. Die verdrehten Äste waren fleckig mit Moos bewachsen und in niedliche Ranken gewickelt. Rosa Blumen mit Tau darauf, weiße Knospen und lange Gräser wuchsen aus der Rinde. Die Luft schimmerte von Schmetterlingsflügeln, und Bienen summten umher.

Der Baumstamm war aus dem Schmutz explodiert und hatte die Betonwand des Schlunds angehoben, wodurch sie von unzähligen Rissen durchzogen worden war. Sie würden hier wieder bauen können, falls sie den Baum fällten. Aber warum? Es gab bereits genug andere Silos, aus denen sie einen weiteren schlammigen Kerker schaffen konnten.

Ich legte die Hand auf ihren Stamm, kühl unter meinen Fingern. Rau. Da war ein Knick in einem der Äste. Legte ich meine Hand hinein, fühlte es sich fast an, als würde sie mich halten. Ich drückte fester. Sie war stark. Ich legte meine Stirn gegen ihre Rinde und schloss die Augen. Über den Bienen und dem Wind und Brummen der Fabriken konnte ich fast ihren Atem hören.

Ich riss mich zusammen und richtete mich auf. Dann umarmte

ich sie, kletterte durch ihre Arme, so hoch ich konnte, lehnte mich gegen ihren Stamm, und sie hielt mich wie in einer blättergefüllten Wiege fest.

Die Sonne ging unter, und der Himmel nahm ein dunkles Zwielichtblau an. Von hier konnte ich die ganze Main Street hinabsehen, die voll ekstatischer Energie pulsierte. Alle standen vor ihren Türen und starrten in den Himmel.

Es begann am südlichen Ende der Stadt. Ein Lichtball in der Ferne. Jubel brandete auf. Dann noch ein Licht. Näher. Lauter. Mehr und mehr kamen Häuserblock um Häuserblock die Main Street hoch.

Dann sah ich es. Zwei Lampen explodierten und sandten Flammen hoch zu den Sternen. Noch zwei. Und noch zwei. Die Feuer beleuchteten die Gebäude, die Pflastersteine und die Gesichter der Menge, bis die ganze Stadt voll hellen Feuers war.

Die Lichter kehrten zurück, und mit ihnen die Hoffnung, dass all die anderen verlorenen Dinge eines Tages wiederkehren könnten. Ich legte meinen Kopf in die Äste und wünschte mir, Amari hätte sehen können, was wir getan hatten.

Die Bewohner von Sunder City schrien vor Freude. Musik brandete auf, und die ganze Stadt jubelte.

Dann ein anderes Geräusch. Eine Explosion, aber nicht wie die zuvor. Maschinell. Eine der Pistolen aus Massenfertigung. Die Musik verstummte. Leute kreischten. Die Menge lief in alle Richtungen davon. Eine andere Pistole antwortete. Chaos. Es war ein Orchester aus Wut und Panik, als einige unter die Füße der Fliehenden gerieten, die vor irgendeinem neuen Schrecken davonrannten.

Aber die Feuer brannten weiter. Tanzten wild und hell. Sie kümmerten sich nicht um das, was unter ihnen geschah. Die Schreie bedeuteten ihnen nichts.

Ein Windstoß fuhr durch die Stadt und brachte den Geruch von Rauch und Schwefel in die Baumkrone.

Und es war warm.

Danksagung

Während ich diese Zeilen schreibe, wird es noch einige Monate dauern, bis »Der Letzte Held von Sunder City« erscheinen wird, weshalb es unmöglich ist, dieses Buch von meinem Debüt zu trennen. Danke an alle, die bislang Teil dieses Abenteuers waren. Zuerst wäre da meine Freundin Jenni Hill. Ein Großteil der Angst wird aus dem Schreiben genommen, wenn man weiß, dass ein derart scharfer Verstand alles liest, bevor man es aus den Händen gibt. An meinen Agenten Alexander Cochrane für seine Geduld und seinen Enthusiasmus, während ich mich bemühe, etwas völlig Neues zu lernen.

An alle bei Hachette, Orbit und Litte, Brown im Vereinigten Königreich, den US und Australien. So viele wunderbare Menschen haben an den Covern gearbeitet, sich um das Marketing und die Verkäufe und so vieles andere gekümmert. Ich kann euch gar nicht genug für die ganze harte Arbeit danken, die ich größtenteils gar nicht zu Gesicht bekomme und dann auch kaum verstehen würde.

Besonderer Dank geht an Toby Schmitz und Laurence Boxhall, die den Start von »Der Letzte Held« in Australien ausgerichtet haben. Bis ihr das lest, wird es wohl noch viele andere Menschen geben, die ich zu dieser Liste hinzufügen sollte, also mein Dank auch an euch.

An meine Mum und meinen Dad, wieder und immer.

Danke an alle, die meinen ersten Roman gelesen haben und nun zurückgekommen sind. Danke an alle, die ihn empfohlen haben, ob online oder persönlich, und danke an all die anderen Autorinnen und Autoren, die mich mit offenen Armen empfangen haben. Das Schreiben ist eine einsame Profession, und gerade deshalb bedeutet es mir viel, dass mir mit so viel Freude geholfen wird, meine Werke zu teilen, wenn ich wieder aus den Schatten ins Licht der Öffentlichkeit trete.

Danke euch allen.

*Sie hat keine Chance – und ist doch die
einzige Hoffnung für die Menschheit*

BRANDON SANDERSON

SKYWARD
DER RUF DER STERNE

Roman

Seit Hunderten von Jahren wird Spensas Welt von den Krell angegriffen – nur die Flotte der Raumschiffpiloten steht noch zwischen den Aliens und den letzten Menschen. Hoch oben bei den Sternen als Pilotin ihren Mut zu beweisen und ihre Heimat zu schützen ist alles, wovon Spensa jemals geträumt hat. Doch ihre Chancen dafür stehen gleich null: Spensas Vater gilt als Verräter, seit der Pilot urplötzlich sein Team im Stich gelassen hatte und dabei getötet worden war. Jedoch könnte eine unerwartete Wendung Spensa, allen Widerständen zum Trotz, doch noch hinauf zu den Sternen führen …

»Skyward ist vermutlich das fesselndste, inspirierendste und ehrgeizigste Buch, das Brandon Sanderson je geschrieben hat.«
Fantasy Book Review

*Was wäre, wenn ...
Amerika nie entdeckt worden wäre?*

SONJA RÜTHER

GEISTKRIEGER
FEUERTAUFE

Roman

In einer alternativen Realität, in der die Europäer Amerika nie erobert haben, hat sich die Nation der Powtankaner zur Weltmacht entwickelt – auch mithilfe der Welt der Geister. Als dem angesehenen Professor Atius Catori von einer unsichtbaren Macht der Brustkorb aufgerissen wird, übernehmen die Geistkrieger – eine Spezialeinheit für übernatürliche Elemente – die Ermittlungen. Ihr neuestes Mitglied, der Schotte Finnley, fühlt sich noch immer fremd in seiner neuen Heimat. Doch genau das könnte der größte Vorteil der Geistkrieger werden, denn der Mord an Catori ist erst der Anfang von etwas, das sich keiner von ihnen auch nur hätte vorstellen können.

*Mit einer exklusiven Kurzgeschichte
von Markus Heitz*